KAVRAMLAR VE B
20. Yüzyıl Düş

Cem Akaş 1968'de Man
ye'ye taşındı. Robert Koleji bitirdi, Boğaziçi Üniversitesinden kimya mühendisi diploması aldı. New York'ta yaşadığı birbuçuk yıl süresince Columbia Üniversitesinde siyaset kuramı master'ı yaptı. Şu anda BÜ'de Türkiye Tarihi alanında doktora tezi yazıyor. www.cemakas.com adresinde, web üzerinde ürün vermeyi sürdürüyor.
Yayımlanmış yapıtları: *Noktanın Kesişimleri Antolojisi* (1990), *7* (1992), *Suç ve Ceza* (1992), *Belkienisbatur* (1993), *Gizli Hava Müzesi* (1995), *İse* (1999), *Aşkın Zembereği* (2000), *Olgunluk Çağı Üçlemesi* (2001), *r* (2002).

Cem Akaş'ın
YKY'deki öteki kitapları:

Suç ve Ceza (*1992*)
Olgunluk Çağı Üçlemesi (*2001*)

KAVRAMLAR VE BAĞLAMLAR ARASINDA

20. Yüzyıl Düşünürleriyle Söyleşiler

HAZIRLAYAN:
CEM AKAŞ

YKY
İSTANBUL

Yapı Kredi Yayınları - 1636
Cogito -115

Kavramlar ve Bağlamlar Arasında - 20. Yüzyıl Düşünürleriyle Söyleşiler
Hazırlayan: Cem Akaş

Düzelti: Korkut Tankuter

Kapak Tasarımı: Nahide Dikel
Baskı: Şefik Matbaası

1. Baskı: İstanbul, Nisan 2002
ISBN 975-08-0346-9

Yapı Kredi Kültür Sanat Yayıncılık Ticaret ve Sanayi A.Ş.
Yapı Kredi Kültür Merkezi
İstiklal Caddesi No. 285 Beyoğlu 80050 İstanbul
Telefon: (0 212) 252 47 00 (pbx) Faks: (0 212) 293 07 23
http://www.yapikrediyayinlari.com
e-posta: ykkultur@ykykultur.com.tr
İnternet satış adresi: http://www.estore.com.tr/bulvar/yky

İÇİNDEKİLER

Önsöz: İki Arada...

Platon, yazıdan pek fazla hoşlanmamasıyla *da* tanınmıştır – yazı okurla konuşmaz çünkü, sorulara yanıt vermez, sessiz ve çaresiz, bakar durur. Düşünürü konuşurken dinlemek, onunla söyleşiye girmek, Platon için gerçek düşünce alışverişinin ortaya çıkmasını sağlayacak koşullardan biridir. Yazı taraftarları, itirazlarını seslendirmekte gecikmemiştir elbette: yazı kalır; üstelik bunu Platon da bilir – o değil midir Sokrates'in konuşmalarını yazıya geçiren?

Kavramlar ve Bağlamlar Arasında, her iki tarafın eksiğini giderip en iyi tarafını benimsiyor bir bakıma: hem düşünürleri an'ın, söz'ün içinde yakalıyor, hem de bu an ve söz'ü kalıcı kılıyor. Yirminci yüzyıl düşüncesinin en önemli ağır toplarından bazıları, en önemli "genç" düşünürlerden bazılarıyla yan yana sahne alıyor kitapta: Horkheimer, Adorno, Gadamer, Morin, Levi-Strauss, Habermas gibi isimlerin yanısıra, Abu-Lughod, Benhabib ve Zizek gibi, 1980 ve 90'larda isminden söz ettirmiş akademisyenler konuşurken kayıtlara geçirilmiş durumda. Bu söyleşilerin hepsi, otuzuncu sayısını geride bırakmış olan *Cogito* dergisinde daha önce yayımlandı. Böyle bir derlemenin, belki üzücü bir anlamı daha ortaya çıkıyor demek: yazı'nın da uçtuğu bir ortamda yaşıyoruz; yazı'yı bile, yeniden yazmak gerekiyor.

Bu ancak "ek" bir anlam olabilir ama; *Kavramlar ve Bağlamlar Arasında*'nın gerçek anlamına, kitabın adı da işaret ediyor – yirminci yüzyıl düşüncesinin en belirleyici özelliklerinden biri, iki dünya savaşı ve sayısız kıyım yaşayan bir dünyada, ne düşünmek ve ne yapmak gerektiğini belirlemenin zorluğuydu. Bu yüzyılın düşünürleri, önceki kuşaklardan çok daha fazla olarak, düşüncenin çaresizliği fikriyle yüzleşmek ve buna rağmen düşünmek, analizler yapmak, yapılar kurmak, anlamaya çalışmak zorunda kaldı. Nazi yönetiminin soykırım tekniklerini ve bunun yarattığı dehşeti unutmak ne kelime, Balkanlarda, Afrika'da, Ortadoğu'da yeni yeni katliamlar meydana gelirken düşünmeleri, durmaya fırsat bulamadan düşünmeleri gerekti. Mayıs 68'de Paris'te, Kasım 89'da Berlin'de kendilerini eylemin göbeğinde bulduklarında da, toplumsal-küresel krizlerle karşı karşıya kaldıklarında da onlardan beklenen, onların kendilerinden beklediği buydu. Bazıları, Touraine gibi, "eylem"i ve eylemciyi anlamaya çalıştı, bunu da bizzat eylemin içine girerek yaptı; bazılarıysa Habermas'ın yolunu seçti, ideal formlar oluşturarak günümüz toplumlarını çözümlemeye yöneldi.

Karmaşık bir yüzyıldı yirmincisi; bunu anlamanın yollarından biri, gökyüzüne bakanlarla geçmişe bakanların yorumlarını karşılaştırmak. Bu anlamda da bu derlemenin kayıtlarına başvurulabilir: Hartog, Ricœur ve Mango'yu bir yana, "Bu kitapta ne işi var?" denebilecek Reeves'i öbür yana koyun; hangi yapıların yıkıldığını, değiştiğini, dönüştüğünü, hangilerininse sürdüğünü tartmaya yönelmek biraz daha kolaylaşacaktır.

Kavramlar ve Bağlamlar Arasında, iki arada bir derede kalmayı herşeye rağmen reddeden yirminci yüzyıl düşüncesinden "çok parçalı" bir seçki, sonuçta – gerçekliğimiz de öyle olduğu için.

Cem Akaş

Fredric Jameson: "Ölüler, Yaşayanların Beyinleri Üzerinde Bir Karabasan Gibi Durmakta"

Boğaziçi Üniversitesi'nde yaptığınız konuşmada Anglo-Amerikan felsefesiyle Kıta Avrupası felsefesi arasında bir ikilik bulunduğundan söz ettiniz. Bu iki felsefe arasındaki ayrım çizgisini nasıl belirlediğinizi öğrenmek istiyorum. Elbette, İngiltere ya da Amerika'da yazan herkesin Anglo-Amerikan geleneğinin bir parçası olduğunu, Kıta Avrupası'nda yazanların da Avrupa geleneğine ait olduğunu söyleyemeyiz. Belirleyici etken bu olamaz. Aslında ben, bu iki felsefe arasındaki ayrımı çok sorunlu buluyorum. İkiliği belirtmek üzere bu iki kesimin karikatürlerini oluşturmak kolay bir tutum, ama sanıyorum durum bundan ötelere gidiyor. Bu konuda siz ne düşünüyorsunuz? (G.G.)

Elbette ben de bunların birer karikatür olduğunu düşünüyorum. Bu görüş açısından yola çıkınca, soyutlamayı reddeden, felsefi soyutlamayı düşman olarak gören ve İngilizlerin kaçınmak için gerçekten çok büyük çabalar göstermesi gereken bir İngiliz ampirizm geleneği bulunduğunu görüyoruz. Örneğin, İngiltere'de benim için özellikle ilk yıllarda en büyük önem taşıyan felsefeci R. G. Cohen'dir; Cohen, gerçekten, ağır basan ampirik geleneğe karşı ve Kıta Avrupası'na özgü ya da diyalektik kaynaklar üzerine çalışmış olan bir felsefecidir. Ayrıca, açıkça ortadadır ki Amerika'da, John Dewey'nin yalnızca bir pragmatist değil, aynı zamanda bir Hegel'ci olduğunu söylemek zorundasınız; bu durum ve Dewey'nin siyasal açıdan bağlanmışlığı, oynadığı rol nedeniyle onu kesinlikle çok büyük ve etkileyici bir kişilik olarak çıkarıyor karşımıza. Kanımca, böyle bir konuma yerleştirebileceğimiz felsefecilerin sayısı o kadar çok değil. Bence, Charles Taylor bu ampirik ortak dilden, analitik ana akımdan açıkça farklı bir konumda bulunuyor.

Analitik felsefenin kendisi bile, Viyana'da, marksizmle, köktenci politikayla, belli bir diyalektikle bağıntılandırılabilir. Öyleyse, bunların birbiriyle bağdaştırılamayacak şeyler olmadığı açıktır. Ama aradaki bu uçurumu kapatmak gerçekten çok güç görünüyor. Birkaç yıl önce, Oxford'da, birtakım toplantılar düzenlemeye, Fransız felsefecileriyle İngiliz felsefecileri arasında bir tür diyalog yaratmaya çalışan biri vardı. Benim kuşkum odur ki, diyaloğa girme konusundaki isteksizlik, bu durumda İngiliz tarafından kaynaklanıyor, çünkü bir kez daha belirteyim ki Kıta Avrupası felsefesinde soyutlama biçimleri, soyutlamadan alınan entelektüel zevk biçimleri, İngilizlere çok yabancı geliyor.

Wittgenstein'ın, yaşamı boyunca çalışmaları, bu gibi soyutlamaları dağıtmak, "sahte sorunlar" denen şeylerden ve ulamsal yanlışlardan ve dilin her türden fizikötesi yanılsama üretme eğilimlerinden kurtulmak üzere tasarlanmıştır. Oysa ben, Kıta Avrupası'na özgü çeşitli geleneklerin bu yanılsamaları ve soyutlama üretimini kendilerine destek alarak, bu yanılsamaları ameliyat yoluyla ortadan kaldırmaktan çok, her nasılsa onları aşmaya yöneldiği kanısındayım. Bu nedenle, ister istemez Wittgenstein'ın etkisinin büyük ölçüde olumsuz ve hayıflanılması gereken bir etki olduğunu düşünmek zorundayım. Ayrıca, bu etki dinsel anıştırmalar da taşıyor. Elbette, bence Wittgenstein'ın nelerden söz edilebileceğini ve suskuyu vurgulaması, çok büyük ölçüde Tolstoy geleneğinden kaynaklanıyor; Wittgenstein'ın izleyicileri tarafından hemen hemen hiç incelenmemiş olan dinsel ve gizemci kökenler taşıyor. Ölmeden önce televizyonda yaptığı ve ölümünden sonra yayımlanan çok uzun söyleşide Deleuze'ün, felsefenin öldüğünden söz etmenin çok gülünç olduğu, çünkü düşüncenin her zaman yeniden canlanıp hızlanacağı vb. yolundaki gözlemlerini çok ilginç buluyorum. Ama bu söyleşide, (alfabetik sırayı izleyen) girdilerin sonuncusunda Deleuze, "W"ya geldiğinde, Wittgenstein'a saldırıyor ve "bu iğrenç" diyor. "Eh, evet," diye ekliyor, "belki Wittgenstein'-

cılığın zaferi, bir bakıma felsefenin ölümü olabilir." Kanımca, bu gibi fikirler bizim açımızdan çok sağlıklı olabilir. Analitik felsefeye ve baştan sona bu geleneğe karşı edinilen tutumlar, benimsenen çizgiler ve oldukça cahilce saldırılar ne ölçüde aşırı ya da abartılmış olursa olsun, bunların Anglo-Sakson dünyasında duyulması, kendileri açısından hiç de kötü bir şey değil.

Ayrıca, ben bununla ilgili olarak, iktidara ilişkin bazı nedenler de bulunduğu kanısındayım. Amerika'daki felsefe bölümleri, başka her şeyi dışarıda bırakacak biçimde kesinlikle bu gibi tutumların egemenliği altında. Bu bölümlerin aşağılayıcı bir tutumla "Felsefe Tarihi" dedikleri şeyi düşünecek olursanız, az sayıda insanın uyguladığı marjinal bir şey bu. Ama elbette, Amerikan dizgesinde, ayrıca yukarıda da söz ettiğim gibi İngiliz ve Kanada dizgelerinde bunun dışında kalan büyük istisnalar var. Öyleyse biz, aslında burada tek bir felsefe okulunun iktidarı ve egemenliğinden, bu okulun çeşitli önyargılarından ve bütün öbür okulları dışarıda bırakmasından söz ediyoruz. Bu arada, bu gelenekte çok büyük değer taşıyan ve çok büyük karmaşıklık içeren çok sayıda düşünür bulunduğu da apaçık bir gerçek. Ama burada ben, bu şeyler arasındaki toplam iktidar dengesinden söz ediyorum.

Sanırım, öbür karikatür de bir Kıta Avrupası felsefesinin bulunduğu düşüncesi. Ben gerçekten şuna inanıyorum: Son zamanlarda, Fransızların tutumları her ne biçime girerse girsin, en geniş anlamda bir diyalektik gelenek her zaman var oldu; bununla, her nasılsa Hegel'den bir ölçüde temelden etkilenmişliğin izlerini taşıyan bir felsefeyi kastediyorum; başka deyişle, felsefecilerin edindiği tutum ne olursa olsun, bu felsefe Hegel olmadan düşünülemez. Bu, 1930'lu yıllarda Kojève ile başladı. Heidegger diyalektik bir geleneğin içinde midir? Elbette Heidegger, çok farklı bir açılımdan felsefe tarihine çok ilginç katkılarda bulunmuştur; ama tek Alman felsefecisi o değildir. Croce de, bir ölçüde kendine özgü Hegel'ci ve marksist dönemlerden geçmiştir; ayrıca, diyalektiğin öbür dalında, marksizmin konumundan da etkilenmiştir. Kanımca, bu durum bir bakıma gerçekten Batı Avrupa felsefesinin belirleyeci niteliğini oluşturuyor; Doğu'da, Polonya'nın bir analitik geleneği vardır. Ruslar ise henüz irdelenip çözümlenmeyi bekleyen bir gizemcilik sergiler. Yugoslavya'da bir diyalektik gelenek vardır. Söylediğim gibi, Türkiye'deki durumu bilmiyorum. Ama Çin ve Hindistan gibi yerlerde her şeyin çok farklı bir biçimde sergilendiği açıktır.

Öyleyse, bu iki kampı birbiriyle uzlaştırmak işine girişmek istersek, nasıl bir yol izlememiz gerekir? Bu iki tarafın birbiriyle buluşabileceği ortak zemin nedir? Sizce bu, ortak bir konu mu, bir yöntembilim miydi tarihsel kökenlere dayalı bir açılım gibi bir şey mi olsa, sonuç daha verimli olur mu? (G.G.)

Söylediğim gibi, bence bunun tek tek felsefeciler yoluyla olması gerekiyor. Bu, iki geleneğin buluşması yoluyla olamaz, çünkü hiçbir yerde gelenek diye bir şey yoktur. Ama, örneğin şöyle olacaktır: Diyalektik düşünürler özgül bir felsefeciyi, diyelim ki bir İngiliz felsefecisini ele alacaklar, onun yapıtlarını çözümleyecekler ve bu metinlere diyalektik bir görüş açısından yaklaşacaklardır. Elbette bu, bir bakıma görüş açısını benimsemek olacaktır; bu, felsefe sorununu bir uçtan bir uca katedecek, gerçek anını yakalayacak, aynı zamanda kendi çelişkilerini bulacak ve kendi polemikleriyle içkin bir biçimde uğraşacak çok kapsayıcı bir görüş açısı olacaktır. Sonra, elbette analitik felsefecilerin de, tek tek özgül diyalektik düşünürlerin ya da Kıta Avrupası düşünürlerinin yapıtlarına bakmaları çok istenir bir şey olacaktır. Ama benim korkum odur ki onların tarafından bakıldığında, bu işlem çok daha basit görünecektir, çünkü bu yalnızca her türlü yanlışı, sorun-olmayan şeyi, ya da her neyse onu, dışta bırakıvermekten oluşacaktır. Ama bunu söylemek de belki haksızlık olur. Gene de ben, ikisi arasında diyalogların başlaması gerektiğini söylemek isterim; karşılıklı hoşgörü yoluyla değil de, karşılıklı çözümlemeler ve özgül metinlerin birbiriyle karşılaştırılması yoluyla.

Siz, bu türden çalışmaların iyi örneklerini görüyor musunuz? (G.G.)

Ben görmüyorum, ama bu, böyle hiçbir örnek bulunmadığı anlamına gelmez. Demek istediğim şu: Ne de olsa ben, meslekten felsefeci değilim ve yapılan bütün yeni çalışmaları izlemiyorum. Ama Habermas buna benzer bir şeye çok verimli bir örnek oluşturabilir belki. Habermas tam olarak bir İngiliz ampiristi olmasa da. Ama, hayır, gerçekten buna bir örnek gösterebilecek durumda değilim.

Soyutlama derken ne kastettiğinizi biraz daha açmanızı rica ediyorum, çünkü analitik felsefecilerin Kıta Avrupası felsefecilerine karşı takındıkları tutumu nitelendirirken, onların soyutlamalar yapma eğiliminde olduklarını ya da soyutlamalarla düşündüklerini söylüyor gibisiniz. Şu anda aklıma gelen ve bu tutumun dışında kalan bir ad, Foucault. Foucault son çalışmalarında soyutlamaya karşı olduğunu, çalışmalarının bir iktidar kuramı değil, tersine, bir analiz gücü olduğunu çok açık bir biçimde belirtiyor. Ta başından beri de Foucault kendini minimalist olarak tanımladı. Öznellikle ilgili çalışmalarında, öznellik sorununu nominalist açıdan indirgiyor ve soyutlamaya karşı olduğunu söylüyor. Buna bir de, siyasal çalışmanın felsefenin ve neredeyse ampirik bir yolla, iktidar ilişkilerinde verili olanlar yoluyla yürütülmesi gerektiğini ekliyor. Bu nedenle, iktidar kuramlarını incelemektense, bizler belli düzeylerde iktidar ilişkilerini çözümlemeliyiz. Ama o zaman bile, Foucault gibi biri, Anglo-Amerikan analitik geleneği tarafından kabul edilmiyor. Sonra, Foucault üzerine yapılan çalışmaların çoğu, felsefecilerden değil, karşılaştırmalı yazın, siyasal bilimler ya da toplumbilim bölümlerinde ders verenlerden geliyor. (F. K.)

Evet, ben de bunu söyleyecektim. Sanırım, Foucault ampirist olma konusunda ne derse desin, bu şekilde bağlanması ya da programı nedeniyle, bütün kucakların kendisine ille de açılacağı anlamına gelmiyor bu. Ayrıca, şunu da belirtmek isterim: Yapısalcı dönemden başlayarak kuram ve kuramsal söylem dediğimiz şey aslında, gene Anglo-Sakson ülkelerinde olmak üzere bütün önermelerin, görünüşte ampirik ve olgusal olan önermelerin bile, kavramsal ve ideolojik önvarsayımlar ve soyut önermeler içerdiğini gösterme çabasıydı. Bu nedenle, şu ana kadar gevşek bir tanımlama kullanarak soyutlama dediğim şey üzerinde ısrar etmek, felsefenin, benim kuramsal söylem dediğim şeye dönüştürülmesinin bir parçasıdır. O zaman da bu, ister istemez, olgulara, söz konusu görüngülere sıkı sıkı tutunma, olguları ya da durum her neyse onu bir bakıma gölgeleyen sahte sorunları ortadan kaldırma olanağını vurgulayan bir tür pozitivist geleneğe karşı oluyor. Wittgenstein'dan söz edecek olursak, bizi bu gibi bütün şeylerden kurtarıp sağaltacak olası bir dil tedavisi kavramıdır bu. Bu nedenle, bence kuram, elde bulunan durumun altında, olgulardan oluşan pozitivist söylemin altında, ampirik nitelikte olmayan derin ideolojik önvarsayımların her zaman bulunduğunu hep vurgulamalıdır.

Bununla birlikte, sizin söz ettiğiniz şey, belki de sizin o zaman bu konuda oldukça farklı bir eksen olarak gördüğünüz şeyle ilgili olabilir. Ben bunun, evrenselleri tekilliklerle karşıtlayan eksen olduğunu söylemek isterim. Foucault soyutlama sözcüğünü nasıl kullanmış olursa olsun, bizler işe onun bunu nerede söylediğini ve ne söylediğini anlamak üzere, metinlere bakarak başlamalıyız. Ama, Foucault'nun düşmanının evrenseller olduğu benim gözümde oldukça açık. Sanırım, bundan sonra da ampirist gelenekle diyalektik gelenek arasındaki karşıtlıklardan oldukça farklı bir durumda buluyoruz kendimizi. Bu da, tekillik üzerinde, pozitivist bir olgu olarak değil ama evrenselleştirilemez bir durum olarak, oldukça farklı bir tutumla ısrar etmek demektir.

Şimdi, örneğin şunu anımsayalım: Modern diyalektik geleneğin en çok ortada dolaşan sözcüklerinden biri, hep "somut" sözcüğü olmuştur. Gerçek, "somut"tur. Ayrıca somut, çözümlemeyi evrensellerden uzaklaştırıp özgül tarihsel duruma çekmek ister. Marx'ta harika bir yer vardır. Burada Marx, burjuva felsefesinin, felsefenin –Yunan felsefesi dahil– ta kuruluşundan başlamak üzere görevinin, her zaman evrenselleri özgüllüklerden koparmak olduğunu söyler. Başka deyişle, Platon zamanında soyutlamanın ilk ortaya çıkışından koparma, bir *pensée sauvage*'dan döve döve çıkarma, bir bakıma her şeyi, ilk evrenselleri baştan sona düşünerek oluşturma. İşte böylece, burjuva felsefesi her zaman kendine özgü olandan evrensele doğru ilerlemiştir. Şimdi, diyalektik felsefenin evrenselden çıkarak somuta yükselmesi gerekir. Kanımca bu, bütün bu şeyler hakkında konuşurken çok daha uygun bir yol oluşturuyor.

Ayrıca, Hegel'in Yunanlıların görevinin bizimkinden çok farklı olduğu yolundaki gözlemi de çok önemli bir gözlemdir. Onların görevi, tam da evrensellerin yaratılmasıydı. Şimdiyse diyor Hegel, bugün içinde yaşadığımız toplumda bizler evrensellerin içinde boğuluyoruz. Gereğinden kat kat fazla evrensel var elimizde. Şimdi, bütün bu evrensellerin içinden bir bakıma başka bir şeyi çıkarıp almak zorundayız. Bu nedenle, kanımca vurguyu başka bir yere kaydırabiliriz; çağdaş Fransız felsefecilerinin özgürlükler üzerinde yoğunlaşan vurgulamalarını o gelenekle bağlantılandırabiliriz. Başka deyişle, bence Hegel bundan başka bir yolla okunabilir. Onu bu yolla okumanın çok kolay olduğu açık olsa da. Marx'ta, açıkça görülüyor ki, ideolojinin vurgulanması, evrensellerin her zaman yasalarla oynama ve iktidarı kullanma rolünü üstlenebileceğinden kuşkulanmak anlamına gelir. Ama bence, özgüllüğün bu yolla vurgulanması, her şeyiyle postmodernlikte daha sık görülen bir şeydir. Örneğin ben, bu vurgulamanın Deleuze'cü çeşitlemesini seviyorum; bence bu çeşitleme, Foucault'nunkinden daha ilginç ve daha çelişkili. Çünkü Deleuze, özgüllüğe mutlak bir vurgulamayla yaklaşıyor. Deleuze, bilimin yasalarla hiçbir ilişkisi olmadığını bile söylüyor. Ona göre bilimin, kendisinin işlevler dediği şeyle ilişkisi var. Sanatın da soyutlamalarla hiçbir ilişkisi yok. Sanatın yeni ilkelerin yaratılmasıyla ilişkisi var. İşte bu nedenle ressamlar, yeni türlerde güçler ve birleşimler keşfediyorlar. Son olarak da, felsefecilerin yeni kavramlar yaratmaları gerekiyor; Deleuze, felsefenin bu türden şeyler üretmesi gerektiğinde ısrar ediyor. Ama bunlar evrenseller değil. Bunlar özgüllükler. Kendilerine özgü biricik adları var, insanlar gibi.

Kanımca bu, bazı çağdaş felsefe biçimlerinde daha üretken bir gerilim sayılabilir; dilin ve soyutlamanın ister istemez evrensel olan biçimiyle bizim özgüllük üstünde direnmemiz arasındaki gerilim. Öte yandan, açıkça görülüyor ki Habermas gibi biri hâlâ evrenseller açısından düşünüyor; bence insanları Habermas karşısında sabırsızlığa iten şey de bu. Kant'ın özelliklerinden birine dönüş. Bundan başka daha pek çok Kant var. Heidegger'e gelince, onun düşünmeyi imgeleminde canlandırış biçimi, bütün bunları tümüyle gerçekten es geçiyor. İşte belki bu nedenle Heidegger, kendileri de evrensellere karşı olan insanlara çekici geliyor. Ama ben evrensellere karşı olan bütün insanların, bütün düşünürlerin ille de ampirist oldukları kanısında değilim. Foucault hangi dili kullanırsa kullansın. Ayrıca, Foucault'nun pek fazla İngiliz ya da Amerikan felsefesi okuyup okumadığını bilmiyorum. Okudu mu?

Büyük olasılıkla okumadı. Sanırım Searle'ı ve Austin'i bir ölçüde okumuştur. (F.K.)

Bence Austin farklı, çünkü Austin sonunda çelişkilerin kıyısından dolaşıyor. Austin'de sistem diye bir şey yoktur. Ama açıkça görüleceği gibi, bu insanların çoğunun gözünde Searle, analitik olanın bir bakıma en son ölçülerde indirgenmesini temsil ediyordu. Gene, şunu söylemeden edemeyeceğim: Derrida ile Searle arasındaki alışveriş Derrida açısından iyi oldu, çünkü Derrida bundan normların ve normatifliğin çok daha güçlü bir eleştirisini türetebildi. Ama bu alışverişin, Searle açısından hiç mi hiç yararı olmadı. Kanımca Searle, bu konuda üretken olan hiçbir şey yapamadı gerçekten. Bu nedenle, istediğimiz diyaloğun bu tür bir diyalog olduğundan da emin değilim. Bu, başka felsefecilerin varlığını kabul etmek anlamına gelse de.

"Postmodernizm Altında Modernlik" konulu konuşmanızla ilgili bir soru sormak istiyorum. Modernizmin neredeyse her şeyi anlatılaştırdığını ileri sürdünüz. Bu durumda, postmodernizmin de modernizmin anlatılarından biri olması olasılığı yok mu? (T.A.)

Elbette bu, insanların edinebileceği bir tutum olabilir; ayrıca bence, postmodernizmle modernizm arasında gerçekten kökten bir ayrım görmeyen insanlar da var. Postmodernizmde bulunan her şeyin, aslında çekirdek halinde modernizmde zaten bulunduğunu ya da modernizmin kendisi tarafından icat edildiğini falan söyleyenler vardır. Bu nedenle, bizim bu denli farklı göstermek istediğimiz bu şey, baştan sona postmodernizm ve postmodernlik, aslında modernizmin ileri aşamalarından biridir yalnızca. Kanımca, bunun inanılabilir olacağı bir yaklaşım yolu vardır. Ama, bana kalsa derim ki, sanatı düşünürseniz, benim savım sanırım buna karşı pek çok şeyi ele veren bir tutum olacaktır. Çünkü bana göre, modernci biçimlerle postmodernci biçimler arasındaki fark, birbirlerine ne kadar benzerlerse benzesinler (üstelik benziyorlar), modernci biçimlerin, ağır basan burjuva kültürüne karşı olmasında yatar. Üstelik bu biçimler çirkin, uyumsuz, saldırgan, cinsel açıdan saldırgan vb. vb. olarak algılanıyordu. Oysa, bana öyle geliyor ki, birbirlerine ne kadar benzerlerse benzesinler, postmodernci biçimlerin hepsi çok popüler. Kültürün en kuytu köşelerine kadar sızıyorlar. Reklamlara, nesnelerin üretilmesine, metalaşmaya, tüketime vb. itici güç oluşturuyorlar. Bundan dolayı da ben kendimi *a priori*, bu biçimlerin çok farklı anlamlar taşıyan modernci biçimlerden köktenci bir biçimde farklı olduklarını vurgulamak zorunda hissediyorum. Bu nedenle, sorunun bir kesimine böyle bakmak gerekiyor.

Bununla birlikte, bence ilginç bir sorun olan anlatı sorununa gelince, bu konuda ben farklı biçimler olduğu düşüncesindeyim. Kapitalizmin her dönemi, diyelim ki daha geniş anlamda bu modern tarihsel dönemlerin her biri, farklı bir anlatı kavramı geliştirdi. Kapitalizmin ilk döneminde, belli türlerde gerçekçi temsil edilişlerin ortaya çıktığından söz edebilirsiniz. Modern dönemdeyse, gerçeği oluşturan an, temsil edilişin kendisinden kuşkulanmaktan oluşur. Bu nedenle anlatı, temsil edilişin olanaksızlığının çevresinden dolaşarak her türlü karmaşık yolu denemek zorundadır. Bu yollardan biri, bana kalsa, anlatının anlatı yoluyla inkar edilmesidir. Eskiden, modern dönemde, şiirsel roman denen şeyin egemen olduğunu söylerdik. Hiçbir şey olmuyordu. Joyce'ta tek bir gün, Virginia Woolf falan. Oysa ben, Joyce'un da bir anlatı olduğunu düşünmek zorundayım, ama bu anlatısal-olmayan bir anlatıdır. Anlatısal-olmayan olayların anlatısıdır ya da öyle bir şeydir. Şimdi, postmodern dönemde, insanlar öykü anlatımına geri döndüğümüzden söz ediyorlar. Eski şiirsel romanlardan bıktık, bunlar ve bu yüksek kültür buramıza kadar geldi; bu modernci yapıtları çevreleyen huşu, saygı ve ciddiyet çok fazla. Zaman zaman, sözlü geleneğe daha yakın, zaman zaman daha çok yerel renk taşıyan, zaman zaman da daha mitsel olan öykü anlatma geleneklerine geri dönmek istiyoruz: García Màrquez, Salman Rushdie ya da kimi isterseniz. Bir bakıma anlatıların çoğalması ve çeşitlenmesi.

Kanımca bu, geriye dönmek değildir. Bence bu, anlatının ne olduğu konusunda yeni bir kavramı benimseyerek ileriye doğru gitmektir. Ayrıca, tarih açısından bakıldığında, bence insan bunu daha da açık seçik görebilir. İlk dönemde anıtsal tarih ağır basar; büyük ulusal tarihler ağır basar; bu tarihler, gerçekten de, siz bir şekilde orada bulunabilseniz, bu büyük tarihsel olayları kendi gözlerinizle görebilecekmişsiniz gibi bir varsayım içindedir. Modern dönemi belirleyen nitelikse, bence, Althusser'den alınan bir sözcüğü kullanacak olursak, bir aşırı belirleyicilik duygusudur; tarihin bu anlamda hiçbir zaman var olmadığı duygusudur. Bu merkezi gerçekliğe herhangi bir biçimde yaklaşabilmek için, tarihsel temsil edilişin çok katlı boyutlarına ulaşabilmemiz gerekir; ama bu da, modası geçmiş, teatral bir tarzda yapılamaz. Benim kuşkum odur ki, postmodernizm her nasılsa farklı bir tutum edinerek tarihin, her türden almaşık anlatısı olabileceğine inanıyor. Hatta bazen fantastik anlatıları olabileceğine. Bu, sanallık kavramı da olabilir; görünüşte tarihsel olan her olayın çok sayıda sanallığının bulunabileceği görüşü. İnsan bunları, García Màrquez'e özgü biçimde tek tek de görebilir. İşte bu nedenle ben şu düşüncedeyim: Tarihi, çok katlı anlatılardan oluşan böyle çok farklı bir şey olarak yakalama çabası, öyle bir durum yaratıyor ki, tarih duygusu, modern dönemde olduğundan bile çok daha zayıflamış oluyor. Bence, "gerçekçi" dönemde, tarihin büyük olaylar ve büyük adamlardan, devlet adamlarından vb. oluşan kesintisiz kitlesel bir akış olduğu duygusu vardı. Modern dönemde, tarihin çok karmaşık yollarda görüp yorumlamanız gereken, kaçınılmaz birleşimlerden oluştuğu duygusu vardır. Bunlar, her nasılsa kopuk kopuktur. Postmodern dönemdeyse, bence tarih duygumuz giderek daha yetersiz duruma geliyor; bu nedenle, postmodern tarihsel anlatı, bu durumu sarsmaya çalışıyor, zamanın ve eylemin yok olmuş gibi göründüğü bir durumda zaman ve eylem duygusunu bir ölçüde yeniden harekete geçirmeye çalışıyor.

Bana öyle geliyor ki bir şeye postmodern dediğimizde, bu farklı farklı şeylerin hepsini aynı kaba koymuş oluyoruz. Örneğin, metropollerde yaşayan ikinci ve üçüncü kuşak göçmenleri ele alalım. Bu insanlar Batı'da ya da kendi ülkelerinde iyi bir eğitim almışlarsa, Batı felsefesini, sanatını, her şeyi biliyorlar. Ama aynı zamanda kendi yerel kültürlerini ve törelerini de birlikte götürüyorlar. Metropollerdeki kültürel ya da sanatsal üretime şu ya da bu biçimde katkıda bulunuyorlar. Bu, işin bir yanı. Öbür yanı da, emeğin yeniden dağıtılmasıyla, dünyanın yeniden biçimlendirilmesi ve yeni coğrafyaların oluşturulmasıyla, ulusal devletlerin aldığı yeni biçimlerle ilgili. Bir bakıma bunların hepsi birbiriyle bağıntılı; bunlar yeni bir algılama türü yaratıyor. Buna modern diyemiyoruz, çünkü tarihe olan inancımız sarsılmış durumda; çünkü tarihin başka yorumlanışları var; kültürel ve sanatsal üretimin farklı tarzları var. Kanımca, bunların hepsine postmodern demek bir sorun yaratıyor, çünkü böyle dediğinizde, onların ne olduğunu, neyi gösterdiğini, birbiriyle bağıntılı olduklarını göremiyoruz. Sizce, bunların daha geniş kapsamlı bir çözümlemesini yapabilir miyiz? (T.A.)

Aslında, ben postmodernliğin küreselleşmeyle çok yakından bağıntılı olduğunu düşünüyorum. Belki de sorun, bizim postmodern terimini, temelde birinci dünyaya özgü sanatsal biçemler için kullanagelmemizden kaynaklanıyor. Modernci gelenek içinde eğitilmiş olan insanların çoğu, bu biçemleri hafif, eğlendirici, büyük modernci geleneğin bir bakıma indirgenmesi falan olarak görüyorlar. Bu nedenle de, Batı'da postmodernizm sözcüğü bir tür olumsuz sözcüğe dönüştü. Ama belki de, postmodernlik küreselse, o zaman postmodernizmin hiç de böyle olmayan, birinci dünyaya özgü bu şeylere göre biraz daha temel bir öz taşıyan başka olumlu biçimleri vardır.

Örneğin, Bakhtin'in detour kavramı; gidip bütünüyle başka kültürlerin içine gömülmek ve ötekini bir biçimde anlamak. Belki, aynı zamanda böyle bir şey de oluyor! (T.A.)

Belki! Ben şöyle düşünmek istiyorum: Dikkat edilmesi gereken şey, söz konusu iki kültürün ikisinin de ortadan silinmekte oluşu, ikisinin de bunalım içinde oluşu. İşçiler, bir ana ülkeye geliyorlarsa, o ana ülkenin gelenekleri aşınıyor. O ülkenin daha eski zamanlara özgü ulusalcılık anlayışları bunalıma giriyor. Ama bu zorlanmış yer değiştirme nedeniyle, işçilerin geldikleri kültürler de bir bakıma aşınıyor. Bu nedenle, belki de bu durumu, zaten var olan bir kültürün dışavurumu açısından değil de, yeni türde bir kültürün yaratılmasına duyulan gereksinme açısından görmemiz gerekiyor. Kuzey Amerika'da İspanyollarla Amerikalılar arasındaki temasta kullanılmakta olan dil, "melezleştirme". Bence bu, ele alınıp işlenmesi gereken ilginç bir kavram. Ama sanırım, benim son zamanlarda en çok sevdiğim formül, Deleuze'ün sinema üzerine yazdığı kitapta kullandığı formüldü; Deleuze orada, siyasal sinemanın, ister istemez, bir grubun bilinçliliğe ermesi üzerine oturabileceğinden söz ediyordu. Ama daha sonra da Deleuze şunu söylememiz gerektiğini belirtiyor: Bu bilince erme durumu, grubun orada bulunmamasından doğuyor. Grup orada değil. Grubun artık uydurularak, öykü anlatarak, yeni türde biçimler vb. bularak yeniden yaratılması gerekiyor. Sanırım ben de, çeşitli deneyimleri bulunan ve bu deneyimleri her nasılsa dışavuran belli bir grubun varlığını sürdürmesinden çok grubun oluşmasını vurgulamak isterim. Bu nedenle, bu yeni kültürel temasların ya da sınır temaslarının görevi, eski geleneklerin ikisine de ait olmayan, yepyeni bir şey olan, yeni türde grup oluşumları üretmesidir. İşte bu da, belki olumlu türde bir postmodernizmdir.

Ben, sizin betimlediğiniz türde bir umudu sinemada görüyorum; özellikle de her şeyin, Ballard'ın formülleştirmesinde olduğu gibi, kurmacalaştırıldığı ve yazarın rolünün gerçeklik yaratmak olduğu bir dünyada. Sinema, belli türde bir uzam yaratıyor; bu yer, diyalog kurmak için, karşılaşmalar için, belki karşılıklı anlayış için, hiç değilse ötekini paylaşılan bir uzamda, perdede öğrenmek için çeşitli olanaklar getiriyor. Bu uzama ne ad verirsek verelim, örneğin isterseniz Homi Bhaba'nın sözcüklerini kullanarak "üçüncü uzam" diyelim, öteki deneyiminin başkalarıyla buluşabileceği ve bir tür yeni dil yaratabileceği üretken bir uzam oluşturuyor bu yer. (T.A.)

Evet. Ben Ballard'ın formülleştirmesini beğeniyorum. Başka deyişle, bana öyle geliyor ki yeni gerçekliklerin üretilmesindeki yaratıcılık üzerinde ısrar etmek çok önemli. Çünkü kanımca, hâlâ "temas" ya da "anlayış" gibi ulamlar açısından düşünüyorsanız, o zaman bir öznenin burada, başka bir öznenin orada bulunduğu ve bunların, her nasılsa, bir biçimde bağıntı içinde olduğu ya da hiç de yeni bir şey olmayan bir öznelerarasılık içinde olduğu bir konumdasınız demektir. Ama bu, zaten var olan iki gerçekliğin paylaşılmasıdır. Bana öyle geliyor ki bu durum, bundan öte bir şey olmalıdır ve bu uzamlar, tarihten önce var olmayan bir şeyin yeri olmalıdır kesinlikle.

Şimdi, sinema söz konusu olduğunda, sanırım sorun sinemada gerçekten kahramanca olan deneylerin 1960'lı ve 1970'li yıllardaki deneyler olmasından kaynaklanıyor. Bunlar artık sona ermiş gibi görünen her türlü siyasal ve ekonomik nedenden dolayı böyle oldu. Film üretimi açısından bakıldığında, bizler yeni bir küreselleşme durumu içindeyiz; pek çok ülke parasal açıdan yıkım içinde ve kendi sinemalarını bile destekleyemiyor. Kendi filmlerini büyük çapta kendisi üreten ve ürettikleri kendi yerel seyircileri tarafından tüketilen Brezilya bile bir yıllık bir süre içinde yılda ancak üç film yapabilecek duruma geriledi. Bu nedenle, işlerin bir bu yanı var. Başka bir yanı da, bence Hollywood'un egemenliği. Bundan dolayı, ulusal film üretiminin karşımıza yeni sorunlar çıkardığı düşüncesindeyim. Bu sorunlar, bugün üretilmekte olan türden dünya yazınının sorunlarına çok benzer olabilir. Bu nedenle, bu şeylerin ileride ne gibi biçimlere girebileceğini henüz bildiğimizi sanmıyorum. Gene, sanırım, burada o yeni felsefeden, olgulara karşı gelişen o yeni iştahtan da söz etmek gerekiyor; öyle ki, sizin de çok yerinde olarak belirttiğiniz gibi, her şeyin kurmacasal olduğu bir durumda, belgeseller yepyeni bir konum edinmiş oluyor. Yeni tür belgeseller. Eski türden belgeseller değil. Bu nedenle, sizin olacağını söylediğiniz şey, sinemada bambaşka bir konu. Bu türden temasların tarihsel açıdan özgün, biricik vb. olması, tarihsel açıdan özgün bir şeyin gelmekte olduğunu düşündürüyor.

Ben, dün yaptığınız konuşmada izlediğiniz ana çizgiye dönmek istiyorum... Şimdi, söylediklerinizi doğru anladıysam, bugünlerde, modernlikte herhangi bir platformda çeşitli ilgi alanlarının ortaya çıkmasının, aslında modernliğin, postmodernliğin yerine geçmek üzere yeniden canlanmasının bir göstergesi olduğunu söylemek istiyorsunuz. Bu nedenle, doğal olarak, post-postmodernizmin ortaya çıkış anında yeniden modernizm var. Sizin, bu yeniden ortaya çıkmakta olan kavramlara modernci "pastişler" demek istemenizin nedeni de bu. Ama bence böyle bir düşünme çizgisi izlemenin bir sakıncası var. Günümüzde, pek çok modernci kavrama yeniden ilgi duyulmasının şimdiye özgü nedenleri var; üstelik bu nedenler, bu kavramları geçmişte destekleyen nedenlere de benzemiyor. Örneğin, son zamanlarda Amerikan felsefesinde "etik", salt pek çok tıp ve iş idaresi okulunun bugün "etikçiler"i çalıştırmak istemesi nedeniyle çok önemli bir duruma geldi. Bu, yeni bir gelişme. Benzer biçimde, bugün kimlik ve öznellik çevresinde yürütülen tartışmalar da, modernliğin dorukta olduğu zamanlara göre çok daha farklı, çünkü bu gibi kavramların günümüzde geçerli olan kullanımları politik, etnik köken, toplumsal akımlar vb. gibi anlamlarla iç içe örülmüş. Bunun sonucu olarak, ben şöyle bir endişeye kapılıyorum: Salt kökenlerinin modernliğin içinde olması nedeniyle, bütün bu kavramlara "pastişler" demek, şimdiye özgü olan, değerli olduğu ölçüde yararlı da olan bir şeyi göz ardı etmek anlamına gelmiyor mu? (G.G.)

Biri, ölüler yaşayanların beyinleri üzerinde bir karabasan gibi durmaktadır, demişti. Bu nedenle ben, bunların eski kavramlar olduğu, kendilerine özgü gelenekleri bulunduğu düşüncesindeyim; ayrıca insan, bu yeni şeyleri eskiler aracılığıyla düşünemez. Geçmişe, tarihsel çözümleme yolu dışında bir yolla başvurmaya çalışmak, çok farklı olan bir şimdiyle uğraşırken geçmişteki şeylere başvurmak yanlıştır. Bu noktada şöyle bir şey söylemek isterim: Pastişle ilgili olarak geliştirilen bütün bu sözcükler, akıl karıştırıcı geliyorsa, onlara ideolojiler diyelim. Bence, örneğin sanatta modernin yeniden canlanmasında karşı çıkmak istediğimiz şey, büyük modern sanatçıların kendileri değildir; onların hepsi zenginliklerle yüklüdür ve binbir çeşit yeni yolla yeniden bizim kılınabilir. Bizim karşı çıkmak istediğimiz şey, modern sanatın ürettiği modernizm ideolojisidir. Bu ideolojinin ısrarla sürmesidir ve insanın gene de bu ideolojinin içinde onu geliştirerek vb. vb. yaşamaya devam edebileceği görüşüdür.

Modernlik görüşünde karşı çıkılan şey, eski dönemlerde

yaşandığı biçimiyle modernizm olgusu ve modernizm ikilemi değildir. Modernleşme diye bir şey vardı; modernciler vardı; modernleştirici devrimler vardı. Nitekim, Türkiye bunlara en büyük örneklerden birini oluşturuyor. Öyle bir zaman oldu ki, ulusal olan ortaya çıktı; yapılandırıldı, çok önemli bir tarihsel olgu durumuna geldi. Ama, öte yandan modernlik ideolojisi de var, ulusalcılık ideolojisi de var; bütün bu şeylerin ideolojileri var. Bunlara gelince, ben bunların sürdürülmemesinin ve yeniden canlandırılmamasının daha iyi olacağı kanısındayım.

Tıp ve iş yönetimi etiğiyle ilgili soru, bence buna çok iyi bir örnek. Örneğin, bilişim etiği, kanımca, canlıların kopyalanması etiği ve daha başka çeşitli biyolojik şeyler. Bunlar son derece ilginç, yepyeni, postmodern olarak nitelendirme cesaretini göstereceğim ve insanların yüzleşmek zorunda oldukları gerçekler. Ama, birinin bunlara bir çözüm bulup bulmadığı sorusunu bir yana bırakarak, bu gibi sorunları irdelemeye başladığınızda şunu açıkça görüyorsunuz: Bu sorunların kökeninde yatan temel gerçeklerden biri, kişisel mülk sahipliği; bu çok eski toplumlarda hâlâ dayatılarak uygulanmakta olan, özel mülkle ilgili yasal ulamlar. Şimdi, bu "etik" terimini ele alıp sonunda her nasılsa özel mülk meselesine gelip dayandığımızı söylemek, eski dönemlerden kalma bir şey, çünkü içinde yaşadığımız toplum bundan çok daha derinlere işlemiş biçimde postmodern; başka deyişle, geçmişte ya da modern dönemde bulabileceğimiz her şeyden çok daha derinlere gidecek biçimde kolektifleşmiş durumda. Bu, bana soruna yaklaşmanın uygun bir yolu gibi görünmüyor. İş konusu ne olacak mı diyorsunuz? Elbette, eğer bu durumda insanın kendi alanını yaratabileceği, sonunda bu alanı nasıl kullanmak istiyorsa öyle kullanabileceği işler varsa. "Etik" sözcüğünün kullanılması bile, bu ikilemleri ve spekülasyonları, geçmişin bütün geleneğiyle bağlantılandırma isteğini anıştırıyor. Üstelik biz, etiğin yeniden canlandırılmasından söz ediyoruz. Biraz önce ettik. Bunun bir yeniden canlandırma olduğu, adı konmuş bir canlandırma olduğu çok açık. Bu, kendini, etik tarihi içinde izlenen yollarla, örneğin Platon'dan başlayarak daha sonra gelenlerle ilişkilendirmek zorunda. Bir yolunu bulup her nasılsa o geleneği, işlerliği olan bir geleneğin içine katıp onun bir parçası kılmaya çalışmak zorunda.

Bununla birlikte, Deleuze'ün bu kavramı üretişi, köktenci bir biçimde farklıdır. Deleuze'de bu kavram, yeniden-adlandırma demektir; o geleneklerden kopup ayrılmak demektir; onlardan hoşlandığınız şeyleri alıp kendinizin kılmak demektir; onları her türlü yeni yolla yeniden okumak ama neredeyse yeniden-adlandırmak demektir. Ben, bu alanların hepsinde bu yaklaşımın uygulanmasının temel önemde olduğunu düşünmeden edemiyorum. Öznelliğe gelince, kişisel kimlik, benlik vb.'yle ilgili, eski döneme ait kavramların artık geçerli olmadığı kanısındayım gerçekten. Ayrıca, bunlarla çok fazla oynayıp onları bizim içinde bulunduğumuz koşullara uyacak duruma getirmek için birazcık daha karmaşıklaştırmaya çalışmamalıyız. İsterseniz bunların hepsine başka bir ad verelim. Bunları, yepyeni yollardan inceleyelim. Böyle bakınca da bence, öznelliğin ölümü kavramı, çoklu özne konumları vb. kavramlar, eskisinden çok daha güçlü bir duruma geldi bence. Bunlar karşımıza ne gibi sorunlar çıkarırsa çıkarsın. Ama kanımca, eski döneme ait bir dilin korunması ve daha eski olan geleneksel dilin korunması, Spivak'ın deyişini kullanacak olursak, geçmişle "kesintisiz" bir bağıntı kurma çabamızı ölümcül bir biçimde yönünden saptırıyor. Oysa, bizim istediğimiz daha da öte bir kopuntululuk. Sonra, bu kesintililiği elde ettiğimizde, dönüp geçmişe bakabiliriz ve kullanılabilir olanları görebiliriz. Ama, kendimizin bu geçmişin bir parçası olduğunu düşündüğümüz sürece, o bizi kullanıyor, biz onu kullanmıyoruz.

Bütün bunlara karşın, ben gene de şunu merak ediyorum: Acaba günümüzdeki pek çok tartışmayı geçmişe bağlamak ya da en azından öznelliğin günümüzdeki kullanılışını – ki bu temelde toplumsal bir kullanılış – daha eski kullanımlarıyla, örneğin Kartezyen görüşle karşıtlamak için, diyelim ki öznellik kavramını kullanmak, gerekli olmasa bile yararlı olmayacak mıdır? (G.G.)

Aaa, elbette. Kitaplarının hepsini bir yana atan, kitap okumaktan vazgeçen ve her şeyi bir bakıma Wittgenstein'ın yaptığı gibi düşünüp kafasında yeniden bulan Descartes'ın yaptığının tam tersi. Ben hiç de bunu kastetmiyorum. Benim kastettiğim, açıkça görüleceği gibi şu: Bir kere öznellikten yeni bir biçimde söz edecek duruma gelirsek, o zaman bütün öbür deneyler gibi, belki bize özgü postmodern deneyler gibi, başarısızlıkla sona eren Descartes'ın deneyi de, çok ilginç bir duruma gelir; o deneye bakabilir ve ondan birşeyler öğrenebiliriz. Ama Kartezyen sorgulamayı izlediğimizi sandığımız sürece, bence bu aşamaya ulaşma olasılığımız pek yoktur. Sonra ben, felsefe tarihinin çok çok önemli olduğu kanısındayım. Rorty gibi kişilere hiç mi hiç katılmıyorum. Dil deneyleri, temsil etme deneyleri saydığım o karmaşık metinlere geri dönmek kadar aydınlatıcı hiçbir şey olamaz bence; Kafka'dan daha zengin bir şey olamaz örneğin. Ama, insan bunları öncüller olarak görmemelidir. Ama bu noktada da Rorty bence şu anlamda haklı: İnsan, bir felsefe tarihi ya da bu anlamda bir felsefe geleneği olduğu görüşünden kendini kurtarmalıdır. Her zaman orada bulunan ve hepimizin her zaman bakıp durduğu ebedi sorunlar olduğu görüşünden. Bana öyle geliyor ki bu, kesinlikle öldürücü bir şey olur.

Daha önce söylediğiniz iki şeyi birbirine bağlayacak olursak: Grup oluşumundan söz ettiniz, Deleuze'cü kavramdan. Sonra da kimlikten ve kimlik siyasasından... (F. K.)

Kanımca bu, konuya girmenin mükemmel bir yolu. Sonra, insan kişisel kimlikten söz ederken bile, sanırım bu süreç, bu sürecin yapılandırılışı, son üründen çok daha önemli. Ama elbette şu da var: Grup kimlikleri, hâlâ kişisel kimliklere benzer şeylermiş gibi ele alınıp tartışılıyor. Başka deyişle, orada hâlâ o sözcüğü kullanıyoruz. Kolektif bilinci hâlâ bir bilinç ya da ona benzer bir şey olarak düşünüyoruz. Bu nedenle de bu kavram, felsefecilerin gözünde adı kötüye çıkmış, zorluklarla yüklü bir kavram. Size göre bu ne zaman başlamıştır mı diyorsunuz? Eh, ulusalcılıkla başlamıştır ve ondokuzuncu yüzyılın sonlarına kadar gitmiş, oradan da Sartre'a uzanmıştır. Bu grup oluşumu meselesi üzerinde konuşmak her zaman çok güç olmuştur, çünkü bizler hâlâ bunu bireysel öznelliğin bir altkümesi olarak görüyoruz. Oysa, bunun tam tersini yapmamız ve bireysel öznelliği grup oluşumunun bir altkümesi olarak görmemiz gerekir. Benim görüşüme göre, oluşumun ya da yapılandırmanın uygulanması temel önemdedir. Çünkü bir grup bir kez oluştu mu, kemikleşmeye başlar, iktidar ilişkileri yaratır vb. vb. Artık sahiciliğini yitirir.

Sizce, bu oluşum kavramı, gene belli bir gruba ait olmakla ilgili bir dizi koşulu da içerecek midir; örneğin belli bir gruba ait olan koşulların belirlenmesi gibi? Yoksa bundan daha fazla bir şeyi mi içerecektir? Çünkü uzun süredir çevremizde tartışılmakta olan kimlik politikasıyla ilgili olarak sizin ne düşündüğünüzü bilmek istiyorum. İnsanlar artık kimlik politikasının ve kimlik kavramının kendisini sorgulamaya başladılar. (F. K.)

Bu konuda söylemek istediğim ilk şey, bunun çok çelişkili bir konu olduğu. Kimlik politikası, aynı zamanda farklılıkların politikasıdır. Şunu demek istiyorum: Bana öyle geliyor ki bir şeyin aynı anda hem bir farklılıklar politikası, hem de bir kimlik politikası olması çok tuhaf. Öyle anlaşılıyor ki burada gerçekten düşünülüp ayrıştırılmamış, akıl karıştırıcı ya da diyalektik bir şey var. Evet, bence grup oluşumu, bir gruba bağlılığı ya da bir gruba yakınlığı, bir gruba ait olmayı anıştırıyor. Ama bu günlerde bunu bir sorun durumuna getiren, bizim pek çok gruba ait olmamız. Kanımca, hiç değilse aydınlar tarafından uygulandığı biçimiyle kimlik politikasına duyulan ve daha derinlerde yatan özlem, ardıllığa, ayrılmaya, dışta bırakmaya duyulan bir özlem. Yalnız başına bırakılmak, insanın biricikliğidir. Bunun çok sağlıklı bir eğilim olduğuna inandığımı söyleyemem. Bu nedenle, şunu anlamamız gerekiyor: Yeni toplumsal akımların girdiği bu çeşitli biçimler, belli bir başarıya ulaşınca, kendi sınırlarına dayanmış oluyorlar. Bu noktada da, insan melezlik, bağlaşma politikaları, bu gruplar arasındaki ilişkiler gibi başka ulamlar açısından düşünmeye başlıyor. Bireysel benin içinde de, hepimizin aynı anda içinde bulunduğumuz bütün bu farklı özne konumları arasındaki ilişkiler açısından.

İşte, ta sonunda her nasılsa gerçekleştirilebilir olan bir grup oluşumu kavramının, yalnızca, herkesi içine alan bir kolektif proje olacağına bu nedenle inanıyorum. Başka deyişle, bütün bu farklı gruplar, her nasılsa ortak bir yolla bir arada savaşım verdikleri zaman... Sanırım, işte bu noktada bağlantılar kurulmaya ve kopuk kopuk kimliklerden başka bir şey ortaya çıkmaya başlıyor.

Kimlik politikasında beni rahatsız eden bir şey var. Bu konuda vurgu, yakın zamanlarda tanınmaya, insanın kendisi olarak kabul edilmesine kaydı. Ama, varsayalım ki belli bir gruba ait olan insanlar öyle tanınıp kabul ediliyorlar; bu o kadar da iyi bir şey mi? Ne de olsa, uzun zamandır iktidardan söz edip duruyoruz. Grup kimliği, iktidardakiler için bu gruplarla istedikleri gibi oynamayı daha kolay kılmıyor mu? Bu grupların bir kimliği olduğu için? İktidardakilerin onların eylemlerine, kim olduklarına, bu kimlikleri kabul etme yoluyla kendilerini tanımlamada kullandıkları özne konumlarına getirdikleri sınırlamalar nedeniyle? (F. K.)

Bütünüyle katılıyorum. Burada, Birleşik Amerika'da buna getirilen eleştirinin şöyle bir kuşku içerdiği kanısındayım: Belki de, bir grup olarak tanınıp kabul edilmek, yalnızca bir tüketici grubu olarak tanınmak anlamına geliyor. Bu gruplar için özel ürünler üretiyorsunuz ve daha önce tüketimde bulunmayan bu yeni gruplar aracılığıyla pazarınızı genişletiyorsunuz. Onlar için özel ürünler yapıyorsunuz; bu grupların her biri için reklamları birazcık daha farklı hazırlıyorsunuz. Kimlik politikasının daha derinlerinde yatan gerçeklerinden biri bu olabilir. Öbürü de yasa ve toplum anlamında tanınmaktır. Bu görüş, Aydınlanma'ya özgü eski bir şeydir ve kanımca, bu gibi konularda insanın nasıl düşünmesi gerektiği açısından vazgeçilmezdir. Açıkça ortadadır ki grupların kendilerine özgü toplumsal hakları bulunmalıdır. Gruplar, yasal hakların vb. dışında bırakılmamalıdır. Kanımca, her türlü kimlik politikasının daha olumlu içeriği bu olacaktır. Bu nedenle, belki de bütün bu şeyleri birbirinden ayrıştırmak gerekir. Ben şunu önermek istiyorum: Hiçbir zaman kaybetmek istemeyeceğimiz bir çekirdek aydınlanma politikası vardır. Ama bunun da, önce modern bir çerçeveyle, sonra da postmodern bir çerçeveyle güçlendirilmesi gereklidir.

Benim korkum odur ki postmodern çerçeve, belki de imgelerden ve reklamlardan oluşan bir çerçeve olacaktır. İmge kavramı da çok önemli kavramlardan biridir. Sanırım, bir kimliğe, bir kişisel kimliğe sahip olmak, kenidinizle ilgili olarak sizi doyurabilecek, doyuramayacak, ya da her neyse, kendi gözünüzde kendinizle ilgili bir resminizin olması demektir. Bu nedenle, bence grup kimliği, bir kabul etme ve tanınma, bir grubun imgesinin ortaya çıkması anlamına geliyor. Grupların imgeleri de her zaman basmakalıp şeylerdir. Basmakalıp olmak zorundadırlar. Öyleyse, bu işin başka bir yönü daha vardır: Bir grup ya da bir topluluk, kendisinin, ötekinin gözünde algıladığı, ötekinin kabul etmesini istediği bu imgesinin egemenliği altına girebilir. Bu da bana pek o kadar sağlıklı bir ilişki gibi görünmüyor. Sonunda bunların hepsi, gene Aydınlanma'ya ait, ama modern bir biçimi olan, aslında liberal, insancıl bir hoşgörü sayılacak bir şeye gelip dayanıyor. Bundan dolayı, bırakalım her grup nasıl yaşamak istediğine kendisi karar versin; biz onların hepsine saygı duyalım vb. vb. Kanımca, bu hoşgörüye getirilmiş pek çok eleştiri vardır. Marcuse'nin getirdiği eleştirinin, çok temel nitelikteki eleştirilerden biri olduğunu büyük olasılıkla biliyorsunuz. Sartre'ın getirdiği bir eleştiri de vardır. Liberal hoşgörü kavramı, gerçekten tutarlı bir kavram mıdır? Yoksa ideolojik bir kavram mıdır? Ayrıca buna şunu da eklemek isterim: Bana öyle görünüyor ki grup ilişkilerinin hepsinin altında, temel nitelikte bir düşmanlık özü yatar. Gruplar kendilerini başka gruplara karşıt olarak ya da o gruplarla karşılaştırarak tanımlamak zorundadırlar. İşin içine bunu da kattığımız zaman, liberal hoşgörü kavramı, daha da büyük sorunsallık taşıyan bir kavram olur.

Acaba, Kluge ile Negt'e başvurarak kamusal alan sorununu, kimlik sorununa getirilecek bir seçeneğe dönüştürebilir miyiz? Kimlik politikasıyla ilgili kavramları ayrıştırmak yerine, kamusal alanın, üretim ve deneyim bağlamları içinde anlaşılmaya çalışılması... (T.A.)

Onlar, proletaryaya özgü bir kamusal alandan söz ediyorlardı. Bence o kitap, 1960'lı yıllardaki büyük mutluluk döneminde ortaya çıktı; o dönemde kitle iletişim araçlarından her türlü yeni şey için yararlanılabileceğine inanılıyordu. O mutluluk havası artık geçmişte kaldı; kitle iletişim araçlarının getirdiği bu olanakların, hiç değilse bu toplumda gerçekten kullanılabileceğine artık kimse inanmıyor gibi. Kitle iletişim araçları konusunda önemli bir uzman, bir keresinde bana şöyle demişti: "Herkes sanıyor ki kamuya açık bütün bu yeni kanallar kullanıma girdiğinde, bunlar siyasal bilginin, özgürlüğün yeni bir kaynağını oluşturacak; gruplar kendi konumlarını dile getirebilecekler vb. vb." Bu uzman şöyle devam etti: "Oysa gerçekte karşımıza çıkacak şey, bir yemek pişirme kanalı, bir pornografi kanalı, balıkçılıkla ilgili bir kanal vb. olacak." Sonunda şu oldu: Kitle iletişim araçları, bugün artık dünyada bir, iki ya da üç kişi tarafından yönetilen ve yukarıda anlatılanların tam tersi olan, son derece büyük boyutlu tekellere dönüştü. Bu nedenle, bütün bu alanlarda kitle iletişim araçlarının getireceği olanaklarla ilgili bu düşünce, bence zamanımızda gücünü gerçekten iyice yitirdi.

Bu nedenle, biz de ister istemez Habermas'a, onun kamusal alanın ne olması gerektiğiyle ilgili, Aydınlanma'ya özgü bu kavramların en güçlü biçimde yeniden dile getirilişi olan, kamusal alan kavramına dönmüş oluyoruz. Ama işte burada da gene bu kavram, özel mülk, ulaşılabilirlik, iktidar vb. ile sıkı sıkıya bağlantılı. İkinci olarak da, bu kavram parlamento sistemi ve parlamento yoluyla temsil ediliş kavramıyla birbirine girmiş durumda. Sanki gruplar, kendi içlerinde temsil ediliş idealine hâlâ bir özlem taşıyorlar. Ama bu gruplar artık kendilerini temsil etmek istiyorlar ve politik grupları olsun istemiyorlar. Belki de temsil edilme, bundan daha karmaşık bir şeydir. Belki de grupların kendilerini temsil edebilmeleri olanaklı bir şey değildir. Burada anlatmak istediğim, kitle iletişim araçlarında varlığını sergilemenin ille de iyi bir şey olmadığı değil. Başka deyişle, bence, Amerika'daki popüler televizyon programlarına vb.'ye baktığımızda, siyahların varlığının çok ağır bastığı görülüyor. Komedyenler, durum komedileri yüzde açısından bakıldığında Birleşik Amerika'daki siyah nüfusla tam bir oransızlık içinde bile olabilir. Öyle görünüyor ki bu, belli bir bakış açısından çok iyi bir şey, çünkü siyah insanlara karşı olan önyargıyı ortadan kaldırmada, beyazların siyahların da tıpkı kendileri gibi olduklarını düşünmelerinde, bu nedenle de daha duyarlı olmalarında başka her şeye göre daha etkili oldu. Bundan dolayı, bu gibi diyalektik karmaşıklıkları hiçbir zaman gözden kaçırmak istemeyiz; sonra, bu türden bir varlık sergilemenin çeşitli olumlu etkileri de olabilir. Ama, öte yandan, Amerikan televizyonunda bütün bu siyah eğlence dünyası kişiliklerinin varlığının, her nasılsa siyah kimliğin dışavurulması olduğunu söylemek de gelmiyor insanın içinden. Bunu söylemek olanaksızdır. Bununla birlikte, rap müziği gibi belli sanat biçimlerinin Amerika'daki kamusal alanda siyah kimliğin varlığını daha baskın olarak sergilediği doğrudur.

Gene de, sanırım gerçek sorun şurada: Habermas'ın "tamamlanmamış proje" diye adlandırdığı şey olarak kamusal alan konusunda nasıl bir ideal benimsenirse benimsensin, bu projenin tamamlanması için en iyi yer televizyonmuş gibi görünmüyor. Televizyon, kamusal alanın öbür, daha eski biçimlerini yok ediyor; bugün artık yalnızca konuşmalardan oluşan radyo programları ya da bizim ülkemizde hepsi baştan sona çürümüş, değersiz haber kaynakları oluşturan gazeteler gibi. Bu nedenle, kamusal alanın, başlangıçta düşünülmüş olan yazgısı bu da olamaz. Bu yakınlarda, siyasette ve felsefede bugün dünyada kesinlikle en önde gelen kişilerden biri olan Pierre Bourdieu'nün çok ciddi bir saldırısı oldu. Fransa'da televizyonun yozlaşması üzerine çok büyük bir tartışma yürütülüyor. Orada, önceleri kültür açısından daha ağırlıklı bir televizyon varmış. Kanımca bu, bazı olası kamusal alanlarla televizyon arasındaki sorunlu ilişkiyi daha belirgin olarak ortaya çıkarıyor. Sanırım bu nedenle, kamusal alanın iyi bir kavram olup olmadığını bile sormak zorunda hissediyorum kendimi. Artık orada da, başka bir şeye gereksinme duyup duymadığımızı.

Cogito 15.
Söyleşiyi Yapanlar:
Tül Akbal, Güven Güzeldere, Ferda Keskin
İngilizceden çeviren: Yurdanur Salman

Terry Eagleton: "Biz İyi Orta Sınıf Liberal İnsanlar Olarak Karılarımızı Dövmüyoruz"

Bir edebiyat kuramcısı olarak tanınıyorsunuz; ama, ne dersiniz, edebiyat kuramından önce politik konulardan konuşabilir miyiz?

Evet, tabii.

O halde, izin verirseniz şöyle başlayayım: Marksist Teori *ve* Postmodernizm *adlı kitaplarınızın girişlerinde marksizmin son yıllardaki –genelde politikadaki– başarısızlığından söz ediyorsunuz. Bu başarısızlık nasıl ve ne zaman baş gösterdi? Berlin Duvarı'nın yıkılmasıyla mı yoksa başka bir şeyle mi?*

Bence bu olay başarısızlığa kesinlikle neden olmayan şeylerden biri. Bazıları, duvarın parçalardan biri olduğunu ileri sürse de...

Bana öyle geliyor ki, marksizm bu olaylardan çok daha önce büyük bir bunalım içindeydi. Tabii ki duvarın yıkılmasının Marksizme bir faydası olmadı. Ayrıca, başarısızlığı duvarın yıkılmasına bağlamak kronolojik ve tarihsel olarak yanlış.

Bence marksizm kapitalizm yüzünden bunalımdaydı. Altmışlı ve yetmişli yıllarda büyük savaşımlar içindeydi ve bunu Tatcherizm ve Reaganizm izledi, ki bunlar, o yıllardaki dünya bunalımına bir anlamda tepkilerdi ve marksizm bu nedenlerden dolayı bir kriz yaşıyor, duvar yüzünden değil.

Marksizm yetmişli yıllar sonu ve seksenlerde kariyerinin en büyük krizini yaşıyordu. Solun içinde bulunduğu durum nedeniyle marksist kuramda içsel bir bunalım vardı ve bu bunalım hâlâ devam ediyor. Bütün bunlar Sovyet Bloku'nun çökmesinden önce oldu; biz bu çöküşü bunalımın üzerine estetik olarak doğru bir örtü olarak sarmalayabiliriz.

Bununla birlikte, bahsettiğiniz konulara ben kitabımda ironik olarak değindim, aslında Doğu Bloku'nda olanlar Batılı marksistlerin uzun zamandır beklediği, tahmin ettiği bir şeydi.

Sol büyük bir hayal kırıklığı nedeniyle başarısızlığa uğramadı, zaten büyük çoğunluğun Sovyetler konusunda yanılsama içinde olduğunu sanmıyorum. Sorun içseldi.

Solun içinde bulunduğu bu çok güç durum, gelişmiş bir kapitalist düzen içinde olmasından kaynaklanıyor. Kapitalizm kendine aşırı güvenli ve saldırgan bir konuma büründü – hatta geleneksel sosyal demokrasiyi bile kaybetme tehlikesi gündemde şu anda.

Tony Blair'e sosyal demokrat olduğu için karşı değilim, o bir sosyal demokrat bile değil. Şimdilerde değerli geleneklere tanınan özgürlük için bile sıkı bir kavga vermek gerekiyor.

Birçok entelektüel gelişmeyi –Postmodernizm, Postmarksizm gibi– büyüyen global kriz ve karşıtlıklara bağlıyorum; sol burada politik ve kültürel olarak ticari mal sistemine adapte olmak, bunu kabullenmek –ki bu konuda bazı yakınlaşmalar (veya yazılanlar) oldu– ya da geri kalan tek alternatif olarak sosyalist gelenekleri yeniden yapılandırmak arasında bir seçim yapmak zorundadır.

Diğer bir problem de şu: bu sıralarda Amerika Birleşik Devletleri'nde ders veriyorum ve görüyorum ki çok sayıda postmodernist, postmarksist kuram burada doğuyor; ki bunlar pratik sosyalizm deneyimi geçirmemiş bir toplumdan çıkıyor ve dünyaya ihraç ediliyor. Bir anlamda galiba biz hâlâ Amerikan tehlikesinin gölgesindeyiz ve postmodernizm dünyaya birtakım garip Amerikan malı politik problemler ihraç ediyor. Örneğin postmodernizm haklı olarak "cinsel kimlik" ve "etnisite" konularını ele alır ve bunları sadece Birleşik Devletler'de kullanır, çünkü başka hiçbir şey yok, çünkü bu konulardan söz eden siyasal partiler yok, bu nedenle yan kurum veya yardımcı durumuna gelemiyorlar; böylece bütün yükü kendi omuzlarında taşımak zorunda kalıyorlar. Bu da bize sapmış bir yön ve gündem veriyor bence.

Diğer birçok toplum, örneğin Üçüncü Dünya toplumları, hâlâ modernliğin sorunlarıyla uğraşıyor, belki Türkiye de böyle; buna karşılık önümüze çıkan –Amerika kökenli– teorik problematikler farklı.

Biz şimdi modern olamadan postmodern ve "refah toplumu" sürecinden geçmemiş bir "tüketim" toplumuyuz. Bu karşıtlıklar nereden kaynaklanıyor?

Sizin de bildiğiniz gibi, Amerikalılar Türkiye'nin nerede olduğunu bilmiyorlar – herhangi bir şeyin nerede olduğunu bilmiyorlar... (ha, ha, ha!) Kendilerini dünya üzerindeki en egemen ulus olarak düşünüyorlar, bundan henüz çok uzaktalar; neyse şaka bir yana...

Birleşik Devletler'de ders vermem nedeniyle küresel gündemlerin birçoğunun oradaki birileri tarafından oluşturulduğunu görebiliyorum.

Peki, sosyalizmin başarısızlığı, Stalin'in uygulamalarına bağlanabilir mi?

Evet, tabii. Her zaman başarısızlıktaki faktörlerden biriydi bu – uzun bir zaman için. İnsanların birdenbire Sovyetler'in Kremlin'den ibaret olmadığına uyandıklarını sanmıyorum. Bu en azından İngiltere'de biliniyordu. Batı'daki yaygın şekliyle marksizm uzun bir süredir Sovyet modeline karşıydı; Troçki'nin Frankfurt Okulu'nun vb. birçok eleştirisi vardı.

Ya Avrupa solu?

Onun önemini abartmamalı. Tabii ki önemli olan bir şey var, kişinin şu andaki dünyada bir seçenek bulup bulamayacağı. Sovyetler en azından bunu canlı tutuyordu, bu da ortadan kalkınca, şimdi artık durumu "başka bir seçenek yok" şeklinde uyarlayabilirsiniz; fakat başka bir seçenek olacak. Şu anda tarih bu teselliyi Tony Blair ile sağlamayı başardı – ha, ha, ha!

O zaman gündemde bu vardı, evet, önemliydi, ama kronolojik olarak yanlış olduğunu sanmıyorum. Marksizm, bence Berlin Duvarı yıkılmadan çok önce geri çekilmeye başlamıştı.

Bunlar solun politik sorunları demek istiyorum ve sol, bu bunalımı kuramsal sorunların izleyeceğini de öngördü.

Marksizmde gerçeğe, yaşama geçirilebilir olan nedir? Yeniden yapılanması gereken nedir? Bu sorular üzerinde çalışmalar sürdürülüyor. Bu belki bir anlamda birbirinden kopuk duran deneyimlerin birleşmesini sağlayabilir, çünkü bu durum sizi politik krize, neyin saf olarak miras kaldığını ve neyin kullanılabilir olduğunu söylemeye zorluyor.

Postmodernizm *adlı kitabınızın başında hayali bir politik dünyadan ve bunun bir unsuru olarak da toplumsal hareketlerin eksikliğinden söz ediyorsunuz.*

Bu hareketlerin "yönlendiricisinden" (agency) söz ederiz hep. Benim görüşüme göre krizin önemli faktörlerinden biri de işçi sınıfının, "yönlendirici" olarak hep orada olduğunu varsaymamızdı.

Öyle, bu durumu birçok bakımdan anlamak mümkün. Sol postmodernizmin, gündemi başka yere taşımasının nedenlerinden biri de bu. Şimdilerde Budist hareketler veya etnik gruplar bağlamında yeni yeni "yönlendiricilerin" oluşmasının nedeni de bu. Ayrıca bunlar tam zamanında ortaya çıktı, çünkü o noktada bazı "eski yönlendiriciler" bunların hayata geçirilebilir olduğunu düşündüler.

Ortodoks marksizm yönlendiricilerin bilinç düzeyi sorusunu ihmal ederek birçok hesap yaptı. Ortodoks marksizm ya bilincin kaçınılmaz olarak oluşacağını sandı ya da bazı Batılı marksistler sınıf bilincinden bahsederken bunu belli derecede tarihsel emperyalizmi dışarıda bırakarak yaptılar. Tartışmanın iki tarafı var, fakat pek bir araya gelemiyorlar.

Benim görüşüme göre, daha çok marksistler arasında olmak üzere işçi sınıfı olgusu konusunda çok fazla yanılsama vardı. İşçi sınıfını homojen türdeş proleterler olarak görmek bir yapı haline geldi. Marx için işçi sınıfı endüstride çalışan, üreten proletarya idi, bu nedenle proletarya terimini onlar için kullanmasının bir anlamı vardı. Şu bir gerçek ki, bu sektörde çalışanların durumu gelişmiş toplumlarda iyiye gidiyor. Fakat bana göre değişmeyen bir şey var, o da sömürülenler kesiminin asla bitmemiş olması ve bu kesimin çıkarlarının sadece sistemin değişmesi ile sağlanabileceği. İşçi sınıfını tanımlayan şey; çıkarları sistemin değişmesi sayesinde derinliğine karşılanan ve bu sistemde geleceği olanlarla kesiştiği noktadır, bir yerlerde bu ikisi bir araya geliyor.

Bu nasıl olur? Galiba son derece iyimser ve son derece karamsarım duruma göre. Çünkü soru iki yöne de uygun bir şekilde yönelmiş durumda. İnsanlar, kurulu sistem içinde onlar için çok az şey olmadığı sürece, ellerindekini, imtiyazlarını köklü bir sosyal değişimin getireceği risklere, tehlikelere atmak istemiyorlar. Ancak köklü bir sosyal değişimin riskini kendilerine şu anda sunulan çok az şeye tercih edebilirler de. Böyle düşünmek rasyonel olur sanırım. Galiba kriz görüşünü benimsiyorum bir bakıma.

Hikâyenin karamsar tarafı; kapitalist veya herhangi bir sosyal sistem, insanlara tatmin olacak kadar birşeyler veriyorsa bu sistemde kendileri için bir şeyler olmalı. Doğal olarak endişeli ve özgüvenden yoksun yaratıklar olarak bizlerin karanlığın içine atlaması olasılık dışı. Fakat hikâyenin diğer bir tarafı da; eğer sistem bunları üretemeyecek bir noktaya gelirse – günün ardından gecenin gelmesi gibi – ve rasyonel olduğu için – insanlar buna karşı ayaklanacaklardır. Şu anda Güneydoğu Asya'da görülen kendiliğinden başkaldırı bir devrim değil kuşkusuz.

Benim inancıma göre –belki de eski moda hümanist bir inanç bu, hiç umurumda değil– insanlar artık biraz daha rasyonel. Akla uydurmanın, mantığa uydurmanın kesin olduğuna inanmıyorum ve eğer risk almama konusunda herhangi bir neden yoksa insanlar bunu yapar, özellikle bu konuda sonucun kendi yararlarına olacağına dair yeterli dayanak var ise.

Fakat bu noktaya varmadan, uzun sözün kısası, ki bu bir uç nokta, galiba insanlar bunu yapmayacaklar, sol bununla yetinmek zorunda ve olgunlaşmamış rüyalara, romantik fantezilere kapılmamalı.

Aynı zamanda kapitalizmin ironik, güçlü ve kırılgan yapısını hatırda tutmak gerekir. Küresel olarak birbirine bağlantılı olmakla daha güçlü, ancak savunmasız bir hale gelmektedir. Son zamanlarda gördüğümüz gibi sistemdeki domino taşı etkisi yayılıyor. Bence kapitalizmin güçlü tarafları zayıflıkları ile birbirine bağlı durumda. İnsanın midesini bulandıracak şekilde içten, her çeşit kredi ve faizin aldatmaca bilimi yardımıyla ayakta duran farazi bir sistem. Bir semiyotik kâbus. Tabii ki bu, kapitalizmin güçlü silahları olmadığı anlamına gelmiyor. Yapısal olarak bozulabilir olması onun yarın çökeceği anlamına gelmez – fakat en azından feodal üretim şeklinden uzaklaşıyor.

Şu anda aklıma gelen bir şeyi biraz daha açalım: başarısızlığın nedenini kısmen kapitalizme bağladınız. Ama kapitalizm bir karşı oyunla proletaryayı bizim elimizden almış gibi görünüyor.

Kapitalizm, üreticileri tüketiciler haline getirmeye çalıştı, bu da tümüyle farklı türde bir ideoloji. Bununla beraber, sorunları olan bir ideoloji, çünkü insanlardan aynı zamanda hem üretici hem de tüketici olmalarını istedi; bu durum insanları ortadan ikiye böler. İnsanların iyi birer vatandaş ve üretici olmaları için istenen değerler, disiplinler ve beceriler iyi birer tüketici olmak için gerekenlerden tamamen farklı. Tüketici bir çeşit anarşist olmalı. Ha! Ha! Ha! Püritenler üreticiler safında!

Bence son zamanlarda modern kapitalist ideolojideki krizin nedeni, bizim olmamızı istemesi. Sizin söylediğiniz de doğru en azından.

Proletaryanın bugünkü entelektüel durumu tepkisel ve neredeyse geri kalmış, eğer bana katılırsanız. Bütün kriz zamanlarında bu böyle değildi. Şimdi bakıyoruz, en fazla yabancı düşmanlığı ve ırkçılık işçiler arasında, karısını, çocuğunu döven, orada da çok. Başka birçok şey de sayılabilir. İşçi sınıfı bir bakıma oldukça tepkisel bir noktaya itildi ve bu noktada özgürlükçü fikirleri ve idealleri içlerinde barındıramıyorlar.

Evet, biz iyi orta sınıf liberal insanlar olarak karılarımızı dövmüyoruz. Ha! Ha! Ha!

Söyledikleriniz doğru, fakat işçi sınıfının ırkçılıktan daha çok etkilenmesinin de iyi nedenleri var. Tepkisel bilinçli insanlar bile –bence bu çok karışık bir bilinçte– hâlâ politik eylemler yapabilirler. Bu sadece tek başına kalmış bir umut değil. Dünyada olan bu.

Belli bir grubun maddi çıkarlarına yeterince sert müdahalede bulunursanız onları sokaklara dökersiniz. Tabii ki insanları tanklarla biçip baskı altında tutabilirsiniz. Demek istediğim; ırkçılar ve beyaz lejyonların elebaşları bile sistemlerinin, gelir kaynaklarının tehdit edildiğini hissederlerse kalan tek alternatif olarak sokaklara dökülürler. Tabii ki bu, potansiyel olarak çok tehlikeli, eğer insanlar organize değillerse her şey olabilir. Solun burada sorumlulukları var yukarıdaki nedenlerle, sol fikirler bunun için canlı tutulmalıdır. Çünkü eğer o an gelirse bir organizasyonun ve hatta liderliğin olması çok önemli hale gelir, tehlikeleri sınırlamak açısından.

İnsanlar istediklerini sistemden aldıkları sürece muhafazakâr olacaklar ve her türlü tepkisel fikirlere sahip olacaklar. Fakat sistem bunu vermeyi durdurur ise o zaman insanların militan yanlarını pek küçümsemek istemem.

Bence sizin analiziniz doğru, birçok tepkisel fikir işçi sınıfına derinlemesine girmekte. Fakat onların sadece televizyon seyretmekle meşgul olduklarını da, yakınları hapse atıldığında veya geçim kaynakları ellerinden alınmak üzereyken sokağa çıkmaktan kaçınacaklarını da sanmıyorum.

Bunun kültürel bir tartışma olduğunu sanmıyorum, kültürel (veya kültürlü) entelektüeller tarafından sürdürülen, hayal edilmiş bir görüş bu. Bahsettiğimiz şekildeki bir militanlığın üretken olduğunu söylemek istemiyorum, fakat insanlar pasif olmakla istediklerini aldıkları sürece yapılacak doğru şeyin bu olduğunu düşünüyorlar.

İşçi sınıfı ve proletarya olarak iki farklı terim seçtiniz. Belki bizim için de bu terimlerin anlamını yeniden belirlememizin zamanı geldi. Hatırlıyorum Poulantzas, yazdığı bir makalede kimin işçi olduğunu, farklı düzeyleri, proletaryanın ekonomideki tanımını, politik düzeydeki ve ideolojik düzeydeki tanımını saptamıştı. Bir başkası da bu tanımlara uyan "proleter" oranının, toplamın yüzde beşi gibi bir şey olduğu sonucuna vardı. Bunu ciddiye alırsak, yani yüzde bu kadar düşükse durum bizi hiçbir yere götürmez. Yeni koşullara göre nasıl tanımlamalıyız "emek" kategorisini?

Bu ne tür bir topluma baktığınıza bağlı. Bir görüşe göre, küresel olarak özellikle Üçüncü Dünya ülkelerinde işçi sınıfı büyümektedir. Klasik anlamdaki proletarya Batı'da azalıyor olabilir. Fakat çeşitli türde vasıfsız işçiler ve kadın çalışanlar da katılıyor bir yandan. Bu tartışılabilir.

Aynı zamanda işçi sınıfının tek özne olmadığını hatırlamamız gerekir. Bu da marksizmin kriz içinde olmasının diğer bir nedeni. Çünkü şu anda çok önemli başka politik mücadeleler var ve marksizm savlarını yeniden düşünmek durumunda.

Bu konuda ben kesinlikle, açıkça farklı bir konumdayım. Bir çeşit çoğulcu olduğumu düşünüyorum.

Bence marksizm dar kapsamlı ve sınırlı bir proje. Bunu galiba bir seminerde söylemiştim; büyük hata –büyük ihtimal Marx'ın ve Engels'in hatası– bu felsefenin herkesi içine aldığının düşünülmesi. Bunun gerçekten bir hata olduğunu düşünüyorum. Marksizm, nesnel üretim sürecindeki çelişkilerin sonucu olarak ortaya çıktı teknik açıdan. Feminizm konusunda marksizm ne der?: hiç. Cevaplardan biri. Çünkü oldukça ataerkil. Soruya başka, belki de daha iyi bir cevap da; neden her konuda bir şey söylenmesi gerekiyor, olurdu. Bence marksizm, sınıflı toplum ve sömürü konusunda çok fazla düşündü. Sınıf toplumunun çelişkilerini çözmenin ırk ya da kadın sorunlarını hiçbir şekilde çözmeyeceği aşikâr.

Tabii ki toplumda varolan bütün mücadeleler birbirine bağlı, otonom değiller. Fakat hepsinin kendine has ivmesi var. Marksizmin bunların hepsini birarada yönlendirmesi büyük hata.

Biraz da geleceğe bakalım mı?

Bir gelecek olduğunu düşünüyorsunuz demek ki! Ha! Ha!

Peki, Sovyet Bloku çöktüğünde "Sosyalizmin tarih öncesi çöktü" diye yazmıştım. Bu doğruysa şimdi Sosyalizm tarihinin zamanı geldi mi? Çok uzun bir süre alıyor (veya aldı) da!

Tarih öncesi çok uzun sürer.

Gareth Stedman Jones'u tanırsınız herhalde?

Evet.

Yanılmıyorsam onun bir yazısında okumuştum. Althusser gibi bir marksist, tarih içinde sapan marksizmin sağlamasını, yeniden Marx'a dönerek, bir bakıma, teorinin bozulmamış kaynağına dönerek yapmaya çalışmıştı. Bir "içsel rektifikasyon" süreci. Bu yeterli mi? Yoksa marksizme bir "dışsal" rektifikasyon da uygulanabilir mi?

Evet. Ben iç ve dış arasında kalın ve sert bir hat çizmek isterim. Bence marksizm bu sorunun üstesinden geldi.

Bu bizi teorinin saflığı, katışıksızlığı sorusuna getiriyor.

Peki öyleyse konuyu şöyle oturtayım izin verirseniz. Püristler, vazgeçilmez ve içsel marksizm söz konusu edildiğinde ve insanlar marksizmin kriz içinde olduğunu söylediğinde, içimden şunu söylemek geliyor; krizde olan ne? Bir şeylerin krizde olduğu görülüyor. Fakat marksizmin birçok anlamı, geleneği, boyutu ve tanımı var. İnsanlar durup tam olarak neyin krizde olduğunu söylemiyorlar. Bunun hiç olmazsa marksizmde çok fazla olan pürist düşünce yolunda bize faydası olurdu. Bununla sınırların olmadığını söylemek istemiyorum. Her şey olur, hepsi faydalı demek istemiyorum. Bu pek tabii ki esnekliğin sınırları ile belirlenir ve bu esnekliğin bir yanı; marksizmin kökleri Aydınlama'da, bir "Büyük Teori" olarak, doğmuş olması.

Eğer geçmişte değerli bir şey bulabiliyorsak yapısalcılık veya her neyse neden olmasın? Bunu pragmatizm aşırılığına götürmek istemiyorum, ki gidebileceği yollardan biri de bu. Söylemek istediğim işe yarayan şeyi kullan...

Herhangi bir politik eylem kendini "Sorun ne?" gibi bir düşünce üzerine inşa etmelidir. "Sorun ne?" sorusu şimdilerde fena halde eski moda oldu ama...

Evet, tarihe böylece bakacak olsaydık "içsel" ve "dışsal" arasında ayırıcı bir çizgi çizmek zor olurdu. Bunlar birbirine geçiyor, "dışsal" olan "içsel" hale gelebiliyor. Buna bir itirazım yok.

Bu kötü peyzaj içinde herhangi bir açılım görebiliyor musunuz?

Evet, tarih içinde karışmamış ve çelişmemiş herhangi bir siyasal ortam göremiyorum. Sol için durumun kötüleştiği, küresel bir yenilginin varolduğu ve kördüğüm olduğunu görüp söylemek marksist bir yaklaşım olurdu. Bu bizim işe yeniden başlayacağımız yerlerden biri, hayali umutlar ve hayali kötümserlik olmadan.

Kuramın eylem önünde gittiği zamanlar da olacaktır. Fakat, tarihsel olarak bunun tam aksinin geçerli olduğu zamanları da hatırlamamız ve anlamamız gerekir. Örneğin bolşeviklerin ilk yıllarında eylem hızla hareket etmekteydi ve kuram da buna ayak uydurmaya çalışıyordu. Kuram ile eylem arasındaki ilişki devamlı değişiyor, değişken olmayan bir ilişki yok burada. Ve günümüzde bu politik düşüşte her zaman olduğu gibi, periferide politik geleceği değiştiren çok önemli gelişmeler oluyor. Tarih düzensiz değildir ve bu gelişmeler önemli roller oynayabilirler.

Bu görüşün iyimser veya karamsar olup olmadığını bilmiyorum, daha önce de söylediğim gibi, kapitalist sistem daha hareketli ve küresel olarak bağlantılı hale geldikçe daha zayıf ve dış etkilere açık hale geliyor, yöneticileri arasında daha çok iç çalkantılar ortaya çıkmaya başlıyor ve bunların tekrar tekrar idare edilmesi gerekiyor.

Cogito 18.
Söyleşiyi yapan: Murat Belge

Slavoj Žižek: "Sivil Toplum, Fanatizm ve Dijital Gerçeklik"

Aydınların rolü üzerine konuşalım. 1989'dan önce, Doğu Avrupa'da iktidardakiler ve aydınlar arasındaki ilişki oldukça garipti. Hem bürokratların hem de muhaliflerin bir şekilde politikayla ilişkileri vardı. Hatta şimdi bile bu durum geçerlidir. Batı Avrupa'da ise bu olgu ortadan kalkmıştır, artık herhangi bir ilişki ya da diyalogdan söz etmek hayli zordur. Sizce aydının rolü ne olmalı?

Bu kısmen doğru. Hatalarla dolu ve çürük bir sistem olmasına rağmen, reel sosyalizmin bana böylesine çekici ve hoş gelen yanı, söylenen söze duyulan inançtı. Yirmi yıl kadar önce, 3.400 tirajlı küçük bir kuramsal sanat dergisinin editörüydüm. Bir keresinde, bulanık ve anlaşılması güç bir kısa şiir yayımlamıştık, anlaşılamayacak kadar moderndi, ancak dize aralarında muhalif bir mesaj taşıyordu. Eğer iktidar, şiiri görmezden gelseydi, hiçbir şey olmayacaktı. Ne var ki, Merkez Komite bununla ilgili olarak olağanüstü bir toplantı yaptı. Tamam, bunun bir tür baskı olduğunu kabul etmek gerekir. Ama bunda hoşuma giden şey, komünist iktidarın söylenen sözün potansiyel patlayıcı gücünü ciddiye almasıydı. Aydınlarla tartışmak hep ilgilerini çekmiştir. Örneğin, Tarkovski gibi yarı muhalif olan bir sanatçıyı düşünün. Kimi filmlerine baskı uygulamış olsalar da kısmen çalışmasına izin veriliyordu. Etkilenmişlerdi, rahatsız ettiler. Jameson buna ilişkin hoş bir yorumda bulunur: Havel gibi Doğu Avrupalı muhaliflerde sevdiğimiz şeyin ancak sosyalist bir sistem içinde mümkün olabileceğini şimdi yeni yeni fark ediyoruz.

80'lerin ortalarında başlayan etkimiz, o dönem için akıl almaz ölçüde büyüktü; özellikle de felsefecilerin, sosyologların, edebiyat kuramcılarının etkileri. Fakat bu çok sınırlı bir birleşimdi. Şimdi ise, ideolojik sorularla hiç ilgilenmeyen bir rejimin katışıksız cehaleti söz konusu. Bugünlerde yazarların önemli roller üstlendiği ülkeler için üzülüyorum. Bu milliyetçi çılgınlığın yazarlar tarafından icat edildiği Sırbistan'ı düşünün. Pek fazla etkileri olmasa bile Slovenya'da da milliyetçi yazarların durumu aynıdır.

Şimdiye dek siz de politikanın içindeydiniz. Ljubljana'da sizin iktidardaki parti ile ilişkileriniz ve onların konuşmalarını hazırlıyor olmanız konusunda bir yığın tartışma dönmekte.

Doğu Avrupalı aydınların bir tür Mesihlik kompleksleri var. Buna karşı değilim. Ne var ki, aydınların bu kurtarıcı hayalleri, sağcılar arasında pek sevilen bir tutum olan kaba Amerika karşıtlığıyla birleştiğinde, Slovenya'da son derece tehlikeli oluyor. Onlar için Amerika, milli dayanışmanın olmaması, kirli liberalizm, çok-kültürlülük, bireycilik ve piyasayı temsil ediyor. Çoğulcu demokrasiden korkuyorlar ve bence bu, içinde protofaşist bir potansiyel taşıyor. En büyük saplantıları ulusal kimliğin nasıl korunacağı olan milliyetçi yazarlarla, anti-kapitalist bir sağcı hareketin birleşimi çok tehlikelidir.

Ben öyle bir şey yaptım ki karşılığında neredeyse tüm dostlarımı yitirdim, iyi bir solcunun asla yapmayacağı bir şeyi yaptım: Slovenya'da iktidardaki partiyi destekledim. Bundan dolayı tüm solcu dostlarım ve kuşkusuz sağcılar da, benden nefret ediyorlar. Liberal demokratik partinin yaptığı şey bir mucizeydi. Beş yıl önce bizler, feminist ve çevreci gruplar gibi, yeni toplumsal hareketlerin artıklarıydık. O dönemde herkes bizim silinip gidecek arabulucular olduğumuzu düşünüyordu. Birkaç hilekârca ama çok iyi hamle yaptık ve şimdi en güçlü partiyiz. Bence, Slovenya'yı, tek partili modele sahip diğer eski Yugoslav Cumhuriyetlerin yazgısından koruyan bizim partimizdi. Oralarda, ister Hırvatistan'daki gibi sağcı, ister Sırbistan'daki gibi solcu olsun, ulusal çıkar adına tek parti hâkimiyeti kurulmuştur. Bizdeki ise gerçekten çok çeşitli ve daha çoğulcu bir manzaradır, yabancılara kapalı değildir (şüphesiz kimi eleştirel durumlar söz konusudur). Ne var ki, gerçekten çoğulcu bir toplum yaratma şansı henüz yitirilmiş değildir.

Bu durumun bana karşı muazzam bir nefret uyandırmış olmasını hiç şaşırtıcı bulmuyorum. Slovenya medyası beni tamamen görmezden gelir, benim hakkımda hiç makale çıkmaz. Öte yandan, Avusturya'da tanınmamış bir dergide milliyetçi bir şairin şiiri yayımlansa, bu olay Slovenya'da büyük bir başarı olarak görülür. Bense, kötü, uğursuz, komplocu, politik açıdan manipüle edici biri olarak algılanıyorum; bu benim çok hoşuma giden ve son derece keyif aldığım bir rol.

O halde, sizin de dahil olduğunuz bugünkü iktidar mücadelelerine olumsuz bakmıyorsunuz?

Mide bulandırıcı bulmadığımı söylediğimi duymadınız. Bu basit ve profesyonel bir tercihtir. Şimdilerde, Slovenya'da politika yapmak alışıldık, gündelik bir iş haline geldi. Artık öyle haftada bir heybetli bir makale yazıp kahraman olmuyor insan. Politika demek, entrikalar demek, mitingler demek. Bana kalan sadece bir tercih yapmaktı. Ciddi teori mi yapacaktım politika mı? Ben en çok da, yitirdikleri şeylere dair yakınıp duran, her şey yozlaştı, nerede eski sol muhalefetin o parlak günleri diye sızlanan o güzel solculardan nefret ediyorum. Hayır, oyunun kurallarını kabul etmek zorundasınız. Svetlana Slapzak ve onun çevresindeki grup kendisini marjinalleşmiş bir kurban olarak sunar. Oysa, üniversitede iki bölüm ve en güçlü yayınevlerinden biri onun grubunun elindedir. Bilim Bakanlığından en çok parayı alanlar da onlardır. Bir de, Soros Vakfı aracılığıyla, milliyetçilik tarafından kuşatılma martavalını satarlar.

Beni ele alın. Önceden üniversiteye girmem engellenmişti; yalnızca dışarıda, Fransa ve Amerika'da ders verebiliyordum. Hiçbir zaman Slovenya'da bir üniversitede ders vermedim; tamamen yalnızım, araştırma asistanım bile yok. Kıtı kıtına hayatta kalabilmeye yetecek kadar para veriyorlar bana. Svetlana Slapzak'a vereceğim karşılık şudur: Niye Slovenya vatandaşı oldu? Konumu, söyledikleriyle çelişki içindedir. 2 milyondan daha az nüfusu olan bir ülkede 100. 000 yabancıya daimi yurttaşlık teklif ettik, hem de korkunç bir milliyetçi direnişe rağmen. İşin içinde Slovakça testi yapmak gibi adi bir hile falan da yoktu. Halen geçiş aşamasındayız. Yeni bir politik mantık kendini dayattığında, *Sittlichkeit*, yani töresel hukuk hâlâ oturmamıştır, insanlar hâlâ bir model arayışı içindeler. Sorulması gereken soru: Küçük, ahmak, milliyetçi devletlerden biri daha mı olacağız, yoksa bu ilk çoğulcu başlangıcı mı sürdüreceğiz? Bu amaç tüm tavizlere değer.

Soros Vakfı'nın çalışmaları ve "açık toplum" kavramı hakkında sizin görüşleriniz nedir?

Benim yüreğime bakarsanız, eski kafalı bir solcu olduğumu görürsünüz. Kısa vadeli olarak bunu destekliyorum, ama bunu Popper'ın kavramlarıyla düşünmüyorum. Soros; eğitim, mülteciler ve kuramsal ve sosyal bilimleri canlı tutma konularında iyi işler yapıyor. Bu ülkeler yoksullaştırılmakla kalmamış, sosyal bilimler alanı da Heideggerci milliyetçilerin egemenliğine girmiştir. Fakat Soros Vakfı'ndakilerin ahlaki görüşüne göre, iki bağımsız yapı olarak iyi yurttaşın karşısında kötü devlet durmaktadır. Üzgünüm, ama Slovenya'da ben devletin tarafında ve sivil toplumun karşısındayım. Çünkü burada, sivil toplum sağcılar anlamına gelmektedir. Amerika'da, Oklahoma bombardımanından sonra bir anda her tarafı delilerin sarmış olduğunu keşfettiler. Sivil toplum o hoş toplumsal hareket değil, kürtaja karşı olan, okullarda din eğitimini savunan muhafazakâr ve milliyetçi baskı gruplarından oluşan yobaz Hıristiyanlar topluluğudur. Yani, tabandan gelen gerçek bir baskı.

Benim için açık toplumun çok pratik bir anlamı var: politik alanın töresel kuralları! Örneğin, mevcut hükümete ya da egemen partiye karşı çıktığınızda, hâlâ olumlu karşılanıyor musunuz, yoksa yarı-milliyetçi bir vatan haini olduğunuza dair yazılmamış, dile getirilmemiş, töresel bir namus lekesi mi oluşuyor? Siyasi tavizler vermeden ne ölçüde kariyer yapabilirsiniz? Benim sosyalist devrim gibi bir şeye ilişkin pek bir umudum yok. Önümüzde bizi bekleyen bolca kriz var: Ekoloji, azgelişmiş ülkelere karşı gelişmiş ülkeler ve tüm bu ani değişimler karşısında gerçeklik duygusunun yitirilişi gibi. İstikrarın kaybının yarattığı toplumsal etkiyi de hiç küçümsemiyorum. Liberal kapitalizmin yapısı bu karşıtlığı çözebilir mi? Ne yazık ki, benim yanıtım hayır. İşte size eski kafalı karamsar bir solcu. Bence, gecekondulaşma, tıpkı Los Angeles'ın yarısı gibi, marksist sınıf savaşımından çok daha zorludur. En azından hem işçilerin hem de kapitalistlerin devlete ve yasallığa katılımları söz konusuydu; halbuki liberal kapitalizm yeni gecekonduları topluma kazandıramaz. Liberal demokrasinin bu sorulara verebileceği hiçbir yanıtı yoktur.

Soros'un bu açık yaklaşımı, çoğu zaman kendine özgü bir tür gizli ırkçılıktan alıkoyamaz kendini. Geçenlerde Amsterdam'da bir konferansta Press Now, eski Yugoslavya'nın çeşitli yerlerinden aydınların bir diyaloğa girmelerini sağlayabilecek evrensel bir dil bulmanın olası olup olmadığını sordu. Ben bu klişeyi son derece tehlikeli buluyorum; çünkü bu, Balkanlar'ı milliyetçi çılgınlığın hayali bir alanı olarak kurgulamaktan kaynaklanan bir düşüncedir. Bu hayal, tıpkı Kusturica'nın *Underground* filminde olduğu gibi, kimi popüler sanat eserlerinde epeyce kullanılır ve ifade edilir. *Cahiers du Cinéma*'da, Balkanlar'daki savaşın doğal bir olgu olduğunu söylemişti; kimse savaşın ne zaman patlak vereceğini kestiremez, kendiliğinden çıkar, savaş bizim genlerimizdedir, diyordu. Balkanlar'ın böylesi apolitik, ilkel ve ezeli bir tutkular tiyatrosu olarak kabul edilmesi bir klişeden başka bir şey değildir ve ben bunu şüphe verici buluyorum. Burada "Gerçek kötülük, her yerde kötülük gören yaklaşımın kendisidir" diyen Hegel'i anmak istiyorum. Etrafında sadece milliyetçi çılgınlık gören bu görünüşte çok-kültürlü, tarafsız, liberal yaklaşım konusunda bir hayli kuşkuluyum. Bu yaklaşım, kendini tanık rolüne koyar. Yugoslavya sonrası savaş, tam anlamıyla Avrupa'nın kültürel dinamiklerinin sonucudur. "İnsanlar neden birbirleriyle konuşmuyorlar?" türünden basitçi liberal yakınmalara hiç mi hiç ihtiyacımız yok. Kimse iktidar çözümlemesi yapmıyor.

Yaygın bir diğer Batılı klişe ise Balkanlar'ın sözümona karmaşıklığıdır. Bu, özellikle Batı'nın dışarıda bırakılmış gözlemci konumunu sürdürmesini sağlar. Yapılması gereken şey, benim "fenomenolojik tersine indirgeme" dediğim şeydir. Anlamaya çalışmamalısınız. Hani televizyonun sesini kıstığınızda geriye sadece saçma sapan el kol hareketleri yapan birinin görüntüsü kalır ya, tıpkı onun gibi. Anlamı kesip çıkarın, katıksız iktidar savaşıyla karşılaşacaksınız. Ütopik bir Avrupa Topluluğu kavramı ışığında yanlış olan her şeyi içinde toplaması anlamında, Balkanlar Avrupa'nın bir arazıdır. Peki düşledikleri şey nedir? Bir tür tarafsız, tamamen teknokrat Brüksel demokrasisi. Kendi aynasal görüntülerini Balkanlar'a yansıtıyorlar. Her ikisinin de sahip oldukları şey, sahici politik karşıtlığın dışarıda bırakılmasıdır.

Hollanda'daki Press Now kampanyası eski Yugoslavya'da bağımsız olduğu söylenen medyayı destekliyor. Bu kampanyanın önermelerinden biri, savaşın devlet kontrolündeki medya sayesinde tepeden inme bir propaganda ile başladığı düşüncesidir. Herhangi bir Batı müdahalesinin zaten çok geç geldiğini görerek, örneğin bağımsız medya sayesinde uzun vadeli bir çözümün gerçekleştirilebileceğini ileri sürer bu görüş. Bu çözümlemeye katılıyor musunuz?

Buna bir noktaya kadar katılıyorum, fakat ben hep Batı'dan gelecek bir askeri müdahaleden yana olmuşumdur. 1992'de birazcık bir baskı ile savaş sonlanabilirdi. Ne var ki, uygun zamanı kaçırdılar. Şimdi, değişen dengeler ve daha güçlü bir Rusya ile bu artık olası değildir. O zamanlar, Hırvatlar ve Slovenler bağımsızlık yanlısıydılar; Bosnalılar ise çok daha muğlaktı ve şimdi de bunun bedelini ödüyorlar. Bosnalılar savaşa hazırlanmak istemediler, daha yavaş ve temkinliydiler; zaten şimdi Batı'ya bu kadar kızgın olmalarının nedeni de bu. Tüm güvencelere karşın Bosna'yı Yugoslav ordusundan koruyacak hiçbir şey yoktu. Oysa ki saldırıdan sonra Batı birdenbire, etnik savaşlardan, her iki tarafın da suçluluğundan ve ezeli tutkulardan bahseder oldu.

Yugoslavya için pek fazla üzülmüyorum. Miloseviç iktidara gelip, Kosova ve Vojvodina'yı ilhak ettiği anda, iktidar dengeleri değişmişti.

Federal bir Yugoslavya ile yeni, merkezi bir Yugoslavya arasında bir tercih yapmak gerekiyordu. Seksenlerin sonundaki medyanın rolünü fazla büyütmeyin. Yerel komünist bürokrasilerin hayatta kalabilmesi için medyanın bu rolü oynamasına izin verilmişti. Yugoslavya krizinin püf noktası, Miloseviç'in bu milli sorunu gündeme getirerek eski *nomenclatura* iktidarını sürdürme stratejisidir. Bu kirli işi medya yerine getirecekti. Her geçen gün, Slovenya'da bize tecavüz eden Sırplara ilişkin, Sırbistan'da da onlara tecavüz eden Arnavutlara ilişkin haberleri izlemek gerçekten iğrençti. Her gün yaşanan cinayetlerden ekonomiye kadar, tüm haberler bu zehirli nefret süzgecinden geçiriliyordu. Ne var ki, çatışmanın kaynağı bu nefret değildi. Bu, sadece iktidardaki seçkinlerin güçlerini koruyabilmek için yaptıkları bir hesaptı.

Eğer bağımsızlığı, devlet tarafından desteklenmemek ya da denetlenmemek olarak tanımlıyorsanız, o zaman berbat bir sağcı haftalık dergi, bağımsız bir iletişim aracı olabilir ve Soros tarafından desteklenmelidir. Sırbistan ve Hırvatistan'da medya üzerinde tam bir denetim olduğunu itiraf ediyorum. Sadece çok ufak, marjinal bir medyaya izin veriyorlar. Elbette, tarafsız ve bağımsız bilgi bir hayli yararlı olabilir, ancak çok fazla şey de beklememek gerekir.

Ars Electronica konferansındaki konuşmanızda, bir giriş evresinden sonra yeni medyanın ve aynı şekilde "sanal seks"in çekiciliğinin de sona ereceğini vurgulamıştınız. Demek ki, bağlanma arzusu yakında son bulacak?

Şu sözde "sanal topluluklar" hiç de göründüğü kadar büyük bir devrim değildir. Beni etkileyen şey, bu sanal olguların, her zaman benliğimizin ne ölçüye dek sanal olduğunu keşfetmemize ne kadar yardımcı olduğudur. En fiziksel deneyim bile kendi içinde sembolik, sanal bir öğe taşır. Örneğin, seks oyunları oynamak. Doyum olasılığının kendisinin, gerçek doyum yerine geçebilmesi beni büyülüyor. Fransa'da çoğu arkadaşım Mini Tel'de seks oyunları oynardı. Asıl önemli olanın gerçekten birisiyle tanışmak ya da mastürbasyon yapmak olmadığını, fantezilerini yazmanın zevkin kendisi olduğunu söylüyorlardı. Sembolik düzende potansiyelin varlığı bile gerçek doyumu sağlar. Psikanalitik kuramda sembolik iğdiş kavramı genellikle yanlış anlaşılır. İğdiş edilme tehdidi, sonuçları bakımından gerçek bir iğdiş işlevi görür.

Ya da asıl tehdidi potansiyel otoritenin oluşturduğu iktidar ilişkilerinde de aynısı geçerlidir. Margaret Thatcher'ı ele alın. Onun asıl vurguladığı nokta, devlet desteğine değil de kendi bireysel olanaklarınıza bel bağladığınız zaman, başarının yanıbaşınızda olacağıydı. Çoğunluk buna inanmadı, büyük çoğunluğun sefaletinin devam edeceğini gayet iyi biliyorlardı. Ne var ki, başarma ihtimalinin olduğu bir konumda olmak bile yeterliydi.

Yapmadığınız bir şeyi yapmış olabileceğiniz fikri, onu gerçekten yapmaktan daha fazla haz verir. İtalya'da cinsel ilişki sırasında kadınların erkeklere müstehcen fanteziler anlatmasının oldukça yaygın olduğu söylenir. Onu gerçekten yapıyor olmanız yeterli değildir, hayali, sanal desteğe de ihtiyacınız vardır. "Sen iyisin ama dün başka biriyle düzüştüm, o daha iyiydi..." Benim asıl ilgimi çeken, sado-mazoşist denilen, ayinselleşmiş cinsel pratikler. Asla sonuna kadar gitmezsiniz, sadece birtakım ön sevişme oyunlarını tekrar eder durursunuz. İlan etmenize karşın yapmadığınız için sanaldır. Kimileri sözleşme imzalarlar. Gerçekten yapsanız bile, asla kontrolü kaybetmezsiniz, sürekli olarak kendi oyununuzun yönetmeni gibi davranırsınız. Beni asıl büyüleyen, bu *Spaltung* (Yarık), belli bir uzaklıkta kalmayı sağlayan bu boşluktur. Bu uzaklık, hazzı bozmak şöyle dursun, daha da yoğunlaştırır. İşte bu noktanın VR (Sanal Gerçeklik) türü şeyler için büyük olanaklar sunduğunu düşünüyorum.

Bilgisayarda, simgesel kurgu açısından, sanallığın çöktüğünü görüyorum. Bu kavram eski bir geleneğe dayanır. Bentham'ın *Panopticon*'unda sanallığı en katışıksız haliyle buluyoruz. Birilerinin orada, merkezde bulunup bulunmadığını asla bilemiyorsunuz. Eğer birilerinin orada olduğunu bilirseniz, bu daha az korkutucu olur. Bentham'ın da dediği gibi, bu "tamamen karanlık bir noktadır". Eğer birisi sizi takip ediyorsa ve bundan emin değilseniz, bu durum birinin sizi takip ettiğini bilmenizden daha tüyler ürperticidir. Baştan aşağı bir belirsizlik!

Film analizlerinizle tanınıyorsunuz. Peki, bilgisayar ağlarından örnekler kullanmayı, bir CD-ROM'un olaylar dizisini çözümlemeyi ya da televizyondan kimi materyaller kullanmayı da düşünüyor musunuz?

Filmlerden bu kadar çok yararlandığım için İngiliz Film Enstitüsü, altı yedi film seçip orada birkaç konferans vermemi istedi. Bir CD-ROM oluşturma fikrini ortaya attılar, çünkü ben de benzer bir tarzda yazıyorum: burayı tıkla, oraya git, bu öyküyü ya da sahneyi, şu fragmanı kullan. Benim kitaplarım zaten birisinin de dediği gibi, yarıda bırakılmış CD-ROM'lar. Ne var ki, telif hakkı yüzünden, bunu gerçekleştirmek son derece zor; kirli kapitalizm bu tasarıyı mahvedecek. Onlardan bir alıntı yaptığınızda onlar için propaganda da yapmış olduğunuzu fark etmiyorlar mı? Ama yine de böylesi bir şey yapmak benim en büyük hayalim. *Tarrying with the Negative* kitabımda, aslında Hitchcock'tan kimi parçalar kullanmıştım. Bunu metne dahil edebilmiş olsaydım ne kadar hoş olurdu. Ancak film konusunda aslında oldukça tutucuyumdur. Bu aralar, sinemada müziğin rolü üzerine çalışıyorum. Çalışma, klasik Hollywood kodlarının oluştuğu otuzların ortalarında, müziğin tam anlamıyla Wagner tarzı, baştan aşağı, duyguları vurgulayarak, öznel değerlendirmelerinizi belirleyen kusursuz bir eşlik müziği olduğu fikri üzerine kurulu. Bu, klasik bir muhafazakâr devrim örneği. Wagner'in kendi *Gesamtkunstwerk*'i hakkında dediği gibi: müziğin kendi kendine gelişmesine izin verdiğimiz takdirde, atonal ve eşsiz olacaktır.

Ayrıca Lynch ve Altman'ın film müziklerini ve mekânsal görünümden sessel görünüme geçişi inceliyorum. Altman ve Dolby stereo birlikteliğinde, sanki uyuşmaz ve farklı fragmanlarda olduğu gibi, genel bir çerçeve olarak film müziğine gereksinim duymuyorsunuz bugün. Artık bütünselliği, görsel düzlemde kurmak olanaksızdır. Bunu, Altman'ın rastlantısal olarak birbirine çarpan bir dizi yazgı hakkındaki *Short Cuts* filmine bağlamak istiyorum. Ne kadar da Deleuzecü: geç kapitalist toplumumuzda öznelin ne anlama geldiğini kavramak için, olumsal karşılaşmaların yerel anlam etkisi yarattığı küresel bir saçmalık. Ya da Lynch'in en büyük başarısızlığı olan *Dune*'u ele alalım. Üst üste iç monologların kullanımına dikkat ettiniz mi? Lynch için gerçeklik çok kırılgan bir şeydir. Fazlaca yaklaştığınızda Leni Riefenstahl'la karşılaşıverirsiniz. Doğrudan doğruya içerik çözümlemesi ile değil, filmin fizikselliğine nasıl yaklaştığımızı belirleyen, tamamıyla biçimsel türden değişiklikler ve öznelliği kavrayıştaki değişimlerle ilgileniyorum. Kuşkusuz, tüm bunlar adeta Derrida-karşıtı bir salınım içinde gerçekleşir. Bizim için sarsıcı nokta sestir, çığlık ya da hatta bir şarkı. Bütünlüğünüzü ve alışkanlıkları kaybettiğiniz noktada benliğin sahip olduğu ses hep kontrol altına alınır. Benim politik düzlemde ilgimi çeken şey, söylem mekanizmasının işleyebilmesi için nasıl müstehcen bir sese bel bağlamak zorunda olduğudur. Bir karnaval havasında iktidarı bozguna uğratıyormuş gibi görünen şey, müstehcen sesin bu patlaması, aslında iktidara hizmet eder. Ancak bunlar benim Hollywood terimleriyle söyleyecek olursak B-prodüksiyonlarım. Son iki yılın A-prodüksiyonu ise, Schelling üzerine yeni bitirdiğim bir kitaptır.

Kısa bir zaman önce sinemanın yüzüncü yılını kutladık. Bugün film kuramlarının durumu nedir? Eleştirel, göstergebilimsel ve (toplumsal) cinsiyet yaklaşımlarından sonra ne gelecek? Filme bir bütün olarak bakmak hâlâ yararlı mıdır, yoksa tıpkı kullanıcıların yaptıkları gibi iletişim araçları içinde sörf yapıp, türlü kaynaklardan mı yararlanmalıyız?

Jameson bunu önceden vurgulamıştı. Sinemada ne olup bittiği, diğer iletişim araçlarında olan şeyler tarafından belirlenir. Kuramla ilgili olarak, Amerika'daki tüm kültürel eleştiri alanı, esasen sinema kuramıdır. Beni çeken şey, bakış ile ses arasındaki eksendir ve bu gerilimi sinemadan daha iyi hiçbir yerde bulamazsınız. Bu hâlâ benim için temel eksen. Bana göre sinema bir tür yoğunlaşmadır. Bir yanda ses sorunu var, öte yanda da öyküleme.

Aklıma gelen tek fark, bundan yirmi yıl öncesine kadar sinemaya gitmenin apayrı bir toplumsal deneyim olduğu. Bir cumartesi ya da pazar öğleden sonrası sinemaya gidilirdi; şimdi ise bu değişti. Fakat yine de, sıradan ticari filmlerde ortaya çıkan şey, öznellik kavramındaki değişimdir. Simgesel kimliklerimizin en derin ve en köklü düzeyinde nelerin olup bittiğini ve bizim kendimizi nasıl deneyimlediğimizi keşfedebilirsiniz. Nasıl ki Freud rüyaları bilinçaltına ulaşmak için en şahane yol olarak görüyorduysa, sinema da en kolay yoldur.

Belki de ben nostaljik bir harekete aitim. Bugünlerde tüm bu yeni iletişim araçları yüzünden sinema bir krizin içinde. Ancak nostaljik bir sanat biçimi olarak popülerleşmekte. Peki modern film kuramı sahiden ne durumda? Temel amacı otuzların ve kırkların nostaljik filmleri. Sanki onların tadını çıkarabilmek için kurama ihtiyaç varmış gibi. Marksistlerin bile bu oyundan nasıl zevk aldıklarına akıl sır ermiyor. Şaka yapmıyorum, istisnasız her filmi izlemişler. Bu sadece, sinemadan örnekler kullanmanın iyi bir şey olduğu fikrinden de ötedir. Ben hâlâ kuramın kendisinin içkin bir mantığı olduğunu iddia ediyorum, öyle ki ondokuzuncu yüzyılda edebiyatın oynadığı rol gibi, ayrıcalıklı bir ilişki var sanki.

Japonya'daydınız. O ülkedeki teknolojik kültür konusunda ne düşünüyorsunuz?

İlkin Japonya hakkında doğrudan doğruya kendime ait bir tasarımımın olmadığını belirtmeliyim. Her Batılı aydın gibi benim de kimi başvuru mitoslarım var. Bir yanda Samuray kodlamasına ilişkin eski, sağcı imge: ölümüne savaşan, mükemmel, ahlaki Japon. Diğer yanda ise, Eisenstein ile başlayan, solcu imge bulunur: göstergebilimsel Japon. Batılı varlık metafiziğinden yoksun, boş göstergeler. Bu, birincisinden daha az hayali bir Japon değildir. Eisenstein'ın büyüleyici montajları için Japon ideogramlarını kullandığını biliyoruz.

Bir tarafta da bir istisna olarak Bertolt Brecht durur. Brecht, kurban ve otorite gibi öğeleri devralıp bunları sol bir bağlam içine oturtmuştur. Burada, Batı'da Brecht aşırı Doğu ahlaklılığını tartışmaya açan biri olarak görülür. Fakat geçenlerde Suhrkamp Verlag, Brecht'in *Jasager* ve *Lernstcke* kitaplarının ayrıntılı bir baskısını çıkardı. Batılı eleştirmenlerin hep bir kurbanlık olarak gördükleri Japonya'nın aslında Brecht'in yarattığı bir ürün olduğunu ortaya çıkarmışlar. Japon diye algıladıkları şey aslında Brecht'in ta kendisiymiş.

Bir de kapitalist Japonya ve onun farklı aşamaları vardır. Köken olarak Japon olmayan birinin yönetimi ele geçirmesi ve geliştirmesi hakkındaki mitos: zenginler için Philips, fakirler için Sony. Şüphesiz yirmi yıl sonra işler tersine dönecekti. Sonra Kojève'in Japonyası vardır. İlk başta, Kojève için tarihin sonu Rusya ve Amerika, yani Fransız Devrimi'nin gerçekleşmesiydi. Sonraları bir şeyin eksik olduğunu fark etti. Yanıtı Japonya'da, küçük artı değerde buldu. Eğer her şey Amerika'daki gibi işlese, kendinizi öldürürdünüz. Hoş bir şekilde çay içerek züppelik yapmakta hâlâ hayatın bir anlamı olduğunu keşfetti.

Bir de psikanalitik Japonya vardır. Çok-kültürcü yaklaşım açısından, neredeyse standartlaşmış örnek, Japonlar ve onların "hayır" deme tarzlarıdır. Japonlarda otuz farklı "hayır" deme şekli bulunur. Eşinize bir şekilde, çocuğunuza daha başka şekilde hayır dersiniz. Tek bir reddetme şekli yoktur. *La chose japonaise*, bunun hakkında yazılmış küçük bir cilttir. Burada, diğer dillerden alınan şeyler, tüm bu çok-anlamlılıklar incelenir. Japonların bilinçaltına sahip olmadığını Lacan söylememiş miydi?

Batı için, Japonya o belirsiz Öteki'dir: hem büyüleyerek kendine çeker hem de nefretle iter. Psikolojik Japon klişesini hatırdan çıkarmayalım: Gülümser ama siz asla bunun içten bir gülümseyiş mi olduğunu yoksa bizimle alay mı ettiğini bilemezsiniz –işte bu tam da anlaşılamaz Öteki bağlamında oluşturulmuş bir Japonya kavrayışıdır. Şu belirsiz kibarlık. Gerçekten ne istiyorlar? Ayrıca bir de Japonların, Amerikalıların gözünde "ersatz" (kötü kopya) Yahudiler olduğu düşüncesi vardır. İki üç şirketle beraber gizli planlar yapan Japon hükümetleri. Tüm bu terslikler, bu fanteziler topluluğu bizim için Japonya'dır. Ancak beni en çok şaşırtan şey, benim tam anlamıyla Avrupalı saydığım kimi yazarların, mesela George Lukacs'ın Japonya'da yaygın olarak okunmasıydı.

Sonra bir de, bizim Batılı, çöküş halindeki liberal demokrasimizi eleştiren ve bir yandan kimi katı geleneksel otorite yapılarını koruyarak, kapitalizmin dinamiklerini bir araya getirebilecek bir model arayışındakilerce çok sevilen bir Japonya vardır. Ve bu yine, her iki yönde de işleyebilir. Fantezilerin, içlerinde hep bir belirsizliği taşımalarını seviyorum. Onları olumsuz bir şekle sokabilirsiniz. Gerçeklikte varolan sadece komplo ve otorite iken karşımızdaki, kapitalizmi oynuyormuş gibi yapan bir Japonya'dır. Olumlu tarafta ise, ahlaki değerlerle kapitalizmin bir arada bulunmasının olası olduğunu görürsünüz.

Oradayken hoşuma giden şey, restoranlarda ve metro istasyonlarında İngilizcenin olmayışıydı. Bu, kendini aşağılayan, iğrenç, başkalarını memnun etme fikrine yer yok. Yollarını bulmak yabancıların kendi sorumluluğu. O otomatik satış makinelerine bayıldım. Stephen King'in romanından uyarlanan *Shining* filmini izlediniz mi? İşte oradaki en kötü biçimiyle Amerika'dır. Üç kişiden oluşan bir aile kocaman bir otelde yalnızdır ama gene de mekân onlara dar gelir ve birbirlerini öldürmeye başlarlar. Japonya'da müthiş bir kalabalık içinde olduğunuzda bile bir baskı hissetmezsiniz. Görmezden gelebilme becerisi. New York metrosunda, yarı dolu olsa bile Öteki'nin mutlak yakınlığının ürpertici hissini yaşarsınız. Tokyo'da katıldığım Foucault konferansında hoşuma giden bir şey vardı. Japonların Foucault'yu kendi kanı ve kavramlarına uygulamaları beklenir. Ancak Japonların müdahaleleri Flaubert ile ilgiliydi. Sizin için aptalı oynayacakları bu antropolojik oyunu kabul etmediler. Hayır, bizi kendi oyunumuzla alt etmeye giriştiler: "Flaubert'i sizden daha iyi biliyoruz".

Avrupa'da her ulus böylesine bir fanatizme sahiptir; kendini gerçek ve ezeli bir ulus olarak görme fantezisi. Örneğin, Sırpların mitosu, dünyanın ilk milletinin onlar olduğudur. Hırvatlar kendilerini ezeli Aryanlar olarak kabul ederler. Slovenler gerçekten Slav değildir ama Etruri soyundan geldikleri iddiasında bulunurlar. Birinci değil de ikinci olduğu gerçeğini kabul edecek bir ulus bulmak hoş olurdu.

Geçenlerde Kurosawa hakkında bir kitap okudum. *Rashomon*'un, 50'li yılların başında Doğu ruhunun büyük bir buluşu olarak görüldüğünü yazıyordu. Ancak kitap Japonya'da fazla "Batılı" bulunmuş. Lacancı bir okumaya izin verdiği için, benim en sevdiğim Japon filmi Michoguchi'nin *Sansho*'sudur: kayıp anne problemi, annenin oğluna ulaşan sesi vb. Annenin sesi oğluna ulaşmaya çalıştığında, işte tam bu noktada Japonlar Amerika'dan daha avantajlı konumdadırlar. Amerika'da, Hitchcock'un *Psycho* filminde olduğu gibi bu bir delilik halidir, Japonya'da ise normal bir aile filmi.

Balkanlar da şu anda Batı'nın kendi fantezilerini yansıttığı bir bölgedir, aynı Japonya gibi. Ve gene, bu çok çelişkili olabilir. *Rising Suns* filmi belirsiz bir şekilde, Japonların yönetimi ele geçirip Hollywood'u satın alacaklarını ileri sürer. Yalnızca fabrikalarımız ve topraklarımızla yetinmeyip, düşlerimizi bile elde etmek isterler. Bunun arkasında düşüncenin kontrolü vardır. Bu, savaş araçlarından sinema salonlarına dek, tüm zincirin satın alınmasına ilişkin eski marksist düşünceden başka birşey değildir. Japonya ile ilgili beni alakadar eden şey, belli evrimsel aşamalardan geçilmesi gerektiğini iddia eden sözde-marksist, kaba, evrimci düşünceye karşı iyi bir argüman sağlamasıdır. Japonya buraya doğrudan ve kısa yoldan varılabileceğini kanıtlar. Eski hiyerarşik üstyapının kimi öğelerini muhafaza edip, bunu kapitalizmin en etkili yorumu olduğu iddiasıyla gayet iyi bir şekilde birleştirebilirsiniz. İnsan merkezci olmayan çok güzel bir deneyim. Kapitalizmin gelişmesi için Protestan ahlakına ihtiyaç olduğunu ileri süren Batılı sosyologlar açısından bu, anlaşılamaz bir muammadır.

Japonya'da benim gördüğüm bir şey var ve bu belki de benim kendi mitosumdur; Japonlar tüm bu kibarlık, züppelik benzeri anlayışların arkasında yüzeysel ve gereksiz gibi görünen şeyin çok daha derin yapısal bir işlevi olduğunun tamamen bilincindeler. Batılı yaklaşım "Kimin buna ihtiyacı var?" diye soracaktır. Ama tamamıyla saçma ve gülünç bir şey, daha derin bir düzeyde, bizim farkında olmadığımız bir dengeleyici işlev üstlenebilir. Herkes İngiliz monarşisiyle alay ediyor ama belki de bunun bir işlevi vardır.

Şimdilerde Amerikalı sosyologlar arasında rağbet gören başka bir görüş daha vardır: suçluluk uygarlıklarına karşı utanç uygarlıkları. İçlerindeki suçluluk duygusu ile Yahudiler ve utanç kültürleri ile Yunanlılar. Bugün yaygın olan klişe, Japonya'nın en büyük utanç uygarlığı olduğudur. Sanki kendini dışavurmak pek matah bir şeymişçesine uygulanan, Amerika'daki stüdyo oyuncusu mantığından nefret ediyorum: baskı altında tutulma; kendini aç; başkalarına bağırıp çağırsan da her şey kendini ifade edebilmek ve özgürleştirebilmek içindir. İçtenlik ve doğruluğun maskenin ardında olduğu ahmakça bir düşüncedir bu. Umarım bu yalnızca bir mitos değildir ama Japonya'da bir şeyler sadece ve sadece görüntü olsa bile, kibarlık tümüyle sahte değildir. "Merhaba, nasılsınız?" demekle size küfredip duran New Yorklu taksi şoförleri arasında bir fark vardır. Dış görünümler önemlidir. Dış görünümleri bozduğunuzda düşündüğünüzden çok daha fazlasını kaybedebilirsiniz. Ritüellerle oynamamalısınız. Maskeler sadece ve sadece maske değildir. Belki de Brecht'in Japonya'ya yakınlaşması da bu yüzdendir. Brecht, maskeleri kaldırarak gerçek yüzü göstermeye yönelik bu tipik Batılı davranışın gerçekten özgürleştirici hiçbir tarafının olmadığı düşüncesinden yanaydı.

Cogito 24.
Söyleşiyi Yapan: Geert Lovink
İngilizceden çeviren: Kemal Atakay

Hubert Reeves: "Astrologların Dar Gökyüzü"

Astroloji ve bu alanın "modern" kafalar üzerinde giderek artan etkisi, sizin gibi son derece tanınan bir astronomu çileden çıkarıyor olmalı, öyle değil mi?

Hayır. Ben, kendimi tam anlamıyla işin içinde hissetmiyorum. Bilimsel girişimler, her zaman kendilerini sorgulamaya, bir modeli terk edip, yeni bir modeli benimsemeye hazırdırlar. Astroloji özeleştirisini yapmıyor. Hiçbir astrologun astrolojinin sorunları olduğunu kabul ettiğini görmedim. Benim bildiğim, hiçbiri, geçmişte kof çıkan öngörülerinin bilançosunu tartışmıyor.

Astroloji bir bilim değil. Pekiyi ne o zaman? Bir tür sahtecilik mi?

Bence, daha çok dinsel bir yöntem. İnsanoğlunun, Gökyüzü'yle bağlantı kurmasına ilişkin o dünya-dışı arzu çerçevesinde konumlanıyor. Söz konusu olan simgesel bir dil. Astrologların yıldızları, benim kanımca, astronomların teleskoplarının ucunda görüp inceledikleri yıldız ve gezegenlerle hiçbir ilgisi olmayan birer simge. Ben, kendi adıma, astrolojiyi, daha çok, simgesel imgelerini kimyasal elementlerden hareketle oluşturan simyaya daha yakın buluyorum.

Ama, simya, sonuçta giderek kimyayı, yani maddenin gerçek özelliklerini dikkate alan bir bilimi doğurdu. Astrolojiyse, hâlâ astronomiyi doğurmadı.

Astronomiyi doğurdu, ama yalnızca onu değil, aynı zamanda da, bir anlamda, çekirdeğini oluşturduğu ruhbilimi doğurdu. Astrologlar, yıldızlarla bağlantılı olarak bir karakterler tipolojisi geliştirdiler. Oğlak'lar şöyledir, Kova'lar böyledir gibi. Belki de bu, her ne kadar bugün pek az ruhbilimci tarafından ciddiye alınıyorsa da, davranışların sınıflandırılmasına ilişkin ilk girişimdi.

Evet ama, buradan hareketle, bir bireyin, doğduğu andaki yıldızların konumuna bakılarak, geleceğini öngörmek, biraz aşırıya kaçmak olmuyor mu?

A priori, böyle bir olanağı tamamen reddetmek de gerekmez. Yalnızca soruyu başka türlü ifade etmek uygun olur "Gezegenlerin davranışlarımız üzerindeki etkilerine ilişkin güvenilir kanıtlarımız var mı?" biçiminde. Ben, hiçbir kanıt bilmiyorum. Eğer böyle bir kanıt keşfedersem, kanaatimi değiştirmeye hazırım.

Kimi bilim adamları, kuramsal gerekçelere, örneğin gezegenlerin uzaklıklarına dayanarak, yıldızların etkisi olabileceğini reddediyorlar. Ben bu görüşe katılmıyorum. Fizik, henüz tamamlanmış bir bilim değildir, henüz her şeyi tanımaktan çok uzağız. Kuramsal gerekçeler de kaynak aldıkları fizikten daha iyi değil. *A priori,* hiçbir şey olanaksız değil. Karar veren gözlemdir. Ama ben, doğumumuz anında yıldızların konumunun üzerimizdeki etkisini kanıtlayan, hatta böyle bir şeyin ipucunu veren hiçbir gözlemsel veri tanımıyorum.

Ama yine de, astrolojiyi suçlamıyor, astrologları açıkça mahkûm etmiyorsunuz.

Böyle bir girişimin yararlı olacağına inanmıyorum. Bu tür bir davranış, zaten inanmış olanlardan başka kimsenin ilgisini çekmez. Kendi içine kapanmış ve yeni bir engizisyon olarak ortaya çıkan "resmi ve otoriter bilim" fikrini yüceltir. Bu fikir, halkın gözünde bilim adamı imajına çok zarar veriyor.

Ayrıca, buna ek olarak, böyle bir girişim, çoğunlukla amaçladığının tam tersi bir sonuç doğurur. Astrologları marjinallerin ve dışlanmışlarının arasına atarak, onları, adeta, bilim şehitlerine dönüştürür. Şehitler de halkın her zaman sempatisini kazanmışlardır.

Dolayısıyla, kararınız kesin. Astrologları bilmezlikten geliyorsunuz, çünkü alanlarınız birbirinden ayrı.

Uzun zamandır aklımı kurcalayan, kültürlü insanların astrolojiye duydukları ilgidir. Astrolojiye içtenlikle inanan, entelektüeller, sanatçılar tanıyorum. Bu inançlarını anlayabilmek için sık sık kendilerine soru yönelttiğim oluyor. Ne buluyorlar astrolojide? Sanırım, astrolojinin simgeleri imgesel alan için bir besin kaynağı oluşturuyor. Yaratıcılığın kaynaklandığı verimli bir alan oluşturuyor bu simgeler. Bu da onların "hanelerine tecavüz" etmemem için bir başka neden.

Yani bir katedral yapan kişiye Tanrı'nın olmadığının söylenmesini istememek gibi bir şey...

Aşağı yukarı öyle. Kutsallık sanatında başarı kazanmak için gizemci bir ruha sahip olmak önemli bir kozdur.

İyi, güzel ama yine de biraz silkinin: Tanrı belki vardır ama, görünüşe göre, astroloji, kesinlikle bir fantezi.

Ben o kadar kategorik değilim. Çeşit çeşit astrolog var. Ben de birçok astrolog tanıyorum.

Gerçekten mi? Onlarla görüşüyor musunuz?

Bir astrologla karşılaştığımda, onu anlayabilmek için sorular soruyorum. Kimileri çalışma alanlarına bilimsel, dolayısıyla da toplumumuz açısından "kabul edilebilir" bir görünüm vermek istiyorlar. Denklemler, hesaplar, bilgisayar programları, ne ararsanız var. Bunlar beni daha az ilgilendiriyor. Birtakım başka astrologlar ise daha çok ruhbilim ve psikanalize yakın konumlanıyorlar. Bu alanlara yeni boyutlar getirdiklerini iddia ediyorlar. Ben o kanıda değilim. Ama kesin karar vermeyi reddediyorum. Dünyada, pek çok farklı insana, fikre ve görüşe yer var. Yalnızca bizim bakış açımızın geçerli olduğu yönündeki düşünceye kapılmamalıyız. Bu eğilim, özellikle de bilim adamlarında, çok güçlü.

Pek çok astrolog, Galile'den önce olduğu gibi, astrologlarla astronomlar arasında yeniden bir bağlaşıklık olmasını istiyor... Ama bunun için, önce kendi saatlerini ayarlamak durumundalar. Önce, modern kozmosun verileriyle bütünleşsinler. Yalnızca, iki bin yıl önce gözlenmiş olan gezegenlere, iki bin yıl öncesinin yıldız haritasına odaklanmaktan vazgeçsinler! Böylesi bir güncelleştirme uzun süredir bekleniyor...

Yine de, tüm bu göksel çelişkilere karşın, astroloji giderek yaygınlaşıyor. Kimi işyerleri –bazen yüksek teknolojiden yararlanarak– işe alacakları mühendisleri bile seçerken astrolojiye başvuruyor.

Herkes istediğini düşünmekte özgür. Ben, elimde olmadan, astrolojinin kimi zaman, itiraf edilemeyen birtakım gerekçeleri saklamaya yaradığına inanıyorum... Bir bilim adamı olarak benim rolüm, başka şeyler önermektir. Modern bilimin keşfetmemizi sağladığı gökyüzü, astrologların dar gökyüzünden inanılmaz derecede daha zengindir; hem anlığımızı, hem de imgelemimizi besleyebilir...

Cogito 1.
Söyleşiyi yapan: Nouvel Observateur
Fransızcadan çeviren: Özlem Mertol

Charles Taylor: "Ulus-Devlet, Devlet-Ulus ve Çokkültürcülük"

Quebec'te olanlar ve olacaklar hakkındaki görüşlerinize, olayları nasıl gördüğünüze ilişkin birkaç şey söyleyebilir misiniz?

Evet, tabii... Bugün Kanada'da çok zorlu bir geçiş noktasındayız. Çünkü, geleceğimiz çok belirsiz. Konuyu doğru bir çerçevede algılamamız gerekiyor. Kanada, esasen bir anlamda, çok uluslu bir ülke. Diğer bir deyişle, içerisinde, siyasi düzlemde ifade edilmese bile sosyolojik ve tarihsel anlamda güçlü bir ulusal aidiyet duygusuna sahip insanlar barındırıyor. Quebec halkı için böyle bir durum söz konusu. Burada, tarihsel olarak güçlü bir ulusal aidiyet hissi var ve Kanada, iki yüzyıldan fazla süredir, birden fazla ulusu tek bir devlet çatısı altında barındırmanın yolunu aramakta. Yazık ki Avrupalı yöneticilerimizden bize, tek bir hâkim ulusun diğerlerini asimile ederek meydana getirdiği ulus-devlet modeli miras kalmıştır ki Fransa'dan ve bir ölçüde Amerika'dan almış olduğumuz bu model, sanırım sizin Atatürk'ünüzün de modeli idi. Şimdi, dünyanın başka yerlerinde ne kadar iyi işlerse işlesin, bu model Kanada'da işleyemezdi. Çünkü, farklılıklar orada hali hazırda mevcuttu. 1840'larda, bazıları Fransızları İngilizlerin içinde asimile etmekten söz ediyorlardı ve Bismarck'ın ünlü deyimiyle bu ancak 'kan ve demir'le yapılabilirdi, başka türlü yapılamazdı. Ne var ki, Fransızca konuşan halk, asimile olmayı istemiyordu. Dolayısıyla, çok uluslu bir devlet yapısı geliştirebilmek için yenilikler düşünmeye mecburduk ve bunu bir ölçüde de başardık. Ama sorunlarımız oldu. Çünkü, açık söylemek gerekirse, ulus-devlet modeli, insanlarımızın çoğunun içine işlemiş. Bu da Quebec'te Quebeclilerden bazılarını bağımsızlık yanlısı, egemen ulus yanlısı, ayrılıkçı yapıyor. Çünkü, onlara göre normal yaşamanın tek biçimi, bir ulus-devlet içinde yaşamaktır. Dolayısıyla da Fransızcanın anadil olduğu, ayrı bir ulus-devlete sahip olmaları gerektiğini düşünüyorlar. Ülkenin başka bölgelerinde de bir ulusun çok sıkı birlik içerisinde olması, azınlıklara fazla yer verilmemesi gerektiğini düşünen insanlar var. Bu iki grup insan arasında, farklı ulusların kendileri olabileceği, açık, çeşitlilik içeren bir yapı geliştirmek çok zor.

Bu güçlerden hangisinin galip geleceği konusunda bir tahmin yürütemeyeceğim. Konu ile ilgili nihai bir karara varmak üzere olduğumuzu biliyorum. Şu an itici güç, iki ulus isteyenlerin elinde. Fakat, böyle bir çözüm yolu üzerinde pek çok problem var. İki muhtemel veliaht devletin (tek uluslu Kanada ve iki uluslu bir yeni yapı-çeviren) her biri içinde pek çok problem mevcut. Bölünme olduğu anda meydana çıkacak zorluklar var ve bu nedenle ben umutluyum; Kanada devletinin, yani iki halkın bir arada yaşadığı bir yapının, şiddetli taraftarıyım ve umudumu yitirmedim. Ancak, çok zor bir mücadele olacağı görülüyor. Batı dünyasının tümünde, çok uluslu bir devletin normal bir şey olduğunu tasavvur etmede, muazzam güçlük çektiğimizi düşünüyorum. Diyeceğim şu ki; yirmibirinci yüzyılda, dünyada dil bazında aşağı yukarı 2500 kadar milliyet varken, eğer her yerde mantar gibi türemiş devletçiklerden oluşan imkânsız bir dünyadan sakınmak istiyorsak, çok uluslu devletler içinde yaşamayı öğrenmek zorundayız. Ben Kanadalı hemşerilerime; 'Burada çok büyük bir şansa sahibiz. Başka halklara nazaran avantajlı bir konumdayız. Bu konuda bir şeyler yaptık. Bunu sürdürelim' diyorum. Fakat, ulus-devlet modeline dönülmesinin çok daha normal, doğal ve rahat olacağını hisseden pek çok insan var. Bu insanlar kazandığı takdirde, ülke bölünecek. Durum kısaca böyle. Bu konudaki tepki ve düşüncelerinizi duymayı çok isterim.

Acaba bize çokkültürlü olmakla hukukun, bir devlet bağlamında, bir devlet yapısı içinde çatıştığı noktaları ya da buluştuğu noktaları anlatabilir misiniz?

Evet, bu kelime, "çokkültürlülük", pek çok farklı durum için kullanılan bir kelime. Ben yine kendi ülkemden söz edeyim. Ülkemle ilgili problemler kafama musallat olmuş durumda. Bu nedenle bu konuda çok konuşma eğilimim var. Ülkemde çeşitliliğe ilişkin, birbirinden çok farklı, üç türde mesele görülür. Bunlardan biri, az önce bahsettiğim iki geniş dil grubu, İngilizce ve Fransızca konuşanlar arasındaki mesele. Ancak Kanada göçmen bir toplum ve bu da pek çok sayıda insanın bu ülkeye girerek, yerleştikleri bölgeye göre, sonunda ya İngilizceyi ya da Fransızcayı benimsemeleri demek. Dolayısıyla bu grupların –Fransızca ve İngilizce konuşan grupların– her biri zaten kendi içerisinde bir çeşitlilik ve çeşitli kökenlerde pek çok insan barındırıyor. Bu yüzden çok büyük sorunlarımız oldu. Şöyle ki, İngilizce konuşanlar aslen İngiliz adalarından, Fransızca konuşanlar da Fransa'dan gelmekteydi ve sorgusuz sualsiz kabul etmiş oldukları belirli kültürel öğeler ve gelenekler vardı. Bugün, İngilizce konuşan Kanadalılarsa, buraya, bir kısmı Türkiye'den olmak üzere, dünyanın her bir bölgesinden gelmekteler. Fransızca konuşanlar da öyle. Dolayısıyla, İngiliz-Kanadalı, ya da Fransız-Kanadalı olmanın ne anlama geldiğine ilişkin düşüncelerimizde bir değişim gerekiyor. Bu da bazıları için zor. Çünkü, atalarının uzun süre orada bulunmalarından dolayı, Kanadalı olmanın ne demek olduğu hakkında belirli bir fikre, bir imgeye bağlanmış durumdalar. Açıklık ve çeşitliliği kabul etme yolunda, yavaş bir şekilde devam eden bu pazarlık süreci, bir başka çok önemli "çokkültürlülük" meselesi oluşturuyor.

Bunun dışında, Türkiye'de benzeri olduğunu sanmadığım, üçüncü bir mesele var: Yerli halklarla, Kuzey Amerikalı Kızılderililerle, Kuzey Amerikalı yerli halklarla ilgili mesele. Yerli halklar, uzun bir süre tam anlamıyla korkunç bir muameleye maruz kaldılar. Onların, basit bir biçimde asimile olacakları anlayışı hâkimdi ve kendi yaşam biçimleri ve belirli topraklar üzerindeki hakları tamamen, ya da büyük ölçüde inkâr edildi.

Ve bugün, bu mesele gündemde. Günümüz Kanadalıları, bu muamelenin adaletsizliğinin farkına varmış durumdalar. Ancak, bu farklı grupların Kanada toplumunda yer edinmelerini sağlayacak bir yol için tutum belirlenmesi, çözümü çok zor bir güçlük meydana getiriyor. Çok farklı durumda, çok çeşitli grup olması, sorunu daha da zorlaştırmakta; ve bütün bu durumları kapsayabilecek tek bir formül bulmak da imkânsız.

Dilerseniz, çeşitlilik sorununun ülkemizde yüz yüze olduğumuz üç farklı boyutu bunlar diyelim. Bunlardan biri için düşünülen çözüm yolunu, ötekine uygulamaya kalkarsanız anlamsız olur. Demek istediğim, İngiliz ve Fransızlar arasındaki farklılıklar meselesini çözmenin yolu, iki dilli, iki farklı topluma yer açmaktır. Fakat bu, göçmen bir toplumun meselesini çözümlemenin yoludur. Çünkü, göçmenler kendi dillerini korumak istemezler. Göç ettikleri ülkenin dillerini öğrenmeye heveslidirler. Dolayısıyla, bu bir çözüm olmadığı gibi, yerli halklarla ilgili sorunumuza da bir çözüm getirmez. Ve dolayısıyla, olağanüstü bir durum söz konusu. Çok esnek bir düşünüş tarzına ihtiyacımız var. Katı formüllerden uzak durmamız gerekiyor. Bilirsiniz, siyasette katı formülleri –siyasete girmişliğim var, çok iş yaptım, pek başarılı olamadan parlamento seçimlerine katıldım– satmak kolaydır. Çünkü, insanlar basit çözümler görmek isterler ve güçlük de, sorunların genellikle gerçekte pek basit olmamalarından kaynaklanır. Karmaşık ve çeşitlilik arzeden anlayışları korumak için mücadele etmeniz gerekir.

Kanada örneğinin ötesine geçip Amerika'ya baktığınızda, orada, çokkültürcülük başlığı altında konuşulan bir dizi mesele var. Bunların bir bölümü eğitim sistemi ile ilgili. Bunlar, üniversite ve okullarda hangi edebiyat eserlerinin okutulacağı ile ilgili meseleler ki, bu da oldukça Amerika'ya özgü bir durum. Size neden bu durumun başka yerlerde görülmeyip, Amerika'ya özgü olduğunu açıklayabilirim. Fransa'ya, Almanya'ya gittiğinizde başka türde problemler görürsünüz. Yani, bir bakıma, çeşitlilik gerçekliği ile yüz yüze olduğumuz bir dünya söz konusu. Ancak bu gerçeklik, birbirinden son derece farklı biçimlerde karşımıza çıkıyor. Bu, size hepimizin kendi ülkelerimize dönüp, bütün öteki ülkeleri unutmamız gerektiğini düşündürebilir. Ancak, biçimlerde farklılık olsa dahi, başka bir durum hakkında bir şeyler öğrendiğinizde, hiç değilse kendi durumunuzun, diğerleri ile karşılaştırıldığında, ne kadar tekil ve özgül olduğunu göstermesi açısından ilginç sezgiler kazanırsınız. Kaldı ki, sıklıkla bundan çok daha fazlasını elde edersiniz. Belirli olumlu fikirler, yöntemler, teknikler ve söylem tarzları öğrenirsiniz. Ben de, dünyadaki bu olağanüstü etkileşim içerisinde, bu konuları yazdığım kitabın ilginç bir şekilde Türkçeye de çevrildiğini gördüm. Bu kitap, önce benimle başladı; bir Kanadalı konuşuyordu, birkaç Amerikalı –sadece birkaç oldukça *mainstream* Amerikalı– karşılık veriyordu. Ve sonra, ikinci baskısında, bir Alman, Jurgen Habermas katıldı; daha sonra –Afrikalı-Amerikalı, siyah Amerikalı diyecektim ama aslında Ganalı– Tony Apilla katıldı. Apilla şimdi Amerikan vatandaşı, ama köle asıllı siyah Amerikalılardan değil. Asanti ülkesinin aristokratlarından, Cambridge'te eğitim görmüş, yani tam olarak standart bir Afrikalı-Amerikalı değil. Ama bu konuda farklı bir görüş sunuyor. Benim bu kitapla ilgili bir rüyam ya da kâbusum şu: Bu kitap dünyayı dolaşabilir ve Türkiye'den biri, bir yazı yazabilir, sonra bunu tekrar İngilizceye çeviririz ve kitap daha da uzayarak, en sonunda şu kadar kalınlıkta bir şey olup çıkar. Ama bütün bu birbirinden son derece farklı ve çeşitli deneyimleri bir araya getirmenin ve aralarında etkileşim sağlamanın bir yoludur bu. Daha önce dediğim gibi, burada olmaktan duyduğum memnuniyetin sebeplerinden biri bu. Çünkü, sizin durumunuz hakkında bir şeyler öğrenebilmeyi ümit ediyorum. Sorunuza cevap verebildim mi, bilemiyorum. Belki çok konuştum ve sorunun da ötesine geçtim ama düşüncelerimin genel gidişi böyle.

Elinizdeki büyüteçle baktığınız Kanada ve Quebec hadisesi, aslında bizim belki uzun yıllar sonra yaşayacağımız bir ortamın laboratuvarına vaziyette. Şimdi, biz, aynı sorunun çok daha ilkel bir aşamasını yaşıyoruz. Ve soruna global yaklaşan insanların ortaya koyduğu çözümlere bakarak, sorunu kolaylıkla çözebileceğimiz konusunda ümitler taşıyoruz. Bu ümitlerimizin kaynağında, saygı gören bir kültürün ayrılık değil, bütünleşme sebebi olduğu konusunda, toplumun yavaş yavaş ısındığı bir görüş var. Fakat, Kanada'da yaşanan olay, bu konudaki ümitlerimizi çok fazla cesaretlendirmiyor gibime geliyor ve Türkiye'deki olayın kökeninde, kültürel hakların saygı görmesi, görmemesi meselesi olduğu kadar meselenin ekonomik boyutu da çok önemseniyor ve önemsenmesi gerektiğini düşünüyorum ben de. Şimdi, ekonomik sorun Türkiye'de çok çok daha çözümsüz bir aşamada olduğuna göre, merak ediyorum, Kanada'nın, ekonomik gelişmişliğe rağmen bütünlüğünü koruması zor görünüyor. Bizim önümüzdeki yıllarda neler göreceğimiz konusunda ne gibi tahminler yapabilirsiniz? Ve bize hangi hataları yapmama konusunda ne gibi tavsiyeleriniz olur?

Keşke sorduğunuz sorulara cevap vermede yardımcı olabilsem. Çok zor, ama ilginç bir diyaloğumuz olabileceğini sanıyorum. Kanada'daki durumumuzu sizin sorunuz ışığında düşüneyim. Durumumuza ilişkin çok ilginç gerçek, Quebec Bağımsızlık Hareketi, her zamankinden daha güçlü olmasından dolayı, bir bölünmenin eşiğinde oluşumuzdur. Ancak, Fransızca konuşan Quebeclilerin ekonomik yönden her zamankinden daha iyi durumda oldukları da doğru; İngilizce konuşan Kanadalılarla aynı seviyeye gelmiş durumdalar. Başka bir deyişle, bu problemin itici gücünü oluşturan tüm potansiyel ekonomik temel yok olmuş vaziyette. Otuz yıl önce, Fransızca konuşanlarla, İngilizce konuşanlar arasında esaslı bir gelir farkı mevcuttu. Bugün bu fark –Fransızca konuşanların belli kategorilerde elde ettikleri az bir avantaj dışında– tamamıyla kapanmıştır. Daha önce varolmayan, Fransızca konuşan oldukça büyük bir işveren sınıfı görmekteyiz. Alacağınız ölçüt ne olursa olsun, ekonomik farklılıkların, ekonomik eşitsizlik sorununun tamamıyla üstesinden gelinmiştir. Ancak ne var ki, kültürel problemin çok keskin bir şekilde devam ettiğini belirtmeliyim. Bu durumda, eğer deneyimlerimiz bize rehberlik edecek olursa, ki böyle olmayabilir, ekonomik sorunların çözümünün, kültürel farklılıklara da son vereceği umudu dev bir yanılsamadır. Ya da en azından, oturduğum yerden, ben bunun bir yanılsama olduğunu ve başka bir grup tarafından doğrudan ekonomik sömürüye maruz kalmadıkları sürece, esasen insanların yaşam mücadelesi verdikleri, ekonomik açıdan yol almaya çalıştıkları takdirde, bunun tersi bir durum göreceğimizi düşünmekten kendimi alamıyorum. Bu başka bir mesele. Ama ekonomik açıdan doğrudan bir sömürü söz konusu değilse, sıklıkla insanların zihinleri bu türde anlık meseleler üzerinde yoğunlaşır. Anlık meseleler, artan refahla beraber biraz durulunca, bu diğer sorular ön plana çıkar ve memnuniyetsizliğin ve çeşitli taleplerin odak noktasını oluştururlar. Bence, bütün dünyayı kapsamakla beraber kendi deneyimime göre, burada Türklerle Kürtler arasında da mevcut olan dil farkı gibi çok önemli bazı kültürel farklar olduğu sürece, bu, insanların heveslerini, daha geniş ölçüde kültürel özerklik, kültürel gelişme –örneğin Kürtçede– ve akabinde bir tür federal sistem ve yetki dağıtımı gibi talepleri besleyen bir tohum yatağı olacaktır. Bana öyle geliyor ki, bu tür farklılıkların mevcut olduğu dünyanın pek çok bölgesinde, bu, kaçınılmaz bir sonuç olmuştur. Sadece, tümden asimilasyonun gerçekleştiği bölgeler böyle bir şeyden sakınabilmişlerdir. Örneğin, Fransa'nın *bölgesel* dilinin konuşulduğu bölgelerini düşünebilirsiniz. Bu bölgelerdekiler dillerini kaybetmişlerdir ve artık Fransızca konuşup kendilerini tıpkı diğerleri gibi, Fransız olarak görürler. Fakat benim kendi sezgilerim, yirminci yüzyılın sonunda, azınlıklar üzerinde böyle bir asimilasyon politikası gütmenin imkânsız bir hale geldiğini söylüyor. İnsanlar böyle bir şeyin yapılamayacağı bir bilinç seviyesine gelmişlerdir. Kendi deneyimime göre, kültürel özerklik konusuyla yüzleşilmeden, sadece ekonomik reformlarla yetinilmesi -ki bunun sonuçta başarılı olmayacağına inanıyorum– kültürel farklılık sorununa bir çözüm getirmeyecektir. Ama, konuşan benim kendi deneyimim. Çok güçlü bir deneyim. Çok doğrudan yaşadığım bir deneyim ve gösterdiğim ekonomik rakamlarla da çok şey diyor, ama her durum farklı.

Biz de size ülkemiz hakkında biraz bilgi vermek istiyoruz. Çünkü biz bu çeşitliliği ve çokkültürlülüğü yüzyıllardır yaşamaktayız. Ve esas olarak iki yanıt bulabildik: Birincisi, onüçüncü yüzyıla ait. Çokkültürcülük, Anadolu'da yaklaşık bin yıldır gördüğümüz bir şey. Türkler Anadolu'ya Orta Asya'dan gelmişlerdir. Ve geldiklerinde –o dönemde Bizans'ı ve Mezopotamya'yı düşünürsek–, çok çeşitli dinler, kabileler, diller buldular. Bu farklılıkların zenginliğini, bu ülkenin çeşitliliğini kabul etmek zorunda kaldılar. Bu nedenle, herhangi bir ırkın üstünlüğüne dayanmayan bir devlet kurmaya çalıştılar. Osmanlı İmparatorluğu bir Türk imparatorluğu olmamıştır. Türkler üstün değillerdi, bunun tam aksi söz konusuydu. Ve bu da bir çözümdü. Geçenlerde, onüçüncü yüzyılın ahlak otoritesi Hacı Bektaş tarafından yazılmış bir kitap okudum. Kendisi çok önemli bir şahsiyetti. Durumu tasvir ederken folklorik bir yol seçmiş, aynı zamanda din öğesini kullanmıştır. Çünkü din ve dil, kültürün en önemli taşıyıcılarıydı. Tanrı'nın insanı topraktan yarattığını, ancak bir tek bölge toprağından yaratmadığını yazmış. Adem'in burnunu Şam'dan, sağ kolunu Hindistan'dan aldığını anlatıyor – o zaman üç kıtanın varlığından haberdardılar. Her yerden bahsediyor ve maalesef, İstanbul'dan taşaklarını yarattığını söylüyor. Neden bilmiyorum... Gerçekten demiş, öyle yazmış. Her neyse, Osmanlı İmparatorluğu'nun başında bu düşünce hakim. Ancak yirminci yüzyılın başında başka bir çözüm yolu düşünmek zorundaydık. Bir nevi hastalık olan milliyetçilik sonrasında, ondokuzuncu yüzyıl sonunda Osmanlı İmparatorluğu'nun çöküşü ve Cumhuriyetin başlangıcında, bir ulus yaratmanın gerekliliğini kabul etmek zorunda kaldılar ve bu nedenle, siz, ulus-devlet'ten bahsettiniz; burada ise tam tersi söz konusuydu. Çünkü, biz devlet-ulus yarattık. Yani bugün, Birleşmiş Milletler'de Osmanlı İmparatorluğu'nun dağılması sonucu oluşmuş 24 ayrı bağımsız ülke bulunduğu doğru. Bu bilince ulaşan son ulus Türkler. Sanıyorum, onları Kürtler takip etti. Bu sebeple, bu yüzyılın başında, bir kültürün, bir milletin üstünlüğüne dayanan bir devlet yarattık. Ama işlemedi, işlemiyor. Bence bundan ötürü, sizin burayı ziyaretiniz, kitaplarınız ve katkılarınız çok önemli. Çünkü, onüçüncü yüzyılda yaşadığımız çokkültürlülük deneyimini, bugün tekrar tecrübe etmeliyiz.

Son derece ilginç. Söyledikleriniz çok ilginç; yani daha önce Osmanlı İmparatorluğu'nda böyle bir çokkültürlülük modeli olmuş olması ve de bunun ulus öncesi bir model oluşu. Bugün, o dönemin niteliğini, dönemin ruhsal zenginliğini yeniden yakalamaya çalışanların olması çok ilginç. Yeniçeriler arasında çok önemli olan Bektaşi Tarikatı, bugünkü İslamcıların ortaya koydukları İslam anlayışından çok farklı – çok daha çeşitlilik barındırıyor ve ruhsal olarak içe dönük bir yaklaşım. Eğer bu geleneklerin bazıları tamamen tarihe gömülmemişse ve bugün geri kazanmıyorlarsa, bu bizim için çok heyecan verici bir şeydir. Acaba, bugün –bu dönemi dikkatlice incelemiş bir araştırmacı olarak konuşuyorsunuz elbette– o dönemin çeşitliliğinin bilinci, hatta Mevlevi ya da Bektaşiliğin bilinci Türkiye'de hâlâ canlı mı?

Halk arasında yaygın bir kültür. Ama siyaset ve medya çevrelerinde öyle değil. İki küçük sorumuz var, Profesör Taylor. Birisi şu: Kültürel çeşitliliği, acaba, birey bazında gerçekleştiren demokrasiler, kendilerine düşen sorumluluğu yerine getirmiş sayılmazlar mı? Bir başka ifadeyle, kültürel çeşitliliği, ille kolektif kimlikleri tanıyarak korumak zorunlu mudur demokrasilerde? İkinci sorum şu: Kanada gibi belirli bir gelişme düzeyine ulaşmış bir ülkede, Quebec eyaleti, hepimiz biliyoruz ki ayrılık istiyor ve son olayda çok küçük bir oy farkıyla bünye içinde kaldı. Eğer ekonomik gelişme bütünlüğü korumaya yetmiyor ise, eğer başka faktörler yine yetmiyor ise, örneğin, Quebec halkının kendi kültürel kimliğini koruma konusunda bir engelle karşılaştığını düşünmeden soruyorum. Varsa böyle bir şey, öğrenmek isterim. Quebec, kültürel kimliğini koruma konusunda engel olmadan ayrılık talep ediyor ise, etrafında düşmanı olmayan, bünyesini karıştıran faktörler ve devletler de yokken, bu tablo var ise, acaba, bu gerçek nasıl izah edilebilir? Bütünlüğü korumak için ne yapılabilir?

Evet, başta iki ufak sorunuz olduğunu söylemiştiniz. Böyle dendiğinde, ben daima ürkerim. Kültürel kimliğin bütünüyle bireysel olduğu durumlar vardır ve bu, Kanada'nın göçmen boyutunda görülür: İnsanlar çeşit çeşit ülkelerden gelmektedir, Toronto gibi büyük bir şehirde yaşarlar, şu ya da bu kökenlidirler, bireysel düzlemde kendine özgü bir Kanadalı, Türk, Alman vesaire kimliği taşımaktan tamamen memnundurlar. Bu da gayet iyi işler, mükemmel bir çözümdür. Bir Türk-Kanadalılar Derneği'ne bile gereksinim duymazlar; belki de duyarlar, ama kesinlikle yer, toprak talepleri yoktur. Bu da göçmenler için gayet iyi bir durumdur. Ne var ki, bireysel bir kimliğin yeterli olmadığı insanlar var ve bu onların nasıl tarihsel olarak belirli topraklar üzerinde yaşamış ve güçlü bir ulusal grup hissi geliştirmiş olmalarına bağlıdır. Bireysel bir kimlik 'benlik'lerini tatmin etmez. Kanada'da, Quebecliler için böyle bir durum söz konusudur; yerli halklar için de. Yani pek çok yerli, Avrupalılardan çok daha uzun bir süre, yüzyıllarca Kuzey Amerika topraklarında yaşamışlardır. O halde ilk sorunuza cevabım belirli bir kuralın olmadığıdır. Ortada kural oluşturabilecek bir durum yoktur, ancak birliktelik duyguları çok güçlü olan insanlar vardır ki onlara "kendinizi birey olarak tanımlayın" diyerek işin içinden çıkamazsınız. Bu olmaz. Yani gerçekten sorunu çözecek ve işe yarayacak bir şeyden söz ediyorsak...

İkinci sorunuz çok daha zor bir soru. Ben kendi adıma bu soruya cevap vermenin çok zor olduğunu düşünüyorum ve bu soruyu soran ülke dışından insanlara bir yanıt vermek daha da zor. Çünkü, bir bakıma bu saf bir vaka. Ayrılmayı gerektirecek ekonomik bir motivasyon olmadığı kesin. Esasen, ayrılmak Quebec'de durumumuzu daha kötü yapar. Şimdi, tabii, ayrılma yanlısı arkadaşlar bana katılmıyorlar. Ama böyle olacağını gösteren çok şey var. Bana göre, kültürel varlığı devam ettirebilmek *(survival)* için aynı şey söylenebilir. Sanıyorum Kuzey Amerika'daki Fransızların kültürel varlığı, Fransızcanın taçlandırınldığı, yüzbinlerce İngilizce konuşan Kanadalının okullarda Fransızca öğrendiği ve bu ülkede yaşayabilmek için bu dilde yeterlik kazanmalarının gerektiği Kanada'nın yapısından faydalanmaktadır... Öyleyse, nedir mesele? Söylemek zor... Kendilerini bir halk olarak gören, fethedilmiş ve ilk zamanlarda ülkenin yapısında varlık gösterememiş bu insanların sahip olduğu, onlarca, hatta yüzlerce yıldır birikmekte olan, içten gelen çok güçlü hisler söz konusu. Bir bakıma, bugün Kanada'nın geçmişinde yaptığı bazı hataların bedelini ödüyoruz; geçmişte, Fransızca konuşan halka yer açacak gerçek bir cömertliğin olmayışının bedelini...

Ne yapılabilir? Ne yapılacaksa o döneme ait hafızası oldukça zayıflamış bir kuşağın yükselmekte olduğu bugün daha olası. Benim yaşımdaki insanlar, yaşadığımız aşağılayıcı muameleleri hâlâ anımsıyor; o zamanın eşitsizlikleri bu insanların hatırlarında. O nedenle, bunların çoğu, son derece sert ayrım yanlılarıdır. Çocuklarımın yaşındakiler içinse aynı şey söz konusu değildir. Hatta onlara eskiden, bundan kırk yıl önce durumun ne kadar kötü olduğunu söylediğinizde şaşırırlar, size zor inanırlar. Ve bu insanlar, bir bakıma, iki yöne de gidebilir. Onların hayal gücünü yakalayabilecek bir vizyon gerekmekte. Şu an, bağımsızlık yanlıları, onlara kendi bağımsız devletleriyle yapabileceklerini anlatan ütopik hayallerle dolu, yeni bir devletin cömert vizyonunu sunuyorlar.

Başka bir rüya daha var: İçinde gerçek bir çeşitliliği barındıran, farklılıklara açık bir toplumun rüyası. Benim rüyam. Bunu ortaya koyabilmeyi isterim. Çünkü bugün olacaklar, son kertede hangi rüyanın ya da vizyonun bu genç kuşağın hayal gücünü ateşleyeceğine çok bağlı. Gerçekten sonucu belirleyecek olan şey bu. Ve benim tarafımdaki insanlar, böyle bir vizyonu dile getirmekte pek başarılı değiller. Argümanlarını ekonomik maliyet gibi şeyler üzerinden kuruyorlar ve kâğıtta tezleri güçlü görünebilir. Ama bu tezin kafaları ve gönülleri kazandığı söylenemez. Davamızı, çokkültürlü bir toplum içinde yaşama ilişkin bir vizyon üzerine kurmalıyız. O zaman göreceğiz. Beş yıl zarfında buraya geri dönebilirim ve kimin kazandığını görürüz. Şu anda tek cevap, bu meselenin üstesinden gelmenin tek yolu budur.

Cogito 13.
Söyleşiyi yapan: Özlem Solok
İngilizceden çeviren: Nilgün Uygun

Jürgen Habermas: "Siyasal Kuramın Sorunları"

1984'te İspanyol parlamentosuna seslendiğinizde "ütopik güçlerin tükendiğine" değinerek, "bir kez daha, bütüncül bir bakışın olanaksız olduğu" ve karanlık bir geleceğe baktığımız bir dönemde yaşadığımızdan söz etmiştiniz (Die Neue Unübersichtlichkeit). *Bize göre bu tanı son on yıldır geçerliğinden hiçbir şey yitirmedi. Sözde "var olan sosyalizmin" çöküşü ve Soğuk Savaş'ın son bulması, yerini, ne yazık ki, barış ve huzur içinde bir dünyaya bırakmadı. Tam tersine, kendimizi, iç savaşlar, ırkçılık, yeniden yoksulluk ve hemen hemen hiç dizginlenmeyen çevre yıkımının yaşandığı bir dünyada bulduk. 1989'daki "yumuşak" devrimin kimi insanlara aşıladığı umutların –Fukuyama "tarihin son bulması"ndan bile söz ediyordu– aslında hayal oldukları çok kısa bir süre sonra ortaya çıktı. Bu sorunlara bir çözüm getirmek amacıyla,* Olgular ve Değerler (Faktizität und Geltung) *adlı yapıtınızda, evrenselci bir dünya düzeninin başlangıcı için umutsuzluğun doğurduğu bir umuttan söz ediyorsunuz. Dahası, sosyalist görüşe sımsıkı sarılıyorsunuz. Yurttaşların kendi içlerinde kavramaları gereken özgür bir yaşam biçimi için zorunlu olan koşulların özünü oluşturan bir kavram olarak sosyalizme yalnızca radikal demokrasiyle ulaşılabilir. Bunu belirtirken, ana çizgileri ve hedefi inceden inceye belirlenmiş ideal bir yaşam biçimine, ütopik olan her şeye kesin bir tavırla sırt çeviriyorsunuz. Demokrasinin işleyişi açısından geliştirdiğiniz kavramda önemli olan, önceden kestirilemeyen başarılı yaşam biçimleri için gerekli olan koşullara biçimsel bir tanımlama getirilmesidir.* Olgular ve Değerler'*in önsözünde, "tümüyle laikleştirilmiş bir siyasal düzende, radikal demokrasi olmadan anayasal bir devletin de var olamayacağı ve barınamayacağı"* görüşüne *yer ve-*

riyorsunuz. Peki ama, radikal demokrasiye ulaşılabilir mi? Bu noktada, demokratik bir toplum için gerekli koşulların, örneğin, eşit katılım olanağının, daha önce sözü edilen sorunlar ve giderek artan toplumsal karmaşa ışığında, aşırı ütopyacı olup olmadığı sorusu gündeme geliyor. "Modernist proje"nin sonucu belirsiz yapısının gerçekten de ütopik bir hedeften yoksun olduğu, ancak ütopik güçler olmadan da bir gelişme gösteremeyeceği savına katılıyor musunuz?

Tabii, bir kez daha yalnızca yüce demokratik ilkelerin benimsenmesi gerekliliğini savunmamamız için, kuşkuculuğun dikeninin, normatif özümüze derinlemesine saplanmış olması gerekir. Sizin de belirttiğiniz gibi, aktarmaya çalıştıklarımın ardında güncel dünya koşullarının kuşkucu bir değerlendirmesi yatıyor. Benimsediğim yolun, John Rawls'un adalet kuramı gibi, tek başına ele alındığında oldukça beğeni toplayan, salt normatif kavramlardan farklı oluşu bu yüzdendir.

Her şeyden önce, şu anda ülkelerimizde var olan demokratik ve anayasal uygulamalara katıldığımız sürece sessizce de olsa kabul ettiğimiz bir şeyi kanıtlamak üzere, yeniden yapılandırıcı bir çözümleme bulmaya çalışıyorum. Konuya, tümüyle alaycı bir anlayışla yaklaşmak, uygulamalarda tanınmayacak düzeyde bir değişim olmadıkça, bu tür uygulamalarla bağdaşmaz. Normatif töz yok olur olmaz, örneğin, insanlar mahkemelerden artık adil çözüm bekleyemeyeceklerini, seçmenler seslerini hiçbir zaman devlet politikasında duyuramayacaklarını düşündükleri zaman, yasalar davranışları denetleyen bir araca dönüşmek zorunda kalırlar ve demokratik çoğunluğun kararı önemsiz bir aldatmacaya ve kendini aldatma gösterisine dönüşür. Anayasal ilkelerin, baş döndürücü toplumsal karmaşıklıklar karşısında boyun eğmesinin kaçınılmazlığı göz ardı edilemez. Bu durumlarda, adalet ve demokrasiyle ilgili görüşlerimiz değişecek ve yurttaşların normatif benlik anlayışları kökten bir değişime uğrayacaktır. Bu tür kavramsal bağlantılar toplumsal gerçeklere ışık tuttuğundan, meşruiyetini yalnızca kendi kendine yasa yapma görüşünden alan bir yasal sistemle ilgili, bu tür karşılıklı bağlantılı çıkarımların tekrar yapılandırılması yararlı olacaktır.

İkinci olarak, yerleşmiş uygulamalarımızın, bu normatif

benlik anlayışının, başlangıç noktasında aldatıcı olmadığını ortaya koymaya çalışıyorum. Bu demokratik anayasaları, yasa koyucuların hukuk ve yönetim organlarıyla birlikte her gün üzerinde çalıştıkları ve siyasal kamu alanında süreklilikleri için canla başla durmaksızın savaşılan çeşitli tasarılar olarak görüyorum. Ne var ki, içlerinde radikal demokrasinin kendi kendini yöneten bir tür sosyalizm olduğu görüşünün de olduğu, çok sevegeldiğimiz birtakım yorumlardan kurtulmak zorundayız. Karmaşık toplum koşullarında, yalnızca iletişim kuramı açısından kavranan bir demokrasi geçerli olabilir. Bu durumda, merkez ile çevre arasındaki ilişkinin tersine çevrilmesi gerekir: Benim modelimde, normatif beklentilerin yükünü büyük ölçüde taşıyanlar, dokunulmamış bireysel bir kesimde oluşan iletişim biçimlerinin yanı sıra, liberal bir siyasal kültür içinde yer alan ve yaşamsal bir önem taşıyan kamu kesiminin iletişiminden oluşan bir sivil toplum içindeki iletişim biçimleridir. İşte bu nedenle haklısınız; toplumsal akımların müdahaleci, etkili, yenileyici gücü ve bu tür akımları devinime geçiren ütopyacı imge ve güçler olmadan hiçbir değişim sağlanamaz. Ancak bu, Ernst Bloch'un çalışmalarındaki gibi, kuramın tek başına ütopyaların yerini alması gerektiği anlamına gelmez.

Cumhuriyetçi radikal demokrasi görüşünü eleştirdiniz, çünkü bu görüş, başka şeylerin yanı sıra, politikanın kaçınılmaz dizgeci yapısını ve kendine özgü dinamiğini açıklayıcı nitelikte değildir. Size göre politika, yalnızca bir eylem kuramı açısından değil, aynı zamanda bir sistemler kuramı açısından da ele alınmalıdır. Yasalarla düzenlenmiş özgür irade anlamındaki bir halk egemenliğinin temelinde, iletişsel eylemi içeren görüş ve istenç oluşumu süreçlerinin yanı sıra, belli bir güç aracılığıyla yönetilen bir siyasal düzen yatar. Bu da yurttaşların görüş ve istencinin, sisteme içkin dinamiklere zarar vermeden, siyasal düzeni nasıl etkileyebileceği sorusunu gündeme getirir. Bu soruyu yanıtlamak üzere iki farklı model geliştirdiniz. Volkssouveränitat als Verfahren'da *(1988)* (Halk Egemenliği) *önerdiğiniz "kuşatma modeli",* İletişsel Eylem Kuramı*'ndaki iki katmanlı toplum kavramıyla bir benzerlik taşıyordu. Bu modelde, yurttaşların, "siyasal kale"yi, onu ele geçirmek gibi bir niyetleri olmadan, yargı ve karar alma* *süreçlerini etkileyen siyasal tartışmalar yoluyla kuşattıklarına dikkat çekilir.* Olgular ve Değerler *adlı yapıtınızda, yerleşik siyasal düzenin bir merkez ve çevreden oluştuğu bir "kanal modeli"nden yola çıkıyorsunuz. Yurttaşların, merkezi, yani parlamentoyu, mahkemeleri ve bakanlar kurulunu etkileyebilmeleri için, iletilen görüşlerin demokratik ve anayasal süreçler aracılığıyla çevreden merkeze aktarılması gerekir. Siyasal dolaşım sisteminde yasalar, iletişsel gücü yönetimsel güce dönüştüren bir araç işlevi görürler.*

Olgular ve Değerler*'deki bu iki düzlemli toplumsal modelin tam olarak oturtulduğu konumu* İletişsel Eylem Kuramı*'nda önerilen modelden ayıran nedir? "Kuşatma" ve "Kanal" benzetmeleriniz, sistemlerle yaşam-dünyası arasında farklı bağlantılar kurmuyor mu? "Kuşatma" modeline göre demokrasi, kapitalist ekonomi ve himayeci bir toplum devletinin yükümlülüklerini kısıtlamanın biraz ötesine geçen bir yol gibi görünüyor... Kanal modeli, kuşatma modeline kıyasla, ekonomide ve siyasal yönetimde çok daha kapsamlı bir demokratikleşmeye olanak tanımıyor mu?*

O dönemde, yurttaşların, iletişsel güce dayanarak kamu yönetimlerindeki bürokratik gücü "kuşatmaları" imgesini önermemdeki amaç, klasik devrim görüşüne, yani devlet gücünün ele geçirilmesine ve yıkılmasına karşı çıkmaktı. Yurttaşların her türlü kısıtlayıcı bağlardan kurtulmuş iletişsel özgürlüklerinin, tıpkı Rawls'un Kant ile aynı görüşü paylaşarak belirttiği gibi, "aklın kamusal kullanımı" ile etkili olacağı sanılır. Ancak siyasal alanda birbirleriyle çekişen görüşlerin "etkisi" ve kamusal düzlem çerçevesine demokratik işlemler aracılığıyla oluşan iletişsel güç, ancak, yönetimsel gücü, onu ele geçirme niyeti olmaksızın, düzene sokup denetleyecek biçimde etkilediği sürece işlevsel olabilir. Öte yandan, kuşatma modeli çok yenilgici bir modeldir; en azından, güçler ayrımını, yasaları "kullanan" yürütme ve yargı yetkilerinin aldıkları kararları haklı kılmak için, tümüyle yasa koyucu otoriteler tarafından düzenlenen alanlara ulaşmakta kısıtlı oldukları biçiminde algıladığınızda öyledir. Günümüzde düzenlenmesi gereken konular, siyasal yasa koyucunun önceden düzene koyabileceği bir konumda olmadığı türden konulardır. Bu tür durumlarda, söz konusu noktalara somut bir biçim vermek ve onların hukuksal gelişimini sürdürmek, yürütme ve yasama organlarının elindedir. Bu tür işlemler de uygulamadan çok, temel oluşturmakla ilgili bir söylem gerektirir. Ne var ki, bunun meşru olabilmesi için, bu üstü kapalı yardımcı ya da alt yasaların (Nebengesetzgebung) da farklı katılım biçimlerine gereksinimi vardır; demokratik istenç-oluşumu sürecinin bir bölümü, yürütmenin kendisine yansımalı ve alt yasaları oluşturan yasama kurulu, kendisini, daha kapsamlı bir hukuksal eleştiri alanında temize çıkarmak zorundadır. Bu açıdan ele alındığında, kanal modeli kuşatma modelinden çok daha geniş kapsamlı bir demokratikleşmeye dayanır.

Politikayı bir yandan bir istenç ve görüş oluşumu biçimi olarak, öte yandan da yönetim olarak ele alıyorsunuz. Bu iki biçim siyasal gücün iletişsel ve yönetimsel güç olarak ikiye ayrıldığı kavramsal ayrımla bir özdeşlik taşıyor. Çağdaş demokrasilerin varsayımlarından bir tanesi de, parlamentonun ve siyasal partilerin düşünce ve istenç oluşumu açısından önem taşıyan kurumlar olduğudur. Ne var ki, parlamentolar artık büyük ölçüde öncelikle iktidara gelmek için gücü ele geçirmeyi amaçlayan siyasal partilerin egemenliği altındadır. Çeşitli toplumsal araştırmalar, politikaya profesyonel bir boyut kazandırılmasının, temsil edenlerle edilenler arasındaki uçurumun giderek büyümesinin yanı sıra, seçim kampanyalarının ticari bir niteliğe bürünmesinin çağdaş politikacıları daha stratejik bir tutum benimsemeye ittiğini de ortaya koymuştur. Bu nedenle, her şeyin enine boyuna düşünüldüğü özenli bir politikaya ayrılan yer giderek daralmaktadır. Bu durumda parlamento ve siyasal partiler ne denli görüş ve istenç oluşumu kurumları olarak görülebilir? Bir de, Klaus von Beyme'nin deyimiyle, "üst" ve "alt"taki halkçılıkla yüz yüze gelindiğinde, parti devletindeki siyasal sınıfın radikal demokrasi ilkesine göre denetlenmesi ne denli olasıdır? Siyasal sistemin, tam da özündeki dinamiğin korunması amacıyla, daha da demokratikleştirilmesi, bir başka deyişle, iletişsel güce daha geniş bir yer verilmesi gerekli görünmüyor mu?

Çözümlememle bu sonucu önermeyi amaçlamıştım. Siyasal partiler geçici olarak hükümete yerleştikleri sürece ve demokratik özlerini yitirdikleri ölçüde, içerisinde güç konumlarını kazandıkları ve elde tutmak istedikleri yönetim sisteminin bakış açısından hareket edeceklerdir. Öncelikle yerine getirmeleri gereken işlevi, yani siyasal görüş ve istençlere biçim verme sürecini belirleme ve bu sürecin uygulanmasına aracı olma görevlerini ancak reklam kampanyaları biçiminde yerine getirirler. Böylece, kamusal alana, merkezinden değil, dışarıdan karışan kuşatmacılar olarak girerler. Siyasal partilerin yerine getirmeleri gereken çeşitli işlevlerin çok daha kesin sınırlarla belirlenmesi gerekir. Lefort'un haklı olarak belirttiği gibi, bir demokraside politikanın simgesel yeri boş tutulmalıdır; ama bu yer yalnızca demokratik parti liderlerine, söz sahibi kişiler ya da olası yöneticiler olarak değil de, halkın temsilcileri gözüyle bakıldığında boş kalır. Bu da kurumsal bir imgelemi gerektirmektedir. Siyasal istenç oluşumunda partilerin siyasal "katılımını" artırmaya yardımcı olan ve onların devletin organları olarak davranmalarına engel olan kurumsal önlemlere, anayasanın örgütsel bölümünden başlayıp halk oylamalarına ve dahası parti tüzüklerini de içeren konulara uzanan her düzeyde yer verilmelidir.

"İdeoloji Olarak Teknik ve Bilim" ("Technologie und Wissenschaft als Ideologie") başlıklı denemenizde, ondokuzuncu yüzyılın sonlarından beri "araştırma ve teknoloji arasındaki giderek artan karşılıklı bağımlılığın... bilimi en önde gelen üretici güç durumuna getirdiğinden" söz ediyorsunuz. Bununla birlikte, bilimsel ve teknolojik gelişmeler demokratik karar ve denetimin büyük ölçüde dışında tutulur. Bilim ve teknoloji dallarında alınan ve uygulanmaları beklenmedik, kimi zaman da insanlık için istenmeyen sonuçlar doğuran kararlarda (örneğin, nükleer güç ve genetik teknolojiyle ilgili kararlarda) demokratik ilkelerin etkili olduğuna çok ender tanık olunur. Siyasal kararların gittikçe daha bilimsel hale gelişi ve iş dünyasında teknolojik bilgiye olan ilginin artışıyla birlikte, toplumun birçok alanının şekillendirilmesi uzmanların kontrolüne girdi. Bu belirleyici gücün, bir "uzman erki" tehdidinin önüne geçilmesi amaçlanarak, nasıl demokratik bir biçimde denetlenip zararsız duruma getirilebileceği sorusu akla gelebilir. İlk yapıtlarınızda, son dönem geliştirdiğiniz, gücün siyasal dolaşımı modelinde sisteme dair bir rolü olmayan, "demokrasi ve teknoloji arasındaki ilişki", "bilimselleştirilmiş siyasal ve kamusal

görüş" ve "uzman erki tehlikesi" gibi konulara açıkça ağırlık verdiğinize parmak basmakta yarar var. Bunun bir nedeni var mı? Bilim ve teknolojinin belirleyici gücünü, gücün dolaşımı modelinizde nasıl bir konuma oturtuyorsunuz? Bir "uzman erki" tehlikesi nasıl kısıtlanabilir?

İletişsel Eylem Kuramı'nda betimlediğim uzman kültürler arasındaki farklılık, ters yönlere doğru riskleri de beraberinde getirmektedir: Bir yanda kültürel bilginin yayılmasını engelleyen ve gündelik iletişsel uygulamaları körelten bir içe dönme tehlikesi, öte yandan da, bu konularla haşır neşir olanlar tarafından uygulanan ve demokratik bir biçimde varılması gereken kararlar üzerinde denetim, yani sizi endişelendiren uzman erki tehdidi. Bilim ve teknolojinin belirleyici gücü, bu açıdan, kesinlikle üzerinde durulması gereken bir konudur. Bu konuya en son kitabımda değinmedim, çünkü günümüzde, 60'lı yıllardaki durumun tersine, teknokrasi kuramları artık toplumsal bilimler üzerinde etkili bir rol oynamıyor ve tasarı çılgınlığı ile bilime safça inanma artık tarihe karışmış durumda. Daha geniş kamu alanında, bilime karşı eleştirel tutumlar neredeyse moda oldu. Kamu görüşündeki bu değişim, atom ve genetik teknolojisinin tehlikeleri konusunda insanların giderek daha bilinçli olmaları gibi kimi olumlu sonuçları da beraberinde getirdi. Teknolojik sonuçların değerlendirilmesi farklı alanlarda oldukça etkili bir biçimde izlekleştirilmiştir. Bu süreçte, "bilim"in özünde yansız olmayan bir yetke olduğunu ve bilimsel girişimin kesinlikle bütüncül olmadığını, yine değerlerle soluk kazanan çekişmeli görüşlere ayrıldığını benimseyen, uzmanlaştırma karşıtı bir uygulama kabul edilmiştir. Siyasal bağlamlı farklı bir bilim kavramı için, bu hareket noktaları daha da geliştirilerek bunlara kamu alanında ve parlamenter çalışmalarda daha ağırlıklı bir yer verilmelidir. Siyasal açıdan uygun görüldüğünde çevirisi yapılamayacak, dahası, uzmanlarca tartışılan seçeneklerinin daha geniş bir kamusal forumda konuşulabileceği şekilde uyarlanamayacak denli özelleştirilmiş hiçbir sorun yoktur. Demokraside uzmanlık siyasal bir ayrıcalık olamaz.

İletişsel Eylem Kuramı'*nda çözümsüz gerginliklerin, kapitalizm ve demokrasiyi ayırdığını öne sürüyorsunuz. Demokratik anayasal ilkelerle belirtilen çağdaş toplumların öz benlik anlayışı, yasal olarak, yaşam-dünyasının ekonomi ve devletin temsil ettiği alt sistemden önce geldiğini savunur. Gelgelelim, kapitalizmde bu öncelik, devlet tarafından sağlanan toplumsal hizmetlerin toplumdaki eşitsizliklerle etkisiz hale getirmesiyle yıpranır. Yurttaşlar artık yurttaşlığın özünü oluşturan siyasal katılım olasılıklarını göremez ya da algılayamaz duruma gelirler. Yanlış anlamıyorsak,* Olgular ve Değerler'*de yaşam-dünyası/ekonomi değil, yaşam-dünyası/devlet ilişkisi vurgulanıyor. Daha önceki çalışmalarınıza kıyasla, bu kitapta kapitalist ekonomideki yıkıcı güçlerin nasıl demokratik bir biçimde denetlenebileceği sorununa az yer veriyorsunuz. Yine de, gerçekte var olan sosyalizmin son bulmasının, örneğin Friedrich Kambartel ve Claus Offe'nin pazar sosyalizmini ve teminatlı bir temel geliri konu alan yapıtlarında belirttikleri gibi, kapitalizmin eleştirişine yeni bir ivme kazandırabildiği yönünde kanıtlar var. Pazar güdümlü bir ekonomiye içkin sistematik dinamiğe gösterdiğiniz saygıyla, kamusal düşünce ve tartışma temelli bir politika ve kapitalizmin çevrebilimsel bir şekilde ehlileştirilmesi konusundaki görüşleriniz arasında bir uyum var mı? Kapitalizm, çevrebilim ve demokrasi arasındaki gerginlik karşısında, bu içkin dinamik kavramını, "olumlu-temize çıkartıcı" ve "olumsuz-yıkıcı" olarak ayırmamız gerekmez mi? Sizce, kapitalizm, çevrebilim ve demokrasinin birbirleriyle ilişkileri nedir? Çevrenin giderek yok edildiği, dağıtılacak işlerin hızla giderek azaldığı bir toplumla karşı karşıya olduğumuza göre, geliştirmiş olduğunuz temel haklar dizgesi temel alınarak, yasal olarak güvence altına alınmış temel bir gelirin ve bu temel gelire bağlı olarak eşit yaşam koşullarının sağlanması olası olamaz mı? "Çalışma toplumunun sonu" (André Gorz) karşısında, uygun biçimde işleyen bir demokrasinin gereği olan öz saygı ve özerkliğin sağlanması için bir temel gelir gerekli değil midir?*

İletişsel Eylem Kuramı'nda ele alınan toplumsal modernleşme çözümlemesinde amaç, tam da sizin belirttiğiniz ayrıma bir açıklık kazandırmaktı. Kapitalist bir ekonominin ayrıştırıcı faydalarından, ekonomik üretimin belli bir şekilde düzenlenmesinin meydana getirdiği toplumsal, kültürel ve çevrebilimsel zararları gizlemeden ya da doğal bir yazgı olarak görmeden, kabul etmek zorundayız. Benim asıl ilgilendiğim, yaşam-dünyası ile sistem arasında, paranın iletişsel olarak yapılandırılmış alanlara sömürgeci saldırılarının, değiş tokuş süreçleri ve çevresel yükümlülükler adına, bu özünde yıkıcı ekonomik sisteme set çekme olasılıkları. Bu kuramsal görüş açısından bakıldığında, devlet sosyalizminin iflası, yani paranın yönlendirici işlevinin yerine geniş kapsamlı bir yönetimi getirme girişimi hiç de şaşırtıcı bir olgu değildir; ancak bu, 1989 yılındaki tarihsel olaylar karşısında şaşırmadığım anlamına gelmez.

Öte yandan, marksist geleneğin geliştirdiği toplumsal kuramlar, bunalım çözümlemesine dayalı dar bir çerçeve içinde ele alındıklarından, günümüzde yapıcı örneklerine rastlanmaz. Üretkenliğinden vazgeçmek istemediğimiz dünya çapında kapitalizmin yıkıcı sonuçları karşısında hepimiz bir bakıma çaresiziz. Bu durum "pazar sosyalizmi" için katıksız normatif modellerin yeniden önem kazandığını açıklıyor. Bu modeller, pazar ekonomisinin, yönlendirici ve yenilik için gerekli dürtüleri muhafaza eden, ancak aynı zamanda sistematik olarak üretilmiş "iyiler"in ve "kötüler"in sistematik olarak tekrarlanan eşitsiz dağılımının yarattığı olumsuz sonuçları kabul etmeyen görüşleri içerir. Tüm bu modellerin düğüm noktası, kuşkusuz, eylem olasılıklarının yok olduğu noktadır. Eski ulus devletin (ve daha yeni birleşmiş uluslarla kalıcı uluslararası toplulukların) eylem yönündeki siyasal gücü ile küresel pazar ağının kendi kendini yönlendiren düzeneği arasında hiçbir bağlantı yoktur. Bu nedenle, dünya ekonomik ilişkilerinde uzun süre geciken yeniden örgütlenmenin sorunları, uluslararası ilişkilerin ümitsiz durumuna, BM ve öteki dünya örgütlerinin rolüne yeni bir ışık tutmaktadır.

80'li yıllarda üzerinde tartışılan, güvence altına alınmış temel gelir düşüncesi, kuşkusuz, yurttaşların öz saygı ve siyasal özerkliklerinin özdeksel temelinin, bireyin işgücü pazarındaki bir bakıma belirsiz başarısından bağımsız olacağı gibi ilginç bir özellik taşımaktadır. Ne var ki, bu tür konular yalnızca, parçalanma tehlikesiyle karşı karşıya olan bir refah devletinin yeniden oluşumu için gerekli ve karmaşık çabalar bağlamında anlamlı bir biçimde değerlendirilebilir.

Doğu ve Orta Avrupa'da, barışçıl Yurttaş Hakları hareketinin ve muhaliflerin getirdikleri eleştiriler, 1989'un devrimci olaylarının temelinde yatıyordu ve "sivil toplum" kavramının Batı'daki aydınlar arasında moda olmasına yardımcı oldu. Bu kavramın, muhalifler ve Yurttaş Hakları eylemiyle bağlantılı olduğu için olumlu çağrışımları vardı. Sivil toplumu, "yaşam-dünyasının toplumsal kesimlerinde kamusal iletişimi sağlayan, devlet ve ekonominin dışında kalan, istemli ya da gönüllü kuruluşlar" olarak algılıyorsunuz. "Sivil toplum, bu az çok kendiliğinden oluşan ve toplumsal sorunların özel yaşamdaki yansımalarını belli bir yere oturtup, özümseyip, ayrıntılarına inerek onları siyasal kamu alanına taşıyan kuruluş, örgüt ve eylemlerden oluşur. " Siyasal kamu alanının, yalnızca, "sınıfsal sınırların ötesine geçmiş ve toplumsal katmanlaşma ve sömürünün binlerce yıllık zincirlerini kırmış" bir sivil toplumdan destek alabileceğini öne sürüyorsunuz. Bu görüş, kamu alanına yalnızca kitle iletişim gücünün egemen olmadığına, kamu alanının sivil-toplumsal temelini şimdi bile sınıf eşitsizliklerinin ve cinsiyet ayrımının oluşturduğuna, yoksulluğun azalacak yerde daha da arttığına dikkat çeken ampirik bir eleştiriyi gündeme getirmez mi? Demokratik kamu alanıyla ilgili görüşlerinizle, yurttaşlara, çoğunun kişilik yapısıyla bağdaşmayan, gelenek dışı bir kimlik yakıştırmış olmuyor musunuz? Jirinovski'nin Rusya'da, Le Pen'in Fransa'da, Schönhuber'in Almanya'da ve Allessandra Mussolini'nin İtalya'da aldığı sonuçlar, çoğu yurttaşın bir bakıma geleneksel bir kimliğe sahip olduğu izlenimimizi daha da güçlendiriyor. Ulusçu gerilemeler, sivil toplumdan demokratik dürtülerin dışında bir şeyin de doğduğunu ortaya koyuyor. Sağ kanadın sokaktaki baskısı nedeniyle, sivil toplum kavramı artık olumsuz bir anlamı da yüklenmiş durumda... Adalet ve demokratik anayasal devlet ile ilgili söylem kuramınızın ışığında, sivil toplumun demokratik olmayan dürtülerini demokratik olanlardan nasıl ayırıp eleştirebiliriz?

Eğer konu bir tanımlamayla ilgili ise, bunu bir iletişim kuramının bakış açısından ele alırsak, totaliter devletlerdeki halkçı kitle seferberliğiyle sivil bir toplumun içinden doğan demokratik eylemler arasında kesin bir ayrım yapabiliriz. *The Origins of Totalitarianism (Totaliterliğin Kökenleri)* adlı klasik yapıtında Hannah Arendt bunu yapmış ve bu bağlamda kamusal yapıların oynadığı önemli role parmak basmıştı. İletişsel güç, yalnızca karşılıklı tanıma temeline dayanan bireysel ilişkilerin yaratıldığı ve iletişsel özgürlüklerden yararlanma olanağı sağlayan kamusal alanlarda oluşabilir. Bir başka deyişle bunlar, ortalıkta özgürce dolaşan konular, ilkeler ve bilgiye göre olumlu ya da olumsuz tavırların kendiliğinden oluşabileceği kamusal alanlardır. Bu bozulmamış karşılıklı öznellik biçimleri herhangi bir biçimde zarar görecek olursa, ortaya "birbirlerinden soyutlanmış" birey yığınları çıkar. Bu yığınlar oylamalara güvenen önderler tarafından yönlendirildikleri anda devinime geçerler ve ardından kitle eylemlerine katılma konusunda kolaylıkla kışkırtılabilirler. Arendt'in çözümlemesi yine de, yüzyılımızın ilk yarısının toplu eylem biçimlerine, yani klasik kitle gösterileri ve kitlesel grevlere, Nazi *Reichparteitage*'nin yönetildiği biçime, askeri törenlere göre tasarlanmıştı. Berlusconi'nin totaliter rejim sonrası döneminde, devinim içinde olan kitlelerin imgesi, aralarında elektronik bir bilgi ağı olan kitlenin gerisine çekilmiştir: 1989'da bile, parti ve hükümet binaları önünde başkaldıran kitleler, televizyondaki canlı yayınların konuklarına dönüştüklerinde farklı bir işlev üstlenmişlerdir. Bu nedenle, totaliter devletle ilgili imgeler yok olmuş gibidir, ama *yeni* bir tür kitleselleşmenin yıkıcı gizilgücü yine de etkisini sürdürmektedir. Kitle iletişiminin kamusal alanında bile, kişisel tavırlar arasındaki değiş tokuşu, bir başka deyişle, iletişsel özgürlüklerin kullanımını engelleyen ve soyutlanmış izleyicilerin kavramsal dünyalarını, onları etkisizleştiren bir kitleselleşmeye maruz bırakan yapılar mevcuttur. Halk oylamalarına yasallık kazandıran bir forum işlevi gören bu tür "biçimlendirilmiş" kamusal alanlar, liberal kamusal alanlardan çok farklıdır, çünkü ikincisi "tavır alan" bir halk kitlesine yetki tanıyan bir araç işlevi görür. *Kamu* devinime geçtiğinde, uygun adım yürümek yerine, anarşi ya da kargaşayla zincirleri koparılarak elde edilmiş iletişim özgürlüklerini gözler önüne serer. Halkın, kendiliğinden merkezden kopmuş ve geçirgen yapılarında dağılmış olan gizilgüç toplanıp bir araya getirilerek devinime geçirilir. Bu da, kuşkusuz, sivil bir toplumsal temeli gerektirir. Toplumsal eylemler, o zaman, ilgiyi belli konulara çekip belirli bir katkıda bulunabilirler. Bu süreçte kitlelerin halkçı önderlere bağımlılığı tersyüz edilir: Arenadaki oyuncular eleştiri konusunda eğitimli bir kitlenin onayını aldıkları için onlara minnettar kalırlar.

Kuşkusuz, liberal bir kamu alanının, özgür örgütlenmeye, ehlileştirilmiş kitle iletişim gücüne ve özgürlüğe "alışık" bir kitlenin siyasal kültürüne gereksinimi vardır; sürecin orta yerlerinde az çok mantıklı bir yaşam-dünyasıyla karşılanması gerekir. Bunun da kişilik yapıları açısından karşılığı, geleneksel ötesi kimliklerdir. Şimdi, Batılı demokrasilerdeki bizlerin bile, olaylara tümüyle farklı bir bilinçle yaklaşmak zorunda olduğumuzu öne sürerek karşı çıkacaksınız. Aşırı baskı altında tutulan halkın büyük bir bölümünü Le Pen'lere ve Schönhuber'lere, ulusçuluğa ve yabancı düşmanlığına karşı duyarlı kılan eğilimler, günümüzde de varlığını sürdürüyor. Bunlar karşı konulmaz gerçekler. Ancak bunlar neye karşı çıkıyorlar? Zira bu karşı çıkış, normatif kuram adına ve erkten yoksun bir zorunluluk edasıyla, geleneksel ötesi bir bilinci körükleyip, böylece karamsar antropolojinin her zaman aydınların düşlerine karşı savaşa sürüklediği insan doğasına karşı bir suç işleyen felsefeciye yönelik olamaz. Yaptığımız tek şey, kuramın uygulamalarına girmiş olan zorunluluğu ayrıntılarına girerek incelemek, bunu yaparken de, yasaların ve demokratik anayasal devletin, yani var olan uygulamaların içinde de, geleneksel ötesi bir temele dayanan ve o ölçüde liberal siyasal bir kültürün kamu bilincine uydurulmuş ilkelerin var olduğunu dikkate almak zorundayız. Bu normatif benlik anlayışı, hiç de gerektiği gibi olmayan ilişkilerimize belli bir dinamik kazandırır: Anayasayı, üzerinde çalışmayı sürdürebileceğimiz –ya da düş kırıklığıyla başımızdan atabileceğimiz– bir tasarı olarak görürüz.

Olgular ve Değerler*'de ideal iletişim toplumunu katıksız bir iletişsel toplumsallaşma modeli olarak algılıyorsunuz. Bu bağlamda, daima çekişen varsayımları dondurarak katıksız bir iletişsel toplumsallaşma modeli olarak algılayarak, demokrasi için gerekli olan görüş ve istenç oluşumunun söylemsel niteliğinin yanlış anlaşılmaması gerektiğini vurguluyorsunuz. Gelgelelim, ideal bir iletişim toplumu kavramının temelini idealleştirmeler oluşturur. Bizce idealleştirmeler (en azından) iki biçimde yorumlanabilir. Bu şekilde, insanların geçer-*

lik iddiasında bulunurken, örneğin başkalarını görüşlerine ikna ettiklerini ve o an için kimsenin onlara karşı çıkmadığını ileri sürerken yaptıkları şey de idealleştirme olarak yorumlanabilir. Bu idealleştirmeler, kuşkusuz, insanların yeniden gözden geçirilmeleri gereken savların bulunabileceği olasılığını da göz ardı etmez. İkinci bir yoruma göre, idealleştirmeler, insanların belli geçerlik iddialarında bulunurken, ideal bir iletişsel toplumda son bir görüş birliği ve iletişim üzerine beklentilerini içerir. Albrecht Wellmer bu ikinci yorumun anlamsız olduğuna parmak basmıştır. İdeal iletişim toplumuna tarihin gelecekteki bir aşamasında ulaşılacak olsa, bu her tür insan iletişiminin o noktada son bulacağı anlamına gelir. İdeal bir iletişim toplumunda, idealleştirilen şeyin olasılığını belirleyen koşullar hiçe sayılır. Bu eleştiriye karşın, ideal iletişim toplumu kavramından vazgeçmiş değilsiniz. İdeal iletişim toplumu, katıksız iletişsel toplumsallaşma modeline aykırı sapmaları saptamaya ve belirtmeye yarayan bir araç işlevini görür. Bu kavram, görüş ve istencin oluşum sürecinin özünde var olan, kaçınılması olanaksız süredurum öğelerinin, söz gelimi, bilgiye ulaşmadaki dengesizliklerin ve yetki dağıtımındaki eşitsizliklerin algılanmasına yardımcı olabilir. Görüşümüz doğru ise, katıksız iletişsel toplumsallaşma modeli iki farklı işlevi yerine getirebilir: İlk olarak, süredurumun kaçınılması olanaksız öğelerinin su yüzüne çıkmasına yardımcı olur; ikincisi de, siyasal kamu kesiminde var olan güç ilişkilerine getirilecek eleştiri için normatif bir ölçüt işlevi görür. Kaçınılması olanaksız süredurum öğelerinin belirlenmesi için, sizin öne sürdüğünüz gibi, bir ideal iletişim toplumu kavramına aslında gerek var mı? Geleneksel toplumbilimsel araçlar, ya da M.F.*'ninki gibi bir düşünce biçimi bunun için yeterli değil mi? Dahası, zaten çeşitli küreselleşme süreçleri, toplumsal bir eleştiri için vazgeçilmez olan evrensel normatif kıstaslara belli bir biçim vermiyor mu? Bir başka deyişle, giderek tırmanan karşılıklı kültürel, çevresel ve ekonomik bağımlılık kaçınılmaz olarak, küresel toplumsal bağların ve kuralların algılanması ve işlenmesi için gerekli olan"ortak bir dilin oluşmasına" (*Olgular ve Değerler*) yol açmıyor mu? İdeal iletişim toplumu kavramını bir yana atıp yalnızca idealleştirmenin daha önce sözünü ettiğimiz ilk yorumuna sığınarak bir yere ulaşamaz mıyız?*

Yaşam-dünyası ve iletişsel eylemi birbirlerini tamamlayan kavramlar olarak sunup, yaşam-dünyasının kendisini iletişsel eylemler aracılığıyla yeniden oluşturduğunu söylerseniz, o zaman değerler, sistemler ve özellikle de dilin karşılıklı anlayışa yönelik kullanımına, yalnızca katıksız iletişsel toplumsallaşma modelinin beklentilerine yanıt veren bir toplumun üstlenebileceği türde bir birleştirme sorumluluğunu yüklemiş olursunuz. *İletişsel Eylem Kuramı*'nda kendimi bu türde bir yorumlayıcı idealizme karşı zaten savunmuştum. Toplumsal birleşme konusunda, kimilerinin yanılgıya düşerek bana mal ettikleri, böylesi bir idealist yanlış anlama karşısındaki kuşkularımı belirtmek için artık Bernhard Peters ile birlikte çok farklı bir yol izliyorum (*Die Integration moderner Gesellschaften*, Frankfurt am Main, 1993). Bu tür kuşkular Luhmann'ın sistemler kuramı, ya da Foucault'nun güç kuramı aracılığıyla da dile getirilebilir. Bunun yerine ben, toplumsal süre-durumun kaçınılmaz öğelerini gözler önüne sermek için "ideal iletişim toplumu" kavramından yöntembilimsel bir biçimde yararlanıyorum. Bu da üzerinde durduğumuz asıl konu olamaz.

Dahası, Wellmer gibi ben de, Pierce ve Apel'in geliştirdikleri ideal iletişim toplumu kavramını ve hatta "ideal dil durumu" ile ilgili kendi görüşlerimi, "yanlış yere oturtulmuş asılsız somutluk" örnekleri olarak eleştiriyorum. Bu görüşler, zamanla ulaşılabilecek nihai bir durumu belirttikleri için somutlaştırıcıdırlar. Oysa ki, konumuz bu olamaz. Ancak, içinden ancak daha iyi bir savın çıkması beklenen bir kuramsal uygulamanın kaçınılmaz olarak pragmatik olan varsayımlarının idealleştirici kapsamı üzerine diretmeyi sürdürüyorum. Gerçeğin örtüşme kavramı bir yana atıldıktan sonra, doğruluk savlarının kayıtsız şartsız yapıları yalnızca "ideal koşullar altında öne sürülecek gerekçelerle" (Putnam) açıklanabilir.

"Gerçek" kavramını kanıtlamak ya da haklı çıkarmak açısından çözümleyecek olursak, gerçek ile akla yatkın kabul edilebilirliği aynı kefeye oturtmaktan kaçınmalıyız. Çünkü daha önce mantık açısından doğru kabul edilen bir şeyin yanlış olduğu ortaya çıkabilir. Ancak ileride karşısına çıkacak itirazlara karşı durabileceğine emin olduğumuz ifadelere "doğru" adını veririz; bu, yanılmış olabileceğimiz olasılığını da içine alır. Ama yalnızca, yanlış olabilecekleri riskini göze alarak, önermelerin kayıtsız şartsız doğru olduklarını düşündüğümüzde köprüler kurmaya ve adımlar atmaya, yani bu önermeler doğrultusunda eyleme geçmeye hazır oluruz. Bu kayıtsız şartsızlık anlayışı, ancak, doğru ile akla yatkın arasındaki farkı belirleyen bu haklı çıkarma ya da doğrulama uygulamaları yoluyla ifade edilebilir; bu da, haklı çıkarma uygulamalarımızın, yani savımızın, ideal bir edimin bir parçası olduğunu düşündüğümüzdendir. Bugün bile görüşlerimizi, hiçbir baskı altında kalmadan, yani daha iyi bir savın yaratacağı zorlayıcı olmayan baskı dışında herhangi bir baskı altında kalmadan, elimizdeki en iyi bilgi ve kanıtlara dayanarak oluşturmalıyız. *Olgular ve Değerler*'in gönderme yaptığınız bölümünde "bir tartışmada katılımcıların ortaya atmaları gereken, olgulara karşıt olan varsayımların, tartışmadakiler için, zamansal ve uzamsal bağlamdaki kaçınılmaz dar görüşlülüğün aşıldığı bir bakış açısı getirdiğini... ve geçerlik iddialarını aşmanın hakkını verdiğini" savunuyorum. Ancak geçerlik iddialarını aşmakla, anlaşılabilir varlıklardan oluşan ideal bir Öte alana geçemezler.

Yasaların meşruiyeti, oluşturuldukları demokratik süreçlere dayanıyorsa, geçerlik iddialarının söylemsel yollarla çözümlenebileceği durumlarda da bu tür tartışma biçimlerine sık sık başvurmak zorundayım. Demokratik süreç, süreçlere uygun olarak ortaya atılmış önvarsayımları, ancak, bu tür tartışma (ve pazarlık) biçimlerinin hukuki olarak kurumsallaştırılmasıyla daha önce sözünü ettiğimiz görüş ve istenç oluşumlarını yaratabildiği ve bunları garantileyebildiği sürece temellendirebilir. İkna edici normatif ölçütler yalnızca bu koşullar altında oluşabilir. Bunlar, yalnızca küreselleşme sürecinin doğal bir sonucu olarak, kendiliklerinden meydana gelmezler.

Siyasal kamusal alan, yalnızca biçimsel olarak düşünüldüğünde eşit bir yerdir; bir başka deyişle, belli bir devlette tüm yurttaşların aynı yasal konuma sahip olması, bunların, görüş ve istencin oluşumunu etkileyen olasılıklardan eşit olarak yararlandıkları anlamına gelmez. Siyasal güç hâlâ sınıfa, cinsiyete ve etnik kökenlere göre eşit olmayan bir biçimde dağılmıştır. Buna örnek olarak, çok sayıda demokratik devlette bir alt sınıfın ortaya çıkışı, kadınların politikaya katılımlarının daha az olması, ve Rodney King'i taciz eden polisler beraat ettikten sonra Los Angeles'ta meydana gelen ayaklanmalar sayılabilir. Siyasal savaşım kuramınızdan yola çıkarsak, liberal biçimselciliğin yalnızca cemaatçi değil, aynı zamanda marksist eleştirisine karşı çıkmak ne ölçüde olasıdır? Kota sorununa, örneğin, siyasal güce katılım olanaklarının artırılması için kadınlara ya da etnik azınlıklara ayrılan pay konusunda ne düşünüyorsunuz?

Demokratik anayasal devlette tanınmak için verilen uğraş, yalnızca tüm toplulukların siyasal alana ulaşabildikleri, seslerini duyurabildikleri, gereksinimlerini karşılayabildikleri ve hiçbirinin aşağılanıp dışlanmadığı ölçüde yasal güce sahip olur. Temsil ve yurttaşlık nitelikleri açısından bakıldığında, eşit haklardan yararlanmayı sağlayacak eşit olanaklar için gerçeklere dayalı peşin koşulların güvence altında olması zaten önemli. Bu yalnızca siyasal katılım değil, aynı zamanda toplumsal katılım ve kişisel özgürlükler için de geçerlidir; zira hiç kimse, kişisel özerklik için gerekli koşullar sağlanmadıkça, siyasal açıdan özerk bir davranış biçimi içine giremez. Bu bağlamda kotaları da destekliyorum. Örneğin, tarihsel ve yapısal açıdan kimi haklardan yoksun bırakılmış topluluklar için eşit hak gibi "adil bir değerin" korunması için tek çıkar yol olduğunda, eğitim ve istihdamın tüm dallarında bir "tercihli işe alma" politikası izlenmesini destekliyorum. Bu tür önlemler, "çözüm getirici bir etki" için var oldukları için, özlerinde geçicidirler.

*Modern demokrasilerde, üyelik kriterleri açısından bakıldığında, insanlar yurttaşlık haklarına sahip oldukları sürece belli bir toplumun üyesi sayılırlar. Sonuçta, halkın egemenliği (*Volkssouveränitat*) belli bir toplum içinde vatandaşlık haklarına sahip olan tüm bireylerle ilintilidir. Yurttaşlık hakları, üyelerle üye olmayanlar, yurttaşlarla yabancılar arasında bir ayrımı gerektirdiğinden, dışlayıcıdır. Ahlaki temellere dayanan insan hakları ise, belli bir topluma üyelikle ilgili olmadığı için yurttaşlık haklarından farklıdır. İnsan hakları, genelde bir ulus devletin sınırlarıyla kısıtlı olan yurttaşlık haklarının tersine, kapsayıcıdır. İnsan hakları ulus ötesi, evrensel bir yapıya sahiptir. Siyasal felsefe hâlâ, tıpkı liberaller ve cemaatçiler arasındaki tartışmada* *olduğu gibi, insan hakları ve yurttaşlık haklarının birbirleriyle yarışma durumunda mı, yoksa karşılıklı bir etkileşim içinde mi olduklarını tartışıyor. Bir söylem kuramınız üzerine oluşturduğunuz temel haklar sisteminde, size göre insan hakları ile yurttaşlık hakları arasında içsel bir ilişki olduğu açığa çıkıyor. Bu bağ, "genel yasalar yoluyla değil de, daha çok görüş ve istencin baskı altında kalmadan, iletişsel bir şekilde oluşturulmasıyla sağlanan siyasal özerklik uygulamalarının normatif içeriğinden" kaynaklanmaktadır* (Olgular ve Değerler). *Eğer yanlış kavramadıysak, size göre temel haklar sisteminin meydana gelişinde başlangıç noktasını, devletsiz bir toplumun yöntembilimsel kurgusu oluşturuyor. Gelgelelim, acı gerçeklikte insan haklarının yasal konumu kuşku götürür: Birçok ulus devletin yasal sistemleri bu haklardan ortaya çıkan ahlaki baskılara karşı koyabiliyor. Bu nedenle, halkın egemenliği kavramı aslında, insan hakları açısından kabul edilemeyecek bir duruma yasal bir meşruiyet kazandırır. Almanya'daki "sığınma tartışması" buna bir örnektir. Böylelikle, bir yandan yurttaşlık hakları ve insan hakları arasındaki içsel ilişki, öte yandan, bu ikisi arasında gerçekte var olan çelişki arasında nasıl bir köprü kurulabileceği sorusu gündeme gelir. Haklar sisteminizin insan haklarının belirsiz yasal konumunu ortaya çıkaran önemli bir araç olabileceğini düşünüyor musunuz? Bir dünya toplumunun yokluğunda, yurttaş hakları ve insan hakları konusunda ahlaki bir hiyerarşi oluşturabilir miyiz? "İnsan onuru" ve "bedensel dokunulmazlık" –eski Yugoslavya'da Soğuk Savaş'ın ardından patlak veren sıcak savaş örneğini düşünün– kimi durumlarda halkın egemenliğinden önce gelen kavramlar değil midir? İnsan haklarının konumu, dünya yurttaşlığı hakları ve gücün dünya çapında tekelleştirilmesiyle bağlantılı değil midir?*

Birçok soruyu bir anda sordunuz. İlk olarak, ahlaki kökenli *insan* haklarını, anayasalarımızla geçerlik kazanan, yani uygun görülen yasal düzen içinde uymayanların cezalandırılmasıyla güvencede tutulan, insan *hakları*ndan ayrı tutuyorum. Bu hakların, kendi başlarına buyrukmuşçasına, insan haklarının her yerde mutlak yasa konumunu ve geçerliğini taşıdığı bir tür dünya yurttaşlığına doğru itici bir işlevi olması, özlerindeki evrensel insan haklarından kaynaklanmaktadır. Böylesi bir duruma yalnızca uluslararası mahkemeler kanalıyla ulaşılamaz; bunun için karar alma yetkisine sahip, eyleme geçebilen ve müdahale etmesi gereken durumlarda, kendi savaşlarını BM yoluyla meşrulaştıran süper güçlere danışmadan, kendi istenciyle askeri güçlerinden yararlanabilen bir BM'ye gerek vardır. Geçerli temel haklar, Almanya'da "sığınma hakkı" durumunda olduğu gibi meclis kararıyla kısıtlandığında ise, tümüyle farklı bir durum söz konusudur.

İkinci sorunuzda, insan haklarıyla yurttaşlık hakları arasındaki talihsiz çekişmenin, daha doğrusu, klasik yaşam özgürlüğü ve mülkiyet haklarının yasama gücünün egemenliği altında olduğu bir durumun örneği olarak sunduğunuz bu durumdur. Ne var ki, normatif açıdan, ne Almanya'da ne de başka bir yerde, siyasal yasama gücünün temel hakları kısıtlamasına ya da kaldırmasına izin verilmez. Anayasa Mahkemesi, belli kuralları yeniden gözden geçirerek bu tür kararları geçersiz kılma yetkisine sahiptir. Yeni sığınma yasasının Anayasa Mahkemesi'nin sınavından başarıyla geçebilecek bir özenle oluşturulup oluşturulmadığı sorusunun yanıtını uzmanlara bırakıyor ve bu konuya burada değinmiyorum.

Son olarak, halk egemenliğiyle genel anlamda insan hakları arasındaki ilişkiyle ilgileniyorsunuz. Gelgelelim, sözlerinizle liberal bir insan hakları anlayışından herhangi biçimde bir sapmaya meydan verilmemesinin önemini vurgulamaya çalışıyorsanız, o zaman Bosna'daki iç savaş örneği pek iyi bir seçim sayılmaz. Kitabımda, insan haklarının, ne egemen olan yasama gücüne bırakılabileceği, ne de söz konusu gücün amaçlarına hizmet eden bir araca dönüştürülebileceği duygusuna nasıl bir haklı çözüm getirilebileceğini göstermeye çalıştım. Bireysel özerklik ve yurttaşların özerkliği karşılıklı olarak birbirlerini önceden varsayan kavramlardır. Gerçekten de, halkın egemenliği ve insan haklarının ortak kökeni, siyasal katılım amacıyla kurumsallaştırılmış haklar biçiminde ortaya çıkan, yurttaşların kendi kendilerine yasa yapma uygulamasının da kurumsallaştırılmış olması gerektiği gerçeğiyle açıklanmalıdır; ne var ki, bu durumda yasal kişilerin öznel haklara sahip oldukları varsayılır; böylesi bir düzen ise, klasik özgürlük hakları olmadan varlık gösteremez. Bu haklar olmadan yasaların olması düşünülemez; yasalar ise, yurttaşların yasaların yapımına katıldıkları konusunda birbirlerini inandırmak için kullandıkları tek araçtır.

İletişsel Eylem Kuramı'nda sunduğunuz iki düzlemli toplum kavramı size yaşam-dünyasının sömürgeleştirilmesi konusunda bir tanı koyma ve eleştiri getirme olanağı sağladı. Eylemin iletişsel olarak yapılandırılmış alanlarının "hukuksallaştırılması" örneklerine dikkat çekerek, ekonomi ve devlet tarafından oluşturulan medya-odaklı alt sistemlerin, finansal ve bürokratik araçlardan yararlanarak, yaşam-dünyasının simgesel olarak yeniden yaratılışına nasıl el attığını ortaya koyuyorsunuz. Sömürgeleştirme tezi, yasa ortamının eleştirilmesine olanak tanıyor. Olgular ve Değerler*'de bu eleştiriden vazgeçmiş görünüyorsunuz. "Hukuksallaştırma" eğiliminin, eğer varsa, toplumla ilgili eleştirinizde sürdürdüğü rol nedir? Sömürgeleştirme tezinizden vaz mı geçtiniz? Aile, okul ve toplumsal politika alanlarında "hukuksallaştırmanın" olumsuz etkilerini açıklamak ve eleştirmek açısından* Olgular ve Değerler *bizlere ne tür kavramlar sunuyor? Ve bu bağlamda, siyasal karar alma sürecinin, parlamentodan hükümete ve hükümetten Federal Anayasa Mahkemesi'ne geçirilmesi konusunda ne düşünüyorsunuz? Bu son gelişme, bir demokrasi için politikanın tehlikeli bir şekilde "hukuksallaştırılışını" temsil etmiyor mu?*

Kendimi bir konuda düzelttim (*Olgular ve Değerler* ile kıyaslayın). *Hukuksallaştırmanın* refah devletinin kaçınılmaz sonucu olduğuna artık inanmıyorum. Ancak "refah devleti ataerkilliği" başlığı altında ele aldığım hukuksallaştırma olgusu benim için önemli olmayı sürdürüyor, çünkü günümüzde bir "özel haklar toplumu" olarak göklere çıkartılan liberal modele geri dönüş, özgürlüğün ataerkil bir biçimde verilmesi durumunda, özgürlüklerin kendiliğinden geri alındığı gerçeğinden kaynaklanan ikileme bir çözüm getirmiyor. İşte sorunları böylesi bir çerçeveye yerleştirerek usule bağlı bir adalet modeli geliştiriyorum: Refah devletinin karmaşık ilişkilerinde, özel hükmi kişiler, ortak yasa koyucular olarak ve iletişsel özgürlüklerinden yararlanarak kamusal tartışmalara katılmazlarsa, hangi benzer sorunların benzer biçimde, hangilerinin farklı biçimde ele alındıklarına göre belli ölçütleri oluşturamaz ve gereksinimlerin nasıl yorumlanacağı konusunda kişisel özgürlüklerden eşit olarak yararlanamazlar.

Konu bizzat politikanın hukuksallaştırılması olduğunda Anayasa Mahkemesi, yasa koymada yan bir işlev görecek denli önemsiz bir rol oynar. Mahkeme anayasayı bir "somut değerler düzeniyle" karıştırmamalı, normatif denetimini uygularken de yasa yaratmanın demokratik yapısını gözetmelidir; bir başka deyişle, yasama sürecinde demokratik sürecin önceden öne sürülen normatif savlarına bir nitelik kazandırılmasını sağlamalıdır. Federal Anayasa Mahkememiz kararlarını böylesi bir usule bağlı, kendini sorgulayan bir temele dayandırıyor olsaydı, sözgelimi kürtaj yasasını, bu yasayı yorucu bir hazırlık sürecinden sonra, tüm görüş ve karşı görüşlerin özenle tartılması sonucu onayından geçiren Meclis'e gerisingeri göndermezdi; üstüne üstlük, yasa, kararlı, iki partiyi de temsil eden bir çoğunluğun oylarıyla meclisten geçti. Mahkeme en azından, karar için başka kaynaklar üretilemedikçe, yasayı geri göndermemeliydi.

Almanya Federal Cumhuriyeti 1945 yılından sonra yarım yamalak bir demokrasi oluşturdu. Bize göre, temel haklar ve demokratik kurumlar, istenen biçimde işleyen bir demokrasinin garantisini veremezler. Yurttaşlar artık katılım olanağı görmüyorlarsa ve politikaya olan inançlarını yitirmişlerse –"protestocu seçmenler" ve "politikadan tiksinti" bunun belirtileridir– o zaman demokrasi tehlikede demektir. Bize göre, tarihsel deneyimler ve eğitimle belirlenen demokratik öğrenme süreçlerinin, her şey bir yana, iyi işleyen bir demokrasi açısından büyük önem taşıması bundandır. "Federal Cumhuriyet'in İkinci Yalanı: Yine Normale Dönüyoruz" başlıklı denemenizde Federal Cumhuriyet'i etkisinde bırakan iki "yaşamsal yalan"dan ya da topluca aldanmadan söz ediyorsunuz. Bunlardan ilki Adenauer döneminde ortaya çıktı: "Hepimiz demokratız." Size göre, 1989'dan sonra ikinci bir yaşamsal yalan çıktı: "Yine normale döndük." "İkinci yaşamsal yalan"la ne demek istediğinizi açıklayabilir misiniz? Bu iki yalan Federal Cumhuriyet'teki demokratik öğrenme süreçlerini ne ölçüde aksatmış olabilir? Bütünleştirme süreci boyunca cumhuriyetçi bir Almanya'nın yeniden oluşturulması ola-

nağı göz ardı edildiğinden, 1989-1990 yılları bu açıdan kesin bir boşluğu belirtmiyor mu?

Kuşkusuz yalnızca Federal Almanya'da yaşanan bir sorun olmayan politikadan tiksintinin, bana kalırsa, farklı, birbirlerinin karşıtı ve birbirlerini karşılıklı güçlendiren nedenleri var. Bir yandan, yurttaşlar ulusallaştırılmış parti ortamının yürüye yürüye aşınmış yollarında politikayla anlamlı bir biçimde ilgilenmenin neredeyse olanaksız olduğunu görüp umutsuzluğa kapılıyorlar; siyasal partilerimizin yerel toplantılarındaki eylemsizlik ne denli yoğun bir kullanılmamış gücün boşa gittiğini açıkça ortaya koyuyor. Öte yandan, daha çok demokrasi isteği, yönetimi elinde tutanların aşırı karmaşık yapıdaki dünyayı basit bir reçete ve güçlü adamlarla sıradanlaştırma arzusuyla kesintiye uğramaktadır. "Boş konuşmalar" ve "parti çatışmalarına" eskiden kalma basmakalıp apolitik bir tavırla sırt çevirme, gelir düzeyinin düşeceği ve "işsiz gelişmenin" bir uzantısı olan siyasal denetimden yoksun bir ekonomik gelişmeye dayalı, statünün yitirilmesi korkusuyla yeniden yoğunluk kazanmaktadır. Politikanın artık dünya çapında olan ve şimdi ülke içinde de giderek artan sorunlarla fazlasıyla bir sorumluluk yüklendiği açıkça ortadadır. Devlet sosyalizmi ile yarışan ve düzen çekişmesinde kazanan kapitalizm değil, savaş sonrası dönemde bir araya gelen elverişli koşullarla refah devleti tarafından yumuşatılmış ve şimdilerde parçalanma durumunda olan bir kapitalizmdir. Gerçekten güç olan bu durum yeni çözümler gerektiriyor, ancak şimdiye dek bu çözümü getirecek imgelem gücünden yoksun kalındı.

Federal Cumhuriyet eski Demokratik Alman Cumhuriyeti'ni alelacele egemenliği altına alışının, yönetimsel bir biçimde yürütülen ve aklı karıştıran sloganlarla sonuna dek götürülen bu sürecin sonuçlarını işte bu genel zeminde iyice kavramak zorundadır. Toplumsal parçalanmanın hangi boyutlara ulaşacağı, bu parçalanmanın iç dengeleri ne denli sarsacağı konusunda hiç kimse şimdiden bir şey söyleyemiyor. Toplumun genelinde, ulusçu eğilimler Almanya içinde yaşanan dağıtım sorunları yanında pek göze çarpmıyor. Görebildiğimiz kadarıyla, aydınların ortaklaşa destekledikleri ve 1990 yılında istekli bir biçimde kaçınılan cumhuriyetçi yeniden kuruluşun yarattığı ahlaki boşluğu gerici bir biçimde kapatmaya çalışan seçkin bir ulusçuluk yaşanıyor. Beni kaygılandıran, şimdi "yeni normallik" ve "eski Federal Cumhuriyet'e elveda" çığlıkları atanların, 1945'in siyasal-kültürel çöküşünü oldum olası kabul etmeyenler olması. Federal Cumhuriyet'in siyasal uygarlığı 1989 yılına dek ilerleme gösterdi; bu süreci genişletilmiş Federal Cumhuriyet'te de sürdürebilecek miyiz, yoksa geçmiş yine gelip yakamıza mı yapışacak? Ortada bir tek iyi şey var; bereket versin ki, Kohl şimdiye dek Avrupa'nın birleştirilmesi konusunda sürekli diretiyor.

"Yurttaşlık ve Ulusal Kimlik" başlıklı makalenizde Avrupa Birliği'ni demokrasiden yoksun olmakla eleştiriyor, ancak Avrupa'nın gelişimiyle ilgili olarak "sakınganca iyimser umutlar" beslediğinizi belirtiyorsunuz (Olgular ve Değerler). *Ne var ki, demokrasiye uluslararası bir boyut getirmek, ekonomi ve yönetime uluslararası bir nitelik kazandırmaktan daha kolaymış gibi görünüyor. Sakıngan iyimserliğinizin nedenini tam olarak anlayamıyoruz. Avrupa Birliği gibi bir örgütün ulus ötesi niteliği demokrasiyle ilgili yeni talepleri de beraberinde getirmez mi? Siyasal kamu kesimi, son derece karmaşık bir toplumla karşı karşıya olan ve onu kapsamlı bir biçimde ele alamayan yurttaşların yeteneklerinin tümüyle dışına çıkılmadan, ne denli yaygınlaştırılıp farklı kılınabilir? AB çerçevesinde radikal bir demokrasi gerçekleşebilir mi?*

Biz Almanlar, olsa olsa, kendimizi yeniden soluk kazanmaya başlayan "Avrupa'nın göbeğinde Doğu'ya yönelik büyük bir güç" düşlerine karşı korumak için siyasal birliğe gerek duyuyoruz. Aynı nedenden ötürü, Almanya'ya ortak bir dış ve güvenlik politikası kazandırmak komşularımızı da yakından ilgilendirecektir. Ne var ki, bu da ancak ortak bir Avrupa anayasası çerçevesinde etkili olabilir. Şimdilik, İskandinavya'da ve diğer yerlerde, yalnızca Brüksel bürokrasisine, bir başka deyişle, sistematik bir biçimde yaratılmış ancak yine de ortak bir siyasal yaşamdan yoksun olan bir birliğe karşı çıkılıyor. Gerçekte tek engel, ortak bir siyasal kamu kesiminin, ortaklaşa ilgi duyulan konuların tartışılabileceği bir ortamın bulunmamasıdır. Ne gariptir ki, böylesi bir iletişim ortamının sağlanması en çok aydın sınıfına bağlı olmakla birlikte, bu sınıfın üyeleri sürekli tartışmaktan başka hiçbir şey yapmamaktadır.

Cogito 15.
Söyleşiyi yapanlar: Mikael Carleheden, René Gabriels
İngilizceden çeviren: Rita Urgan

Jacques Derrida: "Yapıbozum, Etik, Politika, İnsan Hakları ve İstanbul"

Son zamanlardaki yapıtlarınızda armağan, dostluk, konukseverlik, bağışlama ve benzeri sorunlara yöneldiniz. Bunlar geleneksel olarak etik sorunlar olarak görülüyor. Siz ise bu sorunlar üzerinde çalışıyor ve kullandıkları kavramların bir şekilde çelişkiler içerdiğini, daha doğrusu aporetik *olduğunu gösteriyorsunuz. Son zamanlarda bu tür sorunlar üzerinde çalışmanızın özel bir nedeni var mı?*

Mesele, birçoğunun düşündüğü gibi, dönüp dolaşıp sonunda etik ya da politik sorunlara varmak değildi. Bazıları benim yapıtımdaki etik ya da politik bir dönüm noktasından bahseder oldular. Bu tümüyle yanlış. Daha önceki yapıtımın sağladığı öncüllerden yola çıkarak etik ya da politikaya geri dönmek istemiş değilim, çünkü ben her zaman bu konularla ilgili oldum. Ancak daha önceki yapıtımın öncüllerinden yola çıkarak, pek de kolaycı olmayan bir biçimde, etik ve politikayı neyin mümkün kıldığı sorusunu ve sizin de az önce söz ettiğiniz gibi onları aynı zamanda hem mümkün hem de imkânsız kılan *aporia*'nın ne olduğunu sormak istedim. Bu soruyu sormanın önkabulü, etik ya da politik sorumluluğun ya da kararın bir kural, bir norm, bir bilgiden değil, imkânsızın deneyiminden, karar verilemeyenin deneyiminden yola çıkması gerektiğiydi. Ne yapacağınızı bildiğiniz için, önünüzdeki karar basit anlamda alınabilir bir karar olduğu için, şunu ya da bunu yapmak mümkün olduğu için bir karar verirseniz bu bir karar olmaz. Karar benim *aporia* olarak adlandırdığım ve aslında negatif olmayan bir şeye dayanabilmeli, bu deneyimden geçmelidir. Karar verirken imkânsızlığı deneyimlemeliyim. Dolayısıyla bu imkânsızlık benim için yalnızca negatif bir şey değil. Bir *aporia* ne kadar negatifse o kadar negatif. Bu bir paraliz değil. Ne de aşılması, üstesinden gelinmesi gereken bir an. Sorumluluk, karar ve benzeri biçimlerde adlandırdığımız trajik deneyimin bir parçası. Sözünü ettiğiniz örneklerin, yani armağan, bağışlama, konukseverlik vb.nin benim için yol gösterici çizgiler olmasında rastlantısal bir yan yok; çünkü bunlar bizim geleneğimize, felsefi geleneğimize, İncil geleneğine, Abramik, Musevi, Hıristiyan, İslam geleneklerine ait olan etik ya da politik temalar. Bu bizim mirasımızın bir parçası ve bu miras içindeki çelişkilerin, gerilimlerin analizini yapmaya çalıştım. Bağışlama örneğini alalım. Bu geleneklerde bağışlama bir buyruktur. Değer vermemiz gereken iyi bir şeydir ve bağışlama koşulsuz olmalı, yani iyilik için yapılmalı, bedava ve karşılıksız olmalıdır. Bağışlama ödüllendirilmemeli ve bağışlama için ödeme yapılmamalıdır. Ancak aynı geleneklerde bağışlama kavramı hep nedamet, bağış dileme, itiraf ve barışma, selamet bulma umuduna bağımlı olmuştur. Her zaman koşullara bağımlıdır. Yani, itiraf etmeyen, günahlarını kabul etmeyen birini bağışlayamayacağımızı düşünürüz. Bir barış, selamet, kefaret umudu olmadan bağışlamamamız gerekir. Ancak bütün bu koşullar koşulsuz bağışlamayla uyumsuzdur. Eğer koşulsuz olarak bağışlamak istiyorsam, itiraf etmeyen, bağış dilemeyeni bile bağışlamam gerekir. Dolayısıyla, gelenek kendi yapısını bozuyormuşçasına, deyim yerindeyse kendiyle çelişiyormuşçasına geleneğin bağrında yer alan bir *aporia* örneğidir bu. Ama bu, geleneğin bu örnekte ya da *aporia*'da paralize olması gerektiği anlamına gelmez. Ancak, yalnızca bu korkunç deneyim üzerinden bir karara varabiliriz, tabii eğer karar diye bir şey varsa. Hep "eğer şöyle bir şey varsa" diyorum, çünkü karar, sorumluluk, olduğu haliyle bilinemez ya da teorik bir yargının nesnesi olamaz. Bilgi ile bilme ve yapma arasında bir sıçrama vardır. Dolayısıyla böyle bir kararın gerçekten alınıp alınamadığından hiçbir zaman emin olamayız. Ancak karar diye bir şey meydana gelmişse, bu *aporia*'nın, imkânsızın deneyimi yoluyla olmalıdır. Aynı şeyi armağan ve konukseverlik için de söyleyebilirim. Koşulsuz konukseverlik imkânsızdır. Yani, evinizi ya da sizi yok edecek ya da ülkenizi veya kültürünüzü dönüştürecek birinin ziyaretini kabul etmek imkânsızdır. Yine de bu mümkün olan tek konukseverlik, tek saf konukseverliktir. Dolayısıyla, konukseverlik kavramı içinde de bu çelişkiler var.

Teşekkür ederim. Eğer doğru anladıysam bu sorunları ele alışınız daha geniş bir bağlama, kuşkusuz Musevi-Hıristiyan geleneğine kadar giden Batı kültür geleneğine gönderme yapıyor.

Aynı zamanda Yunan geleneğine de. Ben her zaman Yunan felsefesi ile Abramik gelenek arasındaki bu uzlaşımsal sınırı sorgulamak peşinde oldum. Bazen insanlar Yunan kültüründe bağışlama kavramının, temasının olmadığını, ona yakın bir şey olduğunu, ancak bunun da saf bağışlama olmadığını söylüyorlar. Ancak ben haklı olduklarından emin değilim. Dediğim gibi Yunan kültürü, felsefesi ile Abramik gelenek arasındaki sözde sınırla boğuşuyorum.

Evet, örneğin eski Yunanda, Batı Musevi-Hıristiyan kültüründe olduğu biçimiyle bir özgür irade kavramının olmadığı, eski Yunancada "iradi" ile "iradi olmayan" sözcüklerinin karşılığı olmadığı yolunda benzeri bir argüman var. Ancak benim söylemek istediğim başka bir şeydi. Sizin bu soruları ele alışınız bugünkü biçimi ve kavramlarıyla genelde Batı kültürünün bir eleştirisi. Şimdi iki gün önce Boğaziçi Üniversitesi'nde yaptığınız konuşmaya geri dönmek ve çok ilginç bulduğum bir önermenize dikkat çekmek istiyorum. Beşeri bilimler eğitimindeki 'canon'u korumamız gerektiğini, bu eğitim çerçevesinde okutulan bütün o önemli eserlerden vazgeçemeyeceğimizi söylediniz. Birçok kişi Batı kültürünün yapısını bozduğunuzu ve bunun da sadece yeni perspektifler sağlamadığını, aynı zamanda Batı kültürünün aslında ne kadar tutucu, geri kafalı ve politik olarak yanlış (politically incorrect) olduğunu gösterdiğini düşünüyor. Ancak anladığım kadarıyla sizin bu Batı kültüründen vazgeçmeye niyetiniz yok. Yapmak istediğiniz tümüyle farklı bir şey. Dolayısıyla gösterdiğiniz yönün yanlış anlaşılması söz konusu. Katılıyor musunuz?

Kesinlikle. Canon örneğine bakarsak, her şeyden önce ben tek bir canon olmadığını düşünüyorum. Canon'a değer verenler bile bu canon'un homojenliği konusunda anlaşmaya varmış değiller. Canon olarak adlandırdıkları şeyin içinde zaten heterojenlikler var. Canon'u saf ve tekil bir şeymiş gibi düşünemezsiniz. Dolayısıyla İncil'e, Shakespeare'e ya da Milton'a, Descartes'a duyduğumuz ilgiden vazgeçmek için bir neden görmüyorum.

Ya da Dante'ye.

Evet. Aslında eskiden de bir öğrenci, bir felsefeci, bir profesör de canon içindeki birçok farklı uzmanlık alanlarından birini seçmek durumundaydı. Şimdi niye yeni şeyler uğruna koskoca canon'dan vazgeçelim, görmezden gelelim. Bunu yapmanın barbarlık olduğunu düşünüyorum ve geçmişi hafızamızda taşımaktan yanayım. Az önce dinler ve Yunan felsefesi hakkında söylediklerim yapıbozumun bu mirasın hafızası içinde mücadele verdiğini içerimliyor. Canon ya da gelenek içinde, üzerinde düşünülecek ve çalışılacak yeterince çelişki var. Yapıbozum tam da bu yüzden sadece bir eleştiri ya da yıkma yok etme değil, kültürel miras üzerinde çalışmanın bir yolu.

Ve bu miras içinden çalışmanın.

Elbette, içinden. Diyelim ki gelecekle bir ilişki kurmanın yolu geçmişten mümkün olduğu kadar çok şeyi canlı tutmaktır.

Dolayısıyla bunu Avrupa kültürüne genelleyebilir miyiz? Avrupa kültürü vazgeçilebilecek bir şey değil mi demek istiyorsunuz?

Hayır, vazgeçilebileceğine inanmıyorum. Batılı olanla olmayan arasındaki bu sınır bile bana çok sorunsal geliyor. Az önce söylediğim gibi, Yunan kültürü ve felsefesi ile İncil geleneği arasındaki sınır benim için bir sorun. Ve bugün de Avrupa kültürü ile Avrupalı olmayan kültürler arasındaki sınır, bir sorun. Böyle bir sınırı güvenli bir biçimde belirleyebileceğimizden emin değilim. Dolayısıyla küreselleşme olarak adlandırdıkları şey karşısında en acil görevlerden biri tam da bu sınırların, bu sözde sınırların yapısını yeniden gözden geçirmek. Bu yüzden ben Avrupa karşıtı değilim. Avrupa-merkezci de değilim elbette. Ama Avrupa-merkezcilik karşıtı değilim. Bence bütün bu resmi baştan aşağı değiştirmek gerek.

Güzel, madem Batılı olanla Batılı olmayandan söz ediyoruz... Bu sizin İstanbul'a ikinci gelişiniz ve buradaki günlük hayat hakkında gerçek bir deneyiminiz olduğu kadar politik gerilimler hakkında da biraz olsun deneyiminiz var. Köktendincilerin gösteri yaptığına tanık oldunuz. Üniversitelerde bulundunuz. Belli bir fikir alışverişiniz oldu. Deneyiminizi bir veri olarak alırsak, az önce söylediğiniz şey için, yani bu sınırların, kültürel sınırların o kadar da katı olmadıkları, hatta belki de varolmadıkları yolundaki önermeniz için İstanbul'un iyi bir örnek olduğunu söyler misiniz?

Burada çok dikkatli olmak isterim. Ancak genel anlamda ve hiçbir çekince koymadan ya da kaygı duymadan, cevabım evet olacaktır. İstanbul bütün bu sözünü ettiğimiz şeylerin, yani Avrupa ile Avrupa-olmayan arasındaki, dinler, etnik gruplar arasındaki sınırların aşılmasının harika bir alegorisi. İstanbul bugün dünyada olup bitenlerin olağanüstü bir paradigması, bir yoğunlaşmış örneği. Buraya gelir gelmez, hatta gelmeden önce İstanbul'un bütün bu çelişkilerin, heterojenliklerin, çeşitliliklerin harika bir yoğunlaşması olduğunu biliyorsunuz. Buraya gelmekten, burada olmaktan hoşlanmamın nedenlerinden biri de bu. Yine de bunu söylemekle birlikte, buradaki felsefe dünyasının durumu ve politik durum hakkında konuşurken çok dikkatli olmak isterim, çünkü durum çok karmaşık ve buraya sadece iki kere geldim ve her keresinde sadece birkaç gün kaldım. Ancak Türkiye'nin başka şehirlerine gitmedim. İstanbul'da ise belli bir ortama, üstelik sadece entelektüel bir ortama değil, aynı zamanda akademik dünya içindeki spesifik bir ortama ait olan dostlar tarafından konuk edildim.

Yine de beni çarpan şey elbette bir yanda sekülarize olmuş Türkiye, yani Avrupa'ya, modern ve sekülarize Avrupa'ya dönüş ile öbür yanda elbette dinci, Müslüman ve fundamentalist akımlar arasındaki gerilimler. Buradaki dinci akımlarda spesifik bir şey var. Elbette başka dinci ülkelerle paylaştıkları bir şey, ama yine de burada spesifik bir şey var. Dolayısıyla bu gerilim kendini hemen belli ediyor. Bilebildiğim kadarıyla entelektüel ortam içinde bile –yine çok çok temkinli olmam gerek– örneğin üniversite içinde, Amerikan modelleri, daha Avrupalı modeller ya da diyelim ki spesifik olarak Türk modelleri arasında birçok farklı model gördüm. Dolayısıyla yönümü bulmaya çalışıyorum. Bu da dilinizi bilmediğim ve her şeyi üçüncü bir dilde, İngilizce olarak konuştuğumuz için o kadar kolay değil. Bugün İngilizcenin, Anglo-amerikan dilinin, yalnızca ABD'nin gücü, potansiyel ekonomik, askeri hegemonyası gibi bir dizi nedenle değil, aynı zamanda telekomünikasyonun hızlanması nedeniyle de hegemonya kurmasını çok ilginç buluyorum. Küreselleşmenin olduğu yerde gitgide daha çok evrensel bir araca ihtiyaç duyuyoruz. İngilizcenin hegemonyası bu yüzden hızlanıyor: ABD'nin gücü ya da süper gücü dolayısıyla değil, gitgide daha çok kolayca ulaşabileceğimiz ortak bir dile ihtiyaç duyduğumuz için. Elbette Türkiye'nin durumunda daha spesifik bir şey var, çünkü Türkiye katı anlamda Avrupalı olmadan, yakın geçmişte, örneğin Birinci Dünya Savaşı'nda olanlar dolayısıyla politika ya da strateji açısından belli bir Avrupa konfigürasyonuna ait olan ülkelerden biri. Dolayısıyla Türkiye ile Avrupa ve ABD arasında ayrıcalıklı bir şey var ve dolayısıyla burada Avrupa ve ABD'yle ilgili olarak spesifik bir şey var. Bu da kuşkusuz bu ülkenin özgün kültürü üzerinde yine çok özgün izler bırakıyor. Bütün bunların da elbette her şey üzerinde, akademik kültür, genel anlamda kültür üzerinde doğurduğu sonuçlar var.

Politika üzerinde...

Elbette. Hatırlarsanız geçen gelişimde gösteriler vardı.* Bu sefer de PKK liderinin mahkemesi var. Yani Türkiye bence Kürt sorunu, Avrupa ve hatta Kosova'da olup bitenlerle ilgili olarak belli dönüm noktasında. Bunun da elbette...

Jeoplitik sonuçları var.

Bu yüzden burada etik ve politikayla ilgili olarak söyleyeceğimiz her şeyin sert yankıları olacak.

Kesinlikle. Ben de tam bunu söyleyecektim. Yani sizin etik ve politika konusunda söylediklerinizin bizim kültürümüz için de derin,

* Derrida burada 1997'de Türkiye'ye gelişinde tanık olduğu 8 yıllık eğitimle ilgili protesto gösterilerinden söz ediyor.

doğrudan sonuçları var. Çünkü insan hakları, haklar gibi bütün bu kavramlar...

Kadın hakları...

Evet, kadın hakları... Bunlar bazıları için yalnızca Batı değerleri ve Batılı olmayan kültürlere uygulanamazlar. Dünyada, insan hakları Batı kültürünün bir parçası olduğu, bir batı değeri olduğu için batılı olmayan bağlamlarda kullanılmalarında bir anlam olmadığını söyleyenler oldu. Ama yine de bu kavramların söz konusu yerlerde uygulaması var ve bizim açımızdan bir acil durum söz konusu. Ve sizin söylediklerinizin bizim kendimizi etik ya da politik terimlerle düşünme biçimimiz için doğrudan bir önemi var.

Örneğin insan haklarından söz edersek... Herkes için, sadece Türk entelektüelleri için değil tüm dünya vatandaşları ya da vatandaş olmayanları için zor olan şu: İnsan hakları için mücadele etmeliyiz, ama bunu yaparken insan hakları söyleminin zaman zaman etik ya da politik olmayan çıkarlar için kullanıldığını unutmamalıyız. Kosova'daki sorunlardan biri de buydu. Öte yandan, kendine insan hakları adına sınırı geçip Sırplar'ın hükümranlığını bertaraf etme yetkisi veren NATO ittifakı vardı. NATO genel sekreteri bir keresinde şunu dedi: "İnsan hakları söyleminin ulus-devletlerin hükümranlığına bile galip geleceği yönde ilerliyoruz."

Dolayısıyla bir yandan insan hakları hareketini onaylayabiliriz, ancak öte yandan bu söylemin bir ölçüye kadar ekonomik ve stratejik ulus-devlet çıkarları için bir bahane olduğunu da gizleyemeyiz. İşte bu yüzden bence aynı anda birçok şey birden yapmalı, yani insan hakları söyleminin belli bir yorumu ve kullanımının yapısını bozmalıyız. "Ardında başka bir şey gizliyor" diyebiliriz. Yani ihtiyatlı olmalı, ama insan hakları ilkesini yok etmemeli ve bu kavramı ve uygulanmasını geliştirmeye çalışmalıyız. Bazen insan hakları söyleminin kullanılış, zorlanış ve sömürülüş biçimini samimi olarak eleştiren insanları anlıyorum. Ancak bunu yaparken insan haklarından vazgeçmek istemiyorum. Bu yüzden strateji çok daha karmaşık olmalı. Yine bu yüzden birden fazla cümleye ihtiyacımız var. Birden fazla dogmaya ihtiyacımız var. Demagojiden, doksolojiden ve taşımamamız gereken inançları taşımaktan kaçınmalıyız. Yapıbozum sadece inançlara, basit doksik, doksolojik inançlara karşı mücadeledir. Karmaşık söylemler kullanmak zorundayız.

Karmaşık... Bu da insan haklarına olduğu kadar küreselleşmeye de uygulanmalı, çünkü ikisi birbiriyle çok yakından ilgili.

Elbette. Küreselleşme adı altında bir şeylerin olduğunu hiç kimse inkâr edemez. Şimdi yine de bazı güçlerin, toplumsal, politik güçlerin küreselleşmenin toposu denen şeyi sömürmeye çalıştıklarını, serbest pazarı getirmeye çalıştıklarını biliyoruz. Herkes küreselleşmeye katılmaya çalışıyor, ama bu arada serbest pazardan faydalanmayan, buradan dışlanan, serbest pazarın kurbanı olan büyük bir çoğunluk olduğunu görmezden geliyor ve bizim de görmememizi sağlamaya çalışıyorlar. Dolayısıyla küreselleşme ideolojisine karşı eleştirel olmalı, ancak bunu yaparken bu iletişimde ve pazar dönüşümünde, sınırların aşılmasında ve telekomünikasyonda kuşkusuz bir şeyler olduğunu görmezlikten gelmemeliyiz. Safdil bir biçimde küreselleşme söylemlerinin etkisi altında kalmadan olup bitenlerin analizini yapmalıyız.

Evet, dolayısıyla küreselleşme tarihin sonu anlamına, herkesin liberalist olacağı, bir serbest pazar ekonomisi benimseyeceği anlamına gelmiyor.

Herkesin mutlu olacağı ve bundan kârlı çıkacağı...

Liberalizmin büyük değerlerinin dünyada zafere ulaşacağı ve hâkim olacağı anlamına gelmiyor.

Bence bugün zaten bir hayal kırıklığı var. İnsanlar küreselleşme ve tarihin sonu vb. konusunda eskisi kadar heyecanlı değiller.

Cogito 21
Söyleşiyi yapan: Ferda Keskin

Şeyla Benhabib: "Kemalizmin Devrimlerini, Bir Tarihi Alternatifsizlik Olarak Görüyorum"

Türkiye'de ikinci cumhuriyet meselesini de kapsayan tartışmaların önemli bir bölümü, mevcut cumhuriyetin ve anayasalarının demokratik olarak nitelendirilemeyeceğini ve radikal bir değişime gitmek gerektiğini söyleyenlerle yine mevcut cumhuriyeti demokratlaştırmak gerektiğini söyleyenler arasında cereyan etti. Bu konuda siz ne düşünüyorsunuz?

İkinci cumhuriyet kavramını sembolik bir kavram olarak almak ve onu kesin bir siyasi eğilim çağrısı olarak nitelendirmemek bence daha doğru olur. Bu konuda büyük dikkatle hareket etmek gerekir: Örneğin, ikinci cumhuriyet birinci cumhuriyetin anayasasını tamamen yıkacak mı? Anayasayı değiştirmenin yöntemleri nelerdir? Anayasayı demokratik bir yolla nasıl değiştirebiliriz? Bir anayasa kongresi toplandı diyelim, tahmin etmediğimiz anti-demokratik güçlerle karşılaşabiliriz. Var olan anayasayı tamamen değiştirmek bu bakımdan yanlış. Anayasayı anti-demokratik yollarla değiştirirsek, kurulacak cumhuriyetin kendi geleneği de anti-demokratik olacaktır. Bunun yerine anayasa üzerinde değişiklikler yaparak onu yaşayan bir belge olarak görmek daha anlamlı olacaktır, çünkü hiçbir siyasi gelişim, bütün var olan kuruluşların ötesinde olamayacaktır. Yani bu demokratik bir süreç olmayacaktır.

Sorun da zaten bu sürecin demokratik olup olmayacağı ile ilgili. Türkiye'de anayasanın güvencesi de tartışma konusu. Birincisi anayasalarımız askeri müdahalelerden sonra yazılmış anayasalar. İkinci-

si, anayasanın güvencesi, genel iradeden bağımsız bir üst kurum; yani Milli Güvenlik Kurulu.

Evet, hangi anayasanın hangi maddelerinin anti-demokratik bir içeriği olduğu tartışmaya açık. Fakat yine de, anayasanın tümünü eleştirmenin de abes bir çaba olduğunu düşünüyorum. Daha önce, anayasanın içinde, insan hakları ile düzenleyici ve kurumlaştırıcı bölümler arasındaki ilişkiler irdelenmeli, insan haklarının korunması için sağlamlaştırılmalıdır. Çünkü en önemlisi, anayasanın temel bir belge olarak değiştirilemez yönleri olduğunu anlamak. Yani insan haklarını korumak, çoğulcu demokrasiyi sürdürmek, devletin laik niteliğini devam ettirmek demokratik anayasa düzeninin temellerindendir. Buna karşılık, siyasi seçimlerin üç ya da dört yılda bir yapılması, başkanlık sisteminin ya da parlamenter sistemin seçilmesi gibi konular, siyasi düzen içinde tartışılabilecek, değiştirilebilecek kurumsal detaylardır. Değiştirilemeyecek anayasal temellerle kurumsal detaylar ayrıştırılabilmelidir.

İkinci cumhuriyet tartışması, bu bağlamda, kurumsal detaylarla ilgili bir tartışma olabilir. Kamu alanını demokratikleştirmek için radyo-televizyon özgürlüğünü ne şekilde ele almak gerekir? Parti kuruluşları, yerel seçimlerin ulusal seçimlerle ilişkileri gibi konular, demokrasiyi güçlendirmek için kullanılabilecek detaylar ve bu detaylar hakkında her toplumda tartışma açılması gerekir. Fakat benim şu anda gördüğüm kadarıyla, Türkiye'de şu anda en önemli sorunlardan biri, anayasal temeller kavramının yerleşmiş olmamasıdır.

Anayasal temellerden kastettiğiniz, örneğin insan hakları...

İnsan hakları ve çoğulcu demokrasinin arkasında yatan ilkeler. Toplumda, kendi çeşitli değer sistemlerine sahip olan gruplar yaşar. Kendi din anlayışları, ahlak görüşleri, iyi yaşam anlayışları vs. vardır bu grupların. Bu grupların barış içinde, işbirliği yaparak bir arada kalmalarını ne sağlar? Değer ayrılıklarına rağmen ortak bir adalet yapısının geliştirilmesini sağlayan nedir?

Bu, şu anda Türkiye'de kilit bir nokta, çünkü birtakım gruplar kendi görüş açılarının ve değerlerinin, tek görüş açısı, tek dünya görüşü olabileceğini sanıyorlar ve demokrasiyi kendilerini öne çıkarmak için bir alet olarak kullanıyorlar. Oysa, bu noktada demokrasi kendisini savunmak zorundadır: Çoğulcu demokrasi nihilizm değildir. Bir adalet çerçevesi içinde çoğulculuk kabul ediliyorsa, bu, insan hayatını güden birtakım ahlaki ilkeler ve değerler olmadığından değildir. İnsan aklının akılcı bir şekilde üzerinde karara varamayacağı sorunlar vardır; örneğin Tanrı sorunu, yaşamın en yüksek anlamının ne olduğu gibi sorunlar. Varoluşçu, ateist ya da dindar cevapları vardır bu sorunların. Modern devlette, bu konularda, bir bireyin kendi aklını kullanarak kendisine bir çözüm bulması beklenir. Bu nihilizm değildir; aksine, toleransa ve agnostisizme yol açar. Ancak çoğulculuğun içerdiği bir asgari çerçeve vardır: Evrensel bir ahlak, insan hakları çerçevesi. Çoğulculuk "her şey olur" demek değildir. Liberal devletin kendi ahlaki temellerini, kamusal ahlak anlayışını görmek gerekir.

Bunu anladıktan sonra, birbirleriyle çelişen değerlerin aynı devlette nasıl var olacakları sorusu gündeme gelir. Bu noktada, her görüş açısının kendisini eleştirel bir sorguya tabi tutması gerekir. Ortaya sürülen herhangi bir gerçeğin bütün gerçekliği oluşturmadığı, kısmi gerçekler olduğu göz önünde tutulmalı. Bütün gerçeği kültür alanında, felsefede arayabiliriz fakat siyaset, bütün gerçekliği aramak için doğru alan değildir. Siyaset, adalet çerçevesi içinde çeşitli gerçek anlayışlarını arayan insanların işbirliği yapmalarına yönelir. Bugün, gerek büyük ahlak sistemlerinin, gerek dinlerin, eleştirel din bilimlerindeki gibi, kendilerine dönük ve eleştirel bir çalışma alanı geliştirmeleri gerekiyor. Din bilimleri ile felsefe arasındaki ilişkiyi irdeleyen ve bunu akılcı bir şekilde, bir çözüme doğru getirmek isteyen çalışmalar hemen din ve devlet arasındaki çelişkileri ortaya çıkarıyor. Bunları tartışmak için ortam yaratmak çok önemli.

İslamcı siyaset, siyasetin bütün gerçekliği aramak için doğru alan olmadığını kabul edebilir mi? İslamın kendisi totaliter bir taleple gelmiyor mu? Özellikle siyaset alanında, dile getirdikleri gerçeğin kısmi bir gerçek olmadığı, gerçeğin ta kendisi ve tamamı olduğu yolunda bütünselci bir yaklaşımları var. Yine de Türkiye'de İslamcı çevrelerde söz ettiğiniz türden çalışmalar var.

İslamcı hareketin içinde bir organik entelektüel kitlenin yetişmesi ve bu organik entelektüellerin akılcı düşünceyle sağlam bir diyaloğa girmesi çok önemli. Şu anda İslamın bu kadar yobaz bir şekilde yorumlanması beni şaşırtıyor, çünkü İslam bir hoşgörü dini. Hıristiyanlığı ve Yahudiliği tanımış bir din. İslamın bir bütün olarak öne sürülmesinin de onun bir yorumu olduğunu görmek gerekir. En iyisi, bu akımın kendi aydınları arasında bir tartışma çıkması olacaktır. Hıristiyanlığın içinde marksistleri, toplumsal refahçıları vardır; Yahudiliğin içinde de sosyalistleri ve devlete karşı olanları vardır. Örneğin Hasidikler devleti tanımazlar, İsrail devleti de onları kendi başlarına, kendi semtlerinde bırakır. Sonuçta, en önemli değer, gelenekleri kendi aralarında sürtünmüş ve diyaloglarında eleştirel olabilmiş olanlardır. Demokratik bir kamuoyu, demokratik bir kültür birikimi için bu tür eleştirel diyalogları geliştirip, her değer sisteminin kendi öncülerini eleştirel bir açıdan ele almaları, ancak kısmen doğrulanabileceklerini anlamaları gerekir. Demokrasiyle akılcılık arasında önemli bir ilişki vardır.

Ancak siyaset alanında, kısmi talepler arasında uygun bir diyalog olabilmesi için birtakım ortak noktalar olması gerektiğinden söz ediyoruz. Bu temel ahlaki kavramlardan söz ederken, anayasal çerçeve içinde ilk aklımıza gelenler de insan hakları. Ancak işin kültürel ve coğrafi boyutunu da ele aldığımızda, örneğin insan hakları tamamen Batı'ya özgü bir kavramdır diyen gruplar söz konusu olduğunda, insan haklarının ne olduğu konusunda görüş birliği oluşturmak mümkün olacak mı?

Bence, bu oldukça yanlış bir yaklaşım. Üç yıl önce Viyana'da yapılan Uluslararası İnsan Hakları Konferansı'nda, Singapur'un başbakanı, felsefeci Richard Rorty ile aynı fikirdeydi, "İnsan hakları çerçevesi Batı'nın yarattığı bir çerçevedir, bize ait değildir" diyordu. Ancak bu kültürel savunma yanlış bir tarih anlayışından yola çıkıyor. Öncelikle bütün dinlerde, insan haklarına yakın bir evrensel içerik vardır. İnsana saygı duyan bir adalet anlayışı; yalan söylememek, ihanet etmemek, başkasının mülküne el koymamak gibi ilkeler bugün yaşayan tüm kültürlerde var. Olaylar, bu ortak ilkelerde değil, daha öteye giden, toplum düzenlemesiyle ilgili insan haklarında; örneğin iktisadi adalet, demokratik katılım hakları, siyasi katılım hakları gibi konularda çıkıyor.

Singapur başbakanının yaptığı gibi "Demokrasi bize göre değil, biz bireyci bir toplum değiliz" diyen ve kültürcü bir savunma ortaya koyan gruplar, aslında Batı'dan modernleşmeyle gelen teknolojiyi kullanıp, demokrasinin reddedilmesi gerektiğini savunuyorlar. Çin bunun en açık örneği: İktisadi ve teknolojik bir kalkınma hamlesi içinde, modernleşmenin getirilerini kullanıyor, fakat demokratik katılım haklarını tanımıyor. Bu seçici modernlik, Ziya Gökalp'in Emile Durkheim'dan esinlenerek öne sürdüğü "medeniyet" ve "kültür" ayrımını tekrar ediyor; bunu savunmak çok zor. Kültür rölativizmi, modernleşme sürecini tamamen reddetmiyor, istediğini seçip alıyor.

Bu tür bir seçiciliğin arkasında olgular ve değerler arasında kesin bir ayrım yapılabileceği anlayışı, yani temelde pozitivist bir tutum var. Bu tutum bilimlerin kapsadığı alanların değer yüklü alanlar olmadığını öne sürüyor, yaşamın değerlerle bezenmiş diğer alanlarını muhafaza etmek istiyor. Yani belki de, kendilerine rağmen pozitivizmi, Batı'nın en belirgin özelliklerinden birini kullanıyorlar.

Tabii. Bir tarafta bilim ve doğa bağlamında kabul ettikleri gerçekler var, öbür tarafta ise başka değer yargıları olduğunu varsayıyorlar. Bu, modernleşmenin getirdiği akılcılık ve aydınlanma sürecinin oldukça seçici bir şekilde sahiplenilmesidir. Getirdiği çelişkileri irdelememiz gerekir. Seçici aydınlanma mümkün mü?

Bu sorunu ondokuzuncu yüzyıl Osmanlı aydınları da yaşamışlardı. Batı'nın bilimini ve teknolojisini alırken kendi değerlerini nasıl muhafaza edebileceklerini düşünüyorlardı. Cumhuriyetin de bu tür bir sorunu olduğunu söylemek gerek. Batılılaşma sürecinde bizim olanın ne kadarını koruyacağız?

Modernleşme sürecinin her kültürde yarattığı sorunlar vardır. Sadece Batı dışı kültürlerde değil, Batı'nın içinde de bu tür çelişkiler yaşanıyor. Örneğin kır yaşamından bütün hayat anlayışlarının değişeceği modernleşme süreci. Bir İtalyan köylüsüyle bir Türk entelektüelinin modernleşme sürecinde aynı sorunlarla karşılaşacağını zannetmiyorum, ancak her ikisi de çelişkili süreçler. Tarihi, Galileo ile Kilise arasındaki çelişkileri, ya da Darwin'in evrim kuramı üzerine hâlâ Amerika'da devam eden tartışmaları unutuyoruz. Bu belki de medeniyet ve kültür arasında ondokuzuncu yüzyıl Alman romantizminden gelen bir ayrılık. İlk olarak Novalis gibi düşünürlerle başlıyor; kendi benliklerini, kendi içeriklerini koruma çabaları sırasında, dil, bir temel olarak görülmeye başlanıyor, her dilin yarattığı öz edebiyatı temel olarak alınıyor. Bu açıdan romantizm akımı, Batı'nın kendi içinde, kendi özerk kültürlerini korumak için yarattığı bir akımdır. Bu çelişkilerin yalnızca kültürler arasında değil, kültürlerin içinde de var olduğunu gösterir bize.

Batı modernliğinin de aldığı farklı biçimler ve bu biçimlere özgü farklı evrim süreçleri var. Yani, Batı modernliğini de bir bütün olarak görmek zor. Peki siz, modernliğin özünü oluşturan bir şey olduğunu düşünüyor musunuz?

Benim için modernliğin özünü oluşturan üç temel var. Birinci temel, değer alanlarının; yani din, bilim, estetik ve hukuk düşünce sahalarının birbirinden ayrılması. Max Weber buna "kültürel ayrıştırma" demişti. Bununla birlikte gelen, dünyanın büyüsünü kaybedişi var (Entzauberung).

İkincisi, bireyin kendi aklını ve vicdanını kullanarak akılcı bir yerden vardığı ilkelere göre hareket etmesi; yani özerklik. Bu hem bilişsel özerklik, hem de ahlaki özerkliği kapsayan bir temel.

Üçüncü temel de, bütün toplumsal yaşamın, akılcı bir eleştiriye tabi tutularak, insanların kendi istekleriyle bir araya geldikleri bir örgüt olarak görülmesidir. Bu bizi devlet kuramında konsensüs anlayışına götürür. Herhangi bir siyasal iktidarın meşruiyeti, bireylerin akılcı yollarla vereceği rızaya bağlıdır.

Peki, Türkiye Cumhuriyeti'ni bir modernleşme projesi olarak düşünürsek, bu saydıklarınızın onun hedefleri arasında olduğunu düşünüyor musunuz? Bu temeller Türkiye Cumhuriyeti'nde ne ölçüde hayata geçirilebildi?

Laiklik ilkesi, değer alanlarının birbirlerinden ayrılması üzerine kurulmuştur. Ancak cumhuriyetçi kültürde, yeterince eleştirel, demokratik ve çoğulcu bir değer çatışması için yol açılmadı. Laikliğe pozitivist bir tutumla yaklaşıldığı için, ortaya çıkabilecek çatışmalar cumhuriyet yıllarında yaşanmadı. Bugün ise bastırılmış olanın geri dönüşü ile yüz yüzeyiz. Ben cumhuriyetin bir geleneği, bir düşünce şeklini tamamen yok etmesini, yani Kemalizmin devrimlerini, bir tarihi alternatifsizlik olarak da görüyorum. Bu bastırılan düşünce akımları şu anda sivil toplumda tekrar ortaya çıktılar. Artık, odak noktasının laiklikten çoğulculuğa geçirilmesi gerektiğini anlamak gerekiyor. Tabii laiklik ve çoğulculuk birbiriyle çakışan ilkeler değiller. Bu bağlamda, bu değer tartışmalarını, anayasal temeller içinde geliştirmek Türkiye'nin en önemli projesi olmalı.

İkinci sorun özerklik. Ne bilişsel özerklik, ne de ahlaki özerklik yeterince gelişti. Belki de bu gerçekten toplum yapısındaki farklılıklarla ilgili; Türkiye'de daha cemaatçi, iktisadi bireyciliği daha az gelişmiş, kapitalistleşme sürecinden uzak kalmış bir toplumdan söz ediyoruz. Bireyin özerkliği ancak tartışmanın ve katılımın genişlemesiyle elde edilebilir, birey özerkliğini kendi başına elde edemez. Özerklik, kooperatif bir çalışmayı ve anlaşmayı da gerektiriyor.

Üçüncü konu, meşruiyet konusu. Bence Kemalizmin en büyük sorunlarından biri, devletçilikle demokrasiyi birbirine karıştırması. Devletçiliğin otoriter, tepeden inme bir içeriği vardır. Halkın kendi kendini düşünmesine bazen yardımcı olabilir, bazen olamaz. Bir yandan kamu sektörünü yaratırken, diğer yandan bireyin girişimciliğini engeller. Demokratik politikada devlet, siyasetin alanı değildir; devlet siyasetin yapısını belirleyen bir çerçevedir, bir düzenleme alanıdır. Ancak devletçilik, Atatürk devrimlerinde olduğu gibi, devleti siyaset alanında en önemli aktör olarak görür, ki burada aydınlanmacı bir despotluk anlayışı vardır.

Modernleşmenin çeşitliliklerini ortaya koyduktan sonra cumhuriyetçi deneyimde kadın haklarına bir göz atmak ilginç olacaktır. Fransız kadınları oy hakkını 1948 yılında alırken, Türk kadınlarına bu hak 1934 yılında tanınmıştır. Hemen savaştan sonra neden bu tip bir tutumla karşı karşıya kalıyoruz? Bir yandan devletin ataerkil aile yapısına karşı verdiği bir savaş var; Osmanlı İmparatorluğu'ndan Cumhuriyet'e geçiş, ataerkil aile yapısının da kırılması demek oluyor. Ancak, öte yandan devlet, kadınları kendi otoritesi altına alıyor. Bu noktada devletin eski yapılara karşı savaşımında kadını bir kart olarak kullanışını da görüyoruz. Bugün de İslamcılarla savaşta kadın, laik devlet ile dini gruplar arasında bir piyon durumunda. Cumhuriyet kadına kamu hayatına katılma imkânı sağlamıştır. Bugün ilginç olan ise, İslamcı hareketin, istese de istemese de, kadının kamu hayatına katılımındaki çelişkileri ortaya çıkarması. Kadınlar bu çelişkileri yaşıyorlar ve sonucunda masum kuzular gibi evlerine dönmeyecekler. Pek çok insan, bu çelişkilerin sonucunda yeni bir sentez oluşturacak ve kamu hayatının bir parçası olarak da kalacaktır.

Bu açıdan, bir zamanlar, İslamcı hareketin kadınları yalnızca ezdiğini düşünürken yanlış yaptığımızı düşünüyorum. Bu hareketlerin oldukça gerici içerikleri olduğu muhakkak. Ancak kadınlar kamu yaşamına girdiklerinde özerklik de kazandılar. Kadının kendisini örgütlerken ortaya çıkardığı paradokslar olarak görebiliriz bunları. Sosyolojik gelişmeler ile doktriner gelişmeler arasında tezatları yaşayan kadınlar oluyor. Zamanla, şimdi olduğu gibi, henüz içeriğinin ne olduğunu bilemeyeceğimiz İslamcı feminizm ortaya çıkıyor. Tam anlamıyla gerici mi olacak, yoksa kendi çelişkileri içinde bir atılımda mı bulunacak? Bu da Cumhuriyet'in en önemli miraslarından biri.

Bu sürecin çelişkileri yaşandığı sürece, bunlar olumlu gelişmeler. Örneğin, İran'daki gelişmeler için *Chanel under chador* (Çarşafın altında Chanel) deniyor. Birçok kadın, doktor, milletvekili, kadı, öğretmen olarak çalışırken İslam kanununu kabul ediyor, ancak özel yaşamında farklı bir şekilde yaşamaya başlıyor. Bu çelişkileri görmek ve örgütsel açıdan düşünmek çok önemli.

Kamusal alanla özel alan arasındaki ilişkiyi yeniden şekillendirirken Cumhuriyet'in fazlasıyla müdahaleci olduğunu söyleyebiliriz. Kadınlara oy hakkının verilmesi, bu açıdan geleneksel bir müdahale.

Ancak bu müdahale farklı biçimlerde bütün özel alana yayıldığı zaman sorunlar çıkıyor.

Tabii, bu, totalitarizme kadar gidebilir. Bu noktada, özel alanın özerkliğini tamamen kaybetmesinden söz ediyoruz.

Özel alanla kamusal alan arasında net bir ayrım olduğunu düşünüyor musunuz?

Hayır, ben bu ayrımın yeniden düşünülmesi ve çizgilerin tekrar çizilmesi gerektiğini yazdım. Kadın hakları söz konusu olduğunda, örneğin kadınların dövülmesi, aile içi tecavüz, kız çocuklarına tecavüz edilmesi gibi durumlarda, devlet ve kanuni düzen, aile hayatına, özel hayata karışıp kadının insan haklarını korumalıdır. Bu, biraz önce sözünü ettiğimiz anayasal temellerdendir. İslamcı dünyada, özel hayat tamamen yok edilip kamusal hayatın bir parçası haline getirilirken, Batı'da devlet özel hayata karışmak konusunda hep tedirgindir. Feminizmin ortaya attığı tartışmalardan biridir bu. Devlet ve kamu düzeni, zaman zaman özel hayata müdahale etmeli, zaman zaman da özel alana özerklik tanımalıdır. Ancak bu, hiçbir zaman insan hakları, özellikle kadın hakları pahasına olmamalıdır.

Özel ve kamusal alanlar arasındaki ayrımın ontolojik bir ayrım olduğunu düşünmüyorum. Toplumsal ve tarihi bir ayrım olduğunu ve değişik toplumlar tarafından çeşitli şekillerde örgütlendiğini düşünüyorum. İlkel toplumlarda aile yapısı üzerine kurulmuş toplum yapıları, aile hayatını siyasi hayatın temeli olarak alan toplumlar da var. Eski Çin toplum yapılarında, ya da Hindistan'da, aile ile siyaset arasındaki ayrımlar pek düzenli değildir. Liberal devletin, kamu hayatıyla özel hayat arasında hukuki bir düzen kurup, bu düzenin sınırlarına saygı göstermesi gerekiyor. Sivil toplumda, çizgilerin adil ya da yeterli olup olmadığı konusunda tartışmalar olmalıdır tabii. Ancak, kadın eşitliği ve özerkliği sağlandıktan sonra devletin özel hayata saygı duyması gerekir.

Türkiye gibi bir ülkede, bu sadece kadın haklarıyla ilgili bir konu değil. Özel alanda yapılan müdahale Batı ülkelerinde olduğundan çok daha fazla. Belki anayasanın demokratik olmadığı söylenirken, kaste-

dilen şeyin bir parçası da, devletin kendini özel hayata kendi ortaya koyduğu değerler çerçevesinde karışabilmesini sağlayacak şekilde konumlandırmış olması.

Bence, bu durumda özel hayat değil, sivil hayat demek gerekiyor. Biz, feminist kuramda, özel alanı üçe ayırıyoruz: Aile hayatı, iktisadi alan (kapitalist düzende özel mülkiyet anlayışı ile özelleşmiş bir alan) ve sivil toplum örgütlenmeleri. Bu üçünü birbirinden ayırmak sosyolojik olarak yararlı, çünkü devlet ile aralarındaki ilişkiler değişik şekillerde saptanıyor. Devletin iktisadi alana karışması gerektiğini söylerken aile hayatına karışmasını desteklemeyebiliriz, ya da aile hayatına karışması gerektiğini ileri sürerken, sivil topluma müdahalesini desteklemeyebiliriz.

Bu alanlara kavramsal bir açıklık getirmek gerekiyor ve bu bağlamda, ben eğitimi sivil toplumun bir parçası olarak görüyorum.

Cogito 15.
Söyleşiyi yapan: Ferda Keskin

Michel Foucault, Gilles Deleuze: "Entelektüeller ve Güç"

Bir Maocu bir keresinde bana: "Sartre'ın bizimle taraf olmasındaki amacı kolaylıkla anlayabiliyorum; onun amaçlarını ve politikaya bağlanışını anlayabiliyorum; her zaman tecrit edilme sorunu ile ilgilenmiş olduğunuz için, sizin konumunuzu kısmen anlayabiliyorum. Oysa, Deleuze bir muamma," demişti. Bu ifade bana çarpıcı geldi, çünkü sizin konumunuz bana her zaman özellikle açık görünmüştür. (M.F.)

Belki de, kuram ve kılgı arasında yeni bir ilişki yaşama sürecindeyiz. Kılgı, bir zamanlar, kuramın bir uygulaması, bir ardılı olarak düşünülmüştü; daha başka zamanlarda ise, karşıt bir anlamı vardı ve gelecekteki kuramsal biçimlerin yaratılması için onsuz olunamayan, kuramı esinlediği düşünülen bir şeydi. Her durumda, ilişkileri bir bütünleşme süreci cinsinden anlaşılıyordu. Oysa, soru bize farklı bir ışıkta görünüyor. Kuram ve kılgı birbirine çok daha kısmen değinir ve birbirini kısmen kapsar. Bir yandan, bir kuram her zaman için lokaldir ve sınırlı bir alanla ilişkilidir ve kendinden az çok uzak olan bir başka düzlemde uygulanır. Bir kuramın uygulanmasında geçerli olan ilişki, hiçbir zaman bir andırma ilişkisi değildir. Üstelik, bir kuram uyacağı sahaya hareket ettiği andan itibaren, bir başka söylem tipi tarafından devralınmasını gerektiren engeller, duvarlar ve durdurmalar ile karşılaşmaya başlar (farklı bir sahaya geçmesi en sonunda bu diğer söylem sayesinde olur). Kılgı, bir kuramsal noktadan bir diğerine bir devretmeler kümesidir; ve kuram, bir kılgıdan bir diğerine bir devretmedir. Hiçbir kuram, sonunda bir duvarla karşılaşmadan gelişemez; ve kılgı bu duvarın delinmesi için zorunludur. Örneğin, sizin çalışmanız, özelde ondokuzuncu yüzyılda, kapitalist bir toplum içinde psikiyatrik akıl hastanesi göz önüne alınarak, tecrit etme bağlamının kuramsal analizi ile başlamıştı. Daha sonra, tecrit edilmiş bireylerin kendi adlarına konuşmaları gerektiğinin, konuşmanın onlara devredilmesinin zorunlu olduğunun farkına vardınız (tersine bakılırsa, konuşma işlevi size devredilmiş de olabilir); Hapishaneler için enformasyon grubunu (G.I.P.)* bu temele dayanarak örgütlediniz; amaç, tutukluların kendileri adına konuşmasını sağlayan koşulları yaratmaktı. Maocu'nun ima ettiği şekilde, bu kılgıya geçtiğinizde kuramlarınızı uygulamakta olduğunuzu söylemek mutlak ölçüde yanlış olurdu. Bu bir uygulama değildi; ne de reformlar ya da geleneksel anlamıyla bir sorgulama başlatmak için bir projeydi.

Vurgulama bütünüyle farklıydı: olan, daha büyük bir küre içinde, hem kuramsal hem kılgısal olan bir parçalar çokluğu içinde, bir devretmeler sistemi idi. Bizim için, artık, kuram oluşturan bir entelektüel, bir özne, temsil edici ya da temsili bir bilinç değil. Eyleyen ve mücadele verenler, artık, onların vicdanları imişcesine bir tutum içine girme hakkına layık bir grup ya da bir birlik tarafından temsil edilmiyor. Kim konuşuyor ve kim eyliyor? Eyleyen ve konuşan her zaman için bir çokluktur, konuşan ve eyleyen kişinin içinde dahi bu böyledir. Hepimiz "gruplaşmalarız". Temsil artık yok; sadece eylem var, devretmeler ve ağlar gibi hizmet gören kuramsal eylem ve kılgısal eylem. (G.D.)

Bana, entelektüelin kendini politik bağlayışı, geleneksel haliyle, ona özgü etkinliğin iki farklı yanının ürünüymüş gibi görünüyor: onun, burjuva toplumu içinde kapitalist üretim sistemi içinde ve bu sistemin ürettiği ve dayattığı ideoloji içinde konumu (ondan istifade edilişi, muhtaciyeti, dışlanması, gördüğü zulüm, yıkıcı etkinliğine yönelik suçlamalar, ölümsüzlük vs.); ve özel bir hakikati görünür kılma, yani, kuşku duyulmadan alınan politik ilişkileri ortaya dökmeyi be-

* Groupement d'Information sur les Prisons / Tutukevleri hakkında bilgi edinme grupları. (Ç.N.)

cerme düzeyince kendine özgü söylemi. Onun bu iki politikleşme biçimi birbirini dışlamıyor, fakat, farklı bir düzeyde yer alıyor, ve birbiriyle çakışmıyordu. Entelektüellerin bazıları "bunalımlı" ve diğerleri "sosyalist" diye sınıflandırılmıştı. Otoriter şiddete dayalı bir tepki göstermeye kalktığında, bu iki konum birbiriyle kaynaşıyordu. 1848' den sonra, Komün'den sonra, 1940'dan sonra. Tam da olgular yadsınamaz bir hale geldiğinde, imparatorun elbisesi olmadığını söylemek yasaklanmış olduğunda, entelektüel dışlanıyor ve zulm görüyordu. Entelektüel, hakikati konuşma hakkı yasaklanmış olanlar adına, onu daha ancak görenlere hakikati söylüyordu: o, vicdandı, bilinçti ve hatipti.

Ortalık son kez birbirine girdiğinde, entelektüel, kitlelerin artık bilgiyi edinmek için ona ihtiyaçları olmadığını keşfetti: onlar, mükemmelen biliyorlardı, hiç yanılsamadan; ondan çok daha iyi biliyorlardı ve kendilerini eksiksiz ifade edebiliyorlardı. Ancak, ortada bu söylemi ve bu bilgiyi tıkayan, engelleyen ve geçersiz kılan bir güç sistemi var, kendini sadece apaçık sansür yetkisinde ortaya koymakla kalmayan, aynı zamanda, bütün bir toplumsal ağ içine en derinlemesine ve en ince şekilde işleyen bir güç sistemi. Entelektüellerin kendileri bu güç sisteminin yerine getiricileridir - onlara ait görünen "bilinç" ve söylem adına sorumluluk fikri sistemin bir parçasını oluşturuyor. Entelektüelin rolü artık, ait olunan topluluğun boğulmuş hakikatini ifade etmek amacıyla kendini "öne ya da tarafa" yerleştirmek değil; daha çok, onu, "bilgi", "hakikat", "bilinç" ve "söylem" alanında nesne ve alet haline dönüştüren güç birimlerine karşı mücadele etmek. Bu anlamda, kuram kılgıyı ifade etmiyor, aktarmıyor ya da onun kılgıya geçirilmesine hizmet etmiyor: kuram kılgının ta kendisi. Ancak, söylediğiniz gibi, kuram, lokal ve bölgesel; bütünleştirici değil. Kuram, güce karşı bir mücadele, en görünmez ve en sinsi olduğu yerde onun ortaya çıkartılması ve altının kazılmasını amaçlayan bir mücadele. Bizim mücadelemiz "bilinci uyandırmak" değil (kitleler, bilincin bir bilgi biçimi olduğunun bir süredir farkındalar; ve bilincin öznelliğe bir temel olarak alınması zaten burjuvazinin kendine biçtiği bir ayrıcalık), fakat, gücü almak, takatini kesmek; bu mücadele, güç için çabalayanlarla yan yana gerçekleştirilen bir etkinlik, onların emniyetli bir mesafeden aydınlatılması değil. Bir "kuram", bu mücadelenin bölgesel sistemidir.

Kesinlikle. Bir kuram, tam anlamıyla bir alet kutusudur. İmleyenle alıp vereceği yoktur. Yararlı olmak zorundadır. İşlev görmelidir. Ve kendi için değil. En başta kuramcının kendisi olmak üzere, kuramı kimse kullanmazsa (ki o zaman kuramcı kuramcı olmaktan çıkar zaten), artık kuram değersizdir ya da an yerine oturmamıştır. Biz bir kuramı yeniden gözden geçirmiyoruz, yenilerini kuruyoruz; başkalarını yapmaktan başka bir seçeneğimiz yok. Bunu, saf entelektüel olduğu düşünülen bir yazar olan Proust'un öylesine açıklıkla ortaya koyması ilginç: kitabımı dışarıya yönelmiş bir gözlük imiş gibi alın; size uygun değilse, uyanı bulun; çarpışma için onsuz olunamaz bir alet olacak kendi aletinizi bulmayı size bırakıyorum. Bir kuram bütünleştirmez; o bir çoğaltma aletidir ve aynı zamanda kendini de çoğaltır. Bütünleştirmek gücün doğasında vardır, ve kuramın doğasından ötürü güçle karşıtlık oluşturduğuna bütünüyle katılıyorum. Bir kuram belirli, özel bir noktada kendi kozasını örer örmez, bütünüyle farklı bir alan içinde açılıp patlamadıkça, hiçbir zaman en küçük bir kılgısal önemi olmayacağını anlıyoruz. Reform kavramının bu kadar aptalca ve ikiyüzlü olmasının nedeni bu. Reform da temsil ettiğini iddia eden, başkaları için konuşmayı meslek edinmiş insanlar tarafından tasarlanır ve bu insanlar, yeni bir güç bölünmesine, sonuçta bu gücün iki kere baskı ile artan yeni bir dağılımına yol açarlar; ve onları, bu baskıyı görenlerin şikâyet ve talepleri ortaya çıkarır. Böyle bir reform artık bir reform değil, gücün bütünselliğini ve bu bütünselliği koruyan muhafaza eden hiyerarşiyi (onun parçalılığını bütün gücüyle ifade ederek) sorgulayan devrimci eylemdir. Bu mesele hapishanelerde iyice göz önünde: mahkûmların en küçük ve en önemsiz görünen talebi Pleven'in reformlarını delik deşik edebilir. Çocukların yuvada dile getirdiği karşı çıkışlar işitilse, sorularına kulak kabartılsa, bütün eğitim sistemi infilak edebilirdi. Toplumsal sistemimizin bütünüyle hoşgörüsüz olduğunun inkâr edilecek yanı yok; bu durum, sistemimizin her yanında muazzam bir kırılganlık taşımasının ve aynı zamanda, kendini bütün dünyada dayatan bir baskıya ihtiyaç duymasının nedeni. Benim görüşüme göre, bize, mutlak ölçüde temel olan şeyi (gerek kitaplarınızda ve gerekse de kılgısal alanda) ilk siz gösterdiniz: diğerleri adına konuşmanın yakışıksızlığını. Temsil edici olma ile alay ettik, eğlendik ve artık bittiğini söyledik, ama, bu "kuramsal" dönüşümün sonuçlarını çekip çıkarmayı –kendi adlarına sadece doğrudan ilgili olanların konuşabileceği kuramsal olgusunu idrak etmeyi– beceremedik.

Ve, mahkûmlar konuşmaya başladığında, kendilerinin bir hapishane kuramı, bir infaz sistemi ve adaleti oldu. Son kertede kâle alınmaya değen söylem biçimi bu söylemdir, güce karşı söylem, mahkûmların ve kabahatliler dediğimiz insanların karşı-söylemi ve kabahat hakkında *bir kuram değil. Mahkûmların sorunu lokal ve marjinal: bir senede hapishanelerden 100.000'den fazla insan geçmiyor. Şu anda, Fransa'da 300.000 ila 400.000 kişi hapse girmiş durumda. Ancak, bu marjinal sorun herkesi rahatsız ediyor görünüyor. Hapishaneye düşmemiş çok insanın hapishane sorunları ile ilgilenir olması beni hayrete düşürdü, içeriye düşenlerin söylemini hiçbir zaman işitmemiş herkesin onları bu kadar kolay anlaması hayrete düşürdü. Bunu nasıl açıklarız? Bunun nedeni, genele bakıldığında, gücün kendini güç olarak en açık gösterdiği biçim infaz sistemi değil mi? Birini hapse atmak, onu orada tecrit etmek, onu gıda ve ısıdan mahrum bırakmak, onun bırakıp gitmesini, sevişmesini vs. engellemek, bu, muhakkak ki, gücün hayal edilebilecek en taşmış, çıldırmış kendini gösterişi. Bir gün, hapishanede bulunmuş bir kadınla konuşurken, "Hayal edin, kırk yaşında, günde bir öğün kuru ekmek ile cezalandırıldım" demişti. Bu öyküde çarpıcı olan, gücün kendini böylesine denemesindeki çocuksuluk değil, gücün, güç olarak, en arkaik, olgunlaşmamış, çocukça tarzının köpeksiliğiyle denenmesi. Çocuk olarak, su ve ekmeğe mahrum bırakılmanın ne anlama geldiğini biliyoruz. Hapishane, gücün kendini çıplak halinde, en aşırı biçiminde ortaya çıkardığı ve töre kuvveti diye haklı çıkarıldığı tek yer. "Seni cezalandırmak benim haklarım içinde, çünkü, biliyorsun, çalan ve öldüren suçludur..." Hapishaneler hakkında çarpıcı olan şey, gücün kendini gizlememesi ya da maskelememesi; kendini en ince ayrıntısına kadar uyulmuş, uygulanmış bir tiranlık gibi ortaya çıkarıyor; köpeksi ve aynı zamanda saf ve bütünüyle "haklı çıkarılmış," çünkü, pratiği (tatbikatı) bütünüyle töre yapısı içinde formüle edilebiliyor. Bu zalim tiranlık, sonuçları itibariyle, iyi'nin kötü üzerinde, düzenin düzensizlik üzerinde serinkanlı hâkimiyeti şeklinde görünüyor.*

Evet, ve tersi de eşit ölçüde doğru. Çocuklar gibi muamele edilen sadece mahkûmlar değil, çocuklara da mahkûmlar gibi muamele ediliyor. Çocuklar, kendilerine yabancı bir bebeksileştirmeye tabi tutuluyor. Bu temelde bakılırsa, okulların hapishaneleri andırması inkâr edilir gibi değil; ve en yakın örnek de fabrikalar. Bir Renault tesisinin girişine, ya da bu meselenin uyabileceği herhangi bir yere bakın: günde banyoya girmek için üç bilet. Jeremy Bentham'ın hapishane reformlarını önerdiği bir onsekizinci yüzyıl metni bulmuştunuz; yücelttiği reform adına, yenilenmiş hapishanenin bir model olarak hizmet ettiği ve bireyin hiç fark etmeden okuldan fabrikaya, fabrikadan hapishaneye ve hapishaneden fabrikaya geçtiği dairesel bir sistem kuruyordu. Reforma götüren itilimin, reformcunun üstlendiği temsilin özü bu. Tersine, insanlar kendileri adına konuşmaya ve eylemeye başladığında, bir başkasınca temsil edilmelerine (hatta tersine) karşı çıkmıyorlar; gücün yanlış temsil edilişine karşı yeni bir temsil edilmeyi dayatmıyorlar. Örneğin, adalete karşı popüler bir adalet olmadığını söylediğinizi hatırlıyorum; hesaplaşma başka bir seviyede cereyan ediyor.

İnsanların ceza sistemi, yargıçlar, mahkemeler ve hapishanelerden nefret etmesinin altında yatan fikrin basit haliyle daha iyi ve tarafsız bir adalet biçimi olmadığını, –bunun yanında ve her şeyden önce– gücün her zaman için insanlar pahasına denenmesi yolunda herkesçe sabit algı olduğunu düşünüyorum. Yargılanmaya karşı mücadele güce karşı bir mücadeledir ve adaletsizliğe karşı, yargı sisteminin adaletsizliğine karşı bir mücadele olduğunu düşünmüyorum. Devrim ya da ayaklanmalarda, ya da kışkırtma hareketlerinde, yargı sistemi, finans yapısı, ordu ve diğer güç biçimleri kadar zorlayıcı olmuştur. Benim varsayımım –ancak sadece bir varsayım–, Devrim'de rastlandığı haliyle popüler mahkemelerin, kitleler ile ittifaka girmiş olan alt orta sınıfın yargı sistemine karşı olan mücadelede müsebbipi serbest bırakmak ve tekrar yakalamak için kullandığı yol olduğu. Bunu becermek için, bir yargıcın adil bir jüri haline gelebileceği tarafsız adalet ihtimaline dayalı bir mahkeme sistemi önerdiler. Hukuk mahkemesinin belirlenebilir biçimi burjuva adalet ideolojisine aittir.

Fiili durumu temel alırsak, güç, karşısına gelene kendini empatiyle benimsettirerek bütüncül ya da küresel bir vizyon geliştiriyor. Yani (göçmen işçilere ırkçı baskı, fabrikalardaki, eğitim sistemindeki baskı ve gençliğe yönelik genel baskı olsun) şu anda geçerli bütün baskı biçimleri, gücün bakış açısıyla kolaylıkla bütünselleşiyor. Bu baskı biçimlerinin birliğini sadece Mayıs 68 tepkisinde değil, daha yerinde haliyle, yakın geleceğin fikir birliği içinde hazırlanışı ve örgütlenmesinde aramalıyız. Fransız kapitalizmi şimdi bir işsizlik "marj"ına dayanıyor ve tam istihdam sözünü verirken takındığı liberal ve babacan maskeyi bir yana bıraktı. Bu perspektiften bakıldığında, baskı biçimlerinin birliğini görmeye başlıyoruz: en güç ve müsamahasız işlerin göçmen işçilere gittiği fark edildiğinden göç üzerinde sınırlamalar, çünkü, Fransız'ın gitgide güç çalışmadan aldığı "tadı" yeniden kazanması gerek; gençliğe karşı mücadele ve eğitim sisteminin baskı altına alınması, çünkü, iş gücünde genç insanlara daha az ihtiyaç duyulduğunda polis baskısı daha etkin oluyor. Çok geniş bir meslek yelpazesindeki profesyoneller (öğretmenler, psikiyatrlar, her çeşidinden eğitimciler vs.), geleneksel olarak polise ait olmuş işlevleri yerine getirmeye çağrılacak. Bu sizin çok önce kehanetini yaptığınız bir şey, ve o zaman imkânsız olduğu düşünülüyordu: bütün tecrit etme yapılarının takviyesinin imkânsız olduğu düşünülüyordu. Bu küresel güç politikasına karşı, yerelleşmiş karşı-yanıtlar, çekişmeler, aktif ve yeri geldiğinde koruyucu savunmalar başlatıyoruz. Güç tarafında zaten değişmez biçimde bütünselleşmiş olanı bütünselleştirmeye ihtiyacımız yok; bu yönde hareket etseydik, bu, merkezcilik ve hiyerarşik bir yapının temsili biçimlerini eski haline getirmek olurdu. Yanal yakın ilişkiler, birbirini kabul edişler ve bütün bir ağlar ve popüler üsler sistemi kurmamız gerek; ve bu özellikle güç. Her ne olursa olsun, gerçekliği, rekabet ve güç dağılımına verilen geleneksel anlamda, Komünist Parti ya da Genel İşçi Sendikası ismindeki temsili organlar yoluyla politikanın bir süregidişi olarak tanımlamıyoruz. Gerçeklik, fabrikalarda, okullarda, kışlalarda, hapishanelerde, karakollarda fiilen olan şey. Ve buralarda olup bitenler, gazetelerde bulunan enformasyondan bütünüyle farklı bir enformasyon tipini taşıyor (bu durum, *Agence de Press Libération* tarafından taşınan enformasyon çeşidini açıklıyor).

*Yeterli mücadele biçimlerini bulmada karşılaştığımız bu güçlük, güç sorununu ihmal etmeye devam ediyor olmamızın bir sonucu değil mi? Her şeyin ötesinde, sömürülmenin doğasını anlamaya başlamadan önce ondokuzuncu yüzyıla kadar beklememiz gerekti, ve bugün için, henüz gücün doğasını bütünüyle kavramamız gerek. Marx ve Freud, aynı zamanda hem görülen hem görülmeyen, hem mevcut olan hem gizlenen, her yerde hazır ve nazır olan, güç ismini verdiğimiz bu muamma şeyi anlama arzumuzu tatmin edememiş olabilirler. Hükümet kuramları ve hükümetlerin geleneksel analizleri, gücün denendiği ve işlev gördüğü alanı muhakkak ki tam ele alamıyor. Güç sorusu bütünüyle bir bilmece halinde kalıyor. Gücü kim kullanıp uyguluyor. Ve hangi alanda? Artık, kimin diğerlerini sömürdüğünü, kârların kimin cebine gittiğini, bu işe kimlerin karıştığını ve bu fonların yeniden yatırım çarkına nasıl girdiğini, akla uygun bir kesinlikle biliyoruz. Ancak, güce geldiğinde... Gücün yönetenlerin elinde olmadığını biliyoruz. Ama, kuşkusuz, "kanun koyucu sınıf" fikri yeterli bir formülasyona ulaşmadı; ve ne de, "hakim olmak", "kanun koymak", "yönetmek" vs kavramlar. Bu fikirler çok fazla akışkan ve analiz gerektiriyor. Aynı zamanda, gücün kullanımına gelen sınırları da –gücün işini görmesini sağlayan devretmeleri ve gücün hiyerarşinin çoğu zaman önemsiz yanları ve kontrol, denetleme, yasaklama ve kısıtlama biçimleri üzerindeki etki düzeyini de– araştırmalıyız. Güç her yerde var, her yerde kullanılıyor. Kesin bir ifadeyle, hiç kimsenin güç için resmen hakkı yok ve bununla birlikte, her zaman, bir tarafta bazıları ve diğer tarafta bazıları olmak üzere belirli, özel bir yönde uygulanıyor. Çoğu zaman, tam anlamında gücü kimin elinde tuttuğunu söylemek güç oluyor, oysa, gücün kimde olmadığını görmek kolay. Kitaplarınızı (*Nietzsche*'den* Kapitalizm ve Şizofreni*'de sezinlediği kadar) okumak benim için esas teşkil ediyorsa, bu sorunu araştırmada çok öteye gidiyor göründükleri içindir: eski anlam, imleyen ve imlenen vs. teması altında, güç, güçlerin eşitsizliği ve güçlerin mücadelesi sorusunu geliştirmişsiniz. Her mücadele, belirli, özel bir güç kaynağı etrafında gelişir (sayısız küçük kaynaktan herhangi biri ikinci derecede bir patron, "H.L.M" yöneticisi; bir hapishane gardiyanı, bir yargıç, bir sendika temsilcisi, bir gazetedeki bir yayın yöneticisi). Bu kaynakları ortaya dökmek –ifşa etmek ve haykırmak– mücadelenin bir parçası olacaksa, bunun nedeni daha önce bilinmiyor olmamaları değil. Daha* *çok, bu konu üzerinde konuşmak, kurumlaşmış enformasyon ağlarını dinlemeye zorlamak, isimler üretmek, suçlama parmağıyla işaret etmek, hedefler bulmak, gücün geldiği yere geriye dönüştürülüşünde ve varolan güç biçimlerine karşı yeni mücadelelerin başlatılmasında için ilk adımdır. Mahkûmlar ya da hapishane doktorlarının söylemi bir mücadele biçimi oluşturur, çünkü, onlar, en azından geçici bile olsa, (şu sırada, hapishane yöneticileri ve onların reform gruplarındaki meslektaş kafadarlarının mülkiyetindeki) hapishane koşulları üzerine konuşma gücünü kamulaştırırlar. Mücadele söylemi bilinçdışına karşı değil, saklı olana karşı çıkıyor. Pek de böyle (saklı) gözükmüyor olabilir; ama ya beklediğimizden daha fazlası söz konusu ise? Bütün bir yanlış anlamalar serisi "gizlenmiş", "bastırılmış" ve "söylenmemiş" şeylerle ilişkilidir; ve bu yanlış anlamalar söz konusu mücadele nesnelerinin ucuz "psikanaliz"ine izin verirler. Yakın geçmişte sık sık karşılaştığımız iki tema, "yazma, bastırılmış unsurları ortaya çıkarır" ve "yazma, zorunlu olarak bir yıkma eylemidir" temaları, ciddi biçimde ifşa edilmeyi hak eden birtakım işlemlere ihanet içinde görünüyor.*

Getirdiğiniz soruyu göz önüne alırsak: kimin sömürdüğü, kârın kimin cebine gittiği ve kimin yönettiği açık, oysa, güç yine de çok dağınık bir şey olarak kalıyor. Şu varsayımı öne sürmeye cesaret edeceğim: Marksizmin katkısı soruyu esas olarak çıkarlar cinsinden tanımlamasıydı (güç, çıkarları ile tanımlı bir kanun koyucu sınıf tarafından elde tutulmaktadır). Soru hemen ortaya çıkıveriyor: çıkarlarına hizmet edilmeyen, insan varolan güç yapısını bir parça eylem talep ederek nasıl sımsıkı destekliyor olabilir? Belki de, ister ekonomik ister bilinçdışı olsun, *yatırımlar* açısından destekliyor, çıkar son yanıt değil; çıkarlarımızın dayatmasıyla karşılaştırıldığında, daha derin ve dağınık bir şekilde işlev gören arzu yatırımlarımız var. Ama, kuşkusuz, hiçbir zaman çıkarlarımıza karşı arzu etmeyiz, çünkü çıkar her zaman arzuyu izler ve kendini arzunun onu yerleştirdiği yerde bulur. Reich'ın çığlığını bastıramayız: kitleler aldatılmamışlardı; belirli bir zamanda, faşist bir rejimi fiilen istemişlerdi! Gücü kalıplandıran ve dağıtan, gücü polisin mülkiyetine verdiği kadar, başbakanın mülkiyetine veren arzu yatırımları var; bu bağlamda, polis ve başbakanın kalkan olduğu güç arasında niteliksel bir fark yok. Toplumsal bir grup içindeki bu arzu yatırımlarının doğası, sınıf çıkarları adına devrimci yatırımlara sahip olabilecek ya da olması gereken politik partilerin niye arzu seviyesinde bu kadar reform yönelimli ya da mutlak biçimde tepkisel olduklarını açıklar.

Dediğiniz gibi, arzu, güç ve çıkar arasındaki ilişki bizim sıradan haliyle düşünegeldiğimizden çok daha karmaşık, ve uygulamada bir çıkarı olanlar zorunlu olarak gücü kullananlar değiller; ne de, çıkar hakkı kazananların her zaman güç uygulaması mümkün. Üstelik, güç arzusu, güç ve çıkar arasında tekil bir ilişki kuruyor. Faşist dönemler esnasında, kitlelerin, kendilerine karşı, ölümleri, kurban edilmeleri, topluca katledilmeleri pahasına güç uygulayan bireyleri, bu bireyler ile özdeşleşemedikleri için, güce sahip varsayımları söz konusu olabilir. Bununla birlikte, bu gücü ve sadece o halini arzularlar; bu gücün onlara uygulanmasını isterler. Bu arzu, güç ve çıkar oyunu çok az dikkat çekmiştir. Bizim sömürülmeyi anlamaya başlamamızdan çok zaman önce arzu uzun bir tarihe sahipti ve sahip olmayı sürdürüyor. Şu sırada cereyan eden mücadelelerin ve bu mücadelelerden türeyen ve bu mücadelelerden ayrıştırılmayan lokal, bölgesel ve süreksiz kuramların, gücün ne tarzda uygulandığını keşfetmemizin eşiğinde bulunmaları mümkün.

Bu bağlamda, şu soruya geri dönmem gerek: şu anın devrimci hareketi birçok merkez yaratmıştır; ve belirli bir bütünselleşme çeşidi güç ve tepki kuvvetleri ile ilişkili olduğu için, bu durum, yetersizlik ya da zayıflık sonucu değildir. (Örneğin, Vietnam, lokalize olmuş karşı-taktiklerin çarpıcı bir örneği). Ancak, ağları, bu etkin ve süreksiz noktalar arasındaki enine bağlantıları, bir ülkeden diğerine ya da tek bir ülke içinde nasıl tanımlayacağız?

Ortaya attığınız coğrafi süreksizlik sorusu şu anlama gelebilir: sömürüye karşı mücadele ettiğimiz sürece, proletarya sadece mücadeleye yol açmıyor, aynı zamanda, karşılaşma aletlerini, yerlerini, yöntemlerini ve hedeflerini de tanımlıyor; ve kişinin kendini proletarya ile ittifaka sokması, proletaryanın çatışma konumları, ideolojisi ve motiflerini kabul etmesidir. Bu, bütün bir özdeşleşme anlamına gelir. Fakat, savaş güce karşı yönlendirilirse, güç zararına kullanılan herkes, gücü taham-

mül edilemez bulan herkes, kendilerine uygun düşen etkin olma (ya da edilgin kalma) temelinde ve kendi diyarlarında mücadeleye başlayabilir. Kendi çıkarlarını ilgilendiren, amaçlarını açıkça anladıkları ve yöntemlerini sadece kendilerinin belirleyebildiği bir mücadeleye bağlandıklarında, devrimci bir sürece girerler. Bu sürece, doğal olarak proletaryanın müttefikleri olarak girerler, çünkü, güç kapitalist sömürmeyi korumak için kullanıldığı şekilde uygulanmaktadır. Kendilerini baskıya uğramış olarak gördükleri yerlerde savaşarak proletaryanın nedenine en samimi bir biçimde hizmet ederler. Kadınlar, mahkûmlar, askere alınanlar, hastane hastaları ve eşcinseller, artık, kendilerine dayatılan kısıtlamalar ve kontrollere karşı, hepsine kendi özel koşulları dahilinde dayatılan güce karşı kendilerine özgü bir mücadeleye başlamışladır. Bu mücadeleler, reformculuktan–uzak, radikal ve uzlaşmaz oldukları ve en iyi haliyle, efendilerin değiştirilmesi ile aynı gücün yeni bir düzenlemesine varma yolunda her türlü girişimi reddettikleri ölçüde sahiden, fiilen devrimci bir harekete kalkmışlardır. Ve bu hareketler, aynı güç sistemine hizmet eden kontroller ve kısıtlamalara karşı savaştıkları düzeyde, proletaryanın devrimci hareketine bağlanmışlardır.

Bu anlamda, mücadelenin betimlediği resme bütün halinde bakıldığında, bu resim, muhakkak ki, daha önce üzerinde durduğunuz, "hakikat" maskesi altındaki kuramsal bütünselleşmenin betimlediği resim değil. Mücadelenin genelliği bizzat güç sisteminden, gücün bütün dayatılma ve uygulanma biçimlerinden kendine özgü biçimlerde türeyip çıkıyor.

Ve biz, gücün uygulamalarının herhangi birine, dağınık karakterini ortaya koymadan yaklaşamıyoruz, bu yüzden, (en önemsiz talep temelinde) zorunlu olarak meseleyi bütün olarak göz önüne getirmeye yöneliyoruz. Her devrimci saldırı ya da savunma, bu yüzden, ne kadar kısmi olursa olsun, çalışanların mücadelesine bağlıdır.

Cogito 8.

Fransızcadan çeviren: Alper Oysal

Pierre Bourdieu, Günter Grass: "'Çenesini Açma' Geleneği"

Bir defasında, "Çenesini açma konusundaki Avrupa ya da Alman geleneğinden" –ki bu, aynı zamanda da bir Fransız geleneğidir– söz etmiştiniz; sendikacılarla birlikte, bu halka açık söyleşiyi yapmayı düşündüğümüzde, ben elbette sizin Nobel Ödülü alacağınızı bilmiyordum. Bu ödülü almış olmanızdan ötürü çok sevinç duydum ve Nobel Ödülü vesilesiyle karar değiştirmemiş olmanızdan, önceden olduğu gibi "çenenizi açmaya" aynı şekilde hazır olmanızdan ötürü de sevinçliyim; ve de çenemizi birlikte açmamızı diliyorum. (P.B.)

Alman alışkanlığı dikkate alındıkta, bir sosyolog ile bir yazarın buluşmaları görece enderdir. Bizde, daha sıklıkla görülen, odanın bir köşesinde filozofların, bir başka köşesinde de sosyologların toplanmaları ve birbirine soğuk duran yazarların da arka taraftaki kilerde bir araya gelmeleridir. Bizim aramızdaki türden bir iletişim istisna oluşturuyor. *La misère du monde* (*Dünyanın Sefaleti*) adlı kitabınızı, ya da benim son kitabım *Yüzyılım*'ı düşündüğümde, bizi mesaide birleştiren bir şey var: biz Tarih'i aşağıdan görüldüğünce anlatıyoruz. Toplumun tepesinden bakarak konuşmuyoruz; Tarih'in galiplerinin bakış açılarını ele almıyoruz; mesleğimiz gereği, açık bir şekilde, kaybedenlerin, kıyıda kalanların, toplumdan dışlanmış olanların tarafındayız.

La misère du monde'da, çalışma arkadaşlarınızla birlikte, her şeyi daha iyi bilme iddiasında bulunmaksızın, bütün olan bitenleri anlama çabasıyla bireyliğinizi geri plana çekmeyi başardınız: bu, Fransız toplumunun durumu ve toplumsal koşulları üzerine, başka ülkelere de mükemmelen taşınabilecek bir bakış. Öykülerinizi benim gibi bir yazara, bunlardan hammadde olarak yararlanma arzusu veriyor. Örneğin, kırsal kesimden Paris'e gelen ve geceleri mektup tasnifi yaparak hayatını kazanan genç kadının incelenmesi... Çalışma mekânlarının betimlenişi, açık bir şekilde başa çıkarılmaksızın, toplumsal problemlerin anlaşılmasına imkân veriyor. Bu çok hoşuma gitti.

Böyle bir kitabın, toplumsal koşullara ilişkin olarak, her ülkede olmasını dilerdim.

Dikkatimi çeken tek sorun belki de sosyolojinin alanına giriyor: bu tür kitaplarda mizah yok. Benim öykülerimde büyük bir rol oynayan yenilgideki komiklik, kimi çatışmalardan kaynaklanan saçmalıklar eksik kalıyor. (G.G.)

Bizim sözünü ettiğimiz o deneyimlerden bir kısmını siz mükemmel bir şekilde anlatmıştınız. Ne var ki, bu deneyimleri, onları yaşamış olan insandan doğrudan doğruya dinleyen kişi bir parça ezilmiş, bunalmış durumda kalır ve deneyi yaşamış olan insanla arasında bir mesafe bırakma düşüncesi hemen hemen hiç akla gelmez. Örneğin, fazlasıyla sivri ve fazlasıyla patetik, fazlasıyla acılı oldukları için birtakım anlatıları kitaptan dışlamak zorunda kaldık.

"Komik" derken, trajedi ile komedinin karşılıklı olarak birbirlerini dışlamadıklarını, bunların ikisi arasındaki sınırın kaypak olduğunu söylemek istiyorum.

Kesinlikle... Bu doğrudur... Aslında bizim yapmak istediğimiz şey, bu ham, hiçbir etkisi bulunmayan saçmalığı okurların gözleri önüne atmaktı. Kendi kendimize getirmiş olduğumuz yönergelerden biri, edebiyat yapmaktan kaçınmak gerektiğiydi. Sizi belki de şaşırtacağım, bu türden dramlarla karşılaşıldığında, insan bunları iyi bir şekilde kaleme almanın çekimine kapılır. Yönerge, bu öykülere olağanüstü, hemen hemen dayanılmaz olan şiddetlerini kazandırmak üzere, onlara olabildiğince katı bir şekilde olumlu yaklaşmaya çalışmaktı. İki nedenden ötürü: bilimsel nedenlerden ve aynı zamanda, sanırım, edebi nedenlerden; çünkü biz, bir başka türden edebi olmak için edebi olmak istemiyorduk. Ama aynı zamanda da siyasi nedenlerden. Avrupa ve Latin Amerika'da ve daha birçok ülkede yürürlüğe konmuş bulu-

nan yeni-liberal siyasetin halihazırda uygulamakta olduğu şiddetin, bu eylemde ortaya çıkan şiddetin, tümüyle kavramsal çözümlemelerle anlaşılamayacak kadar büyük olduğunu düşünüyorduk. Eleştiri, bu siyasetin ürettiği etkiler ölçüsünde olmuyor.

Sosyolog ve yazar olarak, her ikimiz de, Avrupa Aydınlanması'nın, hemen her yerde –her türlü şıkta Fransa ve Almanya'da– yeniden, sanki Avrupacı Aufklärung, Aydınlanma devinimi sonuçsuz kalmış gibi, sorgulanır hale geldiği bir geleneğin çocuklarıyız. Başlangıçta varolan görüntülerin çoğu – yalnızca Montaigne'i düşünelim – yüzyılların ilerleyişi içinde ortadan kayboldu. Bu arada mizah da bunlar arasında. Voltaire'in *Candide*'i ya da Diderot'nun *Jacques le Fataliste*'i, örneğin, betimlenen toplumsal koşulların aynı şekilde korkunç olduğu kitaplardır. Ne var ki, ıstırap ve yenilgi içinde bile, insanın gülünç ve bu bağlamda, utkulu olma yeteneği kendini dayatıyor.

Evet, ama Aydınlanma geleneğini yitirmiş olduğumuza ilişkin bu duygu, bugün egemen olan yeni-liberal görüş tarafından dayatılmış ve bütün bir dünya görüşünün ters yüz edilmesi olgusuna bağlıdır. Sanırım –burada, Almanya'da, bu benzetmeye başvurabilirim–, sanırım yeni-liberal devrim –Almanya'da, 30'lu yıllarda, muhafazakâr devrimden söz edildiği bağlamda– muhafazakâr bir devrimdir ve bir muhafazakâr devrim de son derece tuhaf bir şey: bu, geçmişi restore eden ve kendini ilerlemeci gibi sunan, gerilemeyi ilerlemeye dönüştüren bir devrim. Öyle ki, bu gerilemeyle mücadele edenlerin kendileri de gerilemeci gibi görünüyorlar. Terörle mücadele edenlerin kendileri de terorist gibi görünüyorlar. Bu her birlikte maruz kaldığımız bir şey: bir çırpıda arkaik muamelesi görüyoruz. Fransızcada, "gelberi", "gerikafalı"... (Grass: "dinosoria"), aynen öyle, "dinozor" diyorlar. Muhafazakâr devrimlerin, "ilerlemeci" restorasyonların büyük gücü bu işte. Sizin söylediğiniz şey bile, sanırım, şu fikre... katılmakta... Bize diyorlar ki: hoş değilsiniz. Ama çağ gerçekten de hoş değil! Gerçekten de gülünecek bir şey yok ortada.

Hoş bir çağda yaşadığımız iddiasında bulunmadım. Edebi imkânlarla açığa çıkartılan cehennemi gülüş de toplumsal koşullarımıza karşı bir protestodur. Bugün kendini yeni-liberalizm diye satan şey, ondokuzuncu yüzyıl Manchester liberalizminin yöntemlerine bir geri dönüştür. 70'li yıllarda, kapitalizmi uygarlaştırmaya yönelik olarak Avrupa'nın her köşesinde görece başarılı bir girişim sürdürülüyordu. Sosyalizm ve kapitalizmin her ikisinin de Aydınlanma'nın dâhice başarısız çocukları olduğu ilkesinden yola çıkarsam, bunların karşılıklı olarak belli bir denetim işlevleri vardı. Kapitalizm bile birtakım sorumluluklara tabiydi. Almanya'da, biz buna pazarın sosyal ekonomisi adını veriyorduk ve muhafazakâr parti de dahil olmak üzere, Weimar Cumhuriyeti zamanında yaşananlar türünden koşulların bir daha asla ortaya çıkmaması konusunda bir konsensüs vardı. Bu konsensüs 80'li yılların başında bozuldu. Komünist aşama-düzenlerinin çöküşünden beri, sanki her türlü denetimden kurtulmuşçasına kapitalizm her şeye icazetli olduğunu sanıyor. Karşı kutup ortada yok. Geriye kalan pek az sayıdaki sorumlu kapitalistler bile bugün itidal çağrısında bulunuyorlar; çünkü araçlarının kuzeyden saptığını, yeni-liberal sistemin, dogmalar yaratarak, bir tür yanılmazlık hak talebinde bulunarak, komünizmin hatalarını yinelemekte olduğunu kavrıyorlar.

Evet, ama bu yeni-liberalizmin gücü, en azından Avrupa'da, kendilerine sosyalist diyen insanlar tarafından uygulanmaya konmuş olmasından geliyor. İster Schröder, ister Blair, ister Jospin söz konusu olsun, bunlar yeni-liberalizm yapmak için sosyalizmi ileriye süren insanlar.

Bu, ekonomi karşısındaki bir teslimiyet.

Böylece, sosyal-demokrat hükümetlerin solunda, eleştirel bir konumu yaşatmak da son derece güç bir hale geldi. Fransa'da, 1995'te, emekçilerin, memurların vs... ve aynı zamanda da entelektüellerin oluşturdukları kitleyi büyük ölçüde seferber eden büyük grev hareketi oldu. Sonra, bir dizi başka hareketler oldu: işsizlerin hareketi, işsizlerin Avrupa yürüyüşü, kimlik belgesi olmayanların hareketi vb. İktidardaki sosyal-demokratları, sosyalist bir söylemi, en azından sahiplenirmiş gibi görünmeye zorlayan bir tür sürekli ajitasyon yaşandı. Ama uygulamada, bu eleştirel hareket, büyük ölçüde ulusal ölçekle sınırlı kaldığı için çok zayıf oluyor; ve bana öyle geliyor ki, siyasi düzlemde, başat sorunlardan biri de, sosyal-demokrat hükümetlerin so-

lunda, bu hükümetleri gerçek anlamda etkileyebilecek bir konumun, uluslararası ölçekte nasıl var edilebileceğidir.

Ama Avrupa ölçekli bir sosyal hareket yaratma girişimlerinin halihazırda son derece belirsiz olduğunu düşünüyorum; ve kendime şunu soruyorum: biz entelektüeller, mutlaka gerekli olan bu harekete katkıda bulunmak için ne yapabiliriz; çünkü, yeni-liberal görüşün tersine, bütün sosyal kazanımlar mücadelelerin gücüyle elde edilmişlerdir. Şu halde, eğer söylendiği gibi, bir "Sosyal Avrupa"ya sahip olmak istiyorsak, bir Avrupa sosyal hareketinin olması gerekmektedir. Ve sanırım –bu benim izlenimim– böyle bir hareketin oluşumunda entelektüeller çok büyük bir sorumluluk taşımaktalar, çünkü egemenlerin gücü yalnızca ekonomik değil, aynı zamanda da entelektüel, aynı zamanda da inancın yanında. Ve bunun içindir ki, ütopyayı restore etmeye çalışmak üzere "çeneyi açmak" gerekir sanıyorum; çünkü bu yeni-liberal yönetimlerin güçlerinden bir tanesi de ütopyayı öldürmeleridir.

Sosyalist ve sosyal-demokrat partilerin kendileri de, komünizmin çöküşünün sosyalizmi de aynı şekilde dünya haritasından sileceğini iddia eden bu teze bir parça inandılar ve komünizmden de çok daha uzun bir süredir var olmuş bulunan Avrupa emekçiler hareketine olan güvenlerini kaybettiler. Eğer insan kendi geleneklerini terk ederse, kendi kendini terk eder.

Almanya'da, işsizleri örgütlemek üzere yalnızca birkaç çekingen yaklaşım görüldü. Yıllardan beri sendikacılara şunu söylemeye çalışıyorum: emekçileri bir işe sahip oldukları sürece kuşatan ve işlerini kaybettikleri anda dipsiz bir uçuruma yuvarlanmaya bırakan bir sendikacılıkla herhalde yetinemezsiniz. Bütün Avrupa için bir işsizler sendikası kurmak zorundasınız.

Avrupa'nın inşa sürecinin ancak ekonomik alanda gerçekleşmesinden ötürü yakınıp duruyoruz, ama sendikacılarda, ulusal çerçeveden taşan ve sınırlar ötesi etkisi olan bir örgütlenme ve eylem biçimi bulmak için herhangi bir çaba görünmüyor. Dünya ölçekli yeni-liberalizme bir karşı denge yaratmak gerekiyor.

Ama, azar azar, entelektüellerin çoğu her şeyi yutuyorlar ve bu da yaralardan başka bir sonuç vermiyor. Gerçekleri söylemek gerek. Bu yüzden, saltlıkla entelektüellere güvenilebileceğinden kuşkum var. Fransa'da, bana öyle geliyor ki, hiç duraksamadan ve her zaman "entelektüeller"den söz edildiği halde, Almanya'ya ilişkin deneyimlerim, bana, entelektüel olmayı solda olmakla eşdeğer sanmanın bir yanlış anlama olduğunu kanıtlamaktadır. Bunun tersinin kanıtlarını, nazizm de dahil olmak üzere, yirminci yüzyılın bütün tarihinde bulmaktayız: Goebbels gibi bir adam bir entelektüeldi. Bana göre, entelektüel olmak bir nitelik kanıtı değildir.

La misère du monde başlıklı kitabınız, çalışma dünyasından gelenlerin, sendikalı olanların, toplumsal alanda entelektüellerden çok daha fazla deneyime sahip bulunduklarını gayet iyi gösteriyor. Bu insanlar bugün işsizler, ya da emekli olmuşlar ve hiç kimse de onlara ihtiyaç duyar gibi görünmüyor. Birikimleri nadasa bırakılmış halde.

Bir an için kitaba, La misère du monde*'a geri döneceğim. Bu, entelektüellere çok daha mütevazı ve aynı zamanda da, sanırım, alışılmıştan çok daha yararlı bir işlev vermek için girişilmiş bir çabadır: kamu yazarı işlevi. Kuzey Afrika ülkelerinde çok yakından tanımış olduğum kamu yazarı, yazı yazmasını bilen ve uzmanlığını, bildikleri şeyleri, bir bakıma, onları yazacak olanlardan daha iyi bildikleri şeyleri söyleyebilmeleri için, başkalarına ödünç veren bir kişidir. Sosyologlar tümüyle özel bir konumda bulunmaktalar. Onlar öteki entelektüeller gibi değildirler; onlar, –ama hepsi değil– çoğu zaman kendilerine söyleneni dinlemesini, çözmesini ve kaleme almasını ve de aktarmasını bilen kişilerdir.*

Ama bu aynı zamanda da yeni-liberalizmin yakınında konumlanan entelektüellere çağrıda bulunmak gerekeceğini söylemek olurdu. Onlar arasından bazıları, kendi kendilerine, yerküre çevresindeki bu para dolaşımının, kendini her türlü denetimden kurtaran bu dolaşımın, kapitalizmin izinde hüküm süren bu çılgınlık biçiminin, herhangi bir muhalefete çarpmak zorunda kalıp kalmayacağını sorgulamaya başlıyor. Örneğin, yararı da gerekçesi de bulunmayan ve 2.000, 5.000, 10.000 kişinin işten çıkartılmasına yol açan şirket birleşmeleri. Buradaki kotasyonlar için geçerli olan tek şey azami kâr.

Evet, kendine oybirliği görüntüsü veren bu egemen söylemi yalnızca yalancı çıkarmak ve önlemek söz konusu değil maalesef. Onunla etkili bir şekilde mücadele etmek için, eleştirel söylemi yayabilmek, kamuya maledebilmek gerekiyor. Egemen söylemin aralıksız istila ve saldırısına maruzuz. Gazeteciler, büyük çoğunluğuyla, çoğu kez bu söyleme bilinçsizce suçortağı olmaktalar ve bu oybirliği kırılmak istendiğinde, çok güç oluyor. Önce, Fransa'nın durumunda, çok kutsanmış, çok tanınmış kişiler dışında, kamu alanına ulaşmak son derece güç olduğu için. Konuşmamızın başında, "çenenizi açacağınızı" *umduğumu söylediğimde, bunun nedeni, bir tek, kutsanmış kişilerin, döngüyü bir anlamda kırabileceklerini düşünmemdi. Ama ne yazık ki, onları dingin ve sessiz oldukları için ve de öyle kalsınlar diye kutsuyorlar ve aralarından pek azı, konuşmak üzere, sadece konuşmak üzere ve aynı zamanda da söz verilmeyenlerin sesini duyurmak üzere, kutsamanın kendilerine sağladığı simgesel sermayeyi kullanıyor.*

Yüzyılım*'da, bir dizi tarihi olayın sözünü ediyorsunuz ve bunlar arasından bir bölümü beni çok etkiledi –Liebknecht'in nümayişine giden ve babasının sırtına çişini yapan küçük oğlanın öyküsünü düşünüyorum: bilemiyorum bu kişisel bir anı mıdır, ama her türlü şıkta bu, sosyalizmi öğrenmenin çok orijinal bir tarzı. Jünger ve Remarque üzerine söylediklerinizi de çok sevdim: satır aralarında, entelektüellerin rolü, eleştirel havada olduklarında bile trajik olaylarla suçortaklığına girme tarzları konusunda pek çok şey söylüyorsunuz. Heidegger hakkında söylediklerinizi de çok sevdim. Bu da yine ortak olduğumuz bir şey. Heidegger retoriği üzerine uzun bir çözümleme yapmıştım ve kitap Fransa'da, tuhaf bir şekilde ortalığı müthiş karıştırdı.*

Liebknecht'le ilgili o öykü... Bu öyküde benim için şu önem taşıyordu; bir yanda gençliğin ajitatörü Liebknecht vardır –sosyalizm adına ilerlemeci bir hareket yürüyüşe geçer– ve öte yanda, coşkusu içinde, omuzlarındaki oğlunun aşağı inmek istediğinin farkına bile varmayan baba. Küçük çocuk babanın ensesine çişini yaptığında, beriki ona sıkı bir kötek atar. Bu yetkeci tavrın sonucu olarak, oğlan Birinci Dünya Savaşı seferberliğine gönüllü olarak katılır ve böylece, Liebknecht'in gençleri tehlikesine karşı uyarmak istemiş olduğu şeyi yapar.

Yüzyılım'da, çarşamba günleri yaptığı seminerde, 1966/67/68'deki tepkileri üzerinde düşünümleyen bir profesörü betimliyorum. Zamanında, onun hareket noktası yüce duruşlar felsefesidir. Yeniden, aynı noktaya dönmektedir. Arada, birkaç radikalci atılımı olur ve Adorno'yu, kamu önünde, podyumda parçalayanlara katılır. Bu o döneme ilişkin çok tipik bir biyografidir.

60'lı yıllarda, ben olayların göbeğindeydim. Öğrencilerin protestoları zorunluydu ve bu protestolar, 68 sözde-devriminin sözcülerinin kabul etme lütfunda bulunduklarından çok daha fazla şeyi sarstı. Kabul, devrim gerçekleşmedi, hiçbir temeli bulunmuyordu, ama toplum değişti. *Bir Salyangozun Güncesi*'nde, "bir salyangozun ilerlemesi" dediğimde, öğrencilerin nasıl bağırdıklarını betimliyorum. İçlerinden pek azı anlamak istiyordu.

Her ikimiz de, elbette sağlıklı kalmak koşuluyla, hiç şüphesiz çenemizi açmaya devam edeceğimize emin olabileceğimiz bir yaşa geldik, ama zaman sınırlı. Fransa'da nasıl bilmiyorum –daha iyi olduğunu sanmıyorum–, Alman edebiyatının genç kuşağında, Aydınlanma'ya içkin olan o geleneği, çenesini açmak ve burnunu sokmak geleneğini sürdürmek için pek az ilgi ve zaman ayrıldığını gözlüyorum. Eğer yenilenme yoksa, bizler için de nöbet değişimi olmayacaktır, o zaman, güzel bir Avrupa geleneğinin bu kısmı da aynı şekilde yitirilmiş olacaktır.

Cogito 22.
Fransızcadan çeviren: Turhan Ilgaz

Michel Foucault: "Mayıs 68 Boyunca 'Sözcükler' ile 'Şeyler' Arasında"

Mayıs 1968 sırasında ve hemen sonrasında Paris'te pek çok Fransız düşünürü öğrenci hareketlerine katıldı: bu süreç, "sorumluluk" sorununun, politika ile olan ilişkinin, toplumsal hareketin taşıdığı olasılıkların ve sınırlarının yeni bir dil ile yeniden ele alındığı bir deneyim idi. Sizin isminiz bu insanların arasında geçmiyor. Fransız düşünce dünyasından önemli insanların katıldığı bu tartışmanın içerisinde en azından 70'li yılların başına kadar siz bulunmadınız. Sizin Mayıs 68 deneyiminiz nasıldı; ve sizin için ne anlama geliyordu?

Cezayir Savaşı'nda olduğu gibi, o tarihte de Fransa'da değildim: Diyelim ki hâlâ bir derece sürgün, marjinal idim. Ve o sefer de, Paris'e döndüğümde bir yabancının bakış açısına sahip olarak geldim; bu da beklenen sonucu doğurdu: Söylediklerim pek de iyi karşılanmadı. Marcuse'nin suçlarcasına "Foucault Mayıs barikatları zamanında neredeydi?" dediğini hatırlıyorum. Çalışmalarım nedeniyle Tunus'ta idim. Ve eklemeliyim ki oradaki deneyimimin benim üzerimde çok etkisi oldu. Gerçekten de, yaşamım boyunca birkaç önemli gerçekliği gözlemleme şansına sahip oldum. İsveç'te "iyi" işleyen bir sosyal demokrat ülke gördüm; Polonya'da ise "kötü" işleyen bir popüler demokrasi. Ekonomik gelişme dönemindeki 1960'lar Federal Almanyasını birinci elden tanıdım. Ve son olarak, azgelişmiş bir ülkede, Tunus'ta iki buçuk yıl yaşadım. Şok edici bir deneyim idi: Fransa'nın Mayıs 68'inden hemen önce burada çok şiddetli öğrenci olayları meydana geldi. Aynı yılın mart ayı idi:

yıl boyunca ardı ardına grevler, sınıf boykotları, tutuklanmalar gerçekleşti. Polis üniversiteye girdi, öğrencilere saldırdı, yaraladı ve hapse attı.

Öğrenciler sekiz, on, hatta on dört yıl hapse mahkûm edildiler. Bazıları halen içeride. Bir profesör, Fransız ve oradaki gerçekliğe gömülmüş biri olarak, olan biteni daha iyi anlayacak ve dünyanın başka yerlerindeki olaylar ile ilintili olarak değerlendirecek konuma sahiptim. Yerel otoriteler tarafından belirli bir yönden saygı görüyordum, bu da birtakım eylemleri kolayca gerçekleştirmemi ve aynı zamanda olan bitene karşı Fransız hükümetinin tepkilerini doğru anlayabilmemi sağladı. Ve belirtmeliyim ki hükümetin yaklaşımı hiç de tatmin edici değildi. Bu ayaklanmalar sırasında sadece bildiri yazdıkları ya da dağıttıkları veya grev çağrısı yaptıklarından dolayı kendilerini büyük risklere atan genç erkek ve kadınlardan çok etkilendim ve hayrete düştüm. Bu eylemler insanın yaşamını, özgürlüğünü, vücudunu tehlikeye sokmaya yeterli idi. Bu benim üzerimde çok büyük bir etki yaptı: benim için gerçek bir politik deneyim idi.

Doğrudan bir politik deneyim yaşadığınızı mı söylüyorsunuz?

Evet. FKP'ye (Fransız Komünist Partisi) üye olduğum dönemde ve sonrasında meydana gelen size de daha evvel bahsettiğim olaylar sonucunda politika deneyimi ağzımda kötü bir tat bırakmıştı. Bir nevi spekülatif kuşkuculuk ruhuyla kendime kapanmıştım. Bunu saklamıyorum. Cezayir Savaşı döneminde de doğrudan katılımım olmamıştı; ve katıldığım zaman da kişisel güvenliğimi tehlikeye atmamıştım. Bunun aksine Tunus'ta öğrencilere kişisel destek verme, Avrupa'da mırıldanılan politik nutuklardan ve tartışmalardan tamamen farklı bir olaya dahil olma dürtüsü hissettim. Demek istediğim, örneğin bizim öğrencilik dönemimiz olan 1950-52 yıllarında marksizmin ne olduğunu ve nasıl hareket ettiğini düşündüğümde; ya da Polonya gibi, çoğu genç (sosyal durumları sorusunu bir yana bırakacak olursak) için bir tiksinti kaynağı olduğu ve dini öğreti kitapçığı gibi öğretildiği bir ülkede neyi temsil ettiğini göz önüne aldığımda; ya da 1960'ların başlarında marksizm üzerine Fransa'da katıldığım o soğuk, akademik tartışmaları hatırladığımda... Şimdi! Bunların aksine Tunus'ta marksizme herkes radikal bir şiddet ve yoğunluk hissi, inanılmaz güçte bir dürtü ile yakınlaşıyordu. Bu gençler için marksizm sadece gerçekliği analiz etmenin bir yolunu temsil etmiyordu; aynı zamanda bir çeşit ahlaki güç, insanı hayrete düşüren varoluşçu bir eylem idi. Ve Tunuslu öğrencilerin marksist olma biçimleri ile marksizmin Avrupa'da (Fransa, Polonya vb.) işleyiş tarzı hakkında bildiklerim arasındaki fark beni düş kırıklığına ve kırgınlığa düşürüyordu. Sonuçta, Tunus bana bazı yönlerden politik tartışmalara yeniden dahil olma şansını temsil ediyordu. Beni değiştiren Fransa'nın Mayıs 68'i değil, bir üçüncü dünya ülkesinin Mart 68'i oldu.

Politik deneyime bağlı olan "varoluşçu eylem"in karakterine büyük önem veriyorsunuz. Neden? Bunun eylemin "otantik"liğinin tek garantisi olduğunu düşündüğünüzden mi? Ve genç Tunusluların marksizmi ideolojik açıdan tercih etmeleri ile hareketlerindeki kararlılık arasında bir bağlantı olduğunu düşünmüyor musunuz?

Demek istediğim şu: İnsanda fark edebildiğimiz ya da kuşku duyabildiğimiz herhangi bir kâr veya güç isteği ya da hırsı olmadan katışıksız bir özverinin dürtüsünü, kapasitesini ve olanağını doğuran nedir? Tunus'ta gördüğüm buydu. Mücadelenin gerekliliği orada kapitalizmin, sömürgeciliğin ve yeni-sömürgeciliğin ürettiği belirli koşulların tahammül edilmezliğine dayalı olarak ortadaydı. Böyle bir mücadele ortamı doğrudan, varoluşsal; ve eklemeliyim ki fiziksel bağlılığı baştan gerekli kılıyordu. Ve kurama yönelik soru. Bence kritik olan bu değildi. Açıklayayım: Tunuslu öğrencilere sunulan marksist hazırlık çok derin içerikli değildi; pek derin olarak da geliştirilmemişti. Aralarında strateji seçimleri, taktikler, ne yapılması gerektiği üzerine geçen asıl tartışmalar marksist ideolojik yönelimlerin detaylı bir analizini içermiyordu. Tamamen farklı bir şeydi. Bu beni politik ideolojinin ya da dünyaya politik bir görüş açısıyla bakmanın mücadele başlatmak için vazgeçilmez olduğuna inandırdı; öte yandan, kuramın doğruluğunun, bilimselliğinin tamamen ikincil bir sorun olduğunu ve tartışmalarda gerçekçi, doğru, uygun bir eylem kriteri olmaktan çok bir aldatma aracı olarak kullanıldığını görebiliyordum.

Tunus'ta yaşadığınız aktif ve doğrudan katılımın izlerini Fransa'da da görmediniz mi? Sizi Mayıs 68 olayları sonrasında öğrenci mücadeleleri ile ilgilenmeye, bazı durumlarda taraf tutmaya yöneltecek diyaloglar ve tavırlar oluşturmaya, hapishane koşulları üzerine çalışan Groupe d'information sur les prisons *gibi hareketlere Sartre, Jean-Marie Domenach ve Maurice Clavel gibi başka düşünürler ile birlikte katılmaya yönelten ne idi?*

Kasım-Aralık 1968'de Fransa'ya döndüğümde ve durumu Tunus'ta gördüklerimle karşılaştırdığımda oldukça şaşırdım, hayrete düştüm ve hayal kırıklığına uğradım. Mücadeleler her ne kadar şiddetli ve yoğun olsalar da aynı derecede özveriye sahne olmamışlardı. Quartier Latin'deki barikatlar ile Tunus'ta olduğu gibi on beş yıl hapis yatmak arasında karşılaştırma yapılamaz. Fransa'daki daha evvel sözünü ettiğimiz "hiper-marksizm", kuramların ve nefret hislerinin ortaya dökülmesi, ayrıkçı gruplara bölünmeler- bütün bunlar çok rahatsız edici ve beni pek ilgilendirmiyor. Bunlar beni Tunus'a çekenin tam tersi idi. Beni öyle bir noktaya getirdiler ki, üniversitelerde ve özellikle 1968-69'da Vincennes'de yaşanan ve sürekli devam eden tartışmalardan, "hiper-marksistleştirme"den, o sonu gelmez söylemcilik ortamından uzak kalmaya karar verdim. Sonuç olarak, kişisel ve fiziksel sorumluluk içeren, gerçek olan ve sorunları belirgin koşullarda somut, kesin ve net bir şekilde ortaya koyan birtakım eylemlere girmeye çalıştım.

Gerekli araştırmalar ve incelemeler sadece bu noktadan başlanırsa geliştirilebilirdi. G.I.P'de mahkûmlar sorunu üzerine çalışırken bir çeşit bütünsel deneyim oluşturmaya çalıştım. Bu bana *Deliliğin Tarihi, Hastanenin Doğuşu* gibi çalışmalarda beni rahatsız eden eksiklikleri Tunus'ta yaşadıklarım ve öğrendiklerim ile tamamlama imkânı verdi.

Mayıs 1968 olaylarından bahsederken bu deneyimin değerini yok sayan bir dil kullanıyorsunuz. Olayların sadece sevimsiz ve ideolojik taraflarını görüyor gibisiniz. Olayların sınırlılığını göstermek –ki bunların arasında ayrıkçı gruplaşmalar önemli– ne kadar yerinde olsa da Avrupa'nın her yerinde kendini gösteren bu kitlesel hareketin kolayca görmezden gelinemeyeceğine inanıyorum.

Mayıs 68 tartışmasız çok önemli bir deneyimdi. Biraz evvel benim hareketin zayıflama döneminde Fransa'da geçirdiğim deneyime dayalı olarak konuşuyordum. Şu bir gerçek ki, Mayıs 1968 olmasaydı bugün yaptıklarım mümkün olmazdı; hapishane, cinsellik vb. üzerine yaptığım araştırmaların sözü bile edilemezdi. Bu yönden 1968'in ortamı benim üzerimde çok etkili oldu. Mayıs 1968'in değersiz olduğunu ima etmek istemedim. Dönemin doğurduğu bazı sonuçlar, dönemi takip eden yapmacık görünüşlü bazı yönleri bana tamamen yabancıydı. Ancak inanıyorum ki sonuçta Fransa'da çabalanan ve pek çok şeyin değişmesine yol açan şey, Tunus'ta gördüğüm ile aynı doğaya sahipti. Farklı olan, Fransa'da Mayıs deneyimine ayrıkçı grupların saçma bir şekilde gölge düşürmesi, marksizmin biribirleriyle iletişimi reddeden ufak doktrin parçacıklarına ayrışmasıydı.

Sonuçta, birtakım değişikliklerin olduğu ve benim de kendimi geçmiş yıllardan daha rahat hissettiğim doğrudur; beni başından beri ilgilendiren konular kamu alanının parçası olmaya, anlaşılmaya ve önemleri kavranmaya başladı. Birçok sorun geçmiştekiyle karşılaştırılamayacak kadar ilgi görmeye başladı. Buna benzer başka hiçbir şey olmamıştı, belki İngiliz psikiyatri-karşıtı akım dışında. Ancak olayın derinine inmek için geride bırakmak, o sürekli olmasına rağmen parçalanmış ayrıklıklar ve sonu gelmeyen tartışmalar duvarında bir açıklık yaratmak gerekiyordu. Elde olan, "entelektüeller" ve "entelektüel olmayanlar" arasında geçmiştekilerden çok farklı, yeni bir ilişki, bir işbirliği yapısına ulaşma sorunuydu.

Ancak "dillerin" aralarında "iletişemedikleri" bu noktada kurulan ilişki hangi temele, hangi içerik ve düşünce yapısına dayanabilirdi?

Genelde kullanılan dile sahip olmadığım doğrudur. Başka rotalar çizdim. Ancak bazı ortak noktalar vardı: somut uğraşlar, gerçek sorunlar düzeyinde bazı anlaşmalar vardı. Gerçekten de, akıl hastaneleri, delilik, hapishaneler ile yakından ilgilenen pek çok insan bulunuyordu; bazıları da tıp, yaşam, ölüm gibi varoluşun ciddi kuramsal sorunlar ihtiva eden, çok somut yönleriyle ilgileniyorlardı.

Collège de France'ta verdiğiniz ve daha sonra "Söylemin Düzeni" ("L'ordre du discours") *adıyla basılan göreve başlama konuşması 1970 yılına ait. Bu üniversite konuşmasında söylemi kontrol eden "dışlama yöntemlerini" analiz ederek, bilgi* (savoir) *ile güç arasındaki ilişkiyi incelemeye başladınız. Gücün gerçek üzerindeki, gerçeklik istemi üzerindeki hükmü sorunu düşüncenizde yeni ve önemli bir aşamanın işaretini veriyor. Bu sorunu bu şekilde öne sürmeyi –ya da yerelleştirmeyi– nasıl becerdiniz? Ve de sizce sizin geliştirdiğiniz biçimiyle güç sorunsalı '68'deki gençlik hareketinin dürtüsüyle ne tür bir bağlantıya sahipti?*

Tartışmamızın temalarını yeniden ele alıp şunu sormak gerekiyor: o döneme kadar beni rahatsız eden, varoluşumu ve çalışmalarımı etkileyen ne idi? Öte yandan, '68 gençlik hareketine yön veren güç ne idi? Örneğin, İsveç toplumunda ifade edilen ve benim tanık olduğum ciddi tatminsizliğin anlamı neydi? Aynı şekilde pek çok kişi tarafından yaşam koşullarının geçmişten kötü olmadığının kabul edilmesine rağmen Polonya'da yaşanan benzer mutsuzluk ne gösteriyordu? Ve yine, Tunuslu öğrencilerin kalkıştığı o radikal başkaldırı ne anlama geliyordu? Her yerde sorgulanan ne idi? Sanırım buna cevabım, tatminsizliğin devlet ya da başka kurumlar ve baskıcı gruplar tarafından günlük hayata yöneltilen sürekli baskıdan kaynaklandığıdır. Tahammül edilemeyen ve sürekli sorgulanan, bu şekilde rahatsızlık yaratan, "güç" idi. Ve sadece devlet gücü değil, toplum üzerinde çok farklı kanallar, şekiller ve kurumlar aracılığıyla uygulanan güç. Belirli bir şekilde "yönetilmek" artık geçerli değildi. "Yönetilmeyi" geniş bir anlamda kullanıyorum; sadece devletin hükümetini ve bunu temsil eden insanları değil, günlük yaşamımızı kurallar, doğrudan ya da dolaylı etkiler yoluyla organize eden insanları, örneğin kitle iletişimini kastediyorum. Geçmişime baktığımda, temelde bilginin bir "jeneolojik" tarihi üzerinde çalıştığımı düşündüğümü hatırlıyorum. Ancak aslında gerçek hareket kaynağım bu güç sorunuydu. Sonuçta yaptığım bazı kurumların, "akıl" ve "normallik" adına insan grupları üzerinde oturmuş davranış biçimleri, hareketler ya da konuşma tarzları ile ilgili olarak güç uygulamalarını ve onları anormallik, delilik vs. ile damgalama yöntemlerini incelemekten başka bir şey değildi. Gücün bir tarihçesini üretmenin dışında bir şey yapmamıştım. Öte yandan, Mayıs '68'e geri dönerek ve yetersiz bir "hiper-kuramcı" dilin dışına çıkarak soruyorum: gençlik kültürünü ve toplumun başka bölümlerini etkisi altına alanın, bütünlüklü bir güç biçimleri ağına karşı isyan sorunu olduğunu bugün kim reddedebilir? Kendiminki de dahil bütün bu deneyimlerden, görünmez mürekkep ile yazılmış ve gerekli kimyasal madde eklendiği zaman ortaya çıkmaya hazır bir mesaj gibi tek bir sözcük çıkıyordu; bu sözcük de *güç* idi.

Cogito 14.
Söyleşiyi yapan: Duccio Trombadori
İngilizceden çeviren: Mert Keçik

Jürgen Habermas: "Jean-Paul Sartre'ın Mirası"

Sartre'ın felsefesinin, sizin kendi entelektüel gelişiminizde bir rolü oldu mu, olduysa nasıl bir roldü bu?

İkinci Dünya Savaşı'nı izleyen yıllarda öğrenciydim ve Sartre bir oyun yazarı olarak karşıma çıktı. Bu, Abitur'umdan (1949) önceki dönemdi. Gründgens'in müthiş bir yapımcılık ortaya koyduğu, Flickenschild'in başrolde oynadığı *Sinekler*'i bu sırada gördüm örneğin. Bu oyun Almanya'da derin metafizik yorumlara yol açtı. Ancak diğer oyunlar, örneğin *Çıkış Yok*, bizim politik Sartre'la tanışmamızı sağladı. O zamanlar Sartre gerçekten modaydı: fikirleri ve özellikle fikirlerine duyulan sempati hemen her yerdeydi *(drängen durc alle Ritzen)*. 1950'lerde genç bir öğrenci olarak, felsefeci Sartre'la, bizim sınırlı akademik çevremizde ateşli tartışmalara neden olan, Simone de Beauvoir'ın "İkinci Cins"i sayesinde tanıştım.

Oluş ve Hiçlik'i okumam, *Oluş ve Zaman*'ı anlamam için çok önemli oldu. Sartre, ilk dönem Heidegger'i –ki bu o zamanlar bildiğimiz tek Heidegger'di" – aşkıncı bir felsefe olarak okumamıza yardım etti. İnsan bu yapıtı, Sartre'ı izleyerek, özgürlüğün hümanist bir felsefesi olarak okuyabilirdi. Heidegger'in "Hümanizm Üzerine Mektup"unda, kendisiyle Sartre arasına mesafe koymaya çalışmasını oldukça şaşırtıcı bulmuştum. Ama varoluşçu ontolojinin, antropolojiden farklı bir şey olmak istemesi de ilginç gelmişti. Daha o zamanlar Heidegger'in "Mektup"la başlayarak kendisini modern hümanist düşünceden uzak tutma çabasını, tam da genç kuşağın kendisini uzak tutmak istediği Alman ideolojisinin temalarının bir devamı olarak görüyordum. Bu yüzden Sartre önemliydi, en azından kendi entelektüel biyografim açısından.

Kendi felsefenizde, geleneksel, monolojik "bilinç felsefesi"nden, "intersubjectivity" (özneler-arasılık) ya da iletişimsel akıl felsefesi lehine kesin bir kopuş gerçekleşti. Prima facie, *Sartre'ın felsefesinde de* "Oluş ve Hiçlik"*in egolojik çatısından* "Diyalektik Aklın Eleştirisi"*ndeki sosyalleşme, tarih ve grup kuramına doğru benzer bir değişim görülüyor. Sartre'ın bu yöndeki değişimini verimli buluyor musunuz?*

Şimdi geriye bakıldığında, Sartre'ın bu "özneler-arasılık" sorununu *Oluş ve Hiçlik*'in üçüncü bölümünde, tıpkı Husserl'in *Kartezyen Düşünceler*'inde ve Heidegger'in *Oluş ve Zaman*'ında olduğu gibi, pek çözemediği görülüyor. Son çözümlemede Sartre'da bütün ilişkiler, dünyayı yansıtan öznelerin birbirlerini nesneleştirmeye, yani birbirlerini karşılıklı olarak alt etmeye çalışmalarına benzer bir şeydir yine de. Eğer aşkıncı felsefenin "intersubjective" olarak paylaşılan dili, geleneği, yaşam-ilgimi daha çok bir edebiyat kuramcısı ve büyük bir edebiyat psikoloğu olarak çekti, ama *Diyalektik Aklın Eleştirisi*, bizim gibi bir süreden beri eleştirel kuramla tanışmış olanlar için, derin bir etki bırakamayacak kadar geç geldi. Ayrıca Sartre, temelde aşkıncı fenomenolojik bir yaklaşımla Marx'tan alıntılar yapsaydı da bizim için pek bir şey değişmezdi bence. Daha sonraları bile "intersubjectivity" Sartre için, tümüyle yabancı değilse de ikincil bir şey olarak kaldı.

Son yıllarda, Sartre'ın belki de bu yüzyıldaki en iyi örneğini oluşturduğu geleneksel "evrensel entelektüel" rolü, öneren Foucault gibileri tarafından yoğun şekilde eleştirildi. Çağdaş toplumda entelektüelin rolü tartışmasında sizin konumunuz nedir?

Foucault, Sartre'ın kendini politik bir entelektüel olarak algılayışını, sert bir dille eleştirmişti kesinlikle; ancak, şimdi geriye bakıldığında, ikisinin entelektüeller için tamamıyla aynı rolü düşündüğünü söylemek gerekir. Foucault doğru bir şekilde entelektüelin efsanesinden arındırılması sürecini daha ileri götürdü; günümüzde felsefecilerin ve edebiyatçıların, toplumsal alana adım atan diğer uzmanlarla şu rolü paylaştığını açıkça ortaya koydu: hepsi, boş zamanlarında, kamuoyu önündeki tartışmalarda kendi profesyonel uzmanlıklarını ortaya koyan "spesifik entelektüeller" haline gelmiştir. Dolayısıyla kimse kendisini ayrıcalıklı bir sözcü olarak göremez. Almanya'da, bunun tersine, entelektüellere karşı çok köklü bir düşmanlıkla yüzleşmek gibi bir sorunumuz vardı; bu yüzden kültürel muhafazakâr mandarin geleneğinin sefil mirası yalnızca, tarih felsefesinin kesinliklerinden yola çıkan sekteryen entelektüel tipine karşı duyulan haklı kuşkunun ardına saklanıyor. *Frankfurter Allgemeine Zeitung*, Christa Wolf örneğinde de görüldüğü gibi, hayaletlere karşı bir savaş yürütüyor. Bugün artık yanılabilme payı taşıyan bir vicdan tarafından yönlendirilmeyen tek bir entelektüel yok.

Her ne kadar tüm dünyada Sartre'ın yapıtına duyulan canlı bir ilgiden söz edilebilirse de, Fransa'da böyle bir ilgi, başka entelektüel paradigmaların başarısı sonucunda sönmüş gibi: yapısalcılık, post-strüktüralizm, felsefi anarşizm vs. Sartre'ın "aşılması"nın ve onun tasarlamış olduğu marksizm-varoluşçuluk birleşmesinin fazla ileri gittiğine inanıyor musunuz? Eğer öyleyse, Sartre'ın felsefesindeki hangi öğeler sizce korunmaya değer?

Savaştan sonraki ilk otuz yıl boyunca, entelektüel saatler farklı yönlerde dönüyordu. Almanya'da, yapısalcılığın etkisi oldukça geç ve görece önemsiz oldu. Adorno'nun eleştirel toplumsal kuramı fenomenolojik antropolojiye ve daha sonra da Sartre'ın fenomenolojik marksizmine bir alternatif olarak görüldü. Bu yüzden de, 1970'lerin ortasından beri aklın radikal bir eleştirisi olarak bütünlenen Nietzsche'ye ve sonraları Heidegger'e dönüş bizim için farklı bir bağlamda gerçekleşiyor. Bu açıdan bakıldığında, *Aydınlanmanın Diyalektiği*'nde, "postmodern" yorumların kendilerine dayanak alabilecekleri bir felsefi kötümserlik çekirdeği vardı – bu da Adorno'yu Heidegger ve Derrida'ya asimile etme olanağı sağlıyor insana. Sartre'ın yapıtı, yapıçözümlemeci eğilimlere uyarlanamıyor. Bu söylem için Sartre, kolay kolay asimile edilemeyen bir rakip olarak beliriyor. Yazılarında yalnızca aşılmış değil, aynı zamanda bugün çok yaygın olan tarihselci bağlamcı yaklaşımların ötesine işaret eden fikirler de var. Bu özellikle, –Fichte ve Kierkegaard'dan başlayan bir yol izleyerek– doğrudan ve radikal bir biçimde modern "kendini anlama"nın yadsınamaz bir bileşenini dile getiren, varoluşçuluğun özgürlüğü kavrayışı için geçerli. Sartre'ın postmetafizik düşüncenin koşullarının gerisine düşmeye örnek bir şekilde karşı koyuşunu çok beğeniyorum. Felsefi olarak gizli bir negatif teoloji kılığında, hakikatin kendi ayrıcalıklı malı olduğunu ima eden bir retoriğin, zamanın gerisinde kalmış jestlerine karşı koydu.

Bildiğiniz gibi, Victor Farias'ın kitabı Heidegger ve Nasyonal Sosyalizm*'in üç yıl önce Fransa'da yayımlanmasından beri, Heidegger'in Nazizminin felsefesi temelleri hakkında çok canlı spekülasyonlar yapıldı. Ama Sartre ve Marcuse gibi –yalnızca ikisinin adını vermek gerekirse– kişilerin, felsefi esinlerini, Heidegger'in 1927 tarihli büyük yapıtı* Oluş ve Zaman*'dan aldığı gerçeği, Heidegger türü bir "Existenzphilosophie" ile Nasyonal Sosyalizm arasında bir bağ olmasının gerekmediğini göstermiyor mu? Zaten Sartre da aynı felsefi çıkış noktalarını alıp bunları, tümüyle farklı politik sonuçlara ulaşmakta kullanmıştı.*

Bence *Oluş ve Zaman*'ın içeriği, 1929'dan sonra Heidegger'in yapıtlarında kendini iyice güçlü bir şekilde hissettiren ideolojik tavırdan henüz etkilenmemişti. Tabii insan bu kitapta, kültürel eleştiriye yönelik, o sıralar Alman mandarinleri arasında yaygın olan yaklaşımın izlerini de bulabiliyor – örneğin "onlar"ın, "ün"ün, "otantik varoluş"un vs. analizinde. Bu sayede Marcuse ve Sartre (ki o zamanlar kesinlikle politik olmayan bir entelektüeldi), bugün hepimizin bu kaydadeğer kitaptan hâlâ öğrenebileceğimiz şeyleri öğrenebildi. Belki Sartre o sırada, Heidegger'in anlatımcı stilinin şüpheli politik yananlamlarını yakalayacak kadar Almanca bilmiyordu. 1933'ten sonra Marcuse, eski hocasıyla arasına kesin bir mesafe koydu; Frankfurt Okulu'nun yaşlı kuşağından, Sartre'a en yakın duran oydu. Savaşın ardından Sartre'ın etkisi büyük olabildi çünkü Heidegger'cil "Existenzphilosophie"ye onun getirdiği yorum tümüyle farklı bir bağlamdaydı ve çünkü Heidegger'in 1933'ten sonra "Führer"i ve "Duce"yi, "Oluşun tarihi"nin yarıtanrıları olarak stilize edip büyük şair ve düşünürlerle karşılaştırırken kullandığı, "hakikatle ilgili işlere koyulma"nın entelektüel kinayesinden hiç etkilenmemişti.

Hocanız ve meslektaşınız Theodor Adorno bir defasında Sartre'ın "engagement" kavramına karşı bir polemiğe girişmişti. Yine de Adorno'nun kendi entelektüel uzak duruşunun, "çekilme"sinin (ki bu suçlamayı bir defasında reddetmeye çalışmıştı) kendi içinde istenir bir alternatif oluşturduğu epeyce su götürür. Siz de Sartre'ın yapıtında "teori ve pratik" arasındaki zorunlu gerilimin gereğinden fazla gevşediğini düşünüyor musunuz?

Adorno'nun durumunda, onun teorisiyle pek çok radyo yorumunun, halka açık derslerinin ve tartışmalarının düzeyi arasında aslında büyük bir gerilim vardı. Bu neredeyse popüler-pedagojik çabalar, baştan sona reformistti. Sartre'ın, Stammheim hapishanesindeki teröristleri (Baader-Meinhof) desteklemek gibi pek çok hata yapmasına yol açan politik angajmanı, Fransız bir bağlamda açıklanmalıdır – örneğin, Komünist Partinin güçlü rolü. Bunun tersine, Alman Demokratik Cumhuriyeti'nin yakınlığı düşünülecek olursa, Almanya'da kendini adamış bir solcunun Sovyet komünizmi hakkında pek fazla bir yanılsaması olamaz. Belki de Sartre'ın üstlendiği entelektüel rol, efsane özelliğinden yeterince arındırılamadı henüz: yani, kişinin bir profesyonel olarak bilim alanında savunduklarıyla, kendi uyumsuz düşüncelerinin özel bir hükmü olduğunu ileri sürmeksizin toplumsal alana müdahale etmesinin temelleri arasındaki ayrımın ve bir işbölümünün bilinci tarafından yeterince şekillendirilmedi. Daha önce de söylediğim gibi, efsanesinden arındırılmış entelektüel, uzmanlaşmış bilgisini kamu alanında kullanan, tümüyle normal bir vatandaştır. Ömrünün sonuna doğru Foucault iyi nedenlerle Kant'ın metni "Aydınlanma Nedir?"e döndü. Böylece politik olmayan, bağlanmasız bir postmodernizmden çok, Sartre'ın ruhuna sadık kaldı.

Sartre, Diyalektik Aklın Eleştirisi*'nin önsözü olan* "Yöntem Sorunları"*nda marksizmden, "çağımızın aşılamaz felsefesi" olarak söz eder. Başka bir yerde de "Gerçekler marksistse bu benim suçum değil!" demişti. "Reel sosyalizm"in Doğu Avrupa'da çökmesinden* *sonra, marksizmin bir felsefe ya da analitik bir araç olarak metodolojik geçerliliğinden hâlâ söz edilebilir mi?*

Asıl açıklanması gereken, marksizmin krizi üzerine yirmi yıldır sürmekte olan "sonsuz konuşma"dır bence. Bu tür bir sığgörüşlülük, henüz aşılamamış bir dogmatizmin yansımasıdır yalnızca. Marksizm bir kuram olarak ele alınacaksa, normal bir araştırma geleneğine nasıl yaklaşıyorsak ona da öyle yaklaşmalıyız: yani yalnızca eleştirel edinim ve sürekli bir gözden geçirmeyle ayakta tutulabilecek bir şey olarak. Çoğu zaman geçmişte kalan bir yazarı klasikleştiren, yani bize hâlâ söyleyecek bir şeyleri olan biri haline getiren şey, verilen yanıtlar değil, ne tür soruların sorulduğudur. Şimdi, daha önce de olduğu gibi, sosyologlar, Marx'ın tarihsel olayların ve sistematik süreçlerin arasında bağlantı kurmayı nasıl başardığını anlarsa ondan bir şey öğrenebilirler. Marx'ın "gerçek soyutlama" kategorisiyle kavramsallaştırdığı, toplumsal ilişkilerin somutlaştırılması kavramı, şimdi de, daha önce olduğu gibi, son derece öğreticidir. Bunlar yalnızca iki örnek.

Savaş sonrası dönemde Almanya ve Fransa'daki "Batı Marksizmi"nin önde gelen iki temsilcisinin arasında bu kadar az entelektüel bağlantı olmasını çarpıcı buluyor musunuz: örneğin Frankfurt Okulu'yla (Horkheimer, Adorno vs) ve Sartre. Kaçırılmış bu fırsat nasıl açıklanabilir?

Fransa ve Almanya'daki entelektüel gelişimin düzensiz niteliğinden daha önce de söz ettim. Eğer yanılmıyorsam, bu iki ülkede tartışmaların konumlandığı bağlamların önemli derecede örtüşmesi ancak 1970'lerin sonlarından beri söz konusu. Bugün aynı şeyi tartışırken aynı temaları bilmek ve saptamak daha da kolay. Yine de retorik gelenekleri yeterince farklı; kapital ve politika ve hatta sendikalar, kültürel sınırları bize oranla daha kolay aşıyor, aynı şeyleri önemli bulmaları daha kolay oluyor. Bunu, Avrupa yayınlarının –örneğin *Liber*'in– kaderi bağlamında da görmek mümkün.

Cogito 3.
Söyleşiyi yapan: Richard Wolin
İngilizceden çeviren: Cem Akaş

Felix Guattari: "Antipsikiyatri, Antipsikanaliz"

"Antipsikiyatri olayı" denebilecek olay sizde kişisel olarak nasıl başladı?

Buna iki kaynak gösterebiliriz. Önce, Basaglia ile Jervis, 1965-1966 yıllarında Laborde Kliniği'ne geldiler; özellikle, burada hazırlanan *Recherches* dergisinin çalışmalarına katkıda bulundular. Ne var ki, kısa süre sonra ortaya, yalnızca fikir ayrılığı değil, üslup ayrılığı da çıktı. Onlar bizim, kurumsal psikoterapi türü reformcu girişimlerimizle hiç ilgilenmiyorlardı. İtalya'da durum daha o zamandan çok farklıydı; onların kendilerine özgü, çok daha militan bir üslupları vardı.

İkinci kaynak olarak, İngilizlerden söz edeceğim. Laing ile Cooper da, *Recherches* dergisi aracılığıyla bize uğradı. Maud Mannoni ile *Recherches*'in birlikte düzenledikleri günlere, "akıl hastası çocukların günü" denen günlere katılmak için gelmişlerdi. Ne var ki onların kurumlarla kopukluk özelliği taşıyan üslubu da Laborde'un ya da Maud Monnoni'nin üslubuyla, ya da örneğin Lacan'ın üslubuyla fazla bir ortaklık taşımıyordu. Daha sonra, üslupların ve kişilerin karşıtlıkları, daha derin ayrılıkların doğmasına yol açtı. Şu bir gerçek ki, o zamandan bu zamana ben de çok değiştim...

Nedir bu antipsikiyatri?

Önceleri, İngiliz ve İtalyan odaklı medyatik, yazınsal bir olaydı sanırım; ortaya çıkmaya başlayan bu "yeni kültür"ün bağrında, bu sorunlarla uğraşan önemli bir kamuoyunun varlığını ortaya çıkaran bir olay; oysa o zamana kadar, o alanda söylenmiş, yazılmış ya da yapılmış olan şeyler yalnızca birkaç zavallı hastabakıcı ile on kadar psikiyatrı ilgilendiriyordu. Antipsikiyatri konuyu gerçekten geniş kitlelere taşıdı.

Bugün, antipsikiyatrinin "kurucuları"ndan hiçbiri işin bu yanı üzerinde durmuyor. Laing, bundan hiç söz etmediğini söylüyor; Basaglia bunun, karşı çıkılması gereken bir aldatmaca olduğunu ileri sürüyor. Bu arada, antipsikiyatri Fransa'da bir bakıma (başlangıçta Gentis ile Maud Mannoni'nin öncülüğünü yaptıkları) yazınsal ve sinematografik bir tür haline geldi. Hatta öyle ki, "Ben Psikiyatr Olmayacağım" türü bir kitapçık kaleme alsanız, kendinize yazınsal bir kariyer sağlayabilirsiniz. Bisiklet yarışçısı Merckx'in tekerlek izinden giden Poulidor gibi, oluşmuş bu izin üzerinde yürüyen küçük grupçuklar ortaya çıktı. Ne var ki gerçekten önemli olan, antipsikiyatrinin kendi durumunun bilincine varmaya başlamış olmasıdır; ve bu durum, yalnızca kitleler için değil, alışılmış deyimiyle "akıl sağlığı işçileri" için de söz konusudur. Psikiyatrik baskı ile öteki baskı türleri arasında bağlantı olduğunun keşfedilmesi, bana göre, bu konuda bir dönüm noktası oluşturdu; o zamandan bu yana da bu keşfin sonuçları sürekli olarak değerlendirilmekte.

Ne var ki bu bilinçlenme, öte yandan bazı psikanaliz akımlarınca kısmen de olsa düzeltilmeye kalkışıldı, ki bunlar, psikiyatrinin bir yüzkarası olduğunu söylemekten hiç çekinmeyen akımlardı. Bu suçlamanın ardında, küçük hasta yatağımızla insanları, onlara hiç elimizi sürmeden ve hiçbir kötülük yapmadan iyileştiren bizler vardık...

Antipsikiyatriyi Mayıs 68'e bağlayabiliriz; Mayıs 68'in, özünde kurumlara karşı çıkan bir hareket olması ölçüsünde tabii. Oysa tutukevi ve akıl hastanesi, insanların içine kapatıldıkları kurumlardı; genellikle kentin göbeğinde yer alıyorlardı ve sözcük anlamıyla bunları kimse görmüyordu.

Tutukevi ve akıl hastanesi konusu, 1968'de çok kısmi olarak ele alındı. O dönemde, Geismar ya da Serge Jully gibi dostlarla birlikte, baskı kurbanı militanlar ile çaresizlerin tümünü, kamu hukukunu ilgilendiren kişileri, Katangalıları, psikiyatrik tedavi görenleri aynı planda ele aldığımızı ileri sürdüğümüzde, çok ateşli tartışmalara girdiğimizi anımsıyorum. O günlerde, Maocularla birleşmekte olan eski "22 Mart" Spontaneizmcileri bile şöyle diyordu: Politik tutuklulara, evet! Kamu hukukunu ilgilendiren kişiler söz konusu olamaz! Uyuşturucu bağımlılarına, hayır! Uyuşturucu bağımlılarını ele vermek gerek, onlar tehlikeli, polis tarafından kullanılıyor, vb. Sözümona politik sorunlarla delilik sorunlarını aynı anda konuştuğumuzdan, karmaşık, hatta tehlikeli kişiler olarak görülüyorduk. Bugün, bu konu kimseyi şaşırtmıyor. Ne var ki, bu noktaya 1968'den çok sonra gelindi ve bu, G.I.P'in ve onunla aynı çizgideki başka hareketlerin ortaya çıkmasıyla gerçekleşti. Bununla birlikte, "olaylar" olup bittiği sırada, psikiyatri çevrelerinde çok güçlü bir hareket gelişti (örneğin, "Psikiyatri Kolejleri" adı verilen hareket) – ne var ki bu hareket, üniversite çevreleri ve patronlar tarafından kısa sürede etkisiz hale getirildi. G.I.P., *Korkuluk, Delilik Defterleri* vb. çok daha sonra ortaya çıktı, ya da daha doğrusu, Foucault ile Deleuze'ün tutukevleriyle ilgili çalışmalarıyla bağlantılı olarak ortaya çıktı. Dolayısıyla, belleğin geriye dönük yanılmalarından kaçınmak gerekir. Mayıs 1968, militan tutumları özgür kıldı belki, ama beyinleri değil; beyinler, bütünüyle kirlenmiş kalmayı ve delilik, eşcinsellik, uyuşturucu bağımlılığı, suç işleme, fahişelik, kadın özgürlüğü vb. sorunlara açılmak için çok geç kalmış olmayı sürdürüyordu.

Psikiyatri kurumları konusunda bugün durum nasıl?

Harika! Yıkılma sürecinin başındalar. Her planda. Öncelikle maddi planda: Psikiyatri hastanelerinin yarısından çoğunda doluluk oranı % 50'nin altında. Milyarlara mal olan bazı hastaneler pratik olarak boş durumda (örneğin, Muraux Hastanesi). Buysa, kamu hastanelerindeki günlük yatak ücretinin astronomik rakamlara ulaşmış olmasını kısmen açıklıyor. Kafaların içinde de bir yıkım söz konusu: Yapılan tedavilerin yararına kimse inanmıyor. Güdülen "sektör" politikası (psikiyatri kurumunun, küçük bir coğrafi alan üzerinde küçük birimlere bölünmesi), en iyi durumda hiçbir sonuç vermedi, en kötü durumda da halk için katlanılmaz olan güvenlik bölgelerine ayırma sonucuna yöneldi. Bu durum, çocuk psikiyatrisi alanında kendini net bir biçimde göstermekte.

Peki, akıl hastaneleri neden boş?

Bu karmaşık bir olay, işin içine birçok öğe karışıyor; bunları önem sırası gözetmeksizin anlatayım. Öncelikle: Güvensizlik – bu, öteki nedenlerle birlikte, antipsikiyatriye karşı medyanın yürüttüğü hareketin bir meyvesi. Sonra: Belirli ölçüde, güdülen sektör politikasının bir sonucu belki; bundan böyle birçok tedavi hastane dışında gerçekleştiriliyor. Ama daha temel olarak şuna inanıyorum: Sinir yatıştırıcı ilaçların çok yaygın olarak kullanılması. Yalnızca psikiyatri uzmanları kanalıyla değil, pratisyen hekimler, hatta iyi kötü uzmanlaşmış basın kanalıyla da; bir süt bebeği daha ağlamaya bile başlamadan, onu susturmak ve uyutmak için çoktan bir sakinleştirici verilmiş oluyor. Böylelikle, eskiden insanları akıl hastanesine ya da psikiyatri uzmanına başvurmaya iten bazı toplumsal kopma vakalarının azaldığı, hatta ortadan kalktığı görülüyor.

1955 yılından başlayarak psikiyatri hastanelerinde, "ajitasyon" olarak nitelenen kemoterapi uygulaması bir yana bırakıldı; daha sonra, her hastanede belirli sayıda kişiye bu tedaviyi evlerde yapma, yani hastalara evlerinde "deli gömleği" giydirme izni verildi. Ne var ki bu olayın hangi sonuçlara yol açtığı fark edilmedi. Psikiyatri hastanelerinin yapımı sürdürülmek istendi, çünkü bu, inşaat sanayiinin canlanmasını sağlıyordu. Bazı bölgelerin "hasta yatak sayısı bakımından doyurulduğu" ileri sürülüyordu. Aslında söz konusu olan, "inşaat sanayiinin" finanse edilmesiydi. Ne var ki, bazı psikiyatri uzmanları, hastaneleri boşaltmaya başladı. Bu durum kimi zaman, örneğin akıl hastanesinin temel "sanayi" girişimi olarak ortaya çıktığı bazı yoksul bölgelerde çok karmaşık çekişmelere yol açtı!

Akıl hastaneleri boşalıyor, psikiyatri artık kendi varlığına inanmıyor. Oysa bu hastaneler, akıl hastalarını tecrit etmek, korumak, özellikle de bir yere kapatmak için yapılmıştı; psikiyatri dalı da onları tedavi ediyordu. Peki, akıl hastasının statüsü hakkında bugün ne söylenebilir?

Fransa için geleceğin çözümü, yani fütürist çözüm, ABD'de daha şimdiden gerçekleşmiş durumda. Orada insanlar, kendilerini biraz rahatsız hissettiklerinde, gidip bir mağaza vitrinini tuzla buz ediyor, uyuşturucu alıyor ve tabii şizofren damgasını yiyor. Bunun avantajı, her şeyi tek bir kategoriye indirgemesi, durumla ilgili bir sürü hastalık adı sıralamaktan kaçınmayı sağlaması. Bu insanları, sinir hastası, uyuşturucu bağımlısı sayıyor, böylelikle olaya bir nokta koymuş oluyorlar. Bununla birlikte, ilgililer, hastalıkların eski sınıflandırılmasındaki ince ayrımların korunması gerekip gerekmediğini kendi kendilerine soruyorlar. Amerika'nın bazı eyaletlerinde psikiyatri hastaneleri kapatıldı, ama bu, psikiyatrik baskının başka yollardan gerçekleşmesini hiç engellemedi. İnsanlar psikiyatri kurumlarına alınabilir ya da psikiyatri uzmanlarından oluşmuş ekiplerin gözetiminde tutulabilir, ama bu, klasik psikiyatrik kategoriye hiç girmeyen insanlara da uygulanabilir (örneğin, serserilere, yoksullara, yaşlılara vb.). Öte yandan, birçok nevrozlu kişi, hatta eski psikiyatrik kategorilere göre "deli" olarak nitelenen kişi, akıl hastanesinde tedavi olmayıp, psikanalizle, evlerine yapılan ziyaretlerle tedavi ediliyor ve bunlara sinir hastası vb. deniyor. "Saldırgan deli" nitelemesinin modası biraz geçmiş gibi, buna karşın delilik tüm sektörleri kuşattı. Bazıları, örneğin, üç yaşında bir çocukta şizofreni olduğunu ileri sürebiliyor ki bu, bütünüyle yanlıştır. Bugün herkes psikiyatri hastanesinin üzerine bir "kılıf geçirmiş" durumda. Ne var ki söz konusu olan, bütünsel bir sorundur, yalnızca akıl hastaneleri sorunu değil; sektör psikiyatrisi sorunu, her biçimiyle psikanaliz sorunudur: Herhangi bir yanılgıya düştüğünüzde, sizi hoyratça eleştiren bir kapıcı ile karşı karşıya kalmaktan kurtulamazsınız. İşin sınırına vardığınızda, Ménie Grégoire'ın, yeni psikiyatrik ekip içinde yer aldığını görürsünüz.

Öyleyse, psikiyatri kurumu, daha esaslı bir biçimde sinsice yeniden ortaya çıkmak için ortadan kalktı?

Evet, minyatür hale gelmiş olarak. Beni şaşırtan, baskıcı tüm büyük kuruluşların, okulun, ordunun, ki bunlar vaktiyle tek başlı kurumsal bütünler oluşturuyordu, bunların bugün parçalanma, her yere dağılma eğiliminde olması. Bana göre bu Illich'in hatası: Yakında herkes kendi başına olacak, herkes kendi kendinin küçük baskı aracı, okulu, ordusu haline gelecek. Üstben her yana yayılmış olacak.

Oysa söz konusu büyük baskıcı bütünler, gerçek güç ilişkileri içeriyordu, dolayısıyla da bu bütünlerin içinde mücadele etme olasılığı vardı. Küçük bütünlerdeyse, her bir kişi, ilişki, etki ve duygu sistemleriyle sıkı sıkıya bağlanmış durumda ve bu sistemler insanın yakasını bırakmıyor, en azından başka "özgürleşme" biçimlerini gerekli kılıyor. Bana göre, psikiyatrinin sektörleştirilme politikası ve psikanaliz –bu ikisi bugün çok sıkı bir ilişki içindedir– küçük bölgelere ayırma ve iktidar savaşımının ileri teknokratik biçimlerini oluşturuyor. Henüz kendini arayan bir iktidar bu, ama sonunda bulacak. Ve sektör politikası bugün için –çocuk psikiyatrisi alanı dışında– bir başarısızlık olsa da, ilerde yeniden harekete geçmeyeceğini kimse ileri süremez. Bu, her sokağın köşesinde bir polis bulundurmayı gerektirmeyecek, buna karşın sürekli, gizlice, iş düzeyinde, komşular düzeyinde ve her yerde uygulanacak bir politika olacaktır. Psikanaliz için de aynı şey söylenebilir. Psikanaliz her alana yayılma eğiliminde; okula, aileye, televizyona...

Ne var ki bazı yaralar aldı, özellikle de Deleuze'ün ve sizin sayenizde, birlikte hazırladığınız Anti-Ödip *başlıklı kitabınız yüzünden.*

Tam bir yanılgı bu! Psikanalistler, bu konuda etkilenmezliklerini korudu. Bu da çok doğal: Bir kasaba gidip de, kuramsal nedenler yüzünden bundan böyle artık et kesmemesini söyleyin bakalım, ne diyecek? Ya da vejetaryen olmasını söyleyin! Ayrıca, tüketiciler açısından bakıldığında, psikanalizin etkisiz olduğu söylenemez. O alanda işler harika yürüyor! İnsanlar, psikanaliz yaptırmaktan kendilerini alamıyor. Ve bunun için çok para ödemeye de razı, çünkü işe yarıyor. Bir bakıma, uyuşturucu almak gibi bir şey. Ayrıca bu onlara, yabana atılamayacak küçük bir promosyon da sağlıyor. *Anti-Ödip* bu alanda, yalnızca küçük bir esinti yarattı, o kadar. İşin tuhaf yanı, kitap çıktığında, psikanaliz çevrelerinin benimsediği parola idi: "Sağda solda özellikle sözünü etmeyin, kendi başına küllenip gidecektir." Öyle de oldu! Hayır, *Anti-Ödip*'in ortaya koyduğu en elle tutulur sonuç, psikanaliz - solculuk bağlantısında kısa devre meydana getirmesi oldu.

Beni şaşırtan, son yıllarda, kurumların eleştirisinde belli başlı iki kurbanın sakallı iki dedemiz, yani Marx ve Freud olması. Marx'la uğraşanlar siz değilsiniz. Ama Gilles Deleuze ve siz, kesin kararlı olarak Freud'a saldırdınız.

Evet... belki.

Ne yapılırsa yapılsın, psikanaliz kurumu demek, Freud demek; neden bu mu?

Evet, Freud, ama Fransa'da Lacan. Psikanaliz Fransa'da çok geç yerleşti. Bu, Lagache ve Boutonnier gibi kimselerin üniversiteye gelmeleriyle gerçekleşti. Savaştan önce, Fransa'da psikanaliz hiç yoktu, ya da bunun gibi bir şey. Ne var ki, çok büyük direnmeleri alt ederek bu açığını kapattı ve her yere kök saldı. Saint-Anne'da fakslarda, hatta yayınevlerinin raflarında psikanalizden geçilmiyor. Buna karşılık, Freudçu hareket öteki ülkelerde on yıldan beri sona ermiş durumda. ABD'de Jung'dan hâlâ söz ediliyor, ne var ki Jung artık, "psikedelik" masaj ya da Zen Budizmi gibi, folklorun bir parçası haline gelmiş durumda. Fransa'da sürüp gideceği düşünülebilir. Kuşkulu! Fransa'da Freud, kurum olarak, Lacan'cılıkla birlikte müthiş bir atılım yaptı. Ne var ki Lacan'cılık, Freud'un basitçe yeniden okunması değil. Kurumsal kuram bakımından ondan çok daha despotça bir özellik taşıyor, kuruma katılan kişileri semiyotik bir köleliğe mahkûm etmesi bakımından ondan çok daha katı. Belki de psikanaliz, Lacan'cılık sayesinde ABD'de yeni bir atılım sürecine girecek. Bu yalnızca, Lacan içine kapandığı gettodan çıktığı için olmayacak; bu konuda, Lacan'ın ya da artçılarının günün birinde gerçek bir psikanaliz enternasyonali oluşturma olasılığını göz ardı etmiyorum.

Daha ilerde de, Lacan'cılığın Freud'çuluktan ayırt edileceğini sanıyorum. Freud'çuluk, tıp, psikiyatri, üniversite konularında savunmacıydı. Lacan'cılık ise, tersine, saldırgan. Bir savaş dogması. Bu bakımdan onun, Althusser'ciliği ne ölçüde etkilediğinin ve yapısalcılığa bütünü içinde ne tür bir tutarlılık –özellikle "gösterilen"i kavrayışı bakımından– sağladığının görülmesi gerekir. Yapısalcılığı –Lacan'cılık ortaya çıkmasaydı– bildiğimiz biçimiyle tanıyamazdık. Lacan'cılar, özünde, gerçekliğe ulaşma isteğini engelleme eğilimine sahip olan matematiksel-dilsel bir bilinçaltı kavramını ortaya koyup dolaşıma sunmasaydı, yapısalcılığın kimi zaman sekter özellik gösteren bir güce, yetkeye sahip olmasına olanak bulunmazdı. İsteğin, kendi güçsüzlüğü, kendi hadımlığı hakkında –simgesel– bir değerlendirmesi olmadığını düşünmek, tüm bir politik ve mikro-politik arka plan gerektirir.

Demek ki size göre, yeni bir kurum ortaya çıktı; Lacan'cılık?

Evet. Bir deneme alanı, bir ileri teknoloji, yeni iktidar biçimlerinin bir ilkörneği. Bir insanı, kendi kişiliğinin içinde köleleştirmek, onu parasal, duygusal bakımdan kıskıvrak yakalamak ve bunu, görünürde hiçbir telkinde bulunmadan, hiçbir yoruma ya da baskıya başvurmadan yapabilmek harika bir şey. Psikanalizci bugün, hastasına artık hiçbir açıklamada bulunmuyor. Libidoyu kanalize etme konusunda öyle bir sisteme ulaşıldı ki, bunu sağlamak için suskun kalmak yeterli oluyor. Bu, insana, eğitimcinin artık konuşmasına gerek bulunmayan ideal pedagoji biçimlerini düşündürtüyor: Tek bir baş işareti (Latince deyimiyle "nutus"), eğitim vermesi için yeterli olacak: Bu durumda, kendisi de "numen"e (durumu onayladığını bir baş işaretiyle belli eden tanrı) dönüşecek.

Anti-Ödip, *Lacan üzerinde, Freud üzerinde durduğu ölçüde durmuyor ve onun heykelini kırmaya çalışırken, geriye, ayakta duran pek bir şey kalmıyor.*

Bu, özellikle yapılan bir şey değildi: aşamalarla ve rötuşlar yaparak ilerledik ve rötuşlar yapa yapa da... Ne var ki, *Anti-Ödip*'ta Freud'un tartışılması, Lacan hakkında yaptığımız tartışma ile sıkı bir ilişki içinde kaldı.

Bununla birlikte, Anti-Ödip'*te tartışılan, Lacan'cılığın oluşturduğu bu yeni iktidar biçimi değil. Freud'çuluğun temeli olan Ödip'in kendisi. Öte yandan, temel yıkıldığında...*

Dolayısıyla burada tersine bir gelişmeye tanık oluyoruz: Psikiyatri kurumu gevşiyor, buna karşın psikanaliz kurumu, yeni bir iktidar biçimi içinde güçleniyor.

Aradaki fark şu: Psikiyatri yol alamazken, psikanaliz harika bir ilerleme gösteriyor. Öyle ki, psikanaliz günün birinde, psikiyatrinin bazı alanlarını yeniden canlandırabilir.

Cogito 14.
Söyleşiyi yapan: Jean-Jacques Brochier
Fransızcadan çeviren: Aykut Derman

Edgar Morin: "Bir Uygarlık Bunalımı"

Mayıs 68 Fransa'da, havada duran bazı şeyleri açıklığa kavuşturan, buna karşın ortaya yeni bazı şeyler çıkaran, çok anlama çekilebilen bir olay oldu. Öyle ya da böyle, bana öyle geliyor ki, olayın üzerinden sekiz yıl geçtikten sonra, bizler eski bizler değiliz.

İşin tuhaf yanı şu ki, her şey eskiden olduğu gibi sürüp gidiyor, oysa hiçbir şey eskisi gibi değil. Ölçülebilir tek fark, daha önce mikro-politika halinde var olan solculuğun politik bir gerçeklik haline gelmiş olması; çok azınlıkta olan bir politika kuşkusuz, ne var ki fiziksel varlık ve ideolojik maya olarak var olan bir gerçeklik. Solculuk diyorum, ama aslında solculuklar demem gerekir, yani özgürlükçülükten başlayıp disiplin yanlılığına varıncaya kadar, on yıllar boyunca Stalinciliğin çekingen davranmaya ittiği, politika altı cehennemlerde tuttuğu devrimci eğilimler. Ve birden, Mayıs 68'in hızlandırmasıyla bir düşünce, özyönetim düşüncesi politika cehennemlerinden su yüzüne çıkıyor.

Büyük değişimler yeraltında, biz nasıl olduğunun farkına varamadan mayınlanan kültürümüzün yeraltında, bundan böyle mayınlandığını bildiğimiz toplumumuzun yeraltında. Öte yandan atmosferde, havada ya da isterseniz, zamanın zihniyetinde de; kesin gerçekleri kurtlar kemirdi, kendini başka türlü görme, yaşamına, topluma başka türlü bakma biçimi var şimdi. Eski deyimle ifade edecek olsak, "yeni duyarlılık" derdik. Mayıs 68'in, gizliden gizliye hazırlanmakta olan bir şeylerin katalizörü, hızlandırıcısı, yükselticisi olduğunu sanıyorum; öyle ki, bunu "kültür devrimi" olarak adlandırmak çok iddialı, "kültürel gelişim" demek çok gevşek kaçacak; kültürel dönüşüm, diyelim.

Ama bütün bunlardan söz etmeden önce, Mayıs 68 sonrasının en önemli sonuçlarından biri olan bir şeyden söz etmek gerekir; buysa, Mayıs 68'in geçersiz kılınmasıdır. Yutulması olanaksız bu lokmayı –safça ileri sürüldüğü gibi– "gideren", bana göreyse, hazmetmiş gibi yapan yalnızca Fransız toplumu olmadı; ideolojiler de, kendi şemalarına uydurabilmek için, olayı kesti, biçti, pürüzlerini giderdi. İnsanı şaşırtan da zaten bu; her şey düzene uyduruldu, yalnızca burjuvaların düzenine değil, KP'nin, Troçkicilerin, Maocuların düzenine de uyduruldu; ölü yiyen böcekler, cesedi silip süpürdü; geriye, olayın açıklanamayan, ideolojinin çerçevesi içine alınamayan, ussallaştırılamayan yanları kaldı.

Mayıs 68'i bugün neden tam olarak anlayamıyoruz? Olay ile aramızda, anlamamızı engelleyen saydam olmayan bir öğe var; buysa, olayın uyandırdığı şaşkınlığın giderilmiş olması. Şunu unutmayalım: O döneme geri gidecek olursak, Mayıs 68'in, son derece şaşırtıcı bir olay olduğunu görürüz; yalnızca gözlemciler için değil, olayın içinde olanlar için de. Olayın, bir patlama yaratacağı ve hızla yayılacağı öngörülemezdi, öngörülemedi de. Daha sonra olup bitense, olayın sürpriz etkisinin ortadan kaldırılması, ussallaştırılması oldu. Mayıs 68, bilinen çerçevelerin içine oturtuldu. Paris'in banliyösünde birkaç öğrencinin başlattığı hak arama eylemi, ulusal bir harekete nasıl yol açabilir, üniversite ve lise gençliğini nasıl peşinden sürükler, bir genel greve nasıl yol açar, devlet örgütü ile ekonomi örgütünün bir süre için elini ayağını nasıl bağlardı? Ayrıca, o güne kadar çok marjinal kalmış düşünceler, çok geniş kitlelere şimşek hızıyla nasıl yayılabilir; toplumbilim incelemelerinde, marksist incelemelerde yer almayan, belirsiz kategoriler oluşturan gençler ve öğrenciler, bu hareketin taşıyıcıları ve ateşleyicileri nasıl olabilirdi? Hareket karşısında yaşanan o müthiş şaşkınlık ve bütün bunlar, ardından gelen ussallaştırma girişimleriyle yavaş yavaş boğuldu, hasır altı edildi.

Toplumbilimciler ellerine birer silgi alarak, olayın kendilerini aşan, her biri ayrı telden çalan kendi sanayi toplumu kuramlarını üretmelerine engel olacak verilerini sildiler.

Mayıs 68 böylelikle, onların kurgularının basit bir aşaması haline geldi; ya da, tersine, Fransa'nın, devlet örgütünün kendilerine özgü yapıları yüzünden, ilerlenen yol üzerinde karşımıza çıkan, hedefini bulmamış bir hareket olarak açıklandı; her şey açık seçik ortadaydı, bu bir uyarıydı, bir sarsıntıydı vb. Ussallaştırmak, bir olayın verilerini, önceden oluşturulmuş şemanın içine sokmak, o olayda özgün ve ilginç olan ne varsa geri plana itmektir.

Marksizmin, ne pahasına olursa olsun Mayıs 68'i kesip biçmesi, kendi ölçülerine uydurması gerekiyordu. Mayıs 68 olayı, Marksizm ötesi bir olaydı, ya da daha doğrusu, marksizm bu olayın içinde "asıltı halinde" vardı. Hareketin ruhu, marksist-özgürlükçü bir ortaklaşalıktı – 22 Mart grubu, kendiliğindenlik– bunun içine, kuram açısından belki belirsiz, ama çok canlı biçimde, özgürlükçü gelenekten, sosyalizmden ya da barbarlıktan, marksizmden olduğu kadar kurulu düzene karşıtlıktan da gelen öğeler karışıyordu. marksist düşünce de en az burjuva toplumbilimi ölçüsünde çaba göstererek, her şeyi kalıp içine soktu.

Patlama, öğretinin önceden belirttiği yerde değil, gençlerin, öğrencilerin oluşturduğu kesimde olmuştu. Dolayısıyla, hareketi etkisiz kılmak ve Mayıs 68'in, onu gerçekleştiren devrimci gençliğin değil, onların ardından gelen işçilerin bir hak arama hareketi olduğunu kanıtlamak gerekiyordu. Mayıs 68'in başarısını oluşturan şeyin, yani kendiliğinden oluş, örgütsüz meydana geliş özelliğinin, onun başarısızlığının nedeni olduğu, bu başarısızlığın, hareketin içinde örgütlü devrimci partinin yer almamasından kaynaklandığı kanıtlanıyordu. Mayıs 68'in özgün ve ses getirici yanını oluşturan şeyin, özgürlükçü, özü kavrayıcı, marksizm berisi, marksizm üstü ve marksizm dışı özellik göstermesinin, aslında onun kusuru ve hatası olduğu kanıtlanmış oluyordu. İlk geri çekilişte dağılıp giden ve Mayıs 68'in özgünlüğünü oluşturan şiirsel, oyunsal, bağdaştırmacı yanından, başka bir yaşama olan sonsuz özleminden, açılımından geriye, Leninci J.C.R.* örgütü ile Mao öğretisinin söylencesel yanının ağır bastığı katı yapılar kalıyordu. Bu durumda, Mayıs 68'i us-

* Jeunesse communiste rèvolutionnaire / Komünist Devrimci Gençlik Örgütü. (Ç.N.)

sallaştırarak doğasını bozanlar, ondan geriye kalan ve serüvenin içinde yer alan örgütler oluyordu. Troçki yanlısı J.C.R., Mayıs 68'in sonuçlarını, işçi-sınıfının-örgütlü-partisinin serüvenin içinde yer almayışıyla açıklıyor; Maocular da, kitlelerle yeterince dirsek temasında olmamasıyla açıklıyor.

Öyleyse şunu ileri sürebiliriz: Mayıs 68'in ilk sonucu, kendisini gizlemek oldu.

Mayıs 68'i kendi gerçekliği içinde kabul etmek, insanlar için, toplumbilimciler, iktisatçılar, kuramcılar ve militanlar için, intihar etmek anlamına mı gelecekti?

Bütünüyle öyle. Düşüncelerini, pratiklerini, çabalarının anlamını sorgulamak zorunda kalacaklardı. Militanlar da eylemlerinin anlamını vb.

Aynı doğrultudaki bir gözlem de, Mayıs 68'in yeni bir yazının doğmasına yol açmamış olması. Ve yazın, kuram kalıplarının dışına taşan bir şey.

Bana göre, Mayıs 68 öylesine bir şiirsellikle, söylencesellikle, aynı zamanda da öylesine gerçek olarak yaşandı ki, imgelem güçleri bütünüyle tüketildi, dolayısıyla da olayın üstünden, adına yazın denen o duman tütmedi.

Peki, kurulu düzen açısından bakarsak?

O teknolojik-sosyolojik-ekonomik-burjuva düşünce dünyasının o sıralarda, zafer dolu bir esenlik içinde yaşadığını unutmamak gerek. Gelecekbilim, yaşam düzeyinin, mutluluk, kültür, eğlence, orgazm düzeylerinin yükseleceğini müjdeliyordu. Tüm toplumsal sorunlar çözülecekti. "Yeni İncil", her yere mutluluk geleceğini vaat ediyor, SSCB'nin, Amerikan tarzı bir demokrasiye dönüşeceğini bildiriyordu.

ABD, hafif bir planlamaya geçerek, birazcık sosyalleşecekti; insanlık açlık, maddesel gerekseme sorunlarını çözümlüyordu: refah her yere yayılacak, insanlar arasındaki eşitsizlik, direnmelerle, aşırılıklarla karşılaşmaksızın azalacaktı... Öyle ya da böyle, büyük ekonomik bunalımlar artık geçmişte kalmıştı, Keynes bütün bunları çözümlemişti.

Ve işte bu noktada, bir şeyler birdenbire *derinlemesine* değişiverdi. Mayıs 68, bu esenliği ortadan kaldırdı.

Bugün, yönetici sınıflar –hatta burjuva toplumu diyeceğim– arazinin mayınlandığını, yeraltı denen şeyin artık var olmadığını biliyor. Ne var ki, bastırılan, boşalan o yeraltına gönderilen şey de Mayıs 68 bilinci. Yüzeyde, Mayıs 68'in yalnızca bir gölge olay, bir uyarı olduğuna inanıyorlar; tekno-mekanik bir benzetmeyle bunun bir yağlama, sıkıştırma arızası olduğu düşüncesine tutunuyorlar. Teknokrat görüşün tümüyle, gerçekliği artık derinliğine kavrayamadığını kabul etmek istemiyorlar. Bu durumda da Mayıs 68, bir yandan saman alevi, gölge-olay gibi göğe savrulurken, öte yandan yeraltına itiliyor. Ne var ki, her şeyin derinliğine değiştiğini de fark ediyorlar; Mayıs 68'den bu yana, frank birazcık değer yitirecek olsa, bir ekonomik sarsıntının ilk belirtileri ortaya çıkacak olsa, ortalığı bir korku dalgası, bir ön-panik havası kaplıyor. Ya her şey yıkılıp giderse? İşte Mayıs 68'in getirdiği en büyük yenilik: Altta her zaman hazır duran, kimi zaman da yüzeye çıkan düşünce: "Ya her şey yıkılıp giderse?" Nasıl? Neden? Bunu bilen yok, böyle olunca da "uygarlık bunalımı"ndan söz ediyorlar. Bizi, kökten ve derin bir şeyler düşünmeye zorlayarak aydınlatıcı olabilecek bu deyiş, kötülükten, onu belirsizlik içine itmek için söz birliği eden bir baştan savmacılık haline geldi. Uygarlık bunalımı deyimi, en azından, tılsımlı bir ilaç olan sanayi toplumu düşüncesi kadar, uyutucu bir özellik kazandı.

Uygarlık gizemli bir bütündür; ve tek başına ne kültür, ne ekonomi, ne toplum, ne politika ne de günlük yaşamdır. Uygarlık hastalığı, ruh hastalığı gibi, valium haplarıyla, aspirinle ve psikanalizle iyileştiriliyor.

Peki ya devrim, o da bunalımda değil mi?

Önce düşüncemi özetleyeyim: Burjuva toplumunun bunalımıyla birlikte sosyal demokrat SP'nin ve Stalinci Komünizmin bunalımı, 1968'den başlayarak solculuğun ekmeğine yağ sürdü. Ne var ki, solcu fraksiyonların her biri de, özündeki zayıflık yüzünden kısa sürede bunalıma girdi; ve solcu kesimdeki bu bunalım, burjuva toplumunu, KP'yi ve SP'yi yeniden beslemeye başladı. Oysa bu sonuncular, taze kanla beslenmelerine karşın, bunalımlarını yaşamayı sürdürüyor (bir olasılıkla SP' nin dışında ne var ki, o da kaslarını güçlendirecek yerde, durmadan şişiyor), böylelikle de her biri kendini çok sağlıklı sanırken, bu korkunç kısır döngü sürüp gidiyor.

Solculuk düşüncesinde ve devrim düşüncesinde bir bunalım başgösterdi. Örneğin, Mayıs 68 hareketinden sonra bir yıl boyunca ayakta kalabilen tek grup olan J.C.R.'ler, hareketin umutlarını, derslerini, tutkularını toparlayıp bunlara çeki düzen vermeyi başaramadı. 1968 olayından sonra, "sıcak yaz" yaşanacağı kehanetinde bulunmuşlardı. Ekonomi alanındaki bilgiçliklerinin verdiği körlükle, Mayıs 68'in, tıpkı 1905'te olduğu gibi bir başlangıç olduğunu düşündüler; ekonomik bunalım ortalığı kasıp kavuracak, ardından da 1917 gelecekti: sonbaharda ekonomik bunalım falan olmadı ve sıcak yaz, ılık kaldı. Kehanet 1969'da boş çıkmıştı sonra, yıldan yıla ertelenip durdu.

Sınıf savaşımının dinamizmini taşıdıklarını düşünen J.C.R.'ler, dörtnala gittiklerini sanıyorlardı, oysa oldukları yerde tepinip durdular.

Ardından, Maocuların dönemi başladı. Onlar da hareketi başka temeller üstünde sürdürmeye çalıştılar: Halka yapıştılar, onun tüm savaşımlarını benimsediler; ve bunu, binlerce kilometre ötedeki bir yüce imajı, Mao'nun kültür devrimini arkalarına alarak yaptılar. Bu devrim, en yüce düzenin tümüyle kendiliğinden ortaya çıkmış bireşimiydi; doruğunda da, tüm bilgeliklere sahip Mao Ze Dong vardı. Buysa, Fransa'nın, başında bir papanın ya da Tanrı'nın varlığına gerek duyan, ayrıca özgürlükçü özellik gösteren Katolik geçmişinden esinlenerek Mayıs 68'de ortaya çıkan hareketin tam anlamıyla soysuzlaşmış biçimiydi. Maocular, halk devriminin yürümediğini, Maoculuğun da zikzaklar çizerek ilerlediğini görünce, dağıldılar.

Bunalım yalnızca, kahvehane marksizmine dayanan boş kehanetlerde bulunmak değildir; sürekli isteri içinde bulunmanın ve bıktırıcı bir söylemin getirdiği yorgunluktur da. Dur durak bilmeden kendilerini yineliyorlar. Onlara katılan zavallılar hep aynı türküyü dinliyor: bölünmeler, kovulmalar, aforoz edilmeler, fraksiyonlar; giderek küçülen gruplar, tüm işçi sınıfı adına konuştuklarını ileri sürüyor. İnsan, böyle bir dünyanın içinde uzun süre barınamaz.

İşte o sırada Kaliforniya dalgasının titreşimleri Fransa'ya ulaştı. Mayıs 68 Fransa'da çok kısa sürede bir patlama olarak yaşanmıştı. Oysa Amerika'daki hareket, çok geniş bir alanda, Kaliforniya eyaletinde yaşanmış ve çok daha uzun süreli olmuştu; 1967'den 1970'e yaklaşık üç yıl sürmüştü.

Fransa'daki olaylarla Amerika'daki olaylar arasında kuşkusuz benzerlik kurulamaz, ama her iki olayda da aynı hazırlayıcı öğeleri buluyoruz; ne var ki, bu öğeler olayların içinde farklı biçimde yer alıyor. Bu öğeler, özgürlükçülük ve komüncülüktür.

Ne var ki, tümüyle saflık ve ideolojik bakımdan yürek temizliği içinde yapılan Amerikan karşıt-kültür hareketine şu düşünce egemendi: Ben başka türlü yaşayacağım, kendi yaşamımı kendim değiştireceğim, kendi kültür devrimimi kendim yaşayacağım; hemen şu andan başlayarak kardeşçe, sevgi içinde yaşayacağız. Başlangıçta, harekete beklenmedik bir Mesihçilik egemen oldu, sevginin her sorunu çözeceğine inandılar, Vietnam savaşını bile. Komünler kuruldu, sahte ailelerin yerini alacak gerçek aileler, sonunda kendi yaşamlarını yaşayacaklarını düşündüler, gerçek yaşamlarını. Bu yaşam, olası tüm deneyimleri içerecekti – cinsellik, uyuşturucu denen şey vb.

Bu olayın yankısı, Fransa'da tümüyle bastırılmamıştı, çünkü öncelikle, düzene karşı olanların ilk olarak sergiledikleri Varoluşçu-Devrimci bileşeni titreştiriyordu (ne var ki bu, Fransa'da öfkeli ve hırçın biçimde sergilenmişti).

Aradaki temel fark, Amerikan devrimi üzerinde marksizmin ideolojik ağırlığının olmaması.

Evet, ne var ki Amerikan devriminin gerilemesi, ondan boşalan yeri doldurmak üzere Marksistliğin gelmesine yol açacaktı. Kaliforniya devriminin doğurganlığı, yalnızca marksizmin dışında olması değil, her türlü kuramsal ussallaştırmanın da dışında olmasıydı. Fransa'da insanlar, bölünmüş olarak yaşamayı çok doğal bulur: Herkesin bir ideolojisi vardır, öte yanda da özel yaşamı, belirli bir yaşam biçimi vardır; ve bu ikisi birbirine karışmaz. Fransızlara özgü devrim düşüncesi, örgütlenmiş bir sınıfın günün birinde devlet aygıtını ele geçirecek olmasıdır. Ekonomik değişimler toplumu değiştirir. Dolayısıyla, benim kendi özel yaşamımı değiştirmeye çabalamam gereksizdir. Bu "küçük burjuva idealizmi"dir. Böylelikle insanlar, günlük yaşamında kendi davranışlarına karşıt düşüncelere sahip olmayı çok doğal karşılar; madem ki "solcu"durlar, sorun yoktur; Claire Bretecher'in desenleri hep bunu anlatır.

Amerika'daysa, tersine, mezheplerin mistisizmi sayesinde –ki bunlar aynı zamanda, bir yandan en berbat ikiyüzlülükleri sergilerken, öte yandan en büyük yürek temizliğinin ortaya çıkmasını sağlamıştır–, orada, kendi devrimini yalnızca ideolojik planda yaşayıp, aynı zamanda günlük planda yaşamaya izin vermeyen ipotek yoktur. Kaliforniya dalgası Fransa'da, Mayıs 68'in özlemini çeken ve ayaklarını, yeni araçlarla bir kez daha yerden kesmek isteyenleri, soyut yaşama ve fraksiyonların bıktırıcı ideolojisine katlanamayanları derinden etkiledi. Dolayısıyla ideolojik solculuğun bunalımı, varoluşçu solculuğun yükselmesine yol açtı (ki yakında o da bunalıma girecektir).

İşte bu yüzden, Fransa'da birçok eski Mayıs militanının, "Kaliforniya" deneyiminin üzerine atladığı, uyuşturucu dünyasında tur attığı, komünler oluşturduğu görüldü. Öyleyse, Kaliforniya hareketi Fransa'ya, ideolojik gerileme sırasında geldi, oysa o sıralarda Kaliforniya'da varoluşçu gerileme, ideolojiyi yardıma çağırıyordu.

Öte yandan, yetersizlikleri yüzünden solculuğu besleyen partiler, bu kez solculuğun yetersizliğiyle beslenmeye başladılar. Solcu militanların birçoğu, umut, araştırma, ardından da hoşnutsuzluk çevrimini yaşadı; bunun üzerine sahneye, reformculukla, güçsüzlükle, devrimi sürekli olarak çıkmaz ayın son çarşambasına ertelemekle, Stalincilikle eleştirilen, kayıptaki eski büyük örgüt, Komünist Partisi çıktı. KP böylelikle, Mayıs 68 hareketiyle politik bilinç kazanmış, buna karşın ortada kalmış, solculuktan düş kırıklığına uğramış olanlara seslenerek, onlara ciddiyetini, gerçekler hakkındaki bilgisini, işçi sınıfının örgütlü partisi olma statüsünü sundu; bir şeylere inanmayı sürdürmek isteyenleri kendisine katılmaya çağırdı. Böylelikle, birkaç yıl içinde, Mayıs 68'den en kazançlı çıkan kesim oldu. Ne var ki, onların yalnızca bir bölümünü kendine çekebildi, o da oldukça kısa bir süre için. KP'nin içindeyse, kanama bir türlü durmadı: Katılanların çoğu, belirli bir süre sonra, parti içindeki söylemi çekilmez bularak ya da Parti aygıtından korkarak, çekip gitti. O sırada Sosyalist Parti, Mitterand ile yenilenmiş olarak kenarda hazır bekliyordu; ve çevreye dağılmış demir tozlarını mıknatıs gibi kendine çekti, bunların bir bölümü de solcu demir tozlarıydı.

Dördüncü Cumhuriyet döneminde fosilleşen, Cezayir'in gözünde saygısını yitiren, Mayıs 68'de yerle bir olan SP, balon gibi şişti, çünkü öteki umut balonları her yanda sönmüştü. Böylelikle, de Gaulle 1958'de iktidara geldiğinde, ona karşı çıkan güçlerin en fosili olan grup bugün Mayıs 68'in döküntülerinden yararlanıp bu döküntülerin doğa içinde dağılıp yok olmayanlarını bünyesinde toplayarak, o dönemde ortaya çıkan yenilikçi güçlerden en çok yararlanan kesim oldu.

Bana gelince, ben Mayıs 68'in yol açtığı bunalımın çok güçlü ve çok anlamlı bir değeri olduğunu düşünüyorum. Kendini kültür ve politika bakımından yenilemesini beceremeyen bir toplumda yaşıyoruz. Mayıs 68'de ortaya çıkan yenileme güçleri soysuzlaştı. Yenileme güçlerinin bu soysuzlaşması, artık aşılmış olan şeylere yeni bir gelecek sağlıyor; bir sonraki büyük çatlamaya kadar.

Ne var ki bu düşüşe ya da yeniden düşüşe karşın, yine de değişikliğe uğramış bazı şeyler var. Örneğin Feminist hak arama hareketi ortaya çıktı.

Burada ortaya Mayıs 68'in katalizör rolü çıkıyor. Geriye baktığımızda, çeşitli alanlarda bir mayıs-öncesi hareketliliğin var olduğunu görürüz. Örneğin, kadınların yeni haklar istemesi. Bu hareket daha 1960'lı yıllarda aile planlamasının, mutlu annelik konularının tartışılması sırasında, özellikle, kadınları gizlice çocuk aldırma dehşetinden kurtarmak isteyen kadın doktorların desteklediği bir hareket olarak ortaya çıkmıştı. Aynı dönemde, feminist militanlık yeraltına kaymıştı. Katolik ya da Protestan kadın birliklerinde, söz konusu hak aramanın içeriği, kadınlar bunun farkına varmadan saptırılmıştı. Söz konusu olan artık, kadının aile içinde çocuğunu yalnızca daha iyi yetiştirmesi değildi; kadınların başka gereksemeleriyle ilgili bir baskı da vardı.

Bu baskı, Mayıs 68'de kendine bir ifade biçimi bulamadı. Ama Mayıs 68, dolambaçlı, dolaylı biçimde kadınları hareketin içine kaynaştırdı. Hareketin gerilemesinden sonra da işler çok çabuk gelişti. Tohum aşamasında olan tüm bir kültür değişimi, Amerika'da olup bitenlerin bulaşıcı etkisiyle de olsa, Mayıs 68 sayesinde çok daha hızlı gelişti. Mayıs 68 hareketi bunu, önce engelleyici, daha sonra da hızlandırıcı biçimde etkiledi. Ekoloji konusunda da aynı şey yaşandı. Mayıs 68, sararmış yaprakların dökülmesine yol açan, canlandırıcı bir elektro-şok oldu; bu şok sayesinde (cinsellikle ve daha başka konularla ilgili) birçok tabu gücünü yitirdi ve 1960'lı yılların yenilikçi düşünceleri baş tacı edildi. O günden bu yana da ortaya hiçbir yeni düşünce atılmadı. Bize bugün yeni gibi gelen düşünceler, Mayıs 68'in getirdiği ya da Mayıs 68 öncesinde su altında kalan düşüncelerdir.

Bana göre, Mayıs 68'den devrim açısından geriye kalan, marksizm ötesi girişimdir; Marks'ın, sevap kazanmak için çocuksu bir davranışla mayasız ekmek gibi yutulan artıkları değil, sözüm ona devrimci olan, boğucu, gına getiren bir kurumlar sistemini bir yana bırakma girişimidir; bir düşünceyi, çok daha zengin, daha çok boyutlu bir bütün içinde taşralılaştırma girişimidir. Mayıs 68'de hiç de kuramsal planda kalmayan, buna karşın derinliğine duyumsanan, yaşanan, arzu edilen bu girişim yitip gitti mi, yoksa yeniden yakalanabilecek mi, bilemiyorum.

Mayıs 68 hareketinin gerilemesi, marksist "İncil"in yeniden çiçeklenmesine yol açtı. Mayıs 68'den önce, lise ve üniversite öğrencilerinin çoğu, kendini yarı saydam biçimde politika dışı özelliğe sahipmiş gibi gösteren burjuva ideolojisine göre yaşıyordu. Mayıs 68, bu egemen ideolojiyi kırdı, onun yarattığı boşluğu da iyi yapılanmış ideoloji, yani marksist "İncil" doldurdu, egemen ve kendinden emin tek ideoloji haline geldi. O karşı çıkışın oluşturduğu dünya ise basmakalıp düşüncelerden ibaret kaldı. Egemen burjuva ideolojisine gelince, bütünüyle tetanoza yakalandı, geleceğini kurtarmaya çabalıyor ve giderek daha büyük bir hırçınlıkla küreklere asılıyor.

Bana yine de öyle geliyor ki, bu işte kayıpta olan iki büyük dostumuz var: koca sakallı iki kişi, Freud ve Marx. Marksizmin "İncil"ine gelince o, Mayıs 1968'de esaslı bir papara yedi.

Böyle düşünmenizin nedeni, kendinizi farklı bir demografik düzeye koymanız. Mayıs 68'den önce, marksizmin 'İncil'i sanıldığı kadar yaygın değildi; o dönemde *Arguments* gibi bir dergi ona karşı çıkıyordu. Bugüne gelince, karşı çıkanlar bin katına çıktı, ne var ki ona katılanlar da bin kat arttı. Yeni bilinçlenmenin gelişmeleri aritmetik olarak artıyor, buna karşın yeni körleşme de geometrik olarak büyüyor.

Marksizm devrimciyken, yani dünya üzerinde egemen olan yalanı, sömürüyü gözlerden gizlerken, kapitalizm zafer içindeyken, sömürgecilik küstahlığını sürdürürken, burjuva *intelligentsia*'sı ona karşı çıkıyordu. Zafer kazanan SSCB'nin gücünü, Stalin'in gücünü temsil etmeye başlayınca, kendini kabul ettirdi, saygıdeğer hale geldi. Ne var ki, daha o dönemden başlayarak, yeni egemenliği, yeni sömürgeciliği gözlerden saklıyor, yutturmacaya başvuruyordu.

Şunu da söyleyeyim. Marksizm, saydam olduğu dönemde bile, yani örneğin emperyalizmlere karşı çıktığı, enternasyonal düşüncenin bayrağını dik tuttuğu dönemde bile, 1914'te işçi sınıflarının kendilerini neden kutsal ittifaka attıklarını açıklayamıyordu. Marksizm, ulus kavramını açıklayacak araçlara sahip olmadı. Bu yetmiyormuş gibi, bir de Ulusal Devlet'e bulaştı, karıştı. Marksizm, ulusun oluşturduğu, sınıf karşıtlıklarını maskeleyen sahte birlik konusunda saydamdı; ne var ki, bu sahte birliğin gerçek birliğe dönüşebilme olasılığına gözlerini kapatıyordu. Aynı şekilde Marksizmin, devlet gerçeğine karşı, parti gerçeğine karşı da gözleri kapalıdır; oysa bu durum, modern ulusların çoğunun tek bir partiyle yönetildiği düşünülürse, oldukça vahimdir. Gençliğe, yaşama gözü kapalıdır, Doğuda, Güneyde, Batıda gelişen, egemen hale gelen gerçekliklerin hepsine gözü kapalıdır. Marksizm işte bundan dolayı, önceki tarihsel aşamasında devrimciyken, gerici bir düzene dönüşmektedir. İşçi sınıfıyla uyumlu hale getirdiğini ileri sürdüğü yeni güçleri kamufle edip hazırlıyor, söz konusu güçler iktidara geldiklerindeyse, karnından konuşan Parti'nin sesiyle konuşuyorlar.

Bu durumda, Mayıs 68'in ilerde yeniden meydana geleceğini söylemek bütünüyle akılsızlık olur, çünkü bir başka Mayıs 68 olsa bile bu, ilki kadar yeni ve şaşırtıcı olurdu.

Mayıs 68, bütünüyle benzersiz bir olaydı. Coğrafi-ekolojik bağlamıyla da öyleydi: Nanterre, geniş bir arazinin ortasında yitirilen o yepyeni yapılar, Saint-Germain yakınındaki Quartier Latin, ki burası hareketin ilk savaş alanı olmuştu; oysa örneğin Amerikan kampusları kentlerin dışında yer alır. Kısacası, bir sürü benzersiz ayrıntı var.

Mayıs 68, kesinlikle öngörülemeyecek bir olay oldu, yani durumun verilerini önceden bilen bir gözlemci bile o olayın gerçekleşeceğini öngöremezdi. Bu öngörülemez, arızi, benzersiz olay meydana geldikten sonra, önceden varolan bir gereklilik olarak ortaya çıktı. Bu yalnızca, Fransız ve Batı toplumlarında derinde uyuyan sorunları ortaya çıkardığı için değil, gerçek süreçleri harekete geçirdiği için böyle oldu. Gençlerin ve öğrencilerin, *intelligentsia*'nın sorunlarının, çalışma koşullarıyla ve burjuva sanayi toplumuyla ilgili sorunların gerçekliği böylelikle ortaya çıktı. Mayıs 68, rastlantı ile zorunluluğun bir araya gelmesidir: Rastlantı, derinlik kazandığı ölçüde saçma hale gelen, ama öte yandan da aynı ölçüde zorunlu olan bir harekete yol açtı.

Şurası da açık ki Mayıs 68, olup bittiği andan başlayarak, bir daha gerçekleşemezdi, çünkü devlet, onun aldığı bu kesin biçime karşı derhal bağışıklık kazanmıştı. Mayıs 68'de, devlet ve işçi sınıfının "sahibi" olan partiler gafil avlandılar. *Tatar Çölü*'nde olduğu gibi, saldırının gelmesini, hiç olmayacak bir yerden bekliyorlardı. O sırada Fransız toplumunda bulunmayan şey, negatif *feedback*'lerdi, yani sapmayı doğduğu anda düzelten otomatik ayar mekanizmalarıydı. Oysa belirli bir eşik aşılırsa, sapma eğilime dönüşür ve bulaşıcı biçimde yayılmaya başlar.

Ne var ki, tehdit altında olanlar, yani ilk başta devlet, sonra burjuva toplumu ve resmi sol partiler, o zamandan bu yana, düşmanın saldırdığı noktada savunma düzenlerini kurdular. Quartier Latin'in polis tarafından kuşatılıp yıllarca işgal edilmiş olması anlamlıdır.

Bir şey daha var ki, o da, Mayıs 68'i başlatanların, Büyücü Çırağı'nda olduğu gibi, harekete hep aynı biçimde başlamaları gerektiğini sanmaları oldu. Kazan orada, içine konacak maddeler orada, adamotu orada; büyücü çırağı kazanı karıştırıyor, tuz ekiyor, biber ekiyor, ama sos bir türlü kıvama gelmiyor; tersine, çırak bu arada gürültü yaptığından, jandarmalar dükkânı basıyor.

Bundan sonra meydana gelecek olay, olasılığı bulunmayan, düşünülemeyen bir olay olacak. Sürprizlerle karşılaşacağız, ama sürprizin özelliği, olacağını önceden ilan etmemesidir. Bu arada, her şey olduğu gibi sürebilir, çünkü her şey fosilleşmiş durumda.

Bu arada bana öyle geliyor ki, bazı devlet yapılarının tartışma konusu yapılması, ayrıca bunun devlet tarafından yapılması bir yenilik sayılmalıdır. Tutukevleri için de öyle: bu konuyla ilgilenecek, iyileştirmeler vb. yapacak bir devlet kurumu var. Böyle bir şey, Mayıs 68'den önce düşünülemezdi. Buna paralel olarak, tutukevlerine karşı gelişmekte olan ve çok kısa sürede ceza yasasının ilkesine karşı bir harekete dönüşen (bu hareket, Mayıs 68'den sonra, siyasal militanların tutuklanması üzerine başladı; oysa ceza sistemi bu gibi durumları öngörmüyordu) bir hareket var.

Bu durumun, çok önemli bir olayla birlikte düşünülmesi gerektiğini sanıyorum. Daha önce azımsanan (gençler, kadınlar), azınlıkta bulunan (cinsiyet, etnik köken), toplumca geri sayılan (deliler, tutuklular) kesimler yeniden değerlendirildi, bu değerlendirmeyi bu kişilerin kendileri yaptığı gibi, durumlara göre devlet de yaptı. Mayıs 68, erişkin, etkin, normal olan beyaz adamın gençleri, kadınları, beyaz olmayanları, üretici olmayanları, sapkın olanları vb. kendine tabi kılan egemen tarihsel kültür modelinin modası geçmişliğini vurguladı. Bu konudaki en önemli an, değerlerin tersine döndüğü andı. Örneğin,

Amerikalı karaderililerin *Black is beautiful** dediği andı. O zamana kadar, bu insanlara karanın beyaz kadar güzel olmadığı dayatılmış ve kabul ettirilmişti. Bir karaderili çıkıp da *Black is beautiful* dediği andan başlayarak aşağılık sendromu ortadan kalkmış oldu. Ve bu, öteki azınlıklara da yayıldı: [lezbiyen "is beautiful"], [eşcinsel "is beautiful"], [tutuklu "is beautiful"]. Sorunuza cevap vermiş olmak için, bunlar aşağılanmış insan statüsündeki kimselerdi, diyeceğim.

Fransa'daki *intelligentsia*'nın bir kesiminde, özürlüleri, cezalandırılması ya da dışlanması gereken kişiler olarak değil de, baskı altındaki bir azınlık olarak görmeye elverişli bir iklim doğduğundan, Foucault'nun eylemi, söz konusu bu kesimin düşüncesi üzerinde, hatta bundan böyle benzeri konulara açık hale gelmiş olan yönetim üzerinde etkili olabildi (ve Foucault, Mayıs 68'den sonra, kapatılmanın yalancı-akılcılığı üzerindeki araştırmasını, tutukevlerine bir karşı çıkma eylemi olarak tam da bu dönemde sürdürdü). Buna paralel olarak, yine çok sınırlı bir kesimde, proletarya-altı kişilerin durumunda bir iyileşme sağlandı. Burada, işin içinde Hippi hareketi ile Mayıs 68 sonrası arayışlar olmasaydı, birileri bütün bunları yine anlayamazdı. Marjinal olanın, sıra dışı olanın, aynı zamanda hem bir sığınak hem de gerçek olduğu keşfedildi. İnsanlar, burjuva toplumuna kıyasla melez, çingene olmaya özendi, özellikle de ne melez, ne çingene olanlar özendi buna. Ama insanlar birden, melezleri ve çingeneleri daha iyi anlamaya başladı.

Nécroses'*da çok güzel ortaya koyduğunuz bir başka güncel olay da, ussallaştırmaya, daha da genel olarak bilimin kendisine karşı duyduğunuz kuşku.*

1968'e kadar, toplumbilim zafer içindeydi, keyfi yerindeydi: anketler, soruşturmalar, sondajlar toplumbilimi. Zafer içindeydi ve keyfi yerindeydi; öncelikle toplumbilimciler kendilerini bilgin yerine koyuyordu, çünkü birkaç rakamla oynadıklarında, beyaz gömlekliler gibi olduklarını duyumsuyorlardı, öte yandan da bir gereksemeyi karşılamış oluyorlardı: ekonomist teknokratlar, 1960'lı yılların başında, yaptıkları planlamalarda

* Kara insan güzeldir (Ç.N.)

biraz tıknefes olmuşlardı; usdışı bir öğeyi gözden kaçırdıklarını fark ediyorlardı, buysa insan öğesiydi. Bu durumda, toplumbilimciler yardıma çağırılıyordu. İşte bu yüzden o dönemde, pahalıya mal olan bu psiko-sosyolojik öğe üzerine yapılan anketler çoğaldı.

Oysa, Mayıs 1968 gelip çattığında, ekonomist teknokratlar, olgular karşısında, toplumsal anketlerin gerçekliği bulandırmaktan başka hiçbir işe yaramamış olduğunu fark ettiler, böylelikle de toplumbilimcilerin devlet örgütünün gözünde inanılırlığı azaldı. Öte yandan, öğrencilerin de toplumbilime karşı inançlarında azalma oldu, çünkü; öğrenciler, toplumbilimin, toplumu anlamalarında yardımcı olacağını sanmışlardı. Oysa keşfettikleri, elden düşme teknik bir araç, tuzla buz olmuş bir disiplindi. Resmi toplumbilim, daha bir bilim olarak ortaya çıkmadan önce, bunamış bir disiplin olarak parsellenmişti: çalışmanın, eğlencenin, konutun vb. toplumbilimi vardı, ama ortada bir toplumbilim yoktu. Mayıs 68, üniversitenin beyinsizleştirmesine edilgen biçimde maruz kalan kişilerin çoğunun gözleri önüne birden, toplumbilimin yalnızca onlara bir şey öğretmemekle kalmayıp, anlamalarını da engellediğini seriverdi (buysa, dogmatizmiyle tutarlılık gereksemesine, totalitarizmiyle de bütünlük gereksemesine cevap veren marksist 'İncil'in yaptığı propagandanın ekmeğine bir anda yağ sürüverdi). Ben kendi hesabıma, bu resmi toplumbilimin yıkılmasından istemeden de olsa yararlandım; onun inanılırlık düzeyinin, benim ona inandığım düzeye düşmesiyle, insanlar benim doruğa doğru yükseldiğim izlenimine kapıldı.

Toplumbilim, inanılırlığından çok şey yitirmiş olmasına karşın, her türlü gazetecilik sosunun hazırlanmasında bir tür ketçap olmayı sürdürüyor. Çeşitli redaksiyon kurullarından telefonlar alıyorum; bana, Troyes cinayetini işleyen kişi hakkında, porno sinema, rehin alma, aile içi sahneler hakkında "toplumbilimci olarak görüşümü" soruyorlar. Soruları soranlar, aldıkları cevaplarla hiç ilgilenmeseler de toplumbilimci, "delikleri tıkayan" bir uzmana dönüşüyor; makinenin işlediğine kimse inanmasa da bu alanda her şey mekanik olarak yürümeyi sürdürüyor.

Bilimin tartışma konusu yapılmasına gelince bu, genç fizikçilerle, genç biyologların araştırma yapmaktan artık vazgeçmelerine bakılırsa, Amerika'da çok net olarak ortaya çıkıyordu. Bu genç bilim adamları, yaptıkları araştırmaların, politik-askeri aygıt tarafından anında savaş teknolojisine dönüştürülmekten başka bir işe yaramadığını çok iyi anlıyorlardı. Ve tabii, bilimin bir köle olduğunu da anlıyorlardı (Einstein'ın ve Oppenheimer'ın çizgisini sürdürenler de içinde olmak üzere eski kuşaktan bilginlerin, yaptıkları araştırmaların atom bombası ile ya da bakteri savaşı ve kimyasal savaş ile doğrudan ilgili olduğunu kabul etmemelerine karşın). Öte yandan, bilim adamları için bile giderek anlaşılmaz olan bilim (bir alay kararsız parçacığın ortasında debelenip duran fizik bilimini düşünelim), sonunda bilgiye ulaşmayı engelleyen bir hokkabazlık haline geliyordu. Şiire, sanata, mistik olana karşı olağanüstü yöneliş de zaten bundan kaynaklanıyor. İnsanlar şimdi, eskiden olsa, düşünce yapılarının oluşturduğu tabu tarafından anında yasaklanacak şeyleri düşünmeye cüret edebiliyor – ki bu, Mayıs 68'in güçlü biçimde harekete geçirdiği bir olaydır. Örneğin ilerleme düşüncesi. İlerleme, teknik, bilim, bütün bunlar hakkındaki düşünceler eskiden açık seçik saptanmış durumdaydı ve haklarında başka türlü düşünülmesine olanak yoktu. Ve öyle olup olmadıklarından kuşku duyanlara, otomatik olarak gerici damgası vuruluyordu.

Bugün insanlar, Foucault'nun ya da ekolojinin birbirinden çok farklı söylemleri sayesinde, varolan ve temeli üzerinde yaşadığımız mantığın, gerçekliğin dokusunu bütünüyle köreltip yutan bir tür bunama ya da delilik olabileceğini de kolaylıkla hesaba katabiliyor. Adına işin ussallaştırılması denen ileri ölçüdeki iş bölümü, emekçinin yaşamındaki ilgiyi, sorumluluğu ve anlamı bütünüyle yok ettiğine göre, bunama özellikli olduğu söylenemez mi? Kronometrik, bürokratik, teknokratik yaşam, ussal bir yaşam sayılır mı? Psişik bozukluklar getirmiyor mu, ekolojik felaketlere yol açmıyor mu? İnsanlar kendilerine, ille de şu sözleri işitmeden bu tür soruları artık sorabiliyor: "Ne yani, siz de Pétain gibi, ayağımızı yere basalım mı diyorsunuz?" Ya da: "Usun gücünden kuşku duyuyorsunuz, öyleyse siz mistiksiniz, geri zekâlısınız".

Şunu artık biliyoruz: Usun –eğer mantıklıysa–, her şeyi ussallaştıramayacağını artık kabul etmesi gerekir: us, kendi kendini bunalıma sokmalı –Adorno bunu, kaleme aldığı "Autodestruction de la raison" ["Usun Kendi Kendini Yok Etmesi"] başlıklı o çok güzel metninde yapmıştı. Bugün yine de marksizm ötesi, usçuluk ötesi, bilimcilik ötesi düşünceler var; ve bunları filizlendiren Mayıs 68 oldu, ne var ki bunlar henüz embriyon halinde kalmayı sürdürüyor ve mayıs sonrası 'gerilemelerinin' saldırısına maruz kalmakta.

Bu durumu belki de kopukklukları olan, öğretisinde Tanrı'ya çok fazla yer vermeyen bir Hıristiyanlığın, bir tür primitif Yeni-Hıristiyanlığın geri dönüşüne bağlamak gerekiyor.

Bütün bunlar oldukça karmaşık, çünkü anlamak için, birbirinin içine geçen birçok olayı kucaklamak gerekiyor. Bir yandan, eski Roma Katolikliğinin gerici toplumsal bileşeni hızla parçalanmakta; öte yandan, Sol kesimde yayılan toplumsal bir Hıristiyanlık gelişiyor: böylelikle, vaktiyle büyük bir laik parti olan Sosyalist Parti'ye Hıristiyanlık öğelerinin güçlü biçimde sızdığını görüyoruz. Ama işin en ilginç yanı, Hıristiyanlığın sola kaymasıyla ortaya çıkan popülizm de insanları bu kez gerillacılığa, Latin Amerika'da gördüğümüz Hıristiyan-Marksizme (bu dünyada siz haklısınız, ama cennette bize de bir köşe ayırın) götürüyor. Öyle ya da böyle, Hıristiyanlık, kaynağına geri döndükçe, yeniden toplulukçu bir filiz yakalıyor, buysa, kimyasal olarak komünizm düşüncesiyle çok iyi birleşiyor; buna karşılık özgürlükçülük filizine hiç rastlamıyoruz. Bu yüzden, Fransa'da, Hıristiyan gençlik hareketlerinin, 1968-1975 yılları arasındaki Maoculuk akımı için elverişli bir kültür ortamı hazırladığı görüldü. Bu akım, İncil'in, somut biçimde halkın ayağına gitme (fabrikalar), aşağılananların, itilip kakılanların ayağına gitme (göçmen işçiler) düşüncesini yaşama geçiriyordu; ve bu, hep aynı büyük kilisenin içinde kalınarak, Ulu Önder'in, Papalık bildirilerine eş kılınmış yeni öğretisinin sağladığı garanti altında yapılıyordu (Mao, şunları söylerken, Hıristiyanlık ötesi çok güzel bir formül yakalıyordu: "Bilmeyenler, bilenleri her zaman alt etmiştir"). Tabii burada söz konusu olan, Hıristiyanlık ötesi bir tutum; sınıf savaşımının yeni İncil'inde yer alan, Vaız'ın söz ettiği zavallıların ve ezilmişlerin proletarya olarak adlandırıldığı, özellikle de adaletsiz topluma karşı baş kaldıran bir tutum. Bu deneyimi yaşayanlar arasında, hoşnut kalmayan küçük bir azınlık olduğu görülüyor, bunun üzerine bir anahtar-durum bulunuyor ve bu, 'işçi-sınıfının-büyük-Partisi-tarafından-yürütülen' devrime inancın yitirilmesi oluyor. Böylesi bir hoşnutsuzluk, üç temel ayrışma ürünü ile bunlara ek olarak, inancının gözdesi olan eski nesnesine karşı olası bir alerji doğuruyor: bunlardan ilki, insanlar eve, yani özel yaşama ve burjuva inancına geri dönüyor; ikincisi, devrim düşüncesini, daha varoluşçu biçimler altında yaşamaya çalışıyor; üçüncüsü de, yeni bir inanç arıyorlar. Bu noktada sahneye, özellikle Hıristiyanlıktan yakın tarihte koparılmış kesimde, Yeni Dinin çürümesinden yararlanan Eski Din çıkıyor.

Böylelikle, sürecin nasıl ilerlediğini görüyorsunuz: bir Hıristiyan popülizm düşüncesi yayılıyor; bu düşünce, içinde geniş bir sol dalga ile bir devrimci şok dalgasını barındırıyor; aynı düşünce bir yandan da marksizm ile birleşiyor ya da marksizme dönüşüyor; sonra, devrimci inanç sürekli kan kaybederken, bir azınlık, ayrılmış olduğu bağnaz devrimci papazlığa geri dönüyor.

Şimdi de işin bir başka yanı sahnede, sizin sözünü ettiğiniz o bulanık Hıristiyanlık. Aslında bu da, insanların kendilerini kaptırdıkları bu yeni havanın, bu yeni duyarlılığın bir parçası. Bu yeni duyarlık, yeni genç kuşaklarda, doğa ile ilgili düşüncelerin gelişmesinde, iletişimde, topluluk bilincinde, $E = MC^2$ formülünün ortaya koyduğu gerçeklerin araştırılmasında, astrolojiden ve Doğu mistiklerinden yeni-bilinircilik çerçevesinde bir şeyler beklenmesinde (ne yazık ki bunlar, önceden pişirilmiş ve tüketim tarifnameleri de üzerine yazılmış olarak, Batı'nın süpermarketlerinden satın alınabiliyor: örneğin yoğurt satar gibi Yoga satılıyor) ne bileyim, ortalığı kaplayan bir beklenti havası içinde soyut, ussallaştırıcı, teknokratik, disipline edici, bürokratik düşüncelerde görülen gerilemeden kaynaklanıyor. Evet, Mayıs 68 sonrasının "yeni duyarlılığı"nı oluşturan bu ideolojik sis tabakasının içinde bulanık bir Hıristiyanlık var.

Bütün bunlar SSCB'de de var,* ama bütünüyle farklı bir boyutta, ne var ki, Soljenitsin'e deli gözüyle bakan Batı'nın küçük burjuvası ya da entelektüeli bunu anlamıyor. SSCB'de politik ya da felsefi-politik tüm ideolojiler yerle bir olmuş durumda; buna bağlı olarak da insanların, odun kafalı ideolojinin hiçbir biçimde cevap veremediği, bastırılamaz gereksemelerinin dili kendini duyguyla, ruhla, şiirle, dinsellikle ifade ediyor. İnsanlar, Partinin soyut Dinine karşı, yüreğin ve umudun dinine yöneliyor ve bu ikincisi, her türlü ivedi gerçeklere karşın onlara iyiliği ve sevgiyi veriyor. Bu, Rousseau'yu unutanlara çelişkili gelir: Rusya'da, "eleştirinin silahı" ahlaktan, şiirden, dinsellikten geçiyor, ki bunlar yavanlığa, ikiyüzlülüğe, resmi düzenin hayasızlığına karşı gösterilebilecek yaşamsal tepkilerdir.

Sonuçta, Mayıs 68'in sonuçları hakkında şunları söyleyebiliriz: Bir yandan, karşılıklı kan kayıpları yüzünden, eski yapılar birbirini besleyip güçlendirdi; öte yandan, ortaya yine de belirli ölçüde yeni öğeler çıktı: azınlıkların tanınması ve yukarıda sözünü ettiğimiz bulanık duyarlılık.

Mayıs 68 yenilik getirdi, ama herkesin beklediği alanda değil. Öte yandan bu, görece bir yenilik oldu. Sanırım, 1960'lı yıllarda, bir kültür dönüşümü kuluçkaya yattı, meydana gelen birçok olay bunu önce sezdirdi, sonra da katalize etti ve Fransa'da Mayıs 68, anahtar olay oldu. Bu olayla, biçimlenmekte olan düşüncelerin kabuğu kırıldı. Şunu da söylemek gerekir ki, Mayıs 68'in içerdiği en büyük zenginlikler dağıldı, geriledi: Mayıs 68'in sonuçlarından biri, –bu açık çelişkiye yeniden dönüyorum– Mayıs 68'e ilişkin düşüncelerin gerilemesidir: bu, kokuşmaya yol açan öğelerin ve fosilleşmenin çok güçlü olduğu anlamına gelir. Bu öğeler, yenileyici düşüncelerin kokuşmasına, yeni çiçek açmış düşüncelerin fosilleşmesine neden oldu. Bu bize, ekonomik bunalımın yalnızca bir yüzünü oluşturduğu çok derin bir toplumsal bunalımla karşı karşıya olduğumuzu gösterir ve bu bunalım, bunalımın kendisine karşı çıkacak düşüncelere bulaşmaktadır. Dolayısıyla, Mayıs 68'den sonra ayakta kalan düşünceler, katılaşmış, odunlaşmış, dar kafalı düşün-

* Söyleşinin, SSCB'nin dağılmasından önce yapıldığı dikkate alınmalı. (Ç.N.)

celer, çoğu kez geğirtiye, isteriye dönüşen zehirlenmeler olurken, öte yandan, insanların her şeye: topluma, doğaya, kadınlara, eşcinsellere, kendi varlığına, ötekilere farklı gözle bakmalarını ve eskiden sorulacak olsa, anlamsız bulunacak, örneğin "Bu mesleği neden inek gibi sürdürüp duruyorum? Neden inek gibi yaşıyorum? (tabii, buradaki "inek" kavramı, henüz yeterince içselleştirilmiş değil, insanlar bu çok güzel sözcüğü, sıradan bir sözcük olarak kullanıyor)" gibi soruları kendi kendilerine sormalarını sağlayan o bulanık duyarlılık oldu. Bin bir yüzü olan derin bir özlem söz konusu; ve bu özlem, yalnızca egemenliğe, sömürüye, paranın gücüne karşı çıkma özlemi değil, aynı zamanda baskıcı disipline, iktidara, hiyerarşiye, teknokrasiye, bürokrasiye de karşı çıkma özlemi.

Bu özlem, bolluğunu ve bütünlüğünü koruduğu sürece belirsiz kalıyor, kristalleştiğindeyse, çok yalın bir ideoloji, kötülüğü tek bir terim üstüne, iyiliği ise tek bir kurtarıcı temel-sözcüğe odaklayan büyülü bir sözcüğe dönüşerek tek boyutlu hale geliyor.

İşte, benim hem umutlu hem de umutsuz oluşumun nedeni. Umutluyum, çünkü sözünü ettiğim, durmadan yeniden doğan bu özlem var, çünkü yeni kuşaklar, ileri liberal toplum ile geri devrimci ideoloji içindeki turlarını giderek daha kısa sürede tamamlıyor. Bu büyük özlem, piyasadaki ideolojiler ve "yaşama entegre olma" olgusu (sosyo-profesyonel iğrençliği apaçık sergileyen bir deyiş bu) tarafından sünger gibi daha az emilir hale geliyor. Öte yandan umutsuzum, çünkü özlem kararsızlık içinde dolanıp duruyor, kendini her zaman, kısa süreli de olsa, yutturmacalara kaptırıyor; ve onun gerilediğini gördüğümde umutsuzluğa kapılıyorum; kendine ihanet ettiğinde, kendi kendini tahrip ettiğinde, yüzyılın en büyük baskıcı gücünün korunmasına, zafer kazanmasına katkıda bulunduğunda umutsuzluğa kapılıyorum.

Bu durumda, sonucu kuşkulu bir savaşımı sürdürüp duruyoruz. Mayıs 68'in gözler önüne serdiği bunalım (Mayıs 68 bir bunalım değildi, kendi bunalımını gizleyen bir toplumun bunu ona haber veren patlamasıydı), dönüşüme uğrayarak sürüyor ve yukarıda sözünü ettiğim fosilleşme, yine sözünü ettiğim gerilemeler bu bunalımı destekliyor, böylelikle de bunalım halindeki toplumun, o haliyle yaşayıp gitmesini desteklemiş oluyor. Doğmuş olan özlemlerin çok derin, çok ciddi olduklarını sanıyorum. Şu anda korktuğum şey, her şeyin "düzene" girmesi, çünkü biliyorum ki, her şeyin düzene girmesi için "onlar" ("onların" kim olacağını henüz bilemiyorum), güç kullanmak zorunda kalacaklar.

Cogito 14.
Söyleşiyi yapan: Jean-Jacques Brochier
Fransızcadan çeviren: Aykut Derman

Umberto Eco: "Kriz Üzerine"

Kriz ve kritik, yani eleştiri. İkisi de Yunanca krino, yargılamak, ayırmak, seçmek anlamına gelen fiil kökünden türemiş sözcükler. Bu yakınlık tuhaf değil mi?

Kriz, birçok alanda, çeşitli kullanımları olan bir sözcük. Ama herkes tarafından kabul edilmiş iki temel anlamı hemen belirleyebiliriz. Birincisi, yıkıma götüren bir dönüşüm süreci: 1929 Wall Street krizi. Borsa büyük bir buhrana giriyor, girdi: Bu türden bir cümleden çıkacak anlam... Ya da eğitimde yetişme çağı krizi dediğimiz kriz. Bu da belki de ikinci temel anlam... İlkgençlik çağı, kişi için büyük bir dönüşümün olduğu dönem, binlerce sorunun arka arkaya sıralandığı bir yaş. Ama burada kriz, yetişkinliğe geçişi belirleyen, vurgulayan bir şey: bir geçiş söz konusu.

Yıllar önce Jacques Attali, Paris'te bir konferans düzenlemişti, devasa bir konferans. Kimi ararsanız buluyordunuz... Herkes vardı, herkes. Herkes derken, bir yazarın, bir sinemacının, aktörün adını söyleyin bana, orada mıydı, değil miydi, hemen söyleyeyim. Herkes vardı. Hatırlıyorum, vestiyerden paltomu almak için kuyruğa girmiştim, önümde Peter Ustinov, yanında Graham Greene, onların önünde Kundera, arkamda da Sophia Loren. Ne keyif! Bu konferansta ben de bir konuşma yaptım, bir yerlerde yayımlandı da. Başlığı ve konusu "Entelektüeller krizleri çözmeye değil, çıkarmaya yararlar" idi. Konferansın büyük sorusu, entelektüellerin çağımızın büyük krizlerini çözmede nasıl yararlı olacakları, ne gibi müdahalelerde bulunmaları gerektiğiydi. Konusu ve sorusu. Sorun başkaydı elbette: Entelektüeller krizlerin çözümünde faydalı değildirler. Kriz başgösterdiği zaman, yani derin bir sorun ortaya çıktığında mesele yalnızca entelektüelleri değil, toplumun her kesimini ilgilendirir. Diyelim ki dinsel bir kriz var, ya da ahlak değerleri büyük bir kriz içinde: Entelektüel ne yapsın, bir kitap yazıp tüm sorunları çözecek bir anahtara mı sahiptir? Hayır. Oysa, tam tersine, entelektüel, bir sıkışma durumunda, çıkış yolu gözükmeyen ve öylesine giden, olması gerekirken hiçbir şey olmayan bir düzende, bir kopma, kırma, ayırma işlemi yapan kişidir. René Descartes, *Cogito* (iyi, derginizin ismini de zikretmiş olduk!) diyerek felsefe yapmaya başladığında bir krizi çözmez, tam tersine, büyük, devasa bir krizi başlatır, binlerce başbelası sorun yaratır. İşte burada etimolojiye ulaşırız. Sözcüğün ilk anlamına belki. Bir kriz yaratmak, varolan bir hali eleştirip, bu değişmezlik tarlasına "kuşku" tohumları ekmektir.

Krino *aynı zamanda klasik mantıkta "değerlendirme" ile ilgili dala da adını vermiş...*

Tabii. Yargılama, değerlendirme: Bu sayede düşünce yeni sorun yumakları oluşturur, yeni sorular sorar. Ama Yunanca sözcüğün, mesela "Bu bir sandalyedir" cümlesinde kullanılabileceğini sanmam. Tersine "Bu sandalye kötü yapılmıştır" dersem, "anatomik açıdan, bizim ihtiyaçlarımızı karşılamıyor, rahat değil, olmamış" dersem, işte o zaman "kritik" yani eleştirel değerlendirme alanına kayarım. Sözcük, anlamına o zaman kavuşur.

Eh, bu da kriz yaratmak değil midir?

Benim bu eleştirel yargım, eğer başkalarınca da paylaşılıyorsa, evet ortaya bir kriz çıkarır. Sandalyeyi yapan usta ya da fabrika için bir kriz durumudur bu. Şimdi, kriz dayanılmaz bir noktaya ulaşırsa, örneğin Wall Street krizinde olduğu gibi, soruna bir de çözüm bulmak gerekir. Benim kişisel fikrim gayet açık: Entelektüele, gaipten gelen sesleri yönlendiren ve her şeye bir çözüm bulan bir kâhin gibi bakmamak gerekir. Bir ara bu konuda bir şeyler söylemiş ve birilerini sinirlendirmiştim: Bir sinemada yangın çıktığında, entelektüelin yapması gereken ilk iş, itfaiyeyi çağırmaktır. Yoksa, sahneye çıkıp, yangın redifli bir gazel okumak ya da yangının kavramsal çerçevesi üzerine nutuk atmak değil. Hatta, yangına karşı ne tür önlemler alınması gerektiğini dahi söylememelidir: Çünkü bunu, yangın çıkmadan önce söylemiş olması gerekir. Ya da, yangından sonra söylemesi. Ama yangın çıktığı anda, yapması gereken, yangını söndürmek için itfaiyeye haber vermektir, orada birarada bulunduğu yargıçlar, fırıncılar ve diğer vatandaşlar gibi. Elbette, durum biraz daha çapraşık. Gazetecileri ele alalım, yangın çıkıyor, onlar koşa koşa entelektüele geliyorlar: Sanki entelektüel Apollon Tapınağı'nda kehanette bulunan bir rahip. Ondan bir cevap vermesini istiyorlar. Entelektüelin sokratik ödevi, hatta ilk ödevi, benim verecek yanıtım yok demektir. Cevap bende değil, çözüm de. Tabii bu cevap çok ciddi bir cevaptır, düşünürseniz. Bugün İtalya'da aile krizi yaşanıyor, genç çocuklar adam öldürüyorlar vs. Bu büyüklükteki, bu genişlikteki toplumsal bir sorunu, düşünce yoluyla, sadece düşünce yoluyla çözmek mümkün değil. Ailenin toplumdaki yeri nedir, şiddet ne anlama gelir, şiddet nasıl bertaraf edilebilir? Entelektüel bu tür sorulara yanıtlar veren kitaplar yazabilir, ama sorun, toplumun tüm kesimlerinin katılımıyla, rızasıyla çözüme ulaşır. Tekil kitaplarla değil. Yani demek istediğim, entelektüel krizden önce ya da sonra çalışır: Kriz sırasında değil.

Peki, bu anlamda "kriz"i basit bir sorundan ayıran nedir?

Felsefenin bir tanımı vardır: Felsefe "cevabı olmayan sorularla" ilgilenen bilgi dalıdır. Eğer bir cevabı varsa sorunun, bu meseleyle bilim ilgilenir. AIDS nasıl tedavi edilir, iyileştirilir? Bir yerlerde bir cevap vardır ve bilim gidip, arayıp bu cevabı bulmak zorundadır. Felsefenin soruları başka türlüdür: Niye dünyada deniz vardır, insanlar neden ölür? Sorunun cevabı yoksa, orası felsefenin çalışma mekânıdır. Felsefe sorun yaratır. Sorunları tasvir eder, tanımlar, kimi zaman yanıt vermeye de çalışır, ama yanıtın kuramsal olduğunu da gayet iyi bilir. Ölüm mesela: Heidegger "ölüm için yaşamak gerek" diyecektir. İyi de, bu bir cevap mıdır? Nasıl bir cevaptır yani bu? Cevaptır da, çözüm müdür?

Olabilirliği yoktur ki...

Felsefe tarihinin en önemli metinlerinden biri Boetius'un *De Consolatione Filosofae*'sidir. Boetius bunu hapishanede yazdığı zaman, felsefe sayesinde acısını yatıştırıyor, "avunuyordu". Benim ustalarımdan biri, adı Niccola Bagnano'ydu, hatta, o muydu, yoksa onun öğrencilerinden biri mi, şimdi hatırlamıyorum, bir makale yazmıştı. Başlığı "Felsefe Avutmaz"dı. Bu bence gayet güzel bir tanımdır: Felsefe avutmaz, çözmez, dindirmez. Dinler avutabilir. Ölüyorsundur, cennete gideceksindir, eh işte, gayet güzel bir avuntu. Felsefe öyle değildir. Şiir de. Bizi avutan bir şair genellikle kötü bir şairdir. Örneğin Leopardi gibi bir şair, bizi avutmak, acılarımızı dindirmek için falan yazmamıştır. Bu da işte; entelektüel, krizleri çözmez, çıkarır demenin bir başka yoludur.

Kriz çıktı. Peki, sonrası nedir, nasıl gelişir? Yeni bir normallik hali mi sağlanması gerekir? Şart mıdır?

Ben tabii "entelektüel kriz çözmez, çıkarır" dediğimde, entelektüelin has görevinden, doruk noktasından söz ettim. Yoksa entelektüel, herkes gibi elma yiyen, sahanda yumurta pişiren, otobüse binen gayet sıradan bir kişidir. Bunun ardından başka soruların gelmesi doğaldır. Entelektüel, toplumsal bir rol üstlenmiş başkalarıyla, profesörler, mühendisler, gazetecilerle birlikte krizi çözmek üzere çalışır, çalışmalıdır. Şu iki şeyi ayıralım: Entelektüelin yapması gereken düşünme çalışması bir yana, entelektüelin toplumsallığa katkısı bir yana. Örneğin, entelektüelin siyasi tavrı. Bir ara, PSİUP'un bir konferansına katılmıştım: İtalyan Proleter Birlik Sosyalist Partisi. Gramsci'den gelen geleneğe sıkı sıkıya bağlıydılar. Oysa bence entelektüelin yeri Italo Calvino'nun *Ağaca Tüneyen Baron* kitabında anlattığı yerdir. Adam ağaçların tepesine tüner, ama tünemesi etrafıyla ilgilenmediği anlamına gelmez. Ağaçların tepesinden her şeye karışır, katılır: Örneğin Fransız Devrimine.

Entelektüelin ikinci görevi, siyasi açıdan, partisinin düşmanlarına saldırmak değil, kendi partisindeki yandaşlarına karşı koymaktır. Çünkü düşmanlara karşı konuşmak kolaydır, herhangi bir basın organında bu zaten yapılıyor. Ama dostlarına, yandaşlarına karşı konuşmak, bu önemlidir: Çünkü bu durumda kendi tarafını sürekli sorgular, bu yakada sürekli kriz yaratır. Ama üyesi olduğu için partisinin broşürlerini, propaganda malzemelerini kaleme alıyorsa... Eh, biraz okur-yazar olan herkes bu işi yapabilir. Onun görevi bu değildir. Diyelim bir eğitim krizi var. Entelektüel bunu çözmez. Ama bir vatandaş olarak, toplumun her kesiminde bu krizi çözmek için yapılan çalışmalara katılır ve toplumun bütününün bu krizi kendi kendine aşmasına katkıda bulunur.

Entelektüel, bir genelkurmay başkanı gibi savaşı başlatır diyelim, tuhaf bir örnek ama... Ama bitirmek işi, askerlerin, erlerin, subayların işidir.

Tüm bunlardan sonra, gelinen başka düzlemde, eh, başka bir kriz yaratmak lazım o zaman...

Krize bakışımız biraz Hegel'ci, ama ne yapalım, öyle. Bu işlev, bana doğruymuş gibi geliyor.

Yani, kriz, bir anlamda "yaratıcı bir an".

Evet. Kriz çıkarmak lazım, sonra da çözümüne katkıda bulunmak. Ama şu da var ki, çok önemli. Entelektüelin bir diğer görevi de, gereksiz yere kriz yaratmamaktır. Yani, iş olsun diye kriz yaratmamak. Dünya, her gün kriz çıksın isteyen bir torba entelektüelle de dolu. Orada burada yazılar yazıp yıkım ve felaket haberciliği yapmak, dikkati üzerine çekmek isteyen entelektüellerin gayet sık yaptığı bir şey. Gereksiz kriz, yaratılmamalı.

İyi de, nasıl ayıracağız?

Çok iyi. Yüz puanlık uzman sorusu. Sokrates, masum bile olsak, hapisten kaçmamak gerekir der. Kaçmak, şehrin yönetimini, yasaları tanımamak anlamına gelir diye de ekler (Kryton). Bugünden baktığımızda, o zaman için gayet önemli bir kriz yarattığını görüyoruz. Ama işte, orada. Sonuçlarına katlanıyor. Platon, Syracusa tiranına gidiyor, sana yeni bir yönetim şekli sunuyorum diyor. Cumhuriyet yönetimi fikrinde büyük bir kriz yaratıyor, sarsaklık sarsaklık üzerine. Keşke önermemiş olsaydı, önerenin adı Platon olsa bile. İki bin yıl sonra, şimdi şimdi farkına varıyoruz. Adı o zamanlar konmamış da olsa, Platon'un önerdiği yönetim biçimi faşizmdi. Dolayısıyla, yanlış, hatalı kriz yaratan entelektüeller de vardır. Uç noktaya bakalım: Hitler'in danışmanları, ırk teorisyenleri, o çevrede entelektüel işi görüyorlardı. Öyle bir kriz yarattılar ki, yaratmasalar insanlık için çok ama çok daha hayırlı olurdu.

Şimdiye kadar, bireylerden, kriz yaratan, ya da yaratmaması gerekenlerden söz ettik. Ama, krizin olabilmesi için, kültür dünyasında, toplumda zaten kaynar bir şeylerin olması gerekmiyor mu?

Kriz meselesini hemen bitiştirdiğim bir kavram var: Devrim. Biz devrimi ya halkın önderlerinin ya da birtakım önderlerin etrafında toplanmış kişilerin yaptığını sanırız. Mesela Lenin'de görünür hal budur. Ama görünmeyen, başarısız devrimler yok mudur? Spartaküs. Kölelerin isyanı. Ortaçağ'da birçok cemaatte, diğer coğrafyalardaki isyanlar, isyanlar karşısında bastırma hareketleri. Bir devrim tarihsel olarak devrim haline gelmeye, birileri toplumda mayalanmaya başlamış olan bir şeyleri hızlandırdığında başlar. Bu dönüşme süreci bittiğinde de, tarihsel olarak, bu olaya devrim adını veririz. Fransız Devrimi, o üç-dört çapulcunun Bastille hapishanesine yürüyüşü falan değildir: Bu efsanesidir. Aynı Fransız devrimini gerçekleştiren Jacobinler de değildir. Tamam Jacobinler devrime yol vermiş, hızlandırmış olabilirler, ama bu hiç de önemli değildir, çünkü Ancien Régime'de krallık ve saray zaten krizdedir. Diderot ve d'Alembert *Ansiklopedi*'yi yayımlamaya başladıklarında, kitap toplatılacaktır. Sansürden ve zoralımdan sorumlu İçişleri Bakanı, bir gece evvel Diderot'ya telefon eder (daha neler! bir mektup gönderir), bak yarın kitap toplatılacak, ona göre dikkatli olun, özür dilerim falan der. Onları saklamaya çalışır, onları sakınır.

Malesherbes değil midir?

Evet, Malesherbes... Hem de *Ansiklopedi*'nin hedeflediği, eleştirdiği toplumsal sınıftan gelmektedir. Ama o sınıf zaten büyük bir krizin içindedir ve Malesherbes ikiye bölünmüştür.

Bir devrim ancak şu gibi zamanlarda doğar: Bir entelektüel grubu (Jacobinler ya da Lenin) doğru bir zamanda, toplumdaki bir gerilimi anlar ve doğru yorumlarsa. Kesinlikle olur da denemez elbet. Eğer yanlış zamanda harekete geçerlerse, eh yazık olur. Örneğin, İtalya'da ortaokul ve lisedeki bütün çocuklar Carlo Pisacane'nin efsanevi seferini bilir. Pisacane, güneyin pleblerini birleştirmek için sefere çıkar. Sonuçta, hem onun adamları, hem de pleblerden bu harekete katılanlar kılıçtan geçirilir. Bu yüzden okullarda hâlâ şu şiir okutulur: "Eran trecento, eron giovani e forti, e tutti sono morti" (1400'lerdi, hepsi gençti güçlüydü, şimdi hepsi ölümün kucağına düştü). Carlo Pisacane'nin anısı yaşatılır, çünkü yüzyıllar öncesinden, başkaldırı ve birleşme mesajını ilk veren kişi oydu denir. Evet yüzyıllar önce olduğu için de fazlasıyla erkendir tabii; ve hareketi maalesef hüsranla biter. Ama doğru zamanda, doğru yerde aynı türden bir hareketi başlatan Garibaldi, başarır. Tarihsel bir devrim yapar Garibaldi, ama büyük bir krizi de başlatmıştır. Sicilya'ya hareket etmiş, bu yüzden de Piemonte'deki hükümeti inanılmaz zor durumda bırakmıştır. Ya doğru zaman olduğunu anlamıştı, ya da yalnızca şanslı bir adamdı, sonuç başarılı oldu. Pisacane, krizi, olmaması gereken bir anda yarattı ve biz bugünden bakıp, yersiz olmasına rağmen bu "tanıklığı" ders kitaplarında anarız.

Tarihsel bir alana kaydık ve benim aklıma hemen şunu sormak geliyor, büyük tartışmalara yol açtığı için: Krizi "olay"dan, "hadise"den ayıran nedir?

Bir zamandır aslında şunu demiyor muyuz: Kriz olarak gördüğümüz her şey aslında birer "olay"dır. Bir noktadır bunlar, tarihsel bir andır. Ama doğrusu "olay", zaten varolan "olaydışı" (Eco, burada terimin Fransızcasını kullanıyor: "non-événementielle") bir arkaplan sayesinde "olur". "Olay" zaten yalıtılmış bir şey olamaz... Olay haline, tekilliği sayesinde gelir. Bir örnek ele alalım: İtalya'da terorizm. Kızıl Tugaylar ne dedi başta? Saldırılar düzenleyeceğiz, bu sayede hükümete baskı yapacağız. Ne oldu? İşçi sınıfı bu baskı yolunu seçmedi. Bir dizi adam kestiler. Hükümet biraz baskı altında kaldı ama işçi sınıfı tepki vermedi. Çünkü yarattıkları bu "hadise", yani gidip Moro'yu öldürmek, toplumsal bir arkaplan olmadan "oluyordu", dolayısıyla varılmak istenen hedef battal kaldı. İşçi sınıfı çıkarının başka yerde olduğunun farkına vardı, toplumsal sözleşmeyi bozmak istemedi. Kimseye yaramadığının farkına hemen vardı. Elbette, Kızıl Tugaylar'ın yaptıklarına "olay" ya da "kriz" adını verebiliriz, ama bu kriz, benim "yaratıcı olmayan kriz" diye adlandırdığım kategoriye girer. Ya da "temelsiz" olay diyebiliriz bunlara.

Peki bu anlamda, istemdışı gelişen krizleri nasıl sınıflandıracağız? Mesela ekonomik krizleri.

Krizin birçok anlamı olduğunu, birçok yerde kullanılabileceğini söylemiştim. Son yirmi dakikada toplumsal grupların ya da bireylerin bile-isteye, bilinçli bir şekilde yarattıkları krizlerden söz ettik. Mesela Bolşevik devrimi başladığında Lenin entelektüeldir, sonra siyasetçi haline gelir. Ama şimdi "doğal" ya da "random" krizlerden söz edelim. Örneğin matematikte René Thom bunlara "felaket anı" adını verir. Mesela bir çığın düşmesi. Tabii ki bir krizdir bu. Kar yağar, birikir, birikir ve... Kırılma noktasına doğru ilerler. Dolayısıyla yük biner, kar birikir ve bir an gelir, kırılır ve düşer: Boşluğa doğru... Bu mesela "doğal" olarak gerçekleşen krizlerdendir. "Random" yani "tesadüfi" değildir. Çünkü, çığın düşmesi için ne kadar karın birikmesi gerektiği hesaplanabilir. Kırılma noktası çıkarsanabilir. Bir başka örnek: Yollarda bazı noktalarda telden kafesler vardır, o noktalarda tepelerden taş düşebileceği hesaplanmıştır, önlem alınmıştır. Sonra, daha "tesadüfi" diye adlandırabileceğimiz krizler vardır. Borsa krizi ya da otoyolda trafik tıkanıklığı... Nasıl? Şöyle anlatayım. Dört şeritli otoyol bir noktada çalışma yüzünden iki şeride düşerse (ki bu yüzden geçen sabah Bologna ile Modena arasında bir saat beklemek zorunda kaldım) sorun çıkar. Ama bu da tesadüfidir, çünkü, otoyoldaki araba sayısına bağlıdır. Az araba varsa, iki şerit işi görür, trafik akar. Çok araba varsa, trafik durur: Kriz çıkar. Benim şıkkımda pazartesi günüydü, oysa mesela cumartesi olsa, otoyolda çok araba olacağı öngörülebilirdi, ama pazartesiydi ve araba bolluğu için hiçbir neden yoktu ortada. Bu kriz, böyle bir şey denebilirse "sahte-tesadüfi"dir. Matematikte "kodlar kuramı" bu türden fenomenleri inceler. Dolayısıyla büyük bir matematikçi, belki de, pazartesi sabahı tam da o noktada trafiğin duracağını hesaplayabilirdi. Tabii bu hesap ne beni, ne de trafiğe takılmış o zavallıları çok ilgilendiriyordu. Bir de "tam-tesadüfi" kriz olabilir. Dört şeritli otoyolda bir noktada bir tırla bir araba çarpışır, kaza olur, yol kapanır, trafik durur. Dolayısıyla, "doğal" krizler vardır, beklenmedik anda gelirler, baskın, deprem gibi felaketler. Ama bunlar "öngörülebilir"dirler, doğaldırlar. Sonra, "tesadüfi" krizler vardır, otoyolda kaza mesela. Sonra, yine bir sözcük icat edelim, "tesadüf-ötesi" krizler vardır: Wall Street'teki kriz.

Elbette borsa brokerlarının irrasyonel tavırlarına da bağlı bu, eğer onlar sükûneti korumayı başarabilselerdi, böyle bir kriz de çıkmazdı. Ama borsa psikolojisini biraz biliyorsanız, bazı durumlarda kriz çıkabileceğini de bilirsiniz. Mesela, durduk yere Saddam Kuveyt'e bir atom bombası atsa, borsada kriz çıkması kesin değil midir? Tabii bunu "tesadüfi" olarak adlandırabiliriz, çünkü kimsenin o an aklında Saddam'ın bomba atacağına dair bir fikir yoktur. Sonra "programlı" krizler vardır, bunlar da entelektüellerin yarattığı krizlerdir. Ama tersine ilkgençlik krizi, afet, deprem ya da çığ gibidir. Gayet doğal sebeplerden, gençler 14 ile 18 yaşları arasında ailelerine başkaldırırlar, hepimiz biliriz bunu.

Bu sizce "doğal" mıdır? Mesela Antikçağ'da da ilkgençlik krizi diye bir şey var mıdır? Toplumun modern yapılanmasından kaynaklanıyor olmasın?

Evet. Tabii. Burada hangi toplumlardan, hangi soy, hangi aile ilişkilerinden bahsediyoruz, belirlemek gerekir. Hangi zamanda, nerede yetişkinliğe geçiş sorun yaratır genç için, bakmak gerekir tabii. Değişmesi de doğaldır. Örneğin bizim toplumlarımızda, bir zamanlar 12-15 yaşlarında gelişen bu krizler, şimdilerde 20-28 arasına bile yayılıyor. Ne olursa olsun, doğal diye adlandırabileceğimizi, hatta öngörebileceğimizi varsayıyorum. Dolayısıyla, tekrar edelim, "doğal", "sahte-tesadüfi", "tam-tesadüfi" ve "entelektüel açıdan programlanmış" krizler vardır. Bu sonuncular, daha ziyade "yararlı" krizlerdir. Tabii hata da oluşabilir, mesela Stalinizm, ki sonu kötü olmuştur. Demek istediğim "kriz" sözcüğünü her yerde kullanmamalı. Çeşitli süreçleri birbirinden ayırmak gerekir. Öylesine, bir anda gelen krizlerle, bir süreç sonunda, bir birikim sonucunda gelen krizleri birbirinden ayırmak gerekir. Örneğin, Venedik'te çok yağmur yağarsa, Venedik'i su basacağını herkes bilir. Çığ gibi de değildir. Bir anlık değildir yani, bir hafta yağsın yağmur, göz göre göre su yükselir. Kırılma anı yoktur. Kırılma anından belki tufan olursa söz edilebilir. San Marco'yu seller götürürse... Oysa, yağmur, aşamalı krizdir Venedik için. İlkgençlik krizleri de bu açıdan "aşamalı"dır. Bir sabah uyandığında zavallı çocuk kendini bunalımda bulmaz, yavaş yavaş gelişir. Dolayısıyla, kriz sözcüğünü dikkatli kullanmak, durumlara göre kullanmak gerekir.

Beni ilgilendiren, yine de, sonraki durum. Kriz sonrasındaki durum.

Bazı düzlemler vardır, olumludurlar; bazı kriz sonrası durumlar vardır, olumsuzdurlar. Mesela ben son on yıldaki fikir dünyamı gözden geçirmeye başladım diyelim. Krize girdim, bir kitap yazdım ve özür diledim: "Yanlış yapmışım, kusura bakmayın, söylediğim her şey hatalı". Olur a! Eğer abuklamıyorsam, bu "olumlu" bir kriz sayılabilir. Olgunlaşmaya götürdüğü için. Aşamalıdır, evet, felakete de götürmemiştir. Hem matematiğe bakarsak, felaket öyle zorunlu olarak "kötü" bir şey de değildir üstelik. Uyku mesela, uyanığım, beş dakika sonra uyuyacağım, bu gayet olumlu bir kriz olabilir. Orgazm anı da öyle. Onu da matematikte felaket sınıfına sokabilirler. Bir an önce yok böyle bir şey, şiddetle sevişiliyor, bir an önce yok, bir dakika geçiyor, orgazm geliveriyor: Herkes mutlu mesut. Olumlu bir düzlem değiştirme tabii.

Eh, gelinmezse de olumsuz... Peki, ben yine daha asık suratlı konulara geçeyim. Rönesans, Reform diye adlandırdığımız tarihsel süreçlerin kendisi mi krizdir, yoksa, bu adlandırma, o dönemlere bakıp da kriz görmek isteyen tarihçilerin mi krizidir?

Bence ikinci şık geçerli. Hep hata yapmışızdır. Rönesans diyoruz. Nedir Rönesans? Varolan fikirlerin sorgulandığı bir an mı? Yoksa, yeni fikirlerin dolaşıma girmesi, zafer kazanması mı? Mesela Rönesans gayet geniş bir terimdir, belirsizdir hatta. Mesela Anglo-Saksonlar, Rönesans'tan söz ettiklerinde Dante Alighieri'yi zikrederler. Dante oysa bizim için Ortaçağ'dır. Evet, geç Ortaçağ ama Ortaçağ. Kimileri de, sanat tarihçileri, Rönesans'ı 1520'de Raphaello'nun ölümüyle bitirir, maniyerizmi başlatır. Oysa otobüs şoförüne, kahveciye sorun, 17. yüzyıl Rönesans'tır... Nedir gerçekten? Bir an, öyle bir an ki, laiklerin kültürünün bir makasta ray değiştirmesidir, yeni fikirlerin dolaşıma girmesi, klasiklere dönüş. Bizim kültürümüz Ortaçağ kilisesinin kültürü değildir deyip, Antikçağ'ı keşfe çıkmak. Bununla aynı ana tekabül eden Protestan Reformu. Resim yapma tarzının, heykel, mimari tarzlarının dönüşmesi. Evet, belki bu Rönesans olabilir.

İyi de, bu hep bahsedilen Antikçağ'a dönüş, klasiklerin tekrar keşfi, ne türden bir ihtiyaca karşılık geliyordu? Hem öte yandan, Ortaçağ kültüründe, ister popüler olsun, ister soylu, isterse de Kilise, Antikçağ zaten "görünmez" bir biçimde bunların içinde değil miydi? Yani bu ögeler zaten "içeride", mevcut değiller mi? Ama bunu unutup, belirli bir anda, ah tekrar dönelim güzel Antikçağ'a demek ne demektir, eğer kriz değilse...

Bunu siz söylüyorsunuz: Yani "belirli bir anda" diyerek. Belirli bir anda olmadı ki... Gayet ağır bir süreç içinde oldu. Tabii, Rönesans insanları klasik metinleri buldular. Buldular da nerede buldular, Mars'ta değil, iki adım ötelerindeki manastırların kütüphanelerinde. Evet, o kütüphanedeydi bu metinler de, kimse onların yüzüne bakmıyordu ki... Mesela Petrarca: 14. yüzyılda Petrarca'da, Dante'de olmayan, klasik dünyaya duyulan bir ilginin başgösterdiğini biliyoruz. Oysa, Petrarca, Raphaello'dan iki yüzyıl öncedir...

İyi ya, tam da bunu söylemek istiyorum. Petrarca'nın bu garip filolojik tutkusunu biliyoruz. Kütüphane kütüphane dolaşıyor, Titus Livius'un Roma Tarihi'*ni bulmak için. Bir parça o manastırdan, bir parça bundan, metinleri karşılaştırıyor, sahte bölümleri atıyor vs. Nihayetinde bugün elimizde Titus Livius'un* Roma Tarihi *varsa, bunu Petrarca'nın dedektifliğine borçluyuz. İyi de niye? Yani, Petrarca'yı bunu yapmaya iten ulvi neden ne? Kaybolmuş bir Latin dünyasının utkulu günlerini yeniden yaşatmak mı? Ne tür bir kriz yaşıyor ki, bu ava çıkıyor?*

Basit. O keşiş değil, din adamı değil, laik. Öyle bir anda yaşıyor ki, kültürel üretimin mekânı artık ne manastır ne de saray, yeni üretim mekânı şehir. O bir şehirli. Şehir; tüccarları, küçük esnafı, üreticileri, ressamlarıyla yeni bir oluşum. Yepyeni ilgiler bunlar, yepyeni çıkar ilişkileri. Bırakın Petrarca'yı, ben niye örneğin yirmi yıldır Paris'e gidiyorum? Savaş sonrasıydı, yepyeni bir kültür iklimi yerleşiyordu, açık bir dünyaya özlem duyuyorduk da ondan. Petrarca, bir sabah uyanıp da kendi kendine "Ah, bugün gidip klasikleri bulmalıyım" diyen bir beyefendi miydi? Hayır, arkadaşlarıyla, hanlarda barlarda buluşup, biz nasıl konuşup tartışıyorsak, onlar da aynısını yapıyordu: "Yeter artık bu Sorbonne'dan gelen zırvalar, bırakalım bunları, yeni şeyler yapalım", "nedir bu Latincenin hali, nasıl kurtarırız" diye içleri içlerini yiyordu... Zaman öyle bir zamandı. Bankalar ortaya çıkıyor, borç, kredi sistemleri oluşturuluyordu bu şehirlerde. Bir parantez, Templari, şövalyeler yani, çok daha önce kredi sistemini, bankacılığın ilk örneklerini yerleştirmişlerdir. Bu en azından Templari üzerine söylenen az sayıda doğru şeylerden biridir. Öyle bir anda icat ettiler ki, daha bağımsız şehirlerin liberal ekonomi sistemi falan ortada yoktu. 1150'de Templari, banka sisteminin temellerini atıyor, iki yüzyıl sonra, şehir ekonomisinin belkemiğini oluşturacak bu... Dolayısıyla, tarihsel açıdan donmuş, belirli, kesin anlar yoktur. Öyle olduklarını biz, aradan büyük bir zaman geçtikten sonra söyleriz...

Şiir şeklinde çocuklar için yazılmış bir felsefe tarihi vardır, Rönesans şöyle anlatılır: İnsanlar bir sabah uyanırlar ve "ne oldu, ne oldu?" diye birbirlerine sorarlar. Biri cevap verir: "Olan oldu, Ortaçağ bitti Rönesans doğdu!"

Ortaçağ bitti (nasıl bitiyorsa? Hem öte yandan o dönemde yaşayanlar kendi dönemlerine Ortaçağ falan da demiyorlardı ki, neyse), Rönesans başladı demek, çok yağmur yağdı, Venedik'i sular aldı demek gibi bir şey... Elbette, kriz yaşanıyordu o dönem, bir şeyler birikti, birikti, tuhaf bir dönüşüm gerçekleşti. Biz ise, büyük bir mesafeden bakarak, Dante ile Petrarca arasındaki farktan söz edebiliyoruz.

Bu açıdan bakarsak, belki de esas kriz, bu dönemlere bir isim vermek zorunda kalan bizlerin, hadi daha kesin konuşalım, mesela ondokuzuncu yüzyıl tarihçiliğinin, Burkhardt'ın, Michelet'nin yaşadığı kriz olmasın?

Bir anlamda, evet. Geçmişe dönüp bakmak ve dönemlendirme yapmak, isim vermek, bir şeylere işaret eder. Roma İmparatorluğu sona erdi diyoruz, x tarihinde; iyi de o tarihte kimse Roma'nın bittiğini bilmiyor ki, hatta belki de bitmiyor. Ya da daha önce bitiyor. Kriz anı olduğunu, biraz da rahatlık olsun diye söyleyen, biziz. Tarihler işimize yarar: Amerika 1492'de keşfedildi deriz. Ama 1492'yi izleyen yirmi yıl boyunca kimse oranın yeni bir kıta olduğunu bilmiyordu ki. Adlandırma sonradan gelir: Kolaylık olsun diye. Kristof Kolomb Amerika'yı keşfetti, Ortaçağ bitti. İyi. Kolomb ne yaptığının farkında mıydı? O Japonya'ya falan geldim sanıyordu. Bizim tarihe bakıp kriz anları dediğimiz anlar, aslında bütünüyle "kurgusal". Kolaylık olsun diye kurduğumuz bütünlükler. Aynı, Roma'nın kurulduğu İ.Ö. 21 Nisan 753 tarihi gibi. Hadi canım! Aileler, boylar, kavimler yavaş yavaş biraraya geliyorlar, birlikler kuruyorlar: Roma'nın kuruluşu herhalde bir yüz yıl almıştır. Bize ise Romus'la Romulus hikâyesi yetiyor. Ama bunlara da ihtiyacımız var. Bu kuruluş tarihleri bize güvence veriyor. Skolastik düşüncenin krizine bakalım. Aynı; Fransız Devrimi, yine aynı: Bastille alınmış da devrim olmuş. Bastille alınırken iki adım ötedeki Belleville'de herhalde kimsenin haberi yoktu olan bitenden. Sonra bir-iki yasa yapılıyor: Ruhban sınıfına ilişkin sivil yasa falan. İyi de yalnızca bu olsaydı, benzerleri gibi binlerce yasa arasında kaybolurdu. İtalya'da ondokuzuncu yüzyılda Kilise'nin toprak sahipliği sona erdirildi. Kimse farkına varmadı. Devrim de olmadı, hatırlanmıyor bile... Ama olan oldu: O yasa geçti, bir yasa daha, konuşmalar, tartışmalar devam etti, üst üste gelen birçok koşul, bir kırılma anına doğru götürdü devrimi ve biz bu sürecin sonunda, ad koyduk. Kriz uzun sürecektir öte yandan. Napolyon Notre-Dame Kilisesi'nde taç giydiği zaman, işte diyoruz, imparatorluk başladı. Ama olanlar, daha önceden oluyor. O an, bir nokta. Kriz, olayın öncesidir bu durumda. Olay, krizi belirgin kılmıştır.

Son kitabınız Baudolino'*ya gelelim. Bir an, Federico Barbarosso, Papa'nın iktidarını silmek için çeşitli yöntemler dener: Baudolino'nın verdiği akılla. Ama aslında, büyük bir siyasi krizin ortasındayızdır: Dünyevi iktidarla Manevi iktidarın çatıştığı kriz.*

Romanımda bu gerginlik, evet, anlatılır. Federico gider Roma'da taç giyer. İnandığı şudur: Büyük bir kriz vardır, iktidarı ele alacak ve dünya işlerine düzen verecektir. Ama, nihayetinde hiçbir şey değişmez. Kutsal Roma İmparatorluğu nasılsa öyle devam eder. Federico ellerini ovuşturur: "Oh, iyi, iyi, kriz çıkardık, şimdi işler yoluna girecek". İşler yoluna falan girmez, dünya da değişmez. Carlo Magno kendini İmparator ilan ettiğinde dünya aslında daha fazla değişmiştir. Soruya dönersek, bence iyi bir tarihçi, kriz anlarına, olaylara inanmayan, onların öncesine bakan, orada neler olduğunu anlamaya çalışan tarihçidir. Öte yandan, olayın sonrasına da bakmalı, öncesiyle sonrası arasındaki o krizin belirginleştiği anda nelerin değiştiğini gösterebilmeli.

Hegel dedik: Onun söz ettiği anlamda hiçbir şeyin değişmeyeceği, her şeyin mükemmel olacağı, hiçbir krizin çıkmayacağı tarihsel bir dönem düşünülebilir mi? Aynı bugün liberalizmin umut ettiği gibi?

Sanmam. Kozmos'un bir aklı var. Bir hareket düzeni var. Kozmos krizlerle ilerler. Big Bang olur, bir yıldız biter, kara delikler ortaya çıkar. Kozmos hiç de sakin değildir. Güneş nedir? Sürekli bir kriz merkezi. Sürekli kopuşlar yaratan atomik bir pil. Bilmem kaç milyar yıl sonra da sönecek olan bir yıldız. Yavaş ama sürekli kriz halinde olan bir kozmos. Dolayısıyla, doğal olan, sürekli kriz hali içinde olmak. İnsanların da farkı yok, hepsi de bu doğallığın parçası. Fizikçiler kum tepeciğini anlamaya çalışıyor: Kumlar birikiyor, birikiyor; bir noktaya kadar kum tepeciğinin alt çapı değişmiyor; en son doruğa bir kum taneciği koyuyorsunuz, kumlar aşağıya doğru kaymaya başlıyor, tepenin yüksekliği azalıyor, çapı genişliyor. Kozmos da, dünya da sürekli bir hareket içinde. Biz de az biraz kozmos gibiyiz. Hiçbir değişimin olmayacağı, ilişkilerin gelecekte kriz yaratmayacağı bir toplumsal düzen kurmak ham hayal.

Bir anlamda, Mükemmel Dil Arayışı *kitabınızda anlattığınız gibi.*

Şu açıdan bakıyorsanız, evet: Diller sürekli kriz içindedir. Şu an konuşurken bile sürekli değiştiriyoruz, dilde sorun yaratıp, yeni anlamlar buluyoruz. Bizim gerçekleştirdiğimiz dönüşümün sonuçları anında görülebilecek türden değildir, belki iki yüzyıl sonra... Mükemmel dil peşinde koşanlar, mükemmel cumhuriyeti arayanlar gibidir. Krizsiz bir durum, bir devlet bulunabileceğini sanırlar. Bu, bütün geleneksel felsefelerin yanılsamasıdır. İnsanlığın ilk anını düşünürler, rasyonaliteyi bir kenara bırakıp, o ilk anda mükemmel bir düzen olduğunu hayal ederler. İnsanla doğa, insanla kozmos arasında bozulmaz, harika bir düzen olduğunu düşünürler. İlerleme onlar için o mutlu ilk ana dönmektir. Altın çağ hayali diyelim buna. Elbette o altın çağa dönemezler, çünkü altın çağ hiç olmamıştır. O mutlu sandıkları ilk an, binlerce sorunla, derin krizlerle doludur. Bu herkesin rüyasıdır. Evlenenlerin bile: Ne denir? Evlendik, artık her şey sonsuza kadar harika olacak. Çocuklar yapacağız, mutlu bir yuvamız olacak, yeşil panjurlu küçük ev: Dertsiz, sorunsuz, mesut. Derken, boşanırlar... Siyaset de böyle değil midir? Her şey ilerde kurulacak muhteşem bir denge fikrine bağlıdır. İşte entelektüelin görevi de burada ortaya çıkar. Entelektüel avutmaz: Hayır, der, inanmayın, yok böyle bir şey. Eğer buna çok inanılırsa zaten, yeni Hitler'ler kaçınılmaz olur. Yahudiler olmasa her şey çok iyi olacak, haydi Yahudiler Dachau'ya; Polonyalılar olmasa, komünistler olmasa, akıl hastaları olmasa; olmasa da olmasa... Bu düşüncenin bizi nereye götürdüğünü biliyoruz. Entelektüel eylem bu türden müthiş bir dengenin hiç olmadığını, olamayacağını söylemektir. Öteki fikir, Ütopya'dır: Düşünmesi iyidir de, ciddiye alınınca neler olacağı açıktır. Bakın, Thomas More'un *Utopia*'sını okuyun: Tanrı korumuş, bir de orada yaşıyor olsaydık... Tam bir baskı düzenidir, her taraf polis kesilmiş adamlarla doludur. *Utopia*'yla karşılaştırırsanız, Naziler masum bile kalır. Ne yapayım: Felsefe avutmaz.

İlahiyata bakalım bir de: Tanrı mükemmelliği temsil etmez mi? Tanrı, krizsizlik, kımıltısızlık, değişmezlik değil midir?

Gelmiş geçmiş tüm ilahiyatın açıklamaya çalıştığı en büyük mesele "kötülük sorunu"dur. Kabbala'dan Gnostiklere kadar tüm ilahiyat, kötülüğün Tanrı'nın içsel bir çelişkisi olduğu sonucuna varmıştır. Niye? Şöyle açıklayalım. Kötülük Tanrı'nın dışında bir yerlerden doğsaydı, Tanrı'nın buna izin vermemesi gerekirdi. Ya da izin vermemek istiyordur da başaramıyordur. Bu durumda da kötülük Tanrı'dan daha güçlü diye düşünmek gerekir ki olmaz. Ya da, kötülük, Tanrı'nın içinde varolan bir çelişkidir. Tanrı içindeki bu çelişkiyi yönetemez. Bastıramaz. O zaman da yapacak çok şey yoktur. Katolik ilahiyat şöyle der: Tanrı, kötülüğü, insanları sınamak için yarattı. İyi, aferin Tanrı'ya. Beni sınamak için, beni cehenneme gitme tehlikesiyle karşı karşıya bırakıyor. Cehennem kötü değildir o kadar derler, eh, iyi, o zaman kötülük de yoktur ki. Meseleyi ters çevirip şu önermeyi de yapar Katolik ilahiyat: Sizin kötülük olarak gördüğünüz ölüm falan gibi şeyler, daha büyük, müthiş bir iyilik dünyası için hazırlıktır. Nedir bu? Cennet. Cennet ise More'unki gibi bir ütopyadır, ne az, ne fazla. More, cennet orada, okyanusun ortasında bir adadadır der, Kilise ise, göklerde bir yerde... Ama bütün ütopyalar gibi, cennet fikri insanı yaşama bağlayabilir, ömrü sürdürmeyi sağlayabilir. Kalkütalı Azize Teresa haline gelip, cüzamlılara yardım edersin, cenneti böylece hakedersin. Ama değişmez, iyi bir siyasi düzen fikri, nihayetinde ütopik bir fikirdir.

Katolik ilahiyat Tanrı'nın içindeki kötülükle imanı nasıl bağdaştırır?

Ah! Katolik ilahiyat, bu konudan bahsetmemek için elinden geleni yapar. Sorunu ortaya koyan, başka ilahiyatlardır. Katolikler için, kötülük, başkaldırmış meleklerdir. Tabii sorular devam ederse, yanıtları da tuhaflaşmaya başlar: Niye melekler başkaldırır? Augustinus'tan bu yana bu mesele üzerinde kafa yorulur, ama bu konuda geliştirilmiş en incelikli cevap şudur:

Senin kötülük sandığın aslında kötülük değildir. Çünkü, arkasından ölümsüz hayat gelecektir. Bu verilen tek cevaptır: Sen ölümün kötü mü olduğunu sanıyorsun, cahil, ölüm ödüldür: Sonsuz hayata kavuşmanın anahtarıdır.

Aynı, kriz aslında kriz değildir demek gibi...

Tabii. Küçük bir krizdir kötülük bu yorumda. Nedir ki? Kötülük insanlığın ilkgençlikten yetişkinliğe geçerken geçirdiği krizdir. Karşılığında kazanacağın sonsuz iyilik dünyası karşısında nedir ki? Şöyle derler hem zaten cehennem de geçiş yeridir, cezanı çekersin; zaten arkasından da boşluk gelecektir: Tanrı'nın sonsuz iyiliği. Levent, sizi cehenneme yolladık diyelim, iyi, ama bu bile kötülük değildir ilahiyata göre, çünkü size, cehennemin de sonrası vardır denilecektir. Arkasından müthiş bir düzen gelecek, her şey müthiş bir değişmezlik düzeninde yaşayacaktır. Hadi yine kurtuldunuz. Ama sevgili Levent, bu bir söyleşi olmaktan çıktı, sanki 1250 yılında Sorbonne'da ilahiyat dersindeyiz de, bir *disputatio* temrini yapıyoruz!

Daha iyi ya... Peki, şuraya gelelim. Edebiyat Cumhuriyeti, kavgalarla dolu. Birileri geçmiş karşısında onun otoritesine inanıyor, boyun eğiyor, kimileri de, geçmişin hükümranlığına karşı çıkıyor, boyun eğenlerle kavga ediyor. Bu polemikleri de kriz olarak mı görmek gerek?

Elbette, kriz çıkartıyorlar. Yeni bir şeyleri söyleyebilmek için, karşı çıkılması gereken birileri, birtakım fikirler lazım. Polemikler entelektüel krizlerdir. Ama buradan bir başka yere gidebiliriz. Savaş sorununa. Benim *Ahlak Üzerine Beş Yazı* adlı kitabımda, savaş üzerine bir yazı vardır. Körfez Savaşı sırasında yazılmıştır: Başlığı "Savaşı Düşünmek"tir. Öyle bir tarihsel anda yaşıyoruz ki, belki de yavaş yavaş savaş fikrinin kendisi de değişim geçirmekte. Savaşta devletin kendi ordusunun askerlerinin ölmemesi gerektiği zaten tuhaf bir dönüşümü oluştururken, neredeyse diğer ordunun askerlerinin de ölmemesi gerektiği yollu bir savaş kuramı gelişiyor. Ölünmeyen ve öldürülmeyen bir savaş: Kuramsal açıdan tabii, yoksa, günümüz savaşları da gayet kanlı kıyımlar gerçekleştirdi. Ama, bu fikir, eski, kanlı savaşlarla karşılaştırıldığında gayet tuhaf bir savaş fikri. Ama savaşı düşünelim şimdi: Savaş, bir kriz olduğunu söylemektir; savaş sonrasında ise yeni bir düzen oluşacağı, barış olacağı söylenir. Kendi mutlu, kıpırtısız düzenini dünyaya yaymak isteyen devletlerin, kriz var diyerek, daha iyi bir düzen geleceğini söyleyerek çıkardıkları kavgalardır savaşlar. Kartacalıları keselim, Germenleri temizleyelim, İngiliz barbarlarına boyun eğdirelim ki Pax Romana'yı kurup mutlu mesut bir dünyada yaşayalım. Mutlu mesut olacağına kendimizi inandırdığımız bir dünyada: İşte Roma örneği, önümüzde. Her savaştan sonra barış konferansları düzenlenmez mi? Oysa bu bir yanılsamadır. Tersi doğruysa, ya hiç savaş olmadığında daha iyi bir düzen oluşacaksa? Kartaca-Roma savaşı olmayaydı belki de daha büyük bir barış kurulacaktı, kurulmayacağını kim söyleyebilir? Kurulmayacağını, kurulamaz olduğunu, savaşı kazananlar söyler hep. Soğuk Savaş dönemini düşünelim. İşte savaşsız bir dönem. İstikrarlı bir dönem. Öte yandan, kafalarda hep, şöyle güzel bir atom bombası sallasak da, Sovyetleri ya da ABD'yi silsek haritadan, ne güzel bir istikrara kavuşuruz fikri yok muydu? Bir-iki casusun hayatına patlayan bir istikrar, ama elli yıllık bir barış dönemi. Ama esas savaş, kafaların içindeydi... Mesela, İtalya 1914'te müttefiklerin yanında savaşa girer. Ama İtalya, savaşa girmeden iki ay öncesine kadar Avusturya-Macaristan İmparatorluğu'nun yanındadır. Almanlar, İtalya'ya eğer savaşa girmezse, Trieste'yi, Veneto bölgesini vermeye hazırdır. Yani İtalya'nın savaş sonrasında kazandığı yerler, İtalya'ya önceden teklif edilir: Savaş olur ve ne karşılığında kazanır İtalya buraları? Altı yüz bin ölü asker. Ülke fakirleşir, arkasından da faşizm. Bu kriz Venedik'te yağmur yağmasına benzemiyor. Evet, savaşın öncesi bir kriz anıdır. Ama Almanya ya da İngiltere yanında savaşa girmek, ya da hiç girmemek, belirli bir yönetici grubunun verdiği siyasi bir karardır. Krize bir çözüm diye düşünülen bir karar: Elbette yanlış bir karardır bu, sonuçlarını düşünürseniz.

Ya günümüz savaşları: İnsan hakları ve demokrasi adına yapılanlar?

Tamam savaş yapma biçimi ve fikri tamamen değişti. Üstelik bu değişimin sonuçlarını iyi ölçebilecek bir durumda değiliz. Belki de esas savaş gelecekte, internette olacak, birileri Pentagon'un bilgisayarına girecek, bilgileri silecek, değiştirecek. Bunun yanında Bağdat bombalanmış, kime ne, bu ikinci bir mesele haline gelecek, hatta geldi bile belki. Bu öylesine yeni bir şey ki... Bakın, hükümetler, savaş sırasında insanlar öldüğü için neredeyse özür diliyorlar. Bunun gelecekte nasıl bir biçim alacağını ise bilmiyoruz. Ya da Çin Amerika'ya, casus uçak gönderip duruyor diye kızacak, New York'a şöyle hallice bir atom bombası atacak, haydi, eski güzel zamanların o eski kanlı canlı, ele gelir savaşlarına geri dönülecek, karşılık verilecek, yakılacak yıkılacak. Olur olur.

Yine de sonuç değişmiyor yani: Savaş, "kurgusal" bir krizi aşmanın yolu olarak görülüyor.

Eh, ne yapalım ki öyle. Bush, Bağdat'ı bombalamak yerine, atmosfere zehirli gaz salan fabrikaları için önlemler alma kararı verse, uluslararası anlaşmaları imzalasa, ABD'de gayet dev boyutlu ama oldukça keyifli ve olumlu bir kriz çıkmaz mı? İyi de olur. Ama istikrarı korumak adına, bu gazlar konusunda bir kriz çıkarmak istemiyor ABD. Tamam kendi evinde kriz çıkmıyor bu sayede ama, dünya gayet büyük bir krizle çalkalanıyor. Bu hikâyenin kritik noktası ne olabilir peki? Avrupa, ABD'ye, iyi madem fabrikaları kapamıyor, ya da önlem almıyorsunuz, biz de Japonlarla bir başka dünya politikası yaparız diyebilir, eh işte, eş büyüklükte bir kriz kapıya dayanıverir o zaman.

Tekrar başa dönersek, demek ki, bilinçli bir biçimde, büyük bir kriz çıkarmak, en can alıcı eleştirel edimlerden biri, belki de en büyüğü.

Kesinlikle. Daha önce de dediğimiz gibi, olumlu olması koşuluyla "entelektüelin görevi kriz çözmek değil, çıkarmaktır".

Ah, bu söyleşi öyle bir ülkede yayımlanacak ki, oradaki itfaiye kurumu, haber verildiği halde yangına yetişmiyor, yetişmek ne kelime, hatta bu da yangın mı diyor... Bize de yanan sinemalarda söyleşmek düşüyor.

Cogito 27.
Söyleşiyi yapan: Levent Yılmaz

Alain Touraine: "Sosyologlar Tarlakuşu Gibidir..."

Önce izlediğiniz güzergâhtan başlamak istiyorum. Benim bildiğim, en azından otuz yıldan bu yana toplumsal hareketler, aktörlerin eylem kapasiteleri üzerine çalışıyorsunuz.

Ortaçağ'dan beri! Hayır hayır, öyle demeyin sakın! Bir arkadaşımla birlikte kaleme aldığım ilk makalem 1949'da yayımlandı. O zamanlar öğrenciydim. Elli yıl geçmiş aradan. Eee, elli yıl da hiç fena bir süre değil.

*Önce, toplumsal hareketlerin yoğun olduğu bir dönem... Latin Amerika'da toplumsal hareketler, Fransa'da köylü hareketi, Polonya'da "Dayanışma" hareketi veya genel olarak işçi hareketi üzerine yaptığınız çalışmalarınızda olduğu gibi, daha sonra da çok önemli olduğunu düşündüğüm son üç kitabınızda –*Modernliğin Eleştirisi, Demokrasi Nedir? *ve son olarak* Birlikte Yaşayabilecek miyiz?*– *bana çok yakın gelen, genel bir iyimserlik seziyorum. Aynı zamanda da bir mücadele arzusu. Abartmak istemiyorum ama* Birlikte Yaşayabilecek miyiz? *adlı son kitabınızda farklı bir şey daha var. Bu kitapta devam eden "iyimser" bir çizginin yanı sıra sanki bir "kötümserlik" de belirginleşiyor. Özellikle* Modernliğin Eleştirisi *ile karşılaştırdığımızda ortaya çıkıyor bu özellik. Ve tartıştığınız Özne'yi entelektüellere yüklediğiniz önemli rol ile birlikte ele aldığımızda da arka planında söz konusu kötümserliğin ortaya çıktığı "devrimci" bir yön çıkıyor. Dolayısıyla bugün geldiğiniz noktayı, bu noktaya gelirken izlediğiniz güzergâhta entelektüellere yüklediğiniz rol bağlamında değerlendirebilir misiniz?*

* Alain Touraine'in üç kitabı da Yapı Kredi Yayınları'ndan çıktı.

İlk olarak benim izlediğim güzergâhtan söz etmek gerekirse, bunu birbirini tamamlayan iki biçimde tanımlamak isterim. Bunlardan ilkini ele aldığım konular bakımından inceleyebiliriz: Kabaca tanımlayabileceğimiz ilk dönemim 1950-1968 yılları arasında oldu. Ben o yıllarda özellikle iş sosyolojisi alanındaki sorunlarla ilgileniyordum. O dönem tam bir sanayileşme dönemiydi ve ben de sanayi toplumunun sorunlarına, özellikle sınıf bilinci, işçi sınıfı bilinci gibi konulara odaklanmıştım. Ama hayatımın diğer alanlarında, o zaman herkes gibi ben de sömürgeleşme karşıtı hareketlerle ve benzerleriyle ilgilendim. Sonra 1968; aktif olarak katıldığım için önemli bir dönemdi. Her şeyin büyük bir güçle sarsıldığı, sarsıntının bütün Batılı ülkelerde ve Fransa'da hissedildiği o tarihten itibaren ben de toplumsal hareketlere yöneldim, çünkü 1968 toplumsal bir hareketti. Bu 80'li yılların ortasına kadar sürdü. Bir grup arkadaş, Michel Wieviorka, François Dubet ve ilk zamanlarda Zsuzsa Hegedus, birlikte çalışarak toplumsal hareketleri incelemek üzere "sosyolojik müdahale" adlı bir metot ortaya attık. Bu hareketler arasında bize en çok entelektüel doyum veren de Polonya'da *Solidarnosc* (Dayanışma) hareketi oldu. Bu yöntemle Fransa'da, başka yerlerde yapılan çok sayıda araştırma oldukça farklı sonuçlar sergiledi. O dönemde Türkiye'de de bir sosyolojik müdahale yapıldı. 1968'den sonraki yıllarda bu toplumsal hareketlerin alaşağı olması, gücünün tükenmesi olarak tanımlayabileceğimiz bir süreçten sonra ben olaylara biraz daha mesafeli durmaya başladım. Ve bir süre sonra kişisel yaşamımdan da kaynaklanan nedenlerle işin kuramsal boyutuna yöneldim. Aynı zamanda, düşüncemin evrimine paralel olarak geçiş kitabı olarak niteleyebileceğim *Aktörün Dönüşü*'nden sonra sözünü ettiğiniz ve bir bütünlük taşıyan üç kitabı kaleme aldım: *Modernliğin Eleştirisi, Demokrasi Nedir?, Birlikte Yaşayabilecek miyiz?*

Bu süreci iki yolla açıklayabilirim; tarihsel olarak açıklamam gerektiğinde, şu duyguya kapılıyorum; biz dünyanın Batı tarafında uzun zaman sanayileşmiş bir toplumda yaşadık. Bu toplumdan çıktık ve karışık bir geçiş süreci yaşadık. Üçüncü aşamada ise, –bunu tarihsel olarak değil ama sosyolojik anlamda söylüyorum–, Manuel Castells'in "bilgi toplumu" olarak adlandırdığı yeni bir toplum tipine yerleşiyoruz. İşte ben, bu toplumun aktörleriyle ilgileniyorum. Postmodern olarak tanımlamak istemiyorum bu dönemi. Bu, dönemler arasında büyük bir değişim yapardı. Bu değişim, kapitalist düzenin, globalleşme olarak tanımlanan pazarın egemenleşmesinin vb. uzantısı olarak gelişti. Daha entelektüel açıdan bakarsak, benim evrimimin üç aşamadan geçtiğini söyleyebilirim. İlkinde toplumu, çatışmalarıyla, güç ilişkileriyle birlikte inceledim. İkinci aşamada toplumsal aktörleri ve özellikle toplumsal hareketleri inceledim. Ve şu anda bütünüyle içinde olduğum üçüncü aşamada ise, yani yaklaşık on-on iki yıldır Özne ile ilgileniyorum. Son dört kitabın konusu sadece toplumla ilişkisine göre tanımlanmış "aktör" değil, temelde kendi kendini tanımlama, kendini kabul ettirme iradesi, kendini inşa süreci anlamında "Özne"nin incelenmesi oldu.

Bu kuramsal çalışmalarınızı yaparken, toplumda, aşağıda büyük bir potansiyel olduğundan, pratiğin kurama göre ileride olduğundan söz ediyorsunuz. Gençlerde, göçmenlerde, kadınlarda Özne'nin yükselişini görmenin mümkün olduğunu söylüyorsunuz ve dolayısıyla toplumsal gerçekliğe baktığınız zaman sizin iyimser olduğunuzu söylemek mümkün. Ama, buradan yola çıkarak, biraz da sizin entelektüellere bakışınıza, entelektüellere yüklediğiniz role tekrar gelmek istiyorum. Entelektüellerin, en olumsuz toplumsal koşullarda bile, Özne olma kapasitesini görmeleri, Özne'yi ortaya çıkarmaları gerektiğinden bahsediyorsunuz. İşte tam da burada entelektüellere yüklediğiniz bu "iradeci" tavır hakkında biraz tartışmanızı isterdim.

Entelektüeller ne her zaman öncü olmuşlardır ne de hep geride kalmışlardır. Entelektüellerin geleneksel bakışlarını Hegel meşhur formülüyle açıklamıştır: "Minerva'nın kuşu –yani Akıl– gün batarken uyanır". Bu şu demektir; anlam, tarihin diyalektiği bir dönemin sonunda bulunur. Ben de bir zamanlar, daha sonra sildiğim bir cümle kaleme almıştım: "Sosyologlar tarlakuşu gibidir, her sabah, gün doğmadan uyanırlar ve gün doğana kadar da şarkılarını söylerler." Yani "haber verirler". Bir zamanlar çok güçlü bir biçimde inandığım, artık aynı güçle inanmasam da hâlâ koruduğum bir düşüncem var: Fransa'daki ve dünyanın pek çok ülkesindeki entelektüeller, son elli yılı, bir devrim bekleyerek, ortama hiç uymayan Leninist ve Maoist bir söylem kullanarak geçirdiler. Tabii bu, tüm ülkelerin entelektüellerini kapsayamaz; örneğin Latin Amerika'yı iyi tanırım, orada entelektüellerin önemli bir kesimi sürekli olarak "dışarıya mutlak bağımlılık" konusunu tekrarladılar. Onlara göre bu bağımlılık o kadar önemliydi ki, bundan başka hiçbir şey yapılamazdı; toplumsal determinizmler vardı, aktör yoktu, mutlak hâkimiyet vardı, ya da bilemediniz en iyi ihtimalle çelişkiler vardı. Bu açıdan bakınca entelektüeller çoğu zaman olumsuz bir rol oynadılar. Çok önemli, kaliteli yapıtlara imza atmış olsalar da, son onyıllarda entelektüellerin tam bir suçlayıcı konumda yer aldıkları, aşırı bir kötümserlik sergiledikleri bana kesin görünüyor. Bu açıdan bakılınca, her zaman yapılacak bir şeyler olduğunu düşünmek anlamında, ben oldukça iyimser bir insanım. İşte bu yüzden toplumsal hareketlerle ilgileniyorum. Eğer kapitalizmin, emperyalizmin hâkimiyetinin ya da bağımlılığın tam olduğu doğru olsaydı, ne toplumsal aktör kavramı ne de toplumsal hareketler mümkün olurdu. Sanayi toplumu çerçevesinde, işçi hareketi iktidar güçlerinin devrilebileceğini, kanunların, toplu sözleşmelerin dönüştürülebileceğini yani kısaca etki sahibi olabileceğini varsayıyordu.

Ben sanayi toplumundaki toplumsal hareketleri, her şeyden önce işçi hareketini inceledikten sonra, hâlâ inanmaya devam ettiğim, genellikle anlamı net olmayan, çelişkiler içeren, hâlâ işçi hareketinin kelimelerini kullanmasına rağmen yeni şeyler söyleyen yeni hareketlerle ilgilendim. Sonra da sizin de değindiğiniz, ortaya çıkan yeni hareketler... ve gerçekten iki kategorinin entelektüel olduğuna inanıyorum: Bir tarafta ortaya çıkana anlam vermeye çalışanlar, diğer yanda bütün bu hareketleri anlamak yerine, her yerde devleti görenler, suçlayıcı tavır içinde negatif rol oynayanlar.

Basit bir biçimde düşüncemi açıklamam gerekirse şöyle özetleyebilirim: Sanayi-öncesi dönemde büyük toplumsal mücadeleler sivil haklar ya da Fransız Devrimi'nde olduğu gibi siyasal hakların etrafında gerçekleşti. Ardından, sanayi toplumuna geçildiği dönemde en büyük sorun toplumsal haklar ve özellikle işçi haklarıydı. Şimdi bu noktada benim hipotezim şu: Şu anda içinde bulunduğumuz yeni dönem kültürel haklara öncelik veriyor. Yani giderek daha yoğun bir şekilde somut bir varlığın savunulmasına geçiyoruz. Başlangıçta insan hakları deniyordu, bu çok evrensel bir tanımdı, çok yerindeydi ama somut gerçekliğe ulaşamıyordu. Sonra işçi haklarından, toplumsal haklardan, çalışanlardan, madencilerden, iş ilişkilerinden söz ediliyordu; çok somut şeylerdi bunlar, ama bu sefer evrensel olanı kaybetme riskini taşıyordu. Bu risk de proletarya diktatörlüğünden kaynaklanıyordu.

Şimdi çok daha tutkulu bir konuya geliyoruz: Kültürel haklar. Sizi, içinde bulunduğunuz kültürün içinde algılıyorum: Diliniz, dininiz, tarihiniz, cinsiyetiniz vb. Ama evrenseli yakalayamama tehlikesi hâlâ büyük ölçüde var. Özellikle ulusal, etnik, dinsel, yerel, azınlıklara ilişkin tüm kimlik politikaları göz önünde tutulursa. Asıl ilginç olan ve temel bir eğilim özelliği taşıyan konu, bence, evrenselcilik zihniyeti içinde kültürel hakların savunulması. On yıldır çalışmalarımı bu konu üzerinde yoğunlaştırdım, bu soruna bir çözüm aramaya, bulmaya çalıştım. Özne'yi de, bir yanda globalleşmiş ekonomik deneyim ya da modern teknoloji ve diğer tarafta, ister geçmişe dönük olsun ister geleceğe, her kültürel varlığın kendine özgülüğü arasında bireysel deneyim düzeyinde bir bağ kurma arayışı olarak tanımladım. Bu iki durumu bütünleştirmeye çalıştım. Genel ve özel olan arasında evrensel bir bağ kurmak gerekiyor.

Bütün insanların kendilerini yalnızca evrensel varlıklar olarak değil, hem kendi kültürel tarihlerinde, kendi köklerinde, kendi projelerinde tekil, hem de ortak bir şeye, yani teknik ve ekonomik modernliğe katılan varlıklar olarak tanımlamak haklarıdır. Bir bakıma işte benim on beş yıldır düşünce eksenimde yer alan düşünceler bunlar.

Ben bu düşüncenize ve arzunuza katılmakla birlikte biraz şeytanın avukatlığını yapmak istiyorum. Devletler, sizin ortaya çıkarmaya çalıştığınız ve varolan bu Özne olma isteğine tamamen karşıt bir konumda değil mi? Batılı teknokrat devletler olsun, daha az gelişmiş ülkelerin devletleri olsun her şeyi boğan, emen bir özellik gösteriyorlar.

Devletler merkezi aktör olarak tutunmak istiyorlar. Burada Türkiye'den bir örnek verebilirim. Türkiye'de farklı toplumsal aktörler, entelektüeller onyıllardır demokrasiden, insan haklarından, azınlıklara saygıdan, hukuka saygı ile birlikte modernliği yaşamaktan söz ediyorlar ama bir yandan da devlet bildiğini okuyor. Geçtiğimiz yıllarda, birden Yargıtay ve Anayasa Mahkemesi başkanları yaptıkları konuşmalarda polis devleti tehlikesine, devletin bireyi kuşatmasına, insan haklarına, kültürel haklara saygı olmazsa demokrasinin var olamayacağına dikkat çektiler. Bu sözler büyük bir etki yarattı. Yani esas etki gene devletten geldi. Devlet her şey hakkında karar vermeye devam ediyor. Dediğim gibi, şeytanın avukatlığını yapıyorum...

Genelleştirmeyelim. Benim tüm geliştirdiğim düşüncelerin sivil topluma, toplumsal hareketlere, Özne fikrine, özgürlüklere, insan haklarına bir çağrı olduğunu söylemekten memnunluk duyuyorum. Ve bu düşüncelerin temel rakibi de birliği, merkeziliği vurgulayan devlet. Bu devlet başka farklı bölgelerde de teokratik bir devlet, bir kilise-devlet ya da ekonomik bir devlet biçimlerine bürünebiliyor. Buna rağmen genelleştirmek mümkün değil. Öyle tarihsel dönemler olmuştur ki devlet özgürleştirici bir rol üstlenmiştir. Örneğin Fransa gibi bir ülkede Fransız Devrimi bir ruh olarak Ulus fikirleri, bugün hâlâ çok güçlü bir biçimde mevcuttur. Bugün Fransa'da çok geniş kesimler devletin özgürleştirici olduğunu, yani kapitalizm ve paranın egemenliği ile özdeşleştirdikleri bir sivil toplum karşısında devletin tek savunma hattı olduğunu düşünüyorlar. Bu düşüncenin yalnızca dönemi için doğru olduğunu düşünüyorum. O dönem özgürleşme hareketlerinin siyasal düzeyden geçtiği, krala, ayrıcalıklılara yani siyasal bir iktidara karşı mücadele edilmesi gereken bir dönemdi. Amaçlanan da halkın iktidarıydı. Buna karşılık, sanayi toplumu söz konusu olduğunda, devlet tam tersine, geçmişin savunucusu olarak belirginleşiyor. Liberaller ve marksistler ise ilerlemenin devletin rolünü azaltmak olduğu konusunda görüş birliği içindeler, ve bu arada hatta devletin yok olmasından, sönmesinden söz ediliyor.

Bana öyle geliyor ki, bugün sorunu kültürel haklar bakımından ortaya koyduğumuzda, devletin rolü ya giderek daha olumsuzlaşıyor ya da toplumun sorunları karşısında yabancılaşıyor. Şunu söylemek istiyorum; gitgide devletlerimiz ya da birçok devlet uluslararası bir ekonomiye, parasal veya mali ilişkilere öncelik veriyorlar. Bu bence olumlu bir durum, çünkü sivil toplumun alanını genişletiyor. Toplumun devlet tarafından total kontrolü azalıyor. Zaten azalmadığı ya da arttığı zaman karşımızda otoriter rejimler var demektir. Bu otoriter rejimlerin pek çok örneği de görüldü ve görülüyor. Eğer otoritarizme yazgılı olmadığımıza inanıyorsak, sivil temalar, hatta ahlaki, etik, kültürel temalar, insan hakları, azınlıkların hakları, kadın hakları vb. toplumsal hayatta ve demokrasinin tanımında giderek artan bir biçimde daha merkezi bir yer almaya başlıyor.

Bu gözlemleri üçüncü dünya ülkeleri için de yapabilir misiniz? Yani demokratik olmaktan oldukça uzak devletler karşısında bu sivil temaların ya da basit bir ifadeyle demokrasi talebinin potansiyeli hakkında ne düşünüyorsunuz? Özellikle bu ülkelerdeki totaliter eğilimler, sivil toplum-devlet örtüşmesi, kimlikler temelinde yükselen tutkular göz önüne alındığında...

Bir çeşit tarihsel zorunlulukmuş gibi, tarihin bir nehir misali demokrasi denizine doğru aktığına inanmayalım. Ben otoriter rejimlerin düşüşüne tanıklık eden büyük bir dönem yaşamış olduğumuzu düşünüyorum. Örnek vermek gerekirse, Latin Amerika'da, demokrasiye doğru ileri önemli adımlar atıldığını düşünüyorum. Ama aynı zamanda tersi eğilimler de görüyorum. Pek çok ülkede de demokratik olmayan rejimler ayakta. Bugünkü durumda Fukuyama'nın on yıl önceki iyimserliğine artık sahip değiliz. Yani "tüm dünya bir tek modele –pazar ekonomisi, temsili demokrasi, kültürel hoşgörü– doğru ilerliyor" düşüncesi yanlıştır. Demokrasi ilkbaharda kırlarda açan çiçekler gibi kendi kendine doğmaz.

Kendilerini ifade edemeyen ya da ifadeleri çarpıtılarak ortaya çıkan toplumsal grupların içe kapanan kimliklerini, taleplerini düşündüğümüzde, demokratik söylem açıkça entelektüel bir söylem olarak oldukça uzakta kalıyor. Bu demokratik söylem ve korunmacı, cemaatçi kimlikler birbirlerinden ayrışıyor. Özellikle Batı dışındaki, Güney'deki ve Doğu'daki ülkeleri düşünüyorum.

Öncelikle şunu söyleyebilirim. Tabii çok daha farklı biçimlerde ama aynı eğilimler tüm ülkelerde görülüyor. Bu anlamda globalleşme düşüncesinde gerçek bir yan da var. Benim söylediğim ve her tarafta görünen şey şu: Kültürel temaların toplumsal ya da siyasal temalar üzerinde artan önceliği. Şu bir gerçek ki, bugün bir yığın ülkede büyük sorun ve en dramatik sorun kültürel temelli bir tehlikedir. Yani, –büyük olasılıkla etnik ve ulusal– kültürel içerikli bir tektipleştirme, saflaştırma isteği bugün yaşanan en büyük tehlikedir. Amerika'da bir biçimde Siyah Ulus'tan bahsedildi. Neredeyse Kadınlar Ulusu'ndan, Eşcinsel Ulusu'ndan ayrı ayrı söz edebiliriz. Yani tehlike her zaman aynı. Eğer bir Siyah Ulus kuruyorsam, siyah olmayan herkesi elimine ediyorum demektir. Ayrıca son yirmi yıl boyunca aşırı otoriter projelerin düzenli olarak hayata geçirildiğini gördük. Gene belli bir dönemde kendilerini tamamen ayrı bir yana koyan, kendi kendine yarı ayırımcılık uygulayan kadın hareketleri gördük. Bu hareketlere göre bazı sorunları konuşması gerekenler sadece kadınlar olmalıydı. Çok ama çok açık bir biçimde söylemeliyiz ki tüm bu cemaatçi yönelimler aşırı biçimde tehlikelidir. Ama cemaatçi pozisyona karşıt olarak bir aralar liberal diye adlandırılmış olan pozisyon da en az o kadar tehlikelidir. Çünkü bu pozisyon insanları en genel görünümleri altında ele alır ve bu nedenle, somut olarak, savunulacak en fazla özgüllüğe sahip olan insanları, yani kategorisi ne olursa olsun hâkimiyet altındaki insanları dışlamaya varır.

Evrenselci bir ilkeye dayanan bir demokrasi tanımı yapmayı denemeliyiz. Bu tanımı da kimliklerin savunulmasına, ya da –benim dediğim biçimiyle– kültürel temeldeki bireysel ve kolektif kimlikler ile herkesin globalleşmiş bir ekonomiye katılımının bileşimine bağlamalıyız.

Ancak, pratikte, kültürelin üzerine yapılan vurgu ile birlikte ortaya "kültürel tehlike" çıkıyor.

Kültürel olan sadece kimliklere ilişkin değildir. Çünkü bugün gayet iyi biliniyor ki, yüzyıl önceki toplumsal egemenlik ilişkileriyle aynı öneme sahip kültürel egemenlik ilişkileri içindeyiz. Benim söylemek istediğim; bugün herkes kültürlerin ve kültürlerin çeşitliliğinin geleceğinden endişe duyuyor. Herkes Hollywood veya McDonald's gibi genel bir kültürden korkuyor. Ben, egemenliğin sonuçlarını sanılana kıyasla daha az tehlikeli buluyorum. Bugün benim çok önemli bulduğum bir refleks var insanlarda. İnsanlar "kültürel kimlikleri ve çoğulculuğu korumalıyız" diyorlar. Bu bana çok doğru görünüyor.

Tam da burada, kültürele vurgu yapmak arkadaki toplumsalı görmemize engel olmuyor mu? Bu beni biraz korkutuyor. Sizin yazdıklarınızı okuduğumda, güzergâhınıza baktığımda, size kıyasla "geride," yani toplumsal hareketlerde, toplumsalda kaldığımı düşünüyorum. Evet, demokrasi bugün ancak farklı kültürler arasındaki iletişimle varolabilir, ama aynı zamanda biliyorum ki İslami kimliğe, Kürt ya da başka etnik kimliklere vurgu yapanlara, ya da Afrika'da benzer kimlikleri sahiplenenlere baktığımızda, bu insanların "yoksul" , altta kalanlar, hâkimiyet altındakiler olduklarını görmemek mümkün değil. Ve bu altta kalanlar giderek bir kültüre bağlanırken, egemenler "dünya vatandaşı" oluyorlar. Onlar Tokyo veya New York borsası hakkında haberdar olup, Endonezya'da olduğu gibi Fransa'da da rahatça yaşayabiliyorlar. "Kültürel olarak iletişim kurun, iyidir" demek herkese aynı anlamı ifade etmiyor.

Hiçbir itirazım yok. Çünkü kültürel kimliklerden, haklardan bahsettiğimiz zaman, hemen arkasından, az önce yaptığım gibi, egemenlik ilişkilerinin söz konusu olduğunu ve kültürün aynı zamanda ekonomik bir etkinlik olduğunu eklemek gerekir. Hollywood ABD'nin uçak endüstrisinden sonra ikinci ihracat gücüdür. Belki zamanla onun da önüne geçer. Dolayısıyla, kültürel çıkarların savunulması, hatta çok geleneksel bir bakış açısından, istihdam düzeyinde, ekonomik etkinlik düzeyinde çok önemli bir konudur. Bilgi ve iletişim toplumundan söz ederken de aynı anlama geliyor bu. Bugün yaratılan istihdam olanakları özellikle bu alanda gerçekleşiyor. Bahsettiğiniz durumlarda ortak bir unsur olduğunu söylerken tamamen haklısınız. Ama ben bu unsura yoksulluk değil, egemenlik diyorum. Özellikle siyasal düzlemde ifade olunan egemenlik ilişkileri var. Ama Fransız Devrimi'ni yapanlar zenginler karşısında yoksullardı. İşçi hareketini meydana getirenler de zenginler karşısında yoksullardı. Kültürel azınlıklarını savunanlar da gene zenginler karşısında yoksullardır. Sonuç olarak, bana göre, ortak olan şey her zaman her toplumda, egemenlik ilişkilerinin, dolayısıyla çatışma ilişkilerinin olmasıdır.

Bu dediklerinizden hareketle, kentlerin çevresindeki, varoşlardaki toplumsal yoksunluk durumuna bakalım isterseniz. Örneğin Fransa'da varoşlar kamusal alanın en sıcak konusu...

Yalnızca Fransa'da değil, ABD'de de aynı durum söz konusu. Ancak orada kentin merkezi toplumsal yoksunluk içinde.

Göçmenlerden söz etmek istiyorum. Özellikle, okulla, ekonomik hayatla bütünleşemeyen genç göçmenlerden. Bu yerleşimlerdeki ruh halini anlatmak için François Dubet'nin kullandığı "öfke" söz konusu. Bu öfkenin bugün batılı ülkelerdeki en önemli olaylardan biri olduğunu söylemek abartı olmaz sanırım. Sözünü ettiğiniz ABD'deki "uluslarda" olduğu gibi bir bütünleşme sorunu var. ABD'de "melting-pot" olarak Ulus'la bütünleşme işlemiyor. Bütünleşmenin kalesi imajına sahip Fransa'da da işlemiyor.

Şimdi iki şey söylemek gerekiyor. Birincisi, dürüst olmak gerekirse, bütünleşmenin işlemediğini söylememek gerekiyor. Yüz sene öncesine kıyasla ne daha iyi ne daha kötü işliyor. Fransa'daki Magriplilerin durumunu ele alın, bütünleşme düzeyleri hatırı sayılır düzeyde. Bu bütünleşme yüz sene önce gelen İtalyanlarınki kadar hızlı bir biçimde gerçekleşti.

Şiddet için de aynı şeyi söyleyebilir miyiz?

1900'lere doğru Nice'te ve doğunun demir-çelik bölgelerinde İtalyanlara karşı isyanlar oldu ve ölümler oldu. Aradaki zaman diliminde büyük Yahudi akını ve 30'lu yıllarda anti-semitizmin olağanüstü yükselişini hatırlatmaya gerek yok. Bu durumda, ilk olarak, Fransa'daki Magripliler bağlamındaki olgulara baktığımızda, çok kısa sürede Fransızcadan başka dil konuşmadıklarını görüyoruz. Daha şimdiden, Magripliler'den çok Magripli olmayanlarla daha çok cinsel ilişkiye giriyorlar. Ayrıca Yahudiler için de aynı durum söz konusu. Bir anlamda cemaatçiliğin az geliştiğini hatta bazı açılardan yeterli olarak gelişmediğini bile söyleyebiliriz. "Beur"lerin* Afrikalıların ya da Karayip Adaları'ndan gelenlerin Fransız siyasal hayatındaki sahip oldukları yer hâlâ çok yetersizdir. Bu, işin bir boyutu. Bütünleşememe sorununu abartmamak gerekiyor. Evet bu sorun var ve gözlemciler bugün –sizin dediklerinize paralel olarak– kültürel açıklamadan çok ekonomik açıklamaya öncelik verme eğilimi taşıyorlar. ABD'deki ırksal sorunlar üzerine uzman olan bir Amerikalı, siyahlardan bahsederken, sorunun her şeyden önce ekonomik olduğunu söyledi. Ve özellikle şu ilginç tabiri kullandı: "working poor", yani çalışan yoksullar. Yoksul, yaşamak için yetersiz olağanüstü düşük ücretlere sahip, gerçekten yoksul anlamında... Bu bana çok önemli görünüyor.

İkinci olarak da, çağımızda toplumda çok önemli, zaman zaman merkezileşen kültürel içerikli çatışmalar var. Ama eğer otuz-kırk yıldan bu yana Fransa gibi bir ülkenin siyasal hayatına, ya da parlamenter hayatına bakarsanız kültürel temaların sürekli gündemde olduğunu görürsünüz. Önce hepsinden daha önemli tema, kadın hakları. Parlamentonun çalışmalarının yarısı bu konuda yoğunlaşıyor. Önce aile planlamasını tanımak gerekti, kürtaj hakkı tanındı. Aile hukukunu değiştirmek gerekti. Suni döllenmeye bağlı olarak, doğum ve ölüme ilişkin sahip olduğumuz anlayışı değiştirmek gerekti. Eşcinsellerin sorunlarıyla yoğun olarak uğraşıldı, muhtemelen uğraşılmaya devam edilecek. Sürekli olarak azınlıklar, göçmenler –ayrıca bunların büyük çoğunluğu hiç de göçmen değil, çünkü Fransa'da doğdular– gibi sıcak konularla uğraşılıyor. Ve nihayet kültürel şoklar sorunu... Hepsi, aynı ondokuzuncu yüzyılın sonundaki çalışma hayatına ilişkin sorunlar gibi, siyasal hayatın ve kamuoyundaki tartışmaların merkezini oluşturan sorunlar.

Globalleşmeyle bağlantılı olarak ortaya çıkan net bir olay var. Her yıl UNDP gibi kuruluşların raporları yayımlanır. Son olarak da Dünya Bankası'nın dünya çapında 60 bin yoksul ile görüşülerek gerçekleştirdiği bir çalışma var. Tüm bu araştırmalara göre dünya çapında eşitsizlik korkunç boyutlara varıyor. Ancak bu eşitsizlik Afrika gibi

* Konuşma dilinde, Fransızca "Arap" kelimesinin tersine çevirilmesiyle elde edilen ve "genç Araplar" için kullanılan sıfat. (Ç.N.)

yerlerde sorgulanamıyor. En muhtaç bölgelerde şiddet patlak veriyor. Siera Leone gibi ülkelerde insanlar birbirlerini boğazlıyorlar. Sadece Batı'da –merkezde– bu eşitsizlik toplumsal ifadeyle sorgulanıyor. Seattle'da Dünya Ticaret Örgütü'ne ya da IMF'ye karşı yapılan eylemler sırasında bunu gördük. Fransa'da Maastricht anlaşmasına karşı toplumun yüzde 50'sinin karşı çıkması, Fransız komünistleri ile milliyetçi Ulusal Cephe'nin aynı red cephesinde buluşmaları, Fransız köylülerinin Brüksel'de alınan kararları protesto etmeleri, globalleşmeye karşı tarım sendikacısı José Bové'nin bayrak açması da benzer bir dinamiğin ürünleri. Bütün bunların içinde bir "anlam" var mı? Ya da "arkeolojik" terimlerle konuşursak bu hareketler ileriye mi yoksa geriye mi dönük?

Burada somut olarak tarihten söz etmemiz gerekiyor. Çünkü tarihte hiçbir şeyin tek bir anlamı yoktur, her şey anlamların karmaşasından oluşmuştur. Şu anda da, birbiriyle karışan ama birbirinden çok farklı iki tip hareketle karşı karşıya olduğumuz ortada. Birincisi globalleşmeye karşı, eşitsizliğin aynı zamanda toplumsal dışlanmanın artmasına karşı gösterilen tepkiler. Bu yoksulların hareketi ve çok olumlu. Aynı zamanda bariz nedenlerden ötürü çok zayıf tabii. Ama her halükârda da çok önemli. Hiçbir siyasal gücün etki yapamadığı bu dünya ekonomisine karşı hareketlerin geliştiğini pek çok ülkede gözlemliyoruz. Diğer tarafta da, globalleşmeye karşı haklı ya da haksız ulusal çıkarların korunmasını savunan milliyetçilik var. Fransız köylülerinin örneğini ele alırsanız, oldukça net olmayan bir durum karşınıza çıkar. Fransız köylüleri Maastricht'e karşı tepkilerini gösterdiler, evet, peki onları kim yaşatıyor? Fransız hükümeti ve Avrupa. Köylülük neredeyse memurlaşan bir sektör haline geldi. Eğer Fransa ve Avrupa Avrupalı köylülere yaptıkları sübvansiyonu kaldırırlarsa, bu köylüler batarlardı. Zaten örneğin Latin-Amerika köylüleri de bu yüzden onları eleştiriyorlar. Fransa aşırı korumacı bir ülke. José Bové usulü bir hareket olumlu anlamı olan bir hareket. Ama aynı zamanda, sadece taşıdığı korumacılık nedeniyle, olumsuz bir anlamı da var. Yani devlet tarafından sübvanse edilen toplumsal kategorilerin devlet fikrini daha iyi savunmak için devlete saldırma eğilimleri söz konusu.

Her zaman olduğu gibi sorun bu iki bileşeni birbirinden ayırabilmek. Her zaman neredeyse reaksiyoner olarak adlandırabileceğimiz hareketler olmuştur. Ondokuzuncu yüzyılın sonunda sanayi karşısında yok olan zanaatkârları savunan insanlar oldu. Bu insanlar devrimci ve aynı zamanda muhafazakârdılar. Bu da çelişkili bir durum değildir. Fransız Cumhuriyetçi düşüncesi gayet liberal ve gayet anti-otoriterdir ama aynı zamanda da çok reaksiyonerdir. Fransız orta sınıfının kazanılmış çıkarlarının savunulması çoğu zaman Fransız ulusunu savunmak anlamına geliyor. Fransa adına konuşan insanlar genellikle, en yoksul kategorilerle kesinlikle ilgilenmiyorlar, kamusal orta sınıfların –devlet memurlarının, öğretmenlerin vb.– garantilerini savunmaya çalışıyorlar. Öyleyse bu iki anlamı birbirinden ayırmak gerekir. Kamuoyu –haklı bir biçimde– ilk anlama, yani ilerici olan anlama daha çok önem veriyor. Çünkü bugün bu globalleşme imajı kendini o kadar çok dayattı ki, insanlar kendilerini onun içine kapatılmış gibi hissediyorlar. Bu yüzden de camlara vurarak kırmaya çalışan insanların ortaya çıkması olumlu bir durum ve insanlarda "artık kapalı kalmayacağız" duygusunu uyandırıyor. Sistem karşıtı olan bu hareketlerin özellikle olumlu niteliği üzerine vurgu yapmak gerektiğini düşünüyorum. Ama bu onların içeriğinin her zaman ilerici olduğu anlamına gelmez. Hatta çoğu zaman bu içeriğin hiç de ilerici olmadığını söylemek geçiyor içimden. Ama bugün kime karşı savaştığımızı söylemek kimin için savaştığımızı söylemekten daha önemlidir. Çünkü globalleşen ekonominin egemenliği devasa görünüyor. Dolayısıyla, bugün haklı ya da haksız bir nedenle bu globalleşmeye karşı çıkan her şeyin bugün olumlu bir anlamı vardır. Ama bu da bütün bunları ilerici olarak görmek için bir neden değildir; ama stratejik olarak olumludur.

Ben de bu arada Seattle'daki gösterilere Roger Milliken adlı korumacı ve aşırı muhafazakâr bir tekstil üreticisinin finansal destek sağladığına dair Courrier International'*de bir yazı okuduğumu belirteyim.*

Şimdi din meselesine gelmek istiyorum. İlk olarak, bana öyle geli-

yor ki, laiklik egemenlerin elinde bir araç haline gelirken, yurttaş da laikçilik destekli bir kültürel kimlik haline dönüşüyor. Öte yandan, cemaati ile arasına mesafe koyan kentli ve dinsel bir Özne de söz konusu. Bu Özne Kilise'yi, tek din otoritesini, devleti ve piyasayı da sorguluyor. Bu sorgulamanın arkasında da Danièle Hervieu-Léger'nin "anlam deposu" olarak nitelendirdiği bir din ya da dinler var ve bu özelliklerinden ötürü dinler alabildiğine çoğulcu bir nitelik sunuyor. Hatta bu Özne'nin tanrısının oldukça "demokratik" bir tanrı olduğu söylenebilir. En azından, bir yanda savunmacı ve kapalı cemaatlere kaynaklık eden dinselliğin yanı sıra, çoğulculuğa yol veren bir başka dinsellik de söz konusu. Bu varsayımlardan yola çıkarak, demokrasinin koşullarından biri olan laikliğin kazandığı kimlik özelliğini ve Özne'nin dinle arasındaki ilişkiyi nasıl değerlendiriyorsunuz?

İlk olarak laikliğin her zaman iki anlamı olmuştur. Birincisi laik ile dinsel bir anlayış arasındaki karşıtlıktır ki bu da laikçilik olarak adlandırılır. Öteki tanıma göre ise çok basit bir biçimde kilisenin ve devletlerin birbirlerinden ayrılmasıdır. Dinsel bir hoşgörü söz konusudur; yani toplumsal ve ekonomik hayat dinsel olmayan ama dine hoşgörüyle bakan temeller üstüne kurulur. Türkiye için de, Fransa ve daha pek çok ülke için de bu durum söz konusudur. Tabii ki, laikçilik Fransa örneğinde de görüldüğü gibi, yani yeni bir küçük burjuvazinin, yeni yükselen sınıfların, eski egemen, katolik, kırsal vb. yapılara karşı kazandığı zafer bağlamında olumlu bir rol oynadı. Bu anlamda laikçiliğin pek çok iyi yanı oldu, çünkü geleneğin katı elitizminin yok edilmesine katkıda bulundu. Ancak daha sonra bu laik küçük burjuvazi, karşısında toprak sahiplerini ya da rahipleri değil, ama işçi hareketini bulduğunda bir çeşit muhafazakâr küçük burjuvazi oldu. Bu Fransa'da çok barizdi, ama laikliğin bir toplumsal güç haline gelmesine Türkiye de örnek gösterilebilir.

İkinci olarak aynı biçimde dinde de iki farklı şeyi görmek kaçınılmazdır. Önce, benim kutsallaştırma adını verdiğim bir boyut var. Yani buna göre, –sizin değindiğiniz– kendi tanrıları adına, hatta evrensel bir Tanrı adına –bir şey fark etmez– başka cemaatlere karşı kendini savunan bir cemaat var. Ve bunun tam tersi olarak, topluma karşı evrenselci bir ilkeye gönderme yapan bir din de var. Buradaki tanrı gerçekten "demokratik" olabilecek bir tanrı ama bu kelimenin çok doğru seçildiğini sanmıyorum. Bunun yerine yoksulların tanrısı diyebiliriz. Hıristiyanlıkta İsa figürü çok önemlidir ve Hıristiyanlığın cemaatçi bir zihniyetin kırılması olduğunu söyleyebiliriz. İslam dininde de, gerek mistik bir Sufi yol aracılığıyla, gerek kültürel kuşatmalara karşı ruhaniyete gönderme yapan demokratik bir yol aracılığıyla aynı şeyi bulabileceğimize eminim. Bütün bunlar kesinlikle doğrudur. Bu yüzden benim düşünceme göre Özne teması hiçbir biçimde din karşıtı bir içerik taşıyamaz. Bu içerik cemaatçiliğe karşıdır ama gayet iyi gördüğümüz gibi dinselin, ruhani olanın veya ruhaniyete vurgu yapanların her yerde kendini gösterdiği yaşadığımız dünyada din karşıtı olamaz. Dünya hiçbir zaman bugün olduğu kadar çok dinsel hareketle dolu olmadı. New-age, Batı'da Budizm'in yayılması vb... Bugün bütün bunlar toplumsal iktidarın sınırlarını göstermektedir.

Dinsel olanın toplumsal olanla bu ikili ilişkisini seviyorum; dinselin, "toplumsal olanın meşrulaştırılması"na indirgenmesini sevmiyorum. Üstelik bu çok sık oluyor. Hıristiyan bir toplumun, Müslüman bir toplumun, Budist bir toplumun birbirine karıştığı söyleniyordu; bunun karşısında ben ise tam anlamıyla laikim; yani kesinlikle, dinin kendisi için, dinsel inanışların, toplumsal örgütlenmenin, geleneklerin, törenlerin vb. ayrışmasının gerekliliğine inanıyorum. Laiklik ya da daha soylu bir söylemle sekülerleşme olarak nitelenen bu durum vazgeçilemez bir şeydir, ama kesinlikle din karşıtı değildir.

Son olarak Birlikte Yaşayabilecek miyiz? *adlı kitabınızın temel konusuna, eşitlik ve farklılık içinde bir arada yaşama konusuna gelmek istiyorum. İnsanlar yüzyıllardan bu yana hem eşit olma hem de farklı yaşama hakkını istemiyorlar mı? Şimdi yeni olan nedir?*

Hayır. Ben bunun kesinlikle yeni bir mesele olduğunu düşünüyorum. Geçmişte bunlar karşıtmış gibi ortaya kondu. Antropologlar bize her zaman "Eğer bir farklılığımız varsa eşit değiliz" dediler. Farklılığa vurgu yapmak eşitsizliğe, dayatmaya vurgu yapmaktır derken genellikle haklılık payları vardı. Örneğin "kadınlar erkeklerden farklıdır, onlar erkeklerden daha az akıllıdır, daha az rasyoneldir" dendi. Uzun süre bu sözleri dinledik. Kadınlara ilişkin bir örnek vermek istiyorum, çünkü bence bu tamamen merkezi bir konu. Kadınlar başkaldırdığı zaman iki akımın sesini duyduk. Bir kısmı "eşitlik istiyoruz" dedi – yani farksızlık: "Gazeteye bir iş ilanı verildiğinde, işin kadın mı yoksa erkek için mi olduğu belirtilmemelidir. Erkek işi ya da kadın işi yoktur". Bir de daha radikal, daha solda kadınlar dediler ki: "Tam tersine, biz farklılığımızı, özgüllüğümüzü vurgulamak istiyoruz. Bizim sorunlarımızın kadınlar ve sadece kadınlar tarafından irdelenmesini istiyoruz".

İşte bana göre çok yeni olan, büyük entelektüellerin dışında farkında bile olunmayan bu meselede, farklılık ve eşitliği bir arada ele alma düşüncesi yavaş yavaş kabul edilmeye başlandı. Fransızlar "Tam eşitlik" *(parité)* olarak tanımlanan anayasal bir değişiklik geçirdiler. Çok hoşuma giden tam eşitlik sözcüğü şu demektir: "Erkeklerin ve kadınların birbirinden farklı olduğunu kabul ediyorum ve onların farklı olarak eşit olduklarını kabul ediyorum". Yani bütün bunların ötesinde ikisi de insan olduğu için değil. İnsan yoktur. Kadınlar ve erkekler vardır. Birbirlerinden farklıdırlar ama birinin diğerinden daha üstün olduğunu söylemenin hiçbir anlamı yoktur. Dolayısıyla, artık kültürümüzde, siyasal hayatımızda vb. şu eğilim temel niteliğe sahiptir: Nihayet hem eşitliğin hem de farklılığın olduğunu keşfediyoruz. Yani ne mutlak farklılıkçılığı –çünkü bu iç savaş, ırkçılık ya da en azından ayrımcılık demektir– kabul etmek gerekir, ne de mutlak eşitlikçiliği –bu da bazı insanları, Orwell'in dediği gibi, diğerlerinden daha eşit yapar–. Tanrı tanıktır, Avrupa ülkelerinin kendilerini nasıl evrenselcilikle özdeşleştirdiklerine. Onlar Afrikalıların, Asyalıların kendilerine özgü özellikleri olan insanlar olduklarını ve onları Avrupa'nın ya da Kuzey Amerika'nın evrenseli içinde yoğurmak gerektiğini söylediler. Bunu kabul etmek mümkün değil. Bu yüzden, bence bugün temel konu, çatışmaların temel konusu, önce ve her şeyden önce, kadınların statüsüne de dokunan konudur. Eğer eşitlik ve farklılığı kabul etmiyorsanız, sizi gerici olarak adlandırma hakkını kendimde görürüm. Dünyanın pek çok ülkesinde, özellikle Arap ülkelerinde kadının ve ailenin statüsü tam bir skandaldır.

Ya da kadınlara sünnet yapılan ülkelere bakıp, herkesin alışkanlıkları vardır demenin hiçbir anlamı yok. Öncelikle bu sünnet değil; bir dinden, bir kanundan bile kaynaklanmıyor. Öyleyse söz konusu statü zihinsel, ideolojik veya hukuki bir statüdür.

Bu durumda, bugün farklılık düşüncesini eşitlik düşüncesiyle birleştirmek çok kolay olmasa da kesinlikle imkânsız da değildir. Aralıksız olarak farklılık temasını ve eşitlik temasını bir arada ele almak, yani, bir yanda nesnel dünya, ekonomi, gelir eşitliği, istihdam olanaklarında eşit şans temalarını, diğer yanda hem kültürel farklılıkları hem de kadınlar ve erkekler arasında, en geniş anlamıyla, erotik ilişkileri kabul etmek hayati bir unsurdur.

Büyük bir karışıklık döneminden sonra, bu konuda ilerlemeler kaydediyoruz gibi geliyor bana; her ne kadar bu ilerleme gerçeklik içinde ve pratik hayatta olduğundan çok, hukuk alanında olmuş olsa da. Kadın-erkek konusunda bence eşitliğin kabul edilmesinden oldukça uzaktayız ama ilerleme kaydedildi. Bundan daha önemsiz bir konu olan eşcinsellerle ilgili olarak da, en azından Batı ülkelerinde, gene büyük ilerlemeler kaydedildi. Pratikler için o kadar emin olmasam da, algılar düzeyinde, haklar düzeyinde ilerliyoruz. Pratiklere her baktığımızda, önyargıların, çatışmaların genellikle olduğu gibi korunduğunu görüyoruz.

Her halükârda bugün, büyük çatışmalar, büyük tercihler, büyük karşıtlıklar kültürel sorunlar düzeyinde belirginleşiyor. Dinden örnek vermek gerekirse, Fransa gibi bir ülke dinsel çoğulculuğu kabul etmekte büyük zorluk çekiyor. Daha Napoléon döneminde üç farklı din kabul edilmişti ama zaten geleneksel Protestanlık alabildiğine zayıflamıştı ve mensupları bugün de çok küçük bir grubu oluşturuyor –bugün yeni Protestan kiliseleri var ama o başka bir şey. Öte yandan, Yahudiler kovulmuşlardı ve her zaman ya mutlak bir dışlanmanın ya da çok güçlü bir bütünleşmenin içinde buldular kendilerini. Ondokuzuncu yüzyılın sonunda olduğu gibi, şimdi de aynı şey söz konusu. Bunun bir cephesine örnek olarak Yahudilerin büyük çoğunluğunun Yahudi olmayanlarla evlenmesi gösterilebilir.

Fransa'da bu çok zor olacak ama, bugün artık bir yanda, örneğin Müslümanların Katolikler kadar aynı şanslara, aynı haklara, dinini pratikte yaşama olanaklarına, camilerine, ibadet yerlerine sahip olması, tam bir yaygınlaşma sürecinde olan Budistlerin meditasyon yerlerine sahip olmaları gibi haklar konusundaki eşitliği öğrenmemiz gerekiyor. Aynı zamanda, bütün bunların basit bir farklılık olarak değil, her bireyin kendi kişisel deneyimi içinde kendini kurma hakkı olarak kabul edilmesi gerekiyor. Bu ikisi de tamamen farklı şeyler. Her zaman evrenselci bir unsur olması gerekiyor. Şimdiye kadar evrenselci unsur evrensel bir Tanrı ya da evrensel insan hakları oldu. Bugün evrensel olan ise her bir kişinin ekonomiyle, kültürle kendi kişiliğini kurmada sahip olduğu bireysel haklardır.

Cogito 23.
Söyleşiyi yapan: Ferhat Kentel

Alain Touraine: "Özneler ve Aktörler"

YKY'den çıkan Pourrons-nous Vivre Ensemble? (Birlikte Yaşayabilecek miyiz?) *adlı son kitabınızda toplumsal hareketin bağımsızlığının 68 Mayısında ilan edildiğini ve nihayet elde edildiğini söylüyorsunuz. 68 Mayısını incelediğiniz kitabınızda da Mayısın ışığında uzun bir kuramsal ve pratik çalışmanın başladığını ve bu çalışmanın ütopyayı aşıp bir toplumsal hareket geliştirmesi gerektiğini söylüyordunuz.*

Klasik bir üslupla başlamak gerekirse, 30 yıl sonra sosyal bilimler bu hareketten ne öğrendi, ona ne öğretti; ve siz o dönemki çözümlemelerinizi retrospektif olarak nasıl değerlendiriyorsunuz?

Bu, aynı anda fazla şey oluyor. Önce en basit şeyleri söylemek gerek. 68 sonrası bir dönemde olduğumuzu düşünüyorum. Bundan kastettiğim 68'in temalarının bugünün temaları olduğudur. 68 pek de öyle bir üniversite eylemi değildi. Bir işçi eylemi hiç değildi; bir sahne değişikliğiydi. O yıllarda siyaset sahnesini işgal edenler daha çok ekonomik sorunlardı. 68 Mayısından bu yana bu sahne, elbette ki siyasal özgürlük sorunları kadar hâlâ ekonomik sorunların da işgalinde. Ama kültürel ya da ahlaksal diyebileceğimiz daha önemli bir şeyler de eklendi. Ve şu halde 68 her şeyden önce kültür sorunlarının siyasal yaşama girişi, özel hayatın sorunlarının kamusal hayatı istila edişidir. Tıpkı 1848'de olduğu gibi çalışma hakkıyla birlikte emeğin sorunları kamusal hayatı istila etmiştir. Bana öyle geliyor ki bu, şimdi alışık olduğumuz ve eskiden alışık olunmayan bir şey. Eskiden de doğum kontrolü, kürtaj vardı ama neredeyse kendinde bir dünya olarak kabul ediliyordu. Kendinde hak iddiaları vardı. Bana öyle geliyor ki, bugün büyük siyasal seçimler, giderek daha çok kültürel sorunlar üzerinden yapılıyor. Bugün bunu, örneğin bio-etik hikâyelerinde, kadınlarla ya da eşcinsellerle ya da bölgesel dille ulusal dil arasındaki ilişkilerle ilgili olan her şeyde görüyoruz. Çokkültürcülük tartışması ve beraberindekiler, hepsi buradan kaynaklanıyor. Yani ben, 68'in yeni bir çağa giriş ve yeni toplumsal çatışmaların tanımı olduğuna inanıyorum. Bununla birlikte 68'in insanlarının tamamen farklı bir dilleri olduğundan, bu tanım çelişkili terimlerle yapılmıştır. O işçi yanlısı [uvriyerist] dil, "biz işçi mücadelesi olan tek bir mücadelenin bir cephesiyiz", öğrenci cephesi, kadın cephesi, eşcinsel cephesi vs. vs. Tarihte çok sık olduğu gibi, bu yeni temalar da eski bir söz dağarcığıyla girdiler. Bu da sürekli olarak görünür kalan iç çelişkileri kışkırttı. Herkesi işçi hareketinin diline getirip dayandıran Troçkist taraf; tam tersine süreksizlik ve yeni kültürel sorunların önemi üzerinde ısrar eden Cohn-Bendit tarafı. 68'den sonra tüm bunlar sona erdiğinde kültürel etki kendisini Fransız toplumunun neredeyse her yönünde hissettirdi ancak üniversite çevresinde baskın çıkan, işçi yanlısı taraf, arkaikleştirici taraf olmuştur. Nitekim daha sonra öğrenci hareketinde, benim bir kitapta incelediğim 1977'deki büyük grev dışında hiçbir şey olmadı. O grev de arkaik grevin bir örneğiydi ve üniversiteyi büyük sermayenin hizmetindeymiş gibi sunuyordu. Bunu kimse üstlenmedi; sendikalar onlara daha çok genç burjuvalar muamelesi yaptı; oysa ki onlar tam tersini olmak istiyorlardı.

Bir parantez açmama izin verirseniz, genelde hareketin içinde situasyonistlerin durumu neydi?

Hayır, sitüasyonistler hareketin başında bir rol oynadılar çünkü sitüasyonist hareket daha önce başladı ve Nanterre'de tamamıyla gerçek bir etkisi oldu. Çünkü sitüasyonistler, Henri Lefebvre'e ve daha o zamandan Baudrillard gibi asistanlarına çok bağlıydılar. Bu, Morin ve Castoriadis'in La Brèche [gedik], yani kopan insanlar adını verdikleri tarafa karşılık geliyorlardı. 68 Mayısında üç unsur var, anlıyor musunuz? Sitüasyonistler gibi bir özgürleşme, kopma unsuru var; benim üzerinde durduğum toplumsal çatışmanın bir alandan başkasına kayışına işaret eden ikinci unsur; demin hızlıca sözünü ettiğim eski işçi yanlısı ideolojilerin dönüşüne karşılık gelen üçüncü unsur var. Referanslarınıza ve havanıza göre bu üç unsurdan biri ya da ikisi üzerinde ısrar edebilirsiniz, bunda olağandışı bir yan yok. Tarihsel bir olayın tek bir anlamı olması enderdir. Ama yine de 30 yıl sonra haklı olanın ben olduğuma inanıyorum.

Son zamanlarda düşüncenizde bir tür kopuş görenler var. Daha çok siyaset felsefesine kaydığınız için, sosyolojinin sularını terk edip felsefeninkine doğru ilerlediğinizi düşünenler var. Bu metodolojik bir kayma mı, yani sahada çalışmaktansa sosyolog olarak düşünmeyi mi tercih ediyorsunuz yoksa bu başka bir sosyoloji yapma arzusu mu? Toplumsal hareketler için geliştirdiğiniz sosyolojik müdahale gibi, özne için de yeni bir araştırma yöntemi geliştirmek mümkün mü?

Sorduğunuz soru süreklilik ve süreksizlik üzerine; ve zaten değişmeye hakkımız var. Biri, bir genç bir de yaşlı Marx var diyordu. Neyse, benim kişisel izlenimim –aslında buna cevap verecek son insan benim– ilk olarak bir derinleşme gerçekleştirirken büyük bir süreklilik olduğu, belki de çok büyük bir süreklilik olduğudur. Düşüncemi radikalleştirdiğimi söyleyebilirim ve belli bir kültürel bağlamdan çıkıyorum ki, bu da kaçınılmaz. Yaşamımda aşağı yukarı üç bölümden söz edilebilir: Birinci bölüm 68'e kadar, sonra 68-84 arası toplumsal hareketin tarihini bitirişim. Birinci bölümle aynı düşüncelere sahibim ama o zaman sanayileşmenin, modernleşmenin, dolayısıyla kolektif hareketlerin dünyasında ifade ediliyorlardı. Ama esas olarak işçi hareketi konusundaki çözümlemem, daha sonra hep geliştirdiğim çözümlemelerin yola çıkış noktası oldu. İkinci bölüm ise gerçekten bir geçiş dönemi, çünkü gerçekte bu evrede savaş sonrasının, diyelim sanayileşmeci modelinden, ekonomik dünyanın uluslararasılaşmasından bu yana içine girdiğimiz yeni duruma geçiliyor. Böylece ben de toplumsal hareketler ve daha o zamandan özne düşüncesi üzerinde yoğunlaşıyorum. Benim için toplumsal hareket ve öznenin aynı şey olduğunu söylemek istiyorum. Ve bugün de daha kuramsal bir evredeyim; bunu açıkça ortaya koymak istiyorum ve ne yapacağımı tam olarak bilmiyorum; zaten bu da çok canımı sıkıyor. Çünkü hem çalışma sorunlarına dönmek istiyorum; ki bu yılın seminerinde yaptığım, dürüst olmak gerekirse, kısmen çalışma sorunlarına, kısmen de kuramsal sorunlara değinmek; daha bu sabah öznenin karşıt anlamlılığından söz ediyordum. Bilemiyorum ama somut ekonomik çalışma sorunlarına dönmek istiyorum ve aynı zamanda da özne düşüncesinde radikalleşmeye devam etmek istiyorum. Saha sorununa gelince, hayatım boyunca epey saha çalışması yaptım, kimse aksini söyleyemez. Zaten Milli Eğitim Bakanlığı'nda çalışma sorunlarının incelenmesi üzerine tüm bir programı yönetmeyi kabul ettim ve bu da tamamen somut belgelerin incelenmesine dayanacak. Benim yaşımda bir araştırma daha yapmaktansa kuramsal bir düşünüm gerçekleştirmenin çok daha acil olduğunu düşünüyorum. Aslında sosyolojik müdahale temasından giderek daha çok hoşlanıyorum. Önümüzdeki aylarda bu konuda bir metin kaleme almak istiyorum.

Yaşam anlatısı, yaşamöyküsü almak gibi yöntemler sizi ilgilendirebilir mi, tekil öznenin izlediği yol açısından?..

Hayır pek değil...

Geçmişte, kendi deyiminizle, toplumsal hareketlerin doğumunda bulunuyordunuz, şimdi de öznenin doğuşunda bulunduğunuz izlenimi var. Bu açıdan bilmek istemiştim.

Genel bir cevap isterseniz, Batı tipi bir dünyada ilerledikçe toplumsal hareketler doğrudan özneye bağlanır. Oysa eskiden dinsel bir çerçevede, ya da siyasal bir çerçevede, sınıfsal bir çerçevede dolaylı olarak bağlıydılar. Bunların hepsi aynı şeydi. Beni kesinlikle ilgilendiren ve ilgilendirecek olan şeylerden biri de dinsel ya da siyasal olarak sunulan şeylerin çözümlemesini özne terimleriyle nasıl yapabileceğimi görmek için dinsel tarihe, siyasal tarihe geri dönmektir. Eğer neyi arzuladığımı söylemem gerekseydi 40 ya da bilmem kaç yıldır tüm yaptıklarımı yeniden ele alıp toplumsal hareket ve özne terimleriyle daha açıkça söylemek derdim. Ama doğru olan şu ki, özne düşüncesi üzerinde ısrar ettikçe, klasik sosyolojinin "toplumsal sistemler nasıl işler" alanından daha da uzaklaşıyorum. Ben toplumun var olmadığına inanıyorum...

Bunu zaten hep söylemiştiniz...

Evet bunu uzun süredir söylüyorum; yirmi yıldan fazla oldu. Bugünün esas meselesi "bir yanda piyasanın dünyasına, diğer yanda cemaatçiliğin dünyasına nasıl direnilebilir"dir. Ve bu ancak kendini bireysel özne olarak ortaya koymakla yapılabilir, bu kesin. Ama artık özne taşıyıcısı olan, sınıflar değil, uluslar değil, birey; bir grup ya da bir kişi anlamında olması benim için bir şey değiştirmiyor, ama tekil. Herkesin bu konuda ne denli radikal olduğumu anlaması için kısa da olsa bir şeyler yazma olanağına sahip olmak istiyorum. Toplumsal determinizm terimleriyle yapılan bir çözümlemeye en uzak noktadayım. Giderek daha çok bir özgürlük sosyolojisinin içine giriyorum.

Tanımınıza göre öznenin kendi kendini üretmekten başka bir içeriği yok. Düzensiz ve dengesiz bir evrende kendi parçalanmasına direnme arzusundan ve ihtiyacından başka hiçbir yasaya, değere, davaya hizmet etmiyor. Öznenin içini boşaltmayı mı arzuluyorsunuz?

Evet kesinlikle. Daha bu sabah bundan söz ettim. Haklı mıyım bilmiyorum ama şimdilik öznenin içini boşaltmaya kesin kararlıyım. Söylediğim gibi, bu iki yönlü bir boşaltma ve "kendimden sorumlu birey olarak kendimi kuruyorum" adına yapılıyor. Herkes özne olmak için kendi mücadele etme şekliyle iki şeye karşı mücadele ediyor: Doğaldır ki özne, Sartre'vari bir varoluşçuluğun öznesi değil, içerik özneden değil ötekinin özne olarak tanınmasından gelir. Bu noktada halihazırdaki eğilimlere çok yaklaşıyorum. Hep ifade ettiğim iki düzey var. Bunlardan biri aşki ilişkiler düzeyi olarak adlandırdığım, iki insanın karşılıklı olarak birbirini tanıması. İki insan diyorum çünkü en çok öyle oluyor ama gruptan gruba da düşünülebilir, çok önemi yok, sonuç olarak iki kişinin birbirini özne olarak karşılıklı tanıması. O halde aynı bileşim sürecine göre araçsal unsur ya da kimlik unsuru. Araçsal unsur arzu ya da cinsellik, diğeri ise kişi adı verilen şeydir. Ve sevgi ilişkisi ikisini birleştirme iradesidir. İkinci düzey ise demokrasi, yani her birimize kendisini özne olarak kurmaya ve savunmaya izin veren kurumsal güvenceler. Başka bir deyişle negatif içerik, kendini yapan birey ve pozitif içerik de bireyler-arası ya da kolektif olandan kaynaklanıyor. Ben böyle görüyorum.

Birlikte Yaşayabilecek miyiz? *adlı eserinizde,* Modernliğin Eleştirisi*'nden başlayıp,* Demokrasi Nedir?*'e giderken özneye bakış açınızda bazı değişiklikler oldu. Sizin için artık özne modernliğin yönlerinden biri değil, kalbinin attığı yer. Bu değişikliğin sonuçları nelerdir?*

Evet. *Modernliğin Eleştirisi*'ni yazdığımda, merkezi düşünce rasyonalizasyonunun karşısında, Kant gibi konuşursak, ahlaki bireyciliğin olduğuydu. Modernlik iki şeyin ayrımıyla tanımlanır: İki yönü vardır ve en başından alırsak Reform ve Rönesans gibi birbirine karşıt iki yönü vardır. Bundan vazgeçmiş değilim ama öznenin kimlik olmadığını, rasyonalizasyon, piyasa ve teknikle kültürel kimlikleri ilişkilendirmeye çalışan kişi olduğunu söylüyorum. Ve belki de olaylar yüzünden, çok da önemli değil, bu ikisinin iki katı negatif tarafına giderek daha duyarlı oluyorum; başka bir deyişle cemaatçilik karşıtıyım. Küreselleşme anlamında liberallik karşıtıyım vs. Özneyi modernliğin iki yüzünden biri olarak değil, ikisinin arasında olan şeklinde sunuyorum ve bir unsuru kaldırarak birbirlerine yaklaştırmaya çalışıyorum. Yani cemaatçi bir yönde özne, klasik olarak inançları ve âdetleri ayırdığı zaman kurulur. Yani gerçekte laikleştirildiğinde. Laiklik dinin ortadan kaldırılması değildir, sadece dinin yasadan ve âdetten ayrılmasıdır. Öte yandan insanların, çalışmanın sonunun geldiğini söylemesine rağmen, çalışma düşüncesini savunuyor, yaratıcı pozitif etkinlik olarak piyasadan, finansal kapitalizmin meslek yaşamından ayırıyorum. Özne bir yandan birini, öte yandan diğerini kaldırarak oluşuyor. İkisini bir araya getirerek, bileştirerek demiyorum, bileşmiyorlar. Özne onları birbirine bağlamak gerektiğini savunuyor ve hem birine hem diğerine karşı çift anlamlı. Üretimden, emekten yanayım, piyasaya karşıyım. Kendimi oluşturuyorum ve benim özne olma hareketim hiçbir zaman bitmeyen bir çifte çaba, çünkü çok büyük kitleler arasında sıkışığım. Ama pozitif içeriği olmasa da, her şeyden önce kurumsal bir pozitif içerik kazanacak bir tür çifte bağsızlık, çifte boşaltma, çifte itiraz tanımlamaya çalışıyorum. Bu kurumsal içerik, demokrasinin kendimizi özne olarak oluşturmak üzere hepimize bir özgürlük alanı sağlamasıdır.

Çalışmanın en önemli tanım olduğunu söylediğinizde...

En önemlisi değil, en önemlilerinden biri. Ancak farkı görmesi kolay: Ondokuzuncu yüzyılda ve yakın zamana kadar bir çalışma imgesi var. Gerçekte büyük düşünce çalışma değil, üretim. Hatta enerji düşüncesi, hatta ilerleme düşüncesi... Ben de çalışmayla tanımlanmış bir toplumda olmadığımızı söylüyorum ama özne bundan vazgeçemez, başka bir deyişle çalışmanın rolü topluma değil özneye oranlı. Eğer işiniz yoksa ne yaparsınız? Ya bir marjinal haline gelirsiniz ya da kimlik yönü ağır basar.

Çalışmanın sömürü olarak görüldüğü dönemden sonra, işsizlikle birlikte, kendi kendini gerçekleştirme olduğu döneme mi dönülüyor?

Evet ama ben sömürü kelimesini artık kullanmıyorum, çünkü iktidar ya da sınıf ilişkileri açısından bakıldığında sınıf somut grupları temsil ediyor. Uluslararası piyasa bir sınıf değil. Ama egemenlik ilişkilerine gelince onlar hâlâ eskiden sahip oldukları merkezi öneme sahip.

Ama yine aynı eserde, özne çağrısının toplumsal örgütlenmeyi yönetebilen bir ilke değil, sadece bilgiyi yönetenler ve hatta üretenler olarak sunulan aygıtların gücüne karşı başvurulacak bir çare olduğunu söylüyorsunuz...

Evet, ama doğrusunu isterseniz zamanla her şey değişiyor, haftadan haftaya, seminerden seminere. Bu sadece kişisel bir çare değil, kolektif özgürlüğe bir çağrı, herkes için yeterliliğe bir çağrı; işte bu nedenle daha çok söylenildiği gibi çokkültürcüyüm. Çokkültürcülükten bahsetmeyi sevmiyorum ama yine de tamamen kabul ediyorum. Ama yine de çokkültürcülüğün yan yana konulmuş gruplar anlamına gelmesinden korkuyorum; bu nedenle kültürler-arası iletişimden söz etmeyi tercih ediyorum.

Bu yaklaşımın epistomolojik bir konumlanma olmaktan çok Habermas, Rawls ve Taylor'ın bakış açılarını düzenleyici ilkelerin olası totaliter sonuçları açısından uyarmak anlamına geldiğini düşünmüştüm.

Öncelikle Charles Taylor'ı çok az eleştiriyorum. Habermas'ın konumu bir biçimde benimkinin tersi. Yaklaşımı, siyasal, toplumsal, ekonomik vs. davranışların alanında Aydınlanma'nın evrenselini aramaktan ibaret. Evrenselleştirilebilir olanı iletişimde aradığından, yola çıkış noktası iletişim, özneler-arası ilişki. Buradan yola çıkarak Morin'in deyişiyle diyalojik olarak, yalnızca diyalog yoluyla genel iletişim kurma koşullarını, yani herkesin özgürlüğünü yakalayabileceğiz. Bu, Aydınlanma'ya dönüştür. Almanya'da yaşamış biri için bu tamamen anlaşılabilirdir.

Rawls'un daha çok, biraz geç de olsa, sosyal demokrasiyi kuramlaştıran adam olduğunu söyleyebilirim. Adil toplum konusundaki kavrayışı kesinlikle saygıya değer ve yüksek bir zihinsel düzeydedir. Benim için sorun, adil toplum sorunu değil. Yakın zamanda Michael Waltzer'la UNESCO'da gerçekleştirdiğimiz bir tartışmada bunu söyledim. Bildiğiniz gibi Waltzer, Rawls'la aynı anlayışa sahip değildir ama o da Rawls'la aynı soruyu sorar: "Adil bir toplum nedir?" Ben ise adil toplum düşüncesiyle ilgilenmiyorum; zaten bir şekilde Habermas da ilgilenmiyor. Ben, "Bireye kendini özne olarak kurma izni veren bir toplum nedir?" sorusuyla ilgileniyorum. Ama bu, hakkaniyet arayışı, pozitif ayrımcılık, "affirmative action" olmasın demek değildir. Bunları çok savunuyorum, ama bir özne haline gelme şanslarında eşitlik olarak savunuyorum. Eşitsizliği artırmadığı sürece, özgürlüğe öncelik verme düşüncesi değil; bunun çok iyi bir formül olduğuna inanıyorum ama bugün beni özellikle ilgilendirmiyorlar. Çünkü bu, öncelikle toplumun tamamıyla kurulabileceğinin düşünüldüğü bir düşünce biçiminin dönemini temsil ediyor. Biraz Rousseau'cu bir toplum, yani. Oysa bugün çarpıcı olan, "toplumsal olan" –benim pek kullanmadığım bir deyim–, siyaset, zayıf ve ekonomik olgulardan fazla etkileniyor. Ama tüm bu insanların, Rawls'un ve diğerlerinin, ekonomide çok güçlü devlet müdahalelerinin olduğu bir tarihsel arka plana oturduklarını düşünüyorum. Oysa bugün kendisini sosyal demokrat olmaktan çok kapitalist olarak tanıyan bir toplumda yaşıyoruz. Yani bir tarafta siyasetin kontrolünde olmayan bir dünyanın o muazzam gücü var, diğer tarafta ise tarikatlara ayrılmış "identity politics" vb. içinde parçalanmış toplumlar görüyoruz. Bu noktada, nasıl demeli, daha karamsarım; yani Foucault'nun ya da Frankfurt Okulu vb. fazla güçlü saydığı, savaş sonrasındaki gibi güçlü bir topluma değil, tersine piyasaların yaptığı ve entegrizmlerin doldurduğu zayıf bir toplumsal alan imgesi üzerine yerleştiriyorum kendimi, anlıyor musunuz? Dolayısıyla araştırmam bu bakış açısından değerlendirilmelidir. Sosyal bilimlerde mesele aynı fikirde olup olamamak değildir. Ama ne liberalleri, ne de cemaatçileri anlamıyorum; burada tam tersine bir yer değiştirme var. Charles Taylor hakkında ise, öncelikle temel kavramlarından söz edeceğim: özneye verdiği önem, "The sources of the Self", ötekinin tanınması teması, yani çokkültürcülük, ama tüm bunlarla birlikte "self"i bu anlamda alırsak –çünkü birçok anlamı var– ben daha çok "self" üzerine odaklanıyorum. Topluma belli bir bakış açısı olan çokkültürcülük meselesine gelince, Taylor'ın siyasal seçim terimleriyle konuşmak gerekirse, ki onun için bu "Kanadalı Fransızların haklarını tanıyorum ama Kanada'nın içerisinde", "ben bağımsızlık karşıtıyım" konumudur; oysa ben daha çok bağımsızlık yanlısı olurdum, anlıyor musunuz?

Peki ya Giddens?

Bakın, Habermas, ben ve diğerleri gibi, Giddens da toplumsal sistemden çok, onun söz dağarcığına başvurmak gerekirse "agency"yle, toplumsal eylemin koşullarıyla ilgileniyor diyebilirim. Ama aramızda en ihtiyatlı ya da en öğretmence tavra sahip olanın o olduğunu söyleyebilirim. Giddens genelde çok sınırlı, genel bir imge sunuyor; bu aslında çok yararlı, diğerlerinden daha sistematik. Ama Almanya'da Beck gibileri, ya da diğerlerini ele alırsak, onda da düşünceler aynı yönde gidiyor. Bunlar da benim gibi zaten çok zayıflamış bir toplum imgesi olan insanlar, risk toplumu vb.

Size tüm bu isimleri sayıyorum, çünkü çalışmalarınız bu insanların çalışmalarıyla giderek daha çok iletişim kuruyor, konuşuyor gibi. Almanya'da Habermas, Kanada'da Charles Taylor, İngiltere'de Anthony Giddens vb.

Habermas 20 yıl önce benden, yönettiği enstitünün bilim kuruluna katılmamı istedi. Bundan yaklaşık 15 yıl önce, Habermas'ı Fransa'ya ilk getiren benim. Yani Habermas'la ilişki ve onun üzerine düşünme hiç de yeni değil. Taylor ise elbette daha yeni çünkü o uzun süre katıksız bir felsefeciydi ve benim de Platon'la ilgilenmek için fazla nedenim yok. Felsefeci değilim, hem de hiç değilim. O yüzden de felsefeyle ilgilendiğimin söylenmesinden hoşlanmıyorum çünkü siyasal kuramla ilgilendiğimi düşünüyorum. Biliyor musunuz, bu beni rahatsız ediyor. Rahatsız ediyor, çünkü bir sosyolog oturup sayılarla uğraştığında sosyolog olduğu söyleniyor, düşündüğünde de felsefeci olduğu söyleniyor. Sosyologlar da düşünür, tarihçiler bile düşünür.

Tarihten söz etmişken tekrar bir parantez açmak istiyorum. Jacques le Goff'la Sorbonne'da mı beraber okumuştunuz?

Sorbonne'da değil Ecole Normale'de.

"Sorbonne'daki tarih öğretimi o denli sıkıcıydı ki, onlara teşekkür etmeliyim, çünkü Paris hayatını daha iyi tanıma fırsatını buldum" diyen o muydu? Jacques le Goff'tu yanılmıyorsam.

Ecole Normale'de aynı odayı paylaşıyorduk ve ikimiz de tarih doçentlik sınavına hazırlanıyorduk. Ve sınavı yöneten Braudel, kıskançlık olmasın diye ikimizi birden birinci yapma nezaketini gösterdi.

Diğer sosyal bilimcilere yönelik tavrınıza geri dönersek, Fukuyama ve Huntington'ı eleştirirken her ikisinin de teknik ve piyasanın evreniyle kültürün evreni arasındaki, araçsal akılla kolektif hafıza arasındaki ayrışmayı yakalayamadığını söylüyorsunuz...

İkisini aynı kefeye koymuyorum aslında. Fukuyama tamamen aptalca, iddialı. Yanlış olduğu o denli açık ki! Bu küçük genç adam Berlin Duvarı'nın yıkıldığını görünce tamam diyor, zaferi Amerikalılar kazandı, artık hegemonyamız kuruldu. İnandığımız her şey, tek düşünme biçimi, piyasa ekonomisi, parlamenter demokrasi ve kültürel hoşgörü, başka model yok. Huntington, bu aptallık karşısında iki yıl sonra "bakın, temel çatışmalar dinsel ve kültürel; insanlar birbirlerini dinsel ve kültürel sorunlar yüzünden öldürüyorlar" demekte haklı. Bu, Huntington'ın *Foreign Affairs*'te yayımlanan makalesinin olumlu yanı. Şimdi ise kitaba dönüştüğünde, zayıflıklar daha iyi ortaya çıkıyor. Sorunların ve çatışmaların kültürel ya da dinsel temalara nasıl bağlandığını göstermiyor. Dünyanın her yanına bakıyor ve az çok derin çatışmalar var diyor. Hırvatlar ile Sırplar arasındaki çatışma dinsel midir, bunu gösteremiyor.

Burada Toynbee'nin izlerini görmek mümkün değil mi?

Benim için Toynbee'yi referans göstermek biraz ezici çünkü Toynbee'ye hiçbir sempati duymuyorum.

Sizin için değil, Huntington için söylemiştim...

Evet Huntington bir şekilde Toynbee'nin izini sürüyor, bu doğru. Aslında bu şimdi toplumsal düşünceye iyice sızmış durumda, somut bütünlükler olarak düşünmek, bu çok sıradan bir olgu. Fransa örneğin, sosyolojik bir tip değildir. Fransız toplumunun tutarlı olduğunu düşünmek için hiçbir neden yoktur. Tabii ki değildir. Fransa laikliğin ülkesi derseniz, Fransa Kilise'nin büyük kızı derim; merkeziyetçi Fransa denir hep, Fransa'nın aslında, 50 kilometre olan ve kendilerini özdeşleştirdikleri küçük ülkelere bölünmüş olduğunu hatırlatırım. Aslında tüm bunları tarihçiler daha iyi anlar çünkü farklı geleneklerin, farklı hareketlerin birikimini görüyorlar. Bir ülke analitik bir kategori değil, bir tarihsel coğrafi gerçeklikler bütünüdür. Bu nedenle toplumsal gerçekliğin homojen gerçekliklere indirgenmesinden dikkatle sakınıyorum. Çok az homojen ülke var. Ve genelde homojenlik yıkıcı, özellikle de günümüzde.

Tekrar özneye dönersek, "özne, bir bireyin eyleyen [aktör] olarak tanınma ve harekete geçme iradesidir... ve bir mübadele evreninin merkezidir" diyorsunuz. Bu esas olarak maddi anlamda bir mübadele mi?

Hayır, burada kastettiğim şey iletişim. Demin söylediğim gibi, öznenin içeriğiyle ilgili. Özne, ancak iletişim düzeyinde, ya da Taylor gibi konuşursak, tanınma düzeyinde kurulur. Habermas'a doğru atabileceğim en büyük adımı bu noktada atıyorum. Ve bu nedenle de öznenin oluşması ya da öznenin incelenmesi deneyimi düzeyinde, içerik olmadığı düşüncesinde ısrar ediyorum. Alıntıladığınız cümlenin ilk kısmı belki doğru ama şüphelerim var. Çok fazla pozitif içerik görünüyor. Cümlenin başını tekrar okuyun göreceksiniz.

İrade, birey, harekete geçme, aktör (eyleyen) ...

Zaten insanlar, öğrencilerim aktör kelimesini pek sevmediklerini söylediler. Sanırım haklılar çünkü kelime sosyolojik literatürde var; zaten sorun da burada. Oysa ki aktör bir kişi olabilir, rol ya da statüler olabilir. Ve aslında toplumsal aktör (eyleyen) denildiğinde genelde toplumsal mübadeleler kastedilir. Yani bir öğretmen ya da öğrenciyimdir, baba ya da oğulumdur vb. O halde şurası açık ki –bu benim birçok kez yazdığım bir cümle ve zaten bir dönem bana bu benim tanımımmış gibi geliyordu– "özne, bir bireyin bir aktör olma iradesidir". Aslında, sanırım bu doğru değil. Aslında "özne bir bireyin özne olma iradesidir" diyebilsem daha doğru olacak, anlıyor musunuz?

Denerim. Hemen kavradığımı sanmıyorum. Kelimenin Türkçeye çevrilmesi sırasında da başka düzlemde bir tartışma oldu. "Aktör" kelimesinin sinema ve tiyatroyu çağrıştırması, yerine konulan kelimenin ise yeterince çağrışımlı olmaması gibi...

Evet, tamam ama bakın, ben aktör kelimesinden pek de şikâyet edemem. Çünkü gerçekten sosyolojide bir işe yaradıysam, bu "aktör" kelimesini kullanmakla oldu. Şimdi de özne kelimesini, diyelim. Politikacılarımızı bir dinleyin, toplumsal aktörlerden söz ediyorlar. Eskiden toplumsal sınıflardan söz ederlerdi. Anlıyor musunuz? Ben, nesnel/öznel nihayetinde her ikisi de olan sınıf kelimesinin yerine, durumdan değil, tamamıyla toplumsal eylemden yana olan aktör kelimesini getirdim. Size şimdi bir karşılık verememama aktör kelimesinin başkalarının beklentilerinin toplamı anlamı gibi başka bir anlamda alınmasını önlemek için bunu tekrar ele almam gerekir. Merton'un da tanımı aşağı yukarı bu. Yani aktörü bu yaratıcı yan anlamında, belirlenmemiş yan anlamında ele alıyorum. Bana aktörün tanımı sorulduğunda "aktör, çevresi tarafından belirlendiğinden daha çok çevresini dönüştürme yeterliliğine sahip olandır" cevabını veriyorum. Bu yaratıcı yön üzerinde ısrar ediyorum.

Çevreden söz etmişken, doğadan söz etsek. Çünkü insan artık doğasını ya da doğası adı verilen şeyi değiştirmek konusunda daha çok güce sahip olmaya başladı. Cinsiyeti, organları, dış görünümü... Konuşmamızın en başında bio-etikten söz ettiniz. Düşüncenizde bu yöne doğru kanallar açmak sizi ilgilendiriyor mu? Öznenin bedeniyle olan ilişkisi açısından...

Hayır, pek değil. Bio-etik söylediklerime iyi bir örnek. Yani toplumun bir yaratımı değil, sınırlar koyması. İnsanın bir özne olarak kavranması gerektiğini ve dolayısıyla da klonlanmasına hak olmadığını söyleyelim. Örnek vermek gerekirse, kalbinizin, böbreklerinizin, ve hatta neden olmasın beyninizin değişmesi beni rahatsız etmez. Hele de söz konusu olan bir beyne sahip olmak ya da olmamaksa, sahip olmak daha iyi. Bu açık. Bio-etik yasaklardan ibaret. Hastalar üzerinde haber vermeden deney yapmamak, tüm bir deney protokolü vs. Ve bizim için bu çok basit bir biçim alıyor: O da insan bedeninin bir meta olmadığını söylemek. Bir kalp satın alınamaz. Elbette ki satın alındığı birçok ülke var. Birkaç yıl önce Lyon'da böyle bir hikâye yaşadık. Organ nakli için Fransa'ya gelen İtalyanlar için bir ağ oluşmuştu ve İtalyanlar Fransızlara göre öncelikliydi çünkü para veriyorlardı. Paranın işin içine karışmasını engellemek açısından Fransa'da organ nakilleri sadece devlet hastanelerinde yapılabildiğinden bu tabii ki engellendi.

Peki ya tüm bu gelişmelerin öznenin kendisine ve toplumla ilişkilerine bakışında bir değişiklik yaratacağına inanıyor musunuz? Cinsiyetini bile değiştirebilmek, bedeniyle istediğini yapabilmek...Bizim kendimize ve ötekilere bakışımızı nasıl değiştirecek?

Evet. Doğam tarafından da, toplumsal rolüm tarafından da

belirlenmediğim ölçüde, ancak kendi kendime göre tanımlanabilirim. Bu iyi bir şeydir. Ama aynı zamanda çok da zor. Birçok sosyoloğu ilgilendirmiş olan transseksüelleri düşünüyorum; Garfinkel daha yirmi yıl önce bu konuda incelemeler yapmaya başlamıştı. Burada muazzam bir güçlük var; "toplumsal olan" kelimenin geleneksel anlamıyla öç alıyor. Bir transseksüel neredeyse tamamen toplumsal redle belirleniyor ve üstelik çok da pahalı bir işlem olduğundan fahişelik yapmaları gerekiyor vs. Yani kuramsal olarak transseksüelin kendi projesini üstlenen biri olduğunu, ama pratikte toplumsal kuralların ve ötekilerin bakışının esiri olduğunu söylemem gerekiyor. Ötekilerin bakışını da yargılamak bana düşmez. Yani işler göründüğü kadar basit değil, ama, evet –çok eski bir kelimeyi kullanacağım– öznede bir kurban [sacrifice; fedakârlık] boyutu var. Diyelim, Yakup'u öldüren İbrahim'in içeriği yok, Tanrı'nın iradesine boyun eğiyor ve Yakup'u kurtaran da Tanrı'nın iradesi. Bunun gibi bir şey. Direnişçi ya da muhalif rolüne de bu yüzden sık başvuruyorum. İnsana saygıyı korumak için kurban verenler, ya da hayatlarını kurban etmeyi kabul eden insanlar. Tüm bu dinsel arka planla birlikte bu konuda çok duyarlıyım, bu nedenle kurbandan [fedakârlıktan] söz ediyorum. Sanırım çok hedonizm karşıtıyım, daha çok püritenim, faydacılık karşıtıyım ve benliğin kendi üzerindeki etkisi beni çok ilgilendiriyor. Kendi kendini kuran insanlar beni çok ilgilendiriyor.

Kendi kendini oluşturan insanlardan söz ederken, özne olarak göçmenden de, hayatıyla ne yaptığından da söz ediyorsunuz.

Evet, belki. Bu demin söylediğime iyi bir örnek. Eğer toplum demokratik olursa, o da özne olabilir. Yani parada, işte, eşit şans ve öte yanda kimliğinin tanınması sağlanırsa olabilir. Oysa bunlardan bazen birine bazen diğerine sahip oluyor, her ikisinin de teslim edildiği durumlar ender. O zaman parçalanıyor, kurban oluyor ya da dışlanıyor. Kimliğine, paraya, uyuşturucu kaçakçılığına vs. kapanıyor. Yabancıların bütünleşmesi [entegrasyon] için –kelimeyi tartışmayacağım– hem ekonomik olarak bütünleşmeleri hem de kültürel olarak tanınmaları gerekir; benim düşüncemin doğrudan sonucu bu.

Göçmenlerin oy hakkının Batı demokrasileri açısından gerçekçi bir hedef olduğunu düşünüyor musunuz?

Mitterand ilk zamanlarında bunu önerdiğinde fikrimi söylemiştim ve her zaman da bunun mümkün olduğunu savundum. Zaten şu anki durum da akıldışı, çünkü Avrupa Birliği'nin diğer ülkelerinin yurttaşlarına belli koşullarla oy hakkı tanınıyor. Neden bir Danimarkalı oy hakkına otomatik olarak sahip olurken bir Faslının olamayacağını anlayamıyorum. İşte ve kimlikte bu çifte tanınmayı gerçekleştirmek için siyasetten geçmek gerektiği açık, o halde cevap basit: Oy vermenin bir hak olması, haklardan biri olması gerek. Bu akıllı annelerin olduğu yerde *de facto* gerçekleşebilir, ama bu, hakkın yerini tutmaz. O nedenle tamamıyla siyasal haklarının olmasından yanayım. Yerel seçimler mi ulusal seçimler mi olacağı tartışılabilir ama hakların olması, öncelikle de kültürel, dinsel tanınma hakkının olması gerektiğini düşünüyorum.

Batı demokrasilerine baktığınızda bunun gerçekleşebilir bir hedef olduğuna inanıyor musunuz?

Mitterand projeden vazgeçmişti çünkü halkın karşı olduğunu biliyordu. Şimdi ise Front National'le birlikte daha da karşı ve Front National bunu çok işledi. İlk olarak mümkün olduğuna, ikinci olarak da gerekli olduğuna inanıyorum. Çok ilginç örnekler de var. Örneğin Roubaix, çok yoksul bir kenttir, çok işsizlik vardır. Birbirini izleyen merkez sağ Hıristiyan Demokrat belediye başkanları Afrikalıları gruplar halinde açık kapı günlerinde kabul ettikleri, semt gruplarının olduğu bir sistem yarattılar ve fena da işlemiyor. Kentteki yoksulluk ve işsizliğe rağmen görece olarak az şiddet ve çatışma var, çünkü insanlar kendilerini ifade etme olanağı buluyor. Bunun başka örnekleri de var. Kaçınılmaz olduğunu düşünüyorum. Yerel seçimlerde oy hakkıyla yetinirdim, çünkü yurttaş değilseniz ulusal düzeyde seçilemeyeceğiniz için –bu bana oldukça normal görünüyor– içinden çıkılmaz karışıklıklar olabilir. Aslında yerel düzeyde de küçük karışıklıklar var, örneğin bölge seçimleri senato seçimlerine dönüşüyor ama bunlar halledilebilecek ayrıntılar. Ben tamamıyla oy hakkından yanayım. Elbette ki ülkede 5 yıl, ya da ne bileyim, belli bir süre kalmış yabancı-göçmenler için.

Birlikte Yaşayabilecek miyiz?'*de, nasıl emperyalizm döneminin ardından Leninist devrimlerin zaferi geldiyse, bir küreselleşme döneminden sonra da totaliter rejimlerin yeniden kurulabileceğini söylüyorsunuz. Bu totaliter rejimlere direniş sizce nasıl olacak? 68 Mayısının ışığında bir karşı-ütopya mı yoksa başka biçimler mi?*

Şu anda gördüğüm, yaşadığımız finansal kapitalizmin zaferinden sonra, Avrupa ülkelerinde ve diğer bazılarında da centrosinistra [merkez sol] hükümetlerin, geçmişteki sosyal demokrasinin eşdeğerini bulmaya çalışan hükümetlerin belirginleştiğini açıkça görüyorum. Avrupa şu anda nedereyse bütünüyle merkez sol hükümetler tarafından yönetiliyor. Eğer Schröder sonbaharda iktidara geçerse, merkez sol olmayan bir tek İspanya kalacak. Yani ben liberal dönemden çıktığımıza inanıyorum. Sanırım ekonominin toplumsal ve siyasal kontrolü yeniden sağlanıyor ve bir dünya iç savaşı da böyle engellenecek. 1910'da finansal kapitalizm zafer kazanırken Meksika, Rus, Çin devrimleri patlak veriyordu. Bugün entegrist ülkeler var ve bazıları da onlara dönüşebilir. Eğer sadece kapitalist türde bir tahakküm olmazsa bu engellenebilir ve Avrupa burada önemli bir rol oynayabilir.

Sürem doldu ama belki bir soru daha sormama izin verirsiniz. "La Lettre à une Etudiante"*ta* ("Bir Öğrenciye Mektup")...

Her şeyi okumuşsunuz!

Daha çok sorum vardı, ama sanırım zamanımı iyi ayarlayamadım. O kitabınızda şöyle diyorsunuz: "Eğer yabancılaşmaya, itaate ve bilinçsizliğe sürüklenmek yerine, toplumlara harekete geçmeleri, tarihlerini yapmaları için yardım etmek için değilse, niçin sosyoloğuz?" Bugün yeniden tanımlamanız gerekse ne derdiniz?

Bugün toplumlar değil, insanlar derdim; ama ikisi de aynı kapıya çıkıyor. Benim sosyolojimin bir belirlenimler sosyolojisi değil, bir özgürleşme ya da özgürlük sosyolojisi olduğu açık. Bununla birlikte belirlenimleri inkâr etmiyorum, ama beni ilgilendiren, bu belirleyicilere karşı savunma. Yavaş yavaş anladım ki ancak toplumsal olmayan bir ilke varsa toplumsal belirleyicilere karşı savunma yapılabilir. Bir zamanlar Tanrı denilen, şimdi insan hakları denen siciller. Bir zamanlar, bir toplumsal güce başka bir toplumsal güçle, örneğin sınıfa karşı sınıfla direnileceği zannedildi. Şimdi bunun daha çok bağımlılığa ve proletarya üzerinde diktatörlüğün tahakkümüne yol açtığını öğrendik. Daha çok ahlaki bir görümüz var, yani güçleri, tüm güçleri ve özellikle de devletin gücünü, özne hakkına çağrıyla sınırlamak gerekiyor.

Son bir soru daha: 1994'te sizinle yapılan bir söyleşide özel hayatınızın çalışmalarınız üzerindeki etkisinden söz ediyorsunuz...

Bu pek sık yaptığım bir şey değil.

Zaten benim de o yüzden dikkatimi çekti. Aşırı bir yorum saymazsanız, kamusal olanla özel olanı birbirine geçirmek konusundaki bu adımınız bir sosyolog olmaktan çok bir özne olarak kendinizi konumlandırma arzunuzla ilgili olabilir mi?

Aslında olup biteni tanımlamakla yetindim. Bir tarafta yeni toplumsal hareketlerin düşüşüyle bir tür rastlantı söz konusu ve entelektüel bir yol ayrımı olan *Le Retour de l'Acteur*'ü de (Aktörün Dönüşü) bu sırada yazdım. Yine bu sırada özel hayatımda kişisel sorunlarım vardı. Fikrimi değiştirmeyeceğim bir şey var; hayatını ya da ölümünü yönetmek toplumsal eylemden daha yüksek bir şey. O sıralar bir şüphe dönemiydi ve zaten 80-83 arası o sahte devrimci yaygaradan da pek hoşlanmamıştım. Toplumsal hareketlerden birinin çekip gittiğini görüyordum. Bu biz Polonya'dayken başlamıştı. 80'de Fransa'da olmamak için Polonya'daydık. Bir kesinti yaşadığım doğru, çünkü 83-86 arası dönemde Latin Amerika'ya zaman ayırdım. Ama bunda iki şeyin etkisi oldu: Toplumsal yanılsamaların sönüp gitmesi ve kişisel varlığın sorunlarının merkeze yerleşmesi.

Cogito 14.
Söyleşiyi yapan: Nazlı Ökten

Lila Abu-Lughod: "Yenilenen Kadınlar"

1980'lerden başlayarak, Ortadoğu'nun (ve aynı zamanda Güney Asya'nın) çeşitli bölgelerinde kadınlar konusunda yazıların, özellikle de sömürgecilik-sonrası / bağımsızlık-sonrası Ortadoğulu ulus devletlerin modernleşme süreçlerinde kadınların ulusal kimliğin bir göstergesi olarak rol aldığı yazıların, hızla arttığını gözlemliyoruz. Yakın zamanda Princeton University Press tarafından yayımlanan ve sizin derlediğiniz Remaking Women: Feminism and Modernity in the Middle East (Yenilenen Kadınlar: Ortadoğu'da Feminizm ve Modernlik) *adlı kitabınızı bu literatür içinde nereye yerleştiriyorsunuz? Bu kitabı öncelikle daha önce yapılmış araştırmaların bir devamı olarak mı görüyorsunuz, yoksa alternatif açıklama ve yaklaşımlar da yer alıyor mu?*

Kuşkusuz, Deniz Kandiyoti'nin derlediği *Women, Islam and the State (Kadınlar, İslam ve Devlet)* gibi Ortadoğu'da kadınların yalnızca yekpare bir "İslam" veya İslami kültürün kavramları aracılığıyla değil, daha ziyade ulus devletlerin farklılaşmış siyasi projelerinin, bu devletlerin farklı tarihlerinin, sömürgecilik ve Batı ile olan ilişkileri, sınıf politikaları, İslami terimlerin ideolojik kullanımları ve devletin yasal aygıtlarındaki İslam hukukuna karşı verilen mücadeleyi de hesaba katarak incelenmesinde ısrar eden kitaplar, *Remaking Women*'e öncülük etti. Kandiyoti ve ortak yazarları, aile reformu ve kadın hakları için yapılan girişimleri, modern devletlerin yerel akrabalık gruplarının özerkliklerini ortadan kaldırarak kendi iktidarlarını artırma çabalarına bağlarlar. Bu devletlerin ulusal gereksinimleri karşılamak ve özellikle son zamanlarda uluslararası kalkınma örgütlerinin gereklerini yerine getirmek için, emek güçlerini ve politik seçmenleri seferber etmeleri, bu yazarların, Müslüman rejimler tarafından kadınların özgürlüğü için yapılan çağrılara belli bir şüphecilik ile yanıt vermelerine yol açtı.

Ancak, 1991'de basılan bu temel çalışma yalnızca bir başlangıçtı. Kitabın devlet politikaları ve ulusal projeler üzerine yaptığı vurgu, kadınların, reform ve yönlendirmelerin nesneleri, bazen de düpedüz piyonları olarak ortaya çıktığı izlenimini yaratıyordu. Birçok makale tarihsel olarak büyük bir zaman dilimini taradığı için, kadınlar hakkında birtakım tarihsel anlarda belirmiş hayranlık uyandırıcı inceliklerle dolu tartışmalara yeterli ilgi gösterilememiştir. Ayrıca yazarlar, kadınların kültürel otantiklik polemiklerine yakalandığını fark etmelerine rağmen, yerel ve Batılı söylem ve aktörlerin birbirlerinden beslenen dinamikler(iy)le ilgili hiçbir ayrıntıyı araştırmadılar. Son olarak da, temel kaygıları kadınların ulusçulukla ilişkileri olduğu için, kadınlar için uygulanan reform ve politikaların modernist projelerin parçası olmalarının önemi bu çalışmalarda yer almadı.

Kandiyoti'nin kitabının yapamadığı bazı şeyler, geçen birkaç yılda basılan birçok kitap tarafından başarıldı. Bunlar, ondokuzuncu yüzyılın sonlarında ve yirminci yüzyılın başlarında, "kadınların özgürlüğü" hakkındaki kavramların ortaya çıktığı ve Ortadoğu'da feminizmin ve olasılıklarının "bugününün tarihi"nin yapıldığı belirleyici döneme özellikle ilgi gösterdiler. Leila Ahmed'in *Women and Gender in Islam* (*İslamda Kadın ve Toplumsal Cinsiyet*), Margot Badran'ın *Feminists, Islam and Nation* (*Feministler, İslam ve Ulus)* ve Beth Baron'un *The Women's Awakening in Egypt* (*Mısır'da Kadınların Uyanışı*) adlı Mısır'a odaklanan kitapları ve Parvin Paider'in *Women and the Political Process in Twentieth Century Iran* (*Yirminci Yüzyıl İranında Kadınlar ve Siyasi Süreçler)* adlı kitabıyla birlikte, o dönemin sorunsallarını ortaya çıkarmak için Ortadoğulu kadınların kendileri hakkında yazdıklarını ele almışlardır. Bu kitaplar, kadınların yaşamında bir çeşit feminist dönüşüme bağlılık ve inançları apaçık ortada olan feminist araştırmacıların çalışmalarıdır.

Özellikle yüzyılın başındaki Mısır, aynı zamanda da İran ve Osmanlı Türkiyesi'ndeki kadınların yazdıklarının keşfedilmesi ve aktif kadınların yayın organlarının incelenmesi, feminist araştırmacıların baskın erkek reformculardan, kadınlar üzerinde yeni söylemler oluşturabilen aktif katılımcı birçok kadına yönelmelerine olanak sağladı. Bu çalışmalar, kadınları, sömürgeci, yarı sömürgeci ve ulusal bağlamlarda kadınlar hakkında düşünen, onlar için tartışan ve kadınların yaşamını dönüştürmeyi başarmış bireylerden oluşan ayrı bir grup olarak görmemizi sağladı. Onlar, basit ve tek bir anlatıyı imkânsız kılan muğlaklık ve çelişkileri de ortaya koydular. 1920'lerden beri feministler diye adlandırılabilecek bu kadınların takip ettiği projelerin başlıkları kusursuzca kayıtlara geçirilmiş, zengin alanlar için düşünme ve analizin yolu açılmıştır.

Bu daha önceki araştırmacıların çalışmaları, ben ve *Remaking Women*'e katkıda bulunanlar için, araştırılması gereken daha birçok soruyu açığa çıkardı. İlk ve en önde gelenler modernliğin politikasının sorularıdır. Özellikle kendimize şu soruyu sorduk: "Modern" veya ilerici olduğunu düşündüğümüz yeni fikirler ve uygulamalar, Avrupa'nın sömürgelerine aşılandığı, ya da ortaya çıkmaya başlayan yerel seçkinler tarafından sahiplenildiği zaman, yalnızca özgürleşme biçimleri olarak değil, aynı zamanda yeni toplumsal kontrol biçimleri olarak toplumun içine nasıl sokuldu? İkincisi, Doğu/Batı ilişkilerinin politikaları üzerine sorulardır. Avrupa'dan ödünç alınan, Avrupalılar tarafından desteklenen, ya da Doğu'nun "geri kalmışlığı"nın sömürgeci tanımlarına bir yanıt olarak şekillenen söylemler hakkında nasıl düşünmeliyiz? Üçüncü grup sorular, bu ikisine dahil olan sınıf hakkındadır; örneğin, "kadın sorunu" üzerine yapılan tartışmalara kimler katıldı ve bu katılım sınıf projeleri ve kimliklerinin oluşmasında nasıl bir rol oynadı? Bu soruların peşine düşmek, bizi Ortadoğu'daki "feminist" projelere yeni yorumlar getirmeye yöneltti.

Derlemeye damgasını vuran eleştirel kavramlardan bir tanesi de "modernlik". Giriş sözlerinizde kritik tarihsel dönemlerde çeşitli politik gruplar tarafından modernin söylemlerinin kullanılışlarını yeniden düşünmek gerektiğini öne sürdünüz. Siz modernliği nasıl anlıyor/tanımlıyor ve onu özellikle toplumsal cinsiyetle veya ulusalcı söy-

lemin en sevdiği deyimle "kadın sorunu" ile ilişkili olarak ne tür eleştirel bir bakışla görüyorsunuz?

Bazıları modernliğin tanımlanamayacağını öne sürdüler. Bunun yerine, çeşitli yollarla yapılan, ısrarcı modern olma iddialarının izini sürmeliyiz. İki yüz seneden fazla bir süredir "modern olma"nın Avrupalıların kendi öz-imgeleminde egemen olduğu şüphesizdir. Eğer "modernlik" ve "postmodernlik" üzerine başlıklara sahip kitapların sayısı bir ölçüt olacaksa, modernliğin, ondokuzuncu yüzyıl ve erken yirminci yüzyılın büyük figürleri Karl Marx, Max Weber ve Emile Durkheim'dan günümüze kadar, toplumsal kuramcıların yerleşik bir problemi olageldiği görülür. Modernliğe duyulan ilgi, Üçüncü Dünya'nın tüm ulusal retoriklerini belirleyen kalkınmacılık söylemlerinin içinde, bu bölgelerin Batı tarafından çok yakın zamanlara kadar egemen olan "modernleşme kuramı"yla nitelenen algılanışına benzer biçimde, yaşar.

Onsekizinci yüzyılın son dönemlerine doğru sanki bir şey olmuş ve dünyayı dönüşüme uğratmış gibidir. Modern olmakla ilgili söylemler kesinlikle bunun bir parçasıdır. Halbuki Ortadoğu'da "kadın problemi" üzerine çalışırken, önemli olan, felsefe ve antropolojinin modern/ilkel, Batı sosyal kuramı ve modernleşme kuramının modern/geleneksel gibi ikiciliklerinin, veya bütün bu ikiciliklerin çoğunun ima ettiği, Batı/Batı-dışı kadar çeşitlilik arz eden ikiciliklere dayanarak modern olmayanın karşısında duran modernlik nosyonlarının nasıl üretilip, yeniden üretildiğinin araştırılmasıdır.

Geçen yüzyıldan bu yana, kadının yeniden oluşturulması ile ilgili projeleri anlamak için daha da önemli olan modernliğin –bir durum olarak– ne gibi göründüğü, veya aydınlanma ve gelişme diliyle, kendi adına ne söylediği değil, nasıl olduğudur. Bilimin sosyolojik ve kültürel çalışmaları, modernliğin o el üstünde tutulan, rasyonel teşebbüs ve nesnellik üzerine inşa edilmiş, değerlerden bağımsız ve gelişmeye dayalı bilgi birikimi gibi iddialarının altını oymuştur. Irk ve modernlik üzerine ciddi biçimde eğilenler, kölelik ve sömürgeciliğin temel alındığı bir modernlik soykütüğünün gerekliliğini öne sürmüşlerdir. Ancak toplumsal cinsiyet analizi için, Michel Foucault'nun modern devletin ve onun okul, hastane ve hapishaneler gibi kurumlarının karanlık arka planını ele aldığı ve buralarda, bugün tüm topluma yayılmış ve yetkinleşmiş olan normalleştirmenin ve disiplinin gündelik pratiklerinin uygulandığını söylediği kışkırtıcı araştırması en üretken önerilerdendir. Ailenin ve onun bir parçası olarak kadın ve çocukların, benlik ve onun cinselliği hakkındaki söylemlerin girip üretildiği bir yer olduğu fikri, geç dönem eserlerinde, özellikle *Cinselliğin Tarihi*'nin birinci cildinde geliştirilmiştir.

Bu durumda, bazı feministlerin toplumsal cinsiyet analizine Foucault'yu eklemlemek konusundaki isteksizliklerini yersiz mi buluyorsunuz?

Feminist araştırmacılar Foucault'ya karşı ikircikli davrandılar; kimi onun esin verici, kimi de tepkisel ve kadın konusunda az ilgili olduğunu düşündü. Kanımca Foucault iktidarın, aile ve cinselliğin en mahrem alanlarına dahi nasıl nüfuz ettiğini göstererek, kapitalist modernliğin toplumsal cinsiyet üzerindeki etkilerine yönelik eleştirilerin sınırlarını olabildiğince genişletmiştir. Kapitalizmin kadınlar için ne kadar olumlu olduğu sorusundan, kapitalizmin özel ve kamusal alan ayrımıyla birlikte, kadınların üretime yönelik işlerden ve siyasi haklarından dışlanmalarının, kötülenmelerinin ve görünmez üreticiler olarak sömürülmelerinin doğallaştırılmasının izini sürdükten sonra, araştırmacılar, şimdi de, kadınların kamu hayatına girişlerini ve cinsel devrimin "özgürleştiriciliği"ni sorgulamaya başlayabildiler. Böylelikle, kadınlara eşitliği söz veren "haklar"ın dilinin, yalnızca aslında kadınlara açık olmadığı için değil, aynı zamanda, taşıdığı devlete bağlılık ve "kişi" ile ilgili varsayımlar yüzünden aynı derecede sorunlu olduğu görülmeye başlandı..

Modernlik ve toplumsal cinsiyetin bu şekilde yeniden eleştirel olarak düşünülmesi, bu yüzyılı niteleyen Ortadoğulu kadınların modernleştirilme projelerini yeniden saptamamıza nasıl katkısı olur? Modernlik doğru çerçeve; bu kesin. Modernlik, reformcuların ve okumuş kadınların kendi retoriklerinde, "yeni", "kadınların uyanışı" ve "yeni kadın" gibi referanslarla dolu bir dönemin dergi, kitap ve konuşmalarında yankısını buluyordu. En iyi modern nasıl olunur, İslama ne rol verilmelidir, Batı'ya ne kadar öykünülmelidir; bunlar doğal olarak tartışmalı konular idi. Ancak yeni bir şeyin gerçekleşecek olduğu şüphe götürmezdi.

Kadınların yeniden oluşturulması bağlamında, tartışmanın, onların anne, ev içinde yönetici, kocalarının karıları ve ulusun yurttaşları rollerinde yoğunlaştığını görürüz. Kadınların kamu alanında muteber yerleri ve onları eğitmenin değeri, bu bağlamlarda tartışılmıştır. Modernleşme projelerinin hangi yönünün radikal, hangi yönünün muhafazakâr olduğuyla fazla uğraşmadan, biz, Ortadoğu'nun çeşitli bölgelerinde bu projelerin nasıl tasavvur edildiğini ve desteklendiğini, bütün karmaşıklığı, çelişkileri ve amaçlanmayan sonuçları içerisinde, özgürleştirici olmayabilecek açılımlarını da kapsayacak biçimde, eleştirel bir gözle araştırmak istedik.

Modernliğin sık sık ortaya attığı, uzun süreli bir iddia olan ve kitabınızdaki makalelerin gösterdiği gibi, varsayılan bir geleneğe muhalefet ederek kendini var eden "mutlak yenilik" iddiasını sorgulamadan kabul etmeye karşı çıkıyorsunuz. Bununla beraber, modernlikte farklı bir şey, oldukça kökten değişen bir şey(ler) olduğunu da öne sürer gibisiniz. Bu dönüşümleri kadınların yaşamının hangi alanına veya hangi boyutlarıyla yerleştiriyorsunuz?

Yirminci yüzyılın başında ve ilk yarısında, kadınların yeniden oluşturulması için yapılan çağrılar, hem kadınların kamusal alana –eğitim, örtüden kurtulma ve politik katılım yoluyla– daha fazla katılımının, hem de kadınların ev içi alanında büyük sorumluluklarının savunuculuğunu içeriyordu. Ulusçuluk ve ulusal kalkınmanın vizyonları, iki sav için de merkezi rol oynuyordu. Bazı araştırmacılar, kadın dergilerindeki bazı yazarların desteklediği ev içi kültünü, muhafazakâr olduğu ve kadınların geleneksel rollerini kötü bir şekilde genişlettiği gerekçeleriyle reddederken, biz bu kültün, cinsiyet rollerinin radikal bir yeniden belirlenme sürecine bağlı olduğunu öne sürüyoruz. Başka bir deyişle, bu modernleşmecilerin tasavvur ettiği gibi bir eş ve anne olmak, daha önceki anne ve eşlerden farklı bir özne olmak demekti. "Yeni" eş ve annenin, modern devletin düzenlenmiş ailesinin bilimsel yönetiminden ve bununla beraber modern devletin gelecekteki yurttaşları olacak çocukların yetiştirilmesi ve eğitiminden sorumlu olması, pek de önemsiz bir şey değildi.

Eşlik ve anneliğin ulusal emellerle kesişen bu yeni vizyonu, kadınların eğitimindeki gelişmelerin bir sigortasıydı. Çocuk bakımı ve ev yönetimi konusundaki yeni vizyonlar –sürekli yinelenen, zorlayıcı literatürün dolayımıyla– yalnızca ulusal projelerle kesişmekle kalmadı, aynı zamanda modernliğin politikası bağlamındaki ulusal mücadelede de açık seçik biçimde yer aldı. Üstelik bu yeni ev içi anlayışı, diğer evlilik ve aile formlarının değersiz göründüğü tek bir burjuva normunun dayatılmasına yol açtı. Kadınların rolleri ile ilgili bu yeni vizyonların kaynaklarının izlerini, Ortadoğuluların kendi kendilerine ve toplumlarına yönelik imgelerini derinden etkileyen Avrupa'nın, modernin tanımını yapan ve kuralları belirleyen literatürünün çevirilerinde bulabiliriz.

Bizim bu çalışmada yaptığımız en özgün şey, modernleşmenin bu formlarının –kadınların yeni ev içi rollerinin (bir araştırmacının ondokuzuncu yüzyıl ortalarında Britanyalı kadınlar için kullandığı tanımla) "içişleri bakanları" düzeyinde ele alınması, ev kadınlığının profesyonelleşmesi, çocuk yetiştirmenin bilimsel hale getirilişi, kadınların ulusal proje için iyi oğullar yetiştirmekle görevlendirilmeleri, çekirdek aile örgütlenmesinin burjuva evliliğinin idealleri doğrultusuna yöneltilmesi ve hatta yeni eğitim kurumlarının müdahalesinin– ataerkilliğin diğer formlarını aşındıran, birçok kadının kendi üstüne aldığı ve kadınları yeni kontrol ve disiplin formlarının öznesi haline getiren, zorlayıcı normları devreye sokmuş olabileceğini, eleştirel bir şekilde analiz etmiş olmamızdır.

Örneğin İran üzerine araştırma yapan Afsaneh Najmabadi, eğitilen ve kendilerini heterososyal bir ortama yerleştiren bir kamusal dünyaya giren İranlı kadınların, zengin bir cinsellikle yüklü dillerinden mahrum bırakılınca, örtüsüz bedenlerini disiplinli ve iffetli hale getirmek için çaba harcamış olduklarını ileri sürer. Benzer şekilde Deniz Kandiyoti, Türkiye'de kadınların kamusal alana girişlerinin yeni püritenlik biçimleri yaratmış olabileceğini öne sürmektedir.

Kadının yeniden oluşturulması sürecinin sömürgeci ile karşılaşma anında aldığı ivmeyi incelerken, Timothy Mitchell'ın *Colonising Egypt* (*Mısır'ı Sömürgeleştirmek*) adlı kitabında söz ettiği, yüzyıl başındaki kadınları bağımsızlaştırma ve modernleştirme projelerini de hatırlamak yerinde olacaktır. Mitchell, Britanyalı sömürgecilerin görünürde kadınların bağımsızlıkları için harcadıkları çabaları ve bu sömürgecilerin Mısırlıların geri kalmışlığını kadınların toplumdaki statülerine bağlamalarını, onların "harem"e ulaşamamalarının -ve dolayısıyla halkı denetleyememelerinin- getirdiği kızgınlıkla ilişkilendirmiştir. Ayrıca Mitchell, Mısırlı ulusçu reformcuların da, karşılık olarak kadınları modern eş ve annelere dönüştürme çabalarını, halkı eğitmeye ve böylece günlük hayatta yeni bir disipliner rejimi kurumlaştırmaya dair taleplere bağlamıştır.

Çiftlerin gönüldeşliğine dayanan yeni evlilik vizyonları bile ayrıntılı bir incelemenin öznesi olabilir. Yüzyılın başında *The Liberation of Women* (Kadınların Özgürleşmesi) ve *The New Woman* (Yeni Kadın) gibi tartışmalı ve birçok dile çevrilen, Ortadoğu'nun her tarafında önemli tartışmalara yol açan iki kitabın yazarı Mısırlı Avukat Qasım Amin, karı ve kocalar arasında derin bir arkadaşlığın gerekli olduğunu söylemiştir.

Şimdi kim, seçime ve aşka, ya da İslami yasaların en yetkin yorumlarının gerekli gördüğü gibi, en azından rızaya dayalı bir evliliğin kadına fayda getireceğine karşı çıkabilir? Kendilerinin istemediği anlaşmalı evliliklere zorlanmış, kadın (ve erkeklerin) bakışından, yaşadıklarının tam karşıtı kesinlikle doğru gibi görünür. Bununla beraber, anlaşmalı evliliklerin yaygın olduğu ve "çift"in kusursuz toplumsal bağlar için bir ideal haline getirilmediği bir toplumda yaşayan herhangi biri de, birçok evliliğin duygu ve gönüldeşlik ile dolu olduğunu görmüştür.

Biz kendimize, aşk ve gönüldeşliğe dayalı evliliğin yüceltilmesinin ve karşıtlarının kötülenmesinin arkasında ne yattığını sormalıyız. Deniz Kandiyoti, Türk reformlarının modernliğini ve hatta siyasi bağımsızlığını, ailenin bu "yeni" formunun savunmasına dayandırdığını belirtmiştir. Ev içi törelerin ve reformcuların bu yeni vizyonu hararetle desteklemelerinin arkasındaki daha geniş toplumsal bağlam neydi? Benim bu kitaptaki argümanım, herkesin Qasım Amin'in "yeni adam"a yoldaş olabilecek iyi bir eş istemesinden, diğer şeylerin yanı sıra, erkeklerin otoritesine karşı çok çeşitli yıkıcılıkları özendiren kadınların homososyal şebekelerinin suçlanmasıyla ilişkilendirildiği için, şüphe duyması gerektiğidir. Kandiyoti daha ileriye giderek, bu yeni heteroseksüel ev içi halinde ne tür erkek cinselliklerinin sapkın veya görünmez kılındığını da sormaktadır.

Öyleyse siz, ulus-devlet, çekirdek aile ve evlilik bağına ait, bedenle beraber zihni de terbiye eden gündelik disiplin mekanizmalarıyla sımsıkı kuşatılmış verili tabilik ilişkilerini dikkate aldığımızda, modernlik projelerinin özgürleştiricilik iddialarına kuşkuyla bakıyorsunuz. Buna rağmen, modernliğin niteliği ve onun özgürleştirici iddialarına karşı eleştirel bir yeniden değerlendirme, romantikleştirilmiş geleneksel bir geçmişe tehlikeli biçimde özlem duygusunu körüklemeyecek midir? Genel bir durum olarak "modernlik" ile özel bir bağlam içinde kabul edilen "modernleşme"nin özel projeleri arasında bir ayrım yapmayı faydalı bulur muydunuz?

Tehlikeleri işaret etmekte tamamen haklısınız. Bütün bunlardaki netameli görevin, modernliğin ilerici özgürlük iddialarına karşı şüpheci, sosyal ve kültürel uygulamalarına karşı eleştirel olurken, aynı zamanda, özellikle kadınlar için sağlamış olabileceği, enerji, olanak ve hatta iktidar biçimlerini takdir etmek olduğunu hissediyorum. Kim modernliği, birtakım modern öncesi oluşumları nostaljik olarak arzu ettiğini ima etmeden sorgulayabilir ki? Feminist araştırmacılar bu ikilemi kalıcı biçimde hissediyorlar zira, toplumsal cinsiyete dayalı iktidar birçok farklı biçim alabilir ve almıştır da.

Remaking Women'de, Ortadoğu'da ondokuzuncu ve yirminci yüzyıla damgasını vuran modernlik proje ve söylemlerini kadınlar üzerindeki etkilerini değerlendirirken, bu söylemlerin eşzamanlı biçimde, düzenleyici ve özgürleştirici olabileceğinin de farkında idik. İran'da "ev içi" söylemleri, modern eğitimin erkek egemenliğini kırıp kadınların kamu hayatına girişinin ve ulusal düzeyde kabul görmelerinin zeminini yaratmış olabilir. Daha sonraları kadınlar devlete hizmet kavramlarını kullanarak, daha yüksek eğitim ve iş talebinde bulunabilmişlerdir. Mısır'da bu yüzyılın ilk onyıllarında Arap basınında yer alan ünlü kadınların teamüllere uygun yazılmış biyografileri, kadınların yaşamları için hem sınırlayıcı hem de özgürleştirici olmuştur. O dönemin yazarları özel ve kamusal alan arasındaki ayrımı keskinleştirerek, kadınların kamudan uzak kalmasını (ve dahli için özendirmeyi) sorunsallaştırmışlar, aynı zamanda, özel alan için yeni biçimler ortaya atarak, bu özgün ve çok yoğun alanda kadınların becerilerini, kendilerinin ortaya koyması gerektiğini ayrıntılı şekilde anlatmışlardır. Orta sınıflar ve yükselen seçkinler için bilimsel ev içi söylemi, kadınların yerinin ev olduğunu onaylar ve onları aslında yeniden tanımlanmış bir aileye daha sıkı bağlarken, onlara kısmi bir profesyonel statü verip, diğer mesleklerin yolunu da açmış olabilir. Kadınların eğitimi yalnızca ulusun yeni vatandaşlarını yetiştirecek iyi anneler olma adına özendirildiyse de (ki, bu rollerin de yeni olduğunu unutmamamız gerekiyor), kızların okullarındaki deneyimleri, daha sonraları "kamu" alanında kendileri için edecekleri eşit yurttaşlık taleplerine zemin oluşturabilecek değerli uygulamalar sağlamıştır.

Bu savlardaki yeni olanaklar, yapısalcılık-sonrasının, modern devletin iktidar teknolojilerine ve liberal söylemlerine yaptığı eleştirileri inkâr etmeden ve bir yurttaş ya da işçi olmanın yalnızca aile veya topluma değil, devlet ve ekonomiye de tabi olmanın yeni yollarını açacağını unutmadan, ortaya koyulabilir. Bu savlar, modern eğitim kurumlarına katılımın, zihin ve karakterlerin terbiyesi hakkında yeni söylemlerin ve bedenlerin disipline sokulduğu yeni uygulamaların içine çekilmek demek olduğunu unutmadan, öne sürülebilir. Bugün bile Mısır'da genç Bedevi kadınları, aile büyüklerine ve onların temsil ettiği akrabalık merkezli baskılara karşı, hem yeni kontrol biçimlerini, hem de yeni özgürlükleri taşıyan –makyaj ve süslü iç çamaşırları gibi– metalaşmış cinsellikleri kucaklayarak karşı durmaya çalışıyorlar.

Biz bu kitapta, Ortadoğu'da modernliğe bağlı yeni feminizm biçimlerinin, cinsiyetçi aidiyetin yeni biçimlerine (hem kadınların öznel pozisyonları, hem de egemenlik biçimi olarak) ve aynı zamanda da yeni deneyimlere ve olanaklara yol açtığını göstermeye çalıştık.

Modernlik ve feminizm arasındaki gerilimli ilişkide, gizli gizli dolaşan kavram, sizin de vurguladığınız gibi, Batı kavramıdır. Modernliğin ulusalcı söyleminde, kadınların rolünün eşzamanlı olarak, hem uygarlığın ve gelişimin temsilcisi olduğuna ve hem de ulusu, Batı'nın yozlaşmış görünen cinsel serbestlik ve aşırı bireyciliğinden ayıran sözde özgün ve otantik geleneksel değerlerin taşıyıcısı olduğuna devamlı tanık oluyoruz. Benzer şekilde, kadınların sorunlarının, kolaylıkla, kültürel "otantiklik" savaşlarının yer aldığı zemin haline gelebildiğine siz de değindiniz. Bu, feminizmin, sömürgecilik-sonrası politika içindeki yeri konusunda ne anlam ifade ediyor? Feminizm, Üçüncü Dünya'da zorunlu olarak Batı'yı ve onun sonucu olarak sömürgeciliğin damgasını mı taşıyor? Bu durumda, (bence) kolay kolay bulunmayan, yerelliğe dayanan ve Batı etkisiyle bozulmamış olduğunu varsaydığımız feminizmler tek alternatif midir?

Hem araştırmacılar hem de eylemciler için en sorunlu soruya parmak bastınız: Modernlik ile Batı'nın ilişkisi. Sömürgeci ve yarı sömürgeci bağlamlarda, modernlik ve gelenek (onun geri kalmışlık bağlantısı ile) arasındaki ayrım özellikle canlı bir zeminde yer alıyordu, çünkü Batı ve Batı-olmayan kavramları ile eşleşmişti. Avrupa moderndi ve "Doğu" değildi. Soru, bu durumda, birisi Batılı değilken, olamazken veya olmak istemezken nasıl modern olabileceğiydi. Kadınlar bu sorun üzerindeki tartışma ve mücadelelerde önemi geniş çaplı olan bir konumdaydılar.

Bugün, yüzyılın başında oluğu gibi, "kadın sorunu" üzerine düşünen bir insanın, kültürel "otantiklik" hakkında suçlama ve karşı suçlamalardan kaçınması pek zordur. Kadınların yaşam şartlarını dönüştürme çabaları yerli midir yabancı mı? Sömürgecilik-sonrası çalışmalarda, misyonerler ve sömürgeci yöneticiler tarafından, kadınlara atfedilen –ister Hindu, ister Müslüman veya Pagan olsun, geleneğin kurbanları olarak temsil edilen– düşük statünün, egemenlik için bir gerekçe olarak gösterildiğinden bahsetmek bir klişe halini aldı. Gayatri Chakravorty Spivak'ın Hindistan için sorduğu gibi, açık açık koymak gerekirse, beyaz adamın kahverengi kadını kahverengi adamdan kurtarması hakkında ne düşünüyoruz? Ya da kendini adamış misyoner kadınların hikâyelerini anlattıkları 1907 tarihli

Our Muslim Sisters (Müslüman Kızkardeşlerimiz) adlı kitapta olmuş olabileceği gibi, beyaz kadınların, kahverengi kadınları, kahverengi erkeklerden kurtarması hakkında?

Ortadoğu'daki feminizmin sömürgeci mirası, yirminci yüzyılın ilk yıllarında Mısırlı kadınların özgürlüğünü desteklerken, kendi yurdu İngiltere'deki kadınların genel seçimlerde oy kullanma hakkı için savaşanları şiddetle kınayan, Britanya'nın Mısır valisi Lord Cromer'ın yaptıklarını inceleyen Leila Ahmed tarafından doğrudan araştırılmıştır. Ahmed, Lord Cromer tarafından yansıtılan Avrupalıların örtünmemiş beden takıntısının (ve Lazreg'in kayıtlara geçirdiği gibi Fransızların Cezayir'deki daha da şiddetli çabalarının) örtünün, kültürel "otantikliğin" ve İslami direnişin en kusursuz örneğinin işareti olarak çağdaş bir saplantıyı üretmiş olduğunu göstermiştir. Ahmed "sömürgeci feminizm" diye adlandırdığı eleştirisini, kültür kavramının çerçevesine yerleştirmiş, sömürgecilerin yapmak istediğinin yerel kültürün altını oymak olduğunu öne sürmüştür. Batı'daki akademik feministlerle yüzleşirken, bugünün Batılı feministlerinin söylemiyle sömürgeci söylemler arasındaki benzerliklerden özellikle rahatsız olmuştur. Ahmed, bazı Batılı feministlerin, kadınların özgürleşmesi için Batılı modelleri uyarlamaktan başka yol olmadığını varsayarak, yerel kültürlerin değerini düşürdüklerinden endişeleniyor.

"Kültürlere" dair bu çerçevenin, uzun bir tarihi, çağdaş dünyada önemli bir geçerliliği ve eklemek gerekirse, imparatorluğa dair bir soykütüğü vardır. Radikal düşünür Ali Shariati, Jelal Al-Ahmad'ın "Batı zehirlenmesi" kavramını, Pehlevi rejiminin özendirdiği, kültürel ve ahlaki değerlerin kaybedilişini simgeleyen ve aylak, yapma, tüketici, Batılılaşmış "boyalı bebekler" olarak nitelenen bir grup kadına uyarladığında, bu kültürel çerçeve, 1979 devriminden önceki on beş yıl boyunca İran'daki egemen eleştirel söylemi belirlemiştir. Birçok insanın öne sürdüğü gibi, Arap dünyasında, otantik kültüre dönüş retoriği, hem 1967'deki İsrail savaşı gibi politik yenilgileri, hem de günümüz toplumsal problemlerini İslami yoldan sapılmış olmasıyla ilişkilendiren İslamcı söylemin içinde yaşıyor. Bu şekilde Batı'nın karşısına İslami kültürü yerleştiren savlar, kadınların örtünmesi konusunda talepler için çok önemlidir. Ancak bir yüzyıl önce bile, kadınların rolü ile ilgili değişimlerin savunucularının birçoğu, kadınların statüsü ve uygarlık düzeyi hakkında Batı formüllerini kabul ettiklerinde bile, programlarını İslama uygun olduğunu söyleyerek gerekçelendirmek ihtiyacı duyuyorlar ve argümanlarını savunmak için Kuran'ı yorumluyorlardı.

Batı ve Doğu arasındaki bu imajlar alışverişi ve özellikle Ortadoğu'daki birçok muhalif hareketin Batı-karşıtı retorikleri, günümüz feminist araştırmalarında izlerini bırakmıştır. Deniz Kandiyoti'nin de belirttiği gibi, Ahmed, Mısırlı feministleri, yerli olanlar veya anadilini konuşanlar ve Batı-eğilimli olanlar olarak ikiye ayırıp, üstü kapalı biçimde ikincisini değersizleştirir. Margot Badran ise, Mısırlı feministlerin tarihini kayda geçirirken, bu tip formülleri reddederek, "Kültürel zeminlerde feminizmi değersizleştirme veya meşrulaştırma çabaları... politik projelerdir" fikrini öne sürer. Bunun yerine feminizmin doğuşunun, kültürel olarak saf bir yerde araştırılamayacağını belirtir: "'Dışsal unsurlar' –sınıf, bölge veya ülkeye göre dışsal– 'yerli' veya yerel olanın içine yerleşir ve orada dokunur. Mısır tarihsel olarak, 'yabancı unsurları' kendi oldukça canlı yerli kültürüne yedirmiş ve özümsemiştir". Badran, Mısır feminizminin böyle bir "yerel" kültürün parçası olduğunu ima ederek, üst sınıftan Huda Sha'rawi ve Saiza Nabarawi (ki, hayatının ilk onyedi yılını Fransa'da, Mısırlı olduğunu bile bilmeden geçirmiştir) gibi feministleri, kendilerini Mısırla olan özdeşleştirmeleri ve Mısır'a bağlılıkları zemininde savunuyor. Bu tip kadınların kendi sınıflarına ait erkeklere nazaran, çok daha milliyetçi ve Britanya sömürgeciliğine karşı çok daha uzlaşmaz olduklarını gösteriyor. Aynı zamanda, Avrupalı feministlerle toplantılar yapmalarına ve fikirlerini Avrupalı kadınlar ve feminist örgütlerle olan ilişkilerine göre geliştirmelerine rağmen, Mısırlı feministlerin, politik olarak bağımsız kaldıklarını ileri sürüyor. Bu feministler, Avrupalıların siyonizme verdikleri desteğe eleştirilerini ifade etmişler ve Mısırlı ve Arap kadınlarının durumlarıyla yakından ilgilenmişlerdir. Badran'ın argümanı kısaca, bu kadınların, hem kendi toplumlarının bir parçası oldukları için, hem de toplumlarını önemsedikleri için, Batı'nın (otantik olmayan) ajanları olarak dışlanamayacaklarıdır.

Bu kurgu beni endişelendiriyor. Avrupalılarla, yalnız yazdıkları dille kurdukları bağ yüzünden değil, ayrıca hem onları şekillendiren etkiler ve muhatapları açısından, hem de liberal düşünceleri ile güçlü bağlar oluşturan bu tür kadınların yerli olarak tanımlanmaları, "Batılı/otantik olmayan"a karşı "Doğulu/otantik olan" ikiciliğinden farklı bir risk taşıyor. Buradaki tehlike, Avrupalılarla Ortadoğuluların projeleri arasındaki bağlantıları, Avrupalı söylemlerin daha önce belirttiğim gibi modernlik projelerinin arabuluculuğuyla, Ortadoğulu söylemler içindeki gerçek rolünü, çok çabuk görmezlikten gelebileceğimiz tehlikesidir. Sömürgeci kültürel melezleştirme süreçlerinin dinamikleri araştırılmıyor.

Hepimiz bağlamlar içinde yazıyoruz ve Ortadoğu'daki "kadın sorunu"nun tarihini yazmaya kalkıştığımızda kendimizi, bir yandan İslamcıların daha önceki birçok ulusçu erkeğin yaptığı gibi feminizmle ilişkilendirdiği ve aşağıladığı bir "Batılı" etiketiyle çağdaş Mısır, İran veya Türkiye bağlamında; ve öte yanda da yalnızca Batılı kadının feminist olabileceği gibi bir varsayımın yer aldığı Avrupa-Amerikalı bir bağlamda buluruz. Bunun ötesine nasıl geçeriz? Avrupa-Amerikalı meslektaşlarımıza, Ortadoğu'da kadınların sosyal, ekonomik ve siyasi hakları için savaşan kadınlar, gerçek feministler olduğunu söylemek, onların diğer projelerini (örtüden kurtulmakla ilgilenmemelerini, aile için sınırlı reformlar istemelerini, İslami ahlak çerçevesinde fikir üretmelerini, kadının farklılığını kabul etmelerini ve kadının annelik rollerini ulusun iyiliği için vurgulamalarını) stratejik ve geçici tutumlar olarak yadsımak anlamına gelecektir. Ortadoğulu feministlerin ulusçu coşkularını ortaya koymak, onları laik ilerici yurttaşları gözünde temize çıkarabilecektir ancak ulus-devlet yerine daha geniş bir Müslüman toplumuna sadık İslamcılar için bu daha az ikna edici olacaktır.

Ben çözümün, yalnızca birçok argümanı çıkmaz sokağa götüren ikili Doğu ve Batı karşıtlığını reddetmekle değil, aynı zamanda, var olan karmaşıklığın süreçlerini korkusuzca incelemekte bulunacağına inanıyorum.

Sömürgecilik-sonrası çalışmalarının ve özellikle alt-ötekiler çalışmalarının sizin son çalışmanızdaki etkilerini biraz açabilir misiniz?

Sömürgecilik-sonrası çalışmalarındaki yeni incelemeler, Ortadoğu feminizmi hakkındaki bu tartışmaları biçimlendiren katı kültür kavramlarını sorgulamak için yollar bulmamda çok faydalı oldu. Yapmamız gereken bir şey de, bu ayrı kültür kavramlarının sömürgeciyle karşılaşma anlarında nasıl üretildiğini sormaktır. Bu, bizi kadınlar hakkında yapılan tartışmalarda, "kültürel egemenliğe karşı direniş", "kültürel sadakate karşı ihanet" veya "kültürel yokoluşa karşı kültürün korunması" gibi anlatı biçimlerini edinmemiş farklı Doğu ve Batı politikalarını incelemeye yönlendirir. Bu aynı zamanda tüm incelikleri ile, sömürgeci karşılaşmanın ve sonrasının gerçek kültürel dinamiklerinin araştırılmasının olanaklarını da açar.

Edward Said'in *Oryantalizm* kitabının olanaklı kıldığı en verimli düşünce çizgisi, dünya tarihini, Batı ve Doğu arasındaki bölünmenin ve her ikisinin de temsillerinin, geniş anlamıyla emperyalizm tarafından şekillendirildiği, küresel bir olgu olarak yeni bir çerçeveye oturtmak olmuştur. İmparatorluğun, hem Avrupa'yı, hem de onun uydusu olan bölgeleri nasıl oluşturduğu sorusu sorulabilir. Örneğin, Michigan Üniversitesi'nde sömürgecilik üzerine çalışan Ann Stoler, Avrupa burjuva kültürünün tarihini, ona öylesine eklemlenmiş olan imparatorluk bağlamına göndermede bulunmadan nasıl yazılabileceğini sormuştur. Birçok araştırmacı Batı ile özdeşleştirdiğimiz birçok teknik, uygulama ve kurumun ilk önce sömürgelerde geliştirildiğini veya denendiğini ortaya koymuştur.

Diğer taraftan sömürgeci karşılaşma üzerine yazılan yeni literatür, sömürgeciliğin yalnızca kapitalist yayılmacılık, siyasi egemenlik ve mali kaynak elde etme süreci olmadığını, sömürülenlerin gündelik hayatlarını ve söylemlerini yetkin biçimde dönüştüren bir süreç olduğunu ortaya koyuyor. Bu, sömürgeciliğin monolitik olduğunu göstermez; onun birçok projesi başarısız oldu, dağıldı veya bölündü, tarihsel dönem ve mekâna göre farklılaştı; sömürgeciler arasında gerilimler vardı; sömürülenler, sınıflarına, cinsiyetlerine, yaşadıkları coğrafi bölgelere ve diğer faktörlere bağlı olarak değişik şekillerde etkilendiler. Ancak bu, sömürgeciliğin hikâyesinin bir kısmını (en geniş anlamıyla) kültürel kavramlarla anlatmak gerektiğini ve "ayrı ve karşıt" olan "kültürler"in kavramları ile ilgili yöntemlerle uğraşırken, bu kavramların kendilerinin de süreç içerisinde somutlaştırılmış kavramlar olduğunu hatırlamak demektir.

Hint historiyografyası alt-ötekiler çalışmaları okulunun sömürgecilik sonrası kuramcıları, bizi, bu kemikleşmiş kültür kavramı ve onun altında yer alan ikiliklerin yarattığı çıkmazdan ötesine götürebilecek potansiyel yollar öneriyorlar. Siyasal kuramcı ve tarihçi Partha Chatterjee'nin gösterdiği gibi, kendi deyimiyle "sömürgeci farklılığın yöntemi"nin (sömürülene atfedilen farklılık ve aşağılama) ulusal tepkileri nasıl biçimlendirdiğini analiz ederken, bu nokta özellikle önem taşıyor. Chatterjee, en azından Bengal'de ulusçuların Britanya'nın iktidarını yıkmak için siyasi hareketlerden önce bir kültürel süreç başlattıklarını öne sürüyor. Onlar dünyayı, içsel ve dışsal iki alana böldüler; ev içinde, özel alanın en açık temsilcileri olan kadınlarla birlikte, maneviyatı ve kültürel otantikliği koruyabildikleri sürece, erkekler kamusal alanda, rahatça Batı'nın tarzlarına öykünebiliyor ve teknolojilerini iktidarı kazanmak için uyarlayabiliyorlardı. Ortadoğu'da ulusçuluk ve kadınlarla ilgili çalışmaların çoğu ulusçuluğu, kadınlığın ideallerinin anahtar unsurlar olduğu, kültürel veya söylemsel bir proje olarak görebilmek yerine, –içinde kadınların yenik düştüğü– politik bir hareket olarak değerlendirir.

Öyleyse sömürge veya yarı sömürge olanlar, hatta Batı'ya bakıp onda büyük bir güç görenler, artık sadece kendi geri kalmışlıkları olarak nitelendirebilecekleri şeyi nasıl açıklıyorlardı? Bunu telafi etmek için nasıl uğraş verdiler? Toplumsal cinsiyet, formülasyonlarına nasıl girdi? Sonuçta, iki temel süreç oluştu. Birincisi, genel olarak ulusçu diyebileceğimiz kimseler tarafından kendi tezleri ve Batı arasında bir mesafe bırakmak için yapılan retorik çabalardı; bunlar sık sık İslami bir modernliği öne sürdüler. İkincisi meydana gelen karmaşık ve ilginç karışımlardı. Kadınlık idealleri iki süreçte de merkezdeydi.

"Modernleşen" dünyanın tarihi, sık sık Batı'nın başarısız bir taklidi –sosyal demokraside başarısızlıklar, aydınlanmış modernlikte başarısızlıklar, geleneğin çekici gücü yüzünden başarısızlıklar– olarak yazılıyor. Ancak, geçen yıllarda Gyan Prakash ve Homi Bhabha'nın da aralarında bulunduğu bir grup sömürgecilik-sonrası kuramcı, Batı ile Doğu'nun karşılaşması ile ilgili daha yaratıcı şekillerde düşünmektedirler. Onlar, modernliğin özellikle sömürgeci rejimlerin ardılı ulusal kalkınmacılar için inşa edici ve düzenleyici bir kurgu olduğunu varsaydıkları bir sezgiyle hareket ettiler. Ayrıca, sömürgeci karşılaşmada neler olduğunu anlamak için, "çeviri" ve "melezleşme" kavramlarının, "taklit", "asimilasyon" (zorla veya denemeyle) veya "reddetmek"ten daha uygun eğretilemeler olduklarını önerdiler.

"Melezleşme" ve "çeviri" gibi kavramları, "sömürgecilik-sonrası" kavramının şaşırtıcı olabileceği Ortadoğu'daki gibi karmaşık karışımları anlamak için özellikle uygun buluyorum. Sömürgecilik deneyiminin ayrıcalığı ile Avrupa'nın kontrolünde (de)formasyona uğrayan Hindistan, Karayipler veya Cezayir gibi ülkeler için sömürgecilik-sonrası kavramı daha uygun görülebilir. Sonuçta, İran ve Türkiye gibi iki büyük ülkenin, Avrupalı güçler tarafından hiçbir zaman resmen sömürgeleştirilmediği ortaya koyulabilir. Ortadoğu'nun tarihi çok daha karışıktır; Avrupa delisi, ancak bununla beraber Türk olan cumhuriyetçiler aracılığı ile yıkılmış yerel bir imparatorluk olan Osmanlı tarafından karmakarışık edilmiş bir imparatorluk tarihi olan ve tecavüzkâr iki emperyalizme, Britanya ve Rusya'ya karşı egemen bölge olarak kalmayı uman, anayasacılarla mücadele eden Pers bölgesi. Hatta 1882'ye kadar resmen bir Britanya sömürgesi olan Mısır, kimileri tarafından ulusçu sayılan hırslı bir Osmanlı yerel valisi tarafından modernleşme ve endüstrileşme çabalarına mekân olmuş, vali tarafından öğrenciler Fransa'ya eğitim için gönderilmiş ve yeni bir düzen yaratılmaya çalışılmıştır. Mısır Sudan'ı kendi sömürgesi haline getirirken, bu yüzyılın ortalarındaki devrime kadar bir Türk-Mısırlı aristokrasi tarafından yönetilmiştir. Ortadoğu inanılmaz etnik çeşitliliğin olduğu, yerel farklılıkların Doğu ve Batı farklılığından çok daha canlı göründüğü bir bölge olmuştur.

Bana göre, "sömürgecilik-sonrası" kavramını ve onun etrafında yetişen düşünce ve bilimsel çalışma biçimlerini Ortadoğu için gerekli kılan, kısaca sözünü ettiğimiz tarihin de açıkça gösterdiği üzere, bu bölgenin tarihsel gelişimi ve politik ve kültürel hayatı için Avrupa'nın tartışılmaz şekilde temel bir bağlam oluşturmuş olmasıdır. Tartışmaların yürütüldüğü, kalıcı alternatif "gelenekler"in de var olduğu ve entelektüel yaşamın, daha önceki Ortadoğu tarihçilerinin önerdiği gibi yalnızca Avrupa'ya tepki olarak gelişmediği öne sürülebilir. Ancak kabul edilmelidir ki, bunlar bile, en azından ondokuzuncu yüzyıldan itibaren, Avrupa ile karşılaşmaları hesaba katmaktan kaçınamazlardı.

Avrupa ile karşılaşma bazı örneklerde çok açıktır: Mısırlı avukat Qasım Amin Fransa'da okumuştur. Mısırlı Feminist Birliği'nin kurucusunun akıl hocası, Mısırlı birisi ile evlenip İslama geçmiş olan bir Fransız kadınıdır. Ev içi ile ilgili bilgilerin yer aldığı Fransızca el kitaplarından Farsçaya birçok çeviri yapıldığına ve Qasım Amin'in Arapça yazılmış çalışmalarının çevrildiğine dair elimizde birçok delil var. Mısır basınında yayımlanan ünlü kadınların biyografilerinde yalnızca Müslüman kadın kahramanlar yer almıyor, aynı zamanda Avrupalı kadınların başarıları da bol bol övülüyordu. Alman Anaokulu Hareketi, Avrupa basınından Mısır gazetelerine çevirilerle, Mısırlıların uygun çocuk yetiştirme tartışmalarını etkiliyordu. Nereye bakarsak bakalım, çeşitli şekillerde, Avrupa düşünce ve uygulamalarının izlerini görebiliriz.

Ödünç alınanlara ve taklitlere rağmen, yerel ve yabancı fikir ve uygulamalardan kaynaklanan –bilinçli veya bilinçsizce araya giren– farklılıklar da görülebilir. Bizim, çevirileri yapılan ev kadınlığı ve annelik üzerine söylemlerin, İslami söylem tarafından çerçevelendiğinde ve onun mekanizmaları (Kuran'a yapılan göndermeler vb.) ile, ince şekillerde nasıl değiştiğini daha yakından incelememiz gerekir. Örneğin Mısır'da hem Batılı hem de İslamcı reformcular projelerini İslamın savunulması ve âdetlerin eleştirisi üzerine oturtmuşlardır; yani sömürgeci söylemle karmaşık bir diyalog içindedirler. Ondokuzuncu yüzyıl Bengalinin kamusal anlatılarındaki aile kavramı ile ilgili parlak bir inceleme yapmış olan Dipesh Chakrabarty'nin bize yol açan çalışmasını dikkate almalıyız. Chakrabarty, Britanyalılarla karşılaşmanın sonucu olarak, Bengal'de ideal eş ile ilgili yeni melez bir kavramın ortaya çıktığını göstermiştir. Bu eş, modern ve bilimsel olmalıydı, ancak yine de Hindu "dini" çerçeve içindeki görevlerine bağlı olmalıydı. Bu yeni orta sınıf ideali kültürel özgüllükleriyle, hem onu belirleyen Britanyalıların kavramlarından farklıydı, hem de kadınların ev ve aile içindeki rolüne dair daha önceki Bengal anlayışlarının oldukça dışındaydı.

Bütün çevirilerin, aslında metinlerin tekrar yazılışlarını kapsadığını veya metinlerden değişik anlamlar çıkaran yorumlarla çerçevelendiklerini; aynı zamanda Batılı kültürel form ve fikirlerin parça parça uyarlandığını göz önünde tuttuğumuzda, bu süreci açıkça izleyebiliriz. Mısır örneğinde, çocuk yetiştirmekle ilgili Batılı modern kavramların, bedenin disiplini ile ilgili İslami kavramlarla beraber geliştiği açıktır. Hatta İslam bile hiç şüphesiz, bir yandan misyonerler tarafından barbarlığın simgesi olarak nitelenip aşağılandığında, bir yandan da buna tepki olarak baskıya karşı çıkanların gözünde ve toplum ve kadın üzerine tartışmaların geçtiği çerçevede otantikliğin simgesi olarak nitelendiğinde, dönüşüme uğramıştır. İsminin ilişkilendirildiği muhalif hareketlerde ve İran örneğindeki gibi rejimlerde de İslamın çağdaş formları ve anlamları, tarihin ve çağdaş küresel toplumun dinamiklerinin bir ürünüdür.

Sömürgecilik-sonrası kuramcıların önerdiği çizgiler etrafında düşünmek bize, toplumsal cinsiyet ve feminizmin politikaları için çok belirleyici olan, "sömürgeci" veya "egemen" Avrupa ile "sömürülen" veya "talip olan" Ortadoğu arasındaki ilişkiye yeni bakış açıları kazandırabilir. Bu sayede, Doğu ile Batı'yı kesin çizgilerle ayıran ve bu ayrımın getirdiği, "kölevari taklitçilik" ve "kültürel yok oluş" gibi kavramların karşısına "ulusçu direniş" ve "kültürel muhafaza" gibi kavramları yerleştiren kaba dinamikleri varsayan ikili düşünce tarzından kaçınabiliriz.

Bana en heyecan veren şey, artık, dar anlamıyla kadınların politik, toplumsal ve ekonomik haklarını almaya kendini adamış feminizmin soy kütüğünü, diğer araştırmacıların ulusçuluk ve laiklik gibi farklı modern hareketleri sorgulayışlarına benzer yöntemlerle sorgulamaya başlayabilecek olmamızdır. Son çalışmasında Partha Chatterjee, kışkırtıcı bir şekilde, Hindistan'daki laikliğin tartışmasız biçimde Avrupalı bir soy kütüğe sahip olduğunu, (tıpkı Ortadoğu'da, hâlâ Arapça kabul görmüş bir ismi olmayan feminizm gibi) diğer yönlerinin yanı sıra *linguistik* olarak da Avrupa'ya endekslendiğini öne sürmüştür. Diğer taraftan Talal Asad, laikliğin, Hıristiyanlığın tarihinde kökleri bulunan bir kavram olarak ortaya çıktığını uzun süreden beri öne sürüyor. Bu, laikliğin, evrensel bir düşünceden ziyade, Avrupa'nın bir özel tarihine bağlanmış olan, yerel bir düşünce olduğu anlamına geliyor. *Remaking Women*'de amaçladığımız, benzer şekilde feminist projelerin de, kökleri başka yerlerde olan politika, hukuk, şahıs olma ve cemaat hakkında bir dizi fikirden kaynaklandığını önermek olmuştur.

Öyle ki, bu fikirlerin "ithal" edilmiş olmaları, daha doğrusu Avrupa ile karşılaşma ve ondan da daha büyük dünya sistemine katılım sürecinde oluşan karmaşık alışveriş sayesinde geliştirilmeleri, ne onların alınıp uyarlandığı toplumlarla bağlantısını reddetmeyi, ne de onların yerel gereksinimlere ve yerel mücadelelere uygun, seçici şekillerde sahiplenildiklerini; çevirilerle radikal bir şekilde dönüştürüldüklerini görmezden gelmeyi gerektirmez. "Yerli" kavramını, verili dünya tarihi içerisinde, siyasi anlamlarla yüklü ve analitik olarak anlamsız bulduğumdan yerel feminizmler için kullanmayı reddetmeme rağmen, Avrupa feminizminin yeniden biçimlenip tam anlamıyla yerel hale geldiğini kabul ediyorum..

Bu, bana sizin Writing Women's Worlds'*de (*Kadınların Dünyalarını Yazmak*) öne sürdüğünüz, bugün hâlâ insanları hem heyecanlandıran hem de tartışmaya sürükleyen "kültüre karşı yazma" savınızı hatırlattı. Orada, belki de antropolojideki en temel kavrama, yani "ayrı kültürler" kavramına meydan okumuştunuz. Kültür kavramının, kaçınılmaz olarak, araştırdığımız insanları "Öteki"leştirmemizde, homojenlik, zamansızlık ve tutarlılık kurguları aracılığı ile suç ortağı olduğunu da söylüyordunuz. Burada bir devamlılık görüyorum; şimdi de bizi, Doğu ve Batı'yı monolitik, sınırları çizilmiş varlıklar olarak gösteren ikiciliğin ötesine geçmemiz için uyarıyorsunuz.*

Üstelik, ilk kitabınızda, anlatıyı, kültürel genellemelere karşı yazmaya başlamak için bir yöntem olarak konumlandırdınız, çünkü anlatılar yaşanmış deneyimlerin "amansız özgüllüğünü" yansıtır. Benzer bir dürtüyü bu çalışmada, Remaking Women *kitabına katkıda bulunanların görevlerini, "feminist hikâyeler anlatmak" olarak adlandırmanızda da buluyorum.*

Bu benim düşünmediğim çok ilginç bir bağlantı! Son zamanlarda Ortadoğu'daki kadınlar konusunda tarih ve antropoloji alanlarında ortaya çıkan en iyi eserlerin büyük bir kısmını, ataerkillik, İslam ve baskı üzerine evrenselci söylemlere karşı gelen kitaplar olarak tasavvur edebiliriz. Araştırmacılar uzun zamandır, toplumsal cinsiyetin dinamiklerini ve kadınların deneyimlerini, zaman, sınıf, yer ve uygulamalar içinde temellendirmeye, ayrıştırmaya ve özgül hale getirmeye çalışıyorlardı. Karşılaştırmalı çalışmalara girdiklerinde bile, tarihsel, bölgesel ve politik ekonomik özelliklere büyük bir saygıyla yaklaşarak işlerini yapıyorlar. Birçok anlamda, toplumsal cinsiyet ve kadınlar hakkında çalışan bu araştırmacıların aslında feminist hikâyeler –gücün ve toplumsal cinsiyetin feministleri ilgilendiren hikâyelerini– anlattıkları düşünülebilir; bu kitabın en yakından ilgilendiği, Ortadoğu'da bir toplumsal ve politik hareket olarak feminizm hakkındaki hikâyelerin yer aldığı bir literatürün hikâyeleridir bunlar.

Bu arada eklemeliyim ki, bu kitapta feminizmin oldukça geniş bir tanımı ile çalıştık; etki alanı yalnızca örgütlü kadınların hareketleri olan ve bizden önceki diğer araştırmacılar tarafından incelikle araştırılmış olanla değil, kadını yeniden oluşturmak için gerekli zemin veya hedefi olan ya da olmuş geniş çaplı projeler üzerinde çalıştık. Bu projeleri, ister erkekler, ister kadınlar tarafından başlatılsın, ister (okullar açmak gibi) uygulamalı projeler olsun, ister basın, kitaplar, konuşmalar veya televizyondaki pembe dizilerde yer alan söylemlerin içinde olsun, dikkate aldık.

Bu kadar kapsayıcı bir tanımın avantajlarından biri, yerel projeler özel bir tür feminizm tanımını doğrulamayan bir yönelim aldığında kimsenin özür dilemek zorunda kalmamasıdır. Liberal veya sosyalist feminist itkilere uyum sağlamayan duruşlar için de, kimse –geçicilik, tehlikesiz konular ya da pazarlama gibi savlarla– açıklama getirmek zorunda değildir. Karmaşık yaşamları ilerlemenin basit bir anlatısına indirgeme pahasına, tarihteki bireyleri modernliğin kahramanları ve sembolleri olarak listelemeye hevesli olmanın pek de bir anlamı yoktur.

Daha da önemlisi, böyle kapsayıcı veya gevşek bir tanımın kendisi, kadınların toplumsal dönüşüm projeleri içindeki reformlar için bir hedef haline gelirken, aynı zamanda kadınların statüleri, hayatları ve toplumlarını değiştirmek için uğraşları ve yöntemleri araştırılırken, feminizmin her zaman tarihsel ve toplumsal özel bağlamlar içinde meydana çıktığını unutmayı imkânsız kılıyor. Benim önemli bulduğum bağlamlar, üretici bir nüfus oluşturmanın ve onu kontrol etmenin gereklilikleriyle devletin inşası; sömürgeciliğin karşısında durabilecek ve Avrupa ile karşılaşmanın yarattığı geri kalmışlık duygusunu yanıtlayabilecek yeni modernliklerin oluşumu; artık modası geçmiş ve baskıcı sayılan "kadim rejimler"e karşı politik örgütlenmelerdeki değişimler; bunlarla birlikte daha güçlü hale gelen yeni orta sınıf ve üst orta sınıflarla yeni sınıf kimliklerinin oluşumu ve son zamanlarda "laik devletlerin" geniş seçmen kitlelerine verdikleri sözlerin yerine getirilmemesi olarak zikredilebilir.

Böyle geniş bir tanımın riski ise, bu projeler arasındaki temel ayrımların, özellikle kadınlar açısından sonuçlarıyla birlikte, fark edilemez hale gelişidir. Buna rağmen başardığımız şeyin, kadınların kadınlar adına yürüttüğü hareketlere dikkat çekmek olduğunu düşünüyorum. Aynı zamanda, birçok feminist harekette yer alan üst orta sınıf ve orta sınıf kadınlarının, "uyanış", "kadınların hakları" ve "güç kazanma" gibi, ilerleme ve aydınlanma anlatılarının bir parçası olan ve Ortadoğu'daki laik ilerlemeciler arasında hâlâ kullanım değerine sahip kavramlarını sorgulamadan kabul etmemeye dikkat ettik. Bunları kabul etmek, bizi "yeniden-gelenekselleşme" gibi anlamsız kavramlara yakalanma ve İran, Cezayir ve Mısır'da, İslamın "karşı-modernlikleri" olarak algılanan gelişmeleri bir geriye dönüş olarak algılama tuzağına düşürecektir. Ortadoğu'da bugün gördüğümüz "kadın sorunu" tartışmaları daha önce gerçekleşemezdi. Aynı zamanda farklı feminizmler ortaya çıktığı için kutlamalara hemen geçmemeliyiz, zira örneğin, İran ve Cezayir'deki örtülü kadınlar, Deniz Kandiyoti'nin de öne sürdüğü gibi, çoğulculuğa henüz hoşgörü göstermemiş hareketler içinde çalışıyorlar. Bu yüzden de karşı çıktıkları modernliğin feminist söylemlerini sorgulamaktan vazgeçmemeliyiz. Feminizmin tüm bu biçimleri, Ortadoğu için merkezi öneme sahip modernlik projelerinin ve karmaşık tarihlerin ürünleridir. Tüm Ortadoğu'daki günümüz tartışmalarında kaçınılmaz bir kavram haline gelen feminizm ve feminizmin hikâyeleri, yalnızca eğitimi, açılmayı, politik hakları ve ev içini değil, tekrar örtünmeyi ve İslam hukukunun yeniden yorumlanmasını da kapsayarak, bütün karmaşıklığı ve çelişkileriyle anlatılmaya değerdir.

Cogito 16.
Söyleşiyi yapan: Ayşe Parla
İngilizceden çeviren: Bahadır Mahmutoğlu

Claude Lévi-Strauss: "Bizim Toplumlarımız Soğuyor"

1949'da New York'tan döndünüz ve Akrabalığın Temel Yapıları'*nı yayımladınız (*Les Structures Elémentaires de la Parenté, *1967'de gözden geçirilmiş ikinci baskısı yapıldı). Bu sizin doktora tezinizdi. Bu çalışma, bu konuda yapılacak tüm çalışmaları da temelden etkileyecekti. Kurucusu olduğunuz* L'Homme *dergisinin bu konuya ayrılmış son sayısı da bunu neredeyse kanıtlıyor (No: 154-155, Nisan-Eylül 2000, 794 sayfa). Oysa, Temel Yapılar'dan sonra Karmaşık Yapılar üzerine çalışmanız beklenirken totemci sınıflandırmalar ile mitler üzerine çalışmayı seçtiniz, diğer tasarıyı askıya aldınız, bunun nedeni nedir? Öte yandan 40'lı yıllarda akrabalık konusundaki çalışmaların durumu neydi ve sizi soy zincirleri (nesep) üzerine çalışmaktansa evlilik ve kadın mübadelesi üzerine çalışmaya iten ne oldu?(C.M.)*

Temel Yapılar'ı neden daha ileri götürmediğimi söyleyeyim size. Karmaşık Yapılar'ı araştırmak için Temel Yapılar'ı araştırırken kullandığım basit yöntemlerin yeterli olmayacağının bilincindeydim. Daha ayrıntılı, çok daha zor sorunları bu yöntemlerle araştıramazdım, bu konuda bilgisayar kullanmak zorunluluğu vardı. Ama yaşım oldukça ilerlemişti ve açıkçası bilgisayar öğrenme konusunda başarılı olacağıma pek de emin değildim. Dolayısıyla bu konuyu benden sonra gelenlere bıraktım. Ne iyi ki bizlerden çok daha genç olan Françoise Héritier (Collège de France'ta benim yerime geçmeden önce benim öğrencim oldu), bütün bu zor sorunları bilgisayar teknolojisini kullanarak ele aldı ve itiraf etmek gerekir, büyük bir beceriyle çözdü.

Bu ilk nedene bir ikincisini eklemek gerekir: 1950'de Ecole Pratique des Hautes Etudes'de Maurice Leenhardt'tan boşalan ve Mauss'un döneminde olduğu gibi adı "Uygar olmayan halkların dinleri" olan kürsüye atandım; Leenhardt'ın itirazlarına rağmen Dumézil'in desteğiyle (ama bunu çok sonraları öğrenecektim). Kısa bir süre sonra kürsünün adını "Yazısız halkların dinleri"ne çevirdim. Ama bunun yüzünden, daha önceleri az, hatta hiç ilgilenmediğim dinsel tasavvurlar konusuna eğilmek zorunda kaldım.

Evlilik kurallarını seçmem ise hiç de öyle istisnai değildir. Ele aldığım sorunları, soy zinciri (nesep) üzerine araştırmalar yaparak açıklamaya çalışanlar da var. Gayet meşru bu. Beni esas ilgilendiren, bir sorunu tüm açıklığıyla gözler önüne sermek: Evliliğe ilişkin yasaklar öylesine çeşitli ki bir halktan diğerine bu yasaklar size tamamen tutarsızmış gibi gelir. Bu yüzden bu yasaklar o güne kadar büyük bir bütünlüğün parçası olarak addediliyor ve yasakların nedeni her seferinde, her toplumda değişik bir olguyla açıklanıyordu. Bu soruyu açıklamak, deşmek için ister istemez evliliğin bakış açısına yerleşmek gerekiyordu. Yani diğerleri ile olan ilişkisinden yalıtılmış, her biri bağımsız addedilen grupların kimliğiyle ilgilenmek yerine, grupların arasındaki ilişkiye öncelik vermek istiyordum.

Temel Yapılar derken bu terimden akrabaların ve hısımların hemen açıkça belirlendiği yapıları kastediyorsunuz, yani bazı tür akrabalarla evlenme zorunluluğu koyan sistemleri. Bu sistemler, topluluğun hepsini akraba olarak görürken, akrabaları da iki kategoriye indirgiyordu: Olası eşler ile evlenmesi yasak akrabalar. Yani, bir anlamda, Marcel Mauss'un Bağış Üzerine Deneme*'sindeki evliliğe ilişkin sorunları, dilbilimin, özellikle de Jakobson'un verilerinden yararlanarak ele alıyordunuz.(L.Y.)*

Bunlara Granet'nin Çin üzerine olan araştırmalarını da eklemeli. Evet, akrabalık yapıları üzerine ilk fikirler böyle oluşmuştu; tabii tüm bunlara, Brezilya'da kaldığım yıllarda yaptığım alan araştırmalarından gelen verileri de ekleyin.

Brezilya'ya 1935'te gittiniz. Bunu Hüzünlü Dönenceler*'de anlatıyorsunuz. (L.Y.)*

Evet, Marsilya'dan kalkan gemiye bindik, Sao Paolo'ya doğru yola çıktık. Üniversitede ders verecektim. Bu kurum, biz oraya varmadan bir yıl önce, Brezilyalı büyük burjuvalar tarafından kurulmuş; ancak öğrencilerin çoğunluğu orta ya da az gelirli ailelerdendi ve üniversiteyi kurmuş olan burjuvalardan çekiniyorlardı. Bizse iki arada kaldık. Öğrencilerin büyük bir öğrenme açlığı vardı. Neredeyse her şeyi okumuşlardı. Benden sosyoloji dersleri vermem istendi. Bildiğiniz gibi Auguste Comte'un Brezilya'daki etkisi inanılmazdır, hatta bu yüzden bayraklarında *Ordem e progresso* yazar. Dolayısıyla benden Comte'un bir anlamda devamı olan Durkheim sosyolojisi üzerine dersler vermem isteniyordu. Oysa, ben Amerikan ve İngiliz etnologlar sayesinde "alan" denen bir şeyin olduğunun farkına varmıştım; etnolojiye de "alan" çalışmasını bir anlamda bilmeyen Durkheim'a başkaldırarak adım attım. Yani tuhaf bir konumdaydım Brezilya'da.

Kimler vardı Brezilya'da? Ne zaman "alan"a çıktınız?(L.Y.)

Fernand Braudel zaten oradaydı. Pierre Monbeig de vardı. İlk yılın sonunda eşim ve ben Mato Grosso'ya Caduveolar ile Bororolara gittik. Ben bir tür vecd halindeydim. Her şeyi sanki baştan keşfediyordum. Sonra Nambikwaralara bir sefer düzenledik. Parasal desteği Musée de l'Homme sağlamıştı.

1939'da Brezilya'dan ayrıldınız ve 1985'e kadar bir daha hiç dönmediniz... Amazonlardaki bu yolculuklarınız üzerine birkaç makale yayımladınız, değil mi? Yani daha Hüzünlü Dönenceler *yayımlanmadan?(L.Y.)*

Evet, Bororolar üzerine yazdığım bir yazı Alfred Métraux ile Robert Lowie'nin ilgisini çekmiş. Sonraları Lowie'nin çalışmalarımda büyük rolü oldu. 1939'da Fransa'ya döndük. İyi bir zaman değildi. Paris'te, Henri IV lisesinde ders vermeye geri dönmek istiyordum. Orta öğretimden sorumlu bir müdürü görmeye gittim. Paris'e dönmek istediğimi söyledim. Soyadıma baktı ve bana, bunun hiç de iyi bir fikir olduğunu sanmadığını söyledi, korumak için sanırım. Ardından da zaten antisemit yasalar yürürlüğe girdi.

Ve siz New York'a gittiniz...(C.M.)

Lowie ve Métraux sayesinde *New School for Social Research*'ten bir davet geldi. Kabul ettim. New York yolculuğunu *Hüzünlü Dönenceler*'de anlatıyorum. Gemide André Breton da vardı.

Yıllar önce, Saint Cyr la Popie'de Breton'un son eşi Elisa ile tanışmıştım. Breton'la büyük bir dostluğunuz olduğundan söz etmişti, kelebek avına çıkarmışsınız... Ancak, galiba sizden istediği bir yazıya cevap vermemişsiniz, sanırım bu yüzden aranızda bir soğukluk olmuş...(L.Y.)

Evet bir küçük dram oldu. Breton *Büyülü Sanat* (*L'Art Magique*) adlı bir kitap hazırlıyordu. Bu kitap için bir soru formu hazırlamış, tanıdıklarına, bana da, göndermişti. Breton'a hayrandım, özellikle de görsel bilgisine, ama benim için "büyü"nün etnolojik bir anlamı vardı ve soruları cevaplamadım. Breton tekrar aradı. O aralar tatildeydim, yedi yaşındaki oğlumla. Küçük bir çocuğun tepkisinin ne olacağını merak ettim. Açıkçası Breton'un da merak edeceğini düşünüyordum. Sorulara, sıralanması gereken birtakım sanat eserleri eşlik ediyordu. Oğlum, hiç çekinmeden cevap verdi ve eserleri sıraladı. Breton'a gönderdim. Bana pek sert bir cevap yazdı. Kitap nihayetinde yayımlandı, oğlumun yanıtları da içinde olarak; ama gönderdiği nüsha katı bir üslupla oğluma imzalanmıştı...

1950'de, sizin önsözünüzle Marcel Mauss'un Sosyoloji ve Antropoloji (Sociologie et Anthropologie) *kitabı yayımlanıyordu. Bu önsözle bir anlamda onun geleneğine yerleşiyordunuz. Çalışmalarınızda bu anlamda Mauss'un önerdiği alanlara yöneldiniz, örneğin eş mübadelesi ve simgesellik'e ilişkin çalışmalar. Ama öte yandan toplumsal olan'a atfedilen önemin ruhsal ve biyolojik olanın önemini karartmadığı, insana dair bir araştırmayı hedeflediniz hep. Genetik bilimindeki ilerlemeler doğa/kültür, toplumsal/biyolojik ayrımını sürekli olarak sorguluyor. Dolayısıyla ister istemez size gen haritası hakkında ne düşündüğünüzü sormak gerekiyor...(C.M.)*

Ah, bugün itibariyle bu soruya verilecek cevabın kolay olacağını mı sanıyorsunuz? Bugün 13 Şubat ve insan genlerinin sıralanışı daha dün yayımlandı. Bu keşfin bilgilerimizi ne derece etkileyeceğini hiçbir şekilde bilmiyoruz. Ama şunu açıkça söyleyeyim, bu konuda ilk önce biyologlar sorular sormalı, o sorulara yine biyologlar cevap vermeli: Bence antropologlara sıra daha sonra gelmeli...

1908'de Brüksel'de doğdunuz, ama iki ay sonra Paris'e, Poussin sokağına taşındınız ve yirmi yıl bu sokakta yaşadınız. 1993 yılında yayımladığınız Bakmak Dinlemek Okumak (Regarder Ecouter Lire) *adlı kitapta sevdiğiniz bu ressama, Poussin'e geri dönüyorsunuz. Poussin'in resmiyle ne zaman ve niye ilgilendiniz? Bu soru daha sonra bizi* Yaban Düşünce'*ye de götürecek...(L.Y.)*

Poussin'e ilgim, çocukluğumu geçirdiğim ve tüm sokak isimlerinin sanatçı isimleri olduğu bir mahallede bulunan bu sokakla doğrudan ilişkili mi bilmiyorum. Mahalle bir sanatçı mahallesiydi. Babam da bildiğiniz gibi ressamdı. Portre ressamı. Poussin'e duyduğum ilgi ise oldukça eskidir, savaşı izleyen yıllara kadar geri gider, yani 1918-20 yıllarına... Babamın birincil işlerinden biri beni her pazar Louvre'a götürmekti. Poussin'i ve birçok başka ressamı, ama özellikle de Poussin'i bu sıralarda keşfettim.

Bakmak Dinlemek Okumak'*ta, Poussin'in* Eliezer ve Rebekka *adlı tablosunu yorumluyorsunuz: Eski Ahit'ten alınma bu sahnede Rebekka, Eliezer'e ve develerine su verir, bu davranışıyla da "seçilmiş gelin"in kendisi olduğu anlaşılır. Bu tabloda Poussin deve resmetmemiştir; siz buna ilişkin olarak onyedinci yüzyılda Fransız resim akademisinde Le Brun ile Champaigne arasında çıkan "Poussin niye deve resmetmedi" tartışmasına atıfta bulunuyorsunuz ve şöyle yazıyorsunuz: "Bizler, onyedinci yüzyıl insanlarının, İncil'de sözü geçen dönem, Antikçağ ve kendi zamanları arasına Rönesans'ın yarattığı etki sayesinde, ölçmeyi beceremedikleri tarihsel bir derinlik yerleştiriyoruz. Sadece bu da değil, bir eleştirel mesafe de koyuyoruz." onyedinci yüzyıldan itibaren Avrupa toplumları bugünleri ile geçmişleri arasında tarihsel ve eleştirel bir ayrıma mı gittiler? Ve bu açıdan, gerçekliği temsil etmenin imkânsızlığı açısından hepimiz Kantçı mıyız? Sizin Kant'la olan ilişkiniz nedir?(L.Y.)*

Beni, üstünde gezinmekten tedirginlik duyduğum felsefe alanına sürüklüyorsunuz. Fransa'da lise eğitiminin, hele de klasik lisenin son yılında felsefe eğitimi verilir. Ben Kant'ın ne olduğunu o dönemde öğrendim ve itiraf etmek gerekirse düşünsel açıdan, Marx'la birlikte, beni en çok etkileyenlerden biriydi. Kant uzmanı olduğumu söyleyemem, derinlemesine araştırmış da değilim, ama okumalarım sonucunda bana sunulan bu dünya, özellikle de eleştirel devrim, önümde ufuklar açtı. Öte yandan zikrettiğiniz bölümde söylemeye çalıştığım şey oldukça basit. Onaltıncı ve onyedinci yüzyıl insanlarının bizi İncil'e ilişkin zamanlardan ayıran tarihsel derinliği tam olarak algılayamadıklarını söylüyordum. Onlar için İncil'in zamanı bugünlerinde mevcut olan, kendilerine daha yakın hissettikleri bir zaman. Tarihsel bilginin bize daha sonra sunacağı verileri kullanmıyorlardı geçmişlerini bugünlerinden ayırmak için; oysa bu bilgi binlerce yılı hem dolduruyor hem de bizi bu süreçte bir yerlere oturtuyor. Sizi ilgilendiren Poussin ve develer konusu ise ayrıntılarıyla mevcut. Onlar için sorun bu sahnede deve olup olmadığını bilmekti. Bu soru bize bugün öylesine boş, anlamsız bir soruymuş gibi geliyor ki... Hatta belki de bizim için hakikaten hiçbir anlamı yoktur.

1998'de Les Temps Modernes*'de yayımladığınız bir makalede tekrar "soğuk toplum"/"sıcak toplum" ayrımına geri döndünüz. Oysa, daha 1988'de bu konuda ne düşündüğünüzü, bu ayrımla neyi kastettiğinizi bin kere yazdığınızı, söylediğinizi, tekrar ettiğinizi ifade ediyordunuz. Neden tekrar bu konuya döndünüz? (C.M.)*

Les Temps Modernes'de yayımladığım bu makalenin belirli bir nedeni vardı. Çünkü, bir ya da iki sayı önce, birileri bir makale yayımlamış ve bana bir dizi suçlama yöneltmişlerdi. Yanıtlamak zorundaydım, hatta suçlamaları öylesine kaba ve anlamsızdı ki mutlaka yanıtlamam gerekiyordu. Dedikleri şuydu: Merleau-Ponty Lévi-Strauss üzerine bir metin yazmış, bu metinde sanki onu övüyormuş gibi yapıyor olmasına rağmen, aslında onu eleştiriyor. Oysa Merleau-Ponty'nin söz konusu metni, satırı satırına benim Collège de France'a niye seçilmem gerektiğini diğer profesörlere anlatan metindir, çünkü benim adaylığımın en büyük destekçisi oydu. Dolayısıyla benim seçilmemin niye çok iyi bir şey olduğunu, çalışmalarımın nasıl olduğunu anlatan, üstelik de hitap ettiği kişileri ikna etmek için kurgulanmış bir metnin esasında eleştirel bir metin olduğunu söylemek o denli aptalca bir şey ki... Makalede sıcak ve soğuk toplumlar konusunda da bir suçlama vardı ve buna da bir kez daha cevap vermeye çalıştım, ama bunun beni eğlendirdiğini söyleyemeyeceğim.

Eğlendirmediği açık, bu görülüyor. Ama eğlendirmese de, bu konuya tekrar dönmek istiyorum. Kimileri bu ikili kavramı bir "büyük ayrım" olarak gördüler. Özellikle de Yaban Aklın Evcilleştirilmesi *kitabıyla Jack Goody. Anglo-Sakson antropolojisiyle ve Cambridge ekolüyle ilişkileriniz nasıldı? (L.Y.)*

İngiliz meslektaşlarımla ilişkilerim çok iyiydi. Çok yakındık. Evans-Pritchard'la, Meyer Fortes'le aramda büyük bir dostluk vardı. Amerikalılardan Margaret Mead'le, hatta Franz Boas'la. Jack Goody, daha sonraki kuşaktan; dolayısıyla onu daha az tanıdım.

Bu "büyük ayrım"a katılmadığınız açık. Ama diğer yandan sizden önceki kuşakların bundan kurtulamamış oldukları da bir gerçek...(L.Y.)

"Büyük ayrım"la neyi kastediyorsunuz?

Örneğin Lévi-Bruhl'ün sınıflandırmalarını...(L.Y.)

Tüm bu görüşlere karşı adı *La Pensée Sauvage* (Yaban Düşünce, 1962) olan bir kitap yazdım. O zamanlar soğuk-sıcak toplum adı altında yaptığım ayrımı anlamakta çok zorlandı insanlar. Ama yaptığım bu ayrım, toplumun iki türe ayrıldığını söyleyen bir ayrım değildi. Tarih karşısında herhangi bir toplumun takınabileceği iki farklı tavırdan söz ediyordum. Yeni yazdığım bir yazıda da, örneğin, Amerikalı yerli topluluklarının siyasal savaşıma girmiş ve tarihlerini içselleştirmiş olmaları yüzünden "sıcak toplum" olma yolunda olduklarının altını çiziyorum; öte yandan da örneğin bizim toplumlarımızda bir "soğuma" eğilimine ilişkin belirtiler var; özellikle kültür mirası konusu aklıma geliyor, ya da tarihsel edebiyat konusuna duyulan ilgi. Sanki tarihi bir anlamda durağanlaştırmak, geciktirmek mümkünmüş izlenimi veren bir süreç var bizim toplumlarımızda...

Ya gitgide "toplumsal bellek" haline gelen tarihçilik hakkında... (L.Y.)

Bilmiyorum, hakikaten; öte yandan da beni ilgilendirmiyorlar...

1964 ile 1971 arasında Mythologiques*'in dört cildi yayımlandı. Bu devasa çalışmada her bir mit çözümlemesi bir diğerini zorunlu kılıyordu. Bu çalışmanızla ilgili birkaç soru:* Uzaklaşan Bakış*'ta* (Le Regard Eloigné) *da yazdığınız gibi, bu yöntemin gerçeküstücü tekniklerle bir ilgisi var mı? Özellikle Max Ernst'in eski gravürlerle kolaj yaptığı romanları, mesela* Une Semaine de Bonté'yi (Bir İyilik Haftası) *düşünüyorum. (C.M.)*

Bu soruya cevap vermek çok güç. Ancak şunu söyleyeyim. Ernst'in kolajlarında yaptığı türden zor bir araya gelecek şeyleri birbirlerine yaklaştırmaktan korkmamayı gerçeküstücülerden öğrendim. Ernst, zikrettiğiniz kitapta ondokuzuncu yüzyıla ait, yani bir başka kültüre ait resimleri alıp bir araya getirir ve kendine ait bir dizi mit oluşturur. Ben de *Mythologiques*'de mitsel malzemeyi parçalara ayırdım ve onlardan daha fazla anlam üretmek amacıyla parçaları yeniden bir araya getirdim. Bu etki *Yaban Düşünce*'de daha belirgindir. Öte yandan *Mythologiques,* onu önceleyen ancak izi neredeyse kalmamış birçok denemenin damgasını taşır. Yani sıfırdan yola çıkmış bir çalışma değildir. Nihayetinde, *Mythologiques*'i kurmadan önce başka birçok mitoloji üzerinde gezindiğimi söyleyebilirim.

İkinci olarak, Le Cru et le Cuit'deki (Çiğ ve Pişmiş) *"fugue" kullanımı nereden kaynaklanır? (C.M.)*

Açıklayayım. Uzun süre çalıştıktan sonra, mitlerin çözümlemesine en uygun modelin, müziksel geleneğin sunduğu modelden başka bir şey olmadığında karar kıldım. Ardından, ki bunu da kanıtladım sanırım, mitolojinin sona erişi ile büyük müzikal formun Batı müziğinde onyedinci ve onsekizinci yüzyıllarda ortaya çıkışı arasında tarihsel bir bağ kurdum. Mitoloji, edebi tür olarak sona erdiğinde, bu biçimlerin yapısı açısından, müzik onu kendi bünyesine katmıştır. Müzik aracılığıyla ortaya çıkmadan önce, "fugue" biçimi mitlerde mevcuttur. Bu açıdan ilginç bir anı: *Çiğ ve Pişmiş*'i yazarken bir sorun karşıma çıktı. Mitik bir dönüşümün öylesine bir yapısı vardı ki, onun müzikteki karşılığını bulamıyordum. Sorunu bir besteci arkadaşıma açtım. Bu türden bir yapının müzikte kullanıldığını hiç görmediğini söyledi, ama kullanılmasına engel bir şeyin de olmadığını ekleyerek. Birkaç hafta sonra, bana ve eşime ithaf edilmiş, bu yapıyı kullanarak yaptığı bir besteyi gönderdi. Bir de tersi oldu. Luciano Berio *Çiğ ve Pişmiş*'i *Sinfonia* adlı eserinde kullandı.

Çeşitli metinlerde, seslerin ve bileşimlerinin kullanıldığı Opera'ya olan hayranlığınızı belirttiniz...(L.Y.)

Evet, sesler ve seslerin birlikteliği. Opera'da kimi ses birliktelikleri beni derinden etkiledi: Wagner'in *Baş Şarkıcılar*'ının beşlisi, *Fidelio*'nun ilk sahnesindeki dörtlü, *Lucia di Lammermoor*'daki altılı...

Müzikle mit arasındaki bu yakınlık L'Homme Nu'nün (Çıplak İnsan) *"final"inde de karşımıza çıkıyor. Burada, rit ya da ritüeli (tören, merasim) kendi yapısı içinde ele almak gerektiğini, ritüeli mitoloji içinde ayrı bir araştırma nesnesi haline getirip, ona has öğeleri belirlemek gerektiğini söylüyordunuz. Mit ile rit ilişkisine dönelim mi ? (C.M.)*

Rit ya da ritüel olarak adlandırdığımız şeyin ardında tamamen farklı iki şey olduğunu göstermeye çalıştım. Bir yanda mitoloji vardı ve ritteki mitolojiyi bu yakaya doğru yönlendirmek gerekiyordu; diğer yandan da kelimenin tam anlamıyla ritüel olarak ele almamız gereken "sözler ile davranışlar" vardı. Bu sözler veya davranışlar, onları söyleyen ya da yapan kişiler için hiçbir şey ifade etmiyorlardı, anlamlarından tamamen arınmışlardı.

Anthropologie Structurale (Yapısal Antropoloji , *1958) içindeki bir yazıda ("Simgesel etkililik": "L'Efficacité symbolique") Cuna kabilesinde zor doğumlara yardım etmek için söylenen bir şaman şarkısının çok ayrıntılı bir çözümlemesini sunuyorsunuz. Şarkı ve şarkıdaki doğaüstü yolculuğun aşamaları sayesinde şaman, kadının acısını azaltmayı başarıyor. Bu yazıda şamanik sağaltım ile psikanaliz arasındaki ilişki sorununu ortaya koydunuz. Nasıl oluyordu da simgesel (yani kültürel) bir anlatı, fiziksel (yani bireysel) bir acıyı azaltmaya, yok etmeye yarıyordu? Antropoloji ile psikanaliz arasındaki ilişkinin doğası nedir; psikanaliz antropoloji için bir nesne midir bir araç mı?(L.Y.)*

Burada, daha sonraki çalışmalarımda çok merkezi bir öneme sahip olmayan, eski bir makaleyi zikrediyorsunuz. Bu bir tür eğitimdi benim için. Ama, haklısınız, Freud'un yazdıklarıyla yakından ilgilendim. Kimi psikanalistleri, örneğin Raymond Saussure'ü, Jacques Lacan'ı yakından tanıdım. Ve sonuç olarak, benim psikanalize ilişkin yüzeysel bilgilerimden çıkardığım şu: Psikanaliz, temelinde, hastaya, sıkıntısını ifade edebileceği bir dilbilgisi sunar. Bu açıdan da kimi toplumlardaki şamanların etkinliğiyle yakın bir benzerlik taşır. Şu farkla belki: Şaman hem bir dilbilgisi hem de bir söylem sunar, oysa psikanaliz bir tek dilbilgisi sunar ve söylemin hastadan gelmesini, ondan kaynaklanmasını bekler. Şimdi bu, içine girmek istemediğim psikanaliz tarihine ilişkin sorunlar yaratıyor, çünkü son zamanlarda Freud'un psikanaliz kuramlarının daha tek bir hasta dahi görmeden kafasında şekillenmiş olduğu söylenir oldu. Bu açıdan Freud benim zannettiğimden de fazla şamana benziyor, ama tabii bunlar benim uzmanlığımın dışında şeyler.

Evet, ama işte bu, sizi gen haritasına çekmeye çalışırken tam da benim vurgulamak istediğim sorun. Bilimler, bu durumda psikanaliz (ama aynı zamanda biyoloji), antropolog için araştırmak istediği toplumların düşünce sistemlerini çözmekte kullanacağı araçlar. Öte yandan bu araçlar, düşünce sistemlerini çözmek istediği toplumlara ait değil, bunlar onun kendi düşüncesinin birer nesnesi. Dolayısıyla...(C.M.)

...Bakın, şunu söylememe izin verin. Burada hepimiz Batılıyız. Bizim Batılı düşünüş biçimlerimiz var. Ve biz, bu düşünüş biçimlerine, bir anlamda güveniyoruz ve onları, farklı düşünüş biçimlerinin araştırılmasına koşuyoruz. İyi. Ardından, araştırdığımız bu farklı düşünüş biçimleri bizim üzerimizde bir etki yaratıyor, dolayısıyla kendi Batılı kategorilerimizi eleştirmemize yol açıyor. Ama bizim düşünüş biçimlerimiz, etnolojik, psikanalitik tecrübeler ya da biyologların deneylerinden etkilenip değişse de, normal olarak varolmaya devam ediyor.

Dinsel olgu, Durkheim'dan kaynaklanan gelenekte, toplumların kurucu öğesi olarak görülür. Oysa siz, bu konuyla hiç...(L.Y.)

... Evet, hem de hiç...

...ilgilenmediniz. Öncelikle bunun nedeni nedir? Öte yandan "dinler tarihi" denen alanla ilişkileriniz nasıldı? Aynı araştırma nesnelerini, örneğin mit, paylaştığınız düşünülürse...(L.Y.)

Bakın, dinsel alan dediğimiz, inanılmaz zenginlikte bir tasavvurlar sarnıcıdır. Beni ilgilendiren, yalnızca tasavvurdur. Tasavvurların ne olduğu, birbirlerine nasıl eklemlendikleri, zihnin onları üretmek için nasıl çalıştığı...

Ya işlevleri?(L.Y.)

Elbette ki işlevleri var; ama işlevle uğraşacaksak, onu her toplumun kendi özel koşulları çerçevesinde ele almak gerekir. Çünkü dinsel tasavvurun işlevi, her toplumda farklılaşır.

Söyleşimizi bitirmek için iki merak sorusu, bir şair dostumuzdan geliyorlar... Sizin Lacan'larla ilişkiniz gayet iyiydi. Courbet'nin Dünyanın Kökeni *tablosundan haberdar mıydınız?(L.Y.)*

Tabii, gördüm bile. Evet. Guitrancourt'da, Lacan'ların kır evindeydi. Elbette.

Niye saklıyordu acaba? Masson'un bir resminin arkasındaymış galiba? (L.Y.)

Evet, evet. Küçük bir dolap açar gibi açıp bakıyordunuz. Arkadaşlarına gösterdiğini biliyorum. Académie Française'de de böyle bir gelenek vardır. Toplantıların yapıldığı salonda,

Richelieu'yü ölüm döşeğinde gösteren bir tablo bulunur. Tabloda Richelieu'nün sadece başı görünür. Bu da bir dolabın içindedir. Akademi'ye seçildiğinizde size bu resmi bir kez gösterirler, sonra bir daha asla...

Son soru: Sizi Noel Baba üzerine küçük bir kitap yazmaya iten neden ne olabilir?(L.Y.)

Ah, onu yazdığım zaman bir kitap değildi ki! *Les Temps Modernes* için bir makaleydi. 1952 yılındaki bir olay vesilesiyle kaleme aldım bu metni. Eğer hafızam beni yanıltmıyorsa, Dijon'lu rahipler, bir Noel Baba kuklasını büyük bir patırtıyla katedralin merdivenlerinde ateşe verdiler.

Neden neymiş?(L.Y.)

Güya pagan bir ritüelmiş. Bu, tabii, bu konuyu düşünmeye sevketti beni...

Cogito 26.
Söyleşiyi yapanlar: Levent Yılmaz,
Claudia Mattalucci

François Hartog: "Gözyaşlarından Tarih'in Doğuşu"

Beş yıldır, Jean-Pierre Vernant'ın kurduğu ve Pierre Vidal-Naquet'nin uzun yıllar yöneticiliğini yaptığı Louis Gernet Merkezi'ni yönetiyorsunuz, yani dünyanın en saygın Antikçağ araştırma kurumlarının birinin başındasınız; Ecole des Hautes Etudes en Sciences Sociales'de ders veriyorsunuz, benimki de dahil olmak üzere, birkaç tez yönetiyorsunuz. Söze sizin tezlerinizden başlayalım: mesela 1971'de savunduğunuz master tezinizden, ki yayımlanmamış olmasına rağmen Vidal-Naquet bu tezden Chasseur Noir*'da (Siyahi Avcı, 1984) hararetle söz ediyor. Ne üzerineydi? Ve Ecole Normale Supérieur'ü bitirdikten sonra ne yaptınız?*

Master tezim mi? *Odysseia*'daki Phaiklar üzerineydi. Bitirdikten sonra, bir yıl, dünyayı gezmeye gittim. Bir yıl, tuhaf bir eğitim bursu ile yolculuklar yaptım. Uzun zaman Asya'da kaldım, altı ayımı Endonezya'da geçirdim. O zaman, üzerinde çalışmak üzere, yolculuk konusunu seçmiştim, daha doğrusu "geleneksel gemi yolculuğu" konusunu. Özel bir ilgiydi tabii. Hiçbir şey bilmiyordum. Bu yüzden Singapur'a kadar gemiyle gittim. Bir kargo gemisiyle. O zaman Süveyş Kanalı kapalıydı, dolayısıyla Afrika'yı dolandık.

Peki özel bir çalışma tasarısı var mıydı, bu yolculuk bir araştırma mı olacaktı?

Hayır, hayır. Uzun zamandır bunu yapmak istiyordum. Fırsat çıkmıştı. İki ay gemide geçirmek, Conrad okumalarından beri bir hayaldi... Ama antropoloji yapmak niyetim yoktu, dediğim gibi "geleneksel gemi yolculuğu" konusu ilgimi çekiyordu. Endonezya'da, tanıdığım biri, takımadalarda denizci kabileler üzerine çalışıyordu, onun yanında kaldım biraz, tek başıma yapamayacağım şeyleri yapma şansım oldu. O, orada yaşıyor, insanları tanıyordu. Yardımcı oldu. Balıkçı köylerinde kaldık. Evet, bir anlamda antropolojiye giriş gibiydi ama sadece merak düzeyinde.

Çocukluk hayali miydi, yoksa gençlik okumalarının etkisi mi? Conrad'dan başka, mesela Lévi-Strauss okumaları bir rol oynadı mı?

Deniz yolculuğu hep ilgimi çekti, Hint Okyanusu özellikle. Ama her şeyden öte, Conrad okumalarıydı öncelikli olan. Sonra Pasifik Okyanusu'na doğru yola koyuldum, ve Amerika üzerinden Fransa'ya döndüm.

Yıl?

1973. O yıl teze başladım. Aynı zamanda da Fondation Thiers'de çalışıyordum. İki yıl bu tuhaf kurumda çalıştım. Sonra da Strasbourg Üniversitesi'nde ders vermeye başladım. Tezimi ise Besançon'da ders veren Pierre Levêque ile yapıyordum. Çünkü ne Vernant ne de Vidal-Naquet tez yönetebiliyordu...

Nasıl yani?

O dönem öyleydi. Ecole'dekiler "thèse d'état" denen doktora tezini yönetemiyorlardı. Ayrıca galiba ikisinin de doktorası yoktu o zaman. Dolayısıyla tezi yönetecek bir üniversite hocası lazımdı.

Ecole Normale'deyken mi tanıştınız Vernant ve Vidal-Naquet'yle?

O dönemde tanıdım onları. Ecole Normale'in birinci yılıydı galiba, Roma ve Yunan tarihi üzerine seminer vermek üzere davet edilmişlerdi. Gidip dinledim. O zamanlar zaten Dumézil okumuştum ve Antikçağ üzerine çalışmak istiyordum. Sonra Vidal-Naquet ile konuştum, master yapmak istiyordum, bana *Odysseia* üzerine çalışmamı söyledi, çünkü kendisi de Homeros üzerine çalışıyormuş: O çalışma daha sonra *Odysseia'da Toprak ve Kurban* adıyla yayımlandı.

Eski Yunan tarihi araştırmaları ne durumdaydı o zaman? Louis Gernet merkezi kurulmuş muydu?

Hayır. Ama Vernant'ın etrafında toplananlar bir tür gayri resmi merkez kurmuşlardı.

Ama Vernant o zaman öyle çok kitap yayımlamamıştı.

Yine de *Les Origines de la pensée grecque*'i (Yunan Düşüncesinin Kökenleri) ve *Mythe et pensée en Grèce*'in (Eski Yunan'da Mit ve Düşünce) ilk halini yayımlamıştı.

Mit ve Toplum, Mit ve Tragedya ciltleri yayımlanmamıştı ama.

O zamanlar bir de Louis Gernet'nin makalelerinin derlendiği *L'Anthropologie de la Grèce* (Eski Yunan'ın Antropolojisi) yeni yayımlanmıştı. Sanırım 1968'di.

Tamam bir yanda Vernant ve yeni bir bakış oluşuyordu da, diğer yandan üniversitede Eski Yunan çalışmaları nasıldı?

Gayet sıkıcıydı. Filoloji, hatta edebi araştırmalar revaçtaydı. Sorbonne'da Jacqueline de Romilly vardı. Ama bunlar entelektüel açıdan beni açıkçası hiç ilgilendirmiyordu. O anlamda bir Helenist olmak istemiyordum; edebiyat anlayışları bana yabancıydı, muhafazakârlıkları sinir bozucuydu; bugün için hiçbir anlamı kalmamış bir Yunan hümanizmasını tekrar ediyorlardı; ve bu beni hiç heyecanlandırmıyordu.

Bu yıllarda bakış açınızı etkileyen, değiştiren okumalar neler oldu?

Başta Vernant'ın yazdıkları vardı, sonra Dumézil'in dinler tarihi çalışmaları; öte yandan da, tüm bir yapısalcı yaklaşım vardı, dilbilim vardı... Lévi-Strauss, Saussure; ardından Benveniste. Benveniste *Vocabulaire des institutions indo-européennes*'i (Hint-Avrupa Kurumlarının Sözdağarı) yayımlamıştı, çok yankı yaratmıştı. Tarih alanındaysa, Annales tarihçilerinin büyük metinleri... 70'lerde ise Michel de Certeau.

Michel de Certeau'yla nasıl tanıştınız?

Evet, 1975'te *L'Ecriture de l'histoire*'ı (Tarihin Yazımı) yayımlamasından birkaç yıl önce tanıdım onu. Bir seminerde. Kurban kavramı üzerine bir seminerdi. Marcel Detienne örgütlüyordu. Sonunda yazdıklarımız biliyorsunuz *La Cuisine du sacrifice en Grèce*'de (Eski Yunan'da Kurban Mutfağı) yayımlandı. Orada tanıştık. 73 olsa gerek.

Sizin bu kitaptaki makaleniz Herodotos'un Aynası'*nda da yer almıyor mu? Yani Herodotos üzerine çalışmaya başlamıştınız...*

Evet, *Herodotos'un Aynası*'nın bir bölümünü oluşturuyor. Haklısınız, bu konuda çalışıyordum. Öte yandan, *Herodotos'un Aynası*, o bir yıllık yolculuğa çok uzak bir konu da değildir. Herodotos'un ortaya koyduğu tarih ile antropoloji, yolculuk ile yolculuk anlatısı, ötekilik gibi sorunlar, yaptığım yolculukla yakından ilgiliydi. Bu yolculuk üzerine doğrudan yazmadım, daha doğrusu, başlamıştım, hiç bitirmedim; onun yerine Herodotos çıktı.

Evet, bir yandan Herodotos, yolculuk, ötekilik gibi sorunlar var, ama öte yandan, kitabınızda "tarihin tarihi" ya da tarihyazımı sorunlarına ilişkin bir yan da var. Ve bu, o dönemde pek de öyle revaçta bir konu değil.

Bu konu Vidal-Naquet sayesinde beni ilgilendirmeye başladı: "Momigliano'yu okumak gerek, Momigliano okumak şart" deyip duruyordu. Ben de okudum. Şunun farkına vardım: Herodotos'un *Tarih*'inin bir tarihi vardı ve bu, tarihyazımının tarihinin tam da anadamarında yer alıyordu. Tarihyazımı tarihi ise Michel de Certeau'nun ele aldığı bir konuydu. Konuşuyorduk onunla, ama öyle her gün değil, çünkü Kaliforniya ile Paris arasında gidip geliyordu. Konuşmalarımız "yolculuk", "başkalık" ve "tarih" etrafında dolanıyordu. Bu üç sorunun en iyi eklemlenmiş olduğu kitaplardan birini o yazdı.

Evet, başkalık meselesi antropolojinin ilgi alanına doğal olarak girmişti; ama tarihçilik alanında, yani yazılı belgelerden yola çıkan sosyal bilimlerde "başkalık" öyle çok çapalanmış bir alan değildi: Herodotos'un Aynası, *altbaşlığının da söylediği gibi "Başkalık'ın temsili üzerine bir deneme".*

Bu anlamda, tamam. Antropolojinin kalbinde yer alan bir kavramı (açıklıkla tanımlanmış, kullanılmış olmasa da) alıp Antikçağ tarihi alanına, özellikle de Klasik Eski Yunan'a taşımak, birçok açılımı da beraberinde getiriyordu. Antropologların yapmadığı bir şeyi galiba yapıyordum, edebi bir metni sorguluyor ve bu edebi metnin ekonomisi içinde, "başka" olanın nasıl kurulduğunu araştırıyordum. Adım adım... Öte yandan, kullandığım düşünsel aletler arasında, anlatı kavramı üzerine yapılmış araştırmalar da vardı: Barthes, göstergebilim, Genette. Anlatısal dilbilim, metni katmanlara ayırmak, tüm boyutlarıyla bir okuma yapmak için yeterli bir altyapı sunuyordu. Tarihçinin yaptığı türden, metni basit bir bilgi kaynağı gibi görmenin dışına çıkmama izin veriyordu bu yaklaşım. Tarihçi okuması metni tüm kalınlığı, derinliği ile kavramaya izin vermez. *Herodotos'un Aynası*'nın iddiası biraz da budur.

Evet, kitabın en güçlü yanlarından biri bu; Herodotos'un başkalarını anlatırken kullandığı anlatı yapılarını çözümleyerek, aslında "biz" kategorisini çözümlüyorsunuz. Bir anlamda, Herodotos'un anlatısı, başkalarını anlatırken, onları anlatmaktan çok, anlatıda kullandığı terimler sayesinde çağdaşı Atinalıları anlatıyordu. Ama, "başkalığın" kuruluşu hayali miydi? Yani başkasına ilişkin tasvir, anlatı yapıları tarafından koşullandırılmış, tamam da, yine de, gerçeğe benzer bir anlatı değil mi?

Hayır, hayır. Böyle bir şey söyleyemem. Ama beni ilgilendiren bir deney yapmaktı. Elimizde yalnızca bu metin olduğunu farzedersek, bu metinden yola çıkarak nerelere gidebiliriz? Ulaşabileceğimiz en son nokta nedir? Yorumlama düzleminde. Anlatı araştırmalarının bize öğrettikleri ile, yani sözceleme sorunsalı gibi öğelerle neler yapabilirdik, merak ettiğim buydu. Ama hiçbir zaman, elimde sadece metin var gibi bir hisse de kapılmadım, Carlo Ginzburg'un söylediğinin aksine. Tarihçilere, dahası kendime şunu göstermek istedim: Metnin zenginliğini, hareketini kavrayabiliriz. Metne şans tanıyabiliriz. Bu yalnızca metin vardır anlamına gelmez. İskitlerin olmadığını söylemedim ki hiç... Söylemek istediğim, Herodotos'un metnindeki İskit figüründen yola çıkarak beşinci yüzyıldaki Yunan imgelemine (Castoriadis'in kullandığı anlamda) dair bir şeyler öğrenebileceğimizdi. Atinalıların İskit figürünü nasıl kullandığını görebileceğimiz gibi, İskit figürünün Herodotos'un metni içinde ne anlama geldiğini de bulabilirdik. Herodotos bu figürü nasıl kullanıyordu, anlatısal anlamda nasıl kuruyor, ne katıyor, niye eklemeler yapıyor, değiştiriyordu? Herodotos'un "okuru" kimdi, anlatı stratejisi neydi? Söz konusu olan buydu; başkalık retoriği adı altında incelediğim şey, bu anlamda, başkaları tarafından kendi çalışmalarında, bir sorgulama biçimi olarak da kullanıldı.

Peki, Herodotos'un İskit'i değil, hakiki İskit hakkında ne biliyoruz? Bu bir anlamda, Nicole Loraux'nun eleştirisiyle örtüşüyor. Hakiki İskit sizi ilgilendirmiyor, yapmak istediğiniz Herodotos'un İskit'ini anlamaktı, ama bu aynı İskit, Herodotos'u ilgilendiriyor muydu?

İskitler vardı, yaşıyorlardı. Hatta Atina'da yaşayan okçu İskitler de vardı. Ama Herodotos'un İskitler üzerine bir bilgi üretme kaygısı taşıdığını sanmıyorum. Diğer yandan bu, İskitler üzerine anlattığı her şeyin kurmaca olduğunu, İskitler hakkında söylediği şeylerin doğru olmadığını da göstermez. İskit ülkesine gitmişti, en azından Karadeniz'de yolculuklar yapmıştı, Olbia'ya kadar; insanlarla tanışmış, konuşmuş olduğunu varsayıyorum. Ancak, İskit ülkesinin genişliği, töreleri üzerine söylediklerinden yola çıkarak, amacının bir İskit *logos*'u kurmak olduğunu da söyleyemeyiz.

Momigliano'nun da işaret ettiği bir nokta: Herodotos'un "dinleyicileri". Bu "dinleyiciler" Herodotos'un mesela Persler hakkında anlattıklarını nasıl dinliyorlardı? Herodotos, bu açıdan, aynı zamanda, ülkeler hakkında bilgi veren bir seyyah-gazeteci miydi?

Hayır. Herodotos'un *Tarih*'i, art arda sıralanan monografilerden oluşmaz. Adım adım oluşturulan bir dünya tasavvuru vardır ve meselenin odak noktasını Yunanlılarla Barbarların savaşı oluşturur. Kitabının kalbi bu savaştır. Bu savaşı, bu savaşın koşullarını, nedenlerini, savaşın aşamalarını anlatması nedeniyle diğer uluslardan söz eder. Medlerden, Mısırlılardan, Perslerden. Ama gözden kaçırılmaması gereken şey, Herodotos'un Yunanlılarla Barbarlar arasında paylaşılmış bir dünyadan söz ettiğidir.

İyi de, o zaman niye yolculuk? Bu savaşı ve bu dünyayı Atina'da oturup, gelen bilgilere dayanarak yazamaz mıydı (Frazer gibi kütüphanesinden çıkmadan!)?

Yazamazdı, zaten çok az bilgi geliyordu, ayrıca Herodotos'ta hakiki bir merak var.

Soruyu şöyle sorayım: Yani tarihçi seyyah olmak zorundaydı?

Herodotos'un şıkkında evet. Ama sonra, seyyah olmayan tarihçiler de çıktı elbette ortaya. Hatta bu, Thukydides'le başladı: O seyyah değildi mesela. Evet, taşınmak, yer değiştirmek zorunda kalmıştı ama seyyah değildi.

Zaten Peloponnessos Savaşı *ile Herodotos'un* Tarih'*i arasında dağlar kadar fark var.*

En başta da şu: Yunanlılar ile Barbarlar arasındaki ilişki, bu dünya Thukydides'i ilgilendirmez. O sorunu, "Yunanlılar eskiden bugün Barbarların yaşadığı gibi yaşarlardı" diyerek kestirmeden çözüverir. Dolayısıyla Barbarlarla ilgilenmenin anlamı yoktur. Çünkü onlar Atina, yani Peloponnessos tarihinin başat unsurları değildirler. Onun anlatmak istediği, Atinalıların tarihidir. O kadar. Evet, dünyada Yunanlılar ve Barbarlar vardır ama, onun anlatmak istediği Yunanlılardır.

Herodotos'tan Thukydides'e değişen nedir?

Bence Herodotos'ta bir dünya tasavvuru oluşturma hırsı, isteği vardır. Çok söylenen bir şey vardır: Herodotos, Antikçağ'ın Lévi-Strauss'udur. Çünkü Herodotos'ta bir sistem oluşturma niyeti vardır. Bu her açıdan tekil bir olgudur. Elbette Herodotos sıfırdan işe koyulmamıştır; destansı şiirde zaten varolan birçok kategoriyi devreye soktuğu açıktır. Homeros'la Hesiodos'u harmanlar. Ama bunlara bir şey ekler: İnsana dair bir mekânı anlatır. Destanın örgütleyici kategorileri, onun anlatısını anlaşılır kılar. Herodotos "anlaşılırlık" üreten biridir. Buna,

Hippokratosçu tıp düşüncesinin kullanımını da eklemek gerekir: iklimlerin, simetrinin, zıtlıkların, yani sıcak ve soğuğun, yüksek ve alçağın vs. etkileri.

Ama tanrıların dünyasından çok uzak da değiliz. Bu dünya her an karşımıza çıkmaz mı?

Evet, her an karşımızdadır bu dünya; çünkü hiç uzaklaşmamıştır. Ama bu dünya, insanların dünyasından ayrılmıştır artık. Artık destanın dünyasında değilizdir. İnsanlarla tanrılar arasındaki, Hesiodos'la açığa çıkan mesafe iyice yerleşmiştir. Ama, bu mesafe tanrıların orada mevcut, etkin olmadıkları anlamına gelmez. Şunu da söyleyebiliriz, Herodotos için tarih, işlenmiş bir suçun cezasının verilişi, bir yanlışlığın giderilmesi sürecidir. Bir öç alıştır.

Neyin cezası?

Adalete, hakkaniyete karşı bir davranışın cezası. Haksızlık yaratan bir davranışın. Bir savaş olabilir bu, ya da bir kişinin yerilecek bir hareketi. Tarih, bu haksızlığın oluştuğu anla bunun giderildiği an arasında geçen şeydir. Düzen yeniden oluşturulur sonunda, ama çoğu zaman bir tanrının işe müdahale etmesiyle. Öte yandan, bu ceza birkaç kuşak sonra da verilebilir; yani bir haksızlıkla giderildiği an arasında uzun yıllar olabilir. Bu Kroisos'un (Krezüs) hikâyesidir. Lidya kralı Kroisos, atalarının suçunun cezasını tam beş kuşak sonra öder. Tarih bu hareketin içindedir. Yani, bir haksızlıktan onun giderilmesine uzayan zaman dilimi içindedir insanların edimleri. Bu anlamda, Tarih'in de otonomisi yoktur. Ama, yine de bu sürecin değişik aşamalarını anlatmakta yarar vardır ve tarihçi, bu farklı aşamaları birbirine bağlayan kişidir. Dolayısıyla, Kroisos örneğine dönersek tekrar, tarihçi, bütünlüğün resmini veren kişidir. Tarihçi bilen kişidir. Neyi? Her şeyin aslında geçici olduğunu. Hiçbir şeyin sonsuza dek olduğu gibi süregitmediğini. Bunlar Tarih'in açılış cümleleridir: Küçük olan büyük, büyük olan küçük oluyor. Önemli olan da budur: hiçbir şey aynı kalmaz.

Ya şans, talih yani tykhe?

Talih, bu durumun aracısıdır; düzensizliği, her şeyin geçici oluşunu yaratan odur. Talihin konumu tuhaftır, olaylara müdahale eder; bunun bir mantığı vardır, ama doğal olarak, olayların aktörleri bu mantığı kavramaktan yoksundurlar. Ya da en azından, olaylar olurken; aradan zaman geçince, kimi kez, nedeni anlayabilirler. Ama, olayın içindeyken, başlarına gelenlerden yakınırlar. Talihin onlara karşı adaletsizliğinden dem vururlar. Ama araya bir mesafe konur da uzaktan bakılırsa, bir neden olduğu anlaşılacaktır.

Peki Herodotos, kendi Tarih'*i ile ilgili nasıl bir gelecek tasavvur eder? Kime kalacaktır?*

Tarih, Herodotos'un zamanının destanıdır. Ama o zamanda artık destan yoktur. Öyle bir zamandayızdır ki destan artık mümkün değildir. Ben bu yüzden Herodotos'la Homeros, yani destansı şiir arasındaki ilişkiye dikkat çekmeye çalıştım. Bunu şöyle bir formülle de söyleyebiliriz: Herodotos Homeros olmaya çalışırken Herodotos olmuştur.

İlyada'*nın Homeros'u mu, yoksa* Odysseia'*nınki mi?*

Daha ziyade *İlyada*'nın, ama *Odysseia*'nınki de; çünkü, yolculuk işin içine giriyor. *Tarih*'inin önsözünde kendi yaptığı iş ile Odysseus'u kıyaslar. Önsözde, neredeyse sözcüğü sözcüğüne *Odysseia*'nın ilk dizeleri alıntılanmıştır. Kendisi için "Şehirleri görmüş, insanların ruhlarını tanımıştır" der. Odysseus gibi. Ama, Odysseus'tan farklı olarak, şehirler gören, insanlar tanıyan Herodotos, bir şeyi daha görmüştür: Şehirlerin kalıcı olmadığını. Dolayısıyla, küçük şehirler büyümüş, büyük olanlar ise ufalmıştır. Dünyayı ele alışında zaman öğesi önemli bir yer tutar bu anlamda. Zaman; yakar, yıkar, ufalar, değiştirir.

Peki bu zamanın bir hedefi, telos'*u var mıdır?*

Sanmıyorum. Tarihin teleolojik bir yorumu yoktur Herodotos'ta. Zaman bir hedefe yönelmemiştir. Esas olan, her şeyin değiştiği gerçeğidir. Hiçbir şeyin aynı kalmaması. Kuvvetli ülkeler vardır, yıkılır giderler; bu böylece sürer gider. Tabii, alttan alta işleyen soru, Atina'ya ne olacağıdır. Atina galip gelmiş, Yunanistan'ın en kuvvetli şehri olmuştur. Çöküş yakın mıdır acaba? Bu soru, son yıllarda Herodotos'un eserinde şimdiki zamanın yeri üzerine yapılan tartışmaların da ana sorusudur. Bu kitap Atina'ya bir uyarı mıdır? Atina'nın lanetlenmesi midir? Atina şehri *hybris*'e (çılgınlık) düşüp tiran olmaya mı soyunacaktır? Ben şahsen, şimdiki zamana ilişkin bu soruların Herodotos için önemli olmuş olduğuna inanıyorum. Ama Herodotos için zaman daha iyiye götüren bir şey değildir. Zaman yalnızca değiştirir. Ama Thukydides ve dönemi için farklıdır; Atina ve Yunanistan, "çağ atlamıştır". Yeni bir zamanda yaşanmaktadır. Herodotos'un yanıtı 'hayır'dır. Bir anlamda da Thukydides'e verilmiş erken bir yanıttır. Hayır, temelde hiçbir şey değişmemiştir. Çünkü Thukydides "biz, kaderimizin efendisiyiz" demektedir. Sonra tabii, mağlubiyet gelir ve bu fetihçi, kendinden emin söylem çözülür, çöker. Bu Thukydides'in *Peloponnessos Savaşı*'nın sonunda açıkça görülür. Ardından da 4. yüzyıl Atinası'nda "şehir nasıl kurtulur" türünden sorgulamalar gelecektir. Geçmiş şan, şeref tekrar nasıl ele geçecektir?

Öyleyse Tarih, *her şeyden önce bir savaş ekonomisinin mi metnidir? Diğer halklardan söz edildiğinde bile...*

Herodotos ulaştığı ya da ona ulaşan bilgileri biraraya getiriyor, onlara bir anlam veriyordu; onları kendi dünya tasavvurunda bir yerlere yerleştiriyor, o dünyanın tarihi içinde onlara yer açıyordu. Mısırlılar mesela, Mısır üzerine bir söylem dahilinde değil, Pers işgali dolayısıyla anılırlar. Mısır'ın Perslerce işgali sorun yaratır, Yunanistan'la Pers İmparatorluğu arasındaki ilişkilere ne olacaktır? Dolayısıyla ülke tarihleri, bu savaş ve fetih tarihinin içinde birer öğedirler. Bu, Herodotos'un önem verdiği konulardan biridir: Fatihlerin kaderi. Ama bu kader daha ziyade trajiktir. Çünkü fatihler, fethetseler de, nihayetinde kaybederler. Buradan da Atina'nın kaderine geçilir tabii...

Mısırlılar üzerine, Herodotos'u da önceleyen, Yunanlıların paylaştığı bir bilgi vardır elbet; kimi kitaplarda onlardan sözedilir (Aristophanes vs.), kimi şehirlerde yaşamaktadırlar. Mısır'la Yunanistan ilişkisi eskidir ve Mısırlıların varlığı birtakım soruları da beraberinde taşır. Mısırlılar daha eskidir mesela. Bu izlek Yunanlılarca sürekli olarak gündemde tutulur, Mısırlılar çok eski bir halktır, yaşlıdırlar, bizse genciz. Herodotos'ta, daha sonra Platon'da ve onu izleyen tüm bir gelenekte bunu bulmak mümkündür.

Peki gençlik, başlı başına bir değer midir?

Hayır hayır; hâlâ "ihtiyarlık ilkesinin" geçerli ve değerli olduğu bir dünyadayızdır. Mısırlılar en eski halktır, en yaşlı halktır ama onun karşısında İskitler en genç olan halktır. Neredeyse yeniyetme... Atinalılar orta yaşlıdırlar ama dinç ve gençtirler: Solon'a ilişkin meselde de bu vurgulanır. Solon biliyorsunuz, Atina için yaşlılığın, ağırbaşlılığın ve bilgeliğin temsilcisidir. Mısır seyahatinde bir tapınakta, bir rahip Solon'a seslenir: "Solon, Solon, siz Yunanlılar hep çocuk kalacaksınız". Bu Platon'un mizansenidir. Gençlik-Yaşlılık ikiliğini görürüz, ama bu ikilik Yunanlılar lehine işlemez. Öte yandan, Mısırlılar eski bir halktır Herodotos için; dinsel anlamda öncülük yapmışlar, mesela tanrılar panteonunu oluşturmuşlardır, ama buna rağmen, Mısırlılar Yunanlılar için bir model oluşturmaz. Yunanlıların Mısırlılardan alacağı bir ders yoktur. Ancak M.Ö.4. yüzyıldan sonra bu türden bir argüman oluşacaktır: Eskilik bütünüyle olumlu bir değer haline gelecek, Mısır'dan ders alınması gerektiği söylenmeye başlayacaktır. Herodotos için bu eskilik vardır, olumlu yönleri de vardır, ama her yönüyle olumlu da değildir Mısırlılar, çünkü ne de olsa barbardırlar. İşte burada büyük ayrımı görürüz: Barbardırlar çünkü krallar tarafından yönetilirler. Büyük ayrım siyasidir: Şehir-devlet (site) yokluğu.

Peki, Yunanlılar için geçmişlerini bilmek önemli miydi? Yani Atinalıların mesela yerlilik miti dışında, geçmişlerine ilişkin tarihsel bir ilgileri var mıydı?

Değişik yollardan. Mesela soykütüğü geçmişle ilgilenmenin yollarından biriydi. Ama soykütüğü bugüne ilişkin bir etkinlikti, bugün için işlevselliği olan bir şeydi; hukuksal açıdan meşruiyet kazandıran bir yöntemdi bu. İlk elde büyük ailelerin, geç bir dönemde de şehir-devletlerin soykütükleri yapıldı (kuruluşlarını birilerine dayandırmak için). Ama haydi soykütüğü yapalım diye soykütüğü de yapmıyorlardı. Soykütükleri Herodotos'tan çok önceye tarihlenir. Tamam bu geçmişe ilişkin bir bilgi yöntemidir, ama aynı zamanda geçmişin icadı anlamına da gelir. Öte yandan eski nesneler ve dünyaya ilişkin "eskici" (antiker) bakışı da vardır: Herodotos'tan önce midir sonra mı? Önemli de değildir. Çünkü bu bakış devamlılığı sağlamak üzere işe girişir ve her yolla bunu becermeye çalışır. Herodotos'un çerçevesini çizdiği tarih araştırması ise tekildir. Başka bir şeydir. Tersine, kopuştur. Bir başlangıç anı belirlenir. Herodotos da, Thukydides de "ben buradan başlıyorum" der. Bunu demek, öncesi üzerine söz almayacağım da demektir. Ben yalnızca bir dönemi ele alıyorum, hepsi bu.

Peki, önceki dönem, sözü edilmeyecek dönemin bilgisi kime bırakılmıştır; kim uzak geçmiş hakkında söz sahibidir? Mitograflar?

Bence herkes, yani isteyen herkes o döneme ilişkin söz alabilirdi. Hatipler mesela, eskiciler, soykütükçüleri... Sonra, hikâyeler aracılığıyla dolaşımda olan ve herkesin paylaştığı bilgi. İşte bu yüzden bir noktaya dikkat çekmek istemiştim: Bence tarih, neredeyse ihmal edilebilir bir bilgi alanıdır Yunanlılar için. Çünkü Yunanlılar tarihleriyle, kendi tarihleriyle; hayali, kurgusal vs. de olsa, bir tarihle yaşayabiliyorlardı. Kutlamalarla, soykütükleriyle kurdukları bir geçmiş *zaten* vardı. Tarihçilik belirli bir dönemde doğan bir türdür: öyle halk nezdinde yaygın bir pratik de değildir. Bizim bakışımız biraz çarpık, çünkü tarih muhafaza edilip diğer dallar neredeyse tümüyle kaybolduğu için çok önemli sanıyoruz onu... Yani, tarihin M.Ö. 5. yüzyılda bir Atinalının gündelik hayatındaki yerini abartıyoruz. İster Herodotos, ister Thukydidesçil anlamda olsun...

Herodotos'un Aynası'*na sonradan yazdığınız önsözde olsun,* Tarih Başkalık Zamansallık *kitabınızdaki "İlk Tarihçi Figürleri" makalesinde olsun, tarihselliğin tarihöncesi için Odysseia'yı işaret ediyorsunuz: Demodokos'un Troya savaşını anlattığı, adını saklayan Odysseus'un ise ağladığı sahneyi.*

Öncelikle bu sahne biriciktir. Avantajları ve dezavantajlarıyla. Benim için özellikle önemlidir: Bu sahnede iki kişi vardır: Troya'nın alınışının mimarı, çok görmüş çok çekmiş Odysseus ve Phaikların adasından dışarı adım atmamış, kör ozan Demodokos. Demodokos, Odysseus'un isteği üzerine, Troya'da neler olup bitmiş olduğunu anlatmaya başlar. Yani Troya nasıl alınmıştır, bunu anlatmaya muktedirdir. Bu sahne, Troya'nın alınışının anlatıldığı ilk sahnedir. Herkes elbette bilir Troya'nın alındığını, eski ve yeni tüm okurlar. Ama bu olaydan hiç söz edilmemiştir. İlyada daha Troya alınmadan sona erer, Odysseia ise alındıktan sonra başlar. Odysseia evet, dönüştür, ama Troya'nın alınışı hiç anlatılmamıştır. İşte bu sahne ilktir. Anlatan da Odysseus değil, Demodokos'tur. Destanın kurallarına göre ozan, esinini Musalar'dan alır, kulaktan kulağa anlatılan bir hikâye yoktur, ona bilgi aktaran birisi yoktur, o esinlenir. Esinleyen de, her şeyi gören bilen Musalar'dır; onlar olayların olduğu yerde hep mevcutturlar. Dolayısıyla, ozan, onların sözcüsüdür, onların sözünü taşır. Yani bu sahnede Demodokos olağan rolünü oynamaktadır. Ama bu sahnenin alışılmadık yönü şudur: olup biteni esas anlatması gereken Odysseus'tur. Demodokos'u dinler ve şöyle der: bu anlattığın inanılmaz, öylesine ayrıntılı, kesin bir dille anlatıyorsun ki, insan "kendi gözlerinle tanık olduğunu" ya da "görmüş birinden öğrendiğini" sanır. Odysseus Demodokos'a, sanki bir tarihçiymiş gibi seslenir.

Tuhaf bir şey var ama. Destan kurallarını bilen, yani Musalar'ın her yerde olduklarını, her şeyi bildiklerini, ozanları esinlediklerini bilen Odysseus niye şaşırıyor ki?

Açıkçası, şaşırmaması gerekir. Demodokos'a, normalde, "bu söylediklerin çok şaşırtıcı" dememesi gerekir. Tersi şaşırtıcı olurdu; Demodokos mesela "Troya serin bir yaz gecesi, tüm garnizon zilzurna sarhoşken alındı" deseydi, evet. Odysseus'un şaşırıyor olması şaşırtıcıdır ve dikkatimizi çeker. Ve bu şaşkınlıkta beni özellikle şaşırtan şey, daha tarih dediğimiz dal ortada yokken, Odysseus'un Demodokos'a bir tarihçiymiş gibi seslenmesidir. Daha sonraları tarihyazımının kategorileri olacak kategorileri kullanır; kendi gözüyle görmek, görmüş olanlardan işitmek vs. Demodokos tabii soruya cevap vermez. Sorunun anlamı yoktur. Yine de, Odysseus sanki Demodokos'un "tanrısal" sözlerinin gerçekliğini insani kıstaslarla ölçüyor gibidir. Esas "tanık" çünkü Odysseus'un kendisidir. Dolayısıyla bu sahnede ilk kez Troya'nın alınışı anlatılır, bir anlamda ilk "tarihsel anlatı"dır bu sahne. Anlatının doğruluğu ise, yüzyıllar sonra, tarihyazımının doğrulama kıstasları olacak kategoriler aracılığıyla tartılır. Bu sahne kısacıktır. Odysseus uzatmayacaktır. Şaşıracak, soracak, ama geçecektir. Ama, çeşitli yazılarımda da söylediğim gibi, bu kısa sahnede söz edilenler, sonraları, tarihsel araştırmaların kıstasları haline gelecektir.

Bir başka açıdan, bu sahne "kurgusal" olanı da ima etmez mi? Yani edebiyatın kendisini? Çünkü, Odysseus, bilme imkânı olmayan birine, "nasıl bilirmiş gibi, doğruya yakın anlatıyorsun?" sorusunu sormaktadır.

Şöyle bakalım: Doğruyu üreten, bilen, Musalar'dır. Tersine kurgusal anlatıların mimarı, Odysseus'un ta kendisidir. Çünkü gerçeğe benzeyen yalan hikâyeleri esas o anlatır. Bu anlamda, evet, "kurgu" kategorisi *Odysseia*'da mevcuttur, ama bunun sözcüsü Odysseus'tur. Ve bu iki kişinin, yani Marcel Detienne'in deyimiyle "hakikat ustası" Demodokos ile "tanık" Odysseus'un karşılaşmasında unutulmaması gereken, Demodokos'un anlatmasını isteyen Odysseus'tur. Bu sahnenin tarihyazımının tarihi ile ilgili olduğunu, bu tür nedenlerle vurgulamak istedim.

Herodotos'un Aynası'nın ilk basımı 1980 idi; ikinci baskısı 1991. Araya Herodotos'tan başka çalışmalar girdi. Nelerdi bunlar?

Herodotos'la ilgilenmeye devam ettim. Öncesiyle ve sonrasıyla. Öncesine ilişkin, kitapta olmayan "İlk Tarihçi Figürleri" makalesinde bahsettiğim konularla ilgilendim. Tarihyazımının tarihi, başkalık ile ilgili konularda yazmaya devam ettim. Başkalık ve seyahat üzerine çalışmalarım *Mémoire d'Ulysse* adlı (Odysseus'un Anısı) kitabın ana hatlarını oluşturdu. Bu kitap kültürel sınır kavramı etrafına örüldü... Bir yandan da bu kitapla zaman içinde gidip geldim, bir zaman sınırlaması yapmadım. Herodotos M.Ö.5. yüzyıldı, bu kitap ise olayları daha uzun bir süre çerçevesinde ele almayı hedefler. Yunanistan'dan ama aynı zamanda Roma'dan ve hatta ötesinden, bu konuların ve kişiliklerin modern dönemlere kadar nasıl alımlandıklarından da söz eder. *Odysseus'un Anısı*'nda Atina vardır, ama İskenderiye ve Roma da vardır. Özellikle de merkezin Atina'dan Roma'ya kayışı vardır. Atina nihayetinde bir anı halini alacaktır. Silik bir anı.

Roma Atina'yı içerecektir ama...

Elbette, ama sadece bu olarak kalmayacaktır. Roma'nın Atina ile ilişkisi muğlaktır; Atina cezbeder ama Roma farklı olmak da ister. Yunanlılar, nihayetinde, mağlup olmuşlardır. Kültürlüdürler, âlimdirler, evet ama kaybetmişlerdir. Bu da, yani Roma'nın Atina'yla ilişkisi, Roma seçkinleri Yunanca konuşsa bile, tuhaf bir ilişkidir. Siyasete gelince, Yunan düşüncesi, üstünlük duygusuna kapılmışsa, bu duygunun odağına M.Ö. 4. ve 5. yüzyıllardan itibaren şehir-devleti (site) yerleştirmiş olduğu içindir. Çünkü, onlarda, diğerlerinde olmayan bir yönetim şekli vardır. Ama kısa bir süre zarfında bu üstünlük duygusu da sorgulanmaya başlayacaktır, iç savaş (*stasis*) olgusu etrafında. Monarşi üzerine uzun bir düşünüş geliştirilecektir: daha mı iyiydi, gerekli miydi, vazgeçilemez mi vs.? Ve elbette, şehir-devlet düşüncesi Roma'yı durmaksızın meşgul etmiştir. Roma şehir-devlet'in nihai hali midir? Başarılı bir örneği midir? Ötekilere model oluşturabilir mi? Roma yoksa şehir-imparatorluk mudur? Ve bu ne anlama gelir? Açıkçası, Romalılar, imparatorluk rejimini şehir-devlet'e bakıp da açıklamak istediklerinde büyük zorluk çekmişlerdir. Caesar'ın, Augustus'un konumu nedir mesela? Roma, iktidarın tek kişide toplandığı ve hanedana ait olduğu bir durumu açıklamakta, dahası bunu şehir-devlet fikriyle bağdaştırmakta zorlanacaktır.

Modern döneme gelirsek, ki siz Fustel de Coulanges üzerine de bir kitap yazdınız ve ayrıca La Cité Antique'*i (Eski şehir-devlet) tekrar, bir önsözle yayımladınız. Şehir-devlet'in onsekizinci ve ondoku-*

zuncu yüzyıllarda özel bir durumu var: hem gündemde, hem farklı. Nedenleri nelerdir?

Bunun için Fransız devriminden geçmek gerekir. Onsekizinci yüzyıl, özellikle ikinci yarısında, Eski Yunan'ı tekrar siyasileştirmiştir; büyük insanların çağıdır Eski Yunan, Devrim kendisine bir siyasi odak aramıştır, özgürlük düşüncesini dayandıracağı bir yer olarak da Yunan'ı seçmiştir. Winckelmann okumaları aracılığıyla örneğin. Dolayısıyla Devrim sırasında, Eski Yunan özgürlük idealinin yeşerdiği yerdir. Ancak Devrim sonrasında, Antikçağ'la bugün arasına bir mesafe konur, biraz daha uzaktan bakılır. Ki bu Benjamin Constant'ın bakışıdır: Ona göre eski özgürlükle modern dönemin özgürlüğü birbirine karıştırılmıştır. Modern dönemin özgürlüğü bireyin özgürlüğüdür. Eskilerin özgürlüğü ise iktidar kullanımına katılım anlamında bir özgürlüktür. Dolayısıyla, der Constant, bu iki özgürlüğün birbirine karıştırılması Devrim'in yol açtığı felaketlerin de (Terör) esas nedenidir. Dolayısıyla Antikçağ'a öykünmek yanlıştır, bireysel özgürlüğü teminat altına alacak yeni bir rejim, yeni bir düzen oluşturulmalıdır. Eskilerin doğrudan katılımıyla oluşan iktidar kullanımı tipinden yeni bir iktidar kullanımı tipine geçilmelidir: Bu da temsili yönetimdir. Bu ayrımı yerleştirmek gerekir. Bu anlamda Fustel de Coulanges yarı çakılı çiviyi iyice çakar. Çünkü Constant, temsili yönetimi savunup bir Fransa anayasası oluşturmak isterken, yani işin Modernlerle ilgili kısmına bakarken, Fustel de Coulanges Antikçağ araştırmaları yakasında durup, eskilerin şehir-devletinin aslında nasıl işlediğini, eskilerin özgürlüğü denen şeyin aslında devletin tartışılmaz önceliği olduğunu, bireysel özgürlüklerin aslında olmadığını gösterir. Ve ekler: Nihayetinde şehir-devlet'e ulaşan evrimin temeli esasen dinseldir. Bu dinsel temel ise "atalar kültü"dür. Çünkü ölüm kesin bir son değildir, ölüm bir kült gerektirir. Mezarlar, mezarlıklar düzenlenir ve bu kültün devamı için aile kurumu, olmazsa olmaz bir şarttır. Öte yandan da, mezar olabilmesi için toprağın özel mülkiyet olması gerekir. Ölen ata, sahip olunan bir toprak parçasına gömülür, kültü devam ettirmek için de bir aile vardır; dolayısıyla toplumsal bağ doğaldır; Rousseau'nun sözleşme kuramıyla iddia ettiği gibi yapay değil.

Antik şehir-devletin kuramsal temelleri, Coulanges'a göre, bunlardır.

Antikçağ'la uğraşmış bir dizi kişi üzerine de çalıştınız: Rousseau, Fustel, Winckelmann vs. Tüm bu kişilerde antik dünya ile bugünün dünyası arasında nasıl bir ilişki vardı? Bu kişiler, antik dünyanın hangi yanlarını, hangi değerlerini kendi bugünlerinde sürdürmek istediler?

Hepsi farklı tabii. Mesela Rousseau. Bütün hayatı boyunca, ölene kadar Plutarkhos okudu. Kütüphanesinin demirbaşı *Hayatlar* idi. Dolayısıyla yakındı Antikçağ'a. Ama aynı zamanda bu dünyanın bitmiş gitmiş olduğunun, geri dönmeyeceğinin de farkındaydı: Dolayısıyla uzaktı Antikçağ'a. Fustel'e bakarsanız, öne çıkan mesafe ve kopuştur, çağların birbirinden farklı oluşudur. Fustel'de klasik formül, *historia magistra vitae* (hayatın efendisi tarih) işlemez; geçmişten alınacak ders yoktur. Geçmiş vardır, kendine has bir mantığı vardır, bunu kurmak ve anlamak mümkündür, ama o dünyaya özenmek gayet tehlikelidir. Bu *Antik Şehir-devlet*'in de tezidir; yine de bu tezin Devrim tarafından etkilendiğini unutmayalım.

O zaman, pek basit bir soru: Niye tarih yazıyordu? Ve tabii bağlı bir soru, sizin birçok yazınızda vurguladığınız "yeni tarihsellik rejimi", yani "historia magistra vitae" yerine başka bir bakış açısının geçişi bu döneme mi tarihlenir?

Fustel size "bilmek için" diye cevap verirdi herhalde. Yeni tarihsellik rejimi kavramına gelince: Bu değişim onsekizinci yüzyılın sonu ile ondokuzuncu yüzyılın ilk yarısında gerçekleşir. Bunun dramatik bir biçimde ortaya çıktığı yer ise Devrim'dir. Bu dönüşümü Alexis de Tocqueville'in bir cümlesiyle gösterebiliriz: "Geçmiş, geleceğe ışık tutmazsa, insan zihni karanlıklarda yürür". Tekrar Tocqueville'e de gönderme yapalım: "Eski rejim"de, eski tarihsellik rejiminde, geçmiş, ışığını geleceğe gönderir ve anlaşılırlık geçmişten geleceğe doğru kurulur. Dolayısıyla tarihten ders alınan bir düzendir bu. Bu formülün geçersizleştiği andan itibaren, evet, zihin karanlıkta kalır. Yeni tarihsellik rejimi ise, odak noktasını geleceğe yerleştirecektir.

Böylelikle önümüze teleolojik bir zaman anlayışı çıkar. Bu durumda gelecekte varılacak hedef geçmişi aydınlatmaya ve anlaşılır kılmaya yarar. Bu zaman anlayışını cisimleştiren ve hayata geçiren siyasi bütünlük ondokuzuncu ve yirminci yüzyıllarda ulus olmuştur. Ulus hem kurulması gereken bir ideal, hem de ulusu oluşturan grupların geçmişini belirleyen bir kavramdır. Artık gelecekten geçmişe doğru gidilir, geçmişten geleceğe değil. Ama şunu da vurgulamak isterim, yeni tarihsellik rejimi eskisinin yerine tamamıyla geçip onu bütünüyle yoketmiş değildir, yeni rejimin yerleşmesi çok uzun yıllar alacaktır. Bu ikili kimi zaman birlikte yaşayacaktır. Kimi zaman hatta etkileşeceklerdir de. Ancak uzaktan bakıldığında, modern dönemde kimi anlar, açıkça yeni tarihsellik rejimine doğru kayar. Yeni tarihsellik rejimi, aynı eskisi gibi belirli kurallar çerçevesinde işler; bilimin yasaları, ilerleme yasaları vs. Hatta, bilimsellikten de öte, bilimci bir yapı geliştirilmiştir bu rejimde. Bu ideolojik bakış, doğa bilimlerinden esinlenerek değişmez yapılar kurmaya çalışmıştır.

Yeni tarihsellik rejiminden söz edebilmemiz için, geleceğe yönelttiğimiz bir bakış olmalıdır. Ulusu örnek vermemin nedeni budur. Ulus, öylesine bir bütünlüktür ki, oluşumunu tamamlamak üzere ilerler, ancak, kendisinden yola çıkarak da geçmişi ve bugünü belirler, açıklar. Bunun nüvelerini Hıristiyanlıkta görmek mümkündür; İsa, inanışa göre, dünyayı kurtarmaya gelmiş, ölmüş ve sonra dirilmiştir; ilerde, belirsiz bir zamanda geri gelecektir. Hıristiyanlık bu açıdan geleceğe doğru bükülür. Ama, unutmamak gerekir ki, bu karmaşık bir yapıdır: Gelecekte olan şey, zaten olmuştur. Yani gelecekte olacak şey, İsa'nın dönüşü, başta yeryüzüne gelişiyle zaten gerçekleşmiştir. Selamet, geleceğe yerleştirilmiş de olsa, eskiden de gelmiştir zaten. Tabii bu ilahiyatın bakış açısı; ancak zaman kavramı açısından bakıldığında, bir biçimde geleceği de göz önüne alan bir bakış olduğunu inkâr edemeyiz.

Devrimde geçmişin bütünüyle yıkıldığı, yerle bir edildiği, her şeyin sıfırlandığı bir an da yok mu?

Evet, devrimin "tabula rasa" anı var. Takvimin sıfırlandığı, her şeyin yeniden, sıfırdan başlatılabileceğine dair bir inanç, kısa bir süre de olsa, oluştu. Bu, devrimci hareketlerin ve hatta tüm mesihçi hareketlerin ortak noktası olsa gerek. Hıristiyanlık takvimi değiştirdi, İslam da. Mutlak yeni bir başlangıç anı ister tüm bu hareketler. Ama geçmişle bugün arasında bir kopuş olduğunu söylemek, özellikle de tarihçilik, 19. yüzyıl tarihçiliği açısından, geçmişi sıfırlamak, ondan kurtulmak anlamına gelmez. Bu, Michel de Certeau'nun dediği gibi, geçmişten "iyi bir ölü" yaratmak anlamına gelir. Yani, ölüyü, ona yaraşır bir biçimde anmak; onu yad etmek... İyi bir ölü olup, hortlak olarak geri gelmemesi için gerekenleri yapmak. Tarihe bu anlamda bakmak gerek. Kopuş kavramı, geçmişi unutmak ya da geçmiş yoktur demek anlamına gelmez. Önemli olan, geçmişi düzene koymaktır; aynı düzenli bir mezarlık gibi; sonra da içinde gezinmek. Mezarlıklar manzaramızın bir parçasıdır. Oradadırlar, kimi özel günlerde gider, anarız ölüleri. Geçmiş de böyledir. Daha doğrusu kopuş sorunsalı bu biçimde anlaşılmalıdır.

O zaman, tarih bir hatırlama işlemidir mi diyeceğiz?

Elbette. Hatırlamadan ayrı düşünülebilir mi? Böyle olmadığı yönünde ne kadar çaba sarfedilirse edilsin, tarihin hafızadan ayrı olduğunu iddia edemeyiz. Ama tarih, hafıza tarafından yutulmuş, içerilmiş bir şey de değildir. Tarih, bir denetim sözleşmesine uygun işler, eleme, doğrulama gibi araçlara sahiptir. Ayrıca, kurumsallaşmasına koşut olarak da meslekten kişilerce yürütülür. Ondokuzuncu yüzyılda tarihin eğitim kurumları içinde tuttuğu yere bakın, hele de yeni kurulmakta olan uluslarda, eğitimde tuttuğu yer çok büyüktür. Fransa'da kurumsallaşma 1870'te Prusya karşısındaki yenilgiye sıkı sıkıya bağlıdır. Tarih, öç almanın bir aracıdır neredeyse; ulusal bilinci o oluşturacaktır, hele de ilköğretimde.

Bugünkü durum nedir sizce; tarih bu işlevinden sıyrıldı mı?

Yerine bağlı. Fransa'yı ya da Avrupa'yı soruyorsanız, sıyrılındığına inanılmıştı. Ama, 80'li yıllarda Batı Avrupa ülkelerinde ulusal tarihin tekrar belirdiğini gördük. Öyle bir zamanda belirdi ki, ulusal tarihin artık kimseye bir şey öğretecek şeyi kalmadığına inanılıyordu. Ayrıca, Avrupa'da savaşın olmadığı bir anda belirdiler: Geri alacak bir Alsace-Lorraine olmamasına rağmen. Bunun birçok nedeni var: Ulusun artık tarih sahnesinden silindiği söylendi, kimileri nostaljik bir biçimde, çocuklar artık ulusal tarih öğrenmiyorlar diye yakındılar. Bu muhafazakâr bir hareketti. Avrupa Birliği'nin kuruluşuna koşut olarak gelişti. Aşırı sağın hız kazandığı bir ana denk geldi. Sonra 89'da Berlin Duvarı ve Balkanlar... Karmaşık bütünün öğelerinden biri de, 90'larda hafıza kavramının kimlik oluşturucu bir biçimde kullanılışıdır. Ulusal tarih de bu anlamda, tekrar, kimlik sorunlarına ilişkin bir biçimde, gündeme geldi. Öte yandan, kimi "şimdiki zaman" tarihçileri de hafızayı tarihsel araştırma nesnesi olarak kabul edip bunun üzerinde çalışmaya başladılar. Ve kimlik sorunlarıyla en çok onlar muhatap olmak zorunda kaldılar.

Bir de elbette, geçmişe yönelik yargılama ve adalet dağıtma anlamında da tarihçilik yapılmaya başlandı.

Son on beş yılın önemli vechelerinden biri de bu. Yakın geçmiş kaygısı diyebileceğimiz bir yaklaşım. Özellikle de İkinci Dünya Savaşı dolayımıyla gündeme geldi. İşbirlikçilik, direniş gibi sorunlar etrafına örüldü; toplumsal çatışmaların yol açtığı bir yönelimdi bu. Bunu başlatanlar tarihçiler değildir, bu yönelimin sorumlusu da onlar değildir. Ama bu sorular onlara soruldu; onlar da bu sorular içinde biraz kayboldu. Geçmişe bakış adalet kipiyle yapılmaya başlandı. Kamusal alan son on yılda mahkeme salonu haline geldi neredeyse. Daha önceden yargıçlara sorulmayan sorular sorulmaya başlandı; yargıçlardan geçmiş, bugün ve gelecek üzerine hüküm vermeleri istendi. Bir anlamda terapist rolü oynamaları beklendi. Hukuk adamı olmaları, hüküm vermeleri bir yana, onlardan hafızadaki yaraları iyileştirecek terapist olmaları da istendi. Söylenmedik şeylerin söylenebilmesini sağlamaları istendi. Ayrıca bu sözün kamusal alanda duyulacak bir biçimde söylenmesi istendi. Bu oldukça yeni bir olgu. Tarihçiyi nasıl etkilediğine bakalım: Tarihçi, geleneksel olarak olayları söyleyendir; bugünkü halde, söylemesinin yanı sıra, olayları nitelemesi de isteniyor. Bir yargıç gibi. Bir yargıçtan bir olayı nitelemesi beklenir; niteler ki, kanunda ona karşılık gelen madde bulunabilsin, hüküm verilebilsin. Öyle bir dönemde yaşıyoruz ki, tarihçilerden, olayların nitelendiği bir tarih yapılması isteniyor. Yapmazlarsa yeriliyorlar.

Peki bu yalnızca istenen bir şey mi? Ve ayrıca sadece şimdiki zaman tarihçilerini mi ilgilendiriyor? Mesela Carlo Ginzburg'un Peynir ve Kurtlar*'ının (Metis, 1997) önsözünün sonu, neredeyse bir mahkeme kararına benzeyen, Benjamin'den bir alıntıyla bitiyordu: "Yalnızca geçmiş suçlarının diyetini ödemiş bir insanlık..."*

Elbette, Ginzburg kitabını yazarken zavallı değirmencisiyle, engizisyonun ona çektirdiklerinin dışında, başka türlü baskı ve acıları da düşünüyordu; ama günümüzde, medya ve kamuoyu bu uzaklarda kalmış, neredeyse unutulmuş tarihten bunu istemiyor, ilgilendikleri bu yüzyılın, yakın tarihin olayları. Yalnızca yakın geçmişle ilgileniyorlar ve yakın geçmiş, onlar için, bir anlamda uzamış bir bugün... O yakın geçmişin bugünmüş gibi ele alınmasını istiyorlar. Bu bir yanılgı, söz konusu olan olaylar 60 yıl öncesinin. Ama 60 yıl öncesi, bugün olarak algılanıyor. Tarihçilik, hele de araştırma nesnesi olarak "şimdiki zamanı", bugünü, bu uzamış bugünü seçen tarihçilik bence büyük bir sorunlar yumağıyla boğuşuyor. Bu zamana ilişkin bir bakış açısı yok bu tarihçiliğin. Bu bakış açısını da, disiplinin dışında bir yerlerde arayabiliyor; mesela ahlakta. Bu ise, yerleştirilmeye çalışılmış bilimsel tarihçilikten gayet uzaklara düşüyor: özellikle de Birinci Dünya Savaşı sonrasındaki tarihçilik pratiğinden; Annales'i ve Lucien Febvre'i, Febvre'in 1919'da söylediği şu sözü hatırlıyorum: "Une histoire qui sert est une histoire serve" (Bir işe hizmet eden tarih, uşak bir tarihtir). Bu konuda iki cümle daha etmek isterim: Tarihin bence karşılaştığı önemli sorunlardan biri, içinde bulunduğumuz, uzamış, sünmüş ve yayılmış olan bugün ya da şimdiki zamandır. Bu yüzden bugünkü zamanla ilişki durumumuza "şimdicilik" dedim birkaç yerde; çünkü, bugünün anlaşılırlığı geçmişten ya da gelecekten kaynaklanmıyor artık. Şimdiki zamanın, bu uzamış bugünün kendisinin, kendisi için anlaşılırlık üretmesi bekleniyor. H. Robert Jauss'un da kullandığı "tecrübe alanı" ve "beklenti ufku" kavramlarını kullanarak söyleyeyim:

Beklenti ufku öylesine uzak ki, ulaşmak imkânsız; tecrübe alanı ise alabildiğine büyümüş. Dolayısıyla, bu iki alan arasındaki "yansız" bölge –ki geçişi sağlıyordu– artık yok. Dolayısıyla gelecekten beklenecek bir şey de yok.

Demokrasinin aşılmaz ufku gibi mi?

Demokrasi bugün hem dikkatle korunması gereken bir mücevherdir, hem de alternatifsizliği ile sıkıntı kaynağıdır. Bu alternatifsizliğe eşlik eden bir başka kaderci yaklaşım da liberal pazar ekonomisinin dünya için en iyi düzen olduğunun söylenmesidir. Ama şöyle düşünmek lazım, en azından günümüzde: Demokrasi dünyanın her yanını sarmış bir yönetim şekli değil. Dolayısıyla, bakış açımız, demokrasinin olduğu yerlerden yola çıksa da, dünyanın bütününü göz önüne almalıyız. Dünyanın bütününü göz önüne alan, bu denksizlikleri de hesaba katan bir tarihsel düşünüş oluşturabilmeliyiz. Örneğin antropolog G. Lenclud ile bir makale yazmış ve biraz önce sözünü ettiğimiz tarihsellik rejimi kavramını önermiştik. Bu kavramı, insan toplumlarının zamanla ilişkilerini anlama ve açıklamada işlevsel bir kavram olarak görmek lazım. Bu kavramı önerirken de yalnızca "sıcak", "modern", "batılı" toplumları düşünmüyorduk. Dünyanın çeşitli köşesindeki toplumların zamanla olan ilişkilerini kavrayabileceğimiz düşünsel bir aygıt oluşturmaya çalışıyorduk. Tarih, dünyanın bütününü hesaba katmayı öğrenmelidir.

Cogito 29.
Söyleşiyi yapan: Levent Yılmaz

Paul Ricœur: "Hafıza, Tarih, Unutma"

Kimsiniz?

Bu soru belki de bana sorulabilecek en zor soru, çünkü felsefi çalışmalarımda kişisel özdeşlik biçimi altında bunu ele aldım. "Ne" sorusuna yanıt vermek zaten zordur ama "kim" sorusuna yanıt vermek çok daha zordur. Sorunun bu kadar doğrudan bir biçimde sorulacağını hiç tahmin etmemiştim. Hannah Arendt bir yerlerde anlatının, eylemi kimin yaptığını söylediğini belirtir. Elbette, sorunuzun talep ettiği yanıtın bir parçasını söylüyor bu, ama söz konusu olan önemsiz bir parça değil. Özellikle insan benim gibi hayatının sonunda olunca kendisiyle ilgili olarak kurduğu anlatı bir yanıtın taslağıdır. Eğer kişi kendi hayatından bir entrika, bir hikâye oluşturmayı birçok kez denemişse tipik bir anlatı kurup onu dondurma tehlikesine girer elbette. Sizinle olduğu gibi bir felsefi karşılaşmada daha önemli olan entelektüel hayatın anlatısıdır sanıyorum. Hayatımda yalnızca iki kez bunu yapmaya kalkıştım –ilki Amerikalı bir okur kitlesine hitap eden, Fransızca başlığı "Réflexions Faites" olan bir metinde– zira yirmi beş seneden fazla bir süre Amerika'da ders verdim. İkinci olarak ve daha geniş olarak arkadaşım François Azouvi ile yaptığım *Eleştiri ve Kanı** adlı söyleşilerde. Şimdi de eklemlendirmeyi deneyeceğim şey en temelinde eleştiri ve kanı olacak, çünkü entelektüel hayatımda her zaman iki cephe oldu: Bir yandan, belirli yönlerde ve büyük bir enerjiyle girilmiş, oldukça kesin bir angajman öğesi ama öte yandan da her zaman eleştirel bir mesafe. Bu kutupluluğun örneklerini,

* Bkz. *La critique et la conviction,* Calman Levy.

düşünümlerini ve yorumlarını etkisi altında kaldığım şeylere bağlayarak hemen verebilirim. Bir yandan Gabriel Marcel ve Karl Jaspers gibi Hıristiyan olan ve olmayan varoluşçu düşünürlerin etkisi altında kaldım; ama öte yandan problemlere Kantçı yaklaşımı korumaya da her zaman dikkat ettim. Kullandığım söylemlerde bilginin sınırları, doğrunun kıstasları nelerdir? Acaba bilimlerde, ahlaki problemlerde, hukuki problemlerde aynı kıstaslar kullanılabilir mi? Yani söylemler üstüne bir sorgulama –bir kıstas araştırması gerçekten– ama hiçbir zaman bunun angajmanın yerine geçtiğini düşünmedim. Örneğin Fransa'da Sartre'ın felsefesinin egemen olduğu dönemde çok güçlü bir angajman vardı. Sartre çok fazla angajman ve inançla, insanın olanların tümüne göre olumsuz bir varlık olduğunu söyler. Biz öncelikle hiçiz –kendi içi olanız– fikrini öne sürer. Benim her zaman çok güçlü olan hissim ise şuydu: Ben, olumlayan bir gücüm öncelikle. Descartes'ı izlersek –yalnızca *cogito*'yu değil, varım'ı (*je suis*) da izlersek– ortaya çıkar bu. Bu yüzden çok sık olarak "ontolojik tutku" (*véhémence ontologique*) terimini kullandım. Bütünsel bir biçimde, ben bir olumlama ilkesi olduğum için değil yalnızca... Psikanalizle karşılaştığımda, bu olumlayıcı güç benim bir arzu olduğum fikrinde çok somut bir biçimde ortaya çıkmaktaydı. Bir eksiklikle tanımlanmış bir arzu değildi bu; bir olma istemi, bir olma arzusuydu. Bu, hocam Jean Nabert'in kullandığı bir formüldür. Öyleyse ben, kendim de bir olan, *das Seiende* olarak şeylerin içinde, gerçeklikteyim. Sartre'a göre çok metafizik kalır bu — ama olumlamanın bu öndegelirliğinin başka bir alanı, yapısalcılığın etkisi altında kaldığımda dil felsefesinde de kendisini gösterdi. Bu etki Saussure'cü bir tarzda gösterenin gösterilenle ilişkisini yalnızca dilin içinde kavrayan bir dilbilimin temel modelindeydi. Kendi üstüne işleyen bir dildi bu. Ben, hayır, bir gönderilen de vardır dedim. Tüm söylemlerim, olan bir şeye gönderme yaparlar. İşte burada olumlayıcı bir tutku (*véhémence*) vardır. Ve yakınlarda yayımladığım *Hafıza, Tarih, Unutma (La Mémoire, l'histoire, l'oublie)* adlı kitapta bu şiddet'i Bergson'a bir dönüşle yeniden buluyorum. Kendi geçmişimle yalnızca olumsuz unutma ilişkisi değil, olumlu bir tanıma ilişkisi (*reconnaissance*) içinde bulunurum. Bu, sorunun yanıtlamaya çalıştığım kısmına bağlı olduğundan başlangıçtaki meseleye dönmüş oluyorum. Kendimi olduğum tarih olarak tanırım.

1950'lerde bir istem felsefesi projesi üstüne çalıştınız. Bir dizi eser yayımladınız: Gabriel Marcel'e adadığınız İstemli ve İstemdışı (La Volontaire et l'involantaire), *ardından* Sonluluk ve Suçluluk (Finitude et culpabilité), Kötünün Semboliği (La Symbolique du mal), Yanılabilir İnsan (L'Homme faillible). *Bugün bu eserleri nasıl değerlendiriyorsunuz? Temel meselesi neydi bu eserlerin?*

Ana problemim eylemdi kuşkusuz. Az önce dediğim gibi ben eylemimin öznesiyim; anlatı, eylemi kimin yaptığı sorusuna cevap verir. Sanırım benim ilk felsefi seçimim, alanımla ilgili bir seçimdir; çünkü eğer Sartre'dan çok uzaktaysam Merleau-Ponty'ye çok yakındım. Merleau-Ponty *Algının Fenomenolojisi*'ni yayımlamıştı. Ona büyük bir hayranlık besliyordum. Ama o teorik alanla ilgileniyordu ve geriye pratik alan kalıyordu. "İstem" sorusu buradan kaynaklanıyordu. Yani ilk seçimim pratik alana yönelmekti. İlk soruya verdiğim yanıtı burada düzelteceğim –ki bu bütünsel bir yanıt olmak zorundaydı– eserlerimin her biri kısmi bir probleme verilmiş kısmi bir yanıttı. İşte burada kendim üstüne bir hikâye üretme riskine giriyorum: Bu kitaplarla sorunsalları birbirine bağladığımı düşünüyordum ama her birinde geriye bir şeyin kaldığı izlenimine sahiptim ve bir sonraki kitapta geriye kalana dönüyordum. Ama şimdi söylediğim şeyin bana sahip olmadığım bir saydamlık veren bir yeniden inşa (*reconstruction*) olmasından da çekiniyorum. Her neyse, eylem alanı engin bir alan olmasından dolayı sevilse bile, bu alan aynı zamanda sınırlıydı, çünkü ben onun yalnızca istem, proje, dikkat tarafını inceliyordum. İstemin kötü olabileceğini bilmeyi sonradan araştırmak üzere bütünüyle paranteze almıştım. Bunu takip eden *Yanılabilir İnsan (L'Homme faillible)* adlı kitapta ve özellikle de *Kötünün Semboliği*'nde *(La Symbolique du mal)* bu parantezi kaldırıyordum bir biçimde. Parantezi, suçluluk (*culpabilité*) problemini işin içine sokarak kaldırmıyordum yalnızca, aslında aynı zamanda yöntem değiştirmek zorunda kalmıştım. İlk yöntemim Husserl'e çok yakın, çok betimseldi; istemin özü, eidetik tarafıyla ilgiliydi. Oysa bütünselliğinde ve çeşitliliğinde kötülüğün deneyiminin açıklamasını yapmak için mitik ifadelere başvurmak gerekiyordu. İnsanlığın hiçbir zaman kötülük problemiyle cepheden yüzleşmemiş, kötüyü hiçbir zaman doğrudan ele almamış, hep büyük mitlerin parmaklığı arkasından kötülüğe bakmış olması enigmatik bir olgudur. Yunan trajedileri, İbrani düşüş miti, ruhun bedene düşüşünü anlatan orfik mit, tanrıların savaşı, büyük kozmogoniler, antropogoniler... Kısacası, problemim yorum olmuştu. Yorumlamak ne demektir? Freud'la karşılaştım, metaforla, anlatıyla karşılaştım.

Hermenötik sorusuna gelmeden önce sizden fenomenoloji ile ilişkinizi biraz daha açımlamanızı isteyecektim. Felsefe kariyerinizin başından beri Husserlci teknikleri kullandınız. Yönelimsellik (intentionnalité) *kavramı sizin için çok önemliydi. Husserl'in felsefesine karşı eleştiriniz neydi? Bu eleştiri örneğin Merleau-Ponty'nin eleştirisine yakın bir biçimde, fenomenolojinin bir bilinç felsefesi olması mıydı?*

Evet, kesinlikle Merleau-Ponty gibi. Ne yazık ki bitiremediği son eseri *Görünür ve Görünmez, Algının Fenomenolojisi*'nin baştan sona yeniden elden geçirilmesiydi. Ben geç dönem Merleau-Ponty'ye bağlandım. Fenomenolojiden uzaklaştığım nokta onun her zaman engin bulduğum betimsel dehası değildi, bilinç idealizmiydi; bilincin kendi üstüne düşünümle aynı şey olması olgusuydu; bilincin kendinden emin olma biçimiydi. Oysa ben istemdışı olanda bilincin kendi üstündeki hâkimiyeti konusunda şüphe uyandıracak bir şey bulmuştum çoktan. Benden kaçan bir şey vardır hep — doğma olgusu, bir bilinç edinme olgusu vs. Bilincin kendi üzerindeki hâkimiyetinden, Freud'la ve psikanalizle karşılaştığım zaman, daha ciddi bir biçimde şüphe ettim. Bilinçdışına nasıl bir yer vermeliydi? Freud'u onun en büyük aciliyetiyle ele aldım; yani bilinçdışı yalnızca bir sıfat değildi, bir addı. Beni hep kendi üstüne yaptığım bir düşünüme geri döndüren bir idealizmde bilinçdışı fikrinin bir yeri yoktur. Sonuç olarak, Husserl'in bilincin kendini kurmasına (*auto-constitution*) ilişkin tüm problemleri bana bütünüyle yabancı hale geldi. Bunun hiç acı duymadan olmadığını belirtmek isterim, çünkü Husserl'le çok zaman geçirmiştim ben... *İstemli ve İstemdışı* ile aynı senede yayımlanan ilk çalışmam, Husserl'in en büyük eserlerinden biri olan *Ideen*'in Fransızcaya çevirisidir. 1912 yılında tamamlanmış olan bu eser Husserl'in olgunluk çağından kalmadır ve ben de fenomenolojiye yakınlığımı ve uzaklığımı bu metne göre ölçmekteydim. Ama fenomenolojinin betimsel tarafını hiçbir zaman bırakmamış olduğum için, çalışmamın sonunda *Hafıza, Tarih, Unutma*'da hafızanın ve hatırlamanın ipuçlarını buldum. *Husserliana* adı verilen yayımlanmamış büyük koleksiyonun yirmi üçüncü cildi olan, çok dikkate değer, çok zor, çok ağır bir kitabı, Husserl bütünüyle *Erinnerung (anı), fantezi, bild,* hayal, tablo ve temsil dizisine ayırmıştır. İlginç olan şey bu kitabın hiç idealist olmamasıdır. Bunlar düşünme nesneleridir. Kanımca çok idealist bir tarzda yazılmış bir kitap olan *Zamanın İçsel Bilincinin Fenomenolojisi*'nde söz konusu olan zamanın kendisi üstüne dönmesidir. Oysa burada yönelinen, benden başka olan, *irréel* olan, *irréel* ve geçmiş olan bir nesnedir. Vurgulamak istediğim şey, betimsel damarı hiçbir zaman terk etmemiş olduğumdur. Fenomenolojiyle ilişkim hem bir mesafe koyma, hem de bir eklemeydi. Çünkü, eğer *Kötünün Semboliği* ile ilişkili olarak az önce kullandığım "yorum" sözcüğüne dönersek, burada dille başka bir ilişki vardır. Söz konusu olan, Husserl'in *Mantıksal Araştırmalar*'ında olduğu gibi, anlamın (*signification*), *Meinung*'un yetkilendirmesine dayanan bir dil değildir artık, metinlerin çokanlamlılığı (*plurivocité*) etrafındaki dildir. Hermenötiğin kaynağı farklı okunabilen metinlerin eleştirisidir.

Heidegger Varlık ve Zama*n'da fenomenolojik bir hermenötik'ten bahsediyor. Hermenötik dünyada olma ile bağlı, "anlama" ve "yorumlama"* Dasein*'ın dünya içreliğinin egzistansiyalleri ve Heidegger bunlar arasında döngüsel bir ilişki kuruyor. Kısacası, genel olarak fenomenoloji ile hermenötik arasında yeni bir ilişki kurabilir miyiz?*

Husserl'de bir geçiş metni bulabiliriz. *Avrupa Bilimlerinin Krizi ve Aşkın Fenomenoloji.* Bu kitap, Hitlerizmin başlarında Orta Avrupa'da, Prag'da yapılmış konferansları içerir. Prag, henüz Hitler'in daha sonra da Stalin'in eline geçmemiştir ve Husserl orada bu konferansları yaptığında, şehir sanki bir hidâyet (*grace*) anını yaşamaktadır. Ve Husserl dünyada olma fikrini ilk kez sunmaktadır; ben bir varolanım ve bir dünyada otururum. Bu dünyada olma tarzı, hermenötiğe yöntemsel bir giriş olmadan önce, hermenötiğin (Husserl'in fenomenolojisinde) tematik bir biçimde belirlenmesidir. Dünyada olma temasıyla birlikte hermenötiğe tematik bir biçimde girilmesi, anlamın tek anlamlı mantığına (*la logique de l'univoque de la signification*) dayanan metinlerden başka metinlerin de okunmasını gerektirmiştir. Tek anlamlı (*univoque*) anlamlardan başka anlamlar da vardır; yalnızca aydınlatmanın yetmeyeceği, içi doldurulması (*erfüllung*) gereken anlamlar... Bunlar, özel sözcükler içeren sözlüklerle sınırlı olan bir gösterge teriminin dışına çıkarsak ve hatta analitik felsefenin *statement* dediği cümlenin, önermenin de sınırları dışına çıkıp metne ulaşırsak ortaya çıkarlar. Metin, söylemin büyük bir birliğidir; onda bir okuma çoğulluğuna yol açacak bir biçimde sözcükler, cümleler, söylemler bir araya gelir. Bu noktada, o zamanlar Husserl'e bütünüyle yabancı olan bir problematik belirir. Bu problematik, metinler kadar sınırsız olan söylemlerin birliğinde okuma ile yazma arasındaki ilişkiyle ilgilidir.

Derrida aynı problematiği ele alıyor ilk eserlerinde.
Evet, özellikle de *De la Grammatologie*'de.

Psikanalizle karşılaşmanızın entelektüel hayatınızdaki öneminden bahsettiniz. Size göre psikanaliz, modern felsefenin bilinç olan öznesinin azliydi ve siz bunu arzu olarak varoluşun restorasyonu olarak gördünüz. Eğer doğru anlıyorsam, psikanalizi arzuya dayanan bir özne ontolojisi yapmak için kullanabileceğimizi düşünüyorsunuz. Özne kavramının dilbilimsel eleştirisini de yaptığınızı unutmamak gerek. Ama bu iki önemli eleştiriyi hesaba katsak bile siz hâlâ bir özne felsefesinin mümkün olduğuna inanıyorsunuz değil mi?

Freud'dan yola çıkalım. Bilincin eleştirisi, özne sorusunu eskitip ortadan kaldırmaz; çünkü özne bilinçten başka bir şeydir. Bilinç olmadan önce, başka bir şeydir, arzudur tam olarak. Freud'un büyük metafizik geleneğini özümsemiş olduğu söylenemez ama ben Freud'un kendisinin belli bir geleneğe ait olduğuna ilişkin keskin bir farkındalığı olduğu kanısındaydım. Bu geleneği, örneğin Spinoza'nın *conatus* kavramında, her birimizin bir varolma çabası olduğu düşüncesinde, Leibniz'in *appetitus*, Nietzsche'nin "güç istemi" kavramlarında buluyordum. Bunlar, bilincin kendi bilincine sahip olmaya indirgenemeyeceğini gösteren olumlayıcı güçlerdir. Bu güçler bir yeniden ele almayı (*reprise*) gerektirirler ki, bu terimi, Hegel'in *Aufhebung* kavramını açıklamak için Heidegger'in kullandığı "ortadan kaldırma" (*supprimer*) ve "geri alma" (*retirer*) işlemlerinin birlikteliğine dayalı olarak yapılan bir özümseme olarak anlayabiliriz. Aslında ben, bilinç olarak özne felsefesini ortadan kaldırırken (*suppression*) daha uzun bir özne felsefesinin fiyongunu yapıyorum. Freud da "üstben" (*sur-moi*) kavramıyla yapmıştır bu fiyongu. Yalnıza "üstben" ile değil, "ben" ve "kendi" ile de... Freud'un, bilinç, bilinçöncesi, bilinç-dışı üçlemesinden sonra yaptığı ikinci üçleme (bu, ben, üst-ben) özneye ilişkin bir üçlemedir. Görüyorsunuz ki, özne ile bilinç özdeşleştirilemez. Özne "o ki" (*ce lui qui*)dir. Burada ben anlatının dolayımını buluyorum. Bu söyleşinin başındaki gibi, hayatımın anlatısını kurarken kendimi, "tüm bu hayat macerası başına gelen" olarak tanımaktayım. Yalnızca yapan, eyleyen bir özne değildir bu, maruz kalan, acı çeken öznedir. Bu noktada, ilk soruya verdiğim yanıt taslağına geri dönerek şunu eklememe izin verin: Ben, kendi yaşamımın anlatısıyım; çünkü bu anlatıda kendisini sunan özneye uyarlıyorum kendimi. Bugünlerde Michel Foucault'nun "Collège de France"da verdiği son dersler yayımlandı ve bu derslerin başlığı, inanılmaz bir biçimde, "Öznenin Hermenötiği" *(L'herméneutique du sujet)*dir. Foucault kullanıyor bu adı! Hermenötiğin ve fenomenolojinin şiddetli bir eleştirmeni olan Foucault... Onun büyük problemi cinsiyetli öznenin sorumluluğuydu; haz duyanın kendine ilişkin tasasında (*souci de soi dans le plaisir*) Foucault bir özneyi yeniden inşa etti.

Ben çok problematik bir biçimde iki özne arasında bir ayrım yapmayı önerdim.* Tekrarın özdeşliği (*idem*), aynı ile *ipse* anlamındaki özdeşlik arasında yapılan bir ayrımdır bu. He-

* Bkz. Paul Ricœur, *Soi-même comme un Autre*, Editions du Seuil.

idegger'den pek de uzak değildim. Şimdi görüyorum ki pek çok yazar –benim etkimle mi bilmiyorum ama– *ipséité* sözcüğünü kullanıyorlar. Böyle bir ayrıma gerek vardı, çünkü kendi kendisini zamanda anlatı yoluyla kuran özne, bir tekrarın öznesi değildir. Hâlâ sürmekte olan bir maceranın öznesidir, bitmeyen bir anlatı gibi. Öyleyse, kendi anlatısında kendini entrikanın içindeki kişi olarak tanıma, başına bir şey gelenin kendisi de entrikanın içinde bulunur demektir. Olaylar, yönelimler, rastlantılar da bir entrikanın içine dahilmişler gibi ele alınabilirler. Entrika içindeki kişi üstüne düşünmem, "kendi" problemine (*le problème de soi*) girmemi sağladı ve bu benim ahlaki problemlerle yeniden buluşmama yol açtı.

Anlatısal özdeşliğin doğasının aynının bir tekrarına (idem) *dayanmadığını söylediniz, ama hangi anlamda bir "özdeşlikten" söz edebiliriz* ipséité *söz konusu ise? Özgürlük sorununu da bu anlamda bir özdeşliğin olanaklı olabilmesine bağlamak gerekecektir sanıyorum.*

Ben bir model öne sürdüm; *idem* anlamındaki özdeşlikte bir modelimiz vardır. Bu model, genetik bir koddur, DNA'dır, doğumumuzdan ölümümüze kadar genetik formülümüzün sürekliliğidir. Karakter bunun psikolojik bir yansımasıdır; örneğin yapınız gereği çabuk sinirlenen biriyseniz doğumunuzdan ölümünüze kadar öylesinizdir. *Ipséité*nin modeli ise "söz verme"de bulunabilir. Bana güvenilebilir, çünkü söz verdiğini yapacak olanla sözü vermiş olan aynıdır. Sözümü tutacağım demek, yarın da bu sözü veren olacağım demektir. Zaman içinde arzularım değişebilir, hatta bu sözü verdiğime pişman bile olabilirim, ama sözümü tutacağım demek, size bugün söz veren kişi olacağım demektir. Bununla birlikte, bu iki zaman arasında bir tarihim, bir hikâyem (*histoire*) olur. Öyleyse (*ipséité* söz konusu olduğunda) özdeşlik bir hikâyeyi içeren bir özdeşliktir. Buna karşın, herkesin genetik kodunun özdeşliği bütünsel bir tekilliktir. İki tane birbirine benzer kod yoktur ve kod hiç değişmez, süreklidir. İnsanın kaderine bir bakışa yol açar bu durum. İnsanın kaderi bir istikrarlılık kaidesinde (*sur un scole de stabilité)* bir hikâyeyi eklemlendirmektir. Özgürlük sorunları da, karakterin sürekli temeliyle angaje olabilecek, söz verebilecek ve sözünü tutabilecek bir kişiliğin hareketliliği arasındaki bu aralıkta yer alır. Nietzsche "insan söz vermek için yetiştirilmiş bir hayvandır" der *Ahlâkın Soykütüğü*'nde.

Sizin hafıza fenomenolojiniz üstüne konuşmak istiyorum biraz da... Nereden başlıyor bu fenomenoloji? Hafıza, Tarih, Unutma* *da bir "olay bedeninden* (un corps événementiel) *söz ediyorsunuz, tarihle hafızanın ilişkisini tartışmaya geçmeden önce hafızanın yerlerinden* (les lieux de la mémoire) *söz ediyorsunuz. İkinci olarak şunu sormak istiyorum: Hatırlama ile hayal gücü arasındaki iç içe geçme ilişkisini nasıl ele almak gerek?*

İlk soruya cevap vereyim önce. Nasıl başlıyor? Başlama her zaman problemlidir. Eğer olumsuzdan ele alırsanız unutmaktan başlamak gerek. Antik Yunancada *lethe* unutmak demektir, işe unutmaya karşı savaştan başlanabilir. Bu giriş, bir kapı, bir anıt, bir zafer anıtıdır adeta, çünkü hafızaya olduğu kadar tarihe de dokunur. Ben tanıma (*reconnaissance*) problemiyle karşılaştım. Eğer bana hayal gücü ile hafıza arasındaki farkı sorarsanız şunu söyleyeceğim: Ben kendimi, şunu bunu yapmış ya da algılamış, acı çekmiş, öğrenmiş olan olarak tanırım. Bir eylemin, bir maruz kalmanın bir artakalışı (*survivance*) vardır — ki bu kendi üstüne geri döner. Buradan moderniteye açılmak da mümkündür ama ben Antik Yunan'dan, *Theaitetos* diyaloğundan başladım. Artakalan kanı (*la conviction survivante*) tanımadır. Kitabımın yazım sürecinde çekirdeğin, anahtarın bu olduğundan gitgide daha çok emin oluyordum, ama bu yavaş yavaş ve geç ortaya çıkıyordu, çünkü hafızayı karşısına çıkardığım tarihte tanıma hakkında böyle bir kesinlik yoktu. O tarih bu yüzden hep kendi nesnesinin kâtibiydi ve bu nesne hep elden kaçan bir nesneydi. Ne oldu bitti? Artakalışın, olmuş olanla şimdi olmayan arasındaki aralıkta bulunan temeli bana bütünüyle dışsaldır; bu temeli, belgeler ve izler oluşturur. Hafızayı bir iz olarak ele almaya dönebiliriz, ama bu iz kendisini bir iz olarak tanımaz. Belgelenmiş izlerin bulunması, ortaya çıkarılması, okuyucuların incelemesine sunulmak için arşivlerde korunmuş olması gerekir. Öyleyse bir arşive koyma fenomeni

* Paul Ricœur, *La mémoire, l'histoire, l'oublie*, Editions du Seuil, 2000.

vardır ki hafızanın düzleminde bununla paralellik gösteren bir şey kesinlikle yoktur. Hafıza doğrudan bir biçimde kendi arşivleridir; tanıdığım şey, hafızanın arşivlerinde artakalan hakkında bir kanı biçiminde bulunur ve burada bir kısa devre (*un circuit court*) vardır. Belgelerin toplanması, yorumlanması, neden sorularının yanıtlanması, açıklama denemeleri düzleminde, artakalış ve tanıma hep belirsiz bir süre için ertelenecektir. Öyleyse geçmişin anlamının yeniden ele alınmasının, sonu gelmez bir uzunluğu vardır ve bu konjektürleştirme (yeniden ele alma) ile tarih haline getirilir (*conjecturée en histoire*). Buna karşın, haklı olsun veya olmasın hafıza kendinden emindir. Hafıza haksız olabilir ama yalanlanamaz. Onu yalnızca karşısına belgeleri çıkartarak yalanlayabilirsiniz. "Şöyle olup bittiğini söylemiştiniz, ama bakın böyle yazmışsınız" diyebilirsiniz örneğin. Böylece hafıza tarihsel bir duruma koyulmuş olur: Ne var ki bana bir şeyin olduğunun kesin kanısını yalnızca hafıza verir; elimde ondan daha kesin bir araç yoktur. Ama benden kaçan bir geçmişi bana yakınlaştırmak için de belgesel tarihten daha iyi bir araca sahip değilim.

Peki, Tarih ile hafıza arasında nasıl bir ilişki var? Bu ilişkiye sizin felsefenizin getirdiği yenilik tam olarak nedir?

Eğer, bu kitaptaki girişiminizde yeni olan nedir, diye soracak olursanız şunu söylemeliyim ki ben yeniliği hedeflemedim. Bana ait olan şey, tarihle hafızayı birlikte ele almamdır; çünkü hafıza ile ilgilenenler tarihle ilgilenmiyorlar, tarihle ilgilenenler de hafızayla ilgilenmiyorlar. Ama yakın zamanlarda, tarihle ilgilenenler iki sebepten dolayı hafızayı hesaba katmak zorunda kaldılar; ilksebep, tarihe girmek istemeyen ya da belgesel tarzda girmeyi reddeden, tanıklık aşamasında kalmak isteyen hafızaların ortaya çıkması. Arşive koymaya karşı bir direniştir bu. İkinci sebep de yeni bir tarihin ortaya çıkması: Hafızanın tarihi... On beş gün önce Viyana'da büyük bir kolokyumdaydım. Kolokyum, yirminci yüzyılın hafızasının nasıl oluşturulacağı sorusuyla ilgiliydi.* *Gulag*'dan bahseden Çekler, Polonyalılar vardı, *Shoah*'dan bahseden Yahudiler, Batılılar vardı. Orada,

* Kolokyumun başlığı: *Comment faire le mémoire du XXe siècle?*

Standford Üniversitesi'nden Amerikalı mükemmel bir tarihçiyi dinledim. *Gulag* ve *Shoah* gibi iki olayı karşılaştırmayı bırakın diyordu, aslında yapılması gereken şey iki anıyı, iki hafızayı karşılaştırmaktır, çünkü bunlar aynı biçimde oluşturulmadılar. *Shoah*'ın hafızası hedefli bir hafıza (*une mémoire ciblée*), onda kendini tanıyan ve başkaları tarafından da tanınmayı isteyen kurbanlar var. Hem minnet (*gratitude*) anlamında, hem de anlatı kurmaya ve oluşturmaya devam etme anlamında bir tanınma istiyorlar. Ama Auschwitz'liler olduğu gibi *Gulag*'lılar yok. Sokakta birisine sorsanız Soljenitsin hangi kamptaydı diye, kimse bilmez; zira bununla kimse ilgilenmiyor. *Gulag*'ın hafızası tarihçilerin "stokastik hafıza"* adını verdiği, dağılmış bir hafızadır, çünkü öncelikle olayın kendisi rastlantısaldır. Yani şunun ya da bunun başına geliyor ama Yahudi, Çingene, eşcinsel, ya da komünist olduğu için değil. Rastlantıya, şansa dayalı (*aléatoire*) bir hafıza, *Shoah*'ın hafızasının tersine, büyük bir kamusal hak (*une revendication publique*) iddia etmeye muktedir değildir.

Hannah Arendt ve başkaları gibi totalitarizm kuramlarına dayanarak bu olayları karşılaştırmaya eğilimliyiz. "Acaba bunlar bir cinsin türleri mi?", "Pedagojik bir sınıflandırma yapabilir miyiz?", "Ortak bir yapıları var mı?" gibi sorular soruyoruz. Bunlara yanıt bulmaya çalışırken yaptığımız şey, olay üstüne bir düşünmedir. Şimdi ise şu soruyu soruyoruz: İnsanlar bunu nasıl anımsıyorlar? Bu noktada hafızanın tarihi yapılmaya başlanır. Hafıza tarihinin doğuşu ilginç bir fenomendir, çünkü bunu tasavvurların tarihinin bir bölümü gibi ele alabiliriz. Tasavvurlar nelerdir? Kolektif dünyada olma biçimleri...

Cogito 30.
Söyleşiyi yapan: Zeynep Direk

* Stokastik hafıza, rastlantıya dayalı olan hafızadır.

Cyril Mango: "Bizans, Tarih ve Kültür"

Geçmişe döndüğünüzde, eski İstanbul ile ilgili hangi anılar geliyor aklınıza?

Ben İstanbul'da büyüdüm. O zamanlara ait anılarım, o muhteşem ve çeşitli, birbirinden farklı anıtlarla, o muhteşem eserlerle dolu. Çocukluğumda hepsi de inanılmaz derecede gizemli görünmüştü gözüme. Ortaokul, lise yıllarımda şehri keşfe çıkardım. Kimi zaman arkadaşlarımla, kimi zaman kendi başıma, yürüyerek bütün şehri dolaşırdım. 1940'lı yıllar bunlar. Şehrin mimarisi çok etkileyiciydi. O havayı içime çekmekten büyük zevk duyardım.

Sizi en çok neler etkilemişti bu gezilerde? Bizans'a ait eserler mi?

Bizans'ın yanında Osmanlı'ya ait anıt ve eserlerden de çok etkilendiğimi hatırlıyorum. Özellikle de Osmanlı mezar taşlarından. Mezar taşlarının üzerindeki sarıklara hayretle bakardım. Her bir sarık bir vazifeyi temsil ederdi. İmamlar, hâkimler, devlet adamları, halktan kişiler... Mezarda yatanın bu dünyada ne iş yaptığını anlayabilmek beni çok heyecanlandırırdı.

Eski İstanbul'un sizin deyiminizle büyülü atmosferi sizi tarihi okumaya yönlendirmiş olabilir mi? Özellikle de Bizans tarihini…

Tarihe olan ilgimin çok gerilere gittiği doğru. Antikiteye karşı olan ilgimin üniversite yıllarımda, yani benim de her genç gibi güçlü tutkularla dolu olduğum dönemlerde biçimlendiğini söyleyebilirim. Unutmamalı ki Bizans hakkında oldukça az şey biliniyordu o dönemlerde. Belki de beni Bizans tarihine doğru yönelten, bilinmeyeni anlamaya yönelik bir ilgiydi.

Siz Türkçe biliyorsunuz, değil mi?

Evet Türkçe biliyorum, ama yeni Türkçe bana oldukça yabancı doğrusu. Akademik ve entelektüel düzeyde bir iletişim için Türkçe sözcük dağarcığım yetmiyor, ancak günlük kullanımlar için yeterli. Artık Türkçe okurken bazı kelimeleri hiç anlayamıyorum. Hepsi sahte kelimeler gibi geliyor bana. Ben İstanbul'da High School'a, yani İngiliz okuluna, daha doğrusu mektebine giderken, Türk dili yabancı kelimelerden arındırılmaya başlanmıştı. Ne demekse bu? Bir de baktık ki bir sürü kelime, herkesin kullandığı, artık dile mal olmuş bir sürü kelime, Türkçeyi daha da çok Türkçe kılmak uğruna kırpılıp kırpılıp atılıyor. Asıl Türkçe, güya yabancı kelimelerden arındırılmış olan Türkçe, maalesef çok az soyut kelimeye sahip. Eski Türkçede kullanılan bütün soyut kelimeler ya Arapçadan ya da Farsçadan alınmıştı. Sonunda, kelimeler atıla atıla, geriye kalan Türkçeyle entelektüel seviyede iletişim kurmak veya yazmak mümkün olmadığı için, Fransızcadan kelimeler ödünç alınmaya başlandı. Bu arındırma çalışmaları uzun zaman devam etti bildiğim kadarıyla. Geriye ne kaldı bilemiyorum doğrusu. Eskiden imtihan kelimesi vardı. İngilizce *examination*'ın karşılığı "imtihan"dı, şimdi hayatta hiç duymadığım bir kelime kullanılıyor.

Sınav.

Evet evet sınav. Bu kelimeyi hiç duymadım.

Eski İstanbul'da da Fransızca konuşulurmuş yanılmıyorsam?

Evet. Benim çocukluk dönemlerimdeki İstanbul'da, yani 1930'ların 40'ların İstanbul'unda kullanılan ortak kibar dil Fransızcaydı. Ermeniler, Yahudiler, Yunanlar birbirleriyle Fransızca konuşurlardı.

Sizin zamanınızın Türkiyesinde, tarih derslerinde ne okutulurdu?

1950'li yıllarda, ben High School'a giderken Türk tarihi de Türk dili gibi daha da Türkleştirilmişti. O zamanlar High School Nişantaşı'ndaydı ama ya kapandı ya da başka bir okul oldu yanılmıyorsam. Evet o zamanlar bize Türk'ün tarihi olarak Etiler ve Sümerler okutuluyordu. Türklerin köklerinin Etilerden ve Sümerlerden geldiği yolunda dersler veriliyordu. Elbette Bizans, Osmanlı, Arap kelimeleri asla telaffuz edilmeden. Hâlâ Etibank ve Sümerbank tabelalarını görünce aklıma Türk tarihi derslerimiz gelir.

Bugünün Türkiyesine baktığınızda, Bizans'a ait herhangi bir iz görebiliyor musunuz?

Sanırım çok az. Evet, önemli sayılabilecek benzerlikler vardı her iki kültür arasında, ama bugün geriye hemen hemen hiçbir şey kalmadığı söylenebilir.

İstanbul Osmanlılar tarafından ele geçirildiğinde Bizans nasıl bir durumdaydı?

Bizans İmparatorluğu dediğimiz şey aslında pek de fazla bir şey değildi o dönemde. Bugünkü Lüksemburg büyüklüğündeydi kabaca. Bu nedenle, Osmanlı'nın Bizans'a saldırısının biraz da haksız bir yanı olduğunu söyleyebiliriz. Aslında Osmanlıların Konstantinopolis'i almaları çok da zor olmadı, çünkü İmparatorluk oldukça zayıf bir durumdaydı zaten. Osmanlılar şehri çok önce de alabilirlerdi.

Eğer İstanbul Türkler tarafından alınmasaydı bugün ne olurdu sizce?

Büyük olasılıkla bir İtalyan kolonisi olurdu. O zamanların İstanbul'una baktığımızda, Galata'da Cenevizliler vardı. O dönemlerde Galata, İstanbul'un bugün olduğundan çok daha zengin ve önemli bir semtiydi. Bir diğer taraftan şehre Venedikliler göz dikmişti. Özellikle Karadeniz'de İtalyanların ziyaretlerini de düşünecek olursak, Bizans tarihi boyunca İtalyanların İstanbul'a olan ilgisi oldukça belirgindir.

Fatih Sultan Mehmet nasıl bir karakterdi? Hıristiyanlığa olan ilgisi konusunda ne düşünüyorsunuz?

Fatih Sultan Mehmet tarihteki en ilginç karakterlerden biridir. Hıristiyanlığa ilgisi olduğu da doğrudur. Venedikli ressamları saray bünyesinde barındırdığını ve Hıristiyan azizlerine ait rölikler topladığını biliyoruz. Bu önemli koleksiyon sarayda saklanırmış. Ancak Bayezid zamanında bu koleksiyonun bir şekilde oraya buraya dağıtılmış olduğu tahmin ediliyor.

Osmanlı İmparatorluğu, bünyesinde pek çok ulusu barındırdığı için bu etkileşimi saptamak biraz zor olsa gerek.

Kesinlikle. O zamanki Osmanlı'yı türlü yemeğine benzetebiliriz. Yalnızca Bizans'tan etkilenmemiş Osmanlı, pek çok farklı kültürden etkilenmiş. Bunların arasında İran da var. Ben bir Osmanlı tarihçisi değilim, ama şunu söyleyebilirim ki Osmanlı'nın erken tarihi hakkında çok az şey biliniyor. Eldeki tarihsel bilgiler 1452'den sonra başlıyor ki o tarihe kadar Osmanlı zaten çoktan büyük ve güçlü bir imparatorluk haline gelmişti. ondördüncü yüzyılın başları da oldukça belirsiz... Osmanlılar savaşlar boyunca pek çok farklı ulusu bünyelerine almışlar. Özellikle Balkan uluslarını ve de Sırpları. Sanırım Sırpça onbeşinci yüzyılda sarayda en çok kullanılan dillerden biriydi.

Osmanlı topraklarında hangi diller konuşuluyordu?

Bildiğim kadarıyla, Osmanlıca çok az insanın anladığı yapay bir dildi. Halk yine kendi dilini konuşuyordu o dönemlerde. Sırpça, Bulgarca, Yunanca, Türkçe ve pek çok değişik dil daha sayılabilir bunların arasında. Bütün halkların kullandığı ortak elit dil Osmanlıcaydı. Osmanlıca bilen insanlar bu dilin çok güzel bir dil olduğunu söylüyorlar. Bugünkü Türkçenin durumundan da hiç memnun değiller.

Osmanlı'yla Bizans politik yapısı arasında ne gibi benzerlikler vardı?

Osmanlı'nın Bizans'tan etkilendiği kuşkusuzdur. Osmanlı ile Bizans arasında önemli bağlantılar var. Farklı dini yapılar üzerine oturtulmuş olsalar bile, ikisi de teokratik sistemlerdi ve her iki imparatorluk da oldukça karmaşık bir hiyerarşik idari yapıya sahipti. Yine her iki yapıda da sultana ve imparatora hizmet söz konusuydu ve yönetim babadan oğula geçiyordu.

Sizce kültürleri birbirlerinden ayıran en önemli etkenlerden biri din öyleyse?

Dinlerin ulusların varlıklarında çok önemli bir etkisi olduğu kesin. Roma Katolikliği Batı Avrupa'yı biçimlendirirken, Ortodoks Hıristiyanlık da Doğu Avrupa'yı biçimlendirdi. İlginçtir ki bazı ulusların Batı Katolikliğine değil de Doğu Ortodoksisine doğru yönlenmesi bir tesadüf sonucudur aslında. Öbür türlü olsaydı, elbette Avrupa'nın tarihi bambaşka bir biçimde yazılmış olacaktı.

Tarih tesadüflerden ibaret olsa gerek.

Kesinlikle katılıyorum.

Bizans'a, Batılı bir tarihçi olarak uzaktan mı, yoksa eski bir İstanbullu olarak tam içinden mi yaklaştınız?

Sanırım her ikisi de. İlk başlarda, Bizans'a daha çok bir İstanbullunun gözünden yaklaşmış olabileceğimi düşünüyorum. Yalnızca İstanbul'un yani eski İstanbul'un içinde yaşamış biri olarak olaylara bakmak tehlikeli tabii, çünkü mekânlar değişir değişmez olayların görüntüleri de değişiyor. O zamanlar, oralarda, yani Bizans İmparatorluğu'nun topraklarında çok seyahat ettim; bunu aslında pek fazla insan yapmamıştı benim zamanımda. Mesela Suriye'ye gittiğimde, Bizans oradan farklı göründü bana. Aynı şey Türkiye içinde de geçerli. Türkiye Diyarbakır'dan, İstanbul'dan göründüğünden çok daha farklı görünüyor. Bu nedenle objektif olabilmek için olaylara uzaktan bakabilmek önemli.

Bizans üzerine yapılan çalışmalar ne zaman bir akademik disiplin haline geldi?

Ondokuzuncu yüzyılın sonlarına doğru.

Başlangıçta, Bizans tarihi çalışmalarıyla ilgili sıkıntılar nelerdi?

Çalışmalar ilk başladığında asıl sorun eski Yunanca yazılmış olan metinlerin nasıl ve ne şekilde tercüme edileceğiydi. Eldeki malzemenin ne şekilde kullanılacağı konusunda önemli sıkıntılar vardı.

1930'lara, 40'lara geri gittiğimizde, hem dünyada, hem de özellikle İngiltere'de, Bizans tarihiyle ilgili akademik ortam nasıldı?

Ben Bizans üzerine çalışmaya başladığımda Bizans tarihi hiç de moda bir konu değildi doğrusu. Elli yıl öncesinden bahsediyorum. O tarihlerde Bizans üzerine çok az yerde araştırma yapılıyordu. 2. Dünya Savaşı sonrası dönemlerdi bunlar. Bizans araştırmalarının asıl merkezi Paris'ti. Almanya'ya hâlâ düşman gözüyle bakılıyordu. Münih ve Viyana önemli merkezler arasındaydı. Sonraları geriye pek bir şey kalmasa da Rus İhtilali'nden önceki dönemlerde St. Petersburg önemli bir araştırma merkeziydi. Tam o tarihlerde Amerika'da bazı araştırmalar yapılmaya başlanmıştı. İngiltere'de ise çok ama çok az şey yapılıyordu Bizans konusunda.

Yapılan araştırmalarda ve çalışmalarda nasıl bir yaklaşım sergileniyordu?

Oldukça pozitivist bir yaklaşımdı bu. O dönemlerde çok az arkeolojik çalışma olduğunu unutmamak gerek. Arkeolojik kazılar 1940'ların sonralarına doğru hızlandı. Öte yandan oldukça belirgin bir ulusçu yaklaşım vardı ve hâlâ da var bu ulusçu yaklaşım.

Bizans konusunda ün yapmış büyük isimler var mıydı?

Evet bazı büyük isimler vardı elbette. Bu isimlerin başında, 1940'ların, 50'lerin Rusyası'nda, Belgrad'da hocalık yapan, büyük Bizantolog Ostrogorsky gelir. Yine o tarihlerde, ekonomi ve toplum-kültür konularına ilgi artmaya başlamıştı. Ama Bizans'a olan ilginin o dönemde de az olduğunu söyleyebiliriz. Rus İhtilali'nden önce Bizans konusuna ilk el atanlar elbette Ruslardı. Gregoryen yapıyı ilk kez araştıranlar da Ruslar olmuşlardır. 1950'lerden başlayarak, yavaş yavaş, Batı önemli isimler çıkartmaya başladı ortaya.

O dönemlerdeki akademik ortamı nasıl değerlendiriyorsunuz?

Yapılan bütün çalışmalar, Almanların adını koyduğu Filoloji tarafından yönlendiriliyordu. Başlangıçta tarih amaçlı başlamış olan Bizans çalışmaları filoloji olarak isimlendirilmiştir.

Her şey eldeki metinlere göre okutuluyordu. Ve bu metinlerin çoğu da Yunancaydı. Genel olarak Bizans tarihine diyelim, tarih üzerinden değil de, edebiyat ve dil üzerinden yaklaşılıyordu. Almanya dışında, örneğin Paris'te çok daha tarih ağırlıklıydı konuya yaklaşım. 1890'lı yıllarda, Bizans çalışmaları için kurulan ilk bölümün adı hâlâ "Bizans Filolojisi"dir. Benim de daha sonra başına geçtiğim bölümün adı "Bizans Dili ve Edebiyatı"ydı örneğin. Ama pek çok ülkede Bizans tarihi Klasik Latin ve Yunan bölümlerinin bir parçası olarak okutuluyordu.

İlk başlarda, Bizans konusunda yapılan çalışmalar kolaylıkla yayımlanabiliyor muydu? Bizans konusunda çıkan süreli yayınlar var mıydı örneğin?

Evet. Bizans konusunda yapılan çalışmaların yayımlanması hiçbir zaman sorun olmadı. Bizans araştırmacılarının kendilerini ifade edebilecekleri bir yayın organları oldu hep.

Hangi tarihlerden itibaren?

1890'dan bu yana diyebiliriz, yalnızca Bizans'ı ele alan süreli yayınlar vardı. Örneğin ilk süreli yayınlardan biri Münih'te yayımlanmaya başlamıştır. İki yıl sonra bunu Rusya'da yayımlanan bir başkası izledi. Günümüzde ise Bizans üzerine yapılan araştırmaların yayımlandığı elliye yakın yayın organı var.

Bizans tarihçilerinin karşılaştığı zorluklar nelerdi?

Sanırım bu konunun zorluklarından biri dil konusu olmuştur hep. Hâlâ da öyle. Bir Bizans tarihçisi olarak mutlaka Eski Yunanca, Latince, Rusça, Fransızca ve Almanca bilmeniz gerekir.

Yukarıda bahsettiğiniz dillerdeki belgelerin çoğu İngilizceye çevrilmiş olsalar bile mi?

Tabii, ama hâlâ el atılmamış çok sayıda Yunanca ve Latince malzeme de var. Bunların pek çoğu da önemli belgeler. Bu metinlerin okunabilmesi için en azından Latince bilmek zorunlu. Eski Roma'ya baktığımızda Yunancanın Doğu'nun uluslararası dili, Latincenin ise Batı'nın uluslararası dili olduğunu görüyoruz. Her iki dil de iletişim için kullanılan anadillerdi. Özellikle yazı dili bu iki dildi. Altıncı yüzyıla geri gittiğimizde, ki bu dönemler Roma İmparatorluğu parçalanmadan önceki son dönemlerdir, imparatorluk topraklarının yarısı Yunanca, yarısı Latince konuşuyordu. Günümüzde ise İtalya, İspanya, Fransa, Portekiz gibi Batı Avrupa ülkelerinde Latin dilleri konuşuluyor olmasına rağmen, bunların pek azı Yunanca konuşuyor.

Bizans tarihinin de, ondokuzuncu yüzyıl tarihinin yasal, politik ve diplomatik yönlendirmelerinin etkisi altında kaldığını düşünüyor musunuz?

Sanırım hayır.

Bizans tarihi, diğer tarih alanları içerisinde nasıl konumlandırıldı sizce? Örneğin marjinalize edildiğini düşünüyor musunuz?

Evet, Bizans tarihinin her zaman marjinalize edildiği doğrudur. Her zaman marjinal bir konu olarak değerlendirildi Bizans.

Bu marjinalizasyonun, oryantal konuların marjinalize edilmesine paralel olduğu söylenebilir mi?

Bir noktaya kadar Bizans'ın, oryantal konuların bir parçası olarak kenarda tutulduğunu söyleyebilirim. Unutmamalı ki Orient'e olan ilgi, özellikle de Arap dünyasına karşı olan ilgi 1920'lerde güçlenmeye başladı. Oysa Bizans tarihi 1890'lardan beri bir ilgi alanı olarak varlığını sürdürüyordu.

Edward Said'in, Doğu'nun Batı'nın yazdıklarından öğrenildiği, Batı'nın kendi Doğu anlayışını dikte ettirdiği ve Doğuluların bile artık kendilerini Batılının gözünden gördükleri yolundaki görüşlerine katılıyor musunuz?

Edward Said'in *Orientalism* adlı kitabını okudum ve doğrusu pek hoşlanmadım. Said'in iddiasına göre Batı'nın Doğu'ya, yani Orient'e gösterdiği romantik ilgi, aslında sömürgeci bir ilgi. Said'in baktığı yerden bakarsak, Batı, bu zavallı ve fakir insanları etkisi altına alarak, onlara sahip olduğunu iddia ediyor. Said'in bakışının yanlışlıklarla dolu olduğunu düşünüyorum.

Sizce bu fazlasıyla güçlü bir iddia öyle mi?

Gereğinden fazla. Ben oryantalistlerin Doğu'ya, sömürgeci bir amaçla veya güçlü bir emperyal tutkuyla yaklaştıklarını düşünmüyorum. Bunların çoğu, kişisel duygularla yola çıkan, Batı'dan farklı olana karşı olan meraklarını gidermek, kendilerinden farklı olan kültürleri anlamak için yola çıkan romantiklerdi kanımca. Unutmayalım ki, Doğu o zaman, gizemli ve gizemli olduğu kadar da romantik bir yerdi. Ayrıca şu soruyu sormakta çok fayda görüyorum: Eğer Avrupalılar Doğu'yu yazmasalardı, biz şu anda ne biliyor olacaktık Doğu hakkına? Arap dünyasını ele alalım; şimdiye kadar Arap dünyası hakkında yapılmış olan çalışmaların hemen hepsi Batı'nın yaptığı çalışmalardı. Doğu üzerine verilen bursların hemen hepsi Batı'ya ait burslardı.

Edward Said'in Filistin ile olan kişisel bağı sebebiyle yazdıklarını fazla kişisel bulmuş olabilir misiniz?

Filistin sorununa olan yaklaşımında bir çeşit duygusallık olduğu kesin. Filistin sorunu yakın gelecekte çözülemeyecek kadar karmaşık duruyor. Bu akıllı adamın söylediklerinde haklılık payı var elbette. Beni asıl düşündüren bu emperyalizm sonrası çağda insanların böylesi iddiaları sorgulamaksızın kabul etmeye bu kadar meraklı olmaları. Belki de emperyal bir geçmişe sahip olmayı bir mazeret olarak görme çabasıdır bu.

Ondokuzuncu ve yirminci yüzyılda, ekonomi tarihi ve sosyal tarih gibi iki önemli tarihsel yöntemin, Bizans çalışmalarının üzerinde nasıl bir etkisi oldu?

Batı Avrupa'nın elinde Bizans'a ait nüfus, el sanatları, özellikle de emlak ve arazi alım-satımı veya devri ile ilgili çok fazla belge vardı. Bu belgelerin yukarıda sözü edilen tarihsel yöntemler ışığında incelenmesinin, Bizans'ı anlamak yolunda tarihçilere farklı bir bakış açısı getirdiğini söyleyebilirim.

1960'lardan başlayarak sosyal bilimler marksizmin etkisinde kaldı. Bu, Bizans tarihi çalışmalarını nasıl etkiledi?

Oldukça kötü bir biçimde etkiledi elbette. Özellikle Doğu'da, marksizmin olumsuz etkisinden bahsetmeden geçemeyeceğim. 1950'lerden beri, Rusça bildiğim için Rus kültüründeki değişimleri biraz da olsa takip edebiliyorum. O dönemde Bizans tarihine, özellikle de ekonomik ve sosyal tarihe yönelik yapılan çalışmalarda marksist araştırmacı ve akademisyenler tarafından, sınıf mücadelesi gibi, bir sürü yapay problem ortaya atıldı. Bu yapay problemlerin hiçbirini Bizans'a uygulamak ve bunlara cevap bulmak mümkün değildi. İşte bu konularla ve işe yaramaz şeyler üretmekle inanılmaz bir zaman boşa harcandı kanımca. Bu elbette Batı'daki marksizmi de olumsuz bir yönde etkiledi. Bir tarihçi olarak ben de tarihin sosyo-ekonomik olarak incelenmesi taraftarıyım, ama bu incelemeleri, tepemin üzerinde yapay olarak yaratılmış bir modele uydurmaya çalışarak değil.

Peki bu dönemde işe yarar hiçbir şey üretilmedi mi sizce?

İşin doğrusu bu dönemde, daha önce hiç incelenmemiş yazılı malzemeler ortaya çıkartılmadı da değil. Üretilenler, tarihin marksist yorumları bile olsalar elbette bazı akademik bilgiler de içeriyorlardı. Bu kaçınılmaz bir şey aslında. Düşünecek olursak, marksist yorumlar ışığında metin üretmek bu adamların tek göreviydi. Onlar da işlerini en iyi şekilde yaptılar belki ama ortaya çıkanlar, tarihi bir araya getirecek özelliklere sahip değildi.

Marksist metinlerin sorunu neydi öyleyse?

Çok ama çok sıkıcı olmalarıydı. Ne yazık ki bütün bu metinlere, inanılmaz derecede sıkıcı bir dilde yazılmış oldukları için, okunası şeyler gözüyle bakmak zor. Zor okunan metinler bunlar. Marksist tarzın sıkıntısı işte bu. Tahta gibi, ne yenilir ne yutulur bir tarz bu ne yazık ki.

Bizans toplumu nasıl bir yapıya sahipti?

Bizans'a uzaktan baktığımızda, oldukça tutucu bir toplum görüntüsü çıkıyor karşımıza. Bizans, Roma İmparatorluğu'nun kültür modelini devralmıştır. Roma'nınki de Helenistik döneme kadar geri gider elbette. Bu tutucu yapı zaman içinde değişiyor elbette. Bizans'ın toplum yapısındaki değişimi görebilmek için çok yakından ve dikkatli bakmak gerek.

Alttan alta olan değişimleri eldeki metinlerden takip etmek mümkün mü?

Yüzeyin altında belki de bu değişim. Altıncı yüzyıldaki Bizans ile üçüncü yüzyıldaki Bizans arasında büyük farklılıklar var. Eldeki metinlere baktığınızda bunun tam olarak nasıl olduğunu anlamaksa güç. Sanırım metinlerin, olayları sunuşlarındaki bir tarzdan kaynaklanıyor bu bulanıklık. Bizans'a ait metinlerin hemen hepsinde bir zamansızlık var sanki. Olayların anlatıldıkları dil ve üslup oldukça arkaik. Bu nedenle bu metinleri okurken gerçek, bir şekilde bulanıklaşıyor sanki.

Bizans'a ait eldeki bilgiler çoğunlıkla toplumun hangi tabakasına aitti ve bu bilgiler ilk kez ne zaman kullanılmaya başlandı?

Oldukça yeni olduğunu söyleyebilirim. Tarihlendirmek biraz güç. Eldeki metinlerin aslında pek çoğu alt katmanlarına ait metinler değil. Tam tersi, üst tabakaya ait metinler. Daha alt tabakaya ait olanlar ise, çoğunlukla azizlerin hayatlarıyla ilgili metinler. Örneğin Evelyne Patlagean'nın yaptığı çalışmalar bu malzemeleri temel alır. Bu hoş ve zarif hanımefendi Bizans'ta fakirlik üzerine kalın bir kitap yazdı. Kitap genelde azizlerin hayatları hakkında yazılmış olan literatüre dayanıyor. Bizans tarihçisi için bu literatüre bağımlı olmak kaçınılmaz bir şey.

Bizans tarihi bize yeni bir bakış açısı sağlıyor mu? Bizans tarihinden ne öğreniyoruz sizce?

Bizans, bildiğimiz Batı uygarlık modelinden farklı bir uygarlık modeli koyuyor önümüze. Öyle bir yapıya bakıyoruz ki bize tümüyle yabancı olmasa da, farklı. İşte bu nokta çok önemli. Ayrıca Ortodoks dünyasını anlamak açısından Bizans mükemmel bir kaynak. Bulgaristan, Sırbistan, Ukrayna, Rusya.... Ortodoks dünyasına ait olan bütün bu ülkeler gittikçe önem kazanıyorlar kanımca ve bu ülkeleri anlamak için Bizans'ı anlamak gerekiyor.

Bir uygarlığı oluşturan en önemli unsur nedir? Örneğin Batı uygarlığı derken ilk akla gelen unsur usçuluk olabilir mi?

Pek çok unsurdan bahsedilebilir. Bunlardan biri de tabii ki

uşçuluk. Ama uşçuluk yalnızca Rönesansa kadar geri gidiyor. Bence ondan da önemlisi bireycilik. Bireycilik Bizans'ta olmayan bir unsur. Birey kavramının önemli olmadığı bir kültür Bizans.

Peki Batı'da olmayıp da Bizans'ta olan unsur sizce nedir?

Bu sorunun yanıtı için, sanırım Batı Hıristiyanlığında var olan, ancak Doğu Hıristiyanlığında var olmayan bir unsuru aramakla başlamak gerek işe. Batı'nın akıl yoluyla yorumladığı, Doğu'nun ise geleneksel olarak yorumladığı bir unsur olmalı bu. Batı Katolik geleneği, uşçuluğu, belli bir süreklilik içinde, düşünerek barındırdı bünyesinde. Bu tutum, bu sorgulama, Ortaçağ kadar gerilere gidiyor. Diğer yanda ise, Doğu'da asıl sorunlar belki de çok daha önce belirlenmiş olmalarına rağmen, o günden bu yana çok az şey değişti. Sanki Doğu, ideolojileri yeniden ele alıp incelemektense onları donmuş buz kalıpları içinde saklamayı, oldukları gibi kabul etmeyi tercih etti. Aslında altıncı yüzyılda, Bizans'ta her şey yerli yerine konmuştu. O tarihten sonra da hiçbir şey değiştirilmedi. Batı'daki süreklilik Doğu'da yok. Batı'nın sorgulayıcı tavrının karşısında Doğu, üzerinde durulması gereken, çözülmesi gereken sorunları yokmuş gibi bir tavır sergiledi tarih boyunca. Belki de aradaki en önemli fark budur.

Bizans tarihi içinde Bizans sanatının yeri nedir sizce?

Bizans sanatı ondokuzuncu yüzyılın sonlarına doğru popüler olmaya başladı. Bu açıdan, Bizans sanatını, genel sanat tarihinin bir parçası olarak da ele alabilirsiniz. Bu nedenle çoğu yerde de sanat, tarihin bir bölümü olarak okutulur.

Bizans sanatına karşı olan ilgi, Bizans tarihi üzerine yapılan çalışmalara ne kadar öncülük etti? Ne kadar yol gösterici oldu?

Öncülük ettiği söylenemez. Asıl öncülüğü Rönesans yapmıştır. Antik sanat üzerine yapılan araştırmalar ise yol gösterici oldu. Bizans sanatı incelemeleri çok sonraları ve oldukça da garip sebeplerle ortaya çıkmıştır.

Ne gibi sebeplerdi bunlar?

Belli başlı sebepler arasında, estetiğin bağımsız bir konu olarak incelenmeye başlanması sayılabilir. Ondokuzuncu yüzyıl sonlarına doğru estetik konusunda yazılıp çiziliyordu artık. Estetik açıdan Bizans sanatı incelenmeye başlandığında ise, bu sanatın ne tümüyle natüralistik, ne de tümüyle Avrupa sanatı geleneğinden bağımsız olduğunun farkına varıldı. Ama hâlâ soyut kalabilmişti. Avrupa sanatı artık natüralizmden sıkılmaya başlama noktasına geldiğinde ise, sanatçılar bir de baktılar ki önlerinde duran sanat tam da onların istedikleri özelliklere sahip. 1919'lardan itibaren Avrupa sanatçısının ilgisini çekmeye başladı Bizans sanatı. Avrupalı sanatçının yeni isteklerine bir şekilde cevap verdi denebilir. Sanatçının istekleri ve aradıkları, zamanla çok değişiyor elbette. Örneğin artık günümüzde kimse Bizans sanatının yüzüne bakmıyor. Günümüz sanatçısı *formaldehitle* dolu plastik kapların içine ölü hayvanları tıkıştırmakla meşgul daha ziyade. Tabii sanat adına....

Bir tarihçi olarak sanatı, dini, bilimi, felsefeyi birbirlerinden ayırıyor musunuz, yoksa hepsini tarih başlığı altında bir bütün olarak mı görüyorsunuz?

Zor bir soru bu. Ama sanırım evet, hepsini birbirinden ayırmak zorundayız. Bunların hepsi aslında insanoğlunun gelişim aşamalarının ayrı ayrı ifadeleri. Aynı şeyler değiller tabii, ama ancak hep birlikte tarihsel bir dönemi ifade edebiliyorlar.

Hepsi de o en yüksekte duran tarih biliminin altında mı toplanıyorlar?

Belki evet, yani en tepede duran tarih bilimi diye bir şey varsa gerçekten.

Bir tarihçinin tutunduğu tarihsel kanıt nedir veya ne olmalıdır?

Çok geniş kapsamlı bir konu bu. Bilemiyorum ama sanırım kısaca şöyle denebilir: Yazılmış olan, daha doğrusu yazılı olan her şey tarihsel kanıt olabilir. Yazılı metinlerin yanında, o döneme ait her türlü sanat eseri, mimari, anıt da tarihsel kanıtlardır. Bu eserler bize gerçekten neler olup bittiğini söyleyemeseler bile, neler olup bitmiş olabileceğine ve bu olup bitenlerin hangi seviyede olup bitmiş olabileceğine dair genel bir fikir verebilirler. O dönemde en azından nelerin mümkün olabildiğini işte bu eserlere bakarak tahmin edebiliriz. Örneğin, bina inşa edilirken kullanılmış olan mimari teknik, bizi belli bir sonuca yönlendirir. Bunlar, bir tarihçi için eldeki yazılı belgelerin bir uzantısıdır. Eğer bir uygarlık yazılı herhangi bir metin üretememişse, o uygarlığın tarihi yok demektir.

Eldeki malzemenin bir de yorumu söz konusu. Örneğin tarihsel malzemeyi kimin, nasıl ve hangi ilgilerle veya çıkarlarla, ya da hangi önem sırasına göre yorumladığının, olaylara nereden baktığının önemi konusunda ne düşünüyorsunuz?

Bunun hiçbir kuralı yok korkarım. Belki de tek kural o dönemin tarihsel çalışmalarındaki *moda*. Eldeki tarihsel malzeme, o dönemin modasına uygun olarak değerlendiriliyor öncelikle. Moda olana göre yönleniyor tarihsel bilgi. Evet, elbette tarih boyunca olup bitmiş pek çok şeyden eminiz, ama tam olarak ne oldu ve nasıl oldu, bundan emin olamıyoruz. Kesin sayılabilecek birtakım kaynakları var elbette tarihçinin. Örneğin hukuksal tutanaklar. Bu kesin sayılabilecek kaynaklar doğrultusunda çatıyı kuruyor tarihçi. Ondan sonrası ise yoruma kalıyor.

Tarihçi elindeki belgelere arkeolojik nesneler gibi yaklaşıp, bir arkeolog gibi çalışabilir mi?

Teoride evet ama, yukarıda da bahsettiğim gibi, işin doğrusu, akademik ilgiler değişiyor. Günümüz tarihçisinin aradıklarıyla, bundan elli yıl önceki bir tarihçinin aradıkları arasında, hatta yüzyıl önce bir tarihçinin aradıkları arasında büyük farklar var. Olaya bu bakış açısından yaklaştığımızda, tarihçinin bir arkeolog gibi kazıp çıkartabileceği yine moda olacaktır diye düşünüyorum. Tarihçinin yapması gereken, hep aynı yere, aynı kanıta geri dönüp, kazıya oradan başlamaktır kanımca. Bakalım o ne bulacak.

Tarihsel bilgi çok kişiselleşmiş olmuyor mu böylece?

Doğru, ama bu kaçınılmaz. Doğru ya da yanlış; veya çarpık ya da eksik. Tarihçi ancak kendisine ait olan düşünme biçimiyle düşünebilir. Bir tek şu söylenebilir: Tarihsel bilgiyi bulup çıkartmanın tek bir yolu yoktur, ama tarihin objektif bir özü vardır ki, bu öze ancak eldeki yazılı belgeler ile ulaşılabilir.

Öyleyse evrensel olan tarihsel gerçeklerden bahsetmek biraz güç olsa gerek?

Evet ama zaten evrensel gerçek diye bir şey de yok.

Tarihsel olgular kendi başlarına var olabilen varlıklar değil bu durumda...

Tarihsel olguların bağımsız varlıkları olmasa da geçmiş içinde bir gerçeklikleri var tabii. Geçmişte var olan, ama artık orada olmayan bir gerçeklikten söz ediyoruz.

Zamanla tarihe olan yaklaşım değişiyor ve tarih zaman içinde yeniden yazılıyor, yeniden biçimleniyor çünkü sizin deyiminizle moda değişiyor. Öyleyse tarih aslında çok dinamik bir yapıya sahip?

Kesinlikle. Her türlü bilgi yeniden elden geçiriliyor ve yeniden yorumlanıyor. Kimi zaman iyiye, kimi zaman kötüye doğru yönelse de hep aynı kalmadığı kesin.

Byzantium: The Empire of the New Rome *(Bizans: Yeni Roma İmparatorluğu adlı kitabınızda genellikle yaşam, dil, insanlar, eğitim gibi konular üzerinde durmuşsunuz. Kitaplarınızı yazarken niye bazı konulara çok daha fazla öncelik verdiniz?*

İlk olarak şunu söylemek isterim; ben yalnızca kişisel olarak ilgilendiğim konular üzerine yazdım bugüne kadar. Yaşamımız boyunca bazı şeyler bizi etkiler ve çoğunlukla da bizi nelerin nasıl etkilemiş olduğunu tam olarak bilemeyiz. Bu benim için de geçerli sanırım. Kitaplarımı pek çok şeyin etkisi altında yazdım. Bunu şimdi daha net olarak görebiliyorum. Kafamı kurcalayan konular, özellikle de kavramlar üzerine yazmayı tercih ettim her zaman. Bunların pek çoğu da üzerinde pek yazılmamış konulardı. Bu konular arasında Bizans sanatı, dili, eğitim sistemi, yönetim sistemleri, toplum yapısı ve ekonomisi başta gelir.

Hâlâ bir şeyler yapmaya, üretmeye yönelik tutkularınız var mı?

Benim yaşımda birinin bunca zamandan sonra çok da fazla tutkusu kalmıyor. Şu anda Konstantinopolis üstüne bir kitap yazıyorum ve yazdığım son kitap olacak bu. Umarım işe yarar. Arkeoloji, literatür ve anıtlar üstüne yazılmış bir kitap. Son kitabımın da tarih konusunda çığır açan bir kitap sayılamayacağından emin olabilirsiniz.

Bizans tarihine hem bir tarihçi olarak hem de eski bir İstanbullu olarak farklı bir bakış açısı, farklı bir ton getirebildiğinizi düşünüyor musunuz?

Böyle bir şey söylemek benim için çok büyük bir iddia olurdu.

Geriye dönüp baktığınızda, yazdıklarınız hakkında neler düşünüyorsunuz?

Geriye dönüp baktığımda küçük konular için büyük zamanlar harcamış olduğumun farkına varıyorum. Genel ve çok da popüler olmayan kitaplar yazdım şimdiye kadar. Birileri yapmak zorundaydı kanımca. Yabancı dillerden İngilizceye pek çok tercüme yaptım, pek çok bilinmeyen Latince ve Yunanca metni tercüme ettim. Yine birilerinin bunu yapması gerekiyordu diye düşünüyorum. Aksi takdirde öğrencilerin bu metinleri okumaları mümkün olmazdı. Ve çok sayıda makale yazdım. İşte sanırım burada fazla zaman harcadığımı düşünüyorum. Yeniden başlasaydım belki de bambaşka şeyler üzerinde yoğunlaşırdım. Bilemiyorum.

Cogito 17.
Söyleşiyi yapan: Özlem Solok

Horkheimer - Adorno - Gadamer: "Nietzsche ve Biz"

Nietzsche, bizzat karşı koyma olanağının olmayacağı bir zamanda, Almanya'da kendisi için anıtlar dikileceğini öngörmüştü. Fakat radyoyu öngöremezdi. Bizim, Bay Gadamer ve Bay Adorno, şimdi burada, onun ölümünün ellinci yılı vesilesiyle büyük bir ciddiyetle kendi aramızda söyleşmek için bir araya geldiğimizi öngörmüş olsaydı ne derdi acaba? Burada niçin toplandık?(H.)

Bu soruya, günümüzde kamuoyunun Nietzsche'yi bir kaşık suda boğduğu karikatürlerden en azından birkaçını ortadan kaldırmaya yönelik mütevazı bir girişim dışında hiçbir şeyin bizi burada ilgilendirmediğini belirterek cevap vereceğim. Bir yanda Nietzsche'ye Nasyonal-Sosyalistler el koydu ve onu "kaba sarışın"ın, Alman emperyalizminin avukatı haline kelimenin tam anlamıyla "getirdiler"; onun eserinden çıkarsanabilecek tek şeyin güç olduğu, güç istencinin insan davranışının normu olarak değer taşıyabileceği sanıldı ve böylece bu tür bir keyfiyetin ve şiddetin aklanabilmesi için Nietzsche'nin kullanılabileceği sanıldı. Bunun karşısında, Nietzsche'yi sıradanlaştırma teşebbüsü de görülür, onu, hocası Schopenhauer gibi tüm yaşamı boyunca tutkuyla mücadele ettiği şu resmi düşünürlerden biri yapma teşebbüsüdür bu. Nietzsche yoksullaştırıldı ve tam anlamıyla büyük filozofların arasına dahil edildi, oysa onun tüm eseri, yaşam diye adlandırdığı şey adına felsefenin resmi geleneğini reddeder. Nietzsche örneğinde, düşünürün gerçek imgesini yeniden oluşturup oluşturamayacağımızı burada kısaca kendimize sormayı deneyelim, diyorum, yani düşünürün bu iki karikatüre de karşı çıkan bir imgesini ortaya çıkaralım ki, hem Nasyonal-Sosyalizmin onu maruz bıraktığı bu korkunç deformasyondan, hem de düşünürlerin canlı canlı gömüldükleri şu Panthéon'un bir üyesi haline dönüştürülüp yansızlaştırılmaktan kurtulsun. (A.)

Söyledikleriniz, burada bizim için mümkün olan tek görevin çok doğru bir eskizi bence, Bay Adorno; ve gerçekten de bizi ilk başta, "Nietzsche'nin bu denli muğlak ve bu denli canavarca karikatürleştirilmesini mümkün kılan neydi?" sorusunun ilgilendirmesi gerektiğine dikkat çekmek istiyorum. Başlangıç olarak, konuya daha derinlemesine girmeden önce, bu durumu gayet iyi aydınlatan, Nietzsche'ci üslubun oluşturucu öğelerinden birini ele alabileceğimiz kanısındayım. Ben buna "parodi" öğesi diyorum. Nietzsche, Zerdüşt figürünün, burada, tüm değerler karşısında parodik bir tarzda davrandığını bizzat söylemektedir. Parodi anı, bence, Nietzsche'ci düşüncenin temel bir öğesidir. O, bir değer oluşturma niyetine her sahip olduğunda, karşı durduğu şeyi de aynı anda görmeyi asla ihmal etmemiştir. Kısacası bence parodi, Nietzsche'yi okumanın ve onun gerçek toplumsal ve tarihsel konumunu belirlemenin temel biçimidir. (G.)

Bay Gadamer, Nietzsche'yi kendi ülkesi dışında anlamanın bu denli güç olmasının nedenlerinden biri de bu sanıyorum. Söylediği her şey harfi harfine ele alındı ve bu nedenle Almanya'da olup biten ciddi şeylerin sorumlusu olarak görüldü. Amerika'da dil adcı (nominalist) bir yönde evrildi. Orada dil, esas olarak, şeyleri –Amerika'daki deyişle, statements, propositions– *belirtmeye yarıyor ve bu nedenle Nietzsche'nin yaptığı gibi dille oynanabileceği olgusu orada pek kolay anlaşılmıyor. Bizzat kendisinin dediği gibi, düşüncesinin, içinde hareket ettiği havayı anlamak güç: "Her düşünce kandır ve yabancı bir kanı anlamak güçtür." Biliyorsunuz, Rusya'da, insan söylediği bir söz karşılığında öldürülebilir; her şey bir tez olmalıdır, felsefi bir tezin sözcesi. Orada her şey sözcüğü sözcüğüne kabul edilir, Nietzsche'ye bu şekilde yaklaşmak olanaksızdır. (H.)*

Bu özellikle Nietzsche'ci felsefenin ana noktası için geçerli, yani onun şiddet karşısındaki tavrı, Bay Horkheimer. Eğer, Nietzsche'de hiçbir şey sözcüğü sözcüğüne söylenmemişse, bu, düşüncenin, dolaysız gerçeklik karşısında, ampirik veri karşısında, özgürlüğünü korumak için belirli bir mesafede kaldığı anlamına gelmez yalnızca. Bu, daha genel olarak, Nietzsche'de, söylenilen şeyin karşıtının da nesnel olarak bulunduğu anlamına gelir. Nietzsche kadar yoruma muhtaç başka bir düşünür olmadığını söylemek bu nedenle doğrudur. Onun düşüncesinin, ironinin sergileniş kipiyle diğer anlatımcı felsefelerin hepsinden daha fazla damgalanmış olması bir rastlantı değildir. Bu konuda, Nietzsche'nin sözümona kabalığı ve César Borgia gibi figürlere tapınma –ki ne anlama geldiği bugün herkesçe bilinmektedir– geliyor hemen aklıma. Bence burada basit bir biyografik olgudan daha fazla bir şey vardır ve bu kabalığın ardında aslında aşırı bir yumuşaklık gizlidir. Nietzsche'nin ilk hastalık nöbeti, bilindiği gibi, Turin'de meydana geldi; bir arabacının zavallı bir atı sopalarla öldüresiye dövdüğünü gördüğünde. Buna katlanamadı ve ilk kez burada çöktü. Yine de, o, *Zerdüşt*'te, merhameti günâhların sonuncusu olarak adlandırıyordu. Nihayetinde bu çelişkiyi nasıl anlayabiliriz? Basit; yapmamız gereken tek şey, Nietzsche'de baskın çıkan ve özgürleşmiş insandan başka bir şey olmayan adil insanın temsilini düşünmek. Nietzsche, özgürleşmiş insanı, yalandan, ideolojiden kurtulmuş insan olarak düşünür. Onun kabalığı övmesinin nedeni, insanların tüm geleneksel ahlaklardan, tüm caydırmalardan, deyim yerindeyse, içgüdülerine gem vuran tüm rasyonelleştirmelerden bir kez kurtulduğunda, adil olanın ortaya çıkacağına inanıyor olmasıdır. Bunun anlamı, insanların yıkıcı itkilere boyun eğdiklerinde, bu itkilerin şiddetini yitireceği ve kendi itkilerinin peşinden gidemediği için kötü olan hınç dolu insanın yerine, baskı altına alacağı ya da bastıracağı bir şey olmadığından dar anlamda ne iyi ne de kötü olan insanın geleceğidir. Başka deyişle, ilk planda görülen baskı kültünün arkasında beliren şey özgürlüğün yönetici imgesidir. (A.)

Nietzsche'yle ilgili kaygılara dair bu yorum, beni en çok etkileyen Nietzsche sorusuna verilebilecek bir tür cevabı da zaten içeriyor sanıyorum. Hepiniz biliyorsunuz ki, Nietzsche Avrupa nihilizminin yükselişini duyurdu. Batı dünyası tarihinin akışı içinde yer alan bu teşhis hakkında sorulması gereken en önemli soru bence şudur: Böyle bir teşhisin duyurulması ve ifadesi ne anlama geliyor? Olanı önceden düşünmek ve onu haklı olarak keşfetmek yerine, onu meşrulaştırmanın bir biçimi midir bu? Yoksa, daha çok, sizin düşünceniz de bu sanıyorum, yükselen ve kaçınılmaz olan bir şeye kafa tutmaya hazırlanmanın bir biçimi midir? (G.)

Nietzsche'nin yöntemi üzerinde düşünürsek bu sorunu daha iyi anlayacağımız kanısındayım. Ben bu yöntemde bir eksiklik, bir diyalektik eksikliği görüyorum. Nietzsche, Hıristiyanlığın dünyayı iyileştiremeyeceğini gördü. Bunun üzerine Deccal oldu ve kendi bayrağının üstüne Hıristiyanlık-karşıtlığını yazdı. Burjuvazinin tüm toplumsal sorunları çözemeyeceğini gördü. Bunun üzerine feodalizme, aristokrasiye doğru döndü ve bayrağının üstüne aristokrasi yazdı. Gerçeğin bilinmesinde oldukça ileriye gittiğimizi gördü, fakat buna rağmen tüm zararlı şeylerin ortadan kaybolmadığını da gayet iyi fark etti. Bunun üzerine gerçeğin sonuçta yararlı bir şey olup olmadığını sordu kendine. Hıristiyanlığın göreceli̇leştirilmesinin, dünyayı hemen değiştirmedeki güçlüğün bilinmesinin felsefi bir görev oluşturabileceğini anlamış olsaydı, bu durumda, Hıristiyanlık-karşıtlığını doğrudan doğruya yüceltme ihtiyacı duymazdı. Burjuvazinin kendi felsefesinde üstlendiği tüm görevleri hangi koşullar nedeniyle başaramadığını görmüş olsaydı, burjuvazinin öne sürdüğü pratik ve toplumsal önermeleri düşünmeyi denerdi. Bu diyalektik yorumu getirmekte başarısız kaldığı ölçüde, Nietzsche'yi kötüye kullanmak kolay olmuştur. (H.)

Bu kesin. Nietzsche'de diyalektik yokluğu olarak adlandırdığınız şey, bence, kendisi kesinlikle diyalektik olan bir bilginin diyalektik-olmayan bilgi biçimidir. Tezlerinin ve doktrinlerinin günün birinde pratiğe dönüşeceğini öngöremediğinin altını çiziyorsunuz. Bu bana Nietzsche'nin dünya tarihi üzerindeki etkilerinin en uğursuzu gibi geliyor; öyle ki, diyalektiğin bu diyalektik-yokluğunda gösterdiği şeyin pratiğe konmasında bile bu görülememiştir. (G.)

Ve bu, onun yöntemi yeterince bilinmediğinde oluyor. (H.)

Sizin ona yönelttiğiniz itiraz, Bay Horkheimer, Hegel'ci felsefe dilinde söylersek, belirlenmiş yadsıma kavramının, yani, "eğer olumsuz olarak bilinen bir şeyin karşısına bir başka şey çıkarırsak, birincinin yadsıdığı şey bir başka biçimde ikincisinin içinde içeriliyor olmalıdır" şeklindeki fikrin onda olmamasından kaynaklanır. Fakat Nietzsche'de umutsuzca kötü olarak kabul edilen şeyi, onun adlandırdığı gibi, yeni bir düzeni, yeni değerleri, deyim yerindeyse hiçten yola çıkarak olumlama ve karşı durma teşebbüsü gerçekten vardır. Bunun, köklerini yorulmak bilmeksizin havada arayan bir düşünce olduğu söylenebilir. Ve eğer Nietzsche'nin kendi çağdaşı olan *Jugendstil*'le bir ilişkisi olduğu doğruysa, bunun belirgin olduğu yer burasıdır. O gerçekten de felsefenin mimar Solness'idir, yalnızca inşa etme istencinden yola çıkarak boşlukta bir kule yapmıştır, bu kule toplumda herhangi bir temele dayanmamaktadır. Bunun anlamı, Nietzsche'de, belirlenmiş bir yadsımanın olmamasıdır; bu düşüncenin, burjuva dünyasını eleştirirken, gerçek bir tarihsel eğilimin şiddetini kendi içinde taşımamasıdır. Bu onun hem gücüdür, hem de güçsüzlüğü. Gücüdür; çünkü kurulu düzenden kaynaklanan eğilimler onun felsefesine kadar gelip sırtına dayanmış olsa da, var olan şeye en ufak bir taviz vermesini –her halükârda bilinçli olarak– engellemiştir. Güçsüzlüğüdür; çünkü sanayileşmiş toplumlardaki güzellik yitiminin ötesinde, tutarlı bir resmi dilden kaynaklanmayan süslemeye dönük bir güzellik ilkesini umutsuzca hayal ettiğinde, bu onun düşüncesine *Jugendstil*'de gördüğümüz vazgeçme anının aynısını dahil etmiştir. Ve bu güçsüzlükte, bu vazgeçmede Nietzsche'ye ait bir şeyler vardır, yeni tablolar inşa etmek için oraya gelmiştir ve yine de kendi hakkında şöyle diyebilir: "Bir soytarıdan başka bir şey değil! Bir şair yalnızca!" (A.)

Havadaki bu kökler ve serbestçe ortaya konulan değerler daha sonra Alman bilimine aktarılmıştır, Max Weber'de, tüm amaçların keyfi biçimde belirlendiğinde ve bilimin, kısacası, amaçların ötesinde keşfedeceği hiçbir şeyin olmadığına inanan bir pozitivizm içinde. Bu aynı zamanda, oluşmuş bulunan korkunç yanlış anlamanın haberci işaretidir. (H.)

Gerçekten de, Almanya'da, 1930'larda, Alfred Bäumler'in

bir Nietzsche yorumunun Reclam yayınlarının bir fasikülünde çıktığını hatırlıyorum; burada Nietzsche, tamamen kasıtlı bir şekilde, güç istenci doktrinine indirgeniyordu ve felsefesinin geri kalanı "saf mistik" olarak kabul ediliyordu. Nietzsche'nin psikolog olarak dünya çapındaki etkisini, ahlaksal fenomenleri yorumlama tarzı sayesinde ruhun kavranışında açtığı perspektifleri değerlendirme zamanının artık geldiğine inanıyorum. Dostoyevski'de onu çeken budur: O, Dostoyevski'de insanların eylemlerinin ve eylemsizliklerinin kökenindeki itkilerin arka planını keşfetmeye hazır ve kendisininkine yakın bir doğa fark etmiştir. (G.)

Nietzsche yalnızca Dostoyevski'ye yakın değildi. Siz, Bay Gadamer, onun, Freud'un ne ölçüde öncülü sayılabileceğini gayet iyi biliyorsunuz; Freud'dan çok daha önce, onun tüm felsefesi bilinçaltıyla doluydu, şöyle yazmıştı örneğin: " 'Bunu yaptım' diyor belleğim. 'Bunu yapmamış olamam' diyor özsaygım, Nuh diyor peygamber demiyor. Hasılı, bellektir boyun eğen." Bu olağanüstü bir tarz, kısacası, bilinçaltı doktrini. Fakat ben Nietzsche'nin yakın olduğu bir başka büyük psikologdan da söz edeceğim, sadizmin adını borçlu olduğu Marquis de Sade. Bay Adorno, siz, Nietzsche'nin aslında zayıflarla özdeşleştiğini göstermiştiniz. Ve bu nedenle acımasızlık hakkında söylediği her şey son derece doğrudur. Sade'ın kendisi de günün birinde şöyle demiştir: "Dövmek, gözyaşı nerede varsa orada zevk verir." (H.)

Nietzsche şöyle der: "Düşeni bir de sen itmelisin!" (A.)

Gerçekten, her ikisi de acımasızlığın büyük filozofları ve tezleri ne olursa olsun, her ikisi de bu psikolojik mekanizmanın bilinmesine olağanüstü katkılarda bulundular. (H.)

İkinizin söyledikleri de bana birbirine bağlı geliyor, ayrıca bunlar, Nietzsche'yi, çıkış noktamızdaki karikatürlerden de ayırıyor. Nietzsche'nin Aydınlanmacı biri olduğunu ve Aydınlanma düşüncesinin geleneğine bağlı olduğunu kesin olarak ortaya koymalıyız. O, düşüncenin, yerini bilinçaltının güçlerine bırakması gerektiğini savunan bir irrasyonalizm yandaşı değildi; tıpkı Freud gibi, bilincin itkiyi serbest bırakması gerektiğini ve itki artık bastırılmadığında da, inkâr edilmeye artık ihtiyaç duymayacağını, şeytanca karakterini gerçekten kaybedeceğini savundu. Böylece bilincin kendini gösterdiği alan, bilincin kendini itkiye kendiliğinden teslim ettiği alanla aynı anlama sahip olur, itkiyi bilinçdışında kalıyor diye mahkûm etmeye gerek kalmaz. Fakat bu niyet, özellikle belirgin bir felsefi karakterin izini taşır, belki hâlâ bundan söz etmemize izin vardır. Nietzsche'nin felsefe karşısındaki konumu, geleneksel felsefeden duyduğu kin, modern terimlerle dile getirildiğinde, ontolojiden duyulan kindir. Sabitler doktrini, 'varlığın değişmez nitelikleri' doktrini, varlık doktrinleri, gerçeğin değişmezliği doktrinleri, Platoncu "İdea" doktrini karşısında Nietzsche kadar büyük bir ateşlilikle karşı çıkmış düşünür neredeyse hiç yoktur –Hegel bu noktada belki bir istisna değildir–; Nietzsche'nin çok büyük analizleri, özellikle son dönem analizleri, esasen bu hataların bir sökümüdür. Nietzsche'den, her şeyden çok şunu öğrenebiliriz ki, günümüz Almanyasında hakikatin içeriği olarak kabul etmemiz gereken şey, ezeli olan ve yaşamını sürdüren şey değil, geçici ve eğreti olandır. (A.)

Değişime karşı, sabitlerin yardımına başvurulamıyorsa eğer, bu durumda, Nietzsche'nin felsefesi yalnızca tutucu olmakla kalmaz, toplumsal değişim de ister. Onun felsefesinin yorumlanış tarzından koparak, diyebiliriz ki, Nietzsche'nin aşırı tutuculuğu ile isyanı arasında aslında sıkı bir yakınlık vardır. (H.)

Kuşkusuz. Fakat unutmayın ki, beyler, Nietzsche'de ana doktrin olan bengidönüş doktrini trajik *pathos*'u içerir. Gerekli şeylerin kaçınılmaz karakteri, belirlenmiş çemberi ortadan kaldırmanın olanaksızlığı... Nietzsche, toplumsal bir reformcudan özellikle bu noktada ayrılır, vicdanının esasen trajik boyutuyla. (G.)

Biz Nietzsche'yi toplumsal bir reformcu yapma niyetinde değiliz. Fakat, sanıyorum, başlangıçta birlikte dile getirdiğimiz isteği, yani Nietzsche'deki hiçbir şeyin harfi harfine ele alınmamasını, sizin ima ettiğiniz yazgı sevgisi *-amor fati-* kavramına da uygulamak gerekir. Yazgının ve yazgıyla birlikte aynının bengidönüşü mitinin yüceltilmesinin, Nietzsche'nin yeniden inşa ettiği haliyle sonuçta Herakleitos ile Stoacıların temsillerine denk düşen bu mitin, bir hapishaneye, burjuva toplumunun hapishanesine kapatılmış birinin umutsuz durumunu yansıttığı izlenimine kapılmışımdır her zaman. Bu kişinin gerçek toplumsal güçlerle artık hiçbir bağı yoktur ve bilinç durumu dikkate alındığında, hiçbir bağı da olamaz. Bu adam bir şey sevmek istediğinde ancak içine kapatıldığı hücreyi sevebilir. Bu bana şunu hatırlatıyor: Nietzsche'nin *Zerdüşt*'te bengidönüş doktrinini geliştirmesinden bir yıl önce, Büyük Fransız anarşist devrimci Auguste Blanqui hapishanede bir kitap yazmıştı, bu kitapta Blanqui, şeytansı bir umutsuzluk vurgusuyla, aynının geri dönüşünü hem kozmosun tümlüğü içinde, hem de tek tek bireyler bağlamında göstermişti. (A.)

Evet, bu kesinlikle doğru. Nietzsche'nin sözlerini hatırlamak yeter: "Ben bir dinamitim". Beyler, bugün ellinci ölüm yıldönümünü kısaca andığımız Nietzsche'nin mezarına gittiniz mi, bilmiyorum. Ben oraya bir kez gittim, Röcken'e, onun doğduğu küçük köye, Leipzig yakınlarında, ıssız ve hüzün verici bir yerde, bilindiği gibi burası dünya tarihinin yalnızca savaş yapmak için ilgilendiği bir yer. Köyün civarındaki yol üzerinde kazlar, minnacık bir kasaba, yine minnacık bir kilise, kilisenin duvarının dibinde, dökme demirden üç anıtsal tabut kapağı: Nietzsche, etrafında da akrabaları. Onlara baktığımda içim ürperiyor ve bu Saxe köyünde doğmuş olan bir papaz oğlunun günün birinde "Ben bir dinamitim" dediğini ve kesinlikle haksız olmadığını düşünüyorum. (G.)

Cogito 25.
Fransızcadan çeviren: Işık Ergüden

Biyografiler

Theodor Wiesengrund Adorno: (1903-1969) Alman düşünürü ve müzikoloğu. Viyana'daki bir müzik dergisinde çalıştıktan sonra Amerika'ya Berkeley Üniversitesi'ne gitti. 1949'da Almanya'ya geri döndü, Frankfurt Üniversitesi'nde hoca oldu. Frankfurt Okulu olarak bilinen bu üniversitede ortaya çıkan Eleştirel Kuram'ın kurucularından ve modern toplumun en önemli eleştirmenlerindendir. Daha ortodoks marksistlerden ayrı olarak Adorno, modernitenin ikili açmazı olan adaletsizlik ve nihilizmin, Aydınlanmanın soyutlamacı niteliğinden doğduğunu, bu nedenle de politik ekonomi eleştirisinin yerini Aydınlanma eleştirisinin alması gerektiğini ileri sürdü. Başlıca yapıtları: *Kierkegaard. Konstruktion des Ästhetischen* (1933), *Dialektik der Aufklärung* (1947), *Philosophie der neuen Musik* (1949), *Minima Moralia* (1951), *Zur Metakritik der Erkenntnistheorie* (1956), *Einleitung in die Musiksoziologie* (1962), *Drei Studien zu Hegel* (1965), *Jargon der Eigentlichkeit* (1965), *Negative Dialektik* (1967), *Ästhetische Theorie* (1967), *Soziologische Schriften* (1971).
Türkçede Adorno: *Eleştiri – Toplum Üstüne Yazılar* (1990), *Aydınlanmanın Diyalektiği* (1996), *Minima Moralia* (1998).

Şeyla Benhabib: 1950 İstanbul doğumlu. Harvard Üniversitesinde Siyaset ve Felsefe Bölümlerinde profesörlük ve Sosyal Bilimler Bölümünde Komite Başkanlığı yapıyor. Çalışmaları İngilizce, Almanca, İspanyolca, Japonca ve İbranice yayımlandı. Postmodern toplumlarda kimlik sorunu üzerine yoğunlaşan çalışmalar kaleme aldı. Başlıca yapıtları: *Critique, Norm and Utopia. The Normative Foundations of Critical Theory* (1986), *Situating the Self. Gender, Community and Postmodernism in Contemporary Ethics* (1992), *The Reluctant Modernism of Hannah Arendt* (1986).
Türkçede Benhabib: *Modernizm, Evrensellik ve Birey Çağdaş Ahlak Felsefesine Katkılar* (1999).

Pierre Bourdieu: (1930-2002) Dengvin'de (Fransa) doğdu. Günümüz sosyolojisinin temel kuramcılarından biri olan Bourdieu, Ecole Normale Supérieure'de felsefe eğitimi gördü. 1959 ve 1962 yıllarında Sorbonne'da felsefe dersleri verdikten sonra, Ecole des Hautes Etudes en Sciences Sociales'in müdürlüğüne getirildi. Eğitimden başlayarak çeşitli kültürel alanlardaki üretim, yeniden üretim ve yarışım mekanizmalarını inceleyen Bourdieu'nün pek çok önemli çalışması bulunmaktadır. Başlıca Yapıtları: *La Distincition* (1979), *Le Sens pratique* (1980), *Questions de sociologie* (1980), *Homo Academicus* (1984), *Choses dites* (1987), *Raisons Pratiques* (1994).
Türkçede Bourdieu: *Pratik Nedenler* (1995), *Televizyon Üzerine* (1997), *Toplumbilim Sorunları* (1997), *Sanatın Kuralları* (1999).

Gilles Deleuze: (1925-1995) Fransız felsefeci. Kant, Hume, Spinoza, Bergson ve Nietzsche üzerine yaptığı araştırmaların ardından özgün çizgisini buldu. Bu çizgiyi Michel Foucault, "Gün gelecek, XX. yüzyıl Deleuzce'cü bir çağ olarak anılacak" sözleriyle tanımlamıştır. Guattari'yle kaleme aldığı kitaplar, çağdaş Avrupa felsefesinde belirleyici rol oynamıştır.Yapıtlarından bazıları: *Spinoza et le problème de l'expression* (1968), *Capitalisme et schizophrénie* (1972), Kafka (1975), *Foucault* (1986), *Qu'est-ce que la philosophie?* (1991), *Proust et les signes* (1998).
Türkçede Deleuze: *Kapitalizm ve Şizofreni* (1993), *Kant Üzerine Dört Ders* (2000), *Spinoza Üzerine On Bir Ders* (2000), *Kafka* (2000), *Felsefe Nedir?* (1993).
Bkz. Felix Guattari.

Jacques Derrida: 1930'da Cezayir'de doğdu. Ecole Normale Supérieure ve Harvard Üniversitesi'nde öğrenim gördü. Post-yapısalcılık, fenomenoloji, dil felsefesi ve estetik konusunda Avrupa felsefesinin en önemli isimlerindendir. Başlıca yapıtları: *De la Grammatologie* (1967), *Eperons: Les styles de Nietzsche* (1976), *Dissemination* (1981), *Spectres de Marx* (1993).
Türkçede Derrida: *Marx'ın Hayaletleri* (2001).

Terry Eagleton: 1943'te İngiltere'de doğdu. Üniversite eğitimini Cambridge'de tamamladı. Cambridge ve Oxford'da hocalık yaptı. Özellikle Viktorya dönemine ilgi duyduysa da, 20. Yüzyıl edebiyatıyla ilgili yapıtlar da verdi. Kültürel kuramın önde gelen isimlerinden biri olan Eagleton, ayrıca İrlanda edebiyatıyla ilgili çalışmalar da yürütmektedir. Başlıca Yapıtları: *The New Left Church* (1966), *Literary Theory* (1983), *The Significance of Theory* (1989), *The Ideology of the Aesthetic* (1990), *Ideology* (1991), *The Crisis of Contemporary Culture* (1993), *The Idea of Culture* (2000).

Türkçede Eagleton: *Eleştiri ve İdeoloji* (1985), *Edebiyat Kuramı* (1990), *İdeoloji* (1996), *Azizler ve Alimler* (1998), *Postmodernizmin Yanılsamaları* (1999).

Umberto Eco: 1932'de doğdu. İtalyan edebiyat eleştirmeni, romancı ve göstergebilimcisidir. Eleştiri, tarih ve iletişim konusundaki çeşitli yazıları birçok dile çevrilmiştir. Romanları çoksatar listelerine girmiş ender akademisyenlerden biridir. Fantastik öğeler içeren romanları, akademik birikimini gerilim unsurlarıyla birleştirir. Başlıca yapıtları: *Il problema estetico in San Tommaso* (1956), *Opera aperta* (1962), *Trattato di semiotica generale* (1975), *Lector in fabula* (1979), *Il nome della rosa* (1980), *Sette anni di desiderio* (1983), *I limiti dell'interpretazione* (1990), *Kant e l'ornitorinco* (1997).
Türkçede Eco: *Avrupa Kültüründe Kusursuz Dil Arayışı* (1995), *Gülün Adı* (1996), *Anlatı Ormanlarında Altı Gezinti* (1996), *Yorum ve Aşırı Yorum* (1997), *Yanlış Okumalar* (1997), *Somon Balığıyla Yolculuk* (1997), *Ortaçağ Estetiğinde Sanat ve Güzellik* (1998), *Açık Yapıt* (2000).

Michel Foucault: (1926–1984) Poitiers'de (Fransa) doğdu. Yayımladığı ilk kitabı *Akıl Hastalığı ve Kişilik*'ten başlayarak yaşamı boyunca dört ana eksende topladığı "iktidar" konularının tarihini yazdı: Tıp-Delilik; Bilim-Bilgi; Gözetim-Hapishane; Cinsellik-Aile. Foucault Nietzsche'den etkilendi, kendine özgü bir düşünce arkeolojisi geliştirdi ve söylemlerdeki değişimleri, toplumsal iktidar yapılarındaki söylem-dışı değişimlere bağlayarak açıklamaya çalıştı. Marx ya da Freud'un yaptığı türden kapsayıcı açıklama şemalarını tümüyle reddetti. Başlıca yapıtları: *Naissance de la clinique* (1963), *Les Mots et les choses* (1966), *L'ordre du discours* (1971), *Ceci n'est pas une pipe: Sur Magritte* (1973), *Surveiller et punir* (1975), *Histoire de la sexualité* (1982).
Türkçede Foucault: *Cinselliğin Tarihi* (1988), *Kelimeler ve Şeyler* (1994), *Deliliğin Tarihi* (1995), *Bu Bir Pipo Değildir* (1995), *Ders Özetleri 1970 – 1982* (1995), *Bilginin Arkeolojisi* (1999), *Büyük Kapatılma* (2000), *Hapishanenin Doğuşu* (2000), *Kliniğin Doğuşu* (2000).

Hans-Georg Gadamer: (1900-2002) Almanya'da doğdu. Yazar ve felsefeci. Felsefi yorumbilim yöntemiyle 20. yüzyılda felsefe, estetik, ilahiyat ve eleştiri alanlarında etkili oldu. Başlıca yapıtları: *Wahrheit und Methode* (1960), *Hegels Dialektik* (1971), *Rhetorik und Hermeneutik* (1976), *Vernunft im Zeitalter der Wissenschaft: Aufsätze* (1976), *Die Aktualität der Schönen: Kunst als Spiel, Symbol und Fest* (1977), *Über die Verborgenheit der Gesundheit* (1993).

Felix Guattari: (1930-1992) Gilles Deleuze'le yaptığı işbirliğiyle tanındı. Lacan'ın psikanalitik kuramlarından etkilendi. Kapitalizmin bireylerde yarattığı şizofreni üzerinde durdu. Başlıca yapıtları: *Capitalisme et Schizophrénie* (1972), *Kafka* (1975), *La révolution moléculaire* (1977), *L'inconscient machinique* (1979), *Les trois écologies* (1989), *Chaosmose* (1992).

Türkçede Guattari: *Üç Ekoloji* (1990).

bkz. Gilles Deleuze.

Jürgen Habermas: 1929'da Almanya'da doğdu. Frankfurt ekolünün, günümüzde önde gelen temsilcilerinden. Frankfurt Üniversitesinde Felsefe profesörlüğü yaptı. Hegel Ödülü, Sigmund Freud Ödülü ve Adorno Ödülü de dahil olmak üzere birçok ödül aldı. Modern kamusal alan ve bununla bağlantılı olarak iletişsel eylem kuramlarına katkılarıyla tanındı. Başlıca yapıtları: *Strukturwandel der Öffentlichkeit. Untersuchungen zu einer Kategorie der bürgerlichen Gesellschaft* (1962), *Technik und Wissenschaft als 'Ideologie'* (1968), *Theorie des kommunikativen Handelns* (1981), *Moralbewußtsein und kommunikatives Handeln* (1983), *Texte und Kontexte* (1991), *Vergangenheit als Zukunft* (1990), *Faktizität und Geltung. Beiträge zur Diskurstheorie des Rechts und des demokratischen Rechtsstaates* (1992), *Faktizitat und Geltung* (1992), *Die Einbeziehung des Anderen* (1996), *Glauben und Wissen* (2001).

Türkçede Habermas: *İdeoloji Olarak Teknik ve Bilim* (1993), *Kamusalcılığın Yapısal Dönüşümü* (1997), *Sosyal Bilimlerin Mantığı Üzerine* (1998), *İletişimsel Eylem Kuramı* (2001), *"Öteki" Olmak, "Öteki"yle Yaşamak* (2002).

François Hartog: 1946'da Fransa'da doğdu. Ecole des Hautes Etudes en Sciences Sociales'de (Paris), Tarihyazımı Tarihi seminerleri veren François Hartog, klasikçağ ve modern tarihyazımlarını eksen alan araştırmalar ve başkalık sorununu ele alan yazılar yayımladı. Les Belles Lettres yayınlarında *La Roue à Livres* başlıklı dizinin ve 1996 yılından bu yana da Centre Louis Gernet'nin yöneticisidir. Başlıca yapıtları: *Le miroir d'Hérodote* (1980), *Le XIXe siécle et l'histoire* (1988), *Mémoire d'Ulysse* (1996).

Türkçede Hartog: *Herodotos'un Aynası* (1996), *Tarih, Başkalık, Zamansallık* (2000).

Max Horkheimer: (1895-1973) Stuttgart'ta doğdu. Frankfurt Okulu'nun önde gelen temsilcilerinden Alman sosyolog ve düşünür. Okul yıllarında özellikle Kant'ın görüşlerine ilgi duydu; Nietzsche ve Marx'tan etkilendi. 1920'lerde "Geleneksel ve Eleştirel Kuram" adlı

metniyle Frankfurt Okulu'nun bakış açısını ortaya koydu. 1930'da Frankfurt Üniversitesi'nde toplum felsefesi profesörü oldu. Onun düşüncesindeki eleştirel kuram, marksist kuramı yeniden ele alarak deneysel araştırmayla felsefi düşünceyi birleştirecekti. Başlıca yapıtları: *Dialektik der Aufklärung* (1947).
Türkçede Horkheimer: *Aydınlanmanın Diyalektiği* (1996), *Akıl Tutulması* (1998).

Fredric Jameson: 1934'te Amerika'da doğdu. Duke Üniversitesi'nde Karşılaştırmalı Edebiyat profesörlüğü ve Duke Center'da eleştirel kuram konusunda Edebiyat yüksek lisans programı başkanlığı yapmaktadır. Marksizm, yazın kuramı ve post-modernizm üzerine çok sayıda çalışması vardır. Başlıca yapıtları: *The Political Unconscious* (1982), *Sartre the Origins of a Style* (1984), *Utopia Post Utopia* (1988), *Postmodernism, Or, the Cultural Logic of Late Capitalism* (1992), *Signatures of the Visible* (1992), *Late Marxism: Adorno, Or, the Persistence of the Dialectic* (1996), *Brecht and Method* (2000), *Singular Modernity* (2002).
Türkçede Jameson: *Postmodernizm* (1994), *Marksizm ve Biçim* (1998).

Claude Lévi-Strauss: 1908'de Brüksel'de doğdu. Paris Üniversitesi'nde hukuk ve felsefe eğitimi gördükten sonra, bir süre lise öğretmenliği yaptı. 1934-1937 yılları arasında Brezilya'da Sao Paulo Üniversitesi'nde toplumbilim profesörlüğünde bulundu. 1941-1945 arası New York'ta New School for Social Research'te ders verdi. Bu dönemde Roman Jakobson'ın dilbilim çalışmalarından etkilendi. 1950-1979 yılları arasında Paris Üniversitesi Uygulamalı Yüksek Araştırmalar Okulu'nda sosyal antropoloji çalışmaları yöneticisi olarak görev aldı. Bunun yanı sıra 1959-1982 yılları arasında Collège de France'ta sosyal antropoloji kürsüsünde eğitim verdi. Yapısalcılığın kurucularından biri olarak kabul edilen Lévi-Strauss, Brezilya'nın yanı sıra, bugünkü Bangladeş'te de alan çalışmaları yaptı. Antropoloji, özellikle de sosyal antropoloji dalında verdiği yapıtlar, alanının en yetkin çalışmaları arasında yeralmaktadır. 1973'te Académie Française üyeliğine seçildi. Başlıca yapıtları: *Les structures élémentaires de la parenté* (1949), *Race et Histoire* (1952), *Anthropologie structurale* (1958-1973), *La pensée sauvage* (1962), *Mythologiques* (1964-1971), *Le Regard éloigné* (1982), *La parole donnée* (1984), *Regarder, écouter, lire* (1993).
Türkçede Levi-Strauss: *Mit ve Anlam, Din ve Büyü* (1993), *Irk, Tarih ve Kültür* (1997), *Yaban Düşünce* (1995), *Hüzünlü Dönenceler* (1994).

Lila Abu-Lughod: Kültür, toplumsal cinsiyet ve kadın araştırmaları üzerine çalışmalarıyla özellikle Ortadoğu üzerine yoğunlaşan Lila Abu-Lughod, New York Üniversitesi Antropoloji bölümünde profesör olarak çalışıyor. Başlıca yapıtları: *Veiled Sentiments: Honor and Poetry in a Bedouin Society* (1986), *Remaking Women: Feminism and Modernity in the Middle East* (1998).

Cyril Mango: 1928'de doğdu. Oxford Üniversitesi'nde Yunan Dili ve Edebiyatı bölümünde profesörlük yapmış olan Cyril Mango'nun, Bizans sanatı, arkeolojisi, tarihi ve edebiyatı üzerine birçok makalesi ve kitabı yayımlanmıştır. Başlıca yapıtları: *The Art of the Byzantine Empire (1972), Byzantine Architecture* (1976), *Byzantium: The Empire of the New Rome* (1981), *Studies on Constantinople* (1993).

Edgar Morin: 1921'de Paris'te doğdu. Ailesi Selanik göçmeniydi. Sosyoloji çalışmalarıyla tanınan Morin, Fransa'da Ulusal Bilimsel Araştırmalar Merkezinde (CNRS) Araştırma müdürlüğü yapmıştır. Başlıca yapıtları: *L'homme et la mort* (1951), L'*esprit du Temps* (1962), *Terre-Patrie* (1993), *Une Politique de civilisation* (1997).
Türkçede Morin: *Avrupayı Düşünmek, Kaybolmuş Paradigma,* Aşk Şiir Bilgelik (1999), *Bir Uygarlık Siyaseti* (Sami Nair ile, 2000), *Dünya Vatan* (Brigitte Kern ile, 2001).

Hubert Reeves: Montreal'de doğan Huber Reeves, nükleer astrofizik çalışmalarının yanısıra, çevrebilim konusundaki yapıtlarıyla da tanınıyor. Bilimsel gelişmeleri popülarize ederek ünlendi. Halen Montreal Üniversitesinde ders veriyor. Aynı zamanda CNRS'de (Fransız Ulusal Bilimsel Araştırmalar Merkezi) araştırmacı. Başlıca yapıtları: Malicorne (1990), *La Synchronicité, l'âme et la science* (1994), *La prémiere seconde* (1995), *L'espace prend la forme de mon regard* (1999).
Türkçede Reeves: *Kuşlar Harika Kuşlar* (2000), *Boşluk Bakışımın Biçimini Alıyor* (2001), *İlk Saniye* (2001).

Paul Ricoeur: 1913 Fransa doğumlu, düşünür ve tarihçi. İnsan isteminin, özgürlüğün ve kötülüğün simgelerini tanımlamış, dilbilim ve psikanalizdeki çeşitli yorum kuramlarını fenomoloji açısından incelemiştir. Başlıca yapıtları: *Philosophie de la volonté* (1950-60), *Histoire et vérité* (1955), *De l'interprétation: Essai sur Freud* (1965), *La Métaphor vive* (1975) *La Sémantique de l'action* (1977), *Temps et récit* (1983), *Soimeme com un autre* (1990), *Le juste* (1995), *La Mémoire, l'histoire, l'oubli* (2000).

Charles Taylor: 1931'de Kanada'da doğdu. Dil ve siyaset bilimi uzmanıdır. Kanada'da McGill Üniversitesinde hoca olan Taylor, modernitenin politik kültürü üzerine çalışmalar yapmış, çokkültürcülük ve kimlik konusunda kitaplar yazmıştır. Başlıca yapıtları: *Hegel* (1975), *Philosophical Papers* (Felsefi Yazılar, 2 cilt, 1985), *Sources of the Self* (1989), *Multiculturalism and The Politics of Recognition* (1992), *Philosophical Arguments* (1995).

Türkçede Taylor: *Modernliğin Sıkıntıları* (1995), *Çokkültürcülük* (1996).

Alain Touraine: 1925'te doğdu. 1960'tan bu yana çalıştığı Ecole des hautes études en sciences sociales'de halen CADIS (Centre d'analyse et d'interventions Sociologiques) müdürü olarak görevlidir. 1968-1969 yıllarında Paris-Nanterre Üniversitesi Edebiyat Fakültesinde profesörlük yapmıştır. Son dönem Fransız toplumbiliminin en önde gelen isimlerinden olan Touraine, eylem toplumbiliminin öncülüğünü yapmış, toplumsal hareketler ve eylemler konusunda yeni yaklaşımlar geliştirmiştir. Başlıca yapıtları: *L'Evolution du travail aux usines Renault* (1955), *Sociologie de l'action* (1965), *La société invisible* (1976), *Solidarité* (1982), *La parole et le sang* (1988), *Pourrons-nous vivre ensemble?* (1997)

Türkçede Touraine: *Modernliğin Eleştirisi* (1994), *Demokrasi Nedir?* (1997), *Birlikte Yaşayabilecek miyiz?* (2000).

Slavoj Žižek: 1949'da Ljubljana'da doğdu. Doğu ve Orta Avrupa yeni toplumsal hareketleri'nin önde gelen aydınlarından Žižek, Ljubljana üniversitesi Sosyoloji Enstitüsü'nde araştırmacıdır. Žižek, 1990 yılında o zamanlar Yugoslavya'nın bir parçası olan Slovenya Cumhuriyeti başkanlığı için adaylığını koymuştu. Başlıca yapıtları: *The Metastases of Enjoyment* (1996), *The Sublime Object of Ideology* (1997), *The Ticklish Subject* (2000).

Türkçede Žižek: *Gülünç Yücenin Sanatı* (2001), *İdeolojinin Yüce Nesnesi* (2002).

Cem Akaş (haz.)
Kavramlar ve Bağlamlar Arasında-
20. Yüzyıl Düşünürleriyle Söyleşiler
Taylan Altuğ
Dile Gelen Felsefe
Aristoteles
Retorik
Fizik
Gaston Bachelard
Yok Felsefesi
Enis Batur (haz.)
Modernizmin Serüveni
Jean Baudrillard
Tam Ekran
Tülin Bumin
Tartışılan Modernlik
Hegel
J.-C.Carrière vd.
Zamanların Sonu Üstüne Söyleşiler
Ernst Cassirer
İnsan Üstüne Bir Deneme
R.G. Collingwood
Bir Özyaşamöyküsü
Steven Connor
Postmodernist Kültür
G. Deleuze-F. Guattari
Felsefe Nedir?
Diderot-D'Alembert
Ansiklopedi
Sencer Divitçioğlu
Ortaçağ Türk Toplumları Hakkında
Oğuzdan Selçuklu'ya
Osmanlı Beyliğinin Kuruluşu
Kök Türkler
Luc Ferry
Ekolojik Yeni Düzen
Michel Foucault
Ders Özetleri (1970-1983)
José Ortega y Gasset
Sevgi Üstüne
Avcılık Üstüne
Üniversitenin Misyonu
Macit Gökberk
Değişen Dünya Değişen Dil
Kant ve Herder'in Tarih Anlayışları

Bozkurt Güvenç
Kültürün ABC'si
Jürgen Habermas
"Öteki" Olmak, "Öteki"yle Yaşamak
"İdeoloji" Olarak Teknik ve Bilim
Selahattin Hilav
Edebiyat Yazıları
Felsefe Yazıları
Edmund Husserl
Kesin Bir Bilim Olarak Felsefe
Turhan Ilgaz
Tencere Kapak
Fredric Jameson
Marksizm ve Biçim
Seyfi Karabaş
Bütüncül Türk Budunbilimine Doğru
W. Kaufmann
Dostoyevski'den Sartre'a
Varoluşçuluk
Alexandre Kojève
Hegel Felsefesine Giriş
Timur Kuran
Yalanla Yaşamak
Claude Lévi-Strauss
Hüzünlü Dönenceler
Yaban Düşünce
Abraham S. Moles
Belirsizin Bilimleri
Predrag Matvejević
Akdeniz'in Kitabı
Ahmet Oktay
Türkiye'de Popüler Kültür
Robert Owen
Yeni Toplum Görüşü
Karl R. Popper
Daha İyi Bir Dünya Arayışı
Abbé Pierre-Albert Jacquard
Mutlak
Hubert Reeves
İlk Saniye
Samih Rifat
Herakleitos
Bertrand Russell
Din ile Bilim
İnsanlığın Yarını

Peter M. Senge
Beşinci Disiplin
Michel Serres
Doğayla Sözleşme
A. Celal Şengör
Zümrütnâme
Bülent Tanör
Türkiye'de Kongre İktidarları
Osmanlı-Türk Anayasal Gelişmeleri
Bülent Tanör – Necmi Yüzbaşıoğlu
1982 Anayasasına Göre Türk Anayasa Hukuku
Alain Touraine
Birlikte Yaşayabilecek miyiz?
Modernliğin Eleştirisi
Demokrasi Nedir?
Frederic de Towarnickl
Martin Heidegger Anılar ve Günlükler
Nermi Uygur
Denemeli Denemesiz
Tadı Damağımda
Felsefenin Çağrısı
Kuram-Eylem Bağlamı
Kültür Kuramı
Başka-Sevgisi
Salkımlar
Dilin Gücü
Güneşle
Bunalımdan Yaşama Kültürü
Çağdaş Ortamda Teknik
Yaşama Felsefesi
Edmund Husserl'de Başkasının Ben'i Sorunu
İçi Dışıyla Batının Kültür Dünyası
İnsan Açısından Edebiyat
Dipten Gelen
İçimin Sesi
Hilmi Ziya Ülken
Aşk Ahlakı
Artun Ünsal
Kan Davası
Tahsin Yücel
Anlatı Yerlemleri
Ludwig Wittgenstein
Tractatus

Sartre Sartre'ı Anlatıyor
Profesör Heidegger, 1933'te Neler Oldu?
Pera Peras Poros
İnsan Hakları
11 Eylül/Bir Saldırının Yankıları

İLETİŞİM

Pierre Bourdieu
Televizyon Üzerine
Claude C. Hopkins
Reklamcılık Yaşantım & Bilimsel Reklamcılık
Ragıp Duran
Burası Dünya Polis Radyosu
Tâlat Halman
Doğrusu
Jean-Nöel Jeanneney
Medya Tarihi
Michael Kaye-Andrew Popperwell
Radyo Dersleri
Gerald Kelsey
Televizyon Yazarlığı
Marshall McLuhan
Gutenberg Galaksisi
M. J. Matelski
Televizyon Haberciliğinde Etik
P. Rutherford
Yeni İkonalar - Televizyon Reklam Sanatı
Ünsal Oskay
"Yıkanmak İstemeyen Çocuk"lar Olalım

Siberuzay Sözlüğü

ÖZEL DİZİ

Ali Alparslan
Osmanlı Hat Sanatı Tarihi
Çetin Altan-Ara Güler
Al İşte İstanbul
John Ash
Turkey, The Other Guide
Enis Batur
Amerika Büyük Bir Şaka
Michel Butor
San Marco'nun Betimi
John Freely
A History of Robert College (2 cilt)
Orhan Şaik Gökyay (haz.)
Evliya Çelebi Seyahatnâmesi - Kitap 1
Zekeriya Kurşun, Seyit Ali Kahraman, Yücel Dağlı (haz.)
Evliya Çelebi Seyahatnâmesi -Kitap 2
Seyit Ali Kahraman – Yücel Dağlı (haz.)
Evliya Çelebi Seyahatnâmesi -Kitap 3
Evliya Çelebi Seyahatnâmesi - Kitap 4
Yücel Dağlı – Seyit Ai Kahraman – İbrahim Sezgin (haz.)
Evliya Çelebi Seyahatnâmesi -Kitap 5
Mehmet Kalpaklı (haz.)
Osmanlı Divan Şiiri Üzerine Yazılar
Yahya Kemal
Pek Sevgili Beybabacığım
Roni Margulies (haz.)
Manastır'da İlan-ı Hürriyet
Selahattin Özpalabıyıklar (haz.)
Türk Edebiyatında Beyoğlu
Orhan Peker
İspanyol Defteri
M.Ertuğrul Saraçbaşı
Damıtılmış Sözler
Atilla Şentürk
Osmanlı Şiiri Antolojisi

Artun Ünsal
Süt Uyuyunca
Ölmez Ağacın Peşinde
Nimet Geldi Ekine
Nâzım Hikmet
Fotoğraf ve Kitap Kapakları
Camel Trophy
Sınırlara Yolculuk

Yaşamları ve Yapıtlarıyla Osmanlılar Ansiklopedisi (2 cilt)
Tanzimattan Bugüne Edebiyatçılar Ansiklopedisi (2 cilt)
Yazmalar Kataloğu
Mediterraneans (Sayı 10; İstanbul Özel Sayısı; Tr.)
Mediterraneans (Sayı 10; Istanbul, Many Worlds; İng-Fr.)

ŞEHİR MONOGRAFİLERİ

Ahsen Erdoğan
Gez Dünyayı Gör Konya'yı
Engin Yenal
Bir Kent İstanbul: 101 Yapı
Erman Artun-M.Sabri Koz (haz.)
Adana: Köprü Başı
Enis Batur (haz.)
Ankara Ankara
İ. Gündağ Kayaoğlu-Öner Ciravoğlu Cüneyt Akalın (haz.)
Bir Tutkudur Trabzon
M.Sabri Koz-E.Nedret İşli (haz.)
Edirne: Serhattaki Payıtaht
Engin Yenal (haz.)
Bir Masaldı Bursa...
Ş.Beysanoğlu-M.Sabri Koz-E.Nedret İşli
Diyarbakır: Müze Kent

Y A P I   K R E D İ   Y A Y I N L A R I